**KUWEI**

**酷威文化**

图书 影视

# 谁的小眼睛还没看影帝 上

莫里 著

江苏凤凰文艺出版社
JIANGSU PHOENIX LITERATURE AND
ART PUBLISHING, LTD

# 目录

## Contents

# 楔 子

当《满堂彩》入围威尼斯国际电影节的消息传回国内时，知道内情的人，都情不自禁地感叹了一句"太邪门儿了吧"。

威尼斯国际电影节身为世界三大国际电影节之一，偏好艺术与先锋电影，即使电影略有瑕疵，只要聚焦的内容新颖、拍摄的手法独特，都会被电影节所接纳。

《满堂彩》就是这么一部内容新颖手法独特的作品：影片很短，加上片头、片尾，勉强凑到七十分钟，讲的是一个戏班下乡演出的故事。出镜人物也只有主人公一个，配角两个，群演若干。

这部戏拍摄时间只有短短十天，导演名不见经传——他此前一直在别的剧组里做摄影，剧本是他自己写的，灯光录音都是找熟人帮忙，场地免费的，甚至连摄像机都是蹭来的。

就是这么一部看上去像是闹着玩的作品，居然入围了威尼斯国际电影节的主竞赛单元！

但让大家感叹"邪门"的并不是这件事情，而是这部电影的男主角江子城。

因为江子城的运气，好得未免太邪门了。

圈内人对他的印象都很好。

小伙子爱笑，一双眼睛亮闪闪的，睫毛长，皮肤白，长得周正漂亮，是现如今最流行的花美男长相。这种长相最适合走流量小生路线，只要在镜头前摆几个造型，挑起女主角的下巴说几句情话，就能把粉丝的心撩拨得怦怦乱跳。

江子城并不是个花瓶，正经科班毕业，成绩过硬，入戏快、能吃苦、肯下功夫。可他的经纪公司不给力，没资源，根本接不到什么好工作。

可谁都没想到，他接的第一部"烂"戏，就爆了。

那部戏改编自一款恋爱游戏，八个男主角为一个女主角争风吃醋。拍到一半，那家小公司居然倒闭了。按理说这部戏也该黄了，谁能想到接手这烂摊子的投资方，居然是××地产集团！

集团老总的千金是这个游戏的忠实玩家，千金小姐带了大额投资空降剧组，直接挤走女主角，亲身上场，与八位美男上演了一出爱情猜猜猜。

戏内八男争一女的场面十分辣眼，这部剧直接被骂上了热搜，整个暑假都没有消停。

江子城接的第二部剧，开拍之初也不被看好。名字叫《男生宿舍恐怖夜谈》，惊悚网络剧，一看就是烂片配置。

结果上映的时候，恰好赶上一个相似的社会热点新闻，于是该剧稀里糊涂地拿下了当月的付费观看冠军。

然后是第三部剧、第四部剧、第五部剧……

短短两年的时间内，江子城参演的片子都以各种各样的理由红了。这些片子有的又烂又糙，有的制作精良，有的大咖云集，题材也各不相同，可偏偏都火了。

而频繁在这些"火"片里出镜的江子城，逐渐被观众们注意到了。

江子城的演技没话说，不管是扮乖卖巧还是玩狠装酷的角色，他都刻画得入木三分。等到下了戏、卸了妆，他摇身一变，又成了社交网络上的搞笑博主，每天都有金句、段子分享。

他完全没有偶像包袱，接地气得很，开起玩笑来荤素不忌。

经纪人实在受不了他在微博上成天发段子，就没收了他的微博账号。

后来他开了个小号，叫"@江子城1"。

经纪人没收了这个账号。

于是他就开了个"@江子城2"。

经纪人又没收了第二个小号。

可他的小号就像韭菜一样，割了又长，先是"@江子城3"，再是"@江子城4"，然后是"@江子城5"……

就这样，他一直开到"@江子城18"，经纪人终于放弃，懒得管他了。

粉丝们开玩笑，说他哪天要是不想拍戏了，可以转行去做杜蕾斯的微博文案，绝对能拿到百万年薪。

"@江子城18"回复了这条评论：我还没拿到三大国际电影节的影帝，我是不可能退休的。

而就在他写下这条评论的第二天，《满堂彩》入围威尼斯国际电影节的消息传遍了整个娱乐圈。

天心影视公司的老板办公室里，冷气开到了18℃。

江子城坐在单人沙发里，姿势不太规矩。宽大的潮牌T恤松垮地罩住他的身体，他今天穿了一条破洞牛仔裤，两边膝盖都露在外面，他正奋力地把T恤往下扯，想要给自己的膝盖保保暖，免得日后年纪大了得老寒腿。

在他对面，这家公司的老板拿起手帕，擦拭起光溜溜脑瓜上的汗水。

"那个，子城啊，恭喜你，新片入围威尼斯国际电影节。"老板的语气非常客气，甚至带着一点点谄媚。

没办法，这家影视公司小极了，唯三的签约艺人有两个闲到抠脚，江子城是当之无愧的一哥——虽然这个"一哥"放在别的影视公司只能算是十八线小艺人。

江子城还在和自己的大T恤与破洞裤奋战，随口答道："老板，您这么说就太客气啦。我还要谢谢公司允许我私下接活儿呢。"

没错，《满堂彩》这部让江子城第一次登上大银幕的电影作品是他自己淘换来的。电影预算一共五十万元人民币，导演一人身兼数职，几个圈内朋友负责灯光、收音、剪辑、配乐，拍了十天就杀青。导演拿了一半预算请戏班唱了十天戏，江子城身为男主，片酬只有五万块钱。

他现在拍一集电视剧都不止这个价格，所以他接下这份工作时，经纪人怀疑他疯了。

可没办法，谁让他是"一哥"呢。

而且这个"一哥"运气旺得要命，只要他参演的片子，绝对会火。

只是经纪人也没料到，这次他会火到威尼斯国际电影节上去。

老板端起茶杯默默喝茶，半天没说一句话。

江子城一边拉扯着 T 恤下摆，一边随口问："您叫我来，是要和我讨论之后的营销怎么搞吗？我还是希望低调一些，吹电影可以，吹我就算了，千万别把我和其他明星捆绑在一起。您也知道，我那些铁粉基本等于不存在，到时候被人屠版了太难看。"

他絮絮说了半天，都没听到老板的回话。

他这才觉得不对，抬起头，看向老板身旁的经纪人。

经纪人移开了眼睛。

他又看向了老板。

老板专注喝茶。

"……"江子城预感到了什么，轻声问："老板，咱们公司是遇到什么困难了吗？"

"唔，这个事情嘛……"老板咳嗽一声，"你放心，倒闭是不会倒闭的，就是、就是过几天要换个名字……"

江子城懂了："咱们被人吞并了？"

经纪人低低地"嗯"了声。

江子城对这个答案并不意外，他早就知道这种家族作坊式的小公司做不长。

全公司上下连带艺人一共二十个人，除了江子城以外，剩下十八个人都和老板有血缘关系。老板有着根深蒂固的大家族式观念，一个人开公司，全家人一起赚钱。

江子城调用起脸上的每一寸肌肉，发挥他从业两年来的顶尖演技，一寸一寸，一厘一厘，让自己浑身上下每一个毛孔都散发出了

"惊讶""意外""不可置信"的气息。

"怎么会这么突然？"他声音里带着一种落寞和遗憾，眼睛里也盈起了薄薄一层泪花，"之前完全没听到风声。"

"其实也不算突然了。"老板安慰他，"你之前一直在专注拍戏，可能没注意到，从今年年初开始，咱们公司的运营状况就不太好了。"

呵。

江子城怎么可能没注意到？去年年底公司就发不出员工工资了，老板扣着他的片酬不放，忽悠他把片酬换成了公司五分之一的干股。他点头同意后，公司才有钱交下一年的房租。

经纪人说："半个月前，瑞慈娱乐突然约谈咱们，说要收购，开出的条件很优渥。咱们公司正在困难的时候，所以老板就同意了。"

老板很郁闷："哪想到前脚敲定收购，后脚就传出来你的电影入围威尼斯国际电影节的消息……看来他们是早就得到了内幕消息，提前压价呢。"

江子城的身体微微往前倾，脸上挂着焦虑，拳头握紧，这副样子落在另外两人眼中，就成了紧张的表现。

老板安慰他："不过子城你放心，你大小也算是咱们公司的股东，现在又有作品能进国际电影节，瑞慈娱乐绝对不会让你坐冷板凳的！"

江子城摇摇头，依旧是一副不堪打击的模样。

经纪人和老板轮番安慰他，说到后来，三个大男人都忍不住红了眼睛。

江子城长得漂亮，哭起来也好看。泪珠挂在长长翘翘的睫毛上，轻轻一眨，便扑簌簌掉下来，一滴一滴，像是玉珠摔碎在领口上。

三个人待在办公室里哭了整整一下午，最后还是经纪人率先收住哭声，把纸巾递给自家艺人。

"子城，别哭了，眼睛都要哭肿了。"他说。

江子城还在哽咽："哭肿就肿吧，反正这一周我都不需要出门见人。"

公司不给力，他除了拍戏之外，极少有在通告里露脸的机会。

经纪人："谁说的？后天晚上，瑞慈娱乐会举办一场晚宴，你的请柬和礼服已经送过来了。"

走出公司，江子城抹抹脸上的泪花，把脸上的忧愁憋了回去，只留下一片阳光灿烂。

他如释重负地舒了口气，眼底满是感慨。

自家公司被瑞慈娱乐集团吞并，谁都可以感到意外，但是江子城绝对不会感到意外。

更准确地说，早在两年前签约天心影视公司之前，他就提前知晓这一切了。

# 第一章

# 初次见面，谢天狼

现如今，娱乐圈内三足鼎立，而瑞慈娱乐便是三巨头之一。

宴会当晚，众星璀璨，明明是公司内部的一场晚宴，可到场的明星却比一场颁奖典礼的明星还要多。

这场晚宴的主题是庆贺公司的一位老牌实力影帝荣获金凤凰奖的"终身成就奖"，同时，也给公司里那些名不见经传的小演员一个社交的机会。

江子城端着酒杯，在人群里晃了一圈。

他在娱乐圈里算是个熟面孔，他给在场的不少人都配过戏，再加上他性格讨喜，走到哪里都有人打招呼。

他所在的小公司已经确定被瑞慈娱乐收购，大家聊起天来就没那么多顾虑，都打趣他是瑞慈的明日之星。

江子城也没客气，眨着一双灵动的眼睛应下了。

等江子城走后，原本围着他转的那几个年轻人嗤笑起来，酸溜溜地评价："不就入围了威尼斯国际电影节吗？这次华语电影一同入围的还有两个名导呢，真以为他那部神神鬼鬼的小成本电影能得奖啊，我看在国内上映都不可能。"

"那可不一定呢，毕竟江子城是出了名的运气好！你看他接的剧，多烂都会爆！"

"可不是，最邪门的是他那家小公司居然被瑞慈收购了……我可听说，他毕业的时候就想来瑞慈，但是在面试阶段就被艺人主管刷下去了。哪想到峰回路转，现在人家手里拿着小公司五分之一的干股，就算只能兑 0.1% 的瑞慈股份，那也是身价倍增啊！"

……

这些人在背后的议论，江子城根本听不到，这时候的他正猫着腰，悄咪咪溜到露台，打算好好透透气。

小公司有小公司的好，至少他在那里是"一哥"，没那么多社交要求。现在他摇身一变，成了瑞慈娱乐旗下的十八线艺人，需要应付的人的数量直线上升。

他很喜欢和人打交道——但这种戴着面具的交际，还是越少越好。

露天阳台处，有人比他早一步抢占了好位置。

是个熟人。

江子城一乐，从他身后凑上去，猛地冒出一个脑袋，没大没小的说："才叔！你怎么躲在这里呀？"

被称作"才叔"的中年男人吓了一跳，赶快按灭手里的烟蒂，紧张兮兮地回过头，一双充满烟味的大手就要按住他的嘴巴。

"小祖宗，你小点声！给你才叔留点清净行不行？"

江子城："清净？才叔，别人想抢这份热闹，还抢不到呢！"

才叔正是《满堂彩》的导演，他是瑞慈娱乐的签约摄影师，今年四十八岁，人生中有一多半的日子都是和摄像机一同度过的。他性格木讷安静，拿过国内的几个摄影奖，不算籍籍无名，但绝对不出挑。

江子城是在某个大剧组里认识他的。某天晚上，两人在横店外的烧烤摊相遇，聊着聊着，才叔喝高了，秃噜出来他藏在心中的一个大秘密：他想转型做导演，拍电影。

可他从来没有执导经验，剧本也是私底下抽空断断续续写的，他对这个作品没什么信心，怕拍出来徒增笑柄。

那天晚上究竟说了什么、做了什么，才叔实在记不清了，他唯一记得的是，他睁着一双醉意蒙眬的眼睛，和江子城对视了一段时间，可能是十秒钟，可能是半分钟。等他酒醒后，江子城告诉他，他不仅愿意担任这部电影的男主角，片酬更是低到只要五万块钱。

才叔特别不好意思，觉得自己肯定耍了酒疯，江子城是顾忌面子才勉强同意的。

谁想江子城爽朗一笑，笃定地说："才叔，这部电影肯定能成功的！明年的三大国际电影节上，绝对能听到你的名字！"

才叔只当他是说笑，谁承想真被江子城说中了，他执导的这部处女作，居然真的闯进了威尼斯国际电影节！

想到这里，才叔看着江子城的目光分外炙热："人家都是'乌鸦嘴'，只有你是'喜鹊嘴'，居然真被你说中了！"

"那是。"江子城嘻嘻哈哈没个正形，"你没听其他人说吗？我这人运气好到逆天，上辈子是招财童子，哪个剧组有我，就等着赚钱吧！"

"行行行，咱们招财童子下凡辛苦了。"

两人聊天聊得火热，没注意到一个人影穿过层层人群的包围，向着他们所在的露台缓步而来。

男人三十出头，身量极高，高鼻深目，极为英俊，即使放在美男如云的娱乐圈里，这副相貌也实属上乘。

他着一身量体剪裁的铁灰色西装，更衬得他肩宽胸阔，猿臂蜂腰。一双长腿包裹在西裤当中，走动时西裤微微绷紧，隐隐能看到腿上的肌肉线条。

他周身气度卓然，沉稳成熟，所过之处，周遭炙热的目光全都黏在他身上，却无法拖慢他的脚步。

男人身后还跟着两位秘书样子的人，三人一同向着露台走来。

才叔先注意到了那位英俊至极的男人，他原本微驼的身子立即绷得笔直，脸上瞬间笑开了花，赶快打招呼："谢总好！"

谢总？

江子城心里一跳：瑞慈娱乐的大 boss 谢长安是位手眼通天的大佬，他三十多年前在香港发家，一手创办了瑞慈娱乐集团，经历这么多年的风风雨雨，瑞慈娱乐现在已经成为国内三大娱乐产业巨头之一。谢长安频繁出现在娱乐新闻的头条，十条有八条讲的是他的花边逸事。

谢长安前不久刚过了六十大寿，可面前的这位成熟严肃的男人只有三十出头。若是没猜错，现在这位"谢总"必然是老谢总的儿子，未来的瑞慈娱乐掌门人。

这位年轻的谢总并不认识才叔，身后的秘书靠近，伏在他耳边快速解说了两句。

谢总便点点头，眼睛转向才叔："李导演，恭喜你，作品入围了威尼斯国际电影节。"

"不敢当不敢当。"才叔没有飘飘然，他赶忙把身后的江子城拎出来，热心地给他牵线搭桥，让他也能在大老板面前露上一面。"这就是那部电影的男主角，他叫江子城，是个很有潜力的年轻人。"

江子城赶忙扬起招牌笑容，露出八颗牙齿，笑得喜庆又乖巧。

"谢总好，我是江子城。"

"江子城？"男人问，"真名还是艺名？"

"是真名，我母亲是语文老师，这个名字取自词牌名'江城子'。"

"倒是有缘。"谢总的嘴角微微抬起了一点。

江子城有些糊涂，不明白自己这个名字哪里有缘了。

见他接不上话，旁边的才叔赶忙救场："子城，咱们谢总的名字正是出自苏轼的《江城子·密州出猎》的最后一句，可不是有缘吗？"

苏轼的《江城子·密州出猎》？

江子城有个小毛病，就是他背东西必须从第一句开始背。比如问他"Q后面是什么英文字母"，他要从"ABCDEFG"开始背；问他"身份证后四位"，他要从"110101"开始背；问他"马之后什么生肖"，他要从"子鼠丑牛寅虎卯兔"开始背。

才叔一说词牌名，他心里的朗读机就立即开动起来了。

"老夫聊发少年狂，左牵黄，右擎苍……"

幸亏他对这首词非常熟悉，从头到尾一个磕巴都不打，两秒钟的工夫，就快进到了最后一句话。

"……会挽雕弓如满月，西北望，射天狼。"

江子城抬头对上男人的视线，伸出右爪，讨好地摇起小尾巴，不要钱的彩虹屁（赞美的话）叭叭往外冒。

这可是他未来的顶头上司！大老板！彩虹屁算什么，五彩斑斓的黑他都能吹出来！

"原来谢总您叫谢天狼！名字威武霸气，您本人更是身负头狼气质，领导力十足！"

在场人士的脸上表情各异，但是不约而同地沉默了。

江子城一头雾水，怎么了，难道他说错什么了？为什么大家的表情都这么奇怪？

谢总面色不变，社交笑容恰到好处地停驻在嘴角上，那双眼睛里不透一点异色。

他慢慢伸出右手，握住江子城的爪子，动作轻微地晃动了两下。

"幸会，"只听男人开口，"我是谢北望。"

江子城的马屁不仅没拍到位，还一下拍到了马蹄子上。若现场有一个"尴尬气氛捕捉器"，估计捕捉到的数字能够瞬间冲破上限值。

他握着大老板的手，撤回来也不是，继续伸着也不是，一双大眼睛眼巴巴地瞅着对方，浅棕色的剔透眸子泛上了无尽的懊恼，全身上下透着两个字：僵硬。

谢北望气度好，出了这么大一个乌龙，也没往心里去，面上四平八稳，嘴角的笑容精确到像是拿量角器量出来的，多一分就显得过于重视，少一分又显得太过怠慢。

不过想想也是，人家毕竟是大佬，风风雨雨见得多了，叫错名字这种小事又算得上什么呢。

别说被人叫作谢天狼了，就算被叫什么谢满月、谢挽弓之类的，估计也不会让他的眉毛动一下吧。

江子城一边在心里这么安慰自己，一边暗暗使劲，想把自己的爪子从谢总的大掌里撤回来……咦，为什么谢总的力气这么大？

谢北望的手指几乎在捏着江子城的指节，一寸寸撤开时，江子城感觉手上的皮肤都被刮下来一层。

他心里一凛，一股难言的危机感"噌"地从脚心直奔后脑勺——他不会这么倒霉吧，进入瑞慈娱乐的第一天，就开启了"男人你成功地引起了我的注意"的副本？

谢北望身材高大，量体定做的西装妥帖地包裹住他的身体，更衬得他身姿伟岸，卓尔不群。宴会内的灯光穿过人群，洒在他身上，投下来的阴影又恰恰好好地笼罩住了江子城。

江子城心中退堂鼓的音阶越来越低，就像百货商场里的下行电梯，在托着他噌噌往外撤。

好在关键时刻，旁边静候多时的秘书小声提醒这位霸道总裁："谢总，时间到了。"

谢北望看看腕间的手表，轻轻"嗯"了一声，表示知道了。

他转身而去，没有任何退场前的寒暄客套，不论是才叔还是江子城，都没能得到他的一声"再见"。

不过他表现得越冷淡，江子城就越安心——刚刚一定是自己想多了，谢总只不过是拽着他的爪子不放，这又能说明什么呢？

十分钟之后，谢北望站上了宴会中央的主舞台。他身旁的男人是本次荣获金凤凰奖"终身成就奖"的老牌实力影帝黄越，黄越和老总裁是同代人，从公司初建时就一直在瑞慈娱乐，扎根多年，私底下谢北望还要称他一声"黄叔叔"。

这次宴会名义上是黄越的庆功宴，谢北望把第一个发言的机会让给了他，给足了他面子。

台上的两个男人，一个成熟风趣，一个严肃冷淡，但同样引人瞩目。

江子城混在人群里，面上装出一副认真倾听的模样，可心早就不知道飞到哪里去了。

瑞慈娱乐家大业大，一个庆功宴动辄几百号人参加，几个领导依次上台发言，每个人拖延一会儿，就要害他在台下罚站一小时。这么一比，还是他以前的东家比较好，小公司只有二十个人，庆功宴辗转火锅店、小龙虾店、烤串摊，公司最困难的时候，老板娘还亲自下厨给他们做家乡菜。

想到这里，江子城摸摸肚子，悄悄后退了几步，溜着会场的墙边，向着后排的冷餐台走去。

他以为自己的撤退神不知鬼不觉，可他并不知道，他的一举一动，落在台上人眼里，实在是再清晰不过了。

谢北望站在黄越身旁，肃身而立，面色沉沉。众人都知这位年轻的谢总不苟言笑，从未有人在他脸上看到过什么大喜大悲大怒大急之色，他永远是一副扑克脸，从上班摆到下班。

谢北望向台下的秘书使了个眼色，秘书赶忙一溜小跑跑到了谢总身旁，恭敬地半弯腰，伏低身子，等着谢总的命令。

只听谢北望轻声道："把冷餐台撤了。"

秘书："啊？"

谢北望淡淡看了他一眼。

秘书哪敢问为什么，屁滚尿流地跑下台，叫来宴会负责人，吩咐她一分钟之内让场内所有能入嘴的东西都消失。

宴会负责人小心翼翼地问："那酒呢？"

秘书皱眉想了想："酒留着吧，不过少留几种。"

瑞慈娱乐的员工训练有素，命令一层层下达，响应速度极快。

于是当江子城好不容易抵达冷餐台旁，食指大动打算大吃一场时，那些漂亮的银质托盘突然一个一个从他面前消失了。

江子城明明都已经闻到冷餐台上金枪鱼小三明治佐鱼子酱的味道了，可口水还来不及分泌呢，食物就从眼前溜走了。

眼看最后一个盘子就要从眼前消失，江子城赶忙拦下服务员。

服务员问："有什么事吗？"

江子城不说话，只在脸上挤出一个可怜弱小又无助的笑容。他的相貌属于男女通杀型，眼瞳是剔透的浅棕色，睫毛一扇一扇，不用开口，看到他的人自然会给他脑补出各式各样的委屈。

服务员是外聘的，没有受过专业的"抗美色训练"，坚持不到三秒就败下阵来，见领导没注意，他赶忙塞了一撮香葱黄油小饼干到江子城手里。

江子城也不挑，有东西可以填饱肚子就很好了。

他对服务员甜甜一笑，偷偷摸摸揣上干粮，打算找个地方垫补肚子。

宴会大厅是待不下去了，他第一次来瑞慈娱乐，在宴会厅里摸索了好久，终于发现一条通往花园的小路。临走前，他又"偷"了一杯酒，怕自己噎到。

台上的男人面色沉静地看着他在宴会大厅里横冲直撞，感觉像是看到了妹妹养的那只雪貂——明明有一身引人瞩目的漂亮好皮囊，可惜行事却傻乎乎的。

引人发笑。

江子城钻进小花园里，抱着小饼干大快朵颐。这饼干可比市面上卖的好吃不少，料足味香，一口下去，黄油的味道在唇齿间散开，甜却不腻。

江子城抓紧时间填饱肚子，一口一口吃个不停。

忽然身旁的灌木丛里传来一阵沙沙声，像是有什么东西在里面钻来钻去。

江子城觉得公司草坪里不会出现什么老鼠蟒蛇，估计是进了什么野猫野狗。他大着胆子拂开灌木丛，向里一看——

豆豆眼，长条身，四条小短腿配上油光水滑的大尾巴……这是什么玩意，黄鼠狼吗？

面前的小动物漂亮极了，只是因为在灌木丛里钻来钻去，雪白的皮毛沾上了不少枯枝树叶，看上去脏兮兮的。

小动物抬头对着江子城叫了两声，声音细细尖尖的，好似在撒娇。

它一双黑豆眼望着江子城，小鼻子抽动着，一副讨好的模样。

江子城想了想，拿起手中的饼干左右一晃。果然，小动物的视线牢牢锁在饼干上，他往左，它就看左，他往右，它就看右。

江子城见它玲珑可爱，也不怕这只"黄鼠狼"伤害自己，干脆蹲下身子，把饼干掰碎了，捧在手心里喂给它吃。

　　他一边喂，一边撸"黄鼠狼"："你是公黄鼠狼还是母黄鼠狼？我把自己的口粮节省下来给你，你可要记得报恩呀。如果你是公的，就给我当牛做马，如果你是母的，就给我暖床……哎算了算了，如果你是母的，就给我洗衣做饭。好不好？"

　　小"黄鼠狼"自然听不懂，小脑袋扎进他的手心，一边吃一边嗅个不停。

　　它胃口小，腰身还没有江子城的手腕粗，饼干吃了一半就吃不下了。

　　江子城见它温顺，干脆把它抱起来，结果这么一摸，便摸到它的脖颈上挂着一个细细的项圈——说是项圈，更像是一条项链，金光闪闪的。江子城用指甲一掐，手感像是纯金的。

　　看样子它应该是什么人养的宠物，这个主人非富即贵，肯定是这场宴会的一名嘉宾。

　　也不知道谁这么奇怪，居然养"黄鼠狼"当宠物。

　　江子城双手搂住它，抬起它的脑袋，凝眸注视起它的双眼。

　　小动物调皮得紧，在它怀里左动右动，一刻也不停歇，江子城费了半天劲，终于和它对上视线。

　　青年浅棕色的眸子倒映着小动物的身影，他目光澄澈，原本顽皮的小家伙像是被他蛊惑了一般，也扬起脖子，木呆呆地望着他的方向。

　　与此同时，江子城在心中默默倒数。

　　十、九、八、七……三、二、一！

　　当最后一秒倒数结束，一段画面清晰的影像突然冲进了他的大脑。这段影像并不是久远的回忆，更不是当下正发生的事情，它十分突兀地浮现在了他的大脑里，所有细节都纤毫毕现。

　　他早就料到了这段突如其来的画面，脸上不带一点慌张，就像是在看电影一样，以一个旁观者的角度，静静观看着这段神奇的影像。

画面中，这只可爱的白色小动物卧在飘窗下，温暖的阳光从窗外洒入，晒烫了它的皮毛。

它懒散地翻了个身，长长的身子灵活地扭动起来，短小的四肢勾了勾，抱住身旁的小玩具，然后全身一拧，攀了上去，圆润的小脑袋搭在了玩具上。

"嗷嗷嗷谢大白你好萌！你不要动，你保持住，让妈咪给你拍照！"

一双手出现在了视线范围内，那双手白皙细嫩，一看就是女孩子的手。她不顾形象地趴在飘窗上，拿起手机，换了八百个角度拍摄着这只软绵绵又毛茸茸的小动物。

待拍完照片后，她又急着修图加滤镜，经过她这一番精挑细选，终于选出九张美图，发表在了一个名为"@我们一起来吸貂"的微博上。

到此，整个影像化为一团白雾，渐渐消散。

虽然这段影像的内容很多，但它在江子城的脑中却像按下了加速键，几秒钟的工夫便播放到了结尾。

在外人眼中，江子城只是抱着那只雪貂呆呆看了一会儿，根本没人知道在他的大脑中究竟展现了怎样一番奇景。

影像里的雪貂有着更圆润的身材、更茂盛的毛发、更粗壮的尾巴，看上去应该是成年体。而现在被江子城抱在怀里的小家伙，明显还是个幼年期的宝宝。

"所以说……"江子城眨眨眼，两手握住雪貂的小细腰，把它举到了自己面前，雪貂好奇地弯下身子，湿润的小鼻头抵到了江子城的鼻尖上。青年专注地望着手心里的小家伙，语气中充满期待，"未来的微博大V，就在我手上？！"

他刚刚可仔细数过，"@我们一起来吸貂"的粉丝有六百多万，等于十个"@江子城18"。

江子城稀罕地抱紧怀里的"微博大V"，决定再喂它一块小饼干。

可惜看不清刚刚影像中出现的女主人样貌，要不然他现在就可以带它去找主人了。

不过，江子城还记得影像里，那个女孩是怎么称呼这只白貂的。

她叫它"谢大白"。

谢大白，谢大白……谢？

事情总不会这么巧吧？

江子城怀里抱着那只淘气的小白貂，秀气的眉毛拧成一团。

他总不能直接带着它找上谢总，告诉人家"我捡到了未来的微博大 V，它姓谢，肯定和你有关系"吧？

这剧情不像是"热心人捡到走失宠物"，倒像是"下堂妻抱子求赡养费"。

江子城挠挠谢大白的下巴："抬头，让哥哥再看一次。"

说罢，他像电视剧里的霸道男主那样用食指勾起小家伙的下巴，强迫它又和自己来了一场深情对视。

可惜这一次他看到的影像里只有孤零零的一只貂，小白貂吃了睡、睡了玩、玩完了接着吃……无忧无虑，一个月的生活费比江子城的还要高。

没办法，江子城的能力有限，没办法控制自己能够"看"到怎样的未来。经过他从小到大的无数次测试，他看到的东西完全是随机的，不过画面内容都和"对方现在最在意的事情"有关。

小学时，他通过这个能力，"看"到正在筹备婚礼的班主任老师，未来会生一对双胞胎；初中时，他又"看"到邻居家找不到工作的大姐姐，未来会成为一名金融街精英……

半年前，他就是用这个特殊能力，从才叔眼中看到了他想要当导演的信心和辉煌的未来。于是，他才会接下《满堂彩》这部看似不靠谱的电影，一路高歌猛进，直接冲进了威尼斯国际电影节。

不过小白貂不是人，宠物的思维世界很简单，江子城看了两次，都和吃睡玩有关系。

他一时有点犹豫，想着要不要冒险再"看"一次它的未来，最好能看清女主人的样貌。可他一天也只能发动三次能力，而且第三次结束之后，他会特别疲惫，他可不想在这里倒下。

他抱着谢大白左思右想，正愁没办法解决现在的难题，忽然听到花园另一条小径上响起了一阵脚步声。

为首的是个女孩子，声音轻雅，像一阵悦耳的风铃。

"哥，你别瞪我啦，我也没想到谢瑞白会突然跑丢了呀。"她委屈地说，"再说了，它明明是我养的宠物，却和你的关系最好，我能有什么办法？保镖说它往小花园这边来了，你就叫几声嘛。你一叫，它肯定就出来了。"

回答她的男声语气极为冷淡，即使隔着树丛，仿佛也能看到他冷冰冰的表情。

"我早就提醒过你，不要给一只宠物取这么像人的名字。若是让父亲知道了，成什么体统。"

女声："那就不让他知道呗。"

男声沉默半晌，又道："找到之后立即改名。"

"改什么？"

"改什么都可以，但是不准叫谢瑞白。"

"那叫谢大白总可以了吧？"

"……"

江子城看看怀里的"微博大 V"，小声唤它："谢瑞白？你的名字怎么取得比我的名字还用心。"

和区区一只宠物貂相比，江子城觉得自己的名字跟闹着玩似的，简直像是一拍脑袋随便取出来的。

他声音不大，无奈小花园里实在安静，他一出声，旁边小径上的两人立即注意到了他的存在。

小花园曲径通幽，若是顺着石砖小路绕过来还不知道要多久。谢大白的主人是个性格风风火火的女孩子，她居然一头扎进树丛中，不顾身上的礼服被树枝勾得脏兮兮的，就这么灰头土脸地从旁边的小径上钻了过来。

江子城被这位突然钻出来的千金大小姐吓到了，嘴巴微张，吃惊地看着她。

谁的小眼睛还没看影帝

女生大概十五岁，天真烂漫，一身漂亮的礼服勾勒出她玲珑有致的曲线，不过她头发上的树叶破坏了她优雅的造型。

她就那么定定地看了江子城几眼，大叫一声，突然又提起裙摆钻回了树丛那边。

只听小树丛那边传来女孩子兴奋的尖叫声："哥，不得了啦！谢瑞白……不对，谢大白变成人啦！"

江子城无语望天。

不，他不是，他没有！

三分钟之后，谢总裁终于在兴冲冲地妹妹的带领下，绕过小径，在江子城面前站定。

江子城这次不敢再吹彩虹屁了，怀里抱着小貂，老老实实地问了声好。

谢北望轻轻点了下头，像是和他打招呼都嫌麻烦似的，就那样居高临下地看着他，道了声："嗯。"

谢小姐终于找回了大家闺秀的半分矜持，也装模作样地说："这位先生，谢谢你帮我找回了我的宠物。"

江子城赶忙把小貂儿双手奉上，可不知怎么回事，这位"微博大V"突然端起了架子，四只小爪紧紧攀附在江子城身上，死活不肯回到主人身旁。

江子城要抓它，它便灵巧地在他身上攀来爬去，一会儿在他胳臂上，一会儿又爬到了脑袋上。

谢小姐有心想帮，可她一个女孩子又不好在陌生青年身上摸来摸去，只能把求助的目光投到哥哥那里。

谢北望说："江子城，你不要动。"

一边说着，男人的手掌便压了下来。雪貂见势不妙就要逃跑，可它长长的尾巴成了拖累，居然被男人一把攥住，动弹不得。

江子城心疼得要命："谢总，不能抓它尾巴的。"

谢北望问："为什么不行？"

江子城："尾巴是它的弱点，若是弄疼了它，它可能会咬……"

最后一个字还没说出来，就见谢大白一拧软软的腰肢，借力一弹，四肢并用地搂住了谢北望的手腕，而它那条蓬松绵软的大尾巴还在他手心里攥着，就算被他薅掉了一把毛，它也不肯松爪。

谢小姐羡慕地说："哥，大白究竟看上你哪里了，毛都要被你拔光了，还这么喜欢你。"

江子城颇有些恨铁不成钢：这哪里是大 V，明明是大 M 嘛。

江子城抬头看向谢北望，想看看这位冷酷无情的谢总身上究竟哪里有吸引小动物的地方。

谁想刚一抬头，却意外撞进了一双深如寒潭的眸子中。

仿佛谢北望的眼睛一直在那里等着他，等着他闯进来。

月光正好，小花园内微风阵阵，吹起一阵花香。远处宴会的喧闹声遥遥传来，悠扬的提琴声在月色下缓缓流淌。

江子城的视线像是被禁锢住了，他甚至忘了自己有移开眼睛的主动权。他就那样傻傻地仰头看着自己未来的老板，根本意识不到时间的流逝，直到一段突如其来的"未来"闯进了他的大脑。

浓雾翻涌。

热气迎面而来，空气中弥漫着一股潮湿的气味。

男人推开写有"员工浴室"标志的大门，映入眼帘的是水蓝色的陶瓷墙面。浴室的左右两边各有一排小洗澡间，用半透明的磨砂板打成隔断间。每个隔断间内各有一个喷头，照顾每位客人的隐私。

整个浴室都空荡荡的，唯有最里面的那个小洗澡间里传来了水流的声音。

热水顺着地面向着排水口流淌而去，伴随着哗啦啦的水流声，还有一阵荒腔走板的小调，飘荡而出。

"我爱洗澡皮肤好好，嗷嗷嗷，戴上浴帽唱唱跳跳，嗷嗷嗷，美人鱼，想逃跑！"

男人挑眉，循声望去。

透过半透明的门板，可以隐约看到洗澡间内，一位身材高挑的青年正在沐浴。

男人毫不在意自己身上的定制西装与脚下的手工皮鞋，踏着漫延的水波，向着那扇门走去。

一步，两步，三步。

门内的青年根本不知道危险降临，兀自唱着歌。

门外的男人好似一只蛰伏的猛兽，向着自己中意的猎物，缓缓靠近。

终于……男人抵达了洗澡间外，只需要轻轻一推，那扇门便会打开。

到了这一刻，门内的青年终于注意到门外多了一个人影，他奇怪至极——这浴室里空出的洗澡间这么多，为什么要堵在他的门口？

于是，他关掉喷头，好奇地打开了那扇半透明的小门，在门缝后露出一张疑惑的小脸，却看到谢北望倚在门外，目光从上到下把他仔细打量了一番，眼神更是带着让人看不懂的深意……

又是一阵薄雾弥漫，进行到一半的画面转瞬消失。

从"未来"中挣扎着脱身，江子城顿觉天旋地转。

这并不单单是因为第三次使用预知能力消耗了过多精力，更重要的是，在他看到的那段"未来"里，那个在浴室里被谢北望看遍全身的无辜男青年，居然是他自己！

这这这……这是什么意思？

难不成，这谢总有什么不为人知的"癖好"，就喜欢看男员工洗澡？

他出道至今，各种各样的人都见过。本以为跳槽到瑞慈娱乐后，可以迎来更好的发展，现在，他可不想平白无故地送人头啊！

不行，不行，他得赶快溜，溜得越快越好。他可不希望自己预知到的未来成真了！

在短时间之内连续三次发动预知能力实在太伤神伤身，江子城完全是凭着一股韧劲在坚持，强迫自己没在那对兄妹面前流露出一丝一毫的不对劲儿。

他把谢大白还给谢小姐之后没敢再和谢北望多说一个字，甚至连客套都没有，立即屁滚尿流地回了宴会大厅。

他找到才叔，寸步不离地跟了他一整晚。才叔没多想，只以为他来了新公司想拓展一下社交圈，于是很热心地带着他在人群里出入，给他一一介绍瑞慈娱乐的众多工作人员。

其实，晚宴后半场发生的事情在江子城的记忆里十分模糊。他实在太累了，脑袋痛得要爆炸，笑容成了他的面具，见到每一位"老师"都点头致意、寒暄握手，态度诚恳又乖巧，可具体见过谁，他一个都没记住。

等到第二天他从自己的狗窝里爬起来时，他望着微信里莫名多出的几十个新好友，犯愁了。

这个"闭关清修无事勿扰"是谁？

翻翻朋友圈，哦，是某著名编剧。

这个"知足常乐"是谁？

看看聊天记录，嘿，是以老干部人设著称的作曲家。

这个"老夫有喜了"是谁？

点开备注，咦，他居然加上了昨天宴会的主角，实力影帝黄越！

等等，这个"谢"是谁？

江子城瞪着对方的头像，心理防线轰然撤退了三百米：除了谢家那位千金小姐，谁还会用小白貂的照片当头像啊。

而"谢"发过来的打招呼消息只有简简单单的五个字："江子城，加我。"

真不愧是谢北望的妹妹，私下软萌可爱，隔着网络就原形毕露，说话的语气这么高高在上，和他那个不会正眼看人的哥哥一样。

江子城抱着脑袋在床上滚来滚去，最终还是鼓起勇气，给谢小姐发过去一个卖萌的表情。

是江子城不是江城子：【可爱】

谢：？

是江子城不是江城子：谢小姐早上好

是江子城不是江城子：大白真的很可爱，下次谢小姐一定要看好它，不要再让它跑丢了。

谢：嗯。

谢小姐的回复冷淡到超乎想象。

不过这样也好，江子城本来就不想和他们兄妹俩扯上什么关系，为了自己清清白白的声誉着想，就让他和谢小姐的关系止步于朋友圈的点赞之交吧。

瑞慈娱乐收购天心影视的进程非常快，不过一个星期，曾经由十九人家庭作坊和一名十八线"一哥"组成的小公司，就这样变成了收购合同上冷冰冰的一段记录。

收购后，曾经的天心影视公司改组为天心影视工作室，成为由瑞慈娱乐控股的一个小分支，未来的发展方向还不清楚。

除了江子城以外，剩下的十九个人全部辞退，就连老板和老板娘也没能留下。

散伙那天，又是老板娘下厨。

公司会议室里，五只电磁炉一字排开，热腾腾的火锅咕嘟咕嘟地冒着泡，红汤辣油，吃得每个人身上都是一股火锅味道。

老板娘是重庆人，这火锅底料是她自己在家里炒的，辣中带香，回味无穷，别的地方都吃不到。

江子城挤在人群之中，和老同事们说说笑笑，几十瓶啤酒流水一样进了大家的肚子。

严格来说，整个公司里只有江子城一个"外人"，虽然江子城嘴上嫌弃这个没门路没眼界的小家庭作坊，但和大家相处了两年多，心里还是有些眷恋的。

火锅涮到一半，老板亲自开车从内蒙古老家拉回来的羔羊肉吃掉了十几斤，红汤里浮浮沉沉地只剩下茼蒿与虾丸。

老板忽然起身，把酒瓶子往地下一摔，屋里瞬间静了下来。

只见他脸涨得通红，眼睛里全是血丝，说话也不清不楚。"子……子城啊！谢谢你！"他磕绊着说，"我，我大老粗一个，没什么文化……守着这点钱不知道干什么，稀里糊涂地开了这家公司……我知道，要是没有你！我们这公司连第一年都撑不下去！"

江子城哪承想会被老板突然点到，赶忙端起酒杯起身："老板，您言重了。进了天心的门，咱们都是一家人。"

"什么一家人！"这次是经纪人说话，他手里也端着一杯酒，眼睛也被熏红了，"你也知道，我们都是老板的亲戚，老板发财，想着我们，才会让我们这几个穷亲戚过来蹭工资。可是你，和我们一点血缘关系都没有，签约之前我以为要费尽口舌了，结果你就盯着我看了几秒钟，就决定签约了——这情，我们记你一辈子！"

在两人的带领下，桌旁所有人都站了起来，举杯敬向江子城。

"子城，祝你前程似锦，在瑞慈娱乐实现自己的梦想！"

江子城鼻子酸酸的，硬憋着没哭出来，他又不是草木，和这个大家庭朝夕相处了两年多，逐渐也有了真感情。

他说："老板，都是圈里人，以后大家还是有机会见面的。"

"不了。"老板摇头，"我现在是发现了，娱乐圈太难混了，混了这么多年也没混出名堂来，不如拿着瑞慈给的钱回老家，就算开个小工厂也好。"

话是这么说，可在繁华的首都待惯了，适应了大城市的节奏，习惯了娱乐圈里的奢侈，谁还能安安心心地退回十八线老家呢。

偏偏他们又没有在这里安身立命的资本。

老板娘一直在他旁边安安静静地坐着，没有开口。她是个贤内助，远嫁来此，把公司内外都打理得井井有条。

江子城忽然把视线移向了她，问："老板娘，您怎么看？"

老板娘有山城人的闯劲儿，说："我还是想留在这里的，毕竟是首都，机会多。就算不做影视了，做些别的生意也能活。"

她开口时，江子城就那样直直地盯着她，他的长相是公认地好看，全公司从上到下全都被他艳压。他今天没有做造型，由着那一头可爱的自来卷立在脑袋上，双眸晶亮，老板娘每次看到他都激起一阵母爱，根本舍不得挪开眼睛。

　　就这么一会儿的工夫，江子城已经从她的眼睛里看到了自己想知晓的一切。

　　江子城心里乱跳，没想到老板娘兜兜转转这么多年，原来走的都是错路！而真正的道路就在他们眼下，居然没一个人发现！

　　"你们有没有想过做餐饮？"江子城笑容灿烂，一指桌上的火锅，"老板娘的独家锅底秘方，比我吃过的所有火锅店都要好。餐饮只要味道好、服务好，来钱很快的！老板你把钱拿回老家开工厂，还不如留下来，开火锅连锁店。"

　　桌上的几人面面相觑，很显然，江子城的提议他们之前从未想过。

　　可是现在北京内的火锅店这么多，市场已经饱和了，他们一群毫无根基的人闯进去，真的能分到蛋糕吃吗？

　　"一定可以的！"江子城眉头微皱，咬咬牙，像是做了什么割肉般的重大决定一样，"这样吧，为了表示我对老板娘的支持，还有对老东家知遇之恩的感激，这个火锅店我投三百万入股！"

　　这是他能拿出来的所有现金了，他一个十八线小虾米，在娱乐圈混了两年，赚到的钱实在不多，这三百万也必须把他名下那套的小房子抵押出去才能凑齐。

　　不过……

　　一想到他在老板娘眼里看到的"繁华未来"，他知道，自己这个看似冲动的投资绝对不会错！

　　当天晚上，江子城的微信朋友圈里更新了一张照片。

　　画面中，前天心影视公司的所有员工围在一起，手举酒杯，每个人脸上都洋溢着同样的傻笑，桌上是吃到盘干碗净的"火锅遗骸"。

　　江子城配了一句话：预祝未来全国第一大火锅连锁品牌"天心

火锅店"生意兴隆！

　　相熟的圈内好友纷纷点赞。大家都知道他的老东家被瑞慈娱乐收购的事情，只当他在散伙饭上喝多了，胡言乱语，根本没想过他们这群"乌合之众"真的有心进军餐饮业。

　　唯有一个人当了真。

　　谢：恭喜，等开业那天，我一定登门恭贺。

　　江子城确实有点喝多了，要是往常，他绝对不敢和这位不熟的千金小姐废话这么多。

　　是江子城不是江城子：谢小姐客气啦！也拜托您和您的小姐妹们多多宣传一下！
　　谢：我没有小姐妹。
　　谢：不过我会帮你宣传的。

　　江子城由衷地叹了口气：豪门世家的生活远不如表面上那样光鲜亮丽。你看，这么活泼可爱的谢小姐，连个知心闺密都没有。
　　多可怜啊。

第二章

# 威尼斯之行（上）

　　天心影视的员工华丽转身，改组成了天心火锅店的预备军，只留下两个人给江子城做助理。

　　新助理不是别人，正是原天心影视的另外俩签约艺人——前老板的大侄子和二侄子。

　　江子城不知这该算是惊喜还是惊吓。

　　他有些为难地说："这不太好吧，以前我们三个都是公司里的艺人，现在让他们当我的助理，太……"

　　话没说完，老板就念上了："有啥不好的？你看我这俩侄子，脸比你大，腰比你粗，胆子一个赛一个小，双眼皮都不敢割。他俩就算以前当艺人的时候，也没站过C位。你演太子，他们给你演洗脚太监；你演校园一霸，他们演你身后的混混……若不是你带着他俩上戏，他俩还没有群演赚得多。"

　　大侄子、二侄子是一对双胞胎，愣头愣脑的，跳舞不行，唱歌不行，演戏更不行，混到公司被收购了也没能留下姓名。

　　如果江子城算十八线，那这兄弟俩就算八十线，到现在台词都没念过几句，每天在公司闲到抠脚。

　　他俩被这么挤对也没生气，反而嘿嘿一通傻笑。

　　哥哥说："江哥，我们俩是真心想给你当助理，因为跟着你能学东西。"

弟弟说："管吃就行，不用开工资的！"

江子城心里一算，觉得这买卖挺合适。

他现在身上所有钱都投进火锅店了，正是最困难的时候。经纪公司是不负责给艺人助理开工资的，都得艺人自己掏钱，他以前在天心的时候，一切事情都亲力亲为，现在去了瑞慈娱乐，确实需要两个助理撑门面。

双胞胎虽然脑子不好，可他俩个子高，站在身后像俩门神，特别有安全感。

江子城开心地应了："那好吧，以后合作愉快！咱们名义上虽然是上下级，但是在我心里，Kevin、Tony，咱们三个是好兄弟。"

没错，兄弟俩出道的时候取了两个洋文艺名，分别叫 Kevin 和 Tony——江子城非常怀疑这就是他俩一直没红的原因。

人家的组合是筷子兄弟，他们这算什么，是剪子兄弟、推子兄弟还是吹风机兄弟？

江子城正式加入了瑞慈娱乐，他还没来得及认识新经纪人，通告就接连而来。

《满堂彩》这部小成本电影入围威尼斯国际电影节，外界把这部电影传得神乎其神。什么"十天拍摄""五十万预算""场地免费""只有一位专业演员"……

无数影迷都对这部电影表现出了极大的兴趣，很想知道这部电影台前幕后的所有故事。

本届电影节一共有三部华语佳片入围，另外两部作品都是名家名作改编，不像这部电影这么传奇——毕竟，大家都喜欢这种"小人物逆袭"的奇迹。

在电影节最终结果公布前的日子里，不知有多少媒体向瑞慈娱乐递来了采访邀请。

才叔年纪大，又低调，拍这部实验性质的电影从没想过拿奖，只想圆梦。他从业这么多年，向来作为绿叶陪衬在主演和导演编剧身后，没人关心摄像是谁，他自然也从未踏上过舞台。

突然面对这种阵仗，他十分不习惯。

可他实在躲不过去。

瑞慈娱乐集团投资的电影以商业片为主，部部票房大爆，但在艺术性上欠缺了不少。《满堂彩》是它们最近三年来唯一一部入围威尼斯国际电影节的电影，高层要求主创必须接受至少三家媒体的采访。

才叔话不多，还好江子城能说会道，最会活跃气氛。

他们选的第一个节目，是有二十年历史的《电影报道》。

演播室的灯光下，才叔举着话筒，生涩地开了口："……创作灵感来源于两年前的一段经历。当时我陪导演和编剧去南方一个小城采风，在经过一片空地时，看到空地前搭了一个戏台。那个戏台很破旧，年头很久了，有个戏班子正在上面唱戏。底下一个观众都没有，但是演员从头到脚所有行头都装扮得妥妥帖帖，唱得特别用心。"

两位主持人立即配合地露出了敬佩的表情。

主持人道："哇，即使没有观众也要认真唱好一出戏的精神，真是了不起。"

才叔笑笑："没错，当时我也是这么想的，所以我立即拍下了他们对着一片空地唱戏的小视频，发到了朋友圈里，大加赞赏他们的敬业精神。结果没过一会儿，有个认识的当地朋友私聊我，跟我说……"

主持人好奇地问："说什么？"

"他说——'这不能拍'！"才叔表情敬畏，"其实，那是当地一项重要的民俗活动，每逢重大节日，都要请戏班登台唱戏。台下并不是没有观众，只是真正的观众我们是看不见的。"

没错，这个脱胎于真实经历的民俗故事，就是《满堂彩》的故事主线。这个故事在才叔脑袋里滚了两年，剧本直到正式开拍前才将将定稿。

主持人把话题转移到江子城身上，例行公事问他为什么会接这部电影。

台本都是提前对过的。

江子城老实回答："这部戏的故事背景很特别，非常吸引我，所以才叔一来找我，我就决定接了。而且我和才叔是朋友，朋友的事，就算不给我片酬我也是要帮的。"

主持人又问："朋友？你和李导演年龄差距不小，你们两人是怎么成为忘年交的呢？"

才叔："我是在之前一个剧组里认识小城的，小城很聪明，也很敬业，什么东西一点就透。谁会不喜欢这样有灵性的青年演员呢？"

江子城手里攥着话筒，脸微微红了："那和才叔相比，我的理由就很'功利'了。"

这个问题，他们之前没有对过。

才叔挺感兴趣的："怎么功利了，你说说看？我也挺想知道你为什么会和我这个年纪的人做朋友。"

江子城答："因为您每次都把我拍得很好看。"

才叔："哈哈哈哈，你这孩子真逗。"

其实江子城说的是大实话。

之前某部剧里，江子城出演男四号，其中有一段动作戏，需要他和男主在雨中对打。男主是一位正当红的小鲜肉，助理提前和才叔打了招呼，希望才叔掌镜时，把江子城拍的"丑一些"，不要抢风头。

作为摄影师，才叔有无数种方法让江子城在观众面前丑态毕露。可最终呈现在屏幕上的他，即使满身泥泞、妆发全湿，整个人却依旧剔透得像一块初开采的玉，狼狈却不污浊。

江子城现在为数不多的真爱粉里，有十分之八是因为这部剧入坑的。

虽然这么说有点马后炮——即使江子城没有预知到《满堂彩》会获奖，他依旧会接下这部戏，以报答才叔的恩情。

江子城一心想做个依靠异能投机取巧的小狐狸，可惜心太软。

该上的采访节目上完了，公司立即又给《满堂彩》安排了一个小规模观影会。

场地就选在了瑞慈娱乐一楼的内部电影院里，请了二十位影评人和八十位观影观众，江子城和才叔作为主创，会在电影放映结束后上台聊聊这部作品。

这是江子城头一次"触电"，又是头一次面对这些以"毒舌""犀利"著称的影评人，心里七上八下不停打鼓。

看片会前一天晚上，他整宿没睡，干脆跑到公司，坐在观众席上，痴痴地望着那片屏幕。

他喜欢演戏，喜欢在镜头前演绎各种各样不同的角色。纸上的人物小传只有短短几行字，当他投入进去，贴近那些角色时，他才能摸索那些纸笔未尽的人生。

他挑戏，戏也在挑他。

当演员是他从小到大的一个梦想，他很幸运能够实现这个梦想。为此，其他的所有愿望，他都可以不要。

观影会的现场搭建工作是熬夜完成的，当太阳初升时，会场已经焕然一新。

最后一名工人撤走，整个电影院内只剩下江子城一个人。

他昂首挺胸地走上舞台，望着会场内精心设计布置的种种装饰，一股难言的豪气油然而生。

不行了不行了，他要膨胀了！

看看，台下这一百个座位！瞧瞧，墙上挂着的主题花墙！瞅瞅，主舞台上的香槟塔！

——这都是朕打下的江山啊！

在这点上，小公司和大公司真的没法比，这么一个只有一百人参与的观影会，宣发团队砸下的预算都快比得上前东家半年的流水了。不枉江子城使尽浑身解数，削尖脑袋都要钻进瑞慈娱乐。

趁着会场内还没有人来，江子城跳上跳下，照了几十张照片，调了七八个滤镜，终于选好了成品，以九宫格形式发到了朋友圈里。

配文只有一句话：新公司，真有排面！

一不小心，他还是流露出了刘姥姥进大观园的艳羡。

但转念一想，他以后也是贾府的人了，炫东家的富那还叫炫富吗？

直起腰杆来，他可以更有底气一些的！

现在是早上五点多，他一宿没睡，其他人基本都没醒。照片发出去后，半天没人回应。

江子城每隔五分钟都要点开微信看一次，可惜连个小心心都没有。

当那股炫富的冲动褪去，理智重新占领高地，江子城望着自己发布的朋友圈，越看越尴尬。

这都发的什么玩意啊，就算是炫富也炫得太低级了。刚加入大公司几天就飘成这样，得亏没人看见，要是真被合作过的导演、编剧、艺人看到了，指不定怎么笑话他呢。

他低眉臊眼地匆匆删了照片，装作什么事都没有发生过的样子。

哪想到几秒钟之后，微信就弹出来一个对话框。

熟人。

谢：怎么删了？

是江子城不是江城子：【疑惑】

谢：朋友圈。

谢小姐说话还是这么言简意赅。

是江子城不是江城子：【挠头】

是江子城不是江城子：觉得有点尴尬。

谢：？

是江子城不是江城子：像是在炫富，影响太不好了……

现如今，他加入了鼎鼎大名的瑞慈娱乐，又有一部作品入围威尼斯国际电影节，一举一动肯定会有不少人盯着，若是被有心人冠上"炫富"的丑名大肆宣扬，那就太糟糕了。

他以为谢小姐肯定会明白他的良苦用心，哪想到对方却问了一个风马牛不相及的问题。

谢：江子城，你知道我父亲为什么会给这家公司取名"瑞慈"吗？

是江子城不是江城子：呃，祥瑞、仁慈？

他又没背过公司的发展史，哪里知道这道题的答案，只能选词填空，胡乱蒙一个。

谢：错，是音译。

是江子城不是江城子：啊？

谢：瑞慈，即 rich。

是江子城不是江城子：哦。

谢：放心。

谢：没人敢说三道四的。

这算什么，奉旨炫富吗？

在娱乐公司卖命是没有工作日和节假日之分的。只要有项目，周末和睡觉这两者都是不存在的。

《满堂彩》的观影会定在了周六下午三点，在电影和访谈结束后还有一个自助餐会。

一点多的时候，有不少人陆陆续续地过来签到。负责这场观影会的宣发团队经验十足，早就备好了人手引导观众入场，一切都规划得井井有条，完全不需要额外操心。

江子城陪在才叔身旁，对每一个前来观影的观众微笑示意，像是一株漂亮的盆栽。

江子城从来没穿过这么贵的衣服，光是他腕上的一块手表就抵得上他两年赚的辛苦钱了，他生怕磕了碰了，举胳臂都极为小心。

旁边的才叔揶揄他："小江，你又不是没演过富二代，至于吗？"

江子城说："您也不看看我参演的片子投资才几个钱，富二代每次换季都要去美特斯邦威一掷千金，最爱吃的西餐厅是必胜客，送给女主的项链是在名创优品买的……您说我这么一个生活在贫困线以下的富二代，能不小心吗？"

其实不光是他腕上的手表价格惊人，他身上这身衣服也是当季秀场新款。他身材纤瘦，本来还有点担心撑不起这套西装，哪想到穿上之后，西装细细勾勒出他的身姿，让他不仅不显得像火柴人，反而多了一分仙气。

才叔开玩笑，说江子城长得这么标致，和自己站在一起，这组合不像是"导演和演员"，像是"导演和被他潜规则的演员"。

今天到场的一共有二十位影评人，都是瑞慈的老朋友，每年的润笔费就是一大笔钱，逢年过节也要常备好礼。

江子城是第一次登上大银幕，之前拍来拍去都是小屏幕作品，在影评人心里完全查无此人。不过大家拿了瑞慈娱乐的好处，见到这位"新星"，总要客气几句，说他"冉冉上升""未来可期""前途无量"。江子城不会把这些客套话当真，乖乖笑着应了，倒是落得一个"懂事"的好印象。

等到所有嘉宾和观众入场完毕，江子城和才叔又被叫回化妆间，换新造型。

江子城讶然："还要换？"

他低头瞅瞅自己身上的这套秀场新款西装，觉得还挺好看的。

今天分配来帮他的是一位执行经纪人，执行经纪人可以看作大经纪人手下替他跟进资源的助理，地位比艺人助理高很多。

那位执行经纪人是个雷厉风行的姑娘，她说："当然要换，你是这场观影会的主角，只有一套西装的话那就太寒酸了。"

说着就把江子城塞进了更衣间。

这一次，江子城换了更帅的西装、更贵的手表，整个人从头到脚透着一股精雕细琢的贵气，镜中的他风姿翩翩，不知一会儿出场后要"谋杀"多少菲林。

他天生自来卷，很容易炸毛，平常上戏前都要想尽办法把头发拉直。今天化妆师不仅没给他拉直头发，还在整体妆容完成后又往他脑袋上喷了一层"水"。那"水"里带着不少金光闪闪的碎末，落在他微卷的发丝间，灯光一打，特别引人注意。

江子城问化妆师，自己头上喷的是什么水。

化妆师语气淡然地回答："金箔水啊。"

顶着满头金箔出场的江子城，终于明白了"奉旨炫富"的真实含义。

当他走上舞台时，意外地在 VIP 席看到了两个熟悉的人影——瑞慈娱乐的当家人谢总以及他的妹妹谢小姐。

多日不见，谢北望还是那样气势森然，他静静坐在那里，两条大长腿随意交叠着，手里把玩着一个酒杯，琥珀色的酒液里，冰块在杯中碰撞着，发出清脆的声响。虽然这位大总裁脸上没什么表情，但江子城却有种感觉，觉得谢总心情不错。

在他身畔，谢小姐歪着身子正在同哥哥说话，叽叽喳喳地，一刻不停。今天她穿了一条浅粉色的淑女裙，腿上窝着一团白乎乎的"毛垫"。忽地，那"毛垫"动了动，从一个滚圆的球型拉伸成一个长条，懒懒散散，毛茸茸的大尾巴拖下来，一直垂到了少女的小腿旁边。

见江子城看过来，谢小姐眼睛一亮，把怀里的小白貂抱起来，冲他招了招手。

江子城笑眼弯弯，冲她有礼貌地点点头，只是他心里的苦没人知道。

作为朋友圈的点赞之交，这位谢小姐"热心"过头了吧？她不打招呼突然来参加观影会也就罢了，怎么偏偏把谢北望叫来了？

江子城提前看过流程表，像今天这种小场合，到场的最大领导是一位副总。肯定是谢小姐心血来潮，硬拽着哥哥来观影！

他现在躲着谢北望都来不及，生怕谢总突然对自己产生什么不该有的"兴趣"！

哪想到千躲万躲，偏偏在今天撞到了枪口上。

电影开映前，江子城、才叔在台上简单说了两句，台本都是提前写好又拿去审了很多遍的，江子城早就背得滚瓜烂熟了。

他这人有个优点，就是一进入工作状态，什么杂念都没有了，一心一意只想着工作。

这次请来做观影会主持人的是同公司的一位大佬，江子城以前上过他主持的户外综艺节目，他珍惜每一个来之不易的机会，在那期节目里拼命表现自己，玩游戏玩到浑身脱力。结果等到正式播出时，他的镜头没剩下几个，有热心粉丝做了剪辑，九十分钟的综艺节目，他只出场了短短十分钟，其中九分五十八秒都是和人同框。

哪想到如今时来运转，他终于可以堂堂正正地站在舞台中央，作为主角、而不是陪衬品，和这位大主持人谈笑风生呢？

太激动人心了！

简短地自我介绍之后，大厅内的灯光暗下来，电影终于要正式开始了。礼仪小姐领着他们三人走向了座位。

场内的座位排列很有讲究，第二、三排是影评家，第四、五排是合作媒体与客户，后面几排都是观众席，第一排最好的位置就是VIP席了。

可偏偏VIP席中间的那个座位，正是谢北望的位置！

他右手边坐着妹妹，左手边还空着两个座位，明显是给他们几人预留的。

江子城后背上的汗毛一下竖起来了，他立刻"懂事"地表示："才叔，您看这只剩下两个空位了，您和主持人坐这里吧，我在后面随便找个位置就好。"

主持人：“那怎么行？你是主创，当然要坐第一排。”

江子城：“不不不，我是小辈，您二位都是我的长辈，我坐后面，我坐后面。”

说着江子城就要溜，又被才叔一把薅住袖口。

他们几人谦让的时间有点久，谢小姐听得腻味了，一噘嘴，招手把工作人员叫过来了。

她语气有些娇蛮，却不惹人讨厌：“你们怎么排的座位啊，怎么少了一个位置？”

工作人员冷汗直冒，又不能说实话——本来第一排正中间的位置是留给副总的，哪想到副总没来，谢总却带着妹妹来了。正因为他们多了一个人，所以才导致位置少了一个。

工作人员一脸为难，谢北望倒是明白了这其中的关窍，语气淡淡地开口：“这两个座位就让李导演和王主持坐吧。”

江子城瞬间没憋住眼里的喜色，立即就想往后排溜。

谁想男人接下来的那句话，直接把江子城定在了原地。

只见这位不苟言笑的谢大总裁，薄唇微张，不紧不慢地抛出了几个字——

“江子城，你坐我腿上。”

工作人员吓得膝盖一软，差点跪地上。他结结巴巴地说：“谢、谢、谢、谢、谢总，您可真会开玩笑。”

谢北望这才正眼瞧了他一眼：“知道我是在开玩笑，还不赶快把事情解决了？”

工作人员立即屁滚尿流地走了。

他们几人说话时声音很低，没让后面几排的人听到。

谢小姐后知后觉地“啊”了一声，笑着捶了捶哥哥：“哥，你刚才语气太真了吧，我差点当真了。”

才叔：“哈哈哈，我也是。”

主持人：“哈哈哈，我也是。”

江子城硬着头皮，也跟着说：“哈哈哈，我也是……”

当灯光完全暗下来后，《满堂彩》这部充满话题性的神秘作品，终于在所有观众面前拉开了帷幕。

虽然这个电影脱胎于一个有些毛骨悚然的民俗故事，但整部电影和灵异神怪没有任何关系，更多的是在表达男主角寂寞的内心世界与光怪陆离的外部世界的抗争。

江子城饰演的男主角是个孤儿，自小被戏班班主收留，成了这个戏班所有成员的"儿子"。他耳濡目染，从小就对唱戏很感兴趣，宁可当个跑堂的小工也要留下来，偏偏班主并不允许他学戏，"强迫"他去读书，希望他能有出息。暑假时，叛逆期的男主角跟随戏班去了乡下唱堂会，这一次，班主要求男主角老实待在后台，不准出去。

于是男主角只能窝在后台的角落里，听着前面传来咿咿呀呀的唱戏声与堂下观众热闹的叫好声，幻想自己也同那些"角儿"一样，披上斑斓的戏服，戴上精致的头面，登台亮相，收获那些炙热的目光。

当大戏落幕，男主角终于按捺不住心中的激动，冲向了台前——然而舞台下，哪有什么观众，只有一片绵延不绝的坟冢罢了。

整部电影的预算是五十万，结果等剪辑完了，预算都没有用完。

才叔一个人身兼数职，他既是导演，又是摄像，还是编剧……在他的镜头下，画面带着一种压抑到极致的美，那些戏剧装扮越是斑斓，背景就越是暗淡。

当然，最美的还要属镜头下的江子城。

才叔特别爱给江子城拉特写。

江子城的颜值属于特别能打的那种，皮肤剔透，五官漂漂亮亮的，即使在电影大银幕上也看不出来一点瑕疵。

不管才叔是拉个正面特写还是拉个侧面特写，只要镜头一推过去，电影院后头就传来抑制不住的低叫声。

这次观影的八十名观众，有一半都是从江子城的粉丝后援团里选出来的，他粉丝其实不多，但大多是颜粉，小姑娘们爱他爱得不得了。

　　其实那些粉丝已经尽力压住叫声了，但内心的骚动哪是那么好遮掩的，只要江子城单人镜头一出现，整个电影院都浮动着一种雌性动物集体求偶的荷尔蒙味道。

　　谢小姐觉得她们有趣极了，频频回头看向后排。

　　谢北望敲打她："在座位上动来动去像什么样子？安静看电影。"

　　谢小姐委屈："电影无聊死了，哪有粉丝有趣啊。"

　　她今天被哥哥拖来看电影，听介绍还以为是灵异片，兴致勃勃地过来凑热闹，哪想到电影开场半小时，她就睡过去三次，还是被粉丝的叫声唤醒的。

　　这种光怪陆离的文艺片，确实不适合她这种烂漫活泼的小姑娘看。

　　她安静了没两分钟，又折腾起来："哥，你知道这种粉丝叫什么吗？"

　　"叫什么？"谢北望语气有些敷衍，他双眼望着大屏幕，像是在看镜头里的人，又像是在看别的什么东西。

　　谢小姐得意极了："这叫女友粉。"

　　顾名思义，女友粉就是想给男明星当女朋友的粉丝。

　　她又掰着手指算起来："当然，还有亲妈粉、事业粉、妹妹粉、逆苏粉……"

　　谢北望问："逆苏是什么意思？"

　　谢小姐不小心说出了粉圈专业语，暴露了自己每天不好好学习专心混粉圈的真相，赶忙捂住嘴巴不敢说话了。

　　电影院观影需要安静，偏偏兄妹俩一直在小声说话。坐在谢北望左边又左边的江子城听不到他们在说什么，但这并不妨碍江子城用一双愤怒的眼睛瞪他。

　　这谢总突然跑来观影也就罢了，看电影的时候还一直说话，要不要给他一个喇叭啊，看看到底有什么大事非要在这时候叨叨。

　　当然，江子城这些话也只敢在心里嘀咕，谁让谢北望是总裁呢，江子城这种十八线小虾米即使有再多不满也不能表现出来。

七十分钟的电影很快放映完毕，最后一个镜头是江子城站在灯火阑珊的戏台中央，举目远眺。镜头从一望无尽的坟冢上拉过来，最终落在了江子城的双眼之中。

江子城很不要脸地觉得，他五官里最漂亮的便是这双眼了。估计是身负异能的缘故，很多人与他对视时都会陷入恍惚之中。这双眼睛就像是一团可以握在手中的雾，又像是一汪会沸腾的泉水，蕴含着千万句话，承载着千万种可能。

当这么漂亮的一双眼睛被放大到屏幕上时，没有人能够违心地不称赞它。

电影结束后，有十五分钟的休息时间，江子城和才叔又被请回休息室换新的造型。

江子城被折腾累了，无奈地问："为什么才叔换造型，就是换一块手帕，换一条领带，我换造型就是从头到脚换一层皮啊？"

执行经纪人说："因为你是艺人，卖脸。才叔是导演，卖才华。"

江子城："姐，扎心了。"

执行经纪人又说："你就别抱怨了，你想想婚宴上的新娘子不都是这样吗？一天下来要换三四套礼服，打扮得漂漂亮亮的，明明累得筋疲力尽还不能抱怨。"

江子城无话可说。

这类比错了吧，他是男的啊，当什么新娘子呀？

等到江新娘重新出场时，发现 VIP 席位正中间的两个位子已经空了，工作人员悄声解释，说谢总公务在身提前离场，谢小姐也跟着一起走了。

江子城巴不得他早早离开呢。

他如释重负，在接下来的采访环节里表现得特别好，又懂梗又会接话，不知帮才叔救了几次场。

面对粉丝的表扬，他谦虚以对；面对影评人的批评，他虚心受教。他全程应对自如，根本挑不出一丁点错来。

采访之后是自助晚宴，江子城又换了第四套衣服，这次他已经认命了，乖乖地像个芭比娃娃一样任造型师摆布，摇身一变又是一位精致的小王子。

晚宴地点就在一楼餐厅，餐厅也根据《满堂彩》的电影主题重新进行了一番装饰，自助餐菜色丰富、食材昂贵、味道绝佳，绝对不是市面上那种九十九元一位的自助餐厅可以比的。

江子城对于瑞慈娱乐的豪气又有了更深一层的体会，今天这一天下来，他奉旨炫富也炫得越来越有底气。

他本想安安静静吃饭，粉丝们却不给他这个时间。

他一入场，热情的粉丝们就像看到了鲜花的小蜜蜂，嗡嗡嗡地围上去，嘴里叫着"哥哥、哥哥"，手里举着相机，想与他合影。

江子城向来珍惜粉丝，不管是签名还是合影都没有问题，甚至还有大胆的粉丝扑过去，讨了一个"爱的抱抱"。

江子城兢兢业业地给每一个粉丝"发福利"，却不知道自己的一举一动都落入了另一双深邃的眼睛。

餐厅中庭是无顶设计，站在楼上可以清楚地看到餐厅中的情景。

谢北望从会议室里出来，正要走向电梯，忽然在天井旁停住了脚步。

他垂眸望着脚下的餐厅，只见餐厅里，江子城即使满身疲惫，依旧挂着笑容与每一位粉丝互动。

谢北望就那样安安静静地看了一会儿，表情说不上喜怒。他不动，助理和秘书也不敢催，只能老老实实地立在他身后。

男人忽然开口问身旁的助理："你听过女友粉吗？"

谢总有三个助理，刚巧这个助理是负责市场公关方向的，非常熟悉粉圈的一些内情。

助理赶忙解释了一番女友粉的含义，他见谢总一直盯着楼下那个小明星，心里大胆揣摩了一番圣意，小心翼翼地补上了一句："女友粉只是粉丝之间的玩笑，当不得真的。"

谢北望点点头，接着问："那'逆苏粉'又是什么意思？"

助理一时没答上话来。

谢北望侧头看他："我从盈盈嘴里听来的词，你没听过？"

"听过。"助理一脸为难，半晌才像便秘一样挤出了几句话，"有些粉丝会幻想男艺人娇萌可爱的样子，希望男艺人投入自己的怀抱，让自己像疼老婆一样去宠爱他。"

他没说的是，有些时候，逆苏粉的幻想还带着一点 S 倾向。

"当粉丝，果然有趣。"

谢北望微微挑眉，他望着餐厅里被女友粉淹没的江子城，笑了。

等到送走最后一位宾客，江子城瘫倒在休息室里，半天爬不起来。

他觉得浑身上下累得都要散架了，但是在疲惫之后，又从心底升腾出一种难言的快乐。他从业两年多，这是第一次应对这么多的媒体和粉丝——哪个艺人不希望自己被人追捧呢？

他正眯着眼睛休息，旁边的助理 Kevin（也可能是 Tony）赶忙把他的手机送了过来。

"江哥，你手机响了，好像是微信。"

江子城懒散地接过手机，点亮屏幕，瞥了一眼——然后噌一下从沙发上坐了起来。

微信里是"谢小姐"发过来的消息。

谢：抱歉，临时有事，只能先走一步。

谢：电影很好看。

看时间，应该是电影放映后给他发来的消息。

江子城赶忙回复。

是江子城不是江城子：没事没事没事。

是江子城不是江城子：谢小姐百忙之中来支持我的电影，我十分感动。

不，他一点都不感动，他恨不得离这兄妹俩远远地才好！

谢：你的粉丝今天很热情。

是江子城不是江城子：还好还好。

是江子城不是江城子：她们虽然有些热情过头，但都是很可爱的。

江子城很庆幸自己拥有这么一群可爱的粉丝，即使再苦再累，一想到有这么一群人在身后支持着自己，他就觉得异常幸福。

可是很快，江子城就笑不出来了——

谢：不知你的粉丝群，要怎么加入呢？

"谢小姐"说要加入江子城的粉丝群，当然是开玩笑的。

"谢小姐"日理万机，每天要处理的公务不知凡几，哪有什么心思去掺和粉圈白圈的事情，他纯粹就是想逗逗江子城——

谁让在下午的观影会上，江子城看到他和妹妹到场的时候脸色那么臭，虽然江子城极力遮掩了，但眼睛里的小刀子还是唰唰唰地往他身上飞，真是好玩极了。

也不知道江子城对自己哪里来的这么大的敌意。

可惜谢北望这一次"逗"他逗过了界，在那句玩笑之后，江子城居然整整三天没有理他！

等到三天后再出现，江子城"愧疚"地回复了一句。

是江子城不是江城子：不好意思啊谢小姐，最近工作忙，手机一直在助理手里，没看到您之前的留言。

**谢:【微笑】**

谢北望把助理叫过来，问了问江子城最近究竟在忙些什么。

哪想到江子城是真的有推不开的工作——在观影会的第二天，江子城就飞到威尼斯去了。

今年一共有三部华语电影入围威尼斯国际电影节的主竞赛单元，从入围到颁奖典礼有半个月的时间，很多影评家和剧组成员会提前飞抵，在那里进行必要的社交活动。

江子城和才叔属于到得晚的那拨人，瑞慈娱乐给他们安排了头等舱，一切享受贵宾级待遇。

江子城逐渐习惯了奉旨炫富，这次终于开始心安理得地享受头等舱的美食美酒了。

飞机飞了十个小时，江子城一个人就喝掉了一瓶免费的香槟。

才叔笑话他："怎么一副第一次坐头等舱的样子？"

哪想到江子城很坦然地回答："我还真是第一次坐头等舱，以前最高只坐过商务舱。"

才叔想想也是，江子城以前那家公司穷得要死，他参演过的电视剧也是资金有限，断不可能给小配角买头等舱的。

瑞慈财大气粗，不仅给江子城和才叔买了头等舱，连江子城随行的两位助理也是商务舱级别。

Kevin 和 Tony 兄弟俩人高马大，四条无处安放的长腿一直顶到了前排座椅，他们端坐在座位上，只要不说话，还是蛮唬人的。

江子城去洗手间的时候，偷听到了其他旅客聊天。

旅客甲说："看到那对双胞胎没有，个子好高，一米九不止吧？"

旅客乙说："这趟航班飞到威尼斯，莫不是什么明星吧？"

旅客甲："我看明星不见得，应该是模特。"

旅客乙："也对，小眼睛高颧骨，高级脸嘞。"

江子城："……"

下机时，头等舱的旅客先走。

两位"高级脸男模"双双从座位上站起身，步调一致地走到江子城身边，一个帮他拎包，一个帮他提箱，态度殷勤，行事妥帖，嘴巴里喊着"大哥、大哥"。

旅客甲和旅客乙目瞪口呆，他们不认识江子城，见他长得漂漂亮亮，穿着随性潇洒，认定他是个明星，而且还是配得起这种高规格助理的明星。

江子城顶着其他旅客的目光，从心底油然而生一种难言的虚荣感，腰杆都挺得更直了！

结果刚下机，洗剪吹兄弟就暴露了智商上的缺陷。

只听 Kevin 说："江哥，为什么这里人口音那么重啊？"

Tony 说："是啊，他们的英语怪怪的，我们都听不懂。"

江子城没脸说话了，倒是旁边的才叔笑了。

才叔："因为他们说的不是英语啊，这里是意大利。"

兄弟俩第一次走出国门，亦步亦趋地跟在江子城身后。在此之前，他们去过最远的地方是海南岛，还是坐船去的。

江子城走，他们便走，江子城停，他们便停。

江子城怀疑他们没把他当老大，反而是把他当成了鸭妈妈。

鸭妈妈领着两个超龄超高的儿子往行李提取处走去，地接人员早在几天前就到达威尼斯了，现在正在接机口等他们。

哪想到这么巧，他们在行李提取处遇到了熟人——偏偏，是江子城非常不愿意见到的那个。

江子城望着行李转盘旁那几个熟悉的身影，眉头悄悄打了个结。

才叔也看到了那一行几人，与江子城的迟疑不同，才叔脸上立即扬起了老友重逢时的惊喜，双臂张开，快速迎了上去。

"胡导演！"才叔热情地说，"还有嘉铭，没想到这么巧，在这里就遇到你们了！"

胡导演和才叔年纪差不多大，精瘦，一脸干练。在他身旁站着一个二十七八岁的年轻男子，皮肤偏棕，体格健壮，是很健康的那种肌肉型男。

这次入围威尼斯国际电影节的三部华语佳片，有一部来自中国台湾。而现在与他们在机场巧遇的团队，正是来自中国台湾的《他的秘密》剧组。

胡导演在中国台湾享有盛名，捧起过许多届金马奖奖杯。至于这部电影的男主角黄嘉铭年少出道，最近几年尝试向实力派转型。他很有天分，团队也给力，最近几年势头很稳。

胡导演此前和才叔合作过，这次老友相见，自然有说不完的话。才叔转型做导演的第一部作品就能入围威尼斯国际电影节，胡导演不知多替他开心。

两位中年人在旁边热络地聊着天，留下两位男主角面面相觑。

同样是坐了十个小时的飞机，江子城风尘仆仆，一脸倦色，而黄嘉铭却衣装笔挺，就连头发都在下机前重新抓过。

黄嘉铭把黑口罩褪到下巴处，脸上漾起笑模样，轻声说："嗨，好久不见。"

江子城赶忙往后退了一步，巴不得躲在助理身后。

之前黄嘉铭为了争取大陆市场，参演过一部两岸合拍的抗战题材电视剧。他饰演一位国民党爱国将领，他在剧里一身戎装，眼神烈烈，军服纽扣系在喉结下，标标准准的禁欲系男神。

这部电视剧一经播出，立刻抢占了无数头条，三家首播电视台收视率全部破1、单网收视率破2，二轮播映权被多家电视台抢购，是真正现象级电视剧，不知多么风光。

黄嘉铭的角色十分抢眼，他长得帅，立得正，死得伟大，以此圈了不少粉丝。

而江子城也出演了这部电视剧——他饰演黄嘉铭身旁的副官，男十八号，为了给黄嘉铭挡枪，死在了他怀里。

因为他们戏中的兄弟情太过感人，戏外互动又多，所以圈了不少CP粉。

可惜，粉丝们知人知面不知心，哪里知道这个黄嘉铭的真实模样?

还记得第一次拍定妆照时,黄嘉铭一见到江子城的扮相,脸就耷拉下来,让经纪人去找副导演提意见,说自己身边的副官绝不能这么扎眼。说白了,他就是嫌弃江子城长得太出挑,同他站在一起,硬生生衬得他老了好几岁。

最后,黄嘉铭的经纪人硬是让服装组给江子城换了一套大一号的军服,松松垮垮罩在身上。

好在江子城身板笔直,宛如白杨,即使穿着这么肥大的军服,也不显得邋遢,反而更显高挑。

黄嘉铭心眼小,以"副官不能抢风头"为名,删了不少江子城的戏。只要摄像机一关,他连招呼都懒得同江子城打,脸色要多难看就有多难看。但是当着记者的面,他的胳臂就没从江子城的肩膀上放下来过,嘴里时时刻刻念叨着"好兄弟",十足的两面派!

剧一播完,他们之间也没有了其他的交集。

谁承想时隔这么久,他们居然在机场遇到了!

江子城小心瞥了眼身后的 Kevin 和 Tony,有这两位门神在,他的底气终于足了那么一点点。

黄嘉铭见他不答话,干脆主动伸出手来,笑着打趣:"副官,难道你把我忘了?"

旁边有不少双眼睛看着,江子城只能不情不愿地伸出手去,和黄嘉铭交握:"电视剧早就拍完了。我不叫副官,我叫江……"

"我当然知道,你叫江城子嘛。"黄嘉铭眼神温柔,若是有摄像机在旁边,他们之间的兄弟情肯定又要上头条了。

江子城在心底翻了个大白眼。

连他的名字都念错,这家伙的演技还是这么糟糕!

两方"叙旧"完毕,助理们也从传送带上把几人的行李箱搬了下来。他们两个剧组一个从台北起飞,一个从北京起飞,最终居然在同一时间段内降落,可真是天大的"缘分"。

还未到入境大厅,就听到接机通道那里传来了一阵阵整齐的呼喊声。

江子城侧耳一听，发现那群人喊的是"嘉铭嘉铭，所向披靡"。

江子城酸溜溜地想：不愧是两岸正当红的男演员，这种未正式公开的国际行程，居然都有当地的后援团来接机。

胡导演问黄嘉铭："要走 VIP 通道吗？可以让助理去联系。"

黄嘉铭的回答很谦逊："不用了，意大利后援团的粉丝这么辛苦跑过来，我应当出去见见的。"

胡导演点头，转向才叔问："那你们呢？要和我们一起走吗？"

两个剧组虽然是竞争关系，两位导演却是相交已久的友人，如果一同走出机场，还能给彼此带一波热度。

才叔刚想答应，江子城赶忙说："不了不了，我们一会儿还要去免税店买东西，就不耽误你们了。"

说着，江子城给洗剪吹兄弟俩使了个眼色，平常智商不在线的兄弟俩居然看懂了！ Kevin 立即从兜里掏出一个巴掌大的小本，非常实诚地给在座各位展示了一番——小本本上，每一页都密密麻麻写满了要帮亲朋好友采买的东西。

不知道的，还以为他们是专业搞欧洲代购的。

才叔被他搞得没脾气，只能拒绝了老友的盛情相邀，陪着自家男主角和男主角的助理徜徉在入境前的免税店里。

等到闲杂人等走干净，才叔小声问江子城："子城，你是不是和黄嘉铭有什么矛盾？"

江子城没想到才叔这么敏锐。

不过他好面子，不乐意把自己在剧组被欺负的事情拿出来说，面上还是那副天真无邪的傻样："没有啊，只是和他没那么熟罢了。而且免税店里的便宜东西这么多，现在不买，等回程的时候就没机会买了。"

才叔一脸茫然："都是从这个机场起飞，在北京 T3 落地，到时候买也是一样的啊。"

江子城不说话，只歪头狡黠地看着他。

才叔默默思考了半天，一拍大腿，说："你小子野心够大的啊。咱们这部片子能入围电影节我都觉得是走了狗屎运，你现在居然还惦记着能获奖？"

若是获了奖，他们这个剧组的一举一动都会被记者追逐，到时候肯定连机场里都是"埋伏"的粉丝，根本没时间买什么免税品。

"怎么不可能？"江子城说，"您忘了我是'喜鹊嘴'，我说能获奖，就肯定能获奖的。"

才叔根本不信，当他是在说笑话。

"就算你是'喜鹊嘴'也不行！除非你有超能力，能够预知未来，看到这部电影获奖，否则你就给我低调一点，吹牛的时候别被记者抓到，省得被人大黑特黑。"

江子城骄傲地哼了声，也不知道听进去多少。

半小时之后，他们与提前到达的瑞慈娱乐公关部的员工们汇合，坐船前往下榻的酒店。

威尼斯国际电影节在当地第二大岛丽都岛（Lido）上举办，每年八九月份这里都"星光璀璨"。一坨海鸥粪掉下来，都能砸到一个明星。

江子城觉得自己一双眼睛都不够用了，左看右看，激动得像个出来踏青的小朋友。

他到酒店后，恨不得梳洗一番就立马开工，不管是采访、街拍、看展映，他都没问题！

派来辅助他的临时经纪人却指挥两位助理把他压到了床铺里，他给他塞了助眠的褪黑素和眼罩，为他点上熏香，又在 CD 机里选一首轻柔和缓的乐曲。

"珍惜最后的休息机会。"临时经纪人一脸严酷，像极了催长工上工的地主，"今晚不用工作，安心倒时差。从明天早上到电影节闭幕，这期间你的睡觉时间加起来不会超过二十小时。"

江子城突然觉得好困，他现在就要昏睡过去了！

倒时差最为痛苦，江子城一晚上半梦半醒，睡不踏实，还做了无数个梦。

其中一个梦，是尘封在他童年中的一段悠久回忆——

江子城也说不清楚，自己究竟是什么时候开始有这种奇妙的"超能力"的，仿佛从他记事开始，他就可以通过对视，获知未来发生的事情。

不过小孩子对于时间线的概念很模糊，每当他向大人描绘出他所看到的未来景象时，大人都当作孩子的奇思妙想，没有人重视。

后来他上了小学，在电视上看到一部名叫《超人》的动画片。

那部动画片讲述了一个超级英雄的伟大故事：男主角克拉克原本是外星人后裔，还是个婴儿的他搭乘 UFO 来到地球，意外坠落麦田。于是他被地球人爸妈收养，长大后成了一名保护地球的超级英雄，而他的伪装身份是一个不起眼的小记者，身旁没有一个人知道他的真实身份。

拜这部动画片所赐，年纪小小的江子城对自己的"超能力"守口如瓶，因为他明白，一旦暴露了自己的秘密，地球就会有危险啦！

小学二年级的那个暑假，爸妈带他回乡下省亲。

八岁的江子城第一次见到漫无边际的金黄色麦田。他站在田埂上，仰头望着夕阳，激动的泪水止不住地流了满脸。

旁边路过的少年被他吓到了。少年是本村人，已经上了初中，个子很高，背很直，像是一株拼命向上生长的树苗。他赤着上身，脚踩一双破旧却干干净净的运动鞋，校服裤脚高高挽起。

少年的皮肤被晒成了漂亮的小麦色，身上裹了一层汗珠，阳光一照，亮晶晶的。他的头发很短，贴着头皮薄薄一茬，猛然看上去有些凶神恶煞，可眸子里却带着温度，有点像……有点像老房子后院的井水，深深的，透亮极了。

少年停下来，问他："你哭什么？"

江子城深沉地回答："你不懂，八年前的夏天，我的飞船就降落在了这片麦田里，我在等我的亲生父母接我回氪星。"

少年："你说的是《超人》吗？"

江子城："你知道《超人》？"

少年："你以为现在是 20 世纪 80 年代吗？我们村里早就有有线电视了。"

江子城在乡下待了半个月，每天从早到晚，他都站在田埂上等他的 UFO。

那个小麦色皮肤的少年估计是见他有趣，便也陪他等。

可惜江子城的一片诚心没有传到氪星，直到他离开，也没盼来自己的外星人父母。

回城前的最后一晚，江子城敲响少年家的大门，把自己从城里带来的巧克力、糖果、饼干、薯片一股脑地塞给了他。

"谢谢你陪我。"江子城哭唧唧地说，"可是我要开学了，地球人爸妈要逮我回去了！我等不到我的亲生父母接我回家了。"

少年低头看看怀里的零食，腾出一只手，用衣角擦干净江子城的眼泪与鼻涕。

"你别伤心了。"少年安慰他，"你看我等了这么久，也没有等来啊。"

这一晚上的梦光怪陆离，有江子城亲身经历过的事情，也有荒诞而瑰丽的幻想。等他睡醒时，这些梦境统统消散，不留一点痕迹。

江子城缩在被窝里，困倦地眨眨眼，本来想换个姿势再来场回笼觉，可惜站在他床前的四个人显然不打算让他再偷懒下去。

临时经纪人、双胞胎助理、才叔，四个人围在他床前，垂头看着他，样子像极了网上流传的唐僧师徒四人的表情。

江子城蓬头垢面地从床上爬起来，问："现在几点了？"

经纪人拉开窗帘，窗外星空压得极低，仿佛星星唾手可得。

经纪人："现在已经很晚了，都四点半了。"

江子城："早上四点半还是下午四点半？"

"当然是早上四点半。"经纪人看看表，"抓紧时间，你六点半有一场采访，我好不容易帮你谈妥，你可要好好表现。"

这位临时经纪人姓扈，与《水浒传》里的扈三娘同姓。他自我介绍时说："我姓扈，嚣张跋扈的扈。"

一看就是很不好惹的人。

扈哥很有两把刷子，江子城他们还未到威尼斯时，他就已经提前联系好了当地的各类事宜，每天从早到晚排满了采访，还见缝插针地穿进去好几个街拍，晚上还有各类晚宴，保证让江子城一天睡眠时间不超过三小时。

江子城浑浑噩噩地吃过饭，化妆师造型师们一窝蜂围上来，给他做造型。扈哥手捧采访提纲，站在他身边给他念一会儿的采访问题。

第一家媒体是意大利当地的电影评分网站，类似于豆瓣电影、时光网那种，只是这家电影网站的评分系统只公开给认证过的影评家，并不是什么阿猫阿狗都能点评的。故而上面的评分普遍偏低，但绝对不会出现国内的"C字形"评分。

扈哥说："除了提纲上的问题以外，记者也会自由发挥三到五个问题。"

江子城第一次接受境外媒体的采访，十分紧张："那如果我答不出来怎么办啊？"

扈哥打量了他几眼，平平静静地说："那你就笑。"

"别傻笑，笑得机灵些，蒙混过去。"

江子城挺不高兴的："我不想当'花瓶'。"

"没让你当花瓶，我这是让你使'美人计'。"扈哥停了停，又说，"你要是不愿使，也可以让李导演使美人计。"

才叔吓了一跳，摇头摇得褶子都飞起来了："别别别，就算我愿意使，也没人敢接啊。"

江子城想了想才叔使美人计的样子，最终决定还是自己上吧。

从早上六点半到下午六点半，江子城一刻不停歇地接受了十几家媒体的专访。听着数量很多，可威尼斯国际电影节吸引来的媒体何止上百家？其他入围的剧组，接受的采访只多不少。

才叔年纪大了，精力不济，又不善言辞，大部分说话的任务都交给了江子城，他本人则捧着一杯茶，腆着大肚子坐在沙发上，做出世外高人的笑眯眯模样。

江子城都数不清今天见过多少人了，脸早就笑僵了。

等到最后一台摄像机撤走，江子城一头栽倒在沙发上，不顾形象地摊成了"一张大饼"。

江子城有气无力地问双胞胎："今天的采访是不是都结束了？"

双胞胎之一翻了翻小本，掰着手指头算了算，疑惑地"咦"了一声："奇怪，扈哥给的行程单上有十二家媒体，怎么只来了十一家？"

兄弟俩用了三只手，左算右算，确实少了一家。

恰在此时，扈哥推门而入，脸色很难看地打断他们："别数了，*La Vida* 爽约了。"

江子城："'拉'什么？"

"*La Vida* 杂志。"扈哥说，"二十分钟之前他们记者来了电话，说上一个采访对象耗时太长，今天不能来采访了。"

江子城没太在意："这又不是什么大事，反正我和才叔还要在这里待一周，过几天采访也是一样的。"

"他们未来一周的采访计划都排满了，还不知版面排不排得下。"扈哥皱眉，"*La Vida* 杂志是西语世界发行量最大的一本刊物，现在少了这么好一个露面机会，影响不小。"

江子城依旧没当回事，左耳进右耳出。

扈哥："若真是前面有人拖延时间也就罢了。可我刚刚得到了消息，其实是有另一个剧组抢了这次机会，现在他们的记者正在往那个剧组下榻的酒店去。"

扈哥阴森森地问："你知道是哪个剧组截胡了吗？"

江子城浑身一激灵，一种不祥的预感从脚后跟升起。

扈哥一字一顿地说："是《他的秘密》，黄嘉铭！"

他从才叔那里听说了江子城和黄嘉铭的矛盾，这时候刚好拿出来刺激他。《他的秘密》剧组从主创阵容上来讲比《满堂彩》强了不知道多少倍，两个采访撞车，记者们当然会选择赢面大的那个。

"靠！"江子城噌一下从沙发上跳起来，趿拉着拖鞋满屋转悠，"造型师呢？化妆师呢？快！快给我做一个妖艳贱货妆，我现在就去那儿开屏去！"

扈哥按住他："你打算怎么开屏？他们在酒店里采访，你难道想打扮得花枝招展的，闯进他们的套间里？你这不叫孔雀开屏，叫野鸡乱飞。"

"那怎么办？"江子城愤愤不平。

扈哥："这件事情我已经上报了公司，未来三年，*La Vida* 不要想从瑞慈娱乐拿到一分钱广告费了。"

不愧是扈哥，真是嚣张跋扈。

可江子城没搞明白这其中的金钱关系，瑞慈娱乐是一家中国公司，*La Vida* 怎么会和瑞慈有利益牵扯？

才叔在瑞慈待得久，了解的内情多，主动给他解释："你难道以为瑞慈只在中国扎根吗？全世界不知道多少家影视上下游公司被瑞慈控股，就连欧洲的大造星工厂都有瑞慈的影子。"

江子城惊讶极了，发现自己这只土鸡真是钻进了一个金窝窝："瑞慈居然这么有钱？"

"那当然。"才叔说，"你没接触过'老谢总'，老谢总曾经在采访时说过，他平生只有两大爱好，第一是赚钱，第二是女人。"

老谢总就是瑞慈娱乐集团的创办人谢长安，别看他今年已经六十岁了，可每个月他的花边新闻都会上娱乐版头条，据说他的子嗣遍布全球，但被他公开承认的继承人只有谢北望一个。

江子城心里一动，不知怎的，脑海里忽然浮现出了谢北望的模样。他的相貌与他父亲极为相似，眼窝深邃，五官凌厉，只是身上少了那丝耽于美色的轻佻。

江子城不禁问道："那谢总的爱好是什么呢？"

"你说小谢总？"才叔想了想，"他是老谢总的功能加强版。老谢总有两个爱好，而小谢总只有一个，那就是赚钱。"

江子城腹诽，这世上有谁的爱好不是赚钱吗？

只是普通人赚钱，是拿一百块生出两百块。

而谢总赚钱，是拿一个亿生出一百个亿。

《满堂彩》剧组远征威尼斯，他们的一举一动，不知有多少双眼睛盯着。

近年来，内核优秀的华语佳片日渐稀少，三大国际电影节上只能见到零星黄皮肤黑头发的身影。今年突然爆冷，有三部华语电影登上威尼斯的舞台，已经有媒体在鼓吹今年是"中国年"。

通稿一篇接一篇的发回国内，"江子城"这个在一个月前还查无此人的名字，这次终于引来了各方的注意。

水军稍加引导，热门新闻底下的评论瞬间就被百花齐放的彩虹屁淹没了。

> 喜欢的小哥哥终于被大家注意到了！有没有人想和我一起，在城哥哥的腹肌上溜滑梯！
>
> 极致美颜江小城【心】天使脸蛋江小城【心】认真敬业江小城【心】天生演员江小城【心】
>
> 曾经的同班老同学出来说一句，小江他从初中开始就是校草、班长，只要轮到他升国旗，所有女生都争着给他当护旗手。
>
> 啊啊啊江子城你才二十四岁！你还是个孩子！妈妈不准你穿这么性感的衣服！

前三天兵荒马乱地度过了，果然如匾哥所言，江子城每天的睡觉时间加起来不到三个小时。

才叔年纪大，实在撑不住了，临阵脱逃，说什么也不去参加晚上的社交晚宴。可是江子城躲不过去，被造型师像摆弄芭比娃娃那样一通搓揉，收拾得漂漂亮亮。

今天的晚宴是 ×× 基金会主办的，基金会定期资助那些青年电影人，帮助他们实现自己的电影梦想。

江子城把双胞胎兄弟留下来照顾才叔，带着扈哥和翻译，三人一同乘坐快艇，驶向了举办晚宴的那家餐厅。

去的路上，江子城看着水岸两旁张灯结彩的情景，差一点就要沉醉进这种纸醉金迷里了。

太阳已经落山，江子城坐在船头，月色倒映在他的双眼里，波光荡漾。

"扈哥，"江子城双手搭在船身上，侧过头，下巴抵在手背上，"你以后就是我的经纪人了吗？"

扈哥摇头："不一定。我是临时调过来协助你的，具体谁带你，等到回国后会由上面决定。"

江子城挺遗憾的，虽然他们只接触了短短三天，但江子城很欣赏扈哥的工作态度，觉得他雷厉风行，又不会太过强硬，惹人不快。

江子城执拗地说："那我回去之后，向艺人总监申请和你合作行不行？"

"谢谢你的信赖。"扈哥颇有些无奈，只能说了实话，"具体之后能不能和你合作，要看这次的得奖状况。我在公司里的级别不够，如果这次《满堂彩》能得到任何一个奖项，上面就会派出金牌经纪人来带你。"

"我觉得你就很'金牌'了啊。"

"我只是入行久，和真正的'金牌'之间还有很大差距。"

江子城不喜欢听到别人用不自信的语气说话。

他坐直身体，看向扈哥的方向，严肃地说："扈哥，你把眼镜摘掉。"

扈哥虽然不懂他要做什么，但还是把他那副不离身的金边眼镜摘了下来。

他近视程度很深，鼻托在鼻梁两侧压出两道深深的痕迹，摘下眼镜后，他只能模糊看到江子城的人影，却看不清他的面容。

江子城认真无比："你看着我的眼睛。"

"你的眼睛在哪儿？"

"……"

江子城又凑近了一些，扶着他的脑袋，帮他找到了自己的眼睛，然后说："扈哥，我告诉你一个秘密——我可以预知未来。"

"哦，然后呢？"扈哥显然没当真。这就跟有些男生勾女生时说自己会看手相一样，只是一种缩短彼此距离的把戏。

江子城说："你看着我的眼睛，同时特别特别特别认真地想自己工作的事情，我来帮你看看，看你未来能不能成为金牌经纪人。"

扈哥觉得这小朋友有趣极了，说起俏皮话一套一套的。

不过小朋友想玩，他就陪他玩吧。

于是扈哥特别认真地想着，他想他当初误打误撞进入这个行业，又想起自己认真培养出来的艺人却被别的公司挖走，再想想这几年的蹉跎……

他明明看不清江子城的眼睛，可在某一个瞬间，又好像看清了。

在一片沉沉的夜色中，青年的眼睛明亮而通透，像是一束月光，在这喧嚣的夜里，洒进了他的过去、现在与未来之中。

十、九、八……三、二、一！

澎湃的雾气包裹住了江子城的脑中世界，江子城尽力睁大双眼，找寻着这段"未来"里的扈哥。

那是一间明亮而宽敞的办公室，扈哥坐在办公桌后，年纪比现在大了几岁，怒容满面。

在他对面，一个秘书打扮的年轻女子站在那里，表情不快。

女秘书冷冰冰说："我只是向您传达谢总的决定，您没有拒绝的权力。"

"那请你转告谢总，"扈哥一拍桌子站了起来，青筋在额头上跳动，"我是艺人总监，不是青楼老鸨！不管谢总想睡谁，都不能睡我的艺人！"

短暂的"未来"迅速结束，雾气重新汇聚，遮住了这段不光彩的内容。

江子城从"未来"里挣扎而出，捂着眼睛哀号出声。

他只想看扈哥的未来，没想到却看到了谢总的未来！

谁说谢北望这家伙只喜欢赚钱了，他明明和老谢总一模一样，居然对自己公司的艺人下手，臭不要脸！

如果把对人的印象分数分为十个等级，那初见面时，谢北望风姿翩翩穿过人群漫步而来的身影，至少能在江子城心里拿个八分。

至于现在……

呵，负一百多分吧。

威尼斯那边热闹，远隔万里的瑞慈娱乐也不清净。

谢北望刚从会议室里出来，秘书就俯到他耳边，低声告诉他，谢小姐正在办公室等他。

谢小姐在一所全外教的寄宿学校读书，最近放暑假，她便搬回了家中老宅，天天和父亲大眼瞪小眼。她芳龄十六，她爸高寿六十，两人待在一处，一天能吵八场架，上演十二场全武行。

谢北望推开办公室的大门，果然看到少女正气呼呼地坐在沙发上，怀里抱着她的宠物貂，正在用磨牙饼干逗弄它。

若光是少女一个人也就罢了，她身后还跟着礼仪老师、家庭助理，身旁的行李箱足有五只。

谢北望说："怎么了大小姐，这是要离家出走？"

谢小姐哼了声："我这是光明正大地搬家！我和谢老头实在处不下去了！"

谢北望："又怎么了？"

"还能怎么了？谢老头为老不尊，一大把年纪还要泡嫩模，这次带进家门的女朋友只比我大两岁！"谢小姐气得直跺脚，她穿了一条长长的鱼尾裙，裙摆摇曳，一动起来，就像美人鱼在用尾巴敲打海岸边的岩石，掀起滔天巨浪。"那个嫩模招了一堆朋友在家里开派对，一个个不穿衣服在泳池边躺着，真是辣眼睛。"

谢北望早就知道自己生物学上的父亲有多荒唐，而且毫不介意让子女看到。谢北望二十出头的时候，有一次撞见父亲招来三个女模特伺候，谢北望实在看不下去，讽刺他"这么大年纪了也不怕马上风"，结果谢长安直接回"不如儿子你帮我分担"，把谢北望恶心得一个月没和他说一句话。

谢长安年纪越大，越不服老，他像是要证明自己的能力似的，来往的女人越来越年轻，他们在公开场合出双入对、情深意切，实在让人看不下去。

谢北望看向妹妹："她们开派对那就让她们开，横竖她们身上的器官不会比你多。你躲到我这里像什么话，我是这么教你的？"

谢小姐不说话，低头蹂躏怀里的小白貂，一副心虚的模样。

最终还是负责教导她的礼仪老师开口解释起来："谢小姐给了她们一个教训，她让用人把那些女模特全都扔到泳池里去了。"

之后的发展，谢北望都能猜到。

嫩模们成了落汤鸡，湿漉漉、委屈巴巴地从泳池里爬起来，跑去向老谢总告状。

老谢总被美人们围着，哪还有什么理智？他就那么随意摆摆手，亲生女儿就被自己轰走了。

"走就走，我才不想在那里待着呢！"谢小姐梗着脖子，"哥，你不知道那群小妖精哭得有多大声，就像吞了扩音器一样。若是办个《大喇叭 101》，她们绝对高位出道。"

谢北望最宠这个妹妹，他们虽然不是一个母亲所生，但谢北望亲手把谢盈盈带大，这份感情比一般的兄妹情更加深厚。

谢北望让助理给了妹妹一张房卡："既然家里待不下去，就来我这里住吧。我的公寓就在旁边，住到开学再走。"

谁想谢盈盈并没有接那张房卡，反而眨巴眨巴眼睛，讨好地看着他。

"哥，"她撒娇，"我同学他们都出国旅行了，就我一个人在家里待着，太无聊了。"

"出国也可以，你想去阿尔卑斯山的别墅度假，还是去大堡礁潜水？我让人安排。"

"这两个都不够有趣……"谢小姐意有所指。

"那你觉得什么有趣？"

"哥，你帮我弄一张威尼斯国际电影节颁奖礼的入场门票行不行？"

谢北望稍稍一顿，嘴角笑容一闪而逝，没被任何人察觉，"行。"

威尼斯时间凌晨三点半，江子城在床上睡成一张大饼。

在威尼斯的每一天，忙碌得都像是在打仗，即使睡觉也要争分夺秒。再有二十分钟，他就要起床迎接新一天的战役。

他怕闹钟叫不醒他，于是每隔五分钟都设定了一个。

不过这一次，比闹钟到得更早的，是一条微信消息。

短短几个字，带着不容拒绝的语气。

谢：江子城，准备接驾。

江子城坐在床上，痴呆地望着微信对话框里的七个字与两个标点符号，简直怀疑自己是不是睡得太少，产生幻觉了。

他捧着手机，颤巍巍敲出几个字。

是江子城不是江城子：谢小姐，你的意思是……？

谢小姐很快甩回来三个字。

谢：威尼斯。

江子城眼前一黑，噩梦成真这个词就是为现在准备的吧？

人偏偏有这种特性：事情发展得越糟糕，他就越不信邪。江子城想，像谢小姐这样的富家小姐，每日里有无数事情要做，哪有什么时间飞到威尼斯参加电影节？去滑雪，去浮潜，不都比这个有趣多了吗？

于是江子城心里又燃起了希望的小火焰。

*是江子城不是江城子：哈哈哈，玩笑很有趣，真的唬到我了。*

结果下一秒，微信那边的人迅速甩来一张照片——照片上，谢小姐穿一身利落的炫彩运动装，长发挽成双丸子头，双腿蜷缩进加宽加大的座位里。她怀里窝着一只热烘烘的小白貂，涂着红色指甲油的双手正抱着一台游戏机，聚精会神地低头玩游戏。

照片中的背景装潢，一看就是在飞机上！

面对着堪称打脸的"证据"，江子城依旧负隅顽抗着。

*是江子城不是江城子：跨国飞机带宠物上机需要提前很久审批吧？*

怎么可能大小姐一拍脑袋，就带着谢大白千里奔赴欧洲？

*谢：私人飞机限制没那么多。*

*谢：说一声，让下面人去办就行了。*

私人飞机、私人航线、私人入关通道。

有钱了不起吗？

有钱就是了不起啊！

"谢小姐"发过来的玉照并不是自拍，看角度应该是坐在她对面的人拍的。拍照的人深谙"直男摄影"精髓，没加美颜，没加滤镜，没找角度，可谁让谢盈盈年纪小，就这样胡乱一拍，也是顶尖的漂亮，满脸胶原蛋白，苹果肌嘭嘭的。

　　江子城没多想，只当这张照片是谢小姐让保镖用她手机拍的——若他能多动动脑筋，恐怕之后很多啼笑皆非的误会，都可以避免吧。

第三章

# 威尼斯之行（中）

威尼斯时间下午五点半，谢氏的私人飞机准时降落在机场。

江子城的采访排得很紧，实在抽不出时间恭迎谢小姐大驾，除了经纪人扈哥和两位助理留下陪他之外，才叔和公关部的同仁们一同前往机场接机。

若是别的小艺人有"总裁妹妹"的微信联系方式，巴不得一天二十四小时套近乎，可江子城把他们兄妹俩都视为大麻烦，恨不得远远绕开才好。

坚持到最后一个采访结束，夜幕早已降临，可对于丽都岛来说，黑夜才是狂欢的最佳时机。

几人乘快艇回了酒店，路上，扈哥接了一个电话，眉头渐渐锁紧。

"这也太突然了吧？"

"晚上子城还有别的安排。"

"不是不能推，可是这个宴会就算子城不去也没关系吧？"

"才叔怎么说？"

"那好吧，我问问他。"

扈哥挂了电话，转过头一脸纠结地看向了江子城。

江子城脑中当即出现了"大事不妙"几个字。

江子城："扈哥，有话好好说，不要用这么复杂的眼神看着我！"

扈哥头疼地揉了揉太阳穴，转头吩咐船夫："不回酒店了，麻烦直接把我们送去 Casino MuniciPale。"

Casino MuniciPale 是丽都岛上最负盛名的娱乐场所，每年仅在夏季开放。里面不仅有赌场、酒吧、剧院，更有很多私密的小会馆，方便举行一些小型活动。

江子城昨天已经去过那里，参加了一个慈善舞会。他因为长得英俊漂亮，被不少热情的女士邀请共舞，一圈圈转下来，他两条腿都要断掉了。

江子城警惕地问："不会又要过去跳舞吧？"

"不，只是这差事不比跳舞轻松。"扈哥说，"今天晚上，有一场私密的演员聚会在'迪欧萨厅'举办，参与者必须是亚裔，这场聚会的目的就是拉近亚裔演员之间的关系，加深交往。"

江子城："听起来神神秘秘的，不会是什么'不干净'的聚会吧？"

扈哥敲了他脑袋一下："乱想什么，这是威尼斯，这是丽都岛！怎么可能在这种关键的时刻搞事情？"

"既然这个聚会没问题，那你为什么不早告诉我？"江子城还是很想拓展一下自己的人脉的，一想到能在聚会上见到韩国、日本等电影大国的前辈，他心里就不停地往上涌小泡泡。

扈哥一言难尽地看着他，提醒道："你别忘了，黄嘉铭也会去。"

瞬间，江子城对这场聚会的期待度直落谷底。

这几日在岛上，江子城一直绕着那个黄嘉铭走，他怕自己控制不住自己的拳头，给那张油腻的脸上添两道鼻血！

"我不去。"江子城硬邦邦地说，"一想到要见到他的脸，我就觉得恶心。"

"你不去不行，"扈哥说，"因为谢小姐已经在那里等你了。"

没人知道谢盈盈脑袋里究竟在想些什么。

小姑娘嘴上说来威尼斯是想凑热闹，可她一到酒店，立即换上礼服、化好妆，兴冲冲地直奔 Casino MuniciPale，说要参加晚上的亚裔演员聚会。

谢北望看出点破绽来，问她究竟是来做什么的？

谢盈盈这才在哥哥的瞪视下说了实话——她其实是来追星的。

而她追的那颗星，是一位韩国影帝。他长得不算好看，但是胜在气质佳，风度翩翩，极为儒雅。

只是这场聚会只开放给亚裔演员，就算以谢盈盈的身份也没办法拿到一张邀请函，于是谢大小姐一个电话招来了江子城，决定以他的女伴的身份混进场内。

江子城早上还在和"她"聊微信，没想到晚上就被迫和她一起出席社交场合，他真是要被阴魂不散的她搞怕了。

但谢盈盈毕竟是谢家千金，江子城有再多不满也不能表达出来，只能殷勤赔笑。

"那谢小姐，一会儿我怎么向大家介绍您？如实说您的身份，还是……"

谢小姐忙说："别，别，我不想让男神以为我是个有钱的花痴小姐，你就说我是你的翻译吧。"

谢小姐自小接受精英教育，十六岁就精通多国语言。入场之后，她立即松开江子城的胳臂，迅速钻进人群里去了。

江子城侧耳偷听了一阵，只听这位千金小姐日语、韩语、英语、粤语无缝切换，俨然一台行走的谷歌翻译机。

没过一会儿，这位"翻译"就逐渐接近了她的目标，只见她瞄准那位韩国影帝，迅速黏了上去。

江子城无所事事地在场内转了一圈，他的英语不够娴熟，遇上韩国、日本这种口音重的演员，几人只能围在一起鸡同鸭讲，谁也听不懂对方在说什么。

到最后，大家只能你眼瞪我眼，举杯邀明月。

还真别说，酒永远是拉近大家距离的最佳法宝。

江子城一连喝了三杯，兄弟认了好几个。

能走上演员这条路的人就没有长得丑的，但即使在这群人之中，江子城的相貌依旧是最引人注目的。他酒量很不错，就是有个"上脸"的毛病，只喝了几杯，红雾就漫上了耳尖，脸就像是一颗等待采摘的鲜嫩蜜桃，白里透着粉，让他的一举一动都带着一股诱人的风情。

他越喝眼睛越亮，像是被泉水冲洗过的两丸黑宝石，顾盼间熠熠生辉。

等到谢小姐兴冲冲地社交回来，看到江子城的模样吓了一大跳，赶忙伸手扶住了他。

谢盈盈："你酒量不好就不要喝这么多了。"

江子城："我没醉，我酒量很好，就是容易上脸。"

谢盈盈："醉鬼都爱说自己没醉。"

江子城见解释不清楚，干脆不解释了。

江子城问她："和你男神聊得怎么样？"

谢盈盈想都没想，立即脱口而出一串彩虹屁。从男神的头发丝夸到脚趾尖，一口气说了五分钟都没有重样。

"欧巴的声音是被上帝吻过吧？有这种天赐嗓音的人如果去录韩国语等级考试的听力部分，这世上绝对没有人会舍得不及格吧？"

江子城心想，这吹的角度可真清奇。

她忽地拽住了江子城的胳臂，问他："江子城，你是不是住在××酒店的十二层？"

江子城点点头："怎么了？"

"我男神也住在十二层，你可以和我男神共同呼吸同一片空气，一定很幸福吧。"

"……"

谢小姐又说："我也想住十二层，可是房间已经满了。"

威尼斯国际电影节期间，所有大小酒店都人满为患，就连商务房都需要提前三个月预定。

谢小姐眼珠一转，忽然道："江子城，你把十二层的房间让给我吧。"

谁的小眼睛还没看影帝

江子城没忍住，吐槽她："谢小姐，我其实刚才就想问，你是不是传说中的私生粉？"

私生粉是指对偶像私生活过度"关心"，喜欢跟踪偶像的粉丝。私生粉屡禁不止，让经纪公司十分头疼。

谢小姐把头发绕在手指上，撇撇嘴，"有我这样又美貌又有钱又有涵养的私生粉吗？"她哼了声，"好啦，不会亏待你的！"

谢小姐从随身小手包里掏出一张房卡，塞进了江子城的西服口袋里，"酒店顶楼的总统套房，双主卧，自带泳池，送给你了。"

两人在"互利互惠友好协助"的氛围下交换了房卡，谢小姐一刻都忍不住，现在就想冲回酒店换房间。

正巧江子城也在这里待腻了，他想拿到的联系方式都已经拿到了手，今晚的社交任务顺利完成，再加上居然没碰到黄嘉铭那个垃圾，这一天真是太圆满了。

江子城和那些新朋友挥挥手道别，与谢盈盈一起向着大门口走去。

谢小姐是总统套房的尊贵客人，出入都有专属游艇接送。

江子城原本觉得自己搭乘的游艇就很豪华漂亮了，当他踏上VIP游艇后，才明白什么叫真正的奢华。

游艇上有两名身着西服套裙的女士在等着他们，一个看上去四十出头，高鼻深目，应该有欧洲血统；另一个和江子城年纪相仿，模样机灵。

谢小姐给江子城简单介绍了一下，年纪大的女士是她的礼仪老师，年轻一些的则是她的生活助理。江子城在心里换算了一下，觉得这两位女士应该相当于古装电视剧里千金小姐身旁的教养嬷嬷和心腹丫鬟，只是如今换了个更 fashion 的称呼。

在回程的路上，谢小姐告诉她们，在威尼斯的这几天她决定和江子城互换房间。

两人脸上露出了明显不赞同的神色。

生活助理抢先开口："小姐，商务套间很小的，身子都转不开！"

江子城忙说："不小不小，里间休息、外间会客，自带阳台，加起来有五十平方米呢。"

生活助理立即看向谢盈盈："您听听，一共才五十平方米，还没有谢大白的游乐室大呢。"

江子城闭上了嘴。

可惜谢盈盈是个拧性子，做好的决定绝对不轻易更改，她说要换房间，那今晚她就一定要住到十二层去。

礼仪老师问："这件事情您和谢总说过了吗？"

谢盈盈一想到自家大哥，先是瑟缩了一下，又强撑硬气地抬起下巴，"告诉他做什么？反正我就要住在十二层，我那间套房就让江子城代我享受吧。"

这是打定主意先斩后奏了。

谢小姐一声令下，保镖们行动迅速，几分钟的工夫，就把谢小姐随身的五六个箱子和一只白貂全都塞进了江子城的房间里。

而江子城则被总统套房的专属管家引导着向顶楼前进。

总统套房的专用电梯隐藏在一楼一个很隐蔽的角落，需要刷卡才能开启。

短短几秒的工夫，电梯便稳稳停在了二十五楼。电梯门打开，映入眼帘的并非酒店走廊，而是直接进入了套房的玄关处！

套房的内饰并不是金碧辉煌的风格，但每一件家具、每一个摆设，都透露着一种典雅雍容的好品味。屋内摆设皆是名品，江子城扫了一眼，牌子没看出来，只看出来一个字——贵。

总统套房内共有十八间房间，江子城傻傻地问："这么多间房，哪里住得过来？"

管家答："其中有保镖房三间、用人房三间，此外还有健身房、冥想室、按摩室，若您有幕僚、秘书、助理、宠物一同随行，都可以就近安排在客房里。"

江子城什么都没有，他只有一只行李箱而已。

江子城是个有福同享的好人，他觉得这么一间大房子光是自己住太不够义气，他决定把双胞胎兄弟、才叔，还有扈哥一起叫过来享受。

他先给扈哥打电话。

电话很快接通，扈哥急吼吼地问："子城，怎么回事，怎么谢小姐住进了你的房间？"

江子城说："我把我的房间让给她啦！"

"那你住哪儿？"

"我住顶楼的总统套房！"他美滋滋，又乐颠颠。

扈哥无语望天，就他所知，原本谢小姐是和谢总住在一起的，所以江子城现在……是和谢总同住一屋了？

江子城盛情相邀："扈哥，总统套房里房间很多，地方又大，酒柜里还有很多威士忌！你把 Kevin 和 Tony 叫上，再加上才叔，咱们一起在总统套房开 Party ！"

"不了，谢谢……"扈哥心想，他年纪轻轻，还不打算死。

江子城不懂他为什么拒绝，只能遗憾地挂断了电话。

管家领着江子城来到主卧门外，推开沉重的实木大门后，天花板上的水晶吊灯应声而亮。

明亮但柔和的灯光洒在这间处处透着奢华气息的卧室内，手工编织的羊毛地毯柔软细腻，赤脚踩上去宛如踏进云端之中。

整间卧室里最引人瞩目的便是房间正中的那张雕花大床，四根立柱撑起轻纱帷幔，微风吹拂间，轻纱微摆，十分温柔。

江子城下意识地退出屋子——然后重新迈步走进来。

没错，没错！

不是幻觉，更不是系统加载故障，这间卧室真的是他的！

送走管家之后，江子城立即"嗷"一声奔向了那张 king size 的大床。

全套真丝的床上用品摸上去冰冰凉凉的，江子城一头栽进枕头堆里，把原本整整齐齐的床品摆设弄成了鸡窝状。

他原本累得要命，这时却完全顾不上困了，好不容易能住这么豪华的套房，他当然要抓紧时间"探险"。

卧室里有三扇门，一扇是步入式更衣间——江子城扬眉吐气地把自己的几件衬衫西裤放了进去，结果连一个衣柜都没有填满。

第二扇门后是卫生间，很宽敞，有洗漱台，有马桶，可江子城转了一圈却没找到洗澡的地方。

浴室和卫生间不会是分开的吧？

抱着这样的想法，江子城推开了第三扇大门。

不出他所料，在那扇装饰着珐琅与彩绘玻璃的门后，真的是一间大且豪华到足以闪瞎眼的浴室！

浴室的一整面墙上都挂着镜子，地面正中镶嵌着一个下沉型浴池，就连出水的龙头都是镀金的。不过江子城没顾得上研究浴池，他的所有注意力都被另一扇门吸引走了。

这间浴室采用对称设计，一左一右两扇门隔着浴池遥遥相对。

江子城想起谢小姐说过的话——这是一间"双主卧"的总统套房！

这么想来，那扇门的后面就是另一间主卧了？

不愧是有钱人的房子，两间主卧共用一个浴池，实在是太有情趣了。

早在踏入浴室之前，江子城就把自己的衣服脱了，身上只裹着一件真丝睡袍，迈步时觉得双腿之间凉飕飕的，不过他想这整套套房里只有自己一个人，即使他裸奔也没有关系。

若是他肯动动脑子，就会察觉出这其中的不正常之处——若谢小姐是一个人来的威尼斯，怎么可能会选择住双主卧套房呢？

江子城大胆推开了浴室的另一道门，像是一只巡视新地盘的小动物，有点警惕，有点大胆，还有点紧张。

幸运的是，另一间主卧空荡荡的，不带一丝人气。

两间主卧的布局完全相同，只是一左一右呈镜面状。江子城打开灯转悠了一圈，发现两间房间的软装风格相似，只是颜色有所区别。一个偏暗，一个偏亮，单看没什么，但是放在一起看，就有点像是女主人房和男主人房。

江子城倒在藏蓝色的男主人床上打了个滚，把床上用品弄得皱巴巴的，这才心满意足地甩甩头发，趿拉着拖鞋回到了浴室里。

刚一踏进浴室，他就把睡袍一甩，兴高采烈地奔向了那个巨大的下沉型浴池。

浴池周围有一圈按键，江子城按了一个，浴池便在几分钟的时间内注满了热水；江子城又按了一个，很快，水面上泛起了一层浓密的泡沫。

他舒舒服服地躺了进去，往下滑了滑，让热水浸没了他的锁骨。

水里添加了一些可以让肌肉放松、精神舒缓的精油，味道并不浓烈，却可以带给人一种微醺的感觉。

不知他又碰到了哪个按键，水面忽然泛起了一阵波浪，水流居然开始震动起来。原来浴池自带按摩功能，从四周喷涌而出的水柱力道适中地敲打在他身上，就像是有个巧手的按摩师在为他放松筋骨。

来威尼斯的这些天里，江子城没有一天能好好休息，疲惫一层层积累在体内，只需要一个契机，就全面爆发出来。

"嗯……"

他低低轻叹一声，觉得身上又酥又麻，慵懒的感觉从骨头缝里泛出来，渐渐弥漫到他的指尖。

按摩水柱轻轻敲打在他的肩头，又顺着脊背一层层向下推进。他仰躺在浴池里，修长白皙的四肢在泡沫里若隐若现，浓黑的短发搭在额角，露出秀气精致的五官。

他的眼帘懒懒地合着，浴室内暧昧的暗黄色灯光拥抱着弥漫的水汽，缓缓缠绕在他的身体上。

忽地，水下的水柱突然加强了力道，同时有两股激射出来，直直打向了他的腰椎两侧。

"唔！"

那里正是他身上最敏感的腰窝部位，平常摸不得碰不得，就连他自己碰到都会觉得痒。他只觉得浑身一紧接着又一松，某种酥麻的感觉顺着腰窝向全身蔓延，一种许久没有体会过的舒爽滋味渐渐泛了起来。

他像是一艘漂在小河里的船，忽然被澎湃的浪花浇透了。

光是洗个澡就有这么多门道，有钱人的快乐真是让人想象不到啊……

谢北望来威尼斯当然不是为了度假。

瑞慈娱乐集团自从五年前交入他手之后，几年来一直在陆陆续续收购全球各大影视上下游公司的股份，即使不能做到绝对控股，也力求在这些公司里有一定的话语权。

与妹妹谢盈盈不同，谢北望并非含着金汤勺出生，他小时候过的是苦日子，所以他比他的父亲还热爱赚钱。

这次他来威尼斯虽然是临时起意，但工作依旧排得很满。

谢小姐下机后直接追星，而谢北望下机后直接乘车去见本届电影节的主席和几位评委，这场密谈一直持续到了深夜。

谢北望在宴会上喝了不少酒，好在他酒量尚可，只是微醺，尚不到醉酒的程度。

回酒店后，总统套房的专属管家迎了上来，像是要说些什么。

谢北望当时正在和秘书商量后面几日的行程安排，他摆摆手，让保镖拦住了管家，没让管家靠近。

之后，他带着秘书和几位助理转移到书房继续谈工作，不知不觉间，时钟上的指针又跳过了三十分钟。

"时间不早了，今天辛苦各位了。"谢北望看向自己的得力部下，助理们跟着他一同出差，一下机就没有停过脚步，一个个都面如菜色。他说："大家就在客卧休息吧，不过你们的动静小一些，不要打扰到盈盈。"

其实谢北望的担心并无必要，总统套房隔音极佳，主卧与客卧区域分离，充分保证了主人的隐私。

其他人离开后，谢北望走向了自己的卧室。

他经常出差，住过的总统套房大同小异，对于他来说，再奢华的房子也不过是用来睡觉的地方罢了。

男人推开卧室大门，疲惫地揉揉额角，扯开领带，向着卧室正中的大床走去。

忽然，他的脚步顿住了——本该干净平整的大床乱成一团，被子、枕头四处乱飞，简直像是被黄鼠狼袭击过的鸡窝。

总统套房自然不可能有黄鼠狼，但是他的宝贝妹妹可随身携带了一只黄鼠狼的近亲。

一想到那只顽皮的白貂窜到自己屋里四处祸害，谢北望就恨不得拽住它的尾巴，狠狠抽一顿它的屁股。

小白貂在家里经常犯错，屡教不改，偏偏它长得好看又会装乖卖萌，每次惹出麻烦，它就眨巴眨巴豆豆眼，舔一舔主人的小手，妄图大事化小、蒙混过关。

但是这一次，谢北望不想再忍了。

两间主卧共用一个浴室，其中通向这边的大门并没有关紧，露着一道小缝，有隐隐约约的光线从浴室露了出来。

谢北望原以为是妹妹洗澡时忘了把门关紧，想要敲敲门提醒她。

可他的手指还未接触到门板，便听到浴室里传来一阵怪腔怪调的歌声。

"沐浴露和香香皂，今天用哪个好～毛巾衣服要拿好，水温刚刚好！"

这个声音……怎么是个男人？

而且……谢北望认识这个声音。

门内，哗啦啦的水声充斥了整间浴室。

谢北望抬手敲了敲门，可惜浴室内的人歌声太大，根本没注意到门外还有听众。

谢北望心中好笑，想着他们都是男人，不用顾忌这么多，干脆推开了浴室大门。

结果，就这样对上了一个赤裸的人影。

只见江子城浑身上下湿淋淋的，一脚踏出浴缸，正伸直手臂勾向挂钩上的浴巾！

原来，他泡完澡想起身擦净，结果忘了拿浴巾，只能赤身从浴缸里走出来，结果刚迈开步子，浴室门就被推开了！

而站在门外的人，居然是他千躲万躲也没躲开的谢北望！

江子城此刻多希望自己是一条小美人鱼，直接化成泡沫消失在空气中算了！

他浑身赤裸，可谢北望却衣着整齐，若不是场景对不上，他都要以为他的预知成真了！

他又羞又窘，顾不得去问为什么谢总会在这里，下意识地扭头往浴缸奔。

可他却忘了地面有多滑，脚下一扭，只听"扑通"一声，他直接一头栽进浴缸里，屁股重重磕到光滑的壁上，"呲溜"一声就滑进了水里。

谢北望一句话都没来得及说，就亲眼目睹了自己旗下的艺人连环出丑的惨剧。

这智商水平，看样子还没谢大白高呢。

"怎么就能笨成这样……"谢北望头疼地揉揉额角，走过去，向江子城伸出手，"还能站起来吗？"

江子城龇牙咧嘴，他抬起一只手拉住男人的手，想借力站起来。哪想到双腿刚一使力，一股钻心的疼就从他尾椎蔓延开来，他当即吓得不敢动了。他的尾椎……不会摔裂了吧？

看他疼得使不上力，谢北望眉头一蹙，也顾不得浴室的水会弄湿自己了，连忙弯下腰，将一双炙热的大手伸进了浴池内。只见谢北望一手揽肩，一手伸到江子城的膝盖下，就这么一使劲，便把他整个人从热水池里捞了起来，让他免于"淹死于浴缸"的可笑结局。

意料之外的突然失重，让江子城吓了一跳。

他想让谢北望把自己放下来，可他根本使不上力气，只能傻呆呆地由着谢北望把他抱出浴室，放到了卧室的床上。

江子城浑身上下湿漉漉又光溜溜地趴在大床上，就像是一只翻不过身的笨乌龟一样。他尴尬地扯过被子把自己盖好，恨不得把脑袋也埋进枕头里才好。

为了"救"他，谢北望身上的衣服也被完全打湿了。沾了水的西装马甲前襟敞开，被水浸成半透明状的衬衣贴在身上，勾勒出清晰的肌肉轮廓。呼吸间，他的胸口微微起伏，有水珠从喉结上滚落，又很快隐没在衬衣的纽扣下。

"用不用给你叫医生？"谢北望的视线落在他尚在滴水的脊背上，声音有些沙哑。

"不……不用。"江子城尴尬道，"我觉得比刚才好多了……"

要是让扈哥知道，自己洗着洗着澡在浴室里摔到屁股了，绝对会被嘲笑好久的！

江子城小声说："谢总，让我独自待一会儿吧……我再缓缓就会好了！"

"独自呆着？"谢北望淡淡地道，"不行。"

"为什么？"

"因为这是我的房间。"

江子城仔细一看，果不其然，他躺着的这张大床有着深蓝色的床上用品，并非他最开始入住的那一间屋子！

难道……

江子城连忙问："谢总，难道您也住这儿？"

他早就该想到的！谢盈盈是和她哥哥一起来威尼斯的！而谢盈盈换给他的房卡，也是和谢北望住在一起的！

怪就怪他先入为主，也不用脑子想想为什么总统套房会是双主卧！

谢北望果然没有回答这个显而易见的问题。

他单手插兜，就那样居高临下地望着江子城，反问道："你又为什么会在这里？"

江子城窘到不行，结结巴巴地解释了一番自己和谢小姐换房间的经过，不仅声音越说越低，身子也越缩越小。

谢北望的脸上依旧看不出什么情绪波动，他用命令的口吻说道："看在你是被盈盈'逼迫'的份上，我就当作没看到你今天做的蠢事。"

听他的语气，像是已经把事情揭过了。

江子城大喜，裹着浴巾哆嗦着说："谢……"

哪承想，谢北望还有半句话没说完："赔偿的事情明天再说。"

江子城一头雾水，什、什么赔偿？

谢北望眉眼低垂，解下了右手腕上的那块银色手表。他的动作不紧不慢，很是优雅，若是换一个场合，江子城简直要怀疑谢北望是在给这块手表拍平面广告了。

那块手表的表盘是漂亮的钻蓝色，表盘四周镶嵌着一小圈钻石，整体外观偏向休闲商务风，与谢北望身上的这套西装非常相配。

只听谢北望说："我这次出来得匆忙，待五天，只带了三块手表。"

江子城无言以对，他要说什么，难道要说谢总您好勤俭好棒？

谢北望低头看向掌中的腕表："这块是劳力士格林尼治系列，不贵，不到一百万而已。"

有钱人的金钱观真可怕！

男人忽然抬起头，向着江子城微微一笑："问题在于，它不防水。"

刚刚江子城一头栽进浴缸里，谢北望把他从浴池里捞起来时根本来不及把手表摘下来。

于是，几十万的手表就此报废。

于是，这笔债必须算在江子城头上。

谢北望见江子城还想抵赖，又道："不想赔表钱也可以，不如我和你算算我的精神损失费怎么样？"

让瑞慈娱乐集团老总欣赏下属员工的激情坠海表演，这笔账算起来，估计要抵得上江子城一部戏的收入了吧？

江子城早就把身上的所有钱都掏出来投了火锅店，甚至为此还抵押了名下的小房子。他现在连助理的工资都发不出来，哪想到从天而降六位数欠款，砸得他头昏脑涨。

他委屈地问："谢总，分期付款行不行？"

"可以。"谢北望说，"我也不占你便宜，利息就和商业贷利率持平吧。"

江子城心想，明明便宜都被你占光了好吗！

江子城郁闷地回了卧室，越想越是心烦。

他一头栽倒在大床上，连"探险"的心思都没了，他从枕头下摸出手机，愤愤地给"谢小姐"发微信。

他有诸多抱怨，但最终落在指尖下的，只有措辞客气的一句话。

是江子城不是江城子：谢小姐，请问您休息了吗？我想了想，咱们还是把房间换回来吧，我在这里会影响谢总的工作，他也肯定不想和自己的员工住在一起。

没想到谢小姐的回复非常迅速。

谢：不影响。

谢：挺好的。

谢：现在的房间分配我很满意。

是江子城不是江城子：您就算想要近距离追星，也要为大白考虑一下啊，我那个房间只有五十平方米，还没有大白的游乐室大。您带它一起住在那个小房间里，多不舒服啊。

谢：五十平方米确实太局促了。

谢：这样吧，我明天让人把谢大白送上来，在威尼斯的这几天，貂归你。

不，等等！他到威尼斯是来走红毯的，不是来给雪貂当奶爸的啊！

第二天一早，江子城在 king size 的大床上被总统套房的专属管家唤醒。

一同而来的，还有一份可以在床上享用的丰盛早餐。

当两位服务生把那足有一米长的床上早餐台推进来时，江子城觉得整间卧室都要被金钱的光芒照亮了。

昨晚入睡之前，他还愤愤地想着第二天一定要把房间换回来。可他不过是在柔软的大床上躺了一晚，又享受了一份丰盛味美的早餐，他那颗想反抗的心立即被这奢华生活侵蚀了。

要不然就再多住几天吧？

大不了以后的日子他都躲着谢总走，洗澡的时候他也会记得把对面的大门锁紧，绝对不能再发生在浴缸里摔得狗啃泥的意外事故。

享用完早餐后，江子城换好衣服走出卧室，只不过，因为昨晚屁股意外受伤，直到现在尾椎还隐隐作痛，导致他走路的姿势有些奇怪。

而在客厅里，谢盈盈正抱着小雪貂等在那里。

今天谢盈盈没有穿裙子，而是穿了一身方便运动的运动装，脚踩一双运动鞋，满满的青春气息。她今天起了一个大早，要去追欧巴行程，出发前特地上楼把谢大白交给这位临时奶爸。

她本来还担心谢大白认生，哪想到这个家伙居然乖乖攀在了江子城的怀里，两只前爪轻轻勾住他的衬衫，悠闲地甩了甩尾巴。

谢盈盈颇有些嫉妒："真是奇怪，谢大白和哥哥也就罢了，怎么他只和你见过一面，也这么亲你？"

江子城得意说："当然是因为我长得靓喽。下到八岁小妹妹，上到八十八老阿婆，没有哪个女生不喜欢我。"

谢盈盈："谢大白是公的。"

江子城无言以对。

谢盈盈见他一脸沮丧,赶忙安慰他："不过你放心,它做了绝育手术,兴许它就喜欢你这样的雄性呢。"

江子城听了她的安慰,心情更复杂了。

谢盈盈说："对了,你屁股怎么了?怎么和我哥住了一晚上,走路姿势变得这么奇怪?"

江子城在内心狂吼:谢小姐,麻烦你声音小一些,没看到周围保镖的眼神都很奇怪吗!

而且什么叫"和你哥住了一晚上"?说得太暧昧了,明明我们是两间卧室好吗?两间卧室!

江子城好面子,不好意思把自己在浴室里摔倒的事情告诉她,只能支支吾吾岔开了话题。

好在谢盈盈不喜欢刨根问底,见他不愿说,也没有继续追问下去。

"对了,"谢盈盈说,"你和黄嘉铭熟吗?"

江子城立即目露凶光,咬牙切齿地说:"不熟,连三分熟都没有,全生!"

他问:"谢小姐,你怎么会认识他?"

"不是我认识他,是我刚刚带谢大白在外面散步,他来同我搭讪。当然,我没说自己的身份,只说自己是瑞慈的人,他就误以为我是谁的助理,然后和我拉关系、套近乎,说自己和你是好朋友。"谢盈盈直白地说,"可我觉得你不可能和他是好朋友,因为他看起来好油腻。"

"何止油腻!"江子城连忙说,"他明明是比油更油、油上加油,路边早餐铺子炸了三天油条的油锅都没他油腻!"

他叮嘱她:"谢小姐,下次遇到他,你就绕道走。他这个人,人品很差的!"

谢盈盈眼前一亮,连忙说:"快快快,我最爱听这种娱乐圈阴暗面的八卦，他有什么黑历史，快说给我听！"

在此之前，江子城从来没和任何人抱怨过自己曾经被欺负的事情，毕竟他咖位小又没名气，被人踩着上位是再常见不过的事情了。说出来，只是徒增笑柄，让别人多了几分谈资。

可谢盈盈目光清澈，不知不觉的，江子城没忍住，就把曾经的事都和盘托出。

"……总之，就是这样。"江子城挠挠头，"所以我现在看到他就躲着走，眼不见为净。"

"躲着走？"谢盈盈提高了声音，"躲着走干什么！你现在可是我们瑞慈的艺人，谁还敢给你眼色？他能小人得志欺负你一时，难道还能欺负你一辈子吗？"

谢小姐不愧是豪门贵女，说话时透着一股深入骨髓的骄傲与自信，仿佛这世间就没有什么麻烦是解决不了的。有时候江子城真的很羡慕她，因为她的身后有谢家，有谢北望，所以她才有底气说出这么坚定的话。可他身后……又有谁能当他的后盾呢？

谢盈盈又说："再说，你们现在地位一样，你的影片和他的影片都入围了金狮奖，你有什么不敢见他的！等《满堂彩》拿了金狮奖，就该他绕着你走了！"

江子城笑起来："谢小姐，就连才叔都没有底气说自己能拿金狮奖。"

恐怕除了他本人以外，谢盈盈是唯一一个相信他们能拿奖的人了。

眼看时间不早，谢盈盈必须出门追行程去了。

江子城和她熟了，胆子也大了，揶揄她："谢小姐，别人是'追星族'，我看您是'追星贵族'。"

有钱有权还有闲，可不就是"追星贵族"嘛。

谢小姐念叨了两遍这个词，觉得还挺贴切的。

她一笑，问："你是在羡慕吗？不用着急，这世上肯定会有人为了讨你欢心而一掷千金的。"

等谢小姐走后，江子城本来想把谢大白留在总统套房的宠物游乐室里，可它不知怎么回事，像是第一次上幼儿园的小朋友一样，怎么都不肯离开妈妈。它的小嘴巴一张，叫声尖尖的，透着一股委屈。

江子城实在拿它没办法，只能把它安置在肩膀上，带它去找扈哥报道，打算一会儿采访时，让扈哥帮忙照顾。

今天拍摄的主题是香车美男，快艇把他们送到威尼斯主岛，那里有品牌商赞助的豪车在等着他们。

扈哥不知道这只貂是谢小姐的爱宠，见他居然抱了一只宠物来赴采访，一下炸了。

"江子城你怎么回事？有豪车有小弟还不够，居然出门自带貂？扒蒜小妹带没带，大金链子带没带？"

江子城赶忙捂住谢大白的耳朵："扈哥，慎言，这可不是普通貂，它姓谢，说不定未来会入谢氏族谱，能拿到瑞慈集团的继承权呢！"

扈哥当然不信："它姓谢？它叫谢什么，'谢顶'吗？"

"哈哈哈，真好笑。"

谢大白正在换毛期，额头的毛发稀稀疏疏的，确实不太美观。

没想到品牌方的摄影师在见到谢大白后，灵感迸发，不仅没让谢大白退场，反而让它全程挂在江子城的身上。

江子城一身夏款休闲西装，双腿交叠，懒懒倚靠在加长林肯的后座。白貂浑身雪白，无一丝杂毛，尾巴蓬满，灵巧地挽在青年的手腕上。

一人一貂同时看向镜头，表情惊人地相似——明明双眼天真懵懂，可浑身却散发着一种兽类的气场，仿佛随时会露出利齿，在你被他们软萌可欺的外表蒙蔽之时，狠狠咬上一口。

摄影师越拍越兴奋，江子城极有镜头感，他是一尊精雕细琢的东方娃娃，瓷的肤，乌的发，樱色的唇，还有一双落满了星辰的眼睛，即使隔着镜头，仿佛依旧能摄人魂魄。

三个小时的拍摄时间一晃而过，江子城与小白貂配合默契，在镜头前展现了非凡的魅力。谢大白不愧是未来的"微博大V"，丝毫不惧长枪短炮，本来江子城还担心它会被闪光灯吓到，没承想它居然这么享受拍照的时光。

等送走兴奋的摄影师后，扈哥的眼神变得异常复杂。

江子城："扈哥，你怎么用这种眼神看我？"

扈哥道："小江，你实话告诉我，这只貂是不是你的私生子？为什么你们这么像？"

江子城："扈哥，我是人，我怎么可能生出一只貂？我们有生殖隔离的好不好？"

扈哥："许仙娶白娘子的时候，也不知道她是千年的蛇精啊，那他们不是照样生孩子了吗？"

江子城说："孩子是不是许仙的还不一定呢。许仙是个女的，说不定那个孩子是白娘子有丝分裂的呢。"

两人不着边际地说了一番胡话，刚开始还能强作严肃，说到后来忍不住同时破功，嘻嘻哈哈笑成一团。

江子城真的觉得扈哥很对他胃口，这么有能力又有趣的经纪人，错过了可就再也找不到啦。

他高举双手表忠心："扈哥，等这次《满堂彩》拿到奖，我一定申请让你做我的专属经纪人。"

扈哥笑笑没接话。

江子城问他："怎么，你不信《满堂彩》能拿奖？"

"本来是不信的。"扈哥说，"可是谢总到了，我就信了。"

每年都有众多优秀的作品可以入围国际电影节，它们各有各的长处，也各有各的短板。评委会主席每年都会变，评审的口味也各不相同，同样优秀的两部作品，其中之一可能仅仅是因为题材更对评委的胃口而摘得桂冠。

电影节是所有电影公司必争之地，早在入围影片公布之前，各大电影工厂已经摩拳擦掌，向着评委们发起猛攻。

这种"猛攻"并非贿赂、拉关系，而是通过多种渠道多角度去

"公关"他们，希望在最终投票时，自己的电影能够占据一些优势。

评委们的嘴巴很严，态度看上去很中立，不会明着偏向某一方。

扈哥说："谢总昨天刚一下飞机就去参加评委会主席举办的宴会，整整聊了五个小时，我看这次拿奖的概率至少有三成。"

江子城不解地问："三成很多吗？"

"当然多，这次入围了十部作品，你一部作品就占了三成，还不多？"

江子城回忆起昨晚谢北望疲惫的面容，觉得当老板也怪不容易的。

越临近颁奖礼，江子城的工作反而越少。该做的采访都做完了，该见的人也都见过了，江子城现在唯一能做的，就是这几天多多睡觉，养好皮肤，等到颁奖礼当天，白到反光，闪瞎媒体的"狗眼"。

他回到房间时，总统套房里静悄悄的，专属管家告诉他，谢总还没有回来，他的助理和保镖也没在房间里。

江子城先去洗了个澡，这次他没忘了锁门，然后迅速滚上了属于自己的那张大床。

他想了想，摸出手机给谢小姐发微信。

是江子城不是江城子：谢小姐，今天跟你说的事情，你自己知道就好了，不要告诉别人啊。

是江子城不是江城子：我不知道他在别的剧组有没有做过类似的事情，如果有人提起这件事，你就装作完全不知道！

向来秒回的谢小姐这次失约了，江子城举着手机等了一会儿，没有等到谢小姐的回复。

他想，估计谢小姐还在追欧巴的行程，顾不上看手机吧。

他靠在枕头上看了会儿书，那是一本很有趣的传记小说，主人公正是瑞慈娱乐的上一任总裁——谢长安老先生。

这本书三观极为不正，文笔特别浮夸，剧情跌宕起伏，情感纠葛复杂。谢长安老先生在传记里被塑造成了一个爱江山更爱美人的枭雄，他的红粉知己从外国公主到混血嫩模，简直像是一本起点流金手指小说的男主人公。

江子城看得津津有味，他知道这本书百分之八十的内容都不是真的，但管那么多做什么，有趣不就行了嘛！

看到最后一个章节，作者笔锋一转，写道——

> 如今，谢长安虽然还未从总裁之位上离开，但公司的大权已经交至其子谢北望之手。据传，谢长安一生子嗣足有几十人，唯有谢北望一人出生于他发迹当年，其母不详。
>
> 谢北望出生时乌云翻滚，雨声震天，忽有一道神雷从天而下，劈碎山头！谢北望奉天道而生，落地时不哭不笑，冷若冰霜，气质天成，卓尔不群。

江子城心道，这书写得真是有趣，若是不知情的人看了，怕是以为谢北望出生时，作者就站在床头接生吧。

他迫不及待又翻过一页，没想到最后一页只写了寥寥几个字——

> 欲知谢北望生平轶事，请关注作者的新书《谢北望·天狼传奇》。

最后附上了一个大大的二维码，江子城扫了一下，发现是打赏链接。

江子城实在太想看到后续了，没忍住，给作者打过去二十块钱，附言：大大快点写，爱你么么哒！

没想到他刚确认付款，卧室外就传来了男人低沉的嗓音。

"辛苦各位了，今天早些休息，后天颁奖礼过后，我给你们每人两天假。"

江子城浑身一激灵，赶忙从床上爬起来，把书藏好，悄悄溜到卧室门旁，透过虚掩的门缝向外张望。

时钟已近十二点，谢北望结束了一天的应酬，刚刚带着随行人员们回房。

江子城注意到谢北望今天换了一块表，这次是海蓝色的表盘，比昨天的休闲一些，与他身上的西装不太配。

江子城以为自己的窥探神不知鬼不觉，哪想到意外撞进了谢北望的眼睛里——谢北望的视线越过保镖们的肩膀，静静地落在了江子城的身上。

江子城不知怎的，突然想起来那本还未完成的《谢北望·天狼传说》，吓得赶快缩回了脑袋，生怕谢北望真如书中所说，有狼心兽性，残暴可怕，把他扒皮蚀骨，吃的连渣都不剩。

他锁上门，冲回了自己的大床。

枕头旁边的手机忽然亮了，消失了好几个小时的"谢小姐"终于上线了。

第三章　威尼斯之行（中）

085

> 谢：什么事？
> 是江子城不是江城子：哎呀，就是黄嘉铭在片场欺负我，删我戏的事情嘛！
> 谢：黄嘉铭居然删你戏？
> 是江子城不是江城子：对对对，就是这样！你装得特别像！

江子城每天睡醒后的第一件事，就是刷一刷他关注的那些娱乐圈媒体账号。毕竟娱乐圈的潮流瞬息万变，十八线老透明一夕翻红变流量、天王巨星深陷丑闻瞬间人气暴跌的事情屡见不鲜。他必须掌握这些资讯动向，才不至于两眼一抹黑。

可他万万想不到，他只不过是睡了一觉，再醒来时，整个娱乐圈都被同一件事情刷屏了！

——《黑手党深夜痛揍，黄嘉铭无缘红毯！！》

江子城瞬间清醒，立即点开头条图文，迅速浏览起来。

每逢威尼斯国际电影节举办之际，丽都岛上群星璀璨，除了受邀而来的明星，还有很多过来蹭红毯、蹭热度的小艺人。岛上从早到晚全是各种宴会舞会，让人心生疲倦。很多明星为求放松，都会离开丽都岛，去威尼斯主岛上找些乐子。

昨晚……不，今天凌晨，黄嘉铭和助理一同去了威尼斯著名的酒吧街放松，结果他意外卷入黑帮械斗，惨被波及！

那家酒吧被黑帮完全砸烂了，躲在一旁的黄嘉铭被一个凌空飞来的酒瓶当场砸中，鼻血横流、眼眶乌青！

有媒体跟着急救车去了医院，黄嘉铭下车时虽被助理用衣服挡住了脸，可仍然难逃狗仔手中的加长巨炮，被拍下了鼻血满脸的惨况……

这篇新闻有图有真相，黄嘉铭这个肌肉型男在国内外都有不少粉丝，照片曝光后，他的硬汉形象受到不少影响。在很多低龄粉丝心中，她们的偶像应该如银幕里一样，铁骨铮铮、英勇善战，怎么……怎么能被一个酒瓶打倒呢？

网上的所有媒体都在热议这件事情。

提起意大利，除了威尼斯国际电影节，大家印象最深的就是黑手党了。黄嘉铭无缘无故被黑手党械斗牵连，真是倒霉至极，流年不利。

江子城翻遍了所有娱乐头条号，可怎么看怎么觉得这件事诡异得要命。

他的第六感告诉他，这些新闻里肯定缺少了什么关键信息！

想了想，他迅速点开了中国台湾娱乐网站——中国台湾狗仔敢说敢写，什么料都敢爆，江子城每次看中国台湾娱记写的新闻都能乐上整整一天。

不出他所料，中国台湾的大小媒体都在热议这件事，而他们手里有一个十分吸睛的大料：黄嘉铭根本不是"被牵连"到黑手党械斗里的，而是他在酒吧喝多了，居然向黑帮老大的女人伸出了咸猪手，结果被人揍得屁滚尿流，顺带打歪了他花了几十万新台币做的假鼻子。

江子城越想越觉得这件事诡异至极，他总觉得黄嘉铭是被人故意拉进战场，现在又被放出黑料说他酒后失仪，还顺带黑他整容……

昨天他入睡前还在烦心黄嘉铭的事情，哪想到几个小时过去，黄嘉铭居然打包离开了威尼斯。

哈哈，嘿嘿，嘻嘻嘻。

谢谢这位替天行道的大佬。

# 第四章

# 威尼斯之行（下）

江子城心情大好，美美地从床上爬起来，美美地洗了个澡，又美美地吃了顿豪华早餐，这才美美地乘电梯下楼，和扈哥他们汇合。

因为江子城原本的房间让给谢小姐了，于是一切化妆、造型场地都转移到了才叔的套房里。

今天的首要工作，是要提前试好明晚出席颁奖礼的西装。

这西装是向某著名时尚寡头品牌借的，人家眼光极高，吝于出借自己的宝贝衣服，他们挑选合作对象，既要看经纪公司的实力，又要看艺人的名气。

而江子城正是卡在这么一个尴尬的位置，他的经纪公司拳头够硬，可他自己却毫无名气，虽然他主演的电影入围了威尼斯国际电影节，但除了他自己之外，没人能笃定这部小成本文艺片能捧起金狮奖。

也不知公关小姐姐搭进去多少人情，才捧回这么一件大牌高定。

江子城在助理的帮助下乖乖穿上西装，像芭比娃娃那样原地转了一圈，收获了一屋的赞叹。

剪裁一流的板型衬托出了青年纤瘦高挑的身材，藏住了他身上的那份平易近人，只剩下夺人眼球的矜贵与骄傲。

都说人靠衣装，可衣服何尝不是靠人撑呢？

扈哥眼中满是惊艳，江子城平日里的穿衣风格和他本人的性格很像，轻松、阳光、无负担，怎么舒服怎么来，这还是扈哥第一次见他把高级时装穿在身上。

扈哥说："本来还以为得让服装助理帮你改一改尺寸，哪想到刚刚好。等你回国后，多找一些时尚资源，别浪费了这副好身材。"

江子城也觉得这身衣服太好看了，瞧瞧，这腰是腰、腿是腿的，他十分陶醉地看着镜中的自己，若他是孔雀成精的话，这时候他就要亮出自己的大尾巴了。

才叔盯着他看了半天，忽然深深呼出一口气，长叹道："如果子城穿越回古希腊时期，就能避免那喀索斯的悲剧了吧。"

江子城和扈哥两脸茫然。

江子城不得不暴露自己的文盲事实，怯怯地问："'那'啥？"

"那喀索斯。"才叔半闭上眼睛，陶醉地说，"古希腊有个美少年那喀索斯，因为长得太好看，他恋慕上了自己水中的倒影，结果溺毙而亡。"

用更通俗的话来解释，如果那喀索斯见到江子城的话，就会发现世界上还有人长得比自己更好看，这样就能避免他自恋而死的结局。

扈哥啪啪啪鼓掌："了不起了不起，李导演不愧是文化人，这彩虹屁就是比那些只会尖叫的小粉丝有水平。"

在所有人的翘首期待中，威尼斯国际电影节颁奖典礼暨闭幕式，终于拉开了帷幕。

这是江子城第一次出演电影，他不仅担任主演，更有幸踏上了国际三大电影节的红毯，这份殊荣不知有多少人在暗暗眼红。

只是，期待越大，身上背负的压力也越大。

颁奖礼是在下午举办，扈哥叮嘱他一定要好好休息，不要胡思乱想。

才叔心态好得不得了，直白地说："小城，你千万别抱太大希望，你看看场刊上的评分，咱们只有 3.27 分而已。你就当是公费来威尼斯旅行，享受一下资本主义的纸醉金迷。"

每届电影节入围作品都会被刊印在场刊上，由二十一家媒体影评人为每部电影打分。满分 5 分，超过 4 分的作品世所罕见，故而能达到 3.5 分已经算是难得的佳作，几乎每一届获得金狮奖、银狮奖的电影都是 3.5 分以上的作品。

江子城却说："媒体评分是媒体评分，颁奖看的是评委口味，您忘了几年前那部委内瑞拉电影了吗？媒体评分不到 3 分，结果逆袭夺冠，成为最大黑马。说不定评委特别喜欢《满堂彩》，给了咱们一个金狮奖呢。"

才叔笑话他："你们昨天还说我特别会吹彩虹屁，我看你才是奥林匹克运动会彩虹屁项目的种子选手呢！"

江子城不说话了。

因为他远比看上去的还要紧张。

而这一切，都和他那个可以预知未来的异能有关。

在他懂事之后，不知道试验了多少次这个神奇的异能。每次接戏之前，他都要绞尽脑汁找各种理由、创造各种机会，争取和剧组主创成员对视十秒。有时运气好，只要对视一次就能看到这部剧的未来，有时候运气差，浪费了几次异能只能看到一些无关紧要的画面。

他在接下《满堂彩》之前，和才叔对视了三次。

第一次，他看到才叔在熬夜改剧本。

第二次，他看到才叔给老朋友打电话，请他介绍价格合适的戏班。

直到第三次，他终于看到才叔接受媒体采访，那位记者的开场词是："恭喜李导演在威尼斯国际电影节上捧起金狮奖奖杯，最近十年来，您是唯一一个获得此奖项的中国导演！"

江子城带着狂喜加入了剧组，可当短暂的拍摄结束之后，他就陷入了深深的困惑中。

因为他发现，从电视剧迈向电影的这一步，比他想象中的难太多了。

他习惯了小荧幕上的表演方式，当他转向大银幕后，他的肢体语言、表情神态都有很多很多的瑕疵。虽然才叔一直在鼓励他、纠正他、引导他，可是他仍然觉得自己不够优秀。

在威尼斯的这几天，他去观摩了几部入围作品的展映，更深深觉得自己还有很长的一段路要走。

他扪心自问，他的表现，真的能把这部电影送上威尼斯的红毯吗？

如果他的贸然加入改变了结果，让整部电影大打折扣，害得才叔无法拿到属于他的奖杯，那他无论如何都无法赎罪了。

在今天之前，他都下意识地认定，他预知到的"未来"百分之百会实现。

可是现在，他头一次对这项能力产生了怀疑。

他的参与，会不会改变未来呢？

林肯轿车缓缓驶向红毯，望着越来越近的电影官，江子城心脏的跳动速度比任何时候都要快得多。

排在他们前面踏上红毯的是来自意大利本土的剧组，阵容强大，足有十几人，饰演女主的是意大利国宝级女演员，男主男配都是舞台剧演员出身，同样拿奖拿到手软。这部电影在场刊里拿到了媒体评分第一，是本届金狮奖的热门夺冠选手。

剧组成员们刚一出场，等候在红毯旁的粉丝们就热情地挥舞起手臂，欢呼声一浪高过一浪。媒体记者们疯狂按动快门，捕捉下演员们在红毯上的精彩瞬间。

因为有大剧组在前，等到才叔和江子城踏上红毯时，反差实在是太鲜明了。

导演是个五十多岁的胖大叔，第一次执导，毫无名气；演员是个漂亮的东方青年，只是演技差了那么一点火候，还显得有些生涩；电影评分在场刊里位于中流，不高不低，没有获奖之相……

记者们刚刚在前一个剧组那里耗费了不少内存，面对《满堂彩》

的两位主创，大部分记者选择随便按两下快门，只要不拍糊了就能交差。

　　江子城没想到自己第一次走红毯就碰上这种冷遇，不过转念一想，他以前参演的那些电视剧，哪次他不是给人做陪衬？但绿叶也要有绿叶的风骨，即使无人欣赏，也要站得笔直，笑得灿烂。

　　做演员，是没有在镜头前任性的资格的。

　　红毯旁边的观众席前排，趴在栏杆上的金发姑娘推了推身旁的好友："嘿宝贝，你别臭美了。抬头看看这个小帅哥，笑起来多可爱，像不像你看的那些日本动画片里的男主角？"

　　正在对着手机屏幕涂口红的红发女孩闻言翻了个大大的白眼，她是个亚洲迷，不喜欢身边的肌肉白男，更偏好亚洲电视剧里那些风度翩翩的气质美男子。她无所谓地抬起了头，把视线投在了红毯上那个纤瘦高挑的身影上，哪想到这么凑巧，红毯上的青年这时刚刚转过了身，向着观众席微微颔首，留下了一个清俊美好的微笑。

　　红发女孩手一抖，口红一下顺着嘴边拉出一条长长的红痕。她没发现自己的手指碰到了录影键，前置摄像头拍下了她蠢绝人寰的模样。

　　东方青年的笑容像是触动了什么开关一样，原本安安静静的观众席忽然骚动起来，在那一刻，仿佛所有人都被海妖塞壬蛊惑了，下意识地往红毯方向挤去，想要离他近一些，再近一些……

　　"啊！"站在第一排的红发女孩一声惊呼，原本拿在手中的手机被挤掉，直接滚到了栏杆那边，落在了红毯区上。幸亏厚厚的红毯具有防震功效，才没有让她的手机直接报废。

　　安保人员还来不及上前，江子城便注意到了这边的突发小状况。

　　他几步走到观众席前，弯腰从地上捡起了那只手机，递还给了那位红发女孩。

　　"小心。"自然流畅的英语脱口而出，江子城注意到女孩脸上的口红痕迹，忍俊不禁。他伸手点了点自己的脸颊，好心提醒她："你的口红画到这里了。"

女孩脸红了。

待江子城的背影消失在电影宫大门后，她忽然一跃而起，拉住身旁好友的双手，化身一只疯狂的尖叫蛙："啊啊啊啊啊你看到了吗，你看到他了吗？我宣布我恋爱了！从现在开始恋爱了！他叫什么名字，我要在五分钟之内看到他的资料！"

好友无语："刚刚那个韩国影帝走进去的时候，你也是这么说的。"

"这不一样！"红发女孩信誓旦旦，"'爱豆'可以有很多，但是'本命'只能有一个！"

好友听不懂她夹杂在母语里的饭圈词汇，但看红发女孩的模样，她是真的被"crush"到了。

短暂、羞涩、浓烈的一见钟情，不就是无数迷妹倒栽葱式掉坑的原因吗？

第一次踏进电影宫的人，都会被这座礼堂的"简朴"惊讶到。

电影宫是每届威尼斯国际电影节的颁奖礼举办地，它没有金碧辉煌的装潢，可一砖一瓦都带着浓浓的艺术气息。主舞台很狭窄，甚至没有国内电影发布会的嘉宾采访席大，但在座的每一个人都渴求踏上那片小小的舞台。

台下的座位排列的很密集，《满堂彩》剧组的位置被分配到了第四排侧面，除了才叔和江子城以外，经纪人、助理的座位也留好了。

Kevin和Tony第一次来到这种众星云集的场合，小声讨论着一会儿颁奖礼结束后，他们要找谁去合影。江子城真羡慕他们的心大，兄弟俩的基因里好像就没写进"紧张"这个词，不管遇到什么场合，他俩都是一副海绵宝宝和派大星的架势。

几人刚入座，扈哥接到了一个电话。

电话那端不知道说了什么，扈哥的表情很是诧异，嘴里不住地应道："是，是，我们这里有五个座位。……什么？这个……不不不，不麻烦，当然可以。……好的，没问题，我现在就跟他们说。"

待扈哥挂了电话，便转过头吩咐双胞胎兄弟："你们俩别坐在这里了，有人要征用你们的位置。"

江子城觉得奇怪，问："谁？"

扈哥："还能是谁，上面的人呗。"

双胞胎兄弟傻傻仰头望向礼堂天花板，可是天花板上空空如也，只有一盏硕大的吊灯。

扈哥给他们俩一人一个脑壳暴击，没好气地骂："傻子，我说的是谢总还有谢小姐！"

江子城心里顿时一抽抽，脱口而出："大佬们不应该坐在包厢里吗？"

扈哥伸手指了指第三排——谢小姐迷恋的那位韩国影帝正坐在前方。

江子城明了，又问："Kevin 和 Tony 把座位让给谢总，那他们坐哪里？"

扈哥："估计坐包厢吧。"

江子城立即接上："那能不能把我的位置让给他们，让我去坐包厢？"

扈哥没说话，只给了他一个凉凉的眼神，含义很明确：想都别想。

几分钟之后，谢小姐挽着谢北望的胳膊，向着第四排款款而来。

她今天穿了一条珍珠白色的丝绒长裙，明眸皓眣，顾盼生辉。可惜在场的所有人都顾不上欣赏她的美貌，所有人的视线都集中在她身旁的男人身上。

谢北望身材高大，气势惊人，一身量身定做的西装包裹住他的宽肩与长腿，他一步步自远处走来，仿佛每一步都踩到了旁观者的心尖上。

江子城听到有人窃窃私语，在互相询问这个亚裔男人是哪个国家的明星。

江子城很想告诉他们，这位大佬不是什么明星，他掌握着中国一流的造星工厂，他是娱乐产业的衣食父母……若是他勾一勾手指，估计有无数明星愿意叫他"爸爸"。

兄妹俩来到江子城身边，落座在助理留下的空位上。

更倒霉的是，谢北望居然把方便进出的位置留给了穿裙子的妹妹，而他则长腿一迈，坐在了江子城身边。

座位前后间距很窄，谢北望的膝盖顶住前排座椅，不得不把双腿向两侧微微岔开——这样一来，两人的腿刚好碰到了一起。

江子城有心想把腿挪开，又怕自己的逃避表现得太明显，只能僵坐在那里，一动也不动。

他盼望着两人一句话不说，沉默地熬过这一个半小时的颁奖典礼。

可是谢总不知道搭错了哪根神经，居然侧过头，看向他。

江子城没办法，只能僵硬地转过头，向谢北望露出了一个略带讨好的笑容。

谢北望问："你很紧张？"

江子城答："没办法不紧张吧……这么重要的颁奖典礼，我昨晚几乎没睡。"

谢北望："我知道。你昨晚做贼一样在客厅小酒吧出出进进七八次，监控都录下来了。"

谢北望又说："今天管家告诉我，吧台里的十二瓶红酒，你每瓶都打开喝了一口。"

"喝出区别了吗？"

江子城赧然："没有，都挺好喝的。"

昨天他焦虑到睡不着，就想喝点红酒助眠，没想到越喝越清醒，越喝越嘴馋。十二瓶红酒年份不同、产地不同，他依次尝过去，结果什么味道都没记住，只记得很好喝。

回忆起昨晚一个人的自斟自饮，味蕾上仿佛还萦绕着红酒的甘醇香气。江子城没忍住舔了舔嘴唇，殷红色的舌尖一晃而过，两片唇瓣添上了一抹水光。

谢北望的眼眸落在了江子城的唇瓣上，又很快移开了。

偏偏江子城毫无所觉，继续说："以前我录过一个美食节目，厨师说，我的味蕾不够敏感，舌头需要调教。"

谢北望收回了视线，宽阔的后背贴在椅背上，提醒他："颁奖礼要开始了，你可以开始祈祷了。"

江子城心有戚戚地想，他要祈祷什么呢？

祈祷自己的"预知"可以成真？

他当然希望才叔能够捧起金狮奖……可这样一来，他预知到的谢北望"偷看"他洗澡的未来，不也要成真了吗？

威尼斯国际电影节颁奖礼的流程简单、快捷，没有故弄玄虚，更不会刻意煽情，两位主持人走上台，在所有评委和嘉宾的见证下，打开了那个写有最终结果的小信封。

才叔捂住心口，小声说："看惯了国内那一套载歌载舞的颁奖典礼，这次遇上这么高效的，太刺激了，我还没做好准备呢。"

都说意大利人做事慢悠悠的，江子城来威尼斯的这段时间深有感触，可威尼斯国际电影节的颁奖礼却快得不可思议。

这次入围主竞赛单元和地平线单元的剧组加起来有三十个，红毯礼不到四十分钟就结束了，平均每个剧组就在红毯上呆了一分多钟；颁奖礼的流程单发到每个人的座位上，江子城发现从开场到结束预计一个小时结束。

他这参加的不是威尼斯国际电影节，是威海电影节吧。

才叔的话音未落，主持人已经宣布了第一个奖项，那就是地平线单元的最佳剧本奖。

主持人打开信封，念获奖人名字，获奖人上台领奖，说三句感言，下台。

江子城看了看表——前后加起来不超过三分钟。

然后是第二项奖、第三项奖、第四项奖……

江子城听不懂意大利语，又没有翻译在身边，只能跟着大家傻乎乎地鼓掌。

威尼斯国际电影节与奥斯卡那种商业性质的电影奖项不同，只有入围名单，没有提名名单。所有入围作品都可以竞争所有奖项，比如这次一共有二十部电影入围了主竞赛单元，最终的七大奖项就会从这二十部作品里产生。

半小时时间一晃而过，颁奖礼终于进入了最激动人心的环节，那就是主竞赛单元的颁奖！

江子城赶忙打起精神，眼巴巴地望向主席台。他恨不得自己有谢大白那样的身材，可以把自己拉成长条，让自己站得更高、看得更远。

只听主持人说："SFBETY%^(*!#$ER~!@W!CQWSRT"

接着又说："AC@A#$@!#^%^*I&YKMQEWD~"

然后继续说："VAWERHR^&%(*&(_P!@#"

江子城急得坐立难安，不明白刚刚还进展飞快地颁奖仪式怎么突然慢了下来。他把疑问的目光投向旁边的崑哥与才叔，两人也是一头雾水。

就在这时，坐在江子城身侧的谢北望忽然倾下身，向他的方向靠了过来。

座椅之间本来就没有空隙，现在两人之间的距离更是趋近于无了。

低沉磁性的嗓音在江子城的耳畔响起，只听谢北望徐徐开口："主持人说，在我们徜徉在艺术的殿堂之时，不要忘记这世界上还有很多国家的人民深陷残酷的战争之中。本届电影节涌现了几部非常深刻的纪录片电影，所得到的所有收益，将捐给那些饱受摧残的人民，希望所有人电影人一起加入到这项行动当中来……"

为了不打扰其他人，谢北望的声音很轻、很低，他翻译时，几乎是贴在江子城耳边，与他悄声耳语。

江子城哪里能想到他会突然贴这么近，有些紧张地瑟缩了一下，想躲，又不敢躲。

谢总居然好心给他充当人肉翻译机？

他脑中突然想起了那个冷笑话——

大灰狼给小白兔做按摩，问小白兔："你感动吗？"

小白兔答："不敢动，不敢动。"

台上的主持人每说一句，台下的谢北望便在江子城耳畔翻译一句，言简意赅，准确无比。

刚开始，江子城还有些魂不守舍，浑身上下紧绷成了一块铁板，一动都不敢动，"被迫"听着谢北望的翻译。可渐渐地，他的注意力完全被颁奖仪式吸引走了。能够亲临国际电影节，这是多少演员想都不敢想的事情，他现在不仅能坐在场中，还有人为他同步翻译……他当然要抓紧时间，多多学习！

台上的进程很快，主持人一一宣布了几个重要奖项，掀起了礼堂内的一次次高潮。

几个奖项都没有出乎大家的意料，意大利国宝级女演员拿到了最佳女主角，那位韩国影帝时隔十二年再次斩获最佳男主角。

江子城艳羡的目光追随着那位韩国影帝，望着他一步步走向领奖台，望着他举起那座长着翅膀的狮子奖杯，望着他在麦克风后侃侃而谈——江子城仿佛看到了未来的自己，用精湛的演技打动了无数观众与评委，取得了所有人的认可。

他还要磨炼多少年？五年，十年，还是二十年？即使为了这个目标付出一生，他也心甘情愿。

江子城并不知道自己注视着韩国影帝的目光有多么火热。

耳畔的同步翻译忽然停了。

江子城下意识地转过头，催促："谢总，金影帝说了什么？"

谢北望冷冰冰地说："不知道。"

"啊？"

谢北望毫不留情地开启嘲讽模式："他英语口音太重，我听不懂。"

谢北望的"翻译功能"莫名其妙下线，江子城重新回到了听天书的状态中。

颁奖礼的压轴戏是三个大奖——有"银狮奖"之称的评审团大奖、最佳导演奖与最最重要的"金狮奖"最佳电影奖。

到现在为止,本届电影节入围的三部华语电影颗粒无收,评委们如果要追求"平衡",三大奖中势必有华语电影的一席!

很快,评审团大奖揭晓了。

来自中国台湾的电影《他的秘密》捧起了这座银狮奖杯!

漫天的恭贺声席卷而来,包围住了喜气洋洋的胡导和《他的秘密》剧组,这个剧组昨天还深陷男主角被黑手党袭击的丑闻里,可今天就凭借这座银狮奖杯冲散了阴霾。

江子城余光看到身旁的才叔深深叹了一口气,原本挺直的脊背在那瞬间垮了下去。

才叔喃喃自语:"历届都没有过先例,把金狮银狮颁给同一个国家的电影。"

虽然才叔嘴上说"拿不到奖杯也没关系",可哪个电影人心底不盼望着登上领奖台呢?现在看到老友捧起奖杯,才叔又是替他开心,又是替自己惋惜。

江子城有心想给才叔鼓鼓劲,可话没出口,他便默默咽了回去。

他现在的心情非常复杂,他既希望"未来"不会改变,让才叔顺利捧起金狮奖;他又盼望"未来"可以修正,让他逃脱谢北望的掌心。

他一时间极为矛盾,无数纷杂的念头在大脑里颠来倒去。

他像个小孩似的,两只手紧紧压在椅子边缘,十根手指焦虑地抠着坐垫,手背上的青色血管清晰可见。

忽然,一只大手轻轻落在了他的手背上,安抚般地拍了拍。

江子城一怔,顺着男人的手掌向上看去——谢北望眼眸低垂,沉声吐出三个字:"放轻松。"

被一只大野狼死死盯住,江子城怎么可能放轻松啊?

他操心的可不光是电影的未来……

突然间,欢呼声响彻整个礼堂,而这些欢呼声中夹杂着熟悉的中文。

"子城！子城！！是咱们！真的是《满堂彩》！"

"小江，你清醒一下，镜头在前面，你笑笑！看前面！"

"江子城，恭喜啊，第一部电影就拿到金狮奖，就比我男神差了一点点！"

男人女人的声音，台上台下的掌声，无数杂音汇聚在一起，冲进了江子城的耳中。

他就像是一台卡顿的老电脑，用了好久好久好久时间，才慢慢消化掉那些欢呼声背后的意义。

是的，《满堂彩》获奖了。

是的，才叔捧起了金狮奖奖杯。

是的，他所预知到的未来，再一次"成真"了。

意识到这点，江子城鼻子一酸，一阵热意涌上了眼眶。

别人都以为他太高兴了，可只有他自己才知道这背后的真实意义。

《满堂彩》的获奖证明他的预言不会出错，那也说明，未来的某一天，谢北望真的会跑到他的淋浴间门口，偷看他洗澡？

想到这里，江子城茫然地把视线转向了身旁的男人，用那双漾满水的眸子"瞪"着那位总裁。

巧合的是，谢北望也在看着他。

大奖揭晓后，才叔忙着和前后左右的剧组拥抱握手，没人注意到谢北望和江子城之间诡异而漫长的安静对视。

他们的视线撞击在一起，在彼此眼中看到了对方的身影，久久没有移开——

江子城又一次踏入了意识世界，云雾缭绕，引导着他穿越时空，窥见了另一段不可言说的未来。

这是一栋坐落在 CBD 核心区的高级住宅楼，顶楼的超大平层公寓坐拥着最佳夜景，可以俯瞰整座城市。楼级的落差成了阻隔视线的天然屏障，保持了绝佳的私密性。

最为特别的是，这座豪宅外有一座风光独好的露台，只需按下一个按钮，伪装成地面的金属隔板就会缓缓移开，露出藏在下面的泳池。

月光洒在这片池水内，很快又被水波打散——男人的泳姿格外优美，双手轮替推开水流，如一尾游龙，自泳池那端缓缓游近。

很快，他停在了泳池边。水滴顺着他发丝流下，恋恋不舍地吻过他的额角，又顺着他坚毅的下巴游走着，最终消失在这片月色中。

男人用右手随意梳理了一下发丝，露出光洁的额头。他踏上岸边的金属梯子，一步一步离开泳池。清透的水珠从他身上滴落，他背肌舒展，起伏的线条带着一种惑人的魅力。

他并未裹上浴袍，赤裸着身体直接走进了公寓里。水迹蔓延，在光可鉴人的地板上留下一串足迹。

他在踏入浴室之前，先把黑色泳裤脱下，扔在了外面的脏衣篓里。紧实却不夸张的肌肉覆盖在他身上，锻炼得恰到好处。

男人正要打开浴室花洒，却听到浴室外响起一阵细小的声音。

男人被那声音惊扰，微微凝眉，视线投向了浴室大门的方向。

他并未多加思考，直接抬手拉开那扇门——下一秒，一个"鬼鬼祟祟"的身影一头栽进了浴室内，不知怎的，居然一头直接撞上了男人的下腹部！

男人挑眉，饶有兴致地问："江子城，你为什么要偷拿我的泳裤，还要偷看我洗澡？"

顺着男人的目光看去，果不其然！只见江子城满脸通红地摔跪在地上，而在他的手里，确确实实正攥着男人的三角泳裤……

烟雾再次笼罩了视野，这段神奇的未来景象渐渐被白雾覆盖，再见不到一点痕迹。

江子城满头大汗地从"未来"里挣扎而出，疑惑、惊异、迷茫……数不清的复杂情绪瞬间涌上心头。

坐在他身旁的谢北望注意到他奇异的脸色，立即问："《满堂彩》获奖了，你怎么脸色变得这么差？身体不舒服？"

"没……没有。"江子城不敢再看他，赶忙把视线从谢北望身上收了回来。

江子城觉得自己的脑袋要炸了，他刚刚究竟看到了什么！为什么谢北望洗澡的时候，他居然会跑去偷看？！

江子城啊江子城，你究竟为什么要和谢北望这种人混在一起，不仅住在同一间豪华公寓里，还鬼鬼祟祟地偷人家泳裤啊？

未来到底发生了什么事？

颁奖典礼当晚，电影节主办方给所有入围电影举办了一个"after party"，不管有没有获奖都可以来参加。宴会举办地就在电影宫的一个偏厅，不需要盛装出席，派对风格比较轻松。

《满堂彩》剧组是本届最大赢家，江子城和才叔喜气洋洋地踏入会场，很快就被围上来攀谈的人群包围了。

江子城善于社交，在这种场合如鱼得水，本来扈哥还担心他不会表现自己，没想到他只用了几分钟的工夫就融入了群体之中。

江子城的英文还算不错，偶尔遇上口音重到听不懂的，他就拿出"傻笑"大法，一边点头一边说"yeah……sure……well……I think so……"之类的话，居然还真让他唬住了不少人。

可不知怎么回事，他总觉得有一道视线隐隐落在他身上，仿佛有一只野兽正躲藏在他身后的草丛里，随时准备伏击。然而他在派对里找了一圈，并没有找到视线的主人，他只能把那种诡异的感觉归结为自己太过敏感。

酒喝了几杯，ins互相关注了几十个好友，江子城头昏脑涨地挤出人群，找到窗边一个小角落吹风透气。

忽然身侧传来一阵香风，紧接着是一道熟悉的女声在耳边响起。

"江子城，原来你在这里躲清静？"

江子城宛如被拽住了尾巴的谢大白，吓得赶忙回身，他惊讶地看着出现在身后的谢盈盈，结结巴巴地问："谢小姐，你怎么在这儿？"

谢小姐眨眨眼，不明所以地问："我为什么不能在这儿？啊，你不会以为这个派对只有剧组人员才能参加吧？"

她举手指向偏厅侧面，江子城这才发现那里有一个不起眼的小楼梯，楼梯直通二层。而在二层那里有一座全玻璃的小房间，房间内围着一圈长沙发，几个人影正落座于沙发之上。

虽然江子城的位置与那玻璃小房间相隔甚远，但他清晰地感觉到了一道视线缠在他身上——

果然是谢北望！

玻璃窗畔，谢北望单手插兜，孑然立在那里。从江子城踏进宴会大厅那一刻起，男人的视线便一直黏在他的身上，注视着青年用那张过分灿烂的笑脸，收割无数人心。

见江子城抬头望过来，谢北望向他遥遥举起手中的酒杯，接着，一饮而尽。

江子城浑身一抖，觉得谢总裁喝的不是红酒，而是自己的血。

他身旁的谢小姐毫无所觉，热情洋溢地邀请他："我哥和其他影视公司的老板都在上面呢，评委也在，你要不要上去打声招呼？"

江子城赶忙摆手，说自己只是个小虾米，就不上去给大佬们添乱了。

他嘴上说得爽快，可心里却痛得滴血：能和那么多投资人和电影评委交谈的机会多难得啊，如果谢北望那家伙不在，他肯定会第一时间凑上去套近乎的！

他不愿意上去，这宴会里有的是人愿意上去。

只听楼梯那里传来一阵不小的争执声，两人循声望去，只见守在楼梯口的两名保镖正阻拦着一位情绪激动的中年男人。

保镖身材魁梧，如两座小山阻隔在中年男人面前："先生，上面是私人聚会，您不能上去。"

中年男人也是黑发黑眼，不过高鼻深目皮肤偏黑，看外表应该是一位印度人。

奇怪……江子城心想，这次入围的作品里，没有印度电影啊？

那印度男人的英语口音极重，江子城听了半天都听不懂。

倒是谢小姐听明白了，帮江子城翻译起来："那个印度人是位纪录片导演，不知从什么渠道得知影视公司的老板都在二层，看样子他想上去自荐，拉投资。"

电影人想要拍作品，钱是最重要的，没有钱，一切都寸步难行。而在电影人之中，专注拍纪录片的导演更是穷的人尽皆知。

纪录片导演有抱负、有理想、有追求、有技术、有能力，就是没钱。

拍纪录片很费钱，拍完了还赚不到钱，影视公司除非脑子进水，否则根本不会拿着真金白银去拍纪录片。如今的纪录片，有百分之七十都是政府部门或公益组织拨款，剩下的基本都是纪录片导演自己拿钱去贴。

贴到最后，贴得自己家财散尽的导演大有人在。

江子城一听对方是位纪录片导演，立即肃然起敬，赶忙走过去，把那位落魄的印度导演请了过来。

等到三人回到灯光下，江子城才发现这位名叫卡皮尔的印度导演确实穷得叮当响。西服皱巴巴的一点都不合身，鞋子倒是擦得很干净，但是大得像船，看样子他全身上下所有衣服都是借来的。

谢小姐出身富贵，平日里见到的大导演都是拍商业片的，一个比一个派头足，哪里见过这么拮据的导演。

江子城为他点了一杯酒，与愁眉苦脸的他慢慢攀谈起来。

酒入愁肠，卡皮尔一下子被激发出了内心的困苦，他也不介意面前的两个年轻人与他第一次见面，卡皮尔把壮志未酬的无奈全部倾诉了出来。

他以前是个商业片导演，在宝莱坞拍过两部小有名气的作品。几年前他决定拍纪录片，结果拍了三年，不仅把老东家拖垮了，还把自己的全部身家砸进去了，也没能拍完。

他用朋友资助的最后一点钱买了飞往威尼斯的飞机票，就希望能在电影节上碰碰运气，找到一个新的投资人。

江子城好奇地问："请问您拍的是什么题材的纪录片呢？"

卡皮尔："是'性用品'，我们印度是人口大国，但一直羞于谈性，这和人们的思想发展速度是不符合的！你知道吗，在过去十年里，避孕套在印度的使用量提升了八倍！"

江子城想，可印度是宗教大国啊，在宗教大国公开拍摄性用品题材的纪录片，所遇到的阻力太大了，恐怕就算你有充足的资金，也很难完成这个项目啊。

卡皮尔有着印度人的一贯特点，说话时喜欢手舞足蹈，说到激动之处还摇头晃脑起来。他长得其貌不扬，身材矮胖，可那双眼睛里却充满了对电影的热爱。

忽地，他放下酒杯，双手紧紧压在江子城肩膀上，双眸灼灼地看着他："江，你的电影这次拿了金狮奖！你一定是中国最厉害的演员之一！你认不认识什么大投资人可以投资我的电影？只要一百万，再给我一百万，我就能实现我的梦想！"

他那双深棕色的眸子里像是有一团火焰在熊熊燃烧着。在不到一臂的距离内，江子城可以清楚地看到那团火焰的模样。

谢盈盈踩着高跟鞋，一步步踏上阶梯，回到了玻璃包厢里。影视行业里的顶尖投资人三三两两聚在一起，正在低声讨论着电影行业的发展方向。

唯有一个人是例外。

"哥，你站在那里看什么呢？"谢盈盈好奇地走到谢北望身旁。

男人倚靠在玻璃窗前，垂眸向一楼看去。她顺着他的目光找寻着，意外发现了一个熟悉的身影。

"咦？你在看江子城他们？"谢盈盈丝毫没觉得不妥，一派天真，"没想到哥你对他这么关注啊。"

谢北望没有回答，他的视线落在相谈甚欢的两个人身上，严肃地问："那个印度人刚刚和江子城说了些什么？"

谢盈盈老实作答："他是一个纪录片导演，想让江子城介绍投资人给他认识。"

"纪录片导演……"谢北望重复着这几个字，原本略有些紧张的心终于放下来了。原来是区区纪录片导演，那就没什么威胁了。他随口问："那他都拍些什么东西？"

谢盈盈："避孕套。"

谢盈盈又说："他们还提到了很多工具什么的。哦，他就是拍到一半的时候没钱了，所以想来这里碰碰运气。"

谢北望觉得自己现在的表情一定很精彩。男人眉头微微一皱，把手中的酒杯塞进妹妹手里，转身便离开了包厢。

当谢北望走下楼梯时，派对上无数双眼睛迅速黏了上去。

这不仅仅因为谢北望的身份是瑞慈娱乐的现任掌权人，还因为他有着极为英俊的外表。

他的容貌、他的谈吐、他的头脑、他的权势、他的地位……在娱乐圈这个名利场，谢北望就像是一团散发着致命诱惑的光团，吸引着无数蝇虫飞蛾来扑火。

有人簇拥上来，恭喜《满堂彩》拿到了金狮奖；又有人毛遂自荐，希望能够和瑞慈娱乐强强联手，跨国合作；还有人假意攀谈，其实是在卖弄风情，希望能引起这位年轻总裁的注意……

谢北望不胜其扰，偏偏又不能在这种重要社交场合黑脸，只能耐着性子逐一周旋。

等到他好不容易摆脱这些人时，江子城身边已经没了那位印度导演的影子。

卡皮尔是托了朋友的关系混进这场宴会的，他的时间很宝贵，必须抓紧结识投资人，给他的电影续命。离开前，他给江子城留下了一张名片，其实他心里并不认为江子城真的能给他拉到投资，只是抱着多个朋友多条路的想法。他哪能想到，江子城是真的对这个纪录片很感兴趣呢？

江子城低头看向手里的名片。

那是一张棕黄色的硬卡纸，正面印着导演的名字，背面则是导演的联系邮箱和他的个人主页。名片上带着一股印度香料的味道，有些冲鼻，但是不算难闻。

江子城正要把名片收起来，忽然从身后伸过来一只大手，把名片直接抢走了。

"如果我是你，就会把这个骗子的名片扔进垃圾桶。"

充满磁性的男声在背后响起，江子城猛一转身，却差点撞进一件暗灰色条纹的西装里。

"谢总？"江子城退后一步，与男人拉开安全距离，他盯着那张小小的纸片，说，"卡皮尔是一位令人敬佩的纪录片导演，不是什么骗子。"

谢北望垂眸，冷冷道："你知道自称'纪录片导演'的人里有多少人终其一生都拍不出一部可以公映的作品吗？他们像是吸金黑洞一样源源不断压榨着投资人的资金，可项目却经常莫名其妙地夭折，导演也不见踪影……你好歹在娱乐圈混了两年了，怎么还像那些初出茅庐被人骗的新人一样，这么轻易就被所谓的'导演'糊弄了？"

在印度拍"性用品"题材的风险比在中国还要大，稍有风险意识的投资人都不可能跳进这个坑里。

谢北望抛下楼上的聚会匆匆赶到，不过是为了提醒江子城不要因为一时好心，踏入陷阱。

可惜，他还不够了解江子城。

江子城作为一个在娱乐圈里辛苦打拼了很久的人，自然明白很多时候付出并不一定会收到回报。江子城不会随随便便掏出自己的辛苦钱去喂无底洞，同时，他也绝对不会错过任何一个上佳的投资机会——就在刚刚的对视之中，他在卡皮尔的双眼里看到了一段耀眼的未来！

准确地说，江子城看到的并非这部《印度之性》的未来，而是卡皮尔本人的未来！这位伟大的印度导演此生一直致力于拍纪录片，直到暮年依旧没有停下脚步。他的作品寥寥，然而每一部都在国际上享有盛名，荣获了数不清的奖项，他的镜头充满了人文关怀和哲学思考，成为每个电影学院导演系学生必看的作品。

卡皮尔这个现如今落魄潦倒的纪录片导演，未来将成为宝莱坞最耀眼的星星之一！

江子城本来就对纪录片导演充满崇敬，现在得知卡皮尔前途无量，更是想要认真结交一番。

只是他想来想去，实在想不到有谁能够拿出一百万，资助卡皮尔完成他的作品……

江子城看向面前神色不愉的谢北望，心想：哼，这种和国际名导结交的好机会，我才不会介绍给你呢！

青年脸上做出一副虚心受教的模样，眼睛却滴溜溜地乱转，任谁看了都知道他心里的小算盘打得啪啪响。

谢北望上一次见到这么蠢的表情，还是在谢大白身上。深更半夜谢大白爬出窝想去偷零食，结果被谢盈盈当场逮住，她教训它时，它就是这副表情，卖乖都卖得很不走心。

谢北望心里又气又笑，问他："江子城，你不会打算自己掏钱投资他吧？你可别忘了，你还欠我不少钱呢。"

江子城现在是债多了不愁，敷衍道："是是是，谢总的劳力士手表，门店挂牌价六十八万，镶钻款再加二十万，我绝对不敢忘的。"

谁想谢北望又说："那剩下的五十万呢？"

"哪、哪里又来五十万？"江子城被吓了一跳。

"这么快你就忘了？昨天你在吧台里开的那十二瓶红酒，虽然一瓶只喝了一口，但是……"

江子城惊呼："什么？那些红酒难道不是总统套房里的免费赠饮吗？"

谢北望眼神怜悯地看着他。

江子城的表情仿像被雷劈了一样。

谢总淡淡一笑："知道你手头拮据，红酒钱我已经帮你结了，到时候和表钱一起还我就好。"

这简直就是新时代的黄世仁啊！

在威尼斯国际电影节结束后，《满堂彩》剧组又在威尼斯多留了两天，江子城原以为还有什么工作在等着他，哪想到扈哥居然爽快地给他放了两天假，让他好好休息，因为回国后他肯定要忙到升天。

扈哥翻了翻行程表："你要上的采访、综艺都已经排到下个月了，还有几个二线时尚杂志邀请你拍封面。"

江子城被这些馅饼砸昏了头："怎么会有这么多工作？这次得奖的又不是我，是电影啊。"

江子城这几天都没有上微博，他已经料到电影获奖后肯定会有很多接踵而来的工作，但是没想到居然会多到这种程度。

扈哥推了推金丝边眼镜，说："这当然是有多方面原因的。其一，中国已经十年没有电影人拿过金狮奖，在三部入围的华语电影里，《满堂彩》是最不起眼的一个，大众天生会喜欢这种黑马逆袭的故事。其二，你之前两年一直在大热电视剧里当配角，勤勉踏实，很多观众都对你有印象，他们会自带一种'我在这个演员还没成名的时候就认识他了'的自豪感。其三嘛……"

江子城："其三是什么？"

扈哥掏出手机，点开 Twitter 上的一段视频，递到了他面前。

江子城好奇地低头看去。

这段视频是用手机前置摄像头拍摄的，画面一开始，就是一张……呃，贴得十分近的圆脸。

圆脸的主人是一个红发姑娘，她打开前置摄像头，手里拿着口红，正认认真真地对着屏幕补妆。她没注意到自己点到了录制键，一边对着镜头臭美，一边和身旁的金发闺密聊天。两人身后是熙熙攘攘的人群，看样子是在什么户外集会上。

江子城莫名觉得，这个姑娘还挺眼熟的。

忽然，金发闺密推了推她，一脸兴奋地示意她看前面。红发姑娘翻了个白眼，顺着她手指的方向看去——下一秒，红发姑娘瞬间凝固，活灵活现地演绎了一番"出门倒垃圾却撞到男神"的神情，只见她手一抖，口红在脸上拉出一道长长的红痕。

看到这一幕，江子城终于回忆起了她的身份。没错，她就是那个在颁奖礼红毯观众区被挤掉手机的粉丝！

接下来的事情正如江子城记忆中那样。激动的人群挤掉了红发姑娘的手机，江子城走过去，替她捡起手机，还提醒她注意脸上的口红。

他并没有发现，手机的前置摄像头一直处于录影状态，清楚地记录下了事情的全过程。

手机前置摄像头一直被大家誉为"照妖镜"，意思是前置摄像头照出来的照片都很丑。可即使在这么丑的镜头下，江子城的长相依旧是动人心魄的漂亮，三百六十度全无死角，即使镜头从下向上录影，也完全无损他的形象。

青年一身西装，风度翩翩，就像从漫画中走出来的男主角，尤其是最后伸出手指点触脸颊的动作，更是精准狙击少女心，不知有多少女孩子恨不得把口红印在他唇上。

江子城看到这个视频十分意外，万万没想到自己很随意的一个举动，居然被录了下来，还传到了网上。

扈哥说："在《满堂彩》获奖后，这个女粉丝立即把这段视频传到了网上，打上了威尼斯国际电影节的 tag。现在转发量飞涨，已经连续两天霸屏外网社交媒体……当然，国内的搬运号也把它转发到了微博，这个一分钟小视频的播放量远远高于金狮奖的颁奖典礼。"

说到这里，扈哥颇为感慨："你这孩子……运气可真好。"

江子城也是惊喜交加，哪个演员不想红呢？

可红不红这件事百分之九十靠运气，他之前利用预知能力找到那么多部"红"剧，每一部都尽心演绎，可一直以来只能做绿叶的他从来没被观众注意过，没想到如今居然因为一段小小的视频被人注意。

但转念一想，他又释然了。

如果他没有演那些电视剧，就不会认识才叔；不认识才叔，就不会演《满堂彩》；不演《满堂彩》，就不会踏上威尼斯的红毯；不踏上红毯，自然也不会被观众拍下这段视频。

　　他所经历的每一件事情，都在一步步推动他的人生缓慢前进。

只要稳扎稳打，他终会用实力证明自己。

# 第五章

# 澳门赌马

　　江子城第一次尝到火的滋味，又兴奋又激动。扈哥给他放了两天假，本意是让他好好休息，没想到他捧着手机一刻不停，从早刷到晚，披着马甲去看粉丝们对他的吹捧。

　　谁还没点儿虚荣心啊？

　　他无意中摸到一个韩国论坛，楼主发了那段红毯视频，还另外加了好几张江子城的剧照。这个帖子火得不得了，回复上千，点赞上万。

　　偏偏江子城看不懂韩语，他抓耳挠腮了一阵，想来想去，他身边只有一个人会韩语。

　　晚上吃饭时，江子城厚着脸皮坐到了谢小姐身边，掏出手机，找到那个帖子，翻到后面几页，请谢小姐帮忙翻译。

　　总统套房有专属餐厅，餐桌长得要命，足以容下二十个人一起用餐。坐在餐桌另一边的谢北望抬头看了他们一眼，没说话。

　　谢小姐还蛮热心的，她精通韩语，这种简单的评论帖根本不需要她动脑就能同步翻译出来。

　　谢小姐一字一句地念："这楼说的是：'这是什么上天赐下的美貌啊，哥哥下凡辛苦了，这长长的睫毛就是哥哥下凡的羽翼吧？'"

　　谢小姐："还有这楼：'如此近距离的直击天神美颜，我的呼吸都被夺走了！哥哥请不要再摸脸了，摸我吧！'"

谢小姐："还有这楼最有趣：'想给哥哥的笑容投保，保险金是我和我朋友们的一百颗少女心。若还有来生，愿意做哥哥头顶的一根发丝，这样就能日日亲吻哥哥的额头了！'"

江子城撑不住了，红着脸说："别、别读了。"

谢小姐笑个不停："哈哈哈，这说的是哪个男艺人啊？吹得也太过了吧。"

江子城小声说："她们说的是我。"

谢小姐急忙道歉："对不起对不起。你可别哭啊，你要是哭了，我去哪里找一百颗少女心赔给你的粉丝啊？"

江子城羞愤难当，气呼呼地把手机抢回来，揣进兜里。

他们正吃着饭，扈哥敲门进来了。

扈哥眉头皱着，面露为难之色："子城，你的回国航班被泄露了。"

艺人火后，总会遇到各种各样的私生粉。私生粉无孔不入，紧贴在艺人身边，犹如附骨之疽。还有黄牛会通过各种渠道得知明星的身份证、护照信息，然后勾结航空公司的内部员工，探听明星的行程，再把行程卖给这些私生粉。

很多艺人都被私生粉与黄牛党骚扰过，不胜其烦。

这一次，江子城的航班就惨遭泄露，航空公司那边说，江子城前后左右的位子被一群人包围了。

江子城第一次遇到私生粉，很没有经验，问："那怎么办？"

扈哥说："换航班吧，不过现在的问题是，时间合适的航班只剩下经济舱了。"

江子城倒是没那么娇气，很爽快地说："经济舱也行，我以前都是坐经济舱的，不就十二个小时吗，忍忍就过去了。"

他话音未落，餐桌那头一直沉默用餐的谢北望忽然开口。

"不用那么麻烦。"男人看向江子城，用一种讨论下班后是坐地铁还是坐公交的语气，轻描淡写地说，"我明天下午回国。你、李导演，还有你的经纪人，你们三个乘我的私人飞机回去。"

既然是私人飞机，那就完全不用担心航班行程泄露给私生粉的问题。

江子城呆若木鸡，脑海里反复循环着一句话——霸道总裁了不起吗？霸道总裁就是了不起啊！

谢小姐却在这时高高举起手，疑惑问道："哥，私人飞机就那么几个座位，江子城他们上机后，咱们的座位就不够了啊。"

谢北望淡淡地瞥了她一眼："这还用问吗？你坐经济舱回去。"

谢北望说让妹妹坐经济舱回去，自然是在开玩笑。

只是私人飞机座位少，谢氏的这架只能容纳八位乘客，谢北望的随行人员众多，加上江子城三人后，确实坐不下了。

谢小姐只能搭乘其他航班的头等舱回去，不过她不赶时间，又不需要躲粉丝，她计划先去法国巴黎看望老同学，过段时间再回国。

她的礼仪老师和生活助理自然陪她一起去巴黎，谢北望又拨了两个保镖随行，给她拎行李。

谢大白这只小妖精不方便跟她走，她便让它随私人飞机一同回国，反正路上有江子城这个兼职奶爸，不怕它不听话。

他们兄妹俩商量事情时，江子城插不上嘴，干脆回房间收拾回国的行李。

他是艺人，不用事事自己动手，一切都有双胞胎兄弟帮忙。

别看 Kevin 和 Tony 平常看上去傻乎乎的，但是他们极有默契，甚至连对视都不需要，递放东西时，总能准确无误地拿到对方最想要的那个。

江子城看了，顿时有些羡慕。

他是独生子女，和老家的表堂亲戚又不算熟络，有时候真的很希望身旁有个兄弟姐妹互相陪伴。

他想到谢总兄妹二人，谢盈盈能养成如此天真烂漫的性格，肯定是因为她自小被哥哥捧在了手心里吧。

江子城喃喃道："谢总和谢小姐关系可真好。"

谁想双胞胎听后，眼神古怪地对视一眼，忽然压低声音，说："江哥，你想不想听八卦？"

两人异口同声，就连这时都分外有默契。

江子城一愣，登时两眼放光。

双胞胎兄弟看上去笨笨的，自带纯良气场，很多人见他们一脸淳朴，都会不自觉地升起一种倾诉欲望，把他们当成树洞，向他们诉说秘密。之前双胞胎兄弟还在做八十线艺人时，永远是剧组里最受人欢迎的家伙，一场戏拍完，他们能抱着满满一口袋的小道消息回家。

江子城从来不担心他们的料是假的——谁忍心对着这两张憨厚的脸说假话啊？他们这次的消息来源不用猜，八成是谢总身旁的保镖大哥。

江子城忙说："你们等等。"

他先去检查了一遍卧室的大门，确定锁得死死的，然后迅速冲回双胞胎身边，问："什么八卦？"

他已经把枕头下面那本《谢长安传》翻烂了，谢氏集团的传奇故事可是他这段时间最喜欢的睡前读物。

他催促道："快说，谢盈盈是不是谢北望的私生女？他们兄妹俩年纪差那么大，真的很奇怪！"

Kevin："江哥，他们是货真价实的兄妹。谢总今年三十岁，谢小姐十六岁，要是谢总十四岁就有了孩子，他能力未免也太强了吧。"

江子城却想，可是谢北望看上去就像是能力很强的人啊。

江子城兴致缺缺："谁让你们刚刚那么神秘，我还以为有什么惊天大料要爆。"

Tony 点点头："我们要说的确实是个惊天大料。"

Kevin："江哥，你应该知道谢总和谢小姐是同父异母吧？"

这消息全天下的人都知道。上一任老谢总是个风流总裁，标准起点文男主，他的子嗣非常多，据说有个专门的基金会是负责给这些没名没分没继承权的孩子"发钱"的。只是他的孩子全部生母不详，就连谢北望和谢盈盈也是如此。

而 Tony 要说的惊天大料，就是关于谢小姐的母亲的。

原来谢小姐的母亲是二十年前一位很有名的女明星，她是瑞慈娱乐一手捧红的歌后，美艳大方，风华绝代。她生下谢盈盈后，本想母凭子贵嫁入豪门，然而老谢总根本不认，连看都不看她一眼，直接把母女俩拒之门外。

当时天寒地冻，谢盈盈冻得小脸通红，哭得惊天动地，被放学回家的谢北望听到，也不知怎的动了恻隐之心，亲手把这个没名没分的小妹妹抱进了家门。

至于那位女明星？她拿了巨额赡养费后，和谢盈盈断得干干净净，早就移民了。

所以说，谢盈盈确实是被谢北望亲手养大的——在某种层面上，还真有点"父女"的感情了。

江子城对那位女明星稍有些印象，她隐退时，他还没上小学，但记得很多大人都很惋惜，没想到这件事的背后还有这么多隐情。

他想想性格骄蛮的谢小姐，觉得她也怪可怜的。

这些生在豪门中的富家子弟，惨的只剩下钱了。

然而他还欠富家子弟一百多万，这么一想，自己岂不是更惨吗？


江子城回国的行程临时出了一点变故。

因为私人飞机的航道需要提前申请，而这两天又遇上航空管制，从威尼斯直达北京的私人航道暂时不可用。

协调来协调去，最后只能把行程拆成两部分——先从威尼斯飞到澳门，停留一晚，第二天一早再从澳门飞抵北京。

江子城全无异议，正巧他还没去过澳门，就算只在澳门呆一晚上，也能感受一下澳门的夜景啦。

谢氏的私人飞机停在机库里，据说一晚上的停放费就抵得上普通小白领的年薪。

从登机口到停机坪，有专门的摆渡车送众人过去。

江子城、才叔、扈哥三人全是土鳖，他们坐在摇摇晃晃的摆渡车上，彼此嘀嘀咕咕地询问着以前有没有坐过私人飞机。

扈哥说："我没有坐过私人飞机。像我这种经纪人，运气好能坐头等舱，运气不好只能坐商务舱。"

才叔说："我也没有。不过我以前有坐过那种双层飞机，上面那一层都是头等舱，每个小舱都是一个单独的小包间，特别豪华。"

"我也没有。"江子城想了想，又说，"不过我演古装剧的时候，坐过那种很豪华的轿子，里面有足足十平方米那么大，能摆得下茶几和一张软塌。"

另两人说："你赢了。"

江子城嘿嘿笑："当时我演一个风流城主，有好几个侍妾，那个软塌就是给我和侍妾们'嘿嘿嘿'的时候准备的。"

扈哥和才叔皆一副无言以对的表情。

江子城："你看，你们又想歪了吧！我说的是'嘿嘿嘿'是讲笑话，那个城主妙语连珠，才思敏捷得很呢！"

他话音刚落，前排忽然隐隐传来一道视线，冷冰冰地落在江子城身上，冻得他全身直打哆嗦，不用抬头都知道是谁在看他。

江子城赶忙闭嘴，不敢再吭声了。

很快，摆渡车停在了谢氏的飞机下。

私人飞机精致极了，外壳涂装是干净的蓝白色，机尾印了瑞慈娱乐的 Logo，机翼上还有"谢氏"的花体字。

刚一踏入机舱内部，江子城就被刺激得合不拢嘴。

机舱内部装饰得奢华漂亮，并不像普通飞机客舱那样有整整齐齐的座位。这里有茶几、书桌、会客用的沙发，还有投影仪和其他一些办公用的电子设备，看上更像是一间空中办公室。

温柔的空乘小姐带着这位新乘客熟悉了一下飞机内部的空间，告诉他哪里是洗手间，哪里是空乘休息区。

江子城第一次近距离接触上流社会的生活，觉得连折射进来的阳光都带着金子的颜色。

江子城注意到后面还有一扇小门，好奇地问："门后也是房间吗？我可以进去看看吗？"

"可以。"

然而回答他的人并非空乘小姐。

谢北望不知何时走到了他身后，灯光从客舱顶部洒落下来，照在男人身上，他的影子就像是一匹厚重的布，紧紧包裹住江子城。

谢北望伸手，那一瞬间，江子城以为他要抱住他了——但实际上，他做的仅仅是推开了那扇门，露出了隐藏在门后的神秘空间。

门后居然是一张双人床！

江子城汗毛倒竖，偏偏还要强撑镇定："谢总的私人飞机真豪华，连卧室都有。"

谢北望却笑："既然你的轿子能放下一张床，我的飞机自然也能。"

江子城无言以对。

谢北望又问："要不要试试？"

试什么？

事实证明，谢北望只是决定让出卧室，让江子城好好休息，抓紧时间补觉，因为从威尼斯到澳门的行程足有十个小时。

江子城连忙说："不用不用，我坐着就挺好。"

谢北望还是那副喜怒不形于色的模样："艺人是公司的宝贵财产，而脸是艺人的宝贵财产。你不睡觉的话，损害了公司财产，你现在……还有钱赔吗？"

江子城："我睡，我睡。"

他气呼呼地换了睡衣，抱着谢大白躺到了双人床上。

谢大白不愧是富豪家的宠物，早就习惯了空中飞貂的生活，起飞时一点反应都没有，安静得像个玩具一样。本来江子城还担心它会难受，哪想到它舒舒服服地在双人床上刨出一个窝，身子一圈，绕成一个圆形，肚皮向上，没一会儿就打起了小呼噜。

本来江子城不想睡觉的，可身旁躺着这么一个热乎乎毛茸茸的大宝贝，听着它的呼吸声吹拂在耳边，渐渐他也被勾出了睡意，不知不觉地陷入了梦乡之中。

江子城兀自睡得香甜，等到再醒来时，飞机行程已经过半。

他实在睡不着了，又不想出去面对谢北望那个满脑子乱七八糟思想的男人，干脆留在卧室里休息。

有钱真好，有钱真妙，买得起空中大飞机，飞机里各种休闲设施一应俱全。

双人床对面有个小电视，江子城翻了一会儿内置的电影片单，大部分他都看过了。他看电影不限类型，文艺片也看，商业片也看。

很多演员接受采访时，从来都不说自己爱看商业片，仿佛这样就没有"追求"，就要染上铜臭味似的。可江子城觉得爆米花片很好，爆米花片能给人带来欢笑带来爽快，人为什么要否认自己的欲望呢？

如果可以，江子城希望回国后能尽快接一部靠谱的商业片。一方面是为了赚钱，毕竟他现在负债累累；另一方面是商业片对演员的演技要求不算高，可以让他慢慢提升演技。这次威尼斯之行，他深刻地感觉到了自己和那些真正优秀演员之间的差距，这绝不是靠一部两部电影就能追上的。

不过……他的计划终究是他的计划，也不知道回国之后，公司会怎么安排他。

江子城还是希望能和扈哥继续合作，扈哥做事妥帖，样样都靠谱，真不明白他之前是遭遇了什么事，才落到现在这般"没艺人可带"的境地。

这么厉害的人，未来可是要成为艺人总监的呢！

下午四点，谢氏的私人飞机稳稳降落在澳门机场。

虽然已是下午，但一下机，炙热的空气便席卷而来，轰得众人头昏眼花，又焦又躁。不过在空中飞了这么久，大家都是腿麻脚肿，能踏踏实实踩在地上，这比什么都重要。

飞机驶进机库修整，两辆豪华轿车接上众人，向着酒店飞驰而去。

他们下榻的酒店自然是五星级的，不过这一次，江子城终于不用和谢北望共处一室了！他、才叔、扈哥三个人各要了一间单人商务房，三个人刚好在一层，门对门，很是方便。

江子城问两人要不要出门逛逛。

才叔说："不了不了，我在飞机上没休息好，现在终于能躺在床上了，你可饶过我这老胳臂老腿吧。"

扈哥也摇头："我这里还有很多工作要做，因为飞机改路，你推迟一天回京，有些工作挤在一起排不开了，我得想想办法。"

在飞机上睡得香香的江子城精力充沛，还不用担心之后的工作，他怎么觉得自己这么渣啊！

没办法，两个人都不愿陪他出门，他灰溜溜在楼道里转了一圈，看看窗外的烈日，决定还是回房间休息。

想来想去，这世上最有趣的休闲活动，就是吹着空调玩手机了。

江子城是个微博控，一有什么风吹草动就要发到微博上"与民同乐"。

在他来威尼斯之前，"@江子城18"有六十多万粉丝，在他获奖当天，一天暴增了二十万。等到那个红毯小视频刷爆网络，他的粉丝两天之内就翻了一倍，现在一打开微博，就有无数新私信涌进来，全是各种告白。

江子城上一条微博停留在三天前颁奖礼那晚。照片上，他和才叔并肩站在一起，手里一同举着奖杯，闪闪发光的金狮仿佛随时都要腾飞，一老一少两个男人对着镜头，露出了同样畅快的大笑。

这照片是在after party上拍的，扈哥已经接管了他的微博账号，这张合影的配文也是团队设计的，既谦虚又骄傲，分寸把握得刚刚好。

他现在可是国内少有的能在威尼斯国际电影节上拿奖的演员，

前途无量。他美滋滋地欣赏了一下评论里对他的吹捧，给他的彩虹屁素材库又填充了不少素材。

不知不觉，太阳逐渐西垂。日落远山，余霞成绮，透过房间的落地窗看去，满目皆是旖旎的红色，绚烂至极。

江子城顿时豪情万丈，他找好角度拍下了这片红得耀眼的云霞，连修图都没有修，直接发到了微博上。

@ 江子城18：红了。【微博配图】

微博刚一发出去，他的卧室门就被敲响了。

扈哥面色沉沉地等在外面。

江子城问："怎么了？"

扈哥指了指那条"红了"的微博，提醒他："以后这种内容不要随便发，别人会觉得你膨胀了。"

江子城一叉腰，得意问道："我膨胀了？那你还满意你所看到的吗？"

扈哥说："你这三分机灵，是不是都长到歪段子上了？"

"嘿嘿嘿，承让承让。"

扈哥推推眼镜，提醒他："以后尽量少发图，粉丝们眼睛很尖，你看评论，这才几分钟的工夫，连你住在哪里都被扒出来了。"

"咦？"江子城从来没红过，自然不知道当红明星的粉丝有多可怕。

他的回国行程因为被黄牛卖给私生粉，所以临时改乘谢总的私人飞机回京，飞机在澳门停留一晚的事情没有任何人知道，他连发微博都不敢带定位。

哪想到他发的那张照片泄露了天机——眼尖的粉丝放大照片后，发现地平线处有一个环形建筑物，占地面积极大，周围草坪辽阔，绿树成荫。

@粉丝a：赌一根哥哥的眼睫毛！远处那个建筑物绝对是澳门冰仔赛马场！我去过！

@粉丝b：所以哥哥在澳门？我要去查查冰仔赛马场附近有哪些酒店！

@粉丝c：谷歌地图上显示，半径十公里以内能眺望到赛马场的酒店有这家、这家、这家，根据照片拍摄方位和地平线夹角，推算出应该是××酒店的22-30层。

江子城猛地抱住扈哥大腿，哀号："扈哥救我！"

扈哥也是第一次带这么没有警惕心的艺人，他头疼道："这间房住不了了，我一会儿就去给你换房。我想很快就会有私生粉赶到，你不要在酒店待着了，先找个地方避避风头，等到夜深了再回来。"

江子城全无经验，茫然问："那我去哪里避风头？"

半小时之后，江子城坐在豪华加长轿车里，望着不远处那个越来越近的庞大建筑物，只觉得喉咙一阵干痒。

矗立在场馆周围的巨大探照灯把这里照得犹如白昼。举目所及之处，皆是神情激动的人们，他们汇聚在一起，宛如洪流，前仆后继地涌入了场馆内。

这是澳门冰仔赛马场，全亚洲最大的赛马场！

澳门博彩业极为发达，赛马场不论何时永远人潮汹涌，夜赛更是不容错过的经典！

即使相隔还有几百米，漫天遍野的欢呼声已经清晰可闻，连带着江子城的心脏也被那些声浪推动着，在浪尖上起伏摇摆。

可江子城现在没时间激动。

他小心看了看身旁男人的脸色，用蚊子一般的声音问："谢总，咱们为什么来马场？"

若是时间能倒流，他绝对要穿越回半小时之前，坚决制止扈哥把自己的事情汇报给谢北望！

就不能让他找个咖啡厅躲一阵子吗？说什么"谢总身旁的安保等级是最高的"，硬是把他这棵孤苦无依的小白菜，洗干抹净送到了谢北望手里。

男人直接把他带上了轿车，指使司机开向了位于氹仔填海区的这座著名赛马场。

一路上，谢北望一直在闭目养神。车厢内灯光调到最暗，男人和衣靠在座椅上，即使是休息时，他的眉目间也带着一丝刚毅与严肃，永远没有放松的那刻。

谢北望睁开眼，他从小憩中苏醒时，眼中闪过一丝昏沉，但很快又恢复了清明。

谢北望说："我约人在这里谈事。赛马场里皆是赌徒，没人会注意身旁有没有明星，你在这里是最安全的。"

江子城点点头，心想霸道总裁的日子也不好过。回程的飞机上，他一直霸占着唯一一间卧室，而谢总在飞机上整整处理了十个小时的公务，下机后只休息了一会儿，现在又跑来赛马场谈事……

不过想想人家的烦恼是几亿十几亿几十亿，而自己的烦恼是几万十几万几十万……唉，没法比没法比。

谢总这种身份的人，自然不需要和那些普通民众挤在一起看赛马。

下车后，有巧笑倩兮的标致小姑娘引导一行人踏上 VIP 电梯，直接走进最高层的包间。

赛马场分为三层，第一层是围绕赛道的一排观众席，比赛开始前，马师会牵着赛马围绕赛场走一圈，观众们可以近距离观看赛马的体型姿态，判断哪只马更有可能夺冠。

第二层便是阶梯状的大看台和室内下注区。下注区有些像股票交易大厅，无数屏幕实时转播场内的赛事，还会显示不同马匹的赔率。

至于第三层，就是留给谢总这样有身份的人的专属包厢了。

包厢分内外两间，内间谈事，外间观赛。谢北望带着保镖进了内间，留下江子城一个人在外间，东瞧西看。

外间有一整面落地玻璃墙，站在玻璃墙前俯瞰整片赛马场，颇有一种"世界在我脚下"的豪气。

夜间赛事还未开始，但是一层二层的观众席已经聚集了不少观众。他们手里拿着马票，聚精会神地观看着场中赛马的风姿。

负责这间包房的 Waiter 很有眼色，见江子城对赛马感兴趣，连忙向他介绍了如何下注。

简单来说，新手下注最常买"独赢"（买中的马跑了头名）、"连赢"（同时买中第一名和第二名）、"位置"（买中的马跑入前三名）、"位置 q"（买中的两匹马跑入前三），其中"连赢"和"位置 q"赔率最大，动辄几十倍。

"几十倍啊……"江子城心里痒痒。

Waiter 说："先生是第一次买马吗？据说新人第一次手气极佳，可以尝试多下注一些。"

江子城却摇头："还是不了。"

若是江子城兜里还有钱，肯定也忍不住手痒，买上几注马票，试试手气。可他现在还欠了谢总一百多万，哪里有钱投在马票里。

他话刚一说完，身后便传来男人的声音。

"你若想下注，那便玩一局吧，没钱我可以借你。"谢北望从内间走出，慢慢走到他身边，与他一起居高临下望向灯火连天的赛马场。

江子城讶异地看看内间，又看看他："你不是约人谈事情吗？"

怎么现在就出来了？

谢北望："嗯，谈完了。"

"十分钟？"江子城碎碎念，"你怎么这么快？"

若不是江子城很有自知之明，他都要以为谢总来马场不是为了谈事，而是为陪他散心了。

谢北望闻言，眼风凌厉，反问："快？"

糟了，这马屁好像拍错方向了。

江子城趴在玻璃墙上，望着夜色里绕着赛场疾驰的赛马。马蹄飞扬，溅起无数泥沙与草梗，空气中弥漫着一股热血沸腾的味道。

一场赛马最长不超过三分钟，不知有多少个百万富翁在这三分钟里诞生，又有多少人在这三分钟里散尽家财。

江子城嘴上说"没钱买马票"，可眼睛实在舍不得离开这些在赛场上肆意奔腾的马儿。

他这模样像极了在玩具店橱窗前流连的小朋友，嘴上说"妈妈我不买玩具我看看就好"，可哪个家长舍得让这么可爱的小宝贝受委屈呀。

谢北望又催促了一遍："你想买哪匹赢？"

江子城摇头，口嫌体正直："赌博不好，我看看就行了。"

若他说话时能把眼睛从赛场上移开，那就更有说服力了。

谢北望懒得同他废话，干脆换一种方式问他："你哪月出生，什么星座？"

江子城不明所以，下意识回答："六月出生，双子座。"

谢北望点点头，喊来包间里的 Waiter，吩咐他："下场比赛的马匹中，有没有六月出生双子座的马？"

Waiter 立即在手持的查询电脑上快速翻检起来。他在包厢里遇到过很多有怪癖的有钱人，迷信马匹星座的人不在少数。

Waiter 很快回答："有的，有两匹。"

"那好，就给这两匹马买'连赢'，下注……"谢北望双眼看向江子城，嘴巴里扔下沉甸甸的几个字，"二十万。"

江子城双腿一软，差点表演一个原地劈叉。

他忙叫："谢总！您、您这是做什么啊？"

谢北望语气正直："我看你想下注买马，偏生脸皮薄，不好意思买，那不如由我代劳。"

江子城连连摇头，就差把牛仔裤的裤兜翻出来给他看了："我的经济状况你清楚，我哪里有钱下注二十万呀？"

这二十万块钱在谢北望眼里可能只值一顿高档西餐，可是在欠债无数的江子城眼里，那就太沉重了。

谢北望说："我刚刚不是说了，下注的钱我来掏。赚了算你的，赔了……"

江子城眨眨双眼，充满希冀地望着他："赔了算你的？"

谢北望提起嘴角，轻笑："赔了算你欠我的。"

江子城气得直蹦跶，他这时也顾不得两人之间的上下级关系了，控诉道："这世上怎么有你这么黑心的有钱人啊？"

谢北望问："我怎么黑心了？"

江子城双臂交叉摆在胸口，比出一个大大的"×"形，警告他："谢总，我看明白你的套路了！你是不是想强迫我'涉赌'，以便掌握我的把柄，将来好操纵我？"

他说的事情其实在娱乐圈内不算少见，有些歪心思的小经纪公司为了操控艺人，会故意把旗下艺人带上赌桌，让他们欠下巨额外债，一生只能给公司当牛做马。

谢北望被他逗笑了："我如果想操纵你，完全可以选一个比'涉赌'更简单的办法啊。"

"还有比'涉赌'更简单的办法？"

"当然。"谢总裁说，"比如让你'涉黄'。"

江子城心想，这哪里来的黑心总裁，手腕太黑了！

江子城当然不会眼睁睁地看着二十万打了水漂，他这人稀罕钱，稀罕得不得了；再加上他身上又有一股钻研劲儿，想做什么就要做到最好。

演戏如此，赌马也是如此。

他把 Waiter 叫来，让他替自己好好讲一讲赛马比赛的规则。

澳门氹仔赛马场共有一千多匹赛马，每个赛季过去后，都有专门的"评磅师"来给赛马"评磅"。

所谓评磅，便是打分。满分是一百二十分，依照马匹的血统、状态以及最重要的比赛胜负，进行分数叠加计数。评磅结束后，再把马匹按照最终成绩分成五个分数段，每场比赛都是让同一分数段的赛马互争胜负。

江子城脑子灵活，立即扯来一个新比喻："这就相当于一所高中，按照期末考试成绩进行年级大排名，然后把这些学生分成普通班、尖子班、实验班、火箭班、奥赛班。而我们要赌的，就是这次月考里，哪个学生能拿到他们班的班级第一？"

Waiter："您说的没错。"

问题是，同一个班级里，所有学生的水平都差不多，月考时轮流拿第一，谁又能知道这次轮到哪个学生夺冠呢？

想到这里，江子城有些苦恼地蹙起了眉头。他翻看着 Waiter 提供给他的资料，一会儿觉得这匹马够靓，一会儿又觉得那个骑师够俊。

谢北望提议："若是拿不准买哪匹马，不如去赛场那里，近距离看看？"

江子城赶忙点头，这个提议正合他心意！他巴不得能和赛马近距离接触一番，只要能和马儿对上视线，说不定就能看到这场比赛的冠军！

一行人立即离开包间，乘坐电梯下楼，向着露天马场走去。

赛马场的建筑风格其实很像体育场，周围都有一圈斜坡式的观众席。只是赛马场旁多了一小片用来遛马的小草坪，在比赛正式开始之前，骑师们会把马儿牵到这里来，向观众们展示赛马的风姿，而懂行的观众也会借着这个机会，仔细观察马匹的体态与精神。

江子城以为，谢北望所说的"看马"，就是去小草坪那里，隔着矮墙瞅一瞅。

可他远远低估了金钱的力量，工作人员居然直接把他们带去了马圈！

今天一共有八场比赛，每场比赛的马被分别安置到不同区域，有专门的马童照顾它们，给它们添草、喂水。

"今天一共有九十八匹赛马即将出战。"工作人员介绍，"如果您有属意的马匹，可以让马童牵出来，近距离观察。"

相马是个大学问，每个购买马票的观众都有自己的一套相马经。

先看马儿的毛色亮不亮，再看马儿的肌肉够不够强壮，还要看腿型、看眼神、看耳朵……可江子城就是个外行人，看来看去，只能看出来它们个顶个的漂亮。

这些赛马都是万中挑一的良驹，背毛亮泽，线条完美，每匹都有自己的脾性，有的斯文贵气，有的英武彪悍。江子城对上这几十双黝黑明亮的眼睛，都不知究竟该看哪匹才好。

江子城忽然想到：糟了，马的眼睛是长在脑袋两边的，我的异能必须同时对上双眼才有效，这这这……我站在哪儿才能同时看到马的双眼啊？

他心里一慌，赶忙掏出手机来搜索"马的视线范围有多大"，好在网上有大神解决了他的疑问，原来马的视线范围将近三百六十度，可以看清脑袋前面的东西。江子城这才放心。

江子城的预知能力既可以用在人身上，也可以用在动物身上，但一天只能使用三次。可现在场内有这么多选择，他一时看花了眼，也不知应该把这宝贵的三次机会用在哪匹马上。

谢北望问他："这么难挑吗？"

江子城沉沉叹了一口气："是啊，我现在忽然特别理解古代的皇上了，这后宫佳丽个个千娇百媚，谁都有可能诞下龙种，你说我要宠幸哪个妃子才好啊？"

就在江子城犯难之际，忽然注意到不远处还有另外一处马圈，那里的马儿只有寥寥七八只，看上去都比他面前的马矮小一些。

江子城问："那些马也是今天要上场的赛马吗？"

工作人员恭维道："是的。两位先生真是红运当头，赶上了一年一度的'新马赛'。"

"咦？什么是'新马赛'？"

原来每年新赛季开始前，赛马会都会从欧洲和澳洲的专业马场引进新马。这些新马从未出战过，初始分数都是五十分，而'新马赛'就是它们踏上赛道的第一场比赛。没人知道它们潜力如何，说不定这几匹小马中，就有未来的世界冠军。

所以很多人都说，赌新马远比赌老马刺激多了。

江子城立即兴奋起来，拉起谢北望就往那边跑："后宫这些嫔妃朕看腻了！朕要去看看新选进来的秀女！"

宽敞舒适的马圈内，八匹漂亮的马儿待在各自的"格子"里，悠闲地吃着草。

这些马儿年龄都在三四岁，相当于人的十八到二十五岁，正是精力充沛、干劲十足的年龄。

它们每一匹都神采奕奕，对于这些无忧无虑的动物来说，即将到来的比赛初秀远没有嘴巴里的牧草重要。

负责这个马圈的驯马师迎了过来，给这几位 VIP 客人介绍起这些马儿的不同特征。

赛马场上，百分之八十五的赛马都是骟马，雌马和未去势的雄马数量极为稀少。这次引进的新马中，有七匹骟马和一匹雄马，唯一的那匹雄马，它的父系血统来源于赫赫有名的阿富汗竞速马之王，兄弟姐妹中出过很多厉害的冠军。

马主特地未给它阉割，打算让它跑两年比赛便退役去做种马。

这是一只非常少见的"锈黑"马，全身上下披盖黑毛，唯有毛发尖端带着淡淡红色，仿佛铁锈一般。它四肢健壮，肌肉线条极为鲜明，就像是一位即将上战场的将军，即使只是普通的行走，它的姿态也比马圈里其他新马更加吸引人。

江子城一见这匹马便两眼放光——他有种预感，这匹赛马绝对能在一会儿的新马初赛上取得前三名的优异成绩！

和它相比，周围那些骝色、栗色、红色的马显得太过普通了。它们美则美矣，却没有它这种摄人心魄的进攻感。

江子城问驯马师："我能凑近看看吗？"

驯马师说可以，他把这匹黑马唤了出来，江子城大胆伸手摸了摸它的额头，原本以为它会骄傲的不让摸，没想到它性格沉静，就那样稳稳地立在他面前，由他揩油。

江子城实在爱死这匹马了，他问："它叫什么？"

驯马师说："它叫'Power Attack'。"

江子城："哇，还是洋名。"

旁边的工作人员解释，因为来澳门赌马的外国游客很多，而很多骑师也不懂中文，为了方便大家，所有马匹在注册时，都会起一个英文名、一个中文名。

江子城："它的英文名太不好念了，它的中文名是什么？"

驯马师说："中文名是'绝世强攻'。"

江子城讪讪地说："算了，我还是叫它'Power Attack'吧。"

江子城转回头去，继续和这匹漂亮的马儿套近乎。

江子城摸马的时候趁机发动了预知能力，想要看看这匹马的未来。

可惜，动物毕竟是动物，根本不懂什么比赛不比赛的，就算是"绝世强攻"也不例外。

江子城接连发动了两次能力，第一次看到它在吃草，第二次……第二次看到它和一只全身纯白的马儿互相舔舐身体，他心中警铃声吱哇乱响，可偏偏他根本无法主动退出预知世界，只能被迫欣赏了一番黑马与白马的限制级动物世界"科教"大片。

江子城跌跌撞撞地从黑马的眼中挣脱出来，觉得自己一颗纯纯少男心都要被这只种马和它的小娇妻玷污了。

江子城没办法，只能又问驯马师："这只马的骑师是谁？我想同他谈谈。"

骑师刚完成上一场比赛，他身材精瘦，刚刚过一米六，是一位外籍人士。江子城笑眯眯地同他打了声招呼，然后趁机与他对视——这一次，江子城终于得偿所愿！

白雾朦胧，骑师站在闪光灯的包围之下，正在回答记者的提问，他春风得意，眉目间皆是喜气。

记者提问："这是'Power Attack'第一次参加国际一级赛事，又是让磅赛，您有信心和它一起取得冠军吗？"

他答："'Power Attack'是一匹纯血统竞速马，我和它之间配合默契，从它第一场新马赛开始，它便是冠军，这次它也绝对能拿下优异的名次！"

预知能力褪去，江子城因为短时间内发动了三次能力，累得满头大汗，身子控制不住微微摇晃了一下。

谢北望眼疾手快，扶住他肩膀，提醒他："小心。"

江子城根本顾不得自己被男人揽住，现在他眼里没别的，只有钱！

小财迷满面兴奋地叫来工作人员，说："我要下'绝世强攻'拿冠军，下注'独赢'！二……二十万！"

工作人员尽职尽责地记下了他的下注要求。

工作人员下注前，又同他确认了一遍："先生，您下注'Power Attack'，'独赢'，二十万，赔率一点八，请您确认。"

江子城讶异："怎么赔率这么低？"

这样一来，即使赢了，他也根本赚不到几个钱嘛。

工作人员解释："Power Attack 虽然是新马，但是它父系血统极佳，兄弟姐妹又出了好几匹冠军马，所以评磅师对它的评分非常高，认为它有冠军之相，故而赔率低了一些。"

见江子城脸色犹豫，工作人员建议他："不如先生再多买一匹马，买'连赢'如何？"

连赢，就是同时猜中第一匹马和第二匹马。连赢的赔率是非常高的，这次又遇上新马赛，连赢的赔率最高能有三十倍。

江子城一时犹豫起来，他今天的三次预知能力已经用完，实在没办法预知第二名是谁。可他现在正是缺钱用的时候，实在眼馋那三十倍的赔率。

他是应该求稳妥，买一只"独赢"；还是冒一次大风险，随便再挑一只买"连赢"?

身旁的男人替他下了决定。

"买'连赢'。"谢北望一手扶住江子城的肩膀，一手指向马圈里另外一匹马儿，"第二匹就选那匹灰色的。"

江子城顺着方向看去，只见侧边的小小马格里，有一匹背毛浅灰、四肢深灰色的马儿正在同马童玩耍。

那匹马性格非常活泼，两只耳朵直直立着，时不时向侧边旋转，代表这匹马对周围的一切都有极强的好奇心。

驯马师迟疑地提醒他："先生，那匹马儿性格过于兴奋，服从性不高，容易冲动。它是这批新马里年纪最小的一匹，还需要再调教，整体评分很低，您买这匹马的话……"

"没关系，"谢北望淡淡地说，"我喜欢。"

大佬出口，一锤定音。

工作人员立即给他下了订单，买黑马"Power Attack"和灰马"开心太阳"连赢，赔率十四点六。

也就是说，如果这两匹马儿分别拿了第一第二名，那么这二十万赌注，转眼就会变成将近三百万！

新马初赛是今天夜赛的重头戏，在最后一班马跑完后，八匹新马被牵到候赛的小格子间中。它们身上披挂着马鞍，两只黝黑的眼睛被专用的遮罩盖子遮住了一半视线，这样奔跑时，它们就不会被两侧的景象所影响。

在那一群棕色系的赛马中，黑色的"Power Attack"和灰色的"开心太阳"非常显眼。即使站在高高的 VIP 包厢中，隔着这么远的距离，江子城也能准确地找到它们的身影。

江子城几乎整个人都趴到玻璃墙上去了，十只手指互相紧扣，嘴里念念有词。

念来念去，不外乎求神拜佛，求上天保佑他能赢取大奖。

谢北望倒是不会把这二十万看在眼里，但见江子城这么上心，他也饶有兴致地走到了他身边，陪他一起关注赛场内的赛事。

速度赛马分为不同长度，有些马擅长长途、有些马擅长短途，这次新马初赛，取了中间值，马儿只需要跑一千六百米，两分钟就能见分晓。

只听发令枪一声嗡鸣，马闸瞬时拉开，八名骑师同时策马，八匹赛马一跃奔出马格，如晴天闪电，向着远处的终点线狂奔而去。

不，不对，有一匹马儿居然停留在起点线处，原地人立而起，一副很不服管教的模样。

而那匹马儿毛色发灰，正是"开心太阳"！

它耽误的这几秒，"Power Attack"已经冲向了马群的最前方，一马当先，带着其他马儿向着终点进发。

江子城看着不争气的小灰马，差点气哭。

谢北望倒是笑了，他望着那匹原地打转的灰马，意有所指地说："有趣。"

江子城惨兮兮地说："哪里有趣？都要赔钱啦。"

十几秒的时间，足够马群甩下"开心太阳"半个赛道了，观众席里骂声一片，都在气恼这匹马儿怎么这么不争气。

谁承想事情转眼有了逆天的变化——"开心太阳"突然嘶鸣一声，扬起前蹄，拔足狂奔起来！

正如最开始驯马师所说，"开心太阳"是一匹容易兴奋的年轻小马，他就像个青春期的孩子，没人能摸清它下一步的动作。它刚刚还在耍脾气不肯合作，现在又变了想法，瞅准远处的马群，迅速追赶起来。

年轻马儿有着无限活力，明明它起步最晚，可它速度惊人，在马群跑到第一圈半时，灰马已经追上了大部队！

它超过了第七名、第六名……和第五名胶着了一会儿，很快又升到了第四名！

等到所有的弯道跑完，只剩下最后半程直道时，"开心太阳"已经稳稳跑在了第三位！第一名"Power Attack"实力强劲，领先它们整整一个半马位！

"天啊……"江子城的心脏里仿佛装下了一匹马儿，马蹄每一次落下，都在他心间重重敲响。

他终于明白为什么这么多人沉迷赛马了，这真的是太刺激了！他的眼睛紧紧跟随在灰马身后，这十几秒的时间过得既漫长又迅速。

他太过激动，实在无法抒发满心的紧张，手里无意识地乱抓，居然一下子抓到了身旁男人的手掌。

谢北望本来心思就不在赛马上，他侧头看向全神贯注的青年，正要提醒他让他放手，可江子城的表情实在太有趣了。

他兴奋时，眼睛瞪得大大的，就像婴儿初降临世界时，怀揣着对整个世界的好奇。

马儿的速度时快时慢，他的眉毛便跟着一起飞舞，变化出多种表情，让人完全舍不得移开视线。

谢北望一哂，便没有打扰他。

突然，只听江子城一声尖叫，大大的笑容漾上了脸颊。

"赢了！"他高举双手，欢呼起来，"赢了！"

他手一动，两人的手自然分开。

谢北望低头看了眼空空如也的掌心，若无其事地把双手插进了西装裤兜中。

谢北望问："赢了？"

"赢了！"江子城眉飞色舞，手指戳着面前的玻璃墙，兴奋地给他叙述刚刚的惊险一幕，"'Power Attack'第一！'开心太阳'第二！'开心太阳'太了不起了，本来是最后一名，可它一路逆袭，冲线的时候，它只比第一名慢了一点点！"

两匹马儿相差 0.5 个马位，还是裁判通过高速摄像头的回放才确定的。

灰马逆风翻盘，明明起步晚了这么多，可最后却冲了上来！

谢北望看着江子城脸上的笑容，问他："开心吗？"

"开心！当然开心！"江子城早就忘了酒店被私生粉围堵的糟

心事。

他毫无偶像包袱，双手拢在胸口，一边转圈一边蹦蹦跳跳："都是钱啊！都是钱！我发财啦！我现在是百万富翁，不对，我现在是三百万富翁了！"

"那好，"谢北望说，"三百万富翁，咱们现在可以来谈谈欠款的事情了。"

江子城的三百万富翁梦只做了一会儿，很快就被打回了原型。

三百万澳元扣除完各种手续费后，只剩下两百五十万元人民币。

他欠谢总的钱实在不少，谢总又严格按照5%的利率收取利息，利滚利，钱滚钱，这三百万还没在手里焐热乎，眨眨眼的工夫就剩下一百万了。

一百万可以做什么呢？

买不起一辆豪车，买不起一次环球旅行，买不起北上广深的半套房。

但是这一百万……恰好买得起一个纪录片导演的梦想。

江子城只考虑了短短几分钟的时间，就决定把一百万投资给那位令人尊敬的印度纪录片导演卡皮尔。

投资纪录片是稳赔不赚的事情，江子城不求名不求利，只是不忍心看一位优秀的电影人为了金钱折腰。他还记得在那个酒会上，卡皮尔满面风霜，连一件合身的西装都买不起，可他谈起自己的梦想时，眼睛里是有光的。

谢北望得知他这个决定，脸上多了几分诧异，问："你确定？"

在这段时间的接触里，江子城从没掩饰过自己对金钱的重视，谢北望以为他会把剩下的钱安安稳稳地存进银行，就像小鸟筑巢一样，珍惜每一根小树枝。没想到江子城会这么"大方"，居然眼睛不眨地把钱投到一个根本不会有回报的无底洞中。

江子城点点头，诚实地说："其实还有另一个原因。赛马来钱太快了，我这人意志可不坚定了！我怕我把持不住，深陷进赌马这个坑里，还不如赶快把这一百万送给真正有需要的人，我手里没钱，就不会再多惦记了。"

谢北望看着他乖乖巧巧的模样，升起一种想要摸摸他的头的冲动。

江子城这个人啊，真是一副天生的软心肠。

想到就做，从赛马会回酒店的路上，江子城窝在林肯轿车的后座上，打通了卡皮尔导演的电话。

印度时间比中国时间晚两个半小时，澳门已经快到深夜，而印度刚刚日落。

电话接通后，卡皮尔带着咖喱味的英语顺着听筒飘荡在车厢里。

"真的吗，江？你愿意当我的投资人？你不是在开玩笑吧？"卡皮尔连用了三个疑问句，接下来就是一长串快意的笑声。

江子城答："卡皮尔，我欣赏你，我相信你会成为一个优秀的纪录片导演，成为宝莱坞的荣耀。"

卡皮尔感动不已，他的纪录片项目已经停滞太久了，甚至变卖家财也无法补上这个窟窿。他去威尼斯完全是想碰碰运气，结果铩羽而归，没想到在酒会上偶然遇到的年轻艺人居然愿意把所有的钱掏出来资助他！而他们只喝了一杯酒、说过几句话，甚至连"朋友"都称不上！

"谢谢你，谢谢你！"卡皮尔强忍住泪水，用含糊不清的英语把自己的银行账号告诉了江子城，"江，你是我永远的朋友！谢谢你的一百万美元！"

江子城呆滞了："等等，一百万美元？"

卡皮尔："是啊，一百万美元，有什么问题吗？"

江子城咽了口吐沫，僵硬地说："我……我以为是一百万元人民币。"

他撞了大运才得来了一百万元人民币，哪里能再变出来剩下的六百万元人民币啊？

车厢内陷入了一阵漫长又压抑的沉默。怪只怪江子城先入为主，忘了问卡皮尔货币单位，傻乎乎地以为一百万元人民币就能拍完一部纪录片。

一个尴尬，一个丢脸，两人隔着电话都不吭声了，他们同时从快乐的云端跌下，重重摔到了地面上。

半晌，还是卡皮尔先开口了。

这位年长的纪录片导演笑了出来，安慰他："谢谢你，江。一百万元人民币也能帮我很多，对于现在的我来说，一百万卢比都是天大的慷慨了。"

江子城满脸羞红，他对着手机有无数话想说，偏偏又说不出来。

就在这时，忽然从旁边伸过来一只大手，把他掌中的手机直接抽走了。

江子城："你……"

谢北望给他递了一个"少安毋躁"的眼神，靠坐在后排沙发椅上，把手机贴在耳畔，流利的英语脱口而出。

"一百万美金，没有问题。"谢北望磁性的嗓音回荡在小小的车厢内，"他出一百万人民币，剩下的钱我来补。"

之后谢北望又和卡皮尔深入谈了很多。这部纪录片将由瑞慈娱乐和江子城同时入股，所占比例按照出资比例分配。他要求卡皮尔尽快提交项目计划书，瑞慈娱乐会有专人与他对接，审核他的作品完成进度，并且为他提供更专业的线上线下包装。

卡皮尔万万没想到事情居然能峰回路转，他昨日还穷困潦倒，除了无价的梦想，再没有其他的东西了。谁承想他今天就登上了中国最有名的瑞慈娱乐集团的大船，而这一切都是因为江子城的引荐！

挂断电话后，谢北望把手机还给了身旁的青年。

他说："现在可以安心了吧。"

江子城抬头望着他，道谢的话还没出口，脸先憋红了。

江子城踟蹰着问："你为什么资助卡皮尔？你不是不信任他吗？"

谢北望回答："我确实不信任他。我见过太多拿到投资后中途跑路的纪录片导演，希望他不会是下一个。"

"江子城，"谢北望看着他的双眼，轻声说，"可我信任你。"

因为一句"信任"，谢北望毅然决定注资八十多万美元，投在一个听都没听过的印度导演身上。

江子城感动得眼泪汪汪，他必须承认，在那一瞬间，他有一点点犹豫，是不是之前误会了谢北望，其实谢大总裁是个很正派、很有眼光的大老板嘛！

古有烽火戏诸侯，今有万金投导演……江子城感动不已，觉得自己之于谢总，就像褒姒之于周幽王——呸！是伯牙之于子期！

他还沉浸在自己的魅力当中，谢北望忽然说："就算他真卷钱跑了，不是还有你在我手上吗。"

原来谢总说的"信任"是"跑得了和尚跑不了庙"的意思！江子城震惊后才顿悟过来。

江子城脑袋里想多少，脸上就表现多少，谢北望见他表情由阳光明媚转为阴云密布，那感觉——啊，真有趣！

他们回到酒店时，夜已经很深了，酒店门口依旧徘徊着几名行色诡异的人，有贩卖明星消息的黄牛，也有闻讯而来的私生粉。

江子城隔着玻璃看了那群人一眼，总有一种荒诞且莫名的不真实感，要知道他启程去威尼斯之前，还是个"查无此城"的小透明，可现在，他居然也有私生粉了？

她们粉的究竟是什么？

是他的作品？还是他在红毯上低头捡手机时流露出来的温柔？

谢总的轿车从后面的 VIP 车道直接驶进了地下车库，又通过专属电梯回到了酒店顶楼的总统套房。

江子城看着套房内金碧辉煌的内饰，警惕地问："不会今晚又要和你住一间屋吧？"

谢北望反问："你什么时候和我住过一间屋了？"

这么一说好像也对，在威尼斯的时候两人虽然住在一起，却是双主卧，互不干扰（除了第一天他一头摔进浴缸以外）。

想到这里，江子城放下心来，大大咧咧地坐在沙发上，问他："那好，另一间卧室在哪里？我好累，要洗澡。"

谢北望继续反问："哪有另一间卧室？这套房子只有一间主卧，一张双人床。"

江子城一惊："那我睡哪里？"

谢北望慢条斯理地把领带取下，扔在旁边的椅子上，手指从喉结开始，一颗颗解开衬衫扣子，露出阔挺的胸膛。

"你说呢？"谢北望抬眼看他。简简单单一个动作，浓郁的雄性荷尔蒙气息喷薄而出，像是一张巨型的网，封住了前后左右所有退路。

恰在此时，房门被敲响了。

谢北望扬声说了句"进来"，满脸疲惫的扈哥推门而入。

江子城见到大救星，赶忙高喊一句"悟空救我！"，迅速钻到了扈哥身后。

扈哥一头雾水，"这深更半夜的，你赖在谢总房里耍什么宝？我在你房里等了半天都没见你下来，我还打算和你聊聊回京之后的工作计划呢。"

"咦？我有自己的房间？"江子城大喜。

扈哥点头："当然有，我帮你换到十七层去了，用别人的身份证开的房间，保证私生粉查不到。房间号发到你微信上了，你没收到吗？"

江子城掏出手机一看，这才发现微信里有两条未读消息。

他又回想了一遍刚刚和谢北望的对话，意识到男人每一句话都是反问句——就等着他这条傻鱼自己撞网呢。

江子城腹诽：谢北望这家伙真应该改名叫谢天狼，要不然怎么配得上他阴险狡诈的性格啊？

第二天清晨，一行人又回到了澳门机场，搭乘私人飞机回北京。

航时只有短短几个小时，这次江子城没有待在卧室里，而是留在客舱内，守在玻璃窗前看飞机起飞。

短暂的失重感很快消退，私人飞机如一只挣脱了束缚的小鸟，转眼间冲上云霄。江子城望着玻璃窗外越来越小的澳门机场，发出了一声由衷的赞叹："有钱真好！"

谢北望转过头，问他："怎么，后悔把所有钱都投给卡皮尔了？"

"花出去的钱我绝对不会后悔。"淳朴的穷人说，"不过钱这种东西，我肯定希望越多越好啊。"

谢富人："可很多时候，钱多了其实是一种麻烦。"

江穷人："这种话只有你这种'天生有钱人'才会说，一点都不real。"

谢北望笑了："我看起来像是那种'天生有钱人'？"

"你本来就是啊！"江子城心想，谢总这是装什么大尾巴狼呢？现在"美貌而不自知"的人设已经不流行了，他这是要给自己立"有钱而不自知"的人设吗？

瑞慈娱乐是国内娱乐产业的龙头，光是今年上半年，就有四部票房过十亿的电影是瑞慈出品的。现在《满堂彩》又斩获一尊闪闪发光的金狮奖杯，这个极具分量的国际电影奖绝对会让瑞慈娱乐未来的发展更加顺利。

这么一个市值不可估量的巨型娱乐帝国，由谢长安一手创建，谢北望身为老谢总唯一承认的合法继承人，怎么可能体会过贫穷的滋味呢？

见江子城满脸不信任，谢北望控制不住内心的冲动，向他稍稍吐露了一些过往："其实，我小时候在农村生活过。"

江子城脱口而出："去拍《变形计》吗？"

《变形计》是一档超有名的综艺节目，每期节目都会把有钱人家的小公子送到乡下吃苦受罪，美其名曰体验生活。

谢北望脸色瞬间漆黑。

江子城吓得夹起尾巴，嘤嘤求饶："撤回撤回，用户江子城撤回了一条语音消息。"

谢北望本来被他搅得心情极差，结果被他这么一句又给逗笑了。

他早在十六年前就该知道，江子城这小蠢蛋，就是"氪星"派下来克他的吧。

第六章

# 记忆里的少年

　　飞机降落到北京机场后，江子城连喘息的时间都没有，立即投入到了马不停蹄的工作当中。

　　至于谢总本人，自然比他还要忙碌八百倍。

　　Kevin 和 Tony 从保镖大哥那里听来了新八卦，据说谢总这次创下了连续半个月没有离开公司的纪录，就连晚上睡觉都是睡在办公室侧面的小套间里。

　　Kevin 说："真奇怪，谢总日理万机，怎么突然去威尼斯待了这么久，耽误了这么多工作。听说原计划只待五天的，结果颁奖礼后又多停了两天。"

　　Tony 挠挠头："莫不是有小妖精？"

　　Kevin："什么小妖精？"

　　Tony："你看威尼斯国际电影节上那么多漂亮的女明星，说不定谢总是特意飞过去会女友的呢。"

　　Kevin："噫！"

　　可惜两人都没有猜对，威尼斯的漂亮女明星确实很多，可谢总对他们全无兴趣。

　　不过某位漂亮男明星最近却要累劈叉了，他今天录了两个综艺节目，摄影棚内即使开了最高功率的空调，依旧热得要死。

　　他一热，就没胃口；一没胃口，就瘦；一瘦，五官便更加显眼突出，衣服略略宽松了一个尺码，更衬得整个人仙气飘飘、清雅绝伦。

有的明星费尽心思减肥，变瘦后却显得骨架嶙峋，整个人精神不振，被八卦杂志盖章吸毒。偏偏江子城越瘦越美，越瘦越俊，这几天的路透照被发到微博后，已经有不少颜粉嚷嚷着希望看小哥哥拍古装剧了。

就连扈哥都说："子城，你真是天生适合吃这碗饭的人。"

热到精神恍惚的江子城只听到"吃饭"两个字，立即摇头："吃什么饭？不吃不吃，我没胃口。"

他又想到之后还有高强度的录制任务，若是不吃东西体力跟不上，只能勉强找了个折中办法："我现在闻着盒饭的油腥味就想吐，扈哥，给我准备点清淡的饭菜吧。对了，再来一碟酸黄瓜，越酸越好，开胃。"

扈哥："……"

江子城："怎么了？"

扈哥："没，我只是确定一下我带的究竟是男艺人还是女艺人。"

江子城："当然是男的啊！"

扈哥瞥了眼江子城平平坦坦的小肚子，点点头，说："嗯，我看也像男孩儿。"

过了几日，艺人管理部的艺人总监发来邮件，要约谈江子城，和他聊聊今后的发展方向。

其实这封邮件早该到了。

江子城在天心影视公司时参演的电视剧不少，不过都是三番、四番的配角。他运气好，剧剧大火，可惜他太"绿叶"了，只在观众面前混了个脸熟。

几个月前，上面突然传来风声，说要收购天心影视公司。所有人都被谢北望这个操作搞得摸不到头脑，不明白谢总怎么看上了这么一家名不见经传的小公司。

在瑞慈娱乐的真金重拳下，天心影视毫无抵抗之力，收购的进度非常快，不到一周就尘埃落定。又过几日，威尼斯国际电影节那边就公布了主竞赛单元的入围名单——由江子城主演的《满堂彩》赫然在列！

所有人都情不自禁地想，谢北望不愧是谢北望，这高瞻远瞩的战略思想，就是厉害！

等到江子城加入瑞慈娱乐后，先忙着出席《满堂彩》的内部观影会，接着又飞到威尼斯领奖，回国后又是各种综艺采访不断，几件事情叠在一起，直到今天，才能稍微闲下来。

艺人总监赶忙把他召了过来。

江子城进门后，先乖乖问了声好，然后就老实地站在那里，由着艺人总监仔细审视。

艺人总监姓吴，四十出头，正是年富力强的时候。江子城从双胞胎那里听到了不少小道消息，知道吴总监是老谢总留下来的心腹手下，在公司已经做了很多年。

吴总监喜欢喝茶，宽阔的办公室里摆了一副根雕大茶海，要多气派有多气派。他招呼江子城在茶海旁边的椅子上坐下，身旁有一位穿着短旗袍的貌美茶艺师，给两人斟茶。

江子城觉得有些怪怪的，他不着痕迹地打量了一番这个气派的办公室，再看看坐在自己对面的吴总监，心想：这人明明是个艺人总监，这派头怎么比谢北望还大。

谢北望是公司总裁，出行要坐私人飞机，走到哪里都前呼后拥，可他本人气势沉稳，霸气内敛，一举一动、一言一行，都自带气场。当他眼风扫过，就会让人心惊肉跳。

可这位吴总监……唔，怎么说呢，虽然这个办公室捣鼓得比江子城前老板的办公室还要金碧辉煌，但莫名有一种乡镇企业家的油腻感。

让人很不舒服。

而且江子城记得很清楚，他"看"过扈哥的未来——扈哥将在几年之后荣升艺人总监，他会坐镇这间办公室，顶替吴总监的位置！

那这位吴总监又去哪里了？是从瑞慈娱乐跳槽，自立门户了吗？

可惜吴总监鼻梁上架着一副眼镜，遮住了他的双眼，否则江子城真想趁机和他对视，搞清楚他的未来。

吴总监是尊笑面佛，笑眯眯地恭喜江子城加入瑞慈娱乐。

江子城不着痕迹地拍了拍马屁，表了表衷心。

两人互相恭维了五分钟，终于进入正题。

因为江子城主演的电影在威尼斯国际电影节上拿了奖，再加上他本人最近受关注度很高，所以吴总监打算指派一名公司的金牌经纪人负责江子城的一切经纪事务。

那位经纪人非常有名，手下有一个国内一线男团、两位当红小花，在圈里人脉很广，根基深厚。她已经给江子城做了未来十年的发展规划，诚意十足。

只要江子城点头，他下个月就能进组，她拿出来的资源是古偶男一，还有两档综艺节目，预计两年内就能让江子城的微博粉丝达到千万量级。

说实话，这个资源真是非常棒了，江子城毕竟修炼时间短，光是听到那两档综艺节目的名字，就没忍住倒吸了一口气。

吴总监见他这副样子，乐呵呵地问："看来你是很满意了？那好，我现在把你的新经纪人叫上来，你俩见个面，聊聊。"

谁想江子城迟疑了几秒，摇摇头说："谢谢吴总监的好意，可我没有想要换经纪人的想法。"

"你现在的临时经纪人是老扈吧？"吴总监皱眉，"小江，你做决定不要这么冲动，你知不知道我介绍给你的经纪人比老扈强了多少倍？"

江子城："扈哥很好，我和他配合得挺默契的。"

"他这人本事不错，就是运气太差，带过的艺人下场一个比一个惨，不信你可以出去打听打听。"吴总监哼了声，"这圈里都是有点迷信的。你现在运势强，正是要乘胜追击的时候，不要被他拉进坑里，惹一身晦气。"

江子城一笑，装作听不懂的样子，两只眼睛忽闪忽闪："您都说了我运势很强，我和他中和一下，不就成了吗。"

吴总监见他冥顽不灵，也懒得同他多费口舌，伸手指了指大门，意思很清楚——送客。

江子城也没废话，恭恭敬敬说了声再见，转身走出了这间办公室。

当天晚上，江子城意外收到了一条微信。
发信人是许久没有联系过的谢小姐。

谢：你今天去见吴德了？

吴德，正是那位臭屁哄哄的艺人总监的名讳。这个姓和这个名连在一起，实在难听，全公司上下没人敢叫他全名。
也就"谢小姐"贵为瑞慈集团千金，敢这么称呼他了。

是江子城不是江城子：呃……
是江子城不是江城子：谢小姐，你的欧洲游结束了？好玩不？
谢：他都和你说什么了？
是江子城不是江城子：大白怎么样，好久没见它了，你怎么也不发朋友圈，让我云吸貂啊。
谢：江子城，你是在转移话题吗？

江子城这怨气憋了一天，顶得他连晚饭都没吃，就顾着生气了。偏生这股怨气没处发泄，既不好和扈哥说，怕让他徒增烦恼；也不能和双胞胎讲，因为这两人完全不懂他在气什么。
"谢小姐"刚巧撞到了他的枪口上，引爆了他一肚子的火气。
于是江子城就像个豌豆射手一样，"噗噗噗噗噗"地喷起来了。

是江子城不是江城子：谢小姐，这事儿我也就能和你抱怨抱怨了。

是江子城不是江城子：吴总监给我安排的那个经纪人是挺厉害的，我翻了翻计划书，这是要把我往流量艺人的方向打造啊！

是江子城不是江城子：我知道我这个长相最适合往流量小生那边走，可是我不愿意啊！

是江子城不是江城子：我就想好好演戏，演有趣的戏，演好戏，演我想演的戏。我可是要当影帝的人！

是江子城不是江城子：上综艺？演古偶？微博粉丝千万？

是江子城不是江城子：那是别人，那不是我。

江子城叭叭叭叭一通乱喷，喷爽之后，身心舒畅。

紧接着，他又开始逐一撤销了自己发过去的消息。

"谢小姐"本想一一回复，正绞尽脑汁打算好好安慰他，没想到屏幕上一片提示闪过，那些抱怨就在他眼皮子底下一句一句消失了。

谢：你这是什么毛病，说出口的话怎么这么爱撤回？

是江子城不是江城子：我撤回什么啦？我刚刚什么也没说呀。

是江子城不是江城子：【乖巧】

谢北望看着空空如也的聊天框，无奈笑了。

"这小脾气，还挺大的。"

没过几天，一封内网邮件被推送到了艺人管理部、市场营销部、公关部、电影电视项目部等七八个相关部门的邮箱里。

邮件正文只有寥寥几行字，大意是说，任命 B 级经纪人扈宁为艺人江子城的专属经纪人，以后公司内部有任何需要联系江子城的事情，都可以和他的经纪人直接沟通。

瑞慈娱乐旗下艺人不知凡几，为了各部门协调合作，每个重要的人事任命都要通过邮件全网推送。

有人问："这个江子城是谁，新人吗？"

"你这消息太不灵通了，这次威尼斯国际电影节金狮奖影片《满堂彩》，就是他主演的！还有前不久热搜上的在红毯上捡手机的小帅哥，也是他！"

又有人问："那这个扈宁是谁？咱们公司还有这么一个经纪人？"

瑞慈集团上下等级森严，B级经纪人在圈内至少有十年的工作经验，并且成功带出至少两个有人气有奖项的艺人。这种层次的经纪人，做得了危机公关，搞得定快消代言，上得起热门综艺，人脉广，面子足。可是扈宁的名字听上去分外陌生，现在公司里二线以上的艺人，没听说有谁在这个扈宁手底下啊。

"你连扈宁都不知道？"知情人说，"就那个有名的'who倒霉'，每个和他扯上关系的艺人，最后都会退圈消失。"

"我的天，公司居然把一个上升期的艺人分给'who倒霉'，这小子太惨了吧！"

其他人的八卦暂且不提，当这封邮件出现在扈哥和江子城邮箱里时，两个人的表现截然不同。

江子城满面喜色，恨不得播放一首《好日子》，再跟着音乐跳上一段海草舞。

而扈哥脸色凝重，直接问他："你怎么回事，你是不是得罪上面的人了？"

"没有吧。"江子城茫然，"这不挺好的吗？我觉得和你配合特别默契，这段时间安排的工作都正合我心意，咱俩绑定不是挺好的吗？"

虽然他不知道为什么吴总监会突然放过他，但是能和扈哥在一起，实在是太好了！

扈哥神色凝重："你知不知道我这人名声不好？别的艺人都巴不得躲得远远的，就你这个傻东西，非要往我面前凑。"

江子城："啊？难不成你会潜规则艺人，或者强迫艺人去被别人潜规则？"

扈哥头疼，"这都什么乱七八糟的！"

扈哥本想说重话吓跑他，可是对着他那副信任的表情，又实在开不了口。

最后扈哥狠狠骂了自己一声，扔下江子城走了。

只留下江子城孤零零望着他的背影，满头雾水。

《满堂彩》爆冷拿下金狮奖，媒体记者们递来无数的采访邀请，忙碌程度比在威尼斯时有过之而无不及。

江子城应接不暇，他的人气完全是被莫名哄抬上来的，很多记者甚至没有看过《满堂彩》这部片子，采访的问题来来去去，最终都要落到那个红毯捡手机的视频上。

江子城刚开始还蛮兴奋的，觉得自己好不容易红了，可要好好享受一番被众星捧月的滋味。可同样的采访接受多了，他又觉得没趣起来——他清楚地知道，现在的人气都是虚的，就像是被人一口气吹上天的气球，若没有一双手在下面托着，终有一天会落下来的。

他的异能虽然能够帮助他筛选出"火"剧，但演技的提升靠的不是运气而是自身的磨炼。若异能真那么了不起，《满堂彩》在威尼斯国际电影节捧起来的奖杯就该是"最佳男主角"而不是"最佳电影"了。

扈哥帮他初筛了一遍工作，推了几个没什么意义的娱乐综艺和不上档次的期刊封面，留下的工作都是非常重要的。

偏偏在这节骨眼上，有个剧组宣发发来邮件，要求江子城履行合约，出席电视剧的发布会。

"《反派是条狗》？"扈哥翻了翻邮件，疑惑地问，"这是什么东西？"

听上去就是标准雷剧。

江子城一听，绝望地抱住脑袋："这是我在上家公司拍的一部网剧，压了一年多，我还以为这辈子都不用再听到这部网剧的名字了！"

原来，《反派是条狗》是著名作者"莫外"太太的搞笑现代武侠作品，讲的是身为绝世反派的魔教教主穿越到现代，变成了一条狗（能在人形狗形之间切换）和派出所小王一起破案的故事。

这部作品生不逢时，电视剧开机时，偏偏撞上广播电视总局下了新文件，不准拍这种神神怪怪的穿越题材。于是编剧绞尽脑汁，在剧中添加了一个原创人物科学怪人，利用"高科技"手段把魔教教主的尸体复活，又把他放到了一条狗的体内。

然后这样那样那样这样，好好的一部幻想武侠小说，硬是被拍成了"社会主义人宠情"。

扈哥进入娱乐圈十来年，奇怪的电视剧听过不少，但这部电视剧还是出乎了他的意料。

扈哥问："原著改成这样，小说作者没提出意见吗？"

江子城说："作者能知道什么呢？拍摄的时候作者来探过一次班，那天是整个剧组演技最高的时候，就连划水的男主角都比往常卖力了不少。从导演到场记，所有人都拦着作者不让她和编剧见面。"

接这部剧的时候，江子城正处在无剧可拍的抠脚阶段。他当时的经纪公司不给力，经纪人看原著作者小有名气，觉得一定能红，就把江子城忽悠进了剧组，江子城连预知异能都没来得及发动，就被打包送了过去，谁承想一脚就踩到了大雷。

那段时间他每天早上上妆时，都祈祷影棚断电、摄像机进水、投资人撤资。

可惜上天没有听到他的祈求，让这部雷剧安安稳稳地杀青了。

江子城在里面饰演男三号——魔教教主的心腹手下，一只京巴狗。

顺便说一句，Kevin 和 Tony 也有出演，演一对分不清左右的杜宾犬。

中国影视行业一年投拍的电视剧有数万集，但真正能播出的只有十分之一。本来这部雷剧是没机会上映的，可谁知江子城突然之间小火了一把。

历史都是相似的，前不久圈里刚发生过类似的事情：某小花在未红之时拍了雷剧，谁知小花通过选秀节目一夕之间流量爆炸，原本夭折的剧组硬是把剧集剪辑好强推了出去，还勒令小花必须根据合约尽职宣传。小花没有办法，赔笑给雷剧站了几次台，结果败光了路人好感，死忠粉做数据也累得不行。那段时间打开微博，全是小花在雷剧里贡献的各种智障表情包。听说原本谈好的高端商业代言，就这么硬生生折腾黄了。

前车之鉴就在那里，怎能不让人担心？

身为经纪人，扈哥比任何人都清楚江子城之后的路要怎么走。

江子城是一个上升期的演员，他现在需要向大银幕再迈出一步，多接一些质量好的作品，巩固"优质艺人"的定位，让粉丝们能够自豪地说出："我喜欢的演员，演技好，能扛票房！"

而不是跑去给雷剧站台，狠狠拽低自己的层次，这会让江子城此前两年的辛苦磨炼都变成一纸笑话。

扈哥拿着厚厚一沓文件走了，几天都不见人影。等到他再出现在江子城面前时，整个人都清瘦了不少。

扈哥告诉江子城："《反派是条狗》的事情搞定了，你就放心吧。"

江子城惊讶极了："我不用出席发布会了？"

扈哥道："你不仅不用出席发布会，我还和剧组谈妥，把你整个角色直接从剧里剪掉了，他们对外不会透露你参演过这部雷剧。"

江子城非常吃惊，要知道一部成品剧删掉一个男三号，实在是非常复杂又非常庞大的工程。而且江子城现在势头正旺，也不知扈哥废了多少精力，才让剧组甘愿放过他这个香饽饽。

原来，这就是 B 级经纪人的实力。

这个结果大大超出江子城的预料，他一时激动，眼泪都在眼眶里转了起来。

扈哥笑了，递给他一张纸巾："这就感动得不行了？我是你的经纪人，我的工作就是保证你前进的道路上没有一点坎坷。"

见江子城还是泪汪汪的模样，扈哥又温声哄他："好啦，拍过一部雷剧又不是什么大事，这算什么？你比我以前的艺人省心多了。"

江子城其实对这个问题好奇好久了，他赶快问："你以前的艺人都怎么了？"

扈哥道："我在第一家公司时，带的那个选秀歌手出道前在酒吧驻唱。"

"这不是很正常吗？"

"可她驻唱时，还兼职出台小姐。所有视频照片皆有，事情一出，她留下一封信给我，麻利退圈了。"

扈哥又说："我在第二家公司时，带的那个男子组合在宿舍斗殴，三个人一共掉了八颗牙，热心邻居报警后，他们仨进派出所蹲了五天。"

扈哥："后来我到了瑞慈，瑞慈倒是没有那么多乱七八糟的事情。只是我带的第一个艺人后来出家了，第二个艺人小三上位成功嫁给富豪了，至于第三个人——就是你了。"

扈哥看着江子城的眼睛，颇有些感慨："子城，你不需要谢谢我，是我要谢谢你。"

江子城这段时间稍微打听了一下扈哥的事情，可是所有人都对此讳莫如深，只说他手下的所有艺人最后都离开了娱乐圈。

哪想到事实真相居然是这样——明明扈哥才是被连累的那一个吧？

江子城觉得自己担不起扈哥的一声"谢谢"，因为说起来，还是他走了捷径，知道扈哥未来会有光辉的发展，才厚着脸皮凑上去。

这么有能力的经纪人，在别的小经纪公司至少能带"一哥"，哪用得着为他这种刚脱离十八线的小演员操心呢？

江子城真心实意地说："扈哥，你能力这么强，未来肯定会成为金牌经纪人的。"

在这个圈子里，如果一个经纪人手底下没有一个爆红的流量明星或者一位拿奖拿到手软的艺人，那么这个经纪人就不配称为"金牌经纪人"。

扈哥拍拍他的肩膀，像是一位老师在看着自己的学生："子城，谢谢你这么信任我。如果有朝一日我能成为金牌经纪人，那肯定是因为有你在。"

江子城忙忙碌碌连轴转了一段时间，等到有时间停下来休息时，天气已经转凉了。

瑞慈娱乐大楼的花园里种了两排银杏树，秋风扫过，卷起无数金黄色的眼泪从树梢落下，飘飘洒洒，美不胜收。

最近这段时间，有不少品牌找上扈哥，表达出想要和江子城合作的意愿。

但扈哥翻了翻计划书，发现大品牌发来的都是什么"品牌挚友""推广大使"之类不痛不痒的名头，连一个单品代言人都没有，实在是没什么意思。

于是他把这些意向书都给推了，跟江子城说了一声："代言这种事情不要着急。你现在根基还不稳，找上来的品牌都只是为了一时的流量。等你再有两部拿得出手的作品，到时候自然会有更好的代言找上门来。"

江子城不懂这些，但他非常信任自己的经纪人，扈哥说什么，那他就听什么。

江子城最近风头正劲，是不少年轻小姑娘的"小墙头"，娱乐新闻刷一刷，哪里都能看到这群小粉丝的身影。不少人都眼红江子城现在的流量，却没想到他一个商业推广都没有，于是圈内人纷纷吐槽扈宁没本事，连个正经工作都不能给艺人接到。

江子城也听到了一些风声，他有点替扈哥着急，担心他被这些风言风语影响到。

没想到过了两天，扈哥就把两个剧本递到了江子城面前。

扈哥说："这两个剧本都是我筛选后觉得品质不错的，你可以看看。"

放在面前的两个剧本一薄一厚，薄的是电影剧本，厚的是电视剧剧本。

江子城演够了电视剧，一心想往大银幕发展，哪想到扈哥居然给他推荐了一个电视剧本子。

江子城好奇之下，先拿过电视剧剧本翻看。

翻了几页，他立即明白了扈哥的良苦用心。

原来这个电视剧是央视注资投拍的历史向正剧，讲述了历史上一位有名贤臣在朝堂沉浮的故事。他一生鞠躬尽瘁，受过攻讦、承过隆恩，他辅佐了三位帝王，在史书上留下了不少功绩。

这部《一代贤臣》预计有六十八集，男主角由老、中、青三位演员共同饰演，其中中年和老年时期已经确定由两位实力演员担当。而扈哥帮江子城拿下的，就是青年时期男主角的角色！

男主角青年时期戏份不多，只有十五集，不到三分之一的剧情——但这是男主角！还是央视大剧的男主角！可以想象，这部大剧的制作班底绝对是顶级配置，估计一集的预算就抵得上特摄片整整一季。

江子城一看到这个剧本，心思立即就飞了！

谁说以后再也不演电视剧的？呸呸呸，他现在就撤回，把这狗屁话吞回肚子里。

看完《一代贤臣》的项目书和剧本试阅后，江子城心痒难耐，恨不得立即进组。

不过他看看桌上另一个电影剧本，强迫自己冷静了几秒，又把那个剧本拿起来翻看。

这部电影叫作《怪你太可爱》，是一个发生在校园里的清甜小恋曲。它讲述了爱养多肉植物的腼腆学霸与活泼开朗的退役花剑运动员成为同桌后，少男少女之间发生的啼笑皆非的可爱故事，有那么点校园版《我的野蛮女友》的感觉。

看过这两个剧本之后，江子城立即明白了扈哥的用意。

《一代贤臣》是古装历史剧，负责抬"逼格"；《怪你太可爱》是甜蜜校园剧，负责扛"票房"。一部电影一个电视剧，男主形象都非常符合江子城的个人定位，不论接哪个都不会吃亏。

江子城望着这两个同样优秀的剧本，一时间摇摆不定。

见他面露犹豫，扈哥问："你在想什么？"

江子城说："当然是在想接哪个啦。《一代贤臣》一看就是大制作，播出后肯定会火；《怪你太可爱》遇上校园剧正当红的好时候，票房绝对很好。扈哥，我现在选择恐惧症都要犯了。"

扈哥笑了："小孩子才做选择题。"

江子城疑惑地看向他。

扈哥："成年人，当然两个都要。"

他把两个剧本直接扔进了江子城怀里："拿着吧，这两个都是为你准备的。"

江子城又惊又喜："谢谢扈哥！那咱们什么时候去试镜？我好好准备一下。"

"试什么镜？"扈哥说，"剧本拿给你，角色就是你的了。"

江子城终于见识到了大公司旗下大经纪人的霸气，他瑟瑟发抖地想：他几个月前还是四处奔波试镜的小透明，如今终于享受到男一号的待遇了！

忙了一个多月，江子城终于得了一点空闲。他和扈哥请了假，决定回家看看爸妈。

江子城的父母都不是本地人，当年考上大学后来到北京，毕业后留在了首都。他们一个在小学教语文、一个在初中教数学，双剑合璧，江子城两岁就会背诵一百首唐诗宋词、三岁就能口算五百以内的乘除法了，是小区里有名的"小神童"。

那时候江爸江妈最犯愁的就是，小子城这么厉害，长大之后是去清华呢，还是去北大呢？毕业之后是研究火箭呢，还是做医药学家呢？

事实证明，他们想太多了。

江子城的长相结合了爸妈的优点，眉清目秀，一身的细皮嫩肉。他是整个大家族里唯一走向娱乐圈的人，平常没少帮亲戚要明星签名。

江爸江妈还没有退休，两人现在还奋战在教育一线岗位上，住在学校分的职工宿舍里，生活朴素，很少有人知道他们的儿子是明星。

江子城好久没见爸妈了，想他们想得要命，回家时扛着大包小包，带了不少从威尼斯买的礼物。

门铃按响，江爸打开防盗门，看到几个月未见的儿子出现在门外，惊讶和激动之情溢于言表。

江子城看着父亲两鬓斑白的模样，一时间感慨万千，鼻头一酸，哽咽道："爸，我回来了。"

江爸爸也很激动："子城，你带东西就带东西吧，你回来干吗？"

江子城无话可说地望向老父亲。

江爸爸："哈哈哈，儿子，我太激动了，都说反了。"

江子城被江妈妈拽进门，被压着"心肝宝贝肉"地叫了一通，问他到了新公司习惯不习惯，是不是工作特别忙，瞧瞧，都瘦了这么多。

江子城和这世上万千孩子一样，在爸妈面前向来是报喜不报忧的。

"您放心吧，我的新经纪人特别好，特别照顾我！我接下来要拍央视的电视剧呢，等回头播了，您就可以跟所有同事说男主角是你儿子了！"

母子两个人亲亲热热地说了一会儿话，说着说着，江妈妈眼眶就红了。

江子城："哎呀妈，你哭什么，你儿子是去当明星，又不是去坐监狱。"

江妈妈说："我最近在重读《红楼梦》，每一遍都有新的感受。

我看你今天回来，打扮得这么好看，又带回来这么多礼物，这就是活生生的'元春省亲'啊！"

江子城说："这能一样吗？元春那是嫁给皇上当后妃去了，我又没嫁给我们公司总裁。"

江妈妈还是唉声叹气。她年轻时是个文艺女青年，年纪大了就是个大龄文艺女青年，特别爱感春悲秋。

母子俩正说着话，江爸爸忽然拿着一个铁皮盒子走了过来，放到了江子城面前。

"子城，前几天我收拾储藏间的时候，找到了你小学时和笔友写的信。"江爸爸说，"这都过去十几年了，好几页信纸被虫蛀了，我本来想直接扔了，但是你妈说这个挺有纪念意义的，让我给你留着。"

江子城满头问号："我还交过笔友？"

江爸爸叹口气，转头问江妈妈："我一直很奇怪，子城是不是小时候被车撞过，记性怎么这么不好啊？"

江妈妈："你忘了？他高中的时候和人比赛翻单杠，从单杠上摔下来，现在后脑勺还有个疤呢。"

"我没失忆！"江子城委屈极了，"你们都说了，交笔友那都是小学时的事情了，我哪里记得十几年前发生过什么啊！"

可能是因为江子城预知到的"未来"太多了，他的大脑对"过去"的记忆没那么重视，有时候爸妈提起小时候的趣事，江子城总是一脸茫然。

话是这么说，可当江子城从父亲手里接过那个沉甸甸的铁皮盒子时，越看越觉得这个盒子眼熟。

估计每个孩子小时候都会有这么一个"秘密宝箱"吧，它承载了年少时期所有值得珍藏的宝贵东西，它像是一段尘封的记忆、一段定格的时光，可又不止于此。

江子城的"记忆宝盒"是一个暗红色的月饼盒，上面印着嫦娥奔月，凸起的铁皮上印着一行毛笔字：花好月圆人团圆。

江子城望着这个熟悉的铁盒，不知怎的，心脏忽然重重跳动了一下。

他冥冥之中有种感觉，这个团圆盒子之中，有着一段他不该忘记的回忆和一个不该放下的人。

他深吸一口气，止住了微微颤抖的手，迅速打开了圆扁的铁盒。

盒内有雨花石几颗、贴纸若干、木棍做的小手枪一把、干掉的银杏叶书签几片……而在这些乱糟糟的东西之上，静静躺着十几封信。

江子城拿起了最上面的那一封信。

那是一封退信，邮票上盖了一个大大的"查无此人"的红章，寄信时间是十五年前的春天。

寄信人是××小学家属院的江子城小朋友。

收信人是××镇××村的汪汪哥哥。

汪汪哥哥？

在那一瞬间，记忆就像是一株深埋在地下的忽然苏醒的春笋，顶破土壤，在阳光下迅速蹿高，化为一棵郁郁青竹。

是的——汪汪哥哥！

那个在乡下稻田旁，陪他等了一个假期氪星UFO的少年！

他有着短得揪不起来的头发和一双深如潭水的眼睛，烈阳把他的皮肤晒得黝黑。他会把自行车蹬得飞快，飞过一个又一个的田埂，而八岁的江子城就坐在自行车的前横梁上，扶着车把，放肆大笑！

那个秋天，那片金黄色的麦田，那个充满汗水味道的怀抱，那个永远等不来的UFO——全部收藏在这里了。

江子城，你怎么能忘了你的汪汪哥哥呢？

时间隔得太远，江子城实在想不起来那个少年的具体样貌了，他只记得汪汪哥哥个子很高，明明才十四岁，就长得和村里的成年人一样高大。

他不爱笑，话也很少。

可是汪汪哥哥对他很好，会陪他等很久很久的UFO，一直没有戳穿小男孩对氪星的幻想。

江子城看着那一封封盖着"查无此人"红章的退回信，有些难过，也有些感慨。

他想起来了，他在离开乡下前，和少年约好了要做笔友，又互相留了通讯地址。

刚开始他们坚持每半个月给对方寄一封信，可不知从什么时候开始，小江子城再也等不来汪汪哥哥的回信了。那个村子不大，所有的往来信件都统一放在村主任家的窗台上，乡亲们看到了就会去取。寄给"汪汪哥哥"的信没有人来取，自然被退了回来，而理由都是同一个——"查无此人"。

最初的几次，小江子城还在坚持继续给少年写信，可当退信越来越多，他便不得不接受这个令人难过的事实——汪汪哥哥消失了。

后来，江爸爸的学校分了新的职工房，他们全家搬到了新的小区里。小江子城的注意力很快被转移了，他有了新的朋友、新的邻居、新的玩具，于是那段关于金黄色麦田的回忆便随着这些信被一起封藏起来了。

好在，十五年后，这些信终于重见天日了。

江子城捧着那个圆圆的铁盒回到了自己的房间里。

他靠在床头，在温暖的床头灯光下，静静地阅读着这些信。

铁盒里的信一共有十二封，其中四封是汪汪哥哥寄过来的信，剩下八封全都是江子城的退信。

江子城想了想，先打开了八岁的自己写的信。

亲爱的汪汪哥哥：

你好！今天我妈妈带我去了动物园，看到了长颈鹿、大象、狮子、老虎、狼等许许多多的动物！

今天很热，我想吃冰棍，可妈妈说，如果我吃了冰棍，就不给我零花钱买邮票了。我想，还是给你写信比较重要。

不过我真的很热，下次见面，你要请我吃冰棍呀！

你的城城弟弟

江子城捂住脸在床上打了个滚，把床铺弄得乱糟糟的。虽然这么说有些厚脸皮，可是八岁的自己真的好可爱啊！

江子城了解自己，他最怕热了，八岁的他居然会为了友情舍弃甜甜的冰棍，这究竟是什么样的乖宝宝啊！

还有这个落款，"你的城城弟弟"，这未免太萌了吧！从小到大，不管是家人还是长辈，都是叫他"子城""小城""小江"，还没有人这么叫过他呢！

八岁的江子城字迹很是稚嫩，一笔一画，每个字都写得大大的，"顶天立地"，把信纸的每个格子都撑得特别满。因为江妈妈是语文老师，江子城很早就识字了，当同龄人还在用拼音、错别字去拼凑作文时，他已能很顺畅地写出一篇三百字的周记了。整封信很干净，几乎没有涂改，还别出心裁地在旁边贴了贴画，画了小花，充满童趣。

江子城又兴致勃勃地打开了第二封信。

谁
的
小
眼
睛
还
没
看
影
帝

> 亲爱的汪汪哥哥：
> 北京突然变得好冷呀，我感冒了，你也要注意身体啊！妈妈说，过几天会刮大风，让我多多吃饭，要不然会被大风刮跑的。
> 我问妈妈大风是刮向哪里的呀？妈妈说从北刮向南。
> 我问南是哪里呀？妈妈说，村子就在南边。
> 这真是太好了，我决定从今天开始少吃一块肉，这样就能让北风送我去找你了。
>
> 要变轻的城城弟弟

江子城："呜呜呜，上帝啊，我搞到真的天使了！"
接着是第三封。

> 亲爱的汪汪哥哥：
> 你已经两次没给我回信了，我每天都要问邮递员叔叔有没有你的信，叔叔都说没有。

妈妈说，是因为我让你请我吃冰棍，好孩子是不能伸手向别人要东西的，这是不对的。

对不起，汪汪哥哥，我给你道歉，你不要生气了。

你给我回信好不好呀？

很抱歉的城城弟弟

然后是第四封。

亲爱的汪汪哥哥：

今天我遇到了邮递员叔叔，叔叔说我有三封信。我很开心，以为是你的回信到了，结果没想到是退信。

我问邮递员叔叔，为什么信会退回来呀？

邮递员叔叔指着信封上的红章跟我说，因为"查无此人"，意思是我寄信的地方没有我要找的人。

为什么会这样呢？我要找的汪汪哥哥一直在那里呀。

伤心的城城弟弟

江子城一封封翻看着这些言语稚嫩的信，随着信件的内容，他原本翘起的嘴角慢慢压了下去，逐渐呈现出了悲伤的弧度。

他仿佛看到了曾经的自己，那个圆头圆脑的小男孩，趴在桌上一笔一画地记下生活琐事，迫不及待想要和要好的小伙伴分享。可是当信件投递出去后，他的日日期盼却莫名落空，只剩下满怀遗憾。

时间过去太久，他已经回忆不起来当时的难过与伤心，但想必……一定让幼小的他特别失望吧？

江子城放下那些查无此人的退信，深深叹了口气，又拿起了剩下四封来自于汪汪哥哥的回信。

这些信因为没有信封的保护，很多地方都被虫蛀了，而那些小虫子的来源，想必就是那几片被他留在盒中的银杏叶片。

江子城的信纸都很漂亮，淡蓝色的、淡绿色的、淡黄色的，上面印着奥特曼啊圣斗士星矢啊，这种样式精美的信纸在小学门口的文具店花五块钱就能买到一沓。相比之下，汪汪哥哥的信纸简陋多了，像是随便从作业本上撕下了一页，断口并不整齐，文字内容也很简短。

少年的字迹带着一股英气，力透纸背，像是他本人一样，每一个字都站得笔直。

　　城城：

　　回北京的路上还顺利吧？叔叔阿姨的身体怎么样，请代我向他们问好！

　　开学你就要三年级了，不能再像二年级那样哭鼻子了。

望

　　城城：

　　你的回信我已收到，谢谢你寄过来的银杏叶片，很漂亮。我从没去过北京，也没有见过银杏树。

　　等我以后有了自己的房子，会在门口栽满银杏树，到时候哥哥会邀请你来我家里做客的。

望

　　城城：

　　放心，我会为你保守秘密的，不会告诉别人你的"氪星超能力"。

　　这段时间我一直在想你临走前跟我说的话。

　　你说，未来我会有一个妹妹，她会是我最重要的家人。

　　可我觉得妹妹太烦了，我同桌的妹妹就很爱哭。

　　你预知的事情百分之百都会实现吗？我能把妹妹换成弟弟吗？

望

城城：

再过几天我就要满十五岁了，我还在等他们来接我。但我可能等不到了吧。

还有，我已经说过很多次了，不要叫我汪汪哥哥！这听起来像是狗的名字！

记住，我叫 × × 望

江子城的视线定在信纸最后的落款上，可惜的是，因为虫蛀的原因，这个看上去像是三个字的名字，只剩下最后一个字——"望"。

江子城瞪着那个大窟窿，急得直蹬腿，恨不得穿越回过去，狠狠捂住自己的嘴巴。

他以前居然还做过这样的傻事，居然胆大包天地把自己的预知能力告诉过其他人！还为对方看了一次未来！

刚刚还萦绕在心头的遗憾与失落现在全都转变成了紧张。这个突然从他生命里消失的少年，转眼就成了一枚定时炸弹。

啊啊啊啊啊，希望这个汪汪哥哥把他的话当作是小孩子的异想天开，千万不要当真啊！

他可不想未来的某一天，这个神秘的小哥哥再次出现在他身边，逼迫他用预知能力，看一些他不想看的未来！

江子城怀揣着对神秘的"汪汪哥哥"的猜测，迷迷糊糊地睡了过去。

第二天，他睡到日上三竿，醒来时家里已经没人了。这天是工作日，江爸江妈都是主课老师，需要坐班，一早就去学校上课了。一家三口都没来得及好好道别。

江子城并不在意被爸妈"忽视"，他小时候还会为"是我重要还是学生重要"的事情大吃飞醋，随着年纪渐长，他逐渐明白了爸妈对教育事业的热爱。

他从卧室里晃荡到餐厅里，果然在餐桌上看到了几盘被纱罩扣起来的饭菜。菜色很丰盛，都是江妈妈的拿手好菜，旁边放着一张小纸条，写着一行娟秀的小字。

> 子城，睡醒后自己热饭，我们上课去了。

江子城对着纸条乐了："怎么感觉一下回到了十年前，他俩还把我当孩子呢？"

他忽然发现纸条背面还写着什么，好奇地翻过来一看，粗犷的字迹映入眼帘。

> 好儿子，爸妈每次在电视上看到你，都特别骄傲。

江子城揉揉眼睛，心想那盘辣椒炒肉的辣味还挺冲的，还没吃到嘴里呢，就把他辣哭了。

匆匆吃了午饭，江子城向着公司赶去。临出门前，他想了想，还是把那个"花好月圆人团圆"的月饼盒子揣上了，他打算拿回自己的艺人宿舍，找机会再好好研究一番，看看能不能找到关于汪汪哥哥的线索。

因为没找到袋子，他只能全程端在手里。好在中秋刚过，他拿着一盒月饼并不怎么引人注目。

他在小区门口叫了辆出租车，报了瑞慈娱乐集团的地址，便安安稳稳地坐在后排，自顾自地玩手机。

四十多岁的司机大哥一直通过后视镜看他，江子城察觉到对方的目光，不闪不避迎了上去，对着镜子里的司机大哥露出了一个帅气阳光的微笑。

司机大哥瞬间被他的笑容"煞"到，差点闯了红灯。

司机问："小伙子，你是不是明星啊？"

江子城喜滋滋地想，哎呀看来我红了，不是网红是真红！连四十多岁的中年男司机都认识我，我这国民度究竟有多高啊！不行了不行了，看来以后出门都要戴口罩墨镜还要变装了。想想那场景，自己戴着口罩埋头往前走，周围一群站姐举着大炮相机不停按快门……天啊，江子城，你太有星范儿了！

江子城甜甜地说："是呀。师傅你认识我？"

司机耿直地回答："哦，我不认识你。可你这不是要去瑞慈娱乐大楼吗，能去那儿的，肯定就是明星了啊。"

江子城星梦破裂，赌气说："谁说都是明星的？我刚刚是骗你的，我就是一个小助理。"

"不可能。"司机又从后视镜里看了他一眼，慈厚地说，"你长得这么俊，笑起来比我女儿床头海报上的那个日本男明星还好看。谁会找你当助理啊，你们公司老板难道是瞎子吗？"

江子城的骄傲度瞬间爆表，被哄得开开心心的，从兜里掏出笔，扯过出租车上的"意见表"，大笔一挥，签下了他精心设计过的一串签名。

他把签名递给司机，说："师傅，这签名送给你女儿。告诉她以后不用再看日本男明星啦，多支持国货，国货当自强！"

眼看出租车慢慢驶近瑞慈娱乐集团的大门，江子城忙说："师傅，您在门口停下就好了！"

司机问："不用把你送进去吗？"

江子城摇头："不用了不用了，计价器快跳价了，能省一块钱是一块钱，我自己走进去吧！"

司机："小伙子，我现在开始怀疑你究竟是明星还是助理了，怎么连一块钱油钱也计较？"

"谁说明星就不能抠门了？"江子城理直气壮地反问。他把车费交给司机，又仔细收好乘车小票，打算一会儿找扈哥报销。

别人是穷得"叮当响"，而他呢，比叮当响还要叮当响。

一分钱掉进他的小金库里，自由落体一分钟都听不到硬币落地的声音——因为他的小金库是个无底洞！别说填满小金库了，他现在欠了那么多外债，每天一睁眼就觉得头晕。

他下车后先去岗亭保安那里登了记，然后迈开两条长腿，向着办公大楼前进。

瑞慈娱乐集团占地面积很大，主楼左右各有一座副楼。整个建筑群被一片极为漂亮的花园拱卫着，站在楼上向下俯瞰，春有百花夏有月，秋有霜叶冬有雪，一年四季皆是盛景，美不胜收。一条笔直的大路把花园一分为二，可以从大门口直接通到主楼下的停车场。

江子城并不赶时间，他就当作是欣赏风景了，顺着那条路，慢慢向着大楼走去。

主路两旁栽种着两排银杏树，一场秋雨一场寒，仿佛就在一夜之间，这两排银杏树叶全部染上了金黄色。秋风拂过，金黄色的扇形叶子被风儿带到半空，在阳光下舞动着，直到精疲力竭，才慢慢落下，铺成了一条金色的地毯。

江子城漫步在这片金色的世界中，空气里都是秋天干爽的味道，迈出的每一步，都伴随着金叶嘎吱嘎吱的声响。

瑞慈娱乐集团最出名的除了旗下艺人和大卖的商业电影以外，便是这条银杏大道了。一到秋天，公司里的艺人便会约上摄影师来这里拍照打卡，甚至就连某些时尚杂志，也会来这里出外景。

关于这条银杏大道的来历，江子城在那本《谢长安传》里见到作者讲过。

说老谢总酷爱枫树，原本路两旁种的都是枫树，秋天时这里便会被红叶铺满，堪称北京一景。几年前，老谢总退休，把大部分工作交给现在的谢总，一周之后所有枫树都被移除，全部改种银杏。

那本书的作者分析，说此举是谢北望在给自己立威，提醒公司的某些"两朝元老"——他能一夕之间让枫树变银杏，也同样能拔掉这些元老，换上自己提拔的新人。

江子城觉得那本书说得特别有道理，因为谢北望一看就是那么有城府的人。

如果不是为了立威，谢北望为什么要改种银杏呢？

总不可能是单纯喜欢吧。

江子城一边想着这些边角八卦，一边在银杏树林里慢慢溜达。

他注意力并不集中，走着走着，忽然从银杏树后拐出了一个人，两人都没看路，直接撞到了一起，江子城手里的铁盒也飞了出去，在地上滚了三圈。

江子城官方身高一米八二，实际身高一米七九点九，在男人中也属于个高腿长的类型。偏偏和他相撞的人个子比他还高，身材也更加健壮，江子城一头扎进对方怀里，磕得鼻子通红。

"对不起对不……咦，你怎么在这里？"江子城揉揉被撞得生疼的鼻子，眼角可怜巴巴地带了点红色。

他意外地看向面前的男人，万万没料到刚刚还被他惦记的人，居然这么快就出现在了他眼前。

"我怎么不能在这里？"谢北望退后一步，与他拉开距离，"这是我的公司，除了女厕所以外，我哪里不能去？"

男人注意到了那个落在地上的铁皮月饼盒子。幸亏地上落叶很厚，盒子并没有摔散，仍然紧紧扣在一起，只是铁皮瘪进一大块，"花好月圆人团圆"几个字都被磨花了。

谢北望俯身捡起那个扁扁的盒子，原本以为里面装的是月饼，没想到入手极轻。

谢北望颠了颠："这么轻？装的不是月饼？"

江子城故意说："是情书。"

"粉丝寄来的？"

"谢总，我现在可是当红的十七线艺人，有一两个追求者很正常吧？"

谢北望把盒子递还给他，面无表情道："提醒你一下，瑞慈娱乐有严格的'恋爱禁止'条约，三十岁以下的艺人不得谈恋爱。如果违反的话，需要赔偿公……"

江子城赶忙投降："谢总，和你开个玩笑而已，你这么没幽默细胞吗？"

谢北望这才把那道慑人的视线转开。

虽然在威尼斯和澳门的时候，江子城和谢北望相处了不少时间，可江子城一想起那两段预知的未来就觉得浑身上下不对劲，打心眼里惧他，不愿和他多待。

他打了招呼就想溜，没想到身旁的银杏树上忽然传来一阵"沙沙沙"的声响。

江子城下意识地抬头望去，只见几十片银杏树叶从巨大的树冠上翩然而下，金色的叶片缓缓落在江子城身上，而在这片金色之中，一只有着大长尾巴的毛茸茸的小东西从天而降，"吱吱"一叫，一头扎进了江子城的怀里！

怀里突然多了一团热烘烘的小东西，毛茸茸的，还在他胸口动来动去。

江子城赶忙用双手揽住它，惊喜地看着这只油光水滑的大宝贝。

"谢大白！你都长这么大啦！"

这只从树上落下来的小玩意正是许久不见的小白貂。一段时间不见，貂儿长大许多，尤其秋天正是动物"存膘"的季节，谢大白现在又肥又壮，眼神也灵动了不少。

原来谢盈盈开学后去了寄宿学校，只能把爱宠交给哥哥帮忙照料。谢北望带貂儿来银杏树林散步，哪想到正好巧遇江子城。

江子城抱着谢大白舍不得撒手，他爱死这只小机灵鬼了。恰巧谢大白也特别黏他，吱吱叫个不停，还张开小嘴巴，轻轻咬着他的指尖，像是在责怪他为什么这么久没去看它。

一人一宠亲昵地玩在一起，谢北望这个临时主人完全被冷落在了一旁。

谢北望不甚在意，他本来就嫌雪貂太过淘气，现在有人代为照料，他乐得清闲。

他倚在金色的银杏树下，静静看着他们在树丛里钻来钻去。

谢大白灵活地跃进树下的一个树叶堆里，又猛地钻出来，头上还顶着一片金色的树叶，又乖又憨又可爱。

江子城蹲下身，拿手机对着谢大白拍个不停，没注意到自己的头顶也落了两片银杏叶。

"江子城。"谢北望忽然出声。

"怎么了？"江子城抬头看他。

男人一声轻笑："你们俩……真是母子情深。"

江子城炸毛："哪来的母子啊！谁和它是母子啊？"

"也对。"谢北望点点头，"谢大白做了绝育手术，你们是母女情深才对。"

小雪貂精力有限，玩了一阵子就疲倦了，懒洋洋地趴在江子城肩头不肯动，两只小豆豆眼也越来越小，眼看上下眼皮都要黏到一起去了。

谢北望说："回去吧。"

说完，他不等江子城回话便率先转身向着公司大楼走去。江子城只能老老实实地当个"人力轿夫"，扛着肩头的小雪貂，与总裁大人肩并肩一起走着。

银杏大道是瑞慈集团的著名景点，短短几百米的路，江子城已经撞见了不少戴着工牌的公司同事。

小艺人和大总裁的奇妙组合吸引到了不少眼球。

他们不敢明目张胆地盯着谢北望，只能把所有视线投注到江子城那里。那些好奇的视线仿佛化为了实体，全都扎在江子城身上，每一道视线里都蕴含着一道问题——"为什么谢总会和那个小明星走在一起？""他们是来赏银杏的？""为什么谢小姐的爱宠会在小明星的肩膀上？""他们有什么关系？"

江子城又不傻，那些视线里的八卦意味太浓厚了，他只能用最简单的办法远离风暴中心——只要速度够快，八卦就追不上他！

眼睁睁地看着江子城越走越快的谢北望无语了。

谢北望一不留神，江子城就消失没影了。他并不着急，依旧不紧不慢地走着，果然没过一会儿，江子城又噔噔噔跑回来了。

谢北望问："既然跑了，那还回来做什么？"

江子城窘道："我忘了谢大白还在我身上呢。"

说着，江子城小心翼翼地把谢大白从肩头取了下来。它的皮毛暖烘烘的，像是一条温暖的大围脖，四只小爪子勾在江子城的衣服上，不舍得松开。

谢北望动作轻柔地把它的小爪子一个个摘下来，拢在怀里，小东西爱撒娇，从一个热源到了另一个热源，扭了扭身子，老实地盘起来，很快就又睡了过去。

江子城看着小家伙憨憨的睡姿，心想：同样都是姓谢的，怎么谢北望就不能有谢大白万分之一的讨人喜欢之处呢？

第七章

# 《 拜 托 了 吹 风 机 》

江子城走进扈哥的办公室时，扈哥正在打电话。

扈哥作为 B 级经纪人，有自己专门的办公室，只是他这间办公室只有别人的一半大，只摆了几样东西就挤得满满当当。没办法，谁叫他手下只有江子城这么一个艺人，现在虽然小有名气，可谁也说不好江子城这只股票未来能不能飞涨。

江子城说："扈哥，每次来你这里，我都觉得像是去银行办理业务。"

扈哥："怎么说？"

江子城："就是银行的那种 VIP 室啊，就这么一点点大！"

演员是个来钱很快的职业，别看江子城以前没什么名气，但是他勤劳肯干，挑的戏都是能火的戏，不过一年多的工夫，他就赚到了人生中的第一个一百万。他生日那天，他特地去银行柜台把所有钱都取了出来。因为数量不少，所以是在 VIP 室办理的。

扈哥问："你取那么多现金做什么？"

"拍照做纪念啊！"江子城得意地说，"这是我通过自己的辛勤劳动赚的钱，我想看看一百万有多少。"

他是工薪家庭出身，总觉得一百万现金是个天文数字，足以堆满整个房间。可当他从银行柜台取出钱后，才发现一百沓现金那么少，仅仅一个大号双肩背包就全部装下了。

他把这来之不易的一百万背回家，堆在餐桌上，一家三口对着那一百万现金吃了生日面，切了生日蛋糕，唱了生日歌，又共同展望了未来……就这么足足欣赏了一晚上。第二天他又把钱装回背包里送回了银行。

江子城："银行大堂经理听说我又把一百万送回去的时候，她的表情都扭曲了！"

扈哥："估计没见过你这么大龄的熊孩子吧。"

一百万现金的存取款业务要耗费很长时间，说江子城是大龄熊孩子，可真是一点没冤枉他。

扈哥让江子城坐在小沙发上，给他倒了杯水，跟他讲了讲年末的规划。

之前为他接下的《一代贤臣》与《怪你太可爱》都不急着入组，《一代贤臣》计划明年二月开机，而《怪你太可爱》是在十二月。这样一算，在开机前，江子城还有一个月的空闲时间。

扈哥说："有一部预计明年五月上映的爱情喜剧，现在正在拍摄中，我帮你谈下来一个客串角色，拍摄周期很短，大概十天就能拍完你的戏份。剧本质量不错，不用担心票房和口碑，你要是感兴趣，明天就能签约。"

江子城当然没意见，他都好久没拍戏了，这两个月都在赶通告。他毕竟是演员，一段时间不拍戏，浑身上下不对劲，戏瘾都犯了。

他翻了翻剧本，这部《拜托了吹风机》是一部轻松爱情片，讲述了刚刚踏入社会的年轻男女主角在同一屋檐下合租的故事，走的是欢喜冤家路线。

江子城友情客串女主角的男上司，一位有品位、有学识、有外貌的"三有"青年，也是女主角最开始怦然心动的对象。

这个角色形象特别好，早在开拍前就确认由一位偶像艺人出演。结果剧组都开拍了，那位艺人出了个小车祸，手腕骨折，需要休息整整两个月。剧组只能临阵换角，扈哥消息灵通，听到这个消息，立即把江子城推了出去。

江子城全无异议，开开心心地签了合约，第二天就被扈哥打包送进了剧组。

在去剧组的路上，江子城终于意识到自己忘了问一件很重要的事情。

江子城："对了扈哥，我忘了问，这部电影的片酬是多少啊？我签约的时候，怎么没在合同上见到。"

扈哥一边开车一边回答："什么片酬？没有片酬。"

江子城："哥，你别逗我。"

"没逗你。"扈哥说，"真没片酬。"

江子城傻了，他也拍过不少戏了，还从来没遇到过零片酬的情况。那他去干吗啊，当义工献爱心吗？

扈哥说："客串演员本身片酬就不高，以你现在的情况，这个片酬价格传出去，会拉低你的整个身价，以后不好再抬价。所以不如卖个人情，以零片酬加入，到时候会是个很好的宣传点。"

小财迷江子城真是要心疼死了，觉得世上再没有比自己更惨的明星了。他身上所有现金都拿去入股火锅店了，现在一穷二白，真是兜比脸干净。

他以为零片酬已经是这部戏给他的最大"惊喜"了，哪想到等他进了片场，见到男女主角之后，他直接吓跪了。

"扈……扈哥！"他惊叫，"你怎么从没跟我说过，这电影的男女主角都是当红流量啊！"

至于这"当红"是有多"红"？看剧组外面的粉丝应援，还不够清楚吗？

光是应援站的易拉宝就密密麻麻地摆出来几十个，还有鲜花拼成的立牌，各式各样的应援礼，一看粉丝就砸了不少钱。

男女主角都是正当红的流量艺人，江子城身在圈中，自然对这俩人"可怕"的粉丝群有所耳闻。

他们的粉丝都很爱"撕"，对内撕公司、撕经纪人、撕助理，对外撕 CP、撕资源、撕番位……撕来撕去，撕出一地鸡毛。

江子城不明白，为什么扈哥要把他送到这个剧组里。

扈哥说："我告诉你一件事，你心里清楚就好了，不要和其他人说。"

江子城连连点头，同时用手在嘴巴上划了一下，做了一个给嘴巴拉上拉链的小动作。

扈哥说："其实男女主角已经秘密交往很久了。"

江子城震惊了。

扈哥："经纪公司一直压着不让说，因为他们的粉丝群确实很……你懂的。这部电影其实是量身定做的电影，就是为了炒他们的CP，等电影上映后，他们也会顺势宣布交往。有这样的话题点在，这部电影的票房肯定会爆。"

江子城疑惑不已："那和我有什么关系啊？我只是一个零片酬的客串角色，剧爆不爆，都是流量在扛票房。"

扈哥悄悄露出了狐狸尾巴："子城，这部电影的分工很明确，男女主角负责秀恩爱，而你负责秀演技。"

扈哥说："从威尼斯回来之后，你就一直对自己不满意，觉得自己的演技比不上那些影后影帝。你如果一直带着这种不自信，那之后两部戏的男主角你肯定演不好。所以我给你接下了这个小配角，也是想让你和同龄人对比一下，找找自信——你不差，你不仅不差，你甚至比大多数的同龄人都要好。"

江子城没想到自己这么细微的心理变化都被经纪人发现了，既觉得不好意思，又觉得感动。

江子城懂了："你的意思是……让我尽量发挥演技，狠狠碾压他们？"

"不不不。"扈哥摇头，"都是一个组的同事，'碾压'太过分了，而且这种轻松爱情片也不需要什么太高级的演技。"

"那是？"

"要求不高。"扈哥推推眼镜，"艳压，艳压就好。"

何为"艳压"？

"艳"指的是形貌映丽，远超常人；"压"作动词，指要用惊人的气势让别人甘拜下风，只能沦为陪衬。

若是光有容貌没有气势，那就会沦为花瓶；若是光有气势没有容貌，那就成了丑人多作怪。

江子城苦笑："扈哥，'艳压'还不如'碾压'呢。我一个大男人，总不好和人家小姑娘抢镜头吧。"

扈哥说："谁说不能？"

江子城一愣："你不会给我安插什么女装剧情吧？"

除此之外，江子城实在想不出来，他还能怎么艳压女主角了。

"那要让你失望了，你这个角色每天除了西装就是西装。不过……"扈哥阴森森笑了，"谁说西装就不能艳压呢？只要你的魅力够强，就算裹得再厚，在别人眼里，你也跟裸奔一样。"

扈哥领着江子城去见这部电影的导演和选角副导演。

这个角色是扈哥通过关系从电影制片人手里抢到的。导演也不甚在意，反正这种客串角色不需要演技，只要够帅就行了。只要制片人点头，就算牵过来一只骡子他也能拍出骏马奔腾的模样。

不过问题在于……

"小江，你多大了？"导演上下打量着他，"二十岁有没有？"

导演看他这副青涩稚嫩的样子，心里直打鼓。他们要找的是女主角爱慕的男上司，不是要给她找个实习生小弟！

江子城赶忙说："我二十四岁了。"

副导演趴到导演耳朵旁边说了几句话，导演点点头，脸色好了几分："原来老李的《满堂彩》就是你主演的。对不住，我最近这几个月一直在组里连轴转，没怎么关注过圈内的新生代。既然老李能选择你，那你演技肯定没问题……行吧，你先去试妆。"

江子城恭敬地说了声"谢谢"，在副导演的带领下，向着化妆间走去。

二十分钟之后，一个崭新的江子城出现在了众人面前。

铁灰色条纹西装裤裹住两条笔直的长腿，白衬衫的扣子稳重的系到了喉结下。原本蓬松自然的碎发被化妆师全部梳向了后面，露出大片光洁的额头。这个发型最容易显老气，可在他身上只有一种恰到好处的成熟风流。

他一手插兜，另一手拿着一沓文件资料，昂首走出。虽未说一句话，可在场的所有人都仿佛看到了一个刚从谈判桌上凯旋的商务精英。

江子城眉眼俊朗，笑容妥帖，顾盼间是满满的自信与洒脱。在这一刻，他的年纪完全被模糊了，可能是二十八岁，也可能是三十岁。江子城表现出了远超他年龄的成熟魅力，少了三分市侩，少了三分油腻，他全身上下每一分都是"刚刚好"。

因为他的出现，整个摄影棚安静了几秒，没人敢大声说话、没人能大声说话，一时间，只能听到制冷设备呼呼冒气的声音。

还是导演最先回过神来，大笑着说："不错，不错。不愧是老李合作过的人，确实有点名堂。"

他看看手表，侧头对副导演说："午休时间结束了，把那两位从保姆车上请下来吧，也让他们和小江熟悉熟悉，先试拍几场。"

导演说话时，不知是有意还是无意，用了一个"请"字，隐隐透出在这个剧组里，那两位流量担当的地位究竟有多高。

工作人员立即奔赴各自的岗位，很快，化妆间外只剩下扈哥和江子城两人了。

扈哥伸手帮江子城调整好衣领，语带欣慰："子城，我看了看你以前参演的剧，你还没有演过这种商业精英，本来我还担心你初期入戏会比较慢，没想到你的表现远超我的预想。"

扈哥又说："你刚才从化妆间里走出来时，气势真的很惊人，我还以为看到了谢总。"

等等，江子城想，他是不是听到了一个不该出现在这里的名字？

扈哥："尤其是你单手插兜、眼神扫过人群的时候，真的很有谢总的风采。"

江子城很想告诉扈哥他想多了，但话到嘴边，却根本说不出口。

因为他突然意识到，自己刚刚居然真的在无意间模仿谢北望的神态和动作！那种成熟、那种淡定、那种矜贵高傲，江子城在看到剧本时，第一个联想到的就是谢北望。

只是……剧本里的男上司把自己仅有的温柔与耐心都留给了笨手笨脚的女主角，江子城代入谢北望想了想，觉得谢北望会在三十分钟以内让女主角滚出他的办公室，连解雇赔偿金都拿不到。

想到这里，江子城脸上露出了一个尴尬又不失礼貌的假笑。

扈哥立即制止他："子城，你不要笑。"

"啊？"

"你笑起来，就不像他了。"

《拜托了吹风机》的男女主角分别是一线流量小生周满宇和当红小花安雯。从官宣透露出他们两人将要合作一部都市题材的甜蜜爱情电影开始，热搜就没有一天消停过。

男方粉、女方粉、双担粉、CP 粉、明着双担其实暗地里捧一踩一粉、腐粉、毒唯粉、逆苏粉、啥都不懂瞎磕粉……粉圈的戏一天比一天多，远比剧内的戏热闹得多。

不管外面粉丝怎么闹，剧组里，作为事件中心的两位主人公却每天都在大秀恩爱。有外人在时，他们好歹收敛一些，如果只有几位主创在场的情况下，俩人对戏都像是打情骂俏一般，又是眉来眼去剑，又是情意绵绵刀，江子城在旁边被塞了整整一肚子过期"狗粮"。

江子城在圈子里待了两年，早就知道很多明星的实际情况其实和外界传言的截然不同。一直在立敬业人设的艺人，有可能私底下很爱耍大牌；号称恩爱的夫妻俩，也可能各玩各的……

虽然做好了心理准备，然而江子城还是没有料到，那位当红小花安雯的真实性格，实在是太……一言难尽了。

现如今娱乐圈四朵小花，安雯绝对属于口碑最好的那一个，从影评人到剧组工作人员，每个人都很喜欢她。

刚开始江子城以为大家是看在她背后的资本的面子上才捧着她，可随着接触时间变长，他才发现安雯之所以被人喜欢，完全是"傻人有傻福"。

她性格天真烂漫，完全就是个不谙世事的小姑娘。八卦网站说她耍大牌，随身要带八个助理，可那些人并不知道，小姑娘最信任的，是其中一个专门负责算命的助理。

那个助理来头非常大，据说有个海外的什么命理学位，还有七八个疗愈师之类的证书。

小姑娘特别相信这个算命助理，每天都要问助理不少问题。

"助理助理，今天剧组提供了两种午餐，一种是鸡肉的，一种是鱼肉的，我应该吃哪种呢？"

"助理助理，我耳朵后面起了一颗痘痘，什么时候能消呀？"

"助理助理，我……"

江子城目瞪口呆地看着这一幕幕，心想这算命助理能算的东西也太多了吧。

江子城看着这朵流量小花，感觉像是看到了现代版的《白雪公主》童话，只是这次的女主角不是楚楚可怜的白雪公主，而是一个萌系的继母皇后。

Kevin 和 Tony 很快和剧组人员打成了一片，他们带回来一个重要消息。

据说江子城入组前，安雯特地要走了江子城的生辰八字，拿去问算命助理，她和他的八字合不合，会不会有冲撞。

江子城好奇地问："那我和她有冲撞吗？"

Kevin 耿直地回答："江哥，以她的咖位，你要是克她的话，估计这个剧组大门你都进不来。"

江子城无言以对。

除了迷信了一些以外，安雯其实人挺不错的。她很敬业，每天都是最早来到片场的，助理帮她拿递东西，她都会说声"谢谢"——可问题是，她的演技实在太差了。

江子城饰演她的上司，和她有不少对手戏。

安雯的角色是一个笨手笨脚的公司小新人，而江子城是铁面无私的部门总监。台词本翻一翻，十句里有九句都是"笨蛋""白痴""你是傻瓜吗""你是怎么进入我们公司的""这种事难道还要我教你吗"这种名为批评，其实暗含宠溺的台词。

有一幕，安雯抱着一摞文件平地摔跤，结果误打误撞，扑进了江子城怀里。

江子城绅士地搂住她的腰，"冷酷的表情有了一丝松动，透露出半分紧张与关心"。江子城颜值极佳，又十分擅长演绎各种细腻的微表情，在摄像机的大特写下，他眉头微蹙，眸中的关切一闪而过，仿佛是春风吹过的池水，微微轻晃后很快就恢复了平静。

导演在监控器上查看这段回放，对江子城的表现非常满意，一遍就让他过了。

可是安雯那边遇到了麻烦。安雯只会用一种表情表现惊讶，那就是张大嘴巴、瞪大眼睛。光是一个特写，就前前后后 NG 了十几遍。那半个小时里，安雯的眼珠子都没有碰到过上下眼眶。

最后导演实在没办法，只能勉强让她过了。

她补拍的时候，江子城坐在一旁休息。

Tony 说："江哥，刚刚你手机响了，好像有微信。"

江子城都不用看手机，冥冥之中就有种感觉，猜到是谁发过来的微信。

拿过来一看，果然让他猜中了。

谢：听说你进组了，怎么样，还习惯吗？

是江子城不是江城子：【惊讶】【汗】谢小姐的消息真是灵通。

是江子城不是江城子：还行吧，男一女一除了演技太差以外，暂时没发现什么其他缺点。

当然，身为演员，演技差就是最大的缺点了。

江子城一边看剧本，一边有一搭没一搭的和谢小姐聊天。

谢：网上怎么没有你的定妆照？

是江子城不是江城子：剧组赶进度，没来得及拍。

谢：你现在拍。

是江子城不是江城子：那得和宣发商量，不是随便拍的。

谢：可是我很想看。

江子城十分无语。这位大小姐有时候真的莫名其妙，她是作业不够多吗，居然有闲心关心他的定妆照。

是江子城不是江城子：谢小姐，你看过这个帖子吗？

谢：？

是江子城不是江城子：分享帖子【《直男鉴别大全》】

谢：？

是江子城不是江城子：看第三条，"直男是如何向女生要自拍的"。

是江子城不是江城子：谢小姐，你有没有觉得这个行为很眼熟啊？

谢：所以你是女生？

不论是电视剧拍摄还是电影拍摄，为了保证进度，基本都会配备两套以上的班底，导演、摄影、灯光、录音等都要准备两班人马。主导演是 A 组，负责拍摄重头戏，而另一组被称为 B 组，负责拍一些不太重要的场景和剧情。

江子城进组第三天，他和周满宇被分到 B 组，拍摄两个人的"对手戏"。

说"对手戏"其实并不准确，两个角色之间并没有交谈，他们甚至不知道彼此的存在。他们只是共同出现在一些场景里，用来对比两个角色的阶层差异。

江子城演的是精英男，出门开豪车，去高档会所谈生意，衣服都是名牌。而周满宇扮演的男主角刚刚毕业，除了一颗赤诚的心，什么都没有。

这一幕是男主角早早出门挤公交车上班，可是来了好几辆车，他都挤不上去，直到二十分钟之后，他终于满头大汗地挤进了车厢。与此同时，公交车旁开过一辆纯白色的宝马，而坐在驾驶座上的人，正是那位男上司。

别看这一幕在电影里只是不到一分钟的小场景，可是拍起来难度很大。

封路实拍、调动群演、镜头跟随男主角挤上车、镜头从公交车里转移到旁边飞驰而过的汽车中……一项项都是难题。

剧本上短短两行字，B组从早上七点拍到中午十二点，连续拍了五个小时，终于完成了。

午休时，周满宇提出要看拍摄样片。

江子城也想看看拍出来的效果如何，便也凑到了监控器旁边。

B组导演从上午拍摄的十几条中挑出了效果最好的一个，播放给他们两人看。

这位B组导演年纪三十出头，经验丰富，辗转不少剧组，一直在给大导演打下手。他的整体调动能力很不错，而且和摄影师配合得非常默契，镜头语言很朴实，中规中矩地表达出了剧本上要求的所有内容。

江子城目不转睛地看完了，诚恳道谢："导演、摄影老师，辛苦您二位了。"

摄影师忙说："江老师，您客气了。"

他们三人正说着话，旁边的男主角忽然重重"哼"了一声，毫不客气地甩了脸色。

"摄影师，这里是怎么回事？"周满宇的手指直接戳上了监控器，"我早上不是和你说了吗，我今天皮肤状态不好，脸肿，不要从这个角度拍我！这个镜头给我拍得太难看了吧？"

他明里是在挑摄影师的刺，其实句句话都在针对 B 组导演。毕竟如何运镜、从哪个角度拍摄，都是导演先确定好分镜，才能正式开拍。

B 组导演被落了面子，偏偏又没办法得罪这位一线流量小生，只能强忍不快，给他一点点解释："周老师，这么拍是有原因的。"

摄影师立即补上："当时环境光是……灯光位置是……镜头切入方向是……"

"我不听这些有的没的。"周满宇转身就走，"这件事我会和我的经纪公司反应的，进组前的合约可不是这么签的！"

周满宇骂人时并没有刻意压低声音，周围的剧组人员皆低头吃饭，一个个装作木头人，仿佛谁都没有听到这段争执。

望着男主角扬长而去的背影，再看看身旁 B 组导演、B 组摄像师敢怒不敢言的脸色，江子城目瞪口呆，只觉得这一切太不可思议了。

他没看错吧？导演——就算是 B 组导演——是整部戏的灵魂人物，他负责把握整部戏的节奏，统筹整个剧组。身为演员的周满宇居然敢当面这么侮辱导演？就算他是当红流量，这种名声传出去了，绝对会被圈内人抵制的啊。

哪想到，更不可思议的事情还在后面——

当天下午，周满宇的经纪人亲临拍摄现场，并且带来了一个打扮干练的中年男人。

周满宇的经纪人指了指身后的那个人，对 B 组导演说："导演，辛苦您把上午的戏重新拍一遍吧。这位是老刘，我们公司的资深摄影师，跟过不少组了，下午就让他掌镜吧。他知道怎么把满宇拍得更好看。"

这流量小生也太嚣张了吧？

江子城拍过六七部戏，可他以前待过的剧组，要不然全是新人小透明，要不然就是勤恳低调的实力演员挑大梁，剧组里没有人敢要大牌，一个个都很本分。哪想到他第一次加入这种商业片剧组、第一次和流量演员对戏，就遭遇了这么荒唐荒谬的事情。

然而就是这么荒谬的条件，B组导演居然答应了。

当晚回到宾馆后，江子城便给扈哥打电话吐苦水。

江子城："扈哥，那个周满宇到底什么来头啊？嚣张成那个样子！就因为摄影师拍他拍得不够好看，居然自带摄影师入组，挤走了原本B组摄影师？"

扈哥静静地听他抱怨，等他说完了，才开口："子城，你觉得一部影视作品里，究竟是什么'本位'？"

江子城想都没想，立即说："国外是'编剧本位'，国内是'导演本位'。"

这句话的意思是，在国外的影视作品里，编剧的地位最高，导演、摄影师、演员，都要紧紧跟随剧本，为剧本服务，拍影视作品的终极目的，是要把剧本里的内容完整地呈现给观众，引导大家去理解，去反思，去展望。

而在国内，大多数情况下，一个剧组里导演地位最高。整部作品其实是导演本人的秀场，在展现他的目的、他的思想、他的追求。写剧本的编剧反而次要，甚至经常会遇到演员要求编剧改剧本的情况。

"错。"扈哥斩钉截铁地说，"大错特错。"

"那是什么？"

"是'钱本位'。"

"呃……"

"子城，周满宇的公司是这部戏的最大投资方，而周满宇是如今小生里流量最高的一个。这部电影在官宣是他出演后，那些广告商为了一个植入都要打破头了。"

"……"

"他演技不好，他脾气大，但他就是红，所以所有人都要顺着他。

没办法，这就是市场。"扈哥叹气，"我知道你心软，但这件事咱们确实不好出手。如果他欺负到你头上，我可以名正言顺地护着你，可现在他针对的是其他人，你我都无能为力。"

江子城挂断电话后，心中默默许了一个愿望。

他未来一定要比周满宇红——不是"流量"的那种红，而是"演员"的那种红。他要在各方面吊打他、鄙视他、碾压他，他会拿遍影帝，然后和他认识的所有圈内人说，不要和周满宇这种渣渣合作。

江子城对周满宇的印象一落千丈。他以前单纯觉得周满宇没有演技、只会在镜头前耍帅，现在他觉得周满宇不仅没有演技只会耍帅，还是个渣渣。

"厌屋及乌"，连带着，他对女主角安雯的印象也差了不少。

安雯人很迟钝，丝毫没意识到江子城在努力和她拉远距离。她每天到了片场之后，都会主动和江子城打招呼，还让助理把准备好的水果分给江子城一份。

江子城一边想着"我可不是会被区区水果收买的人"，一边心情复杂地把水果都吃了个干净。

这天晚上收工时，导演叫住江子城和安雯，同他们说："小江只在组里待十天，本来安排的是最后两天拍外景夜戏，可天气预报显示那两天晚上有雨。所以我想了想，干脆直接提到明天晚上拍吧。你俩没问题吧？"

夜戏很难拍，一熬就要熬一晚上，所以夜戏都被称为"大夜"。

江子城很敬业，立即表示："我没问题。"

安雯没有第一时间回答，而是转身跑去找自己的"算命"助理。

安雯："助理助理，导演说明天晚上要拍大夜，这个行程有没有问题？"

算命助理立即掏出一套塔罗牌，铺在桌上算了起来。

只听算命助理念念有词，嘟囔着什么宝剑啊、愚者啊、倒吊人，又是什么正位逆位的……江子城完全不懂这些，一句话都没听懂。

推算到最后，算命助理说："塔罗显示，明天晚上你会遭遇到很不好的事情，你很可能生病或者受伤，还有可能被卷入与你现在期望不同的旋涡当中。"

江子城心想，估计这位小公主一定会像她男朋友一样，嚷嚷着不拍了吧？

哪想到安雯听后，回答导演："我可以的，没问题。"

导演也有点迟疑："刚才你助理不是说卦象不好吗？"

"没事呀。"安雯眨眨眼，"谁拍戏都有可能受伤呀，总不能因为我一个人耽误剧组进度吧。再说了，剧组不是有跟组的医生和护士吗，明晚带上就好了呀。"

那一刻，江子城的内心五味繁杂，唯有一个想法清晰无比——至少从人品上来讲，周满宇那个渣渣是配不上安雯的。

导演说："那好，明天晚上咱们就去银座 SOHO 那边拍夜景，正式通告单今天晚上会发给你们。"

江子城的戏份不多，他很快就想起来需要拍外景的是哪场戏了。

江子城："是拍女主角向上司告白的那场戏吧？"

他记得很清楚，那场戏里，女主角主动向男上司献了一个吻。

银座 SOHO 是城里最负盛名的地标性商务写字楼。每当夜幕降临时，石卵型的楼身上就会亮起一条条银白色的霓虹灯，时髦度和科技感双双爆表。

很多现代都市题材的剧组在拍摄办公楼外景时，都会选择在这里取景，《拜托了吹风机》也不例外。

在电影中，由安雯扮演的女主角是一位刚刚踏入职场的新人小职员，总会遇到各种各样让她手忙脚乱的状况。而江子城饰演的男上司，对外冷酷严厉，对她却总是留有一分温柔。

女主角正是被男上司的这份温柔所吸引，在某晚加班结束后，大胆向男上司告白献吻。

男上司面带震惊之色地推开了她，然后说出了一句经典台词：

"你误会了，我只是把你当作妹妹！"

接着男上司就开始解释，说他看到她，就想起了自己刚进入公司时的窘况，才会出手相助。女主角无法接受这个噩耗，伤心跑走，与她合租的男主角找了她整整一夜，把哭到睡着的她背回了家中。

这段"告白被拒戏"非常重要，男上司的作用就是让女主角受伤，这样男主角就能乘虚而入了……

江子城看着剧本上那段吻戏，问导演："这段吻戏需不需要借位？"

导演一挥手："不用！小安很省事，从来不改剧本，让拍几遍拍几遍，让拍几条拍几条，比周满宇……算了算了，你赶快去准备吧，这段戏能演'正面'了不容易。"

正如导演所说，这段戏里，男上司简直是个男版"绿茶婊"，以温柔做饵，生生钓着女主角，等把她钓上钩了，又狠狠推开。不过同样的台词、同样的剧情，由不同演员演出来，是可以表达出不同情感的。

江子城仔细琢磨了一下，他决定把这段拒绝说得更婉转、更悲伤一些，表情也会处理得更有层次感，展现出男上司是有苦衷的——至于这苦衷究竟是什么？让观众自己猜去吧。

冬天黑得早，夜景拍摄从晚上八点开始。

剧组在写字楼群之间圈出一块空地，十几名群演在副导演的指挥下换上职业装。等到正式开拍后，他们会在背景里走来走去，扮演刚刚下班的白领。

剧组工作人员忙着架设机轨、补光灯，江子城和安雯等候在片场外，抓紧时间对戏。

安雯并不是科班出身，之前拍戏时，她的"外行"毛病展露无遗：背台词干巴巴、表情过于夸张、哭戏要靠眼药水……然而这场告白戏里，安雯的情绪表现得特别好，仿佛真的是一个饱受暗恋之苦的小姑娘在向心上人示爱。

江子城讶异极了。

安雯得意地笑："嘻嘻嘻，是不是觉得我进步明显？"

江子城点头："你请老师开小灶了？"

"没有呀。"安雯说，"只是我带入了自己而已——当初我向满宇告白时，他拒绝我的态度可比这个差多了。他以为我想和他炒CP，我前前后后告白了七八次吧，他都拒绝了我，哈哈哈。"

江子城真不知道她是怎么笑出来的。

开拍前，安雯让自己的助理仔细检查她的服装，尤其是高跟鞋的鞋底，绝对不能走到一半断掉。至于地面她更是命人打扫了三遍，连一片树叶都不能留。

安雯解释："我仔细分析了一下昨天塔罗牌的牌面，我怀疑塔罗牌所指的'受伤'有可能是拍摄时出了什么意外，比如我摔倒了啊，比如大灯掉了之类的。"

没想到她还挺信的。

江子城见她表现的如此担心，也有点被她传染了。他很想看看她的眼睛，为她预知一下未来。可惜安雯拍戏时戴了美瞳，而他的预知能力在镜片阻隔的情况下无法发动。他只能在心中暗暗祈祷，盼望今天晚上的拍摄不要出任何问题。


位于银座SOHO三层的某广告公司会议室里，一场枯燥无聊的合同条款谈判会正在进行中。

这家外资广告公司刚刚进入中国市场，经过半年多的努力，他们终于拿下了一个大单——未来三年，他们将为瑞慈娱乐集团提供深度服务，全方位包装他们出品的影视作品与综艺节目。

合作基本已经敲定，现在就差两方签署合约。这种大型的商业合作，合约足有几百条，今天两家公司的法律团队、行销团队坐在一起，就是在"商量"合约的具体条款。

名为"商量"，本质是一场慢刀磨肉的"厮杀"。商人合作，利益至上，双方不停拉锯，都在争取让本方的利益最大化。

这种合同条款的谈判最是枯燥无聊，会议室的圆桌旁坐了二十几个人，整间屋子都被一种沉闷的气氛笼罩着。

这种压抑感不仅仅是因为这场会议，更是因为那个坐在会议室主位的男人——

谁能告诉他们，这种芝麻大点的事儿，为什么谢总会亲临现场啊？是瑞慈要倒闭了吗，谢总居然有时间来这里坐几个小时？

就在所有人都百思不得其解之际，楼外忽然传来一阵略有些失真的男声，听上去是有人在用扩音器讲话。

"灯光、录音、群演调度都好了没？"那男声说，"小江，安雯，你们注意摄像机的位置，咱们先走一遍位！三、二、一，Action！"

这道噪音像是一个神奇的减压阀，让会议室内原本停滞的空气重新流动了起来。

原本端坐在会议室主位上的男人突然站起了身，一言不发，向着身后的落地窗走去。

他在窗前站定，微微低头，视线投在下面的空地上。

那里灯火通明，剧组提前做了清场，把整片空地都圈了起来，四盏大补光灯直直对着人群中的两位演员。

女生娇小可爱，虽然穿着白衬衫黑短裙，却根本没有职业女性的感觉。而站在她身旁的青年姿容英俊，原本散落在额前的碎发全部梳在了脑后，西装笔挺，一手提着公文包，满满的商业新贵派头。

随着导演一声令下，两位演员立刻按照剧本排演起来。

落地窗前的男人只看了一会儿，就明白了大概剧情——她爱他，他却不爱她。这种电影虽然看着没什么营养，但如果演好了，绝对足够叫座。

可惜，楼下这位女主角的演技显然有待提高。来来回回拍了五条，两条走位不对，一条忘词，一条笑场，还有一条哭不出来……

倒是男演员发挥得很稳，每一遍他的表演都无懈可击，每一个皱眉、每一次欲言又止，都牵动观众的心。不管女主角如何失误，他都没有一点怨言，甚至还耐心安慰她，让她不要紧张。

终于，在拍到第六遍的时候，女主角终于安安稳稳地演到了最关键的一幕。

站在窗前的谢北望眉头收紧，一双深如寒潭的眸子死死盯住女主角的动作。

只见她满面通红地拉住男演员的胳臂，踮起脚尖，大胆向他献上一吻。而男演员意外之下赶忙偏过了头，只让那枚香吻擦过唇角，落在了他的脸颊上。

这个细节变动是江子城临场想到的，在这种场合下，一个落空的吻，远比一个真正的吻更让观众挂心。毕竟，初恋就是要留有遗憾的嘛。

仓促的一吻结束了，女主角被他推开。她面红耳赤地望着他，肚子里有千言万语想要诉说——偏偏在这时，异变突生！

谢北望站在楼上落地窗前，从他的角度可以清晰地看到片场内的一切变动——谁都没有料到，一名充当背景的女群演突然从包里掏出一瓶颜色浑浊的液体，拧开瓶盖，向着女主角迎面砸来！

"去死吧安雯！不要再拉着满宇哥哥炒 CP 了！"

事情发生得太仓促了，在场的所有工作人员都没有反应过来。眼看那个装着不明液体的塑料瓶就要砸到安雯身上，江子城想都没想便挺身而出，挡在安雯身前，飞起一脚踢开了那个塑料瓶！

塑料瓶应声落地，一股刺鼻的味道弥漫开来。

"嘶——"江子城顿时觉得脚腕一痛，他刚刚踢开塑料瓶时，不少飞溅的液体洒在了他腿上。

腿上有裤子遮挡，脚上有皮鞋遮挡，唯有脚踝只覆盖了薄薄一层袜子，整圈脚踝都火烧火燎的痛。

剧组工作人员迅速压住了那名闹事的 ANTI 粉（反对特定艺人并进行攻击的粉丝群体），从她嘴里逼问出了塑料瓶里的液体究竟是什么东西：那是一种以次氯酸钠为主要成分的高效消毒剂，直接接触皮肤就会有强烈的腐蚀作用！

她本来想把消毒药水扔到安雯脸上，让她毁容，哪想到半路杀出江子城英雄救美。

江子城觉得自己脚踝上的皮肤像是被人用刀割了一样，Kevin 和 Tony 赶快帮他除掉鞋袜，用干净的矿泉水猛冲他的脚踝。

消毒剂威力十足，原本细瘦干净的脚腕现在已经被消毒液烧红了，轻轻一碰就痛得要命。若不及时处理，估计很快外层表皮就会脱落。

江子城只能单脚站立，西服裤腿一直卷到了膝盖。他即使痛到发抖，还在拼命讲笑话逗其他人开心，缓解大家的紧张情绪："你们看我这样子，像不像下田种地的农民伯伯？"

可在场没有一个人笑得出来。

副导演狂吼："救护车呢？打 120 了吗？！"

只听一阵刹车急响，一辆黑色的豪华轿车稳稳停在了片场外。

车门打开，一个令在场所有人都意想不到的身影出现在众人眼前。

男人几步走到江子城面前："我送他去医院。"

他脸色严肃，并不是在和他们商量，而是在下命令。

"谢总，你……"江子城失语。

江子城还来不及惊讶为什么谢北望会出现在片场，下一秒突然身体失重——他居然被谢北望直接扛到了肩膀上！

没错，就是那种扛麻袋的姿势！

"我……天！"江子城吓了一跳，一句粗口硬生生憋了回去。

江子城大头朝下，从他的角度只能看到谢北望的后背，根本看不到谢北望的表情。

可光是听声音，他便能猜到谢北望心情极差——"江子城，下次你再敢逞英雄，我就真送你去乡下种地。"

江子城在众目睽睽之下被谢北望扔进了轿车后座，他被摔得头昏眼花，直到这时都不忘把受伤的那只脚高高举着。

男人矮身坐进车内，差点被他一脚蹬在脸上。

"老实点。"谢北望伸手握住他的小腿，把那只四处乱蹬的脚放好。他问:"疼不疼?"

江子城翅膀硬了,敢顶嘴了:"脚是不疼了,你扛我的时候,肩膀硌得我胃疼。"

谢北望:"胃疼?那就忍着。"

幸亏谢的座驾车窗贴了单向保护膜,车外的剧组工作人员看不到车内的情况,要不然一定会被两人的相处方式震惊到。

司机迅速启动车子,向着最近的医院驶去。

江子城掏出手机查看地图:"司机大哥,前面左拐上三环,去××医院!那是我医保定点医院,报销额度很高!"

司机当然不会听他的,这车子是谢总的,这车上的人也是谢总的,自然是谢总说往哪里开,就往哪里开。

晚上的北京处处堵车,他们在路上耽搁了好一会儿,终于在二十分钟之后,停在了一家私立医院门口。

江子城一看这家医院的招牌就要晕过去了,这家医院是昂贵的代名词,据说看个感冒就要五千块。无数商界巨贾、影视明星都是这里的 VIP 患者,他江子城活脱脱一个"贫民窟十七线小明星",他可舍不得来这里花钱。

谢北望说:"你是上升期艺人,去普通医院容易被有心人爆料。以后你看病就来这家,花多少钱都报销。"

江子城大喜过望:"福利这么好?公司都给报?"

"不,"谢北望看了他一眼,"我给你报。"

车门打开,护士小姐姐已经推着轮椅等候在外面。江子城这次没让谢北望"帮忙",一个人单脚蹦上轮椅。护士小姐姐把轮椅推得像风火轮一样,唰唰唰就冲到了急诊室。

他鞋袜早已除尽,右脚脚踝红肿不堪,皮肤最外层的小薄皮已经被"烧"破了,皮肤发皱,又疼又痒。

他皮肤很白,尤其一双脚,一年四季都不见阳光。两相对比,脚腕上的红肿更显刺目。

他挪到诊床上,医生仔细看了看他的伤处,好在当时处理及时,用干净的矿泉水反复冲洗过了，所以现在伤处并没有恶化。

护士姐姐小心翼翼地为他清创，可即使她动作再轻，棉花球碰到那里时仍然让他疼得浑身一激灵。

"嘶……呼呼呼。"他脖子都憋红了，才忍住没叫出声来。

他眼眶里蓄满的泪水暴露了他的感受，他不想在谢北望面前丢脸，硬是把那两泡眼泪憋在眼眶里，泪珠转啊转啊转了半天，一双眼睛被泪水浸透了，水盈盈的。

谢北望见他脚踝上如此大的一片红肿，很想伸手碰碰，可最终只能把攥紧的手指藏在了裤兜里。

他问医生："会留疤吗？"

医生说："应该不会。只是红肿消退，长出新表皮需要很长一段时间，不要闷着伤口，勤换药，不要见水。长新皮的时候肯定会痒，忍住不要去碰去摸。"

江子城强忍疼痛，故意说俏皮话："谢总你放心，脚受伤不影响给公司赚钱，后面的戏份只拍膝盖以上就好。"

谢北望冷声道："赚什么钱？你一个零片酬的客串角色，能给公司赚什么钱？"

江子城感到奇怪，谢总工作这么清闲吗，怎么连公司十七线小艺人零片酬接片子的事情都知道？

很快，江子城脚上的红肿便处理完了，护士在他脚上薄薄涂了一层消肿镇痛的药膏，没有拿纱布裹，而是让伤口自然透风。接着她又拿来一双拖鞋，方便他换上。

江子城想，真不愧是私立医院，服务态度可真好啊。

结果等看到账单的时候江子城才知道，原来他脚上的这双拖鞋是明码标价的！

私立医院急诊费用极为高昂，账单拉得极长，江子城瞥了一眼结尾的总数，再看看自己的脚，咂舌道："这价格都够我截肢了吧？"

谢北望低头签账单，淡淡地道，"想截肢？行啊。"他的视线甚至没有落到江子城身上，"下次再这么冲动，不如直接打断好了。"

江子城瑟瑟发抖。

谢北望："怎么，这次不撤回语音消息了？"

江子城赶忙说："撤回撤回！我可喜欢我的脚了，以后遇到危险，我还指望它带我跑呢。"

谢北望这才罢休。

又过一会儿，扈哥和 Kevin、Tony 两兄弟匆匆赶到。双胞胎兄弟眼泪鼻涕糊了满脸，一米九几的大汉哭得像两个二百斤的孩子，江子城看到他们就觉得头疼，怀疑兄弟俩是来给自己奔丧的。

艺人拍戏时，经纪人不用在现场守着，扈哥今天有其他业务要谈，没想到他刚离开一天，江子城就遇到这样危险的情况。

扈哥冲到江子城面前，先仔仔细细打量了江子城一番，见他除了脚踝以外身上再无外伤，精神看上去也很不错，这才放下心来。

扈哥又赶快向谢北望道谢："谢总，今天真是麻烦您了！"

谢北望说："没什么，我刚巧在那边谈事。"

江子城心想：哦，原来我只是一个"刚巧"。

这念头很突兀地从他心底闪过，连江子城本人都没有意识到有什么不对。

谢北望严肃地问："扈宁，这件事剧组打算怎么解决？"

扈哥连忙回答："我来的路上已经和剧组沟通过了。剧组选群演的时候没有核查身份，让男主角的私生粉混了进来，对方是冲着女主角来的。具体赔偿数额我还在和剧组谈。明天一早剧组会发公告，强烈谴责这种行为，女主角安雯的微博会转发一条道谢，到时候……"

"男主角呢？"谢北望打断他，"那个周鳗鱼还是周金枪鱼的，他的粉丝他难道不用负责？"

江子城弱弱地提醒："人家叫周满宇，不是周鳗鱼……"

谢北望根本没理他，对扈哥下令："明天让他公开道歉。"

扈哥迟疑道："谢总，这是粉丝个人行为，圈内没有上升到明星本人的先例。一般来讲，这种情况都是让他的工作室出一份公开声明。"

"身为明星，不可能只享受粉丝带来的红利。该约束的时候不约束，该引导的时候不引导。粉丝惹出麻烦了，这时候倒想撇清关系了。"

诊室内一片安静，没有一个人敢说话。

谢北望也知道今天他火气太大了，可他看到江子城受伤后，确实无法再保持冷静。当时的情况太危机了，江子城想都没想，便把女主角护在了身后，谢北望站在高高的楼上，明明看得那样清楚，却无法第一时间赶到他身边。

谢北望深深吸了一口气，强迫自己不要把过多的情绪表露在外。

过了几秒，他火气才慢慢收敛，重新变回了那个喜怒不形于色的谢氏总裁。

屋内的气温重新升高，江子城这只小蜗牛终于敢把触角从壳子里伸出来了。

"那个……今天谢谢您了。"他自己推动轮椅，慢慢向大门口滑，打算从谢总眼皮底下溜走，"今天时间不早了，我先回去了……"

"子城，你暂时不能回剧组。"没想到扈哥居然拦下了他，"今天出了这么严重的拍摄事故，在剧组拿出赔偿方案之前，你都不用回去拍摄。"

这样一来，他自然也不能住剧组提供的酒店了。

江子城："那回公司宿舍？"

Kevin 说："江哥，艺人公寓有一处水管爆了，这周全楼封楼检修。"

他的运气未免太差了吧……

扈哥说："不如我去旁边酒店给你另外开间房？"

江子城："可我没带身份证啊。"

几个人面面相觑——那怎么办？

江子城十分为难，难不成要回爸妈家？先不说现在已经半夜了，最主要的是他脚上有伤，他不想回家徒增父母担心。

"没地方去？"沉默了很久的男人忽然开口，"那就去我那里。"

谢北望走到江子城身后站定，双手压住了轮椅把手："我的公寓就在旁边，很近，走吧。"

第八章

# 疗 伤 同 住

谢北望的房子确实距离医院很近，轿车在路上安安静静地行驶了十分钟，便驶入了某栋酒店式公寓的地下车库里。

谢北望名下有很多套房子，这套公寓处于城市最中心，他偶尔会在附近谈事，天色晚了便留在这里休息，所以这套房子里他的私人物品还是蛮多的。

江子城操控着轮椅，在公寓里鬼鬼祟祟地转来转去，一会儿看看墙上悬挂的艺术画作，一会儿又去数数玄关的鞋柜里有几双皮鞋。

谢北望看他像个小蜜蜂一样不知疲倦地绕圈圈，问他："你究竟在看什么？不嫌累吗？"

江子城当然不会说真话：他怕这套房子是谢北望刚刚打电话让人买的，就为了骗纯洁无辜的小可怜艺人上钩！不过看来看去，这套房子还是蛮有烟火气的，看来确实是谢北望常住的公寓。

这套公寓共有三室两厅，其中一间房间被改造成了书房，另外两间都是卧室。

江子城推着轮椅来到次卧门外，推开一看——噫！这间卧室怎么是粉红色系？床上、柜上堆了无数玩偶，墙上还贴着韩国欧巴的海报，怎么看都不像是男人的房间。

只听身后的谢北望悠悠开口："忘了告诉你，我在市内的每套公寓都给盈盈留了一间房。"

"您和谢小姐真是兄妹情深。"江子城一边假笑一边问，"那请问我住哪里？"

谢北望慢慢绕到他身前，俯下身，两只手撑在轮椅左右，低声道："在澳门的时候你能想到答案，这次就想不到了？"

整套公寓只剩一间卧室一张床，除了同床共枕，不可能再有第二个选项。

男人的语气像极了诱拐猎物的大灰狼，而可怜的小猎物正在落网的边缘疯狂试探。

江子城一双眼睛左右乱飞，就是不肯看面前的男人："那个……我猜是让我睡沙发？"

谢北望一愣，默默转头看向客厅里的沙发——宽敞的三人位皮沙发，若是拿掉靠垫，还真的能睡下一个成年人！

趁着谢北望愣神的工夫，江子城操纵轮椅，一个紧急倒车，"吱溜"一声就从男人的身影下逃脱。幸亏他是老司机，即使换了轮椅，车技依旧这么高超！

谢北望放弃逗他，直接转身进了卧室取了一套被褥枕头出来，扔在了沙发上。

接着，谢北望又给他指了洗手间的位置，告诉他哪里有新的毛巾和牙具。

江子城自然不敢劳烦总裁替他铺床，他单脚从轮椅上跳下来，仔细把被褥铺好，枕头拍松，给自己筑了一个舒舒服服的小窝。

江子城关上客厅大灯，"蠕动"着地钻进了他的"蚕蛹"里。

这一晚的经历跌宕起伏，他躺在被窝里，回想起那瓶迎面砸来的消毒剂，依旧觉得心惊胆战，心脏咚咚跳个不停。

他实在睡不着觉，干脆把手机翻出来玩。

他平常拍戏时，手机都要开飞行模式，哪想到现在一打开，一瞬间涌进来无数未接电话与微信消息。

江子城点开微信一看，五十多条新消息里，有三十多条都是安雯发来的，剩下十几条则来自于剧组的其他工作人员。

咦？奇怪……

江子城上下翻了好几遍，终于确定自己没有看错——作为这一切的根源的周满宇，连一句客套话都没有和江子城说！

按理说发生这种事情，周满宇不论从任何角度来讲，都理应向江子城表达一下关心，没想到周满宇的情商低到这种程度，连表面功夫都不知道做一做。

江子城无奈地叹口气，把这位流量小生丢在脑后，先点开了另一位流量小花的信息。

安雯实在是个刷屏狂魔，从事情发生到现在不到三个小时，她已经发来了六句道歉、八句关心、五个号啕大哭的表情……还有，一连十二个微信红包。

江子城赶忙回复她。

是江子城不是江城子：安雯，我没事，我已经从医院回来了，医生说是小伤，过段时间就好。

彩云追满月：【大哭】【大哭】【大哭】【大哭】

彩云追满月：对不起江哥，我和满宇的事情连累到了你。

是江子城不是江城子：你不用道歉，你也是受害者。

是江子城不是江城子：我只是伤了脚而已，你要是伤了脸那就不好了。

即使他这么说，安雯还是很愧疚，在微信上连连给江子城道歉，她还问江子城住在哪里，打算让另一位助理每天煲猪蹄汤送到他家里去。

彩云追满月：江哥，不骗你，我助理煲的猪蹄汤特别好喝，滋补有营养，我喝了半年，涨了两个罩杯呢！好几家八卦媒体说我偷偷做了丰胸手术呢！

是江子城不是江城子：所以你让我喝猪蹄汤干吗，下奶吗？

*彩云追满月：你不是伤了脚嘛，以形补形。*

江子城掀开被子，跷起自己受伤的那只脚，借着小灯昏暗的光左看右看。他脚腕红肿，更衬得脚掌白皙，脚面上细筋微微绷起，脚趾却是肉肉的，就连甲片都修得很整齐。

五根脚趾灵活地分开并拢，再分开再并拢——紧接着，他又用脚做出了高难度的"韩式比心"。

不论怎么看，都是一只仙人脚，哪里像猪蹄啦？

江子城心满意足地把脚塞回了被窝里，继续和安雯聊天。

两人之前仅仅是同事关系，但这次这个意外事故，仿佛连通了两人的气场，让他们一下熟络了起来。江子城以前从来没有和当红流量打过交道，没想到这次接触的两个小花小草，性格、态度完全相反，也不知他们两人究竟是怎么走到一起的。

江子城几次想问安雯到底为什么会喜欢周满宇，话到嘴边，想想感情这种事外人总不好插嘴，最终还是咽了回去。

因为第二天安雯还要拍戏，她很快就道了晚安，去睡美容觉了。

江子城关了小灯，却根本睡不着，只能一个人在沙发上翻来覆去。

左翻翻——哎，这沙发好硬，屁股好硌，脚也没处放。

右翻翻——唔，客厅的中央空调温度太低，被子也不够厚。

这沙发表层是纯牛皮的，又厚又冷又硬，江子城躺在上面，觉得自己就像是躺在寒玉床上的小龙女。

就算没有侠侣，来只神雕给他暖暖床也好呀。

他在黑黢黢的客厅里瞪着一双眼睛，眼睁睁地看着墙上的夜光挂钟一秒秒往前走，严重怀疑自己就要失眠到凌晨了。

脚上的伤口又疼了起来，麻痒难耐。他想挠又不敢挠，担心留疤，为了转移注意力，只能在沙发上摊煎饼，正面煎完了背面煎。他每一次翻身的动静都特别大，明明是一个人独睡，却能搞出两个人的动静。

结果翻着翻着，"扑通"一声巨响，他直接翻出沙发，滚到地上去了！

他磕到脑袋发晕，可怜、弱小又委屈。

下一秒，原本紧闭的主卧大门从内开启，明亮的灯光从卧室内洒出来，一路蔓延到江子城的身前。

江子城摊在地毯上，眨眨眼，顺着光芒的方向看去。

上身赤裸、睡裤松松挂在胯骨上的男人就站在那片光芒中，冷声问："江子城，我再给你一次机会——睡沙发，还是睡床？"

江子城："扶朕起来，摆驾坤宁宫。"

谢北望："你再说一遍？"

江子城赶忙换上一个讨好的笑容："谢总，麻烦您把我从地上拉起来，今天晚上就辛苦您和我挤一挤了。"

主卧床很大。

江子城单腿蹦进谢北望的卧室时，他被卧室正中间那足够三个人打滚的圆形大床震住了。

他看看圆床，看看身旁的男人，再看看圆床，心里嘀咕：真不愧是老谢总的儿子，卧室里摆这么一张大圆床，看上去就很适合做一些不可描述的事情，啧啧啧！

像是看出了江子城内心的想法，谢北望解释道："这张床是上一任屋主留下来的，和其他家具一样都是全新的，我觉得没必要换，就留下来了。"

江子城："霸道总裁也买二手房、用二手家具？"

谢北望反问："现在北京四环以内还有新房吗？"

也，也对啊。

谢北望又问："还有，我哪里霸道了？"

幸亏床很大，江子城小心翼翼地睡在了床的左边，而谢北望在右侧躺了下来，两人中间隔着很远的距离。江子城全身绷成一块铁板，他悄悄把手伸到枕头下，攥住手机——他已经把扈哥的号码设为了"默认1"，如果万一遇到"问题"，他就拨打电话搬救兵！

黑暗中，时间一分一秒地过去了。

然而江子城等啊等啊，等到他这块铁板都要生锈了，同床的男人依旧没有任何动作。

借着窗帘外透出的模模糊糊的月光，江子城侧头看了过去，却见谢北望已经安安稳稳地闭上了双眼，双手搭在身体两侧，呼吸轻缓，显然睡意正酣。

就这么睡了？

江子城不知该怎么形容现在的感觉——失望？不不不，绝对不是失望。就是，就是挺意外的吧……

一夜无话，好梦到天明。

等到江子城睡醒时，太阳早就高挂在半空中了。

谢北望比他早起了两个小时，江子城瘸着一只脚蹦出卧室时，谢北望正在餐桌旁吃饭。面包只咬了一口就留在了餐盘中，男人双手在键盘上飞快跃动着，注意力都集中在公事上。

江子城乖乖道了声早，又问："谢总，您今天怎么没去上班？"

谢北望一边看着那些复杂的图表，一边回答："总裁就不能有休息日吗？"

"既然是休息，为什么还要处理工作？"

谢北望终于舍得从电脑上移开视线，问："我在家处理工作，不就是休息吗？"

真不愧是资本家，对下属狠，对自己更狠。

江子城决定要给谢总树立正确的价值观，纠正他："所谓休息，就是要把所有工作都抛下！每天宅在家里，睡到自然醒，醒后就去吃，吃完继续睡……这才是大家都盼望的'休息日'！"

谢北望沉吟一会儿，问："这么说来，你享受过这样的休息日？"

"当然啦！我在上家公司时就经常这么休息啊。"

谢北望："嗯。经纪人无法合理安排艺人工作，让唯一一个能赚钱的艺人长时间没有节目可上，没有作品可拍，这就是你前东家破产的原因。"

江子城护短，别看他经常在心里吐槽前东家是家庭土作坊，但是别人绝对不能说他们一句不好。他急吼吼地说："他们……他们确实走了一段时间弯路，但那并不代表他们能力不行！只是娱乐圈太复杂了，他们没有根基。现在老板和老板娘换了一条路走，可顺利了！"

"什么路？"谢北望挑眉，"开火锅店吗？"

江子城奇道："你怎么知道？"

他只在朋友圈透露过老板娘要开火锅店，可是谢总又没有他微信，谢总究竟是怎么知道的？

"我让人注意了一下他们的动向。"谢北望镇定地说道，"就算是手下败将，也不能完全置之不理，若是他们有东山再起的可能性，我也要提前做好准备。"

江子城根本没有想过谢北望会诓他，他只是觉得当总裁好累啊，天心影视公司的市值还没有瑞慈娱乐的百分之一多，谢北望居然还要分心关注……唉，还是像他这样当个小演员比较好。

昨天晚上的袭击事件因为是在众目睽睽之下发生的，目击人实在太多，即使导演第一时间下了"封口令"，可这件事还是以很快的速度在微博上扩散开了。

只是口口相传之间，难免会有一些信息遗漏——很多人只知道在拍摄电影时，当红流量小花安雯被人袭击，虽然她没有受伤，但是和她搭戏的客串男演员却受了轻伤。

当天中午，"安雯被袭"的事情就上了娱乐头条，吃瓜群众理所当然地以为那位狂热粉是安雯的ANTI粉。整篇新闻里，周满宇和江子城的名字都没有出现过。

明明是三个人的电影，可两个人都没有姓名。

八卦组都在冷嘲热讽安雯卖惨，只不过区区一瓶消毒液而已，就算用来洗脸也不会毁容，装什么柔弱白莲花啊，为这点小事还值得买一通热搜？

江子城了解安雯为人，知道她肯定不是为了立什么柔弱人设。他心里有点难受，给扈哥打电话问："这热搜是安雯的工作室买的吗？为了保护周满宇？"

没想到扈哥否认了："正相反，是周满宇他们买的。"

江子城："他疯了？他把自己的女朋友推出来吸引火力？"

扈哥也不明白："他们两人谈恋爱，本来安雯的经纪公司就不同意，可是她像是中了蛊一样，非君不嫁，也不明白究竟是怎么回事。"

当天下午，《拜托了吹风机》和安雯工作室联合发表了公告，强烈谴责那位混入群演中袭击演员的私生粉，呼吁大家理智追星。

而安雯的微博同时发布了一条配图的道谢信，圈了"@江子城18"，感谢他昨晚奋不顾身的搭救。那封道谢信是她亲笔写的，一言一语皆诚恳，不仅感谢了江子城的帮助，还回忆了合作时的点点滴滴。

安雯的粉丝数量极多，足足比江子城的多了一位数，热情的粉丝们顺着这条微博涌进江子城的微博中，结果发现这位江子城小哥哥长得靓、人品好、演技高……他主演的电影甚至捧回了金狮奖！

天啊，这是什么啊？

这就是天赐的好瓜啊！

江子城抱着八卦的心态翻了一下微博，结果发现他和安雯居然都有 CP 粉了……

他还来不及说什么，安雯的微信先到了。

彩云追满月：哈哈哈哈，江哥你快看，咱们现在都有 CP 站了！

彩云追满月：分享链接【微博地址】

是江子城不是江城子：【汗】粉丝脑洞可真大。

彩云追满月：是啊是啊，她们怎么会觉得咱们是 CP 呢？

是江子城不是江城子：对啊，咱俩根本没有 CP 感啊。

彩云追满月：咱们明明是闺密嘛。

是江子城不是江城子：不好意思，我电量就剩百分之九十九了，先不聊了。

江子城气呼呼地把手机扔到一边去了，结果手上失了准头，差点砸到在旁边工作的谢总裁。

谢北望躲都未躲，伸手一把抓住迎面扔来的手机，挑眉道："脚伤了，手倒是挺灵活的。"

江子城正在气头上，没理他，单腿蹦跶着往浴室走。

谢北望："你做什么？"

江子城："洗澡。"

谢北望："你现在脚不能沾水，怎么洗？"

江子城用他精湛的表演技巧，无实物表演了单腿洗澡的方法。

谢北望摇头："不行，浴室里很滑，你一只脚站不住。"

江子城心烦，问他："那你说怎么办，坐在轮椅上洗？"

"还有个方法。"谢北望平静地说，"我帮你洗。"

江子城这么急着去洗澡，其实是有原因的。

刚刚他接到了前东家老板娘的电话，问他脚上的伤怎么样。虽然天心影视公司的人已经正式退出了娱乐圈，但习惯使然，他们还是会经常刷一刷娱乐头条和微博热搜，结果刚好看到江子城英雄救美受伤的事情。

江子城照实回答："老板娘你不用担心啊！就是一点表面伤，医生说不会留下伤疤。我这段时间都不用去剧组了，刚好可以休息休息。"

老板娘说："子城，既然你在家休息，那不如出来吃火锅呀。咱们天心火锅店下月初就要开业了，你就不想看看你投资的店铺是什么样的？"

哇，火锅！

身为演员，最忌油辣，若是脸上生痘、口中生疮，那上镜之后肯定会很丑很丑。江子城最后一次吃火锅是天心影视公司散伙那天，掐指一算都是三个月以前的事情了。

谁
的
小
眼
睛
还
没
看
影
帝

一听到"火锅"二字，江子城的嘴巴里就不住地泛口水。老板娘亲手炒制的秘制火锅底料实在太好吃了，地道重庆风味，配上新鲜鹅肠、毛肚、郡肝、鸭血，一口下去真是爽得要升天。

江子城努力同自己的欲望做斗争："还、还是不了吧……我过几天还要重新进组，辣的东西要少吃。"

老板娘："给你做微辣的！"

江子城："我想还是算了吧……"

"微微辣！"

"我……"

"鸳鸯锅！鸳鸯锅行了吧？！"

江子城的理智宣告投降，乐颠颠地和老板娘约好今天晚上就登门拜访。

他是个很注重仪表的人，只要出门，就一定要沐浴更衣、打扮得光鲜亮丽，这才不负好春光。

谢北望问："哪里有春光？现在都要冬天了。"

江子城答："我就是春光啊。"

于是如此这般，江子城决定在出门赴宴前，一定要从头到脚洗白白搓香香，只是他脚伤未愈，实在不能沾水。

谢北望主动提出帮他洗澡，语气平静："你不用害羞，之前在威尼斯的时候，你浑身上下哪里我还没见过？"

江子城想起那晚的意外事件，羞得满脸赤红，耳尖滚烫，他不敢再多争辩一句，单腿蹦跶进浴室，赶忙从里面把门反锁上。

他隔着门喊："谢总，不用麻烦您了！我好歹是个三肢健全的大男人，洗澡这种事情自己来就好！"

一边说着，他一边打开了花洒，直接调到最大。

哗哗的水声充斥在小小的浴室里，一时间热气缭绕，到处都是雾蒙蒙的。

他趴在门上听了一会儿，听到谢北望的脚步声在浴室门口徘徊着，又很快远去了。

江子城又等了一阵子，确定浴室外静悄悄的，谢总没有杀个回马枪，他这才放下心来，终于可以安心脱衣服了。

可惜，无知的小红帽总是低估大灰狼的狡猾。

江子城身上的睡衣是谢北望提供的，谢北望比江子城足足大了两个尺码，宽松的睡裤全靠抽绳腰带固定在他的细腰上。

只要抽绳一解开，睡裤便顺着胯骨迅速滑落，落在地上，松松堆成一团。青年赤着两条笔直修长的腿，站在水雾的世界中，仿佛是刚幻化出双腿、初初踏上地面的人鱼王子一般。

偏偏就在这时——浴室的门，开了。

江子城除了一条三角小内裤以外，浑身上下不着片缕，室外的冷气席卷而入，与浴室内的热气相撞，冻得江子城浑身汗毛倒竖。

而谢北望站在浴室门外，摊开右手，冲江子城晃了晃手心里的钥匙。

江子城脑中瞬间闪过之前使用预知能力时见到的两次"惊心动魄"的洗澡事件——妈呀，难道他在吃鸳鸯锅之前，要先洗"鸳鸯浴"了吗！

江子城结结巴巴地问："谢总，您、您不会真要给我洗澡吧……"

谢北望没有回答，几步走到江子城面前，居高临下地望着他。

男人身材高壮，一身冬季家居服严严实实地遮住他的身体，而站在他面前的江子城只有一条三角小内裤遮羞，浑身赤条条。

他进一步，他便退一步。

他再进一步，他又赶忙退一步。

就这么一进一退之中，江子城已经被他逼到了角落。江子城忽然觉得后腰一痛，原来他撞到了洗手台，身后已经没有任何退路了。

江子城看着男人近在咫尺的胸口，心里打鼓，总觉得形势十分不妙："谢……"

一句话还没说完，谢北望忽然伸出两手扶住了他的腰间。男人炙热的掌心贴在青年的侧腹部，双臂同时使力，居然就这样把江子城抱离了地面……然后，让他坐在了洗手台上。

江子城坐在冰凉凉又硬邦邦的洗手台上，两条小腿在半空中不老实地左晃右荡。

谢北望低头看着江子城不安分的小腿，忽然伸手托住他那只受伤的右脚，出人意料地把他的右腿抬了起来！

江子城："哎哎哎！"

他重心后仰，下意识的双手后撑，后背撞上湿漉漉的镜子。刺骨的凉意冻得他后背发麻，然而被男人捧住的那只脚却烫得灼人。

热度从谢北望的掌心传到江子城的脚踝，又顺着小腿慢慢上延，一寸寸在江子城的身体里四处蔓延。

经过一个晚上加一个白天的休养，江子城的右脚腕已经没有昨晚那样红肿可怖。消毒水只会侵蚀最外层的皮肤，现在伤处有点像是在太阳下暴晒过度，颜色暗沉，大片表皮都蜕皮了。

很丑。

男人盯着他的伤处就那么静静看了几秒，轻声问："还疼吗？"

江子城有些紧张，他动了动脚腕，见挣不开，只能认命。"早不疼了，就是特别痒。"

"嗯。"谢北望说，"我刚才给医生打了个电话，医生说你可以洗澡，就是伤口要包起来，避免沾水。"

江子城这才明白刚刚谢北望从浴室前离开是去做什么。

江子城迷茫地问："怎么包？套个塑料袋吗？"

谢北望转身出了浴室，很快又走了回来，手里拿着好几样包扎用的医疗用品，还有防水绷带，也不知从哪里变出来的。

他重新在江子城面前站定，把他的右脚抬起，只不过这一次，他让那只白瘦的脚掌抵在了自己的上腹部。

"踩好，不要乱动。"男人嘱咐。

他低下头，拿起那卷防水绷带，一圈一圈，仔仔细细地把江子城脚踝上的伤口遮好缠住。

谢北望看起来从未做过这种事，动作很慢，还有些笨手笨脚的。可他做得很仔细、很用心，像是在对待什么易碎的珍贵宝贝一样。

江子城本可以自己来的，可他忽然失了声，所有的话语都堵在喉咙中，无论如何都发不出声音。他只能傻傻看着谢北望为他包扎伤口，五只脚趾不安地并拢，紧紧蜷缩着，贴在男人身上。

　　时间忽然变成了一种没有意义的东西。江子城感受不到时间的流逝，它仿佛过得很慢，又像是很快，他只能听到心脏跳动的声音，一声大过一声。

　　直到谢北望低声说了句"好了"，江子城才如梦初醒，惊慌至极地从那种微醺的状态中挣脱了出来。

　　那一瞬间，一切感知都涌回了他的大脑。闷热的空气，狭小的空间，花洒里淅淅沥沥的水声，男人身体的热度，还有耳边若有似无的一声叹息。

　　江子城望着脚踝上崭新的绷带，没敢抬头看谢北望的表情。

　　"谢谢。"他说。

　　"不谢。"他答。

　　说完这简单至极的两个字，谢北望转身离开了江子城的视线。

　　浴室门轻轻合拢，把半室热气与半室冷意再次分割开了。

　　江子城摸摸滚烫的耳尖，觉得自己需要洗个凉水澡了。

　　当江子城浑身湿漉漉地从浴室里钻出来时，谢北望正在书房里进行跨国语音会议。

　　书房门没有关，音响中流淌出纯熟的英语，语速极快。谢北望十指交叉置于桌上，表情严肃，只偶尔说上一两句，每句话都简明扼要，直切中心。

　　谢北望注意到江子城停在门口，一心二用，视线先在江子城的脚上盘旋了一阵，在确认防水绷带完好无损后，他又把双眼移向了青年的短发上。

　　江子城没有吹头发，打湿的短发贴在额角，露出绮丽的五官，水蒸气把他的皮肤蒸得又白又嫩，看上去就很好吃。

　　谢北望抬手指了指自己的头发。

　　江子城居然看懂了，用口型回答他："一会儿再吹。"

谢北望皱眉。

江子城又看懂了，他像是小狗一样猛地摇动起脑袋，把头上的水珠甩了出去，回答："我待会儿就去吹干，现在先甩干。"

他甩头发甩得太用力了，甚至有几滴水飞进了书房，落在了地板上。江子城生怕被扣下来拖地，赶快夹着尾巴跑走了。

半个小时之后，谢北望的电话会议结束，江子城也把自己收拾得干净利落，漂漂亮亮地走出了卧室。

他是临时来谢北望家暂住的，除了昨天在片场拍戏的戏服以外，什么衣服都没有。本来江子城还在犹豫穿什么衣服去吃火锅，没想到谢北望去更衣室里转了一圈，很快就拿出来几套衣服。

这些衣服都是小码男装，风格时尚休闲，很是时髦，一看就不是谢北望的穿衣风格，更适合江子城这样的年轻艺人。

谢北望面不改色地说："盈盈喜欢的那几个韩国男明星代言了这些品牌。她为了支持偶像，买了不少男装，可是她又穿不了，只能都扔到我这里。"

江子城一听，忙说："这不太好吧？自己偶像代言的衣服，就算她穿不了，肯定也舍不得让别人穿的。"

谢北望完全没考虑到这点。他虽是娱乐公司老板，却不太懂这些，他想：原来追星还有这么多条条框框。

江子城说："我还是问问谢小姐吧。"

说着，江子城便掏出手机来给"谢小姐"发消息。

是江子城不是江城子：谢小姐在吗？

谢：在。

是江子城不是江城子：是这样的，昨天我在谢总这里留宿了，今天要出门见朋友，没有合适的衣服穿，我能借用你买的那些男装吗？

是江子城不是江城子：我穿完后会洗干净的，如果你介意的话，我也可以再买几套新的还给你。

谢：没关系，你穿吧。

谢：送给你了。

江子城心想真不愧是谢氏千金，这些堆成山的衣服里面，最便宜的一件 T 恤都要四五千元，几件外套、牛仔裤更是价值上万，她说送人就送人。

江子城手痒痒，一连给谢小姐发了好几个表情过去。有抱大腿的，有在钱堆里游泳的……

是江子城不是江城子：【有钱真是为所欲为】

谢：我确实有钱，可我不会仗着有钱为所欲为。

谢：我有钱，只想让我欣赏的人为所欲为。

是江子城不是江城子：哇，那个被你欣赏的人可真幸运。

谢：【微笑】【微笑】【微笑】【微笑】

江子城抬起头时，站在他对面的谢北望也刚巧把手机屏幕锁上，放进了衣兜里。

谢北望："刚刚和秘书说了几件公事。"

江子城没在意，兴高采烈地从衣服堆里选出了一身好看的，颠颠颠跑去换上了。

现在即将入冬，室外温度很低。江子城选了一条布料偏厚的紧身牛仔裤，又配了一件淡蓝色的长袖 T 恤，外套选了一件内衬羔羊毛的黑色皮衣。整个人英姿勃发，干净挺拔，像是一棵笔直的小白杨。

玄关处已经摆好了一双崭新的马丁皮靴——奇怪，谢小姐买的鞋子尺码怎么也刚好合适他的脚？

江子城本打算自己打车去火锅店，没想到门外早有司机在殷勤等待。

江子城一愣，回身看向客厅里的谢北望。

男人双腿交叠坐在沙发上，一手拿着 iPad，一手拿着触屏笔在屏幕上写写画画。

他头也未抬，却仿佛探知到了江子城的视线，说："你脚还没好，不准吃辣。"

"哦哦……"江子城讪讪地答应着，心想这哪里是老板，明明是老爸。

谢北望又说："早去早回。"

江子城点点头应了。

他在司机的搀扶下，一瘸一拐地走出了谢北望的住所，没敢再回头看他。

江子城在谢北望家住了三天，谢北望除了第一天在家"休息"以外，剩下两天都照常去公司上班。

谢北望工作繁忙，早出晚归，即使回家后也有处理不完的公务。他雇了一个家政阿姨，每天上门做饭扫打，江子城在阿姨的照顾下三天就胖了两斤，感觉自己像是一只被圈养的小猪猪。

这天谢北望下班回家时，江子城正坐在餐桌旁捧着一只瓷碗安静喝汤。

汤味香浓，香气四溢，再加上江子城喝汤的模样实在"诱人"，谢北望忽然也有些饿了。

江子城"寄人篱下"，很有自觉性，见谢北望一直盯着自己碗里的汤，主动问："谢总要不要喝汤？这猪脚汤煲了整整一天，可好喝了！"

谢北望点点头，换了身家居服，在江子城对面坐下。他面前的桌上也放了一只白瓷汤盅，汤汁浓白鲜甜，炖得软烂剔透的两块猪脚沉在碗底，用筷子一夹，便糯糯分开，含在嘴里一抿就化，落口即融。

江子城把猪脚啃得津津有味，先是"吸溜"一声把肉皮吞进肚里，又用牙齿轻轻咬住软骨，左右一动，便整块取下，在嘴里"咔嘣咔嘣"地嚼着。遇到蹄筋时，他更是开心到眼眉乱飞，门牙与槽牙齐上，誓要把它磋磨成泥。

谢北望本来不爱喝汤，可是看到江子城这般吃相，不禁食指大动，盛起一匙，细细品味。

江子城喝完一碗，又盛一碗。他说："好喝吧？"

谢北望点点头："这个家政阿姨手艺不错。"

江子城"噗"一声把一块小骨头吐在桌上，睁圆眼睛，得意地说："谁说是家政阿姨做的了？"

"那是谁？"

"是安雯的助理啦，她让助理把汤炖好，交给扈哥，扈哥又让Kevin他们送来给我。"江子城说，"哦对了，安雯就是我这部电影的女主角，她……"

"我知道她是谁。"谢北望把汤放下，他忽然觉得这碗汤一点都不好喝，又腻又寡淡。他问："你怎么还和安雯有联系？"

江子城觉得莫名其妙："为什么不能有联系？她人不错，难道公司还要管我和谁交朋友吗？"

谢北望："她害得你脚受了伤。"

江子城觉得更可笑了："谢总，事情真相你又不是不知道！就算要怪也怪不到安雯头上，明明是周满宇的错。"

谢北望也准备了无数理由："她和那个周鳗鱼是男女朋友关系。若是她真把你当朋友，她肯定会让周鳗鱼给你道歉……可现在周鳗鱼道歉了吗？没有。"

江子城语塞。

他从未和安雯讨论过周满宇的事情，两个人仿佛有默契般，不约而同地避过了这个话题。不过Kevin和Tony这两个八卦大王倒是传回来不少有用消息，据说这对流量小情侣这几天没少在片场吵架，还有人撞见安雯眼红红地从休息室里跑出来，周满宇追了出来，然后两人上演了一出"我不听我不听""你不听我就强吻你"的狗血偶像剧戏码。

江子城对此也很无语。

但总的来说，安雯除了眼瞎心软、把渣男当宝以外，作为朋友是没有任何缺点的。她改变了江子城对流量艺人的看法——她确实演技不够好，但她敬业又努力，从来不会耍大牌，还很会体贴人，江子城当然愿意同她做朋友。

最近导演频频在微信上劝江子城复工，医疗费、精神损失费都由剧组承担，希望他能尽快回到剧组，把剩下的三天戏拍完。

谢北望听后，斩钉截铁地说："不可能。在周满宇公开道歉之前，你别想踏出我公寓一步。"

江子城弱弱地提醒他："谢总，你这是人身监禁。"

这时的江子城完全没有想到，一天之后，他居然真的收到周满宇的公开道歉了。


事情是在半夜被引爆的。

恰逢周末，夜猫子党聚集在豆瓣小组、微博、贴吧，精神奕奕地寻找着可以用来咀嚼的八卦小料。

娱乐圈什么新闻最受关注？无非是谁谁谁耍大牌，谁谁谁作品血扑，谁谁谁和谁谁谁恋爱分手再恋爱再分手……八卦党们把新帖老帖都翻了一遍，发现首页只有一些陈年旧料，只能助眠，不能提神。

就在大家打着哈欠打算钻进被窝早早入睡时，一个不起眼的帖子忽然慢悠悠地浮上了首页。

标题：《发现一段神奇小视频，八卦鹅帮我听听，说的是不是三字鲜肉和两字小花？》

八卦小组里最不缺少这种吸引眼球的标题，又是"流量"又是"视频"的，似遮非遮，似露非露，大家只当打发时间，随便点进去瞧一瞧。

没承想这个帖子并非挂羊头卖狗肉，而是真真正正有实锤！

楼主说，她无意间从表哥的手机里翻出了一段视频。表哥在北京××写字楼做程序员，大前天加班时，楼下广场有剧组拍外景夜戏，他觉得有趣，就拿手机录了一段视频。

因为距离很远，拍摄者把手机拉近焦距后，连演员的脸都看不清了。好在剧组拍戏时有补光灯在，所以画面还算清晰。

画面微微晃动，一男一女两位演员正在镜头下温情互动，只见女演员主动向男演员靠了过去，两人面部相贴，看样子正在吻别。

接下来，便是这段视频的精华所在——

群演中突然冲出来一个女生，从包中掏出一瓶颜色诡异的液体，向着女演员的方向扔去！

就在这电光火石之间，男演员当机立断，一手把女伴推到身后，同时飞起一脚，踹开了那迎面而来的塑料瓶！

录制视频的男生喊出了所有观众的心声："我的天！"

整场冲突就在剧组工作人员包围之下发生，除了男演员及时反应过来之外，剩下所有人都傻在原地。过了足有好几秒，他们才一窝蜂围上去，按住了那个肇事的女群演。

手机清晰地记录了女群演的尖叫声："安雯！你去死！你不准再靠近满宇哥哥了！"

视频到此为止，但帖子里的议论却再也没能停下来。

不过一小时的工夫，这个帖子就连续翻了十几页！等到凌晨两点时，微博、贴吧、粉红二区等平台，全都出现了这个帖子的转载。

娱乐圈的热点瞬息万变，几天前安雯被 ANTI 粉袭击的事情早已经被新的热点压过了，谁承想这件事情居然还会有后续？爆出的视频坐实了袭击者是周满宇私生粉的身份，吃瓜群众回想前几天周满宇和他的工作室置身事外的态度，觉得整件事十分有趣。

同剧的两位演员因为男主的私生粉受伤，男主却连屁都没有放一个？他是情商太低，还是太不把同组演员放在眼里？

事情经过一晚上的发酵，第二天清晨，"周满宇私生粉攻击安雯"的相关话题就席卷了热搜榜单，而在视频里干净利落一脚踢飞塑料瓶的江子城也搭上了这趟快车，名字被顶上了热搜的尾巴。

短短一天，江子城的微博粉丝数迎来了一波飞涨，微博评论区转眼就被新的彩虹屁塞满了。

@粉丝 a：小江哥哥踹出的瓶子被我接到了！我宣布这是小江哥

哥送给我的绣球，我们锁了！

　　@粉丝 b：这是武曲星下凡吧！希望武侠片导演能看看我们哥哥，一人血书求哥哥演飞檐走壁的少侠！

　　@粉丝 c 回复 @粉丝 b：哥哥不要演少侠，哥哥演采花贼吧！我演花！

　　@粉丝 e：心脏骤停了！子城哥哥不要踢那个瓶子了！留着力气，抢亲的时候踢我家大门吧！

　　江子城脸皮薄得要命，他到现在都没办法坦然面对粉丝对他的吹捧，总觉得他们口中的人并不是"江子城"，而是另一个比"江子城"优秀百倍千倍的人。他觉得他现在的实力还远远远配不上这些赞扬。

　　这天下午，扈哥带着 Kevin、Tony 两人到了谢北望的公寓，和江子城开碰头会，与他讨论这件事带来的后续影响。

　　他们到时，谢北望刚刚下班回家，见他们三个来了，还把他们留下来吃了顿便饭。

　　家政阿姨手脚麻利，很快就做出了一桌色香味俱全的饭菜。五个大男人围在餐桌旁，一边聊公事一边享受美食。

　　江子城啃着排骨，开门见山地问："扈哥，这件事现在闹这么大，你是不是找水军了？"

　　扈哥摇头否认："没有，这些都是'自来水'，我们没有刻意引导过。"

　　江子城刚踏实下来，扈哥又开口了："我只是负责拧开水龙头而已。"

　　江子城嘴巴里的排骨"扑通"一声掉在桌上，咕噜咕噜滚了好几圈。他后知后觉的反应过来："难道那个爆出视频的帖子是咱们发的？"

　　回答他的人是坐在餐桌主位上的谢北望。

只见男人娴熟地夹起一块新排骨放到江子城的饭碗中，语气淡然："既然周鳗鱼和他的工作室不吃软的，那我只能给他们来硬的了。"

让他道歉他不道，那就发动网友的力量吧。

就在这时，坐在餐桌对面的Kevin忽然一声惊呼，急急叫道："谢总，江哥，扈哥！周满宇他发公告了！"

桌上的其他几人不约而同地掏出手机点开了微博，谢北望没有微博，便侧头看向江子城的手机。

两人的身体贴得极近，谢北望鼻间的热气吹拂在江子城的耳郭。

五分钟之前，周满宇和其工作室联合发布了一条长达五百字的公告，这条公告一出，转发立即破万。

公告里写了三点内容。

第一，严厉谴责私生粉的疯狂行为，希望粉丝和偶像保持距离，专注于他的作品，不要对他的私生活太关心。

第二，向被牵扯其中的江子城诚挚道歉，希望他早日康复。

第三，也是整篇公告中最重要的内容——"我和安雯仅仅是工作上的同事关系，和她合作很愉快，请大家支持我们这部即将上映的电影。"

餐厅里一片沉默，无论是江子城和扈哥，还是Kevin和Tony，谁都说不出话来。他们亲眼见过安雯和周满宇在片场里像两条接吻鱼一样亲个不停，结果周满宇一个公告，就把他和她的关系撇清了？

谢北望都被气笑了，扔下两字评语："懦夫。"

他爱一个人，即使全世界都反对他们在一起，他也绝对不会违心地说出一句"我不爱你"。

"休息"了四天半，江子城终于要回归《拜托了吹风机》剧组了。

男主角周满宇除了公开向江子城道歉以外，还承担了江子城的医药费、精神损失费以及误工费，扈哥使出他的三寸不烂之舌，把江子城受到的损失说得极为严重，狠狠地从周满宇的工作室那里挖下来一大块肉。

这笔赔偿金经纪公司不会分成，尽数进到了江子城的账户里。

江子城哪里能料到，注入自己干瘪荷包的第一笔钱，居然不是演出酬劳，而是一笔赔偿金。

江子城的戏份所剩不多，挤一挤三天就能拍完。重新开工后他自然要搬回剧组提供的酒店里……也就是说，他要和他的同居人 say byebye 了。

因为第二天一早就要上戏，于是江子城和扈哥商量好，晚上八点送他去剧组酒店。

刚吃过晚饭，江子城急忙忙洗了个战斗澡，不顾身上还冒着水汽，他便开始辛勤地收拾行李。几天前，他两手空空地借住在谢总家，哪想到搬走时，"谢小姐"居然慷慨地把她收集的偶像同款潮衣都送给了他，就连随便拿出的行李袋都是价值六位数的限量款。

他在"蚂蚁搬家"时，谢北望便坐在客厅的沙发上看书，那是一本很厚的英文著作，江子城瞥了一眼，发现标题上的八个单词，他只能看懂"the""and"和"for"。

江子城想同他道别，又不知怎么开口，只能先胡扯一个话题："谢总，请代我向谢小姐道声谢。"

谢北望连眼睛都没抬，淡淡应了一句："嗯。"

江子城又说："这段时间叨扰了。"

"嗯。"

"谢谢您的照顾，不仅把床分给我睡，还帮我换药。"

"嗯。"

江子城无奈，心想谢总平时教训他的时候，大道理不是一套一套的吗，怎么今天只说了三个"嗯"字？

因为一个小时之后扈哥就会来接他，江子城需要抓紧时间把行李袋收拾好，没有精力去哄总裁大人开心。

等到他终于收拾停当，时针又默默转了半圈。江子城回头一看，却见谢北望不知何时已经把手中的书合起，一双眸子像是盯着猎物那

第八章 疗伤同住

*217*

样落在他身上，也不知看了多久。

江子城两股战战，问："圣上您究竟有何吩咐？"

谢北望语带警告："记住我跟你说过的话。"

江子城茫然："哪句？"

谢北望："'不准逗英雄'那句。"

江子城心说他也没办法再逗了啊，出了私生粉袭击女主角的事情以后，剧组现在戒备森严，没有胸牌的人不得靠近，所有群演都要核实身份。

他敷衍接话："臣遵旨。"

没承想谢北望居然陪他演了下去，严肃警告他："你最好'遵旨'。如果再那么冲动，朕就拿你……"

"拿我狗命？"

谢北望挑了挑眉："知道就好。"

"嘁。"

江子城脚底抹油，赶快跑了。

江子城风风光光回归剧组，可惜剧组上下愁云惨淡，从导演到场记，都像是中了负面 buff（魔法），气氛极为压抑。

那天周满宇发了一条公告，撇清了和安雯的关系，他并没有提前和安雯商量，此举简直是狠狠打了她一巴掌。

要知道《拜托了吹风机》就是专门为这对流量小情侣量身打造的，本来想等到电影上映后便顺势宣布交往消息，哪想到电影还未拍完，两位男女主演的关系就坠入了冰窟。

江子城复工第一天是和安雯搭戏。周满宇直接避开了他们两人，带着他的专属摄影师，跑去 B 组拍个人戏。

安雯见到许久未见的朋友，很开心地冲他打招呼："江哥，你回来啦？脚怎么样，猪蹄汤有没有效果？"

江子城说："你别笑啦，眼皮肿成这样，好丑的。"

原本还强颜欢笑的安雯立即枯萎了下来，蔫蔫地道："这段时间我加起来睡了不到十个小时，好几次是哭着醒过来的。"

她只是个刚刚二十岁的小姑娘，第一次恋爱就要挑战这么高难度的关卡，等待她的 boss 不是一个两个，而是男方的上千万粉丝。

安雯说："谈恋爱怎么这么累呢？为什么就不能开开心心的白头到老呢？"

江子城没有谈过恋爱，实在没办法解答她的问题。

安雯："就算没有谈过恋爱，你上学时总有过暗恋吧？"

江子城继续摇头。

安雯惊叹："哇，你这是什么纯情少女人设，太诱人了吧。"

江子城竟无言以对。他从小就长得俊秀，但偏偏晚熟，初中、高中时，他情书收到手软，他嫌麻烦，干脆打印出来五十份"拒绝信"，内容也很委婉——"谢谢你喜欢我，我也很喜欢我自己"。谁向他告白，他就发给谁一张。

后来五十份不够用，他又加印了一百份。发不完的拒绝信都被他带进了大学校门，护佑他一路单身到现在。

安雯在等候上戏时，乖乖坐在旁边的椅子上，捧着保温壶喝汤。江子城鼻子动了动，问："今天你没喝猪蹄汤？"

"没有。"安雯答，"经纪人说我的胸够大了，就是脑还不够大，让我不要再喝猪蹄汤，改喝猪肝汤。"她歪歪头，"奇怪，猪肝又不补脑，为什么要喝猪肝汤。"

江子城："因为猪肝明目……"

这是在变相地说安雯眼瞎，经纪人让她擦亮眼睛，去看看别的好男人，不要再在周满宇这棵歪脖树上吊死。


一上午的拍摄终于结束，中午江子城回到了他的专用休息室里休息。

门关好，屋内只剩下他和两位助理，都是自己人，说话终于不需要顾虑那么多了。双胞胎兄弟这段时间积攒了无数八卦，两人配合默契，就像是讲相声一样，把江子城逗得直乐。

江子城问："对了，安雯身边那个'算命'助理呢？我今天一整天都没有见到她。"

Kevin 说："哦，她被安老师炒鱿鱼了。"

江子城表示不敢相信。

Kevin："前天安老师和周老师大吵一架后，跑去让算命助理算一算他们俩什么时候能和好。"

Tony："算命助理说：'我不用算都知道，你和那龟孙迟早得分手'。"

江子城吓了一跳："这么硬核？"

他还以为那个算命助理是个佛系女子，哪想到真实身份是个斗战胜佛。

Kevin："安老师气得直掉眼泪，就把算命助理给炒了。不过经纪人特别欣赏她，给她办了停薪留职，还许诺说等到安老师分手后，就把她请回来继续坐镇。"

这么说来，安雯身边所有人都不看好这段恋情，只有她一个人如飞蛾扑火一般，死死扒住周满宇不放。真奇怪，她是被下了蛊吗？

算了算了，闲话休提，还是吃饭要紧。

Kevin 和 Tony 两人拿出一只足有五层高的餐盒，从里面掏出无数小盒子，满满摆了一桌。

江子城向来都是吃剧组盒饭，没想到今天居然有小灶可以吃。

他只尝了一口，就断定："这是御膳吧？"

Kevin："啊？"

江子城："咳咳，我是说，这是谢总家的家政阿姨做的吧？"

他在谢北望家连续吃了好几天，这个家政阿姨做饭挺好吃的，只是她习惯用姜末炝锅而不是蒜末炝锅，所以江子城一尝便尝出来了。

Tony 说："啊江哥你的舌头好厉害，这确实是谢总让人送过来的。谢总说你脚伤刚好，需要补补身体。"

Kevin："对了，谢总还说，猪蹄汤嘌呤高，以后不要喝了。"

这顿饭江子城吃得又开心又纠结,他实在不愿深想,为什么谢北望会这么关心他。

不行,他必须尽快找个机会再和谢北望对视一次,希望这次能够看清谢北望和自己的"未来"吧。

江子城扮演的角色的戏份大多集中在室内,剧情就是很普通的办公室日常。

有一幕是安雯在档案室里拿东西,架子顶部的东西太高,她够不到。就在她拼命踮起脚尖之时,江子城贴近她的后背,把她整个人罩在怀中,伸手帮她取下了档案袋。

这一幕十分经典,就是因为这次出手相助,女主角才会对男上司芳心暗许。

拍完后,两人凑到监视器前看效果。小小的屏幕里,江子城帅气俊美,安雯娇俏可爱,打光朦胧,效果很是唯美。

就连导演都说:"小江、小安,这段拍得很不错,还挺有 CP 感的。"

这话并不是客套。安雯的演技虽然差一些,但胜在清新自然,而江子城的演技是被威尼斯国际电影节认证过的,演这种偶像电影实属大材小用,只拿出五分力,就能轻轻松松把安雯引入戏里。

只是他和她并不是戏中的官配 CP,江子城并不想被牵扯到男女主演的旋涡里,他打起太极:"导演,这话可不能乱说。戏里我就是个炮灰;戏外,我一直把安雯当亲妹妹。"

安雯也说:"是啊是啊,我也一直把江子城当亲姐姐。"

江子城疑问的一败。

安雯:"嘿嘿嘿,口误,口误。"

三人正聊着天,忽然场务匆匆赶来,伏在导演耳边说了些什么。

导演脸色瞬间风云变幻,没控制住音量,大吼出声:"这种事可不能乱开玩笑!"

场务苦着脸:"导演,是真的,编剧和制片人都到了,现在就等您过去开会了。"

就在他身后不远处，安雯的经纪人和扈哥同样面色凝重地站在那里，低声讨论着什么。

江子城心里像是有小猴子在挠，他凑过去打听："扈哥，出什么事了，你们脸色怎么这么难看？"

扈哥没有直接回答他，而是敷衍道："大人谈事，小孩不要插嘴。"

三位"大人"行色匆匆地走了，留下两个"小朋友"坐在片场外的椅子上面面相觑。

安雯心里很是不安，迷茫地问："江哥，究竟能出什么大事啊，戏都不拍了，居然把导演和咱俩的经纪人都叫走了。"

江子城心里隐隐有了猜测，但他看安雯一副可怜样儿，实在没忍心说出来。

就在他们安静休息时，一个慈厚的男声在身后响起。

"安老师，江老师，不好意思打扰你们了。"说话的人是个四十多岁的中年男人，身宽体胖，一脸和气模样。他胸口挂着一个工作牌，上面印着三个大字："司机组"。

剧组设备多、人多，转场时都会雇佣车队搬运设备，有些大剧组甚至能有上百辆转运车。《拜托了吹风机》是情感都市电影，布景简单，司机组的人数不多，都是熟面孔。

圆脸司机身后跟着一个年轻小姑娘，一脸稚嫩，看样子还不到二十岁。她穿着宅 Tee 配短裙，一双眼睛着迷地望着江子城。当江子城看过来时，她就像是一只突然点亮的电灯泡，脸唰一下红了。

司机客气地说："两位老师，这是我老家来的外甥女，特别喜欢您二位，能不能麻烦两位老师给她签个名？"

这种事情不算少见，剧组的工作人员有时候会带朋友来"见世面"，求个签名合影之类的。

这还是江子城在威尼斯得奖归来后头一次面对自己的粉丝，他忙说："可以可以，没问题的。"

小姑娘眼睛一亮，赶忙从包包里掏出了几张提前准备好的照片。江子城翻了翻，大多是他在威尼斯红毯上的照片。

小姑娘小声道："江老师，我同学知道我能来看你，都托我要签名，所以数量有点多……"

江子城："没关系没关系，刚好我现在有空。"

小姑娘开心地露出了八颗牙齿。

她又转向安雯，殷切地问："那安老师，您……"

安雯却令人意外地拒绝了："抱歉，我的经纪公司不允许我私下给粉丝签名。"

小姑娘一听，脸上顿时露出了失望的神色。

江子城有些讶异，之前安雯也给过其他人签名，怎么现在又说不行了呢？

江子城不想让粉丝失望，忙打圆场转移了话题，问她："小妹妹，照片用不用写 to 签？"

小姑娘果然不再纠结于此，立即兴奋点头："要要要，江老师谢谢您！"

她拿出手机打开记事本，上面密密麻麻记了十几个人名，有中文名有英文名还有火星文，江子城没想到工作量这么大，抄写得异常辛苦。

他签名时，小姑娘站在旁边殷勤地给他扇扇子，眼睛里冒着无数小星星。

安雯侧头看了一会儿，忽然开口攀谈起来："小妹妹，你多大了？"

小姑娘的心神都凝在江子城身上，安雯问什么，她就答什么："十八。"

"上大学了？"

"大一。"

"哪里人呀？"

"本地的。"

"家里就你一个孩子吗？"

"对，独生女。"

"有没有男朋友呀？"

"没、没有。"

"哦——"安雯嫣然一笑，"看来你爸妈很宠你啊，从黄牛手里买入场工作证，很贵吧？"

小姑娘想都没想，脱口而出："不贵，我们十二个人平摊五千，很值的！"

正在签名的江子城一愣，签名笔在照片上画出长长一道痕迹。

安雯不说话，只静静看着他们。

Kevin 和 Tony 兄弟俩立即反应过来，一拥而上，把想要溜走的司机摁住了。再看小姑娘，早就吓得满眼泪花，坐倒在地。

江子城看看手里的签名照，不知是该扔了，还是该签完。刚刚他还开心于自己有真爱粉了，没想到转眼就被现实狠狠打脸。

安雯蹲下身，掏出手绢给她擦眼泪："小妹妹，每个人都有追星的权利，但是明星也有不被粉丝打扰私生活的权利。"

小姑娘哭着道歉："对、对不起……我就是太喜欢你们了。"

"这里是片场，我们在工作。如果你真的喜欢我们，欢迎你加入后援会，通过正规渠道来探班，而不是通过黄牛，买通工作人员来接近我们。"

哭得直打嗝的小姑娘被工作人员遣送出了片场，她拿过来的签名照江子城并没有还给她。

望着她离开的背影，江子城满心复杂，不知从何说起。

安雯得意地一叉腰，问他："江哥，是不是对我刮目相看了？"

江子城点了点头。一直以来，他都把安雯当作一个傻乎乎的小妹妹，觉得她空有美貌，又不够聪明，才会被渣男耍得团团转。没想到今天她居然能一眼识别出真相，还能对私生粉讲出那么一串情深意切的道理。

果然，做一个优秀的流量艺人不比做个低调的实力演员容易。

安雯在踏踏实实工作，同组的另一位流量艺人却在使劲"作"。

扈哥被叫去开了两个小时的会，回来后表情极为复杂。

休息室里，扈哥望着江子城："子城，有没有人说过你运气很好？"

"我从出道第一天运气就很好啊！"江子城掰着手指头算，"我参演的所有电视剧都会火；拍的第一部电影就得了金狮奖；我前东家被瑞慈收购……你不知道有多少人在嫉妒我呢！"

扈哥说："那好吧，我再告诉你一个好消息，让你开心开心。"

江子城："你说。"

"周满宇要加戏。"

江子城满头雾水："男主角要加戏，这算什么好消息？"

就像之前扈哥说过的那样，国内剧组很多都是"钱本位"，带资进组、带话题进组、带流量进组的演员都有资格对剧本指手画脚，增加或删除自己的戏份。而加戏删戏的理由更是千奇百怪，江子城听过最扯的一个理由是演员嫌弃天冷，不愿意拍外景。

扈哥："他不是要加男主的戏，而是要加男配的戏。"

江子城："等等，哪个男配？"

扈哥怜悯地看着他。

这是什么旷世出奇的骚操作，一番男主角居然要给他这个客串演员加戏，他转性要做活雷锋吗？

扈哥："事出有因，美国名导威廉姆现在正在筹备的那部灾难片你知道吧？新电影里缺少一个黄种人角色，周满宇和一名日本艺人同时竞争，本来定的那位日本艺人，合约都签了，结果不知什么原因要退组。剧组开拍在即，只能退而求其次选了周满宇，剧组要求他十天后飞到美国，做拍摄前的封闭训练。"

周满宇自然不愿放过这个踏上国际舞台的大好机会，两相比较，《拜托了吹风机》这种都市恋爱电影太上不得台面了。

江子城明白了："因为周满宇不能继续拍摄，所以要求编剧增加我的戏份？可、可这部电影不是为他和安雯定制的吗，要是说改就改……"

扈哥说："他俩要是能分手，难道不是大快人心的完美结局吗？"

"也、也是啊。"

这天下戏后，江子城没忍住在朋友圈发了一张自拍照。

江子城：转发这个江子城，你啥都不用干就能吃到天降馅饼。

【照片】

刚点击发送，"谢小姐"的微信就蹦了出来。

谢：看到你朋友圈了，发生什么好事了？

江子城正愁没人可以讲，十指飞快，唰唰唰唰唰就把整件事复述完毕。

谢：所以你会和女主角有更多的感情互动？

是江子城不是江城子：那是肯定啊。

是江子城不是江城子：我是演员嘛，拍拍吻戏啊感情戏啊很正常的。等到电影正式上映后，为了造势，宣传人员肯定会炒一炒CP。

谢：拍戏可以。

谢：炒CP不行。

是江子城不是江城子：为什么？

谢：公司规定。

是江子城不是江城子：谢小姐，你记错了，瑞慈的规定是三十岁以下的艺人不能谈恋爱。

谢：不，是三十岁以下不能炒CP。

江子城一脸蒙，转头问扈哥："扈哥，咱公司有三十岁以下的艺人不能炒CP的规定吗？"

扈哥正忙着看新发过来的合同，头也不抬地答："谁说的？听他放屁。"

唔……还是不要告诉扈哥，是谢小姐在放屁了。

周满宇因为档期问题突然要求改戏，硬是把江子城从客串出演提到男二号的位置。这对于江子城而言是天上掉下来的馅饼，而对于安雯来说，却宛如穿肠毒药，还是男朋友亲手喂下去的！

当江子城回到酒店时，两人已经吵得不可开交了。

周满宇的房间门没有关紧，女生委屈的抽泣声、男人烦躁的争吵声，清晰地传遍了整个走廊。

还好这层楼的所有房间都被剧组包了下来，不会有外人出现，要不然身为一线流量的男女主演在深夜大吵的花边新闻，明天就会空降所有娱乐圈公众号。

只听男声道："你又怎么了？"

"你还想让我怎么做？"

"你到底有完没完？"

"你要这么想，我也没有办法。"

"你们女人能不能讲点道理？"

"行行行，算我错，行了吧？"

江子城目瞪口呆，心想这究竟是什么行走的渣男语言集合器啊！这种弱智言论，现在三千块钱一集的网剧枪手编剧都不会写了好嘛！

真正的道歉，应该是发自内心地认识到自己的错误，而不是每一个字都在推卸责任。

房间内的安雯突然爆发出一声巨大的哭嚎，转身冲出了大门，只见她满脸泪花，眼影都哭花了，好在眼线依旧屹立。

周满宇追在她身后，在走廊上拦住了她。

他振振有词道："安雯，这是美国导演！这是好莱坞电影！你也是艺人，你会不知道这个资源有多重要？你要是真的爱我，就不会这么自私，硬要我留下陪你拍这种过家家的电影！"

安雯气得浑身颤抖，泪眼蒙眬地看着他："周满宇！这话我还给你！你要是真的爱我，就不会对粉丝撒谎，否认我和你的关系！"

周满宇抢话："我……"

"周老师，打扰一下。"在旁边看了半天戏的江子城忽然凑了过去，打断了他们俩之间的争吵。

他们这才发现走廊上还有外人，皆是一惊。尤其是安雯，她和江子城关系好，不愿意让朋友看到自己的狼狈模样，赶忙转过身去擦眼泪。

周满宇皱眉看着江子城，他咖位比江子城大很多，在各方面都完全碾压江子城。然而他们是同剧组的同事，周满宇卸下的重担还需要江子城挑上，他只能强迫自己露出一个久经训练的笑容。

周满宇："江老师，有什么事吗？"

江子城微笑："你脸上有脏东西。"

周满宇下意识伸手摸脸。

江子城："不是这边，是那边。"

周满宇的手继续在脸上乱摸。

江子城说："周老师，你越擦越脏了。你别动，我帮你弄干净。"说着，江子城伸手向着周满宇的鼻梁探去。

江子城的手指轻轻碰到周满宇的眼角，周满宇条件反射地抬眼看向了江子城的方向。

江子城的瞳仁是深棕色的，如一潭秋水，波光粼粼。和他对过戏的演员都说，他的眼睛仿佛带着魔力，视线碰撞后，没人舍得挪开。

江子城迎上这位流量小生的目光，露出了一个和善的、毫无攻击性的微笑。

十、九、八、七……三、二、一！

预知能力发动！

浓雾如烟般浸透了江子城的意识世界，然而这些浓雾却没有如往常一样很快散去，而是变成了更浓厚、更呛人的一股味道。那是一种很奇特的臭味，有点像是熏艾灸，却让人刚一闻到就心生厌恶。

这是一间光线阴暗的酒店客房，所有窗帘都拉了起来，只留下床头的一小盏灯光。沙发和地毯上乱七八糟地堆满了衣服、酒瓶还有剧本，而周满宇就坐在那些东西之间，眼睛半合半睁，脸上一会儿是狂喜，一会儿又布满阴霾。

在周满宇对面，经纪人一脸震惊地站在那里，吃惊地问："咳……咳咳咳！满宇，你怎么能……"

周满宇懒洋洋地掀开眼皮看了看他，那张被无数粉丝疯狂迷恋的俊脸上满满都是扭曲的快意。

"我怎么了？我不想再被那群白佬嘲笑口音了，我熬夜背台词，抽点'这玩意'提提神而已。"

经纪人急急地说："可、可你也不应该碰这种东西啊！"

"你也不想我在镜头前表现不佳，再被威廉姆导演骂到狗血淋头吧？"周满宇懒懒笑了一声，烟雾缭绕间，他的笑容也越发模糊，"放轻松。这里是美国，这里是加州，这些东西……是合法的。"

江子城把视线从周满宇的身上挪开，在他预知到的未来里，周满宇自甘堕落的模样实在令人作呕。

那种东西，沾一次便会有第二次。以江子城对他的了解，他在国外碰过后，难道回到国内就能老实了吗？

不可能。

从他沾上那东西的第一秒开始，他的艺人生涯就进入了倒数计时。

想到这里，江子城忽然庆幸他现在用这种决绝的方式伤了安雯的心，若是他们能够就此分手，那就再好不过了。

他拍了拍安雯的后背，小声劝她："酒店里人多眼杂，不要在这里吵，回去休息吧。"

安雯垂着头，恹恹地跟着他走。

"等等！"身后的周满宇忽然出声。

安雯停住脚步，愁云满布的脸上闪过一丝期待。

可周满宇嘴里吐出的并不是她想听的内容："雯雯，你是个好女孩。可是咱们继续在一起只能让彼此伤心。我看咱们还是分开一段时间，冷静冷静吧。"

"周满宇！"安雯猛地回过头，眼泪汹涌而出，可她眼里面再没有一丝爱意，"冷静？我看你不如直接去停尸房冷冻！"

"你……"

"你记住了，是我安雯甩的你！"她用手背抹掉眼泪，即使哭到鼻尖通红，她也绝不会心软了，"还有，你不是爱轧戏、爱改戏吗？这次你也尝尝被人改戏的滋味吧！"

三天后，编剧组加班加点改出来的全新剧本，热腾腾地放到了江子城面前。

江子城立即翻到结局——果然，结尾安雯和周满宇这对男女主角历经无数分歧，最终道道扬镳。而在故事结尾，女主徘徊在雨中街头，蓦然回首，举着雨伞出现在她面前的，正是曾经拒绝过她的男上司！

江子城："不是说把我从客串演员提到男二号吗？"

扈哥："对啊。"

江子城："可我这个男二号怎么比男主角戏份还多？"

扈哥："哎呀。看破不说破，给周满宇留几分面子嘛。"

妈呀，头疼。

江子城又问："戏改动这么大，周满宇没有意见？"

"他能有什么意见？美国那边催着他飞过去参加封闭训练，他在国内留的拍摄时间不够，只能砍镜头；再说，估计他对安雯存了几分愧疚吧，想补偿补偿她，自然就随她改了。"

然而渣男的愧疚又有什么用呢？就算让他把心拿出来给她看，掏出来的也是一堆豆腐渣而已。

江子城翻了翻剧本，奇怪地问："改都改了，干吗不干脆让女主角和男二号在一起，非要做这种开放式结局？明明'霸道上司爱上我'的剧情更吃香啊。"

"呃……说起这个嘛。"扈哥咳嗽两声，"因为你的戏份比重大大上升，电影的投资比例也进行了进一步调整。咱们瑞慈娱乐正式入股了这部电影，现在这个剧本结尾也有咱们公司的手笔。"

江子城听得满头雾水："所以呢？"

"上面说，改戏可以，但是最终结尾你不能和女主角在一起。"

"为什么？"

"安雯是国民话题度极高的小花。若是电影结尾你和安雯终成眷属，你们俩势必要捆在一起炒CP。可是你们两人的咖位相差太多，黑粉们肯定会说你抱大腿、吸血、借机上位等等。"扈哥解释。

江子城的定位是演员路线，而不是流量路线。对于现阶段的他来讲，炒CP弊大于利。

江子城："等等！扈哥，你前天不是这么说的啊？"

扈哥："哦？我前天是怎么说的？"

"你说咱们公司没有三十岁以下的艺人不能炒CP的规定。"

扈哥推了推金边眼镜："哦，我在放屁。"

第九章

# 看，是烟花

新剧本敲定后，周满宇赶在五天之内迅速拍完了新增的戏份，好在他之前已经按照原剧本拍了不少素材，拼拼剪剪之后，也能撑满一整部电影。

在此期间，江子城一直在 B 组拍个人戏。他敬业又认真，一条条拍得又快又好，从来不拖进度。整个 B 组，上到导演、下到场记都非常喜欢他，刚开始还有些生疏地叫他"江老师"，不知不觉就改成了更亲昵的"小江老师"。

周满宇杀青离组那天恨不得昭告天下。他先是发了一条微博，"和戏里的角色告别"；又买了不少通稿铺全网，告诉大家他三天后就要飞抵美国为好莱坞商业大片做入组前的封闭特训。粉丝们连连称赞他敬业、劳模，希望他多多注意身体，不要太过操劳。

就在男主演离组的第二天，安雯的官方后援团敲锣打鼓地来探班了。

江子城被那阵势吓了一跳。

茶歇台摆在休息区，奶茶、甜点、水果、能量棒不限量供应，午饭更是近段时间吃过最丰盛的一次。所有主要演员和核心工作人员都收到了一份贴心应援礼。

江子城身为男二号，被四五个前线炮姐围着，叽叽喳喳地说："江老师，谢谢你照顾我们雯雯呀。"

等到了晚上，粉丝直接在片场外放起了鞭炮，幸亏这里是郊外，没人会管。

江子城："这是过节呢吧？"

Kevin 立即奉上新鲜出炉的八卦："对于粉丝来说，和过节差不多了。"

与其他流量小花不同，安雯的女粉丝非常多。这些女粉丝都和安雯差不多大，偏偏张口闭口都管她叫"女儿"，一个个疼她疼得不行。

Tony 点评："真是了不起，她们自己都是九〇后，居然有个九五后的女儿了！"

官方后援团的核心"妈妈"们隐隐约约知道安雯和周满宇在谈恋爱，那感觉就像是看到自己家辛辛苦苦种的好白菜被猪拱了！她们不同意这门亲事！男人都是大猪蹄子，哪里配得上自己女儿！现在大猪蹄子终于滚蛋了，"妈妈"们兴奋非常，于是热热闹闹地跑来庆祝。

听说她们还订了一个条幅，上书"恭喜安小姐回归单身"，本来想挂在休息室里，被安雯的经纪人拦下了。

江子城内心有无数槽想吐又不好吐，只能默默拍了一张粉丝放鞭炮的照片，发到了朋友圈里。

**江子城：别人家的粉丝真了不起……应援居然放鞭炮……**

没想到几分钟之后，他就收到了"谢小姐"的微信。

**谢：你喜欢烟花吗？**
**是江子城不是江城子：啊？**
**谢：烟花，喜欢吗？**

江子城想了想，这世上会有人不喜欢烟花吗？绚烂多彩的烟花攀上夜空，随着一声巨响，在天际炸开。夺目的光辉照亮夜空，紫色的、蓝色的、粉色的、黄色的花朵在天空绽放，又化为无数星辰，唤醒沉睡的土地。

> 是江子城不是江城子：喜欢啊。
>
> 是江子城不是江城子：小时候，我最盼望过春节了。
>
> 是江子城不是江城子：别的小朋友是为了能拿红包，可我不是。
>
> 是江子城不是江城子：我是希望能看到烟花。

小时候江子城傻乎乎的，他看的电视剧里，每当大侠受了伤，就会从怀里掏出一只"信号弹"点燃，很快就会有同伴来接应他。

小江子城想，如果我也点燃"信号弹"，是不是我的氪星同伴就会来接我呢？

可是宇宙那么大，氪星那么远，区区鞭炮根本无法吸引氪星人的视线。

唯有每年过春节时，全城的夜空都被烟花点燃，它们拖着长长的尾巴攀上夜空，与星星比肩，然后轰然炸开，如一朵盛放的花朵，击退黑暗，照亮每一个人脸上的笑容。

小江子城想，这样一来，氪星人一定能注意到被他们"不小心"落在地球上的自己了吧？

于是每年除夕，小江子城都会拉着爸妈的手去看烟花大会。

他要站在盛开的烟花之下，他要站在最亮最美的地方，等待着那些与他一样有着"超能力"的同伴，把他从孤单中拯救出来。

他再也不需要一个人承担拯救地球的重任，再也不需要向别人隐藏自己的秘密。

> 是江子城不是江城子：小时候我看过很多次烟花。
>
> 是江子城不是江城子：长大就没再看过了。
>
> 谢：为什么？不喜欢了？
>
> 是江子城不是江城子：不是。

谢：没人陪你看？

是江子城不是江城子：也不是。

谢：那是为什么？

是江子城不是江城子：因为五环以里被定为禁放区了。

江子城抱着手机一头栽进枕头里，"嘎嘎嘎"地乐了起来。

三天后，Tony 举着手机匆匆来找扈哥。

"扈哥扈哥，江哥的官方粉丝会说要做探班应援，可以吗？"

江子城受宠若惊，他出道两年多一直不红，后援团规模很小，来来去去就那么几百个人。他在横店拍戏时也有粉丝来探过班，但都是三五个人的"散兵游勇"，和他说几句话、拍几张照片就离开了。

谁承想从威尼斯回来后，短短三个月他接连上了几次热搜，后援团规模慢慢扩大，现在居然有正规的探班应援了！

扈哥说："可以，当然没问题，具体时间和剧组商量一下，不能打扰剧组正常的拍摄任务。"

很快，粉丝会的探班时间敲定在本周六。毕竟粉丝们还要工作、上学，选个休息日更方便大家一同活动。

为了照顾探班的粉丝，这天的拍摄任务不算重，大多是室外戏，内容相对简单。江子城的粉丝们一早就到达了片场外，忙碌地准备起应援礼来。

这次来探班的粉丝都是女孩子，领头的几个都是熟面孔，之前江子城还不红时，她们就是他粉丝后援团的核心成员了。现在江子城的名气越来越大，她们也荣升为"元老级"人物。

江子城对其中一个短头发的女生印象很深。她曾经是他的"站姐"，每次接机时，她都会扛着长焦镜头来找他。只是这个站姐中间消失了半年多，没想到今天又见到了。

江子城主动同她打招呼："我记得你，你开了个私人图博对吧？"

短发女生兴奋地涨红了脸，其他几个人一脸艳羡地看着她。身为粉丝，能让正主记住，这是多么荣耀的一件事啊。

江子城打趣她："你之前消失了那么久，是不是爬墙（指去喜欢别的偶像）了？"

其实江子城对粉丝爬墙的事情看得很开。粉丝对偶像的迷恋其实和"爱情"很像，有人的爱浓烈而短暂，有人的爱轻柔却绵长。演员毕竟是拿作品说话，你若没有拿得出手的作品，粉丝对你的一时迷恋很容易就消散了。等到你用新作重新定义了自己，那些曾经离开的粉丝又会回来。

没想到那个短发女生连连摇头，大声说："才不是呢！我之前是去考研了！"一边说着，她一边啪啪按快门。

其他几个粉丝元老你一言我一语地说起来："江江，你自信一点呀！"

"你演技很好的，我们才不会爬墙呢！"

"我是有几个小墙头，但你是正宫！"

"你这么棒，我们想安利给全世界看！"

"子城，我们后援团会陪你走下去，看你登顶，成为最耀眼的星星！"

江子城被这些扑面而来的爱语砸得晕头转向，深埋在心中的最后一点不自信终于被碾碎了。

他宣布，他有着世界上最可爱的粉丝，而他要做配得上她们喜欢的演员！

上午拍摄时，几十名粉丝安安静静地站在片场外围，围观了剧组的日常拍摄。大家都表现得很乖很安静，江子城自掏腰包，让Kevin 和 Tony 去订了五十杯零零熙奶茶请她们喝。

粉丝们也用更丰厚的礼物回馈了他——这次粉丝后援会的应援比安雯那次还要盛大！午餐直接包了五星级酒店的外送服务，几位主创的礼物都是特别定制的，就连扈哥和双胞胎兄弟都收到了价值数千元的奢侈品牌钥匙扣。

江子城赶忙把粉丝会的元老们叫到面前，虎着脸问："你们几个小姑娘到底是怎么回事？你们才工作多久啊，这些礼物太贵重了，是不是集资了？下次不准再送了。"

小姑娘们彼此看看，神神秘秘地说："真没集资——有个神秘大佬空降后援团，一天就砸了几十万！我们几个只花钱买了几束花、几箱水果，做了一些手幅易拉宝的应援而已。"

江子城见她们说得信誓旦旦，问："那位大佬呢？他来了吗？"

"没来。"粉丝会会长摇头，"他说他工作忙，只负责出钱。"

"咦……"江子城怪不好意思的，"那她叫什么名字，我给她写个 to 签吧？"

粉丝会会长说："我特地问过他了，我问他要不要你的亲笔签名，他说不需要。"

江子城："这太佛系追星了吧。"

"我觉得他不是佛系，佛很穷的。"

粉丝会会长："不过他有个很特别的礼物要送给你，只是现在不能给，晚上才能看到。"

江子城的好奇心完全被勾了起来，这位神秘有钱大佬究竟会给他准备什么样的礼物呢？

这天下午的戏份，导演特地安排了一些女主角和男二号的对手戏。因为剧本重新修改过，拍摄也不是按照剧本顺序来的，今天的戏份中，两人之间还没有暧昧，女主角对男上司充满敬畏，而男上司则用冷酷和严厉掩藏内心的关心。

虽然江子城私底下风趣幽默，很是接地气，但只要镜头一开机，他立即就进入到角色中，化身成那个不近人情的冷酷男上司，一个眼神扫过，就让女主吓成小母鸡。

粉丝们激动地两眼放光，偷偷举起手机来拍。

扈哥拦住她们："剧组的录制内容是不可以拍照的，涉及剧透，不能外传。"

粉丝会会长撒娇："经纪人哥哥通融一下嘛。我们是拍给群里的神秘大佬的，他工作忙来不了，就让我们多多拍照，发给他看。"

扈哥也听说了那个出手就是几十万的神秘氪金玩家，他想了想，还是同意了："可以给他看，但是不能公开发到微博上。"

粉丝会会长比了个 OK 手势："放心吧，这位大佬特别低调，不玩微博不混粉圈，除了安静花钱以外什么都不做。"

扈哥带过那么多艺人，作妖的粉头见过不少，可这么佛系的还真少见。

就连谢盈盈那种千金大小姐给韩国欧巴应援，也是存了"想让偶像认识自己"的私心，那这位氪金大佬，求的是什么呢？

拍摄间隙，江子城和安雯坐在椅子上休息，她身边足足八位助理围着她转。

江子城注意到之前那位被安雯开除的算命助理又悄无声息地回来了。

江子城因为身负异能，所以他对这世上的很多灵异事件都抱着"宁可信其有不可信其无"的态度，尤其上次她算准了片场的意外事故，这让江子城对她更是敬畏有加。

他同她打了声招呼，笑笑说："这么快又见面了。"

算命助理说："不是我想回来，是安雯半夜哭着给我打电话，问我诅咒男人阳痿有几种方法。"

安雯红着脸拦她："哎、哎呀，这你就不要乱说啦！"

江子城好奇地问："安雯和周满宇恋爱之前，你就没给他们算一卦吗？"

"算了啊。"算命助理双手抱胸，抠着指甲说，"我早就跟她说他们不是一路人，未来必定要分手，而且分得异常惨烈。可她不听啊，有什么办法？"

江子城十分惊讶。

他看向安雯，不明白她为什么会这么执拗。

安雯扬起下巴，坦荡地说："因为我喜欢他。"

江子城失语："这也太草率了。"

谁的小眼睛还没看影帝

"江老师，你这话就不对了呀。就算未来已经注定，就算我会受伤害，可那又和'现在'有什么关系呢？

"这世上又有几对爱侣可以顺利走到最后？正是因为未来注定分开，才要尽情享受每一分每一秒的爱。这样即使分开，我至少拥有过、感受过、幸福过。我虽然和周满宇分手了，也确实很伤心，可他曾经带给我的快乐是真的啊。"

她说话时，整个人仿佛发着光一样。她反问江子城："你呢，江老师，如果你是我，如果你明知某件事情的结局不会好，你还会因为热爱，而把感情投入进去吗？"

江子城愣住了。

他发现，他对面前这个女孩的认识太浅薄了。初见面时，他觉得她只是个幼稚的流量明星，坐拥粉丝的喜爱，但实质上只是个小女孩。但是随着接触加深，她一次又一次地打破了他对她的成见。

她热情奔放，又对自己的人生有着超乎寻常的成熟见解。

和她相比，江子城的心底难免升起了一种自惭形秽的感觉。

因为，自小到大，他不知用过多少次预知能力趋利避害。

通过预知，他读书时躲过了会欺负人的校园霸王，毕业后躲过了烂剧，拍摄时躲过了对他图谋不轨的制作人……他是个再普通不过的胆小鬼，每当他看到未来对自己有任何不利的事情，他就会远远避开，避免自己受到伤害。

可是现在，有一个声音告诉他，即使未来已经"确定"，他也可以去大胆选择。

难道……他要做一辈子的懦夫吗？

冬天黑得早，七点不到，夜幕已经降临。

入夜后，剧组又拍了几组夜间镜头，很快就结束了一天的拍摄。

探班的粉丝们在剧组外整整等了一天，江子城下戏后匆匆去见她们，心疼地说："现在天气多冷啊，我让助理在附近包了餐厅，你们赶快去吃点饭菜，暖和暖和吧。"

哪想到粉丝们同时摇摇头，齐声说：“哥哥，还有个很重要的礼物没有送给你。”

“什么礼……”江子城还未说完，原本跟在他身后的双胞胎助理突然拿出一条黑布，遮住了他的眼睛！

骤然陷入黑暗，江子城虽然诧异但是并不惊慌。他哭笑不得地问：“喂喂，你们这是要绑架我吗？”

“抱歉江哥，你就跟我们走一趟吧。”

江子城就这样被他的粉丝和助理联合“绑架”了。他一路上几乎脚不沾地，被“运送”出了片场。

当眼睛被遮住后，其他的感官反而更清晰了起来。他能敏锐地捕捉到周围人的笑声，还能大概估量走了多远的路。他想，既然是粉丝送给他的礼物，那就安安心心地享受吧。

这趟路途很短，江子城在黑暗中跌跌撞撞了几分钟，便到达了目的地。

他刚刚站定，绑在眼上的布条便被解开了。黑布在夜风中轻飘飘落下，露出了江子城那双透亮的深棕色眼睛。

他迷茫地左右看看，发现自己正站在远离片场的空地上，粉丝们簇拥在他身后，每个人脸上都带着相似的笑容。

“你们这是……”江子城喃喃道。

“哥哥，”粉丝会会长笑盈盈地看他，“你还记得我中午和你说过，那位神秘大佬准备了一个礼物，要到晚上才能给你吗？”

江子城当然记得。

他环顾四周，今夜微风正好，远处城市的灯光犹如落在地上的星辰。黑夜环抱着这片寂静，江子城站在人群之中，心脏的跳动声犹如潮水，在胸腔里鼓动着，一声接着一声。

某个隐隐约约、不甚清晰的猜测自心底涌现出来。

只听一声哨音穿破夜空，下一秒，犹如雷鸣般的声响在天际炸开。

是烟花！

璀璨斑斓的烟花自头顶绽放。那些娇艳的花朵争相在夜空里炫耀着自己，它们是那样美丽，即使它们的光辉稍纵即逝，但却可以在每个人的眼眸里留下深深的印记。

火树银花触目红，宝烟飞焰万花浓。

金色的星子被打碎，如大雨倾盆，坠落在地上。江子城就站在那片金色的星雨之中，扬起头，望着这场为他盛放的焰火。

这是上天许给他的星路，他等了这么多年，它们终究来到了。

突然间，又是一枚烟花升空。只是这次炸开后，出现在天际的并非一朵"花"，而是一个……颇为童稚的图形。

那是一个奇怪的"半圆形"，外面还有一圈圆圆的"腰带"，围住了那个半圆形。

这个奇妙的图形在天际停留了十秒钟，缓缓下降，就在即将接近地平线时，它又骤然消失，与它的前辈们一样，化为了遍天的星辰碎屑。

这个又萌又有趣的烟花吸引了所有人的注意力。

江子城听到双胞胎兄弟在小声嘀咕。

Kevin："刚刚那是个什么玩意啊？"

Tony："圆滚滚的还带个'腰带'，是土星吧？"

Kevin："土星是圆的，那是个半圆！"

Tony："那就是半个土星呗！"

恰在此时，江子城揣在兜里的手机震动起来，屏幕上显示着一个陌生的电话号码。

在接起电话前，他清清嗓子，蓦然发现嗓音有些沙哑。

他在隆隆的烟花声中，贴近麦克风，轻声问好。

"江子城，是我。"熟悉的男音从听筒中传出来。

江子城："嗯，我知道。"

从烟花升空的那一秒开始，江子城已经隐约猜到了送这份礼物的人究竟是谁。当这通电话响起时，他原本飘在空中的心终于彻彻底底地放下了。

男人磁性的笑声穿过电波，就在江子城的耳边响起。

江子城说："谢总，谢谢你的烟花。"

"嗯。"

"请问，是谢小姐把我喜欢烟花的事情告诉你的吗？"

谢北望没有回答，而是换了个话题，问他："烟花漂亮吗？"

"漂亮。"江子城望着被照亮的天空，喃喃说，"在瑞慈大楼的顶层，应该能看到这边的烟花吧？"

谢北望笑了："很遗憾，我没办法看到，我这里还是白天。"

江子城这才知道，原来这段时间谢北望居然出差去了国外，和他足足有十个小时的时差。

在这么忙碌的情况下，谢北望居然还分心在他的事情上，这份心意实在是太明显了。

青年一时说不出话来。

因为他不知该如何面对。

半晌，江子城故意装出一副轻松愉快的语气，谈起了另一个话题。

"对了谢总，最后那个'帽子'还挺有意思的。"

"什么帽子？"

"就是最后的那个大烟花啊，炸开之后是一个半圆加一圈腰带，不是一个'草帽'吗？"

话筒久久没有传来声音。

"难道不是帽子？"

男人深深叹了一口气，无奈道："你啊……"

笨蛋，那是 UFO 啊。

当烟花燃尽，空气中只剩下一阵挥之不去的烟火味道。

电话听筒里传来"嘟嘟"的忙音，早在数分钟之前，谢北望就被秘书叫走了。他时间宝贵，能挤出时间安排烟花、打这通越洋电话，实属不易。

江子城仰头望着重新回归黑暗的夜空，耳边听着小粉丝们叽叽喳喳的兴奋话语，觉得一颗心仿佛也跟着烟花一起，在天际飘荡。

热热闹闹的烟花大会之后，江子城包了一辆大巴车送粉丝们回城。

上车之前，大家恋恋不舍地与他拥抱合影，还有不少人送上了亲手制作的小礼物，光是手写的情书他就收了十几封。

江子城可以用打印的"好人卡"拒绝那些向他告白的女同学，但是他不会用这种方法拒绝这些向他送上诚挚爱意的粉丝。

他用双手逐一接过书信，很认真地收起来，感谢道："谢谢你们的心意，我会努力拍出更好的作品，让自己配得上你们的'喜欢'。"

粉丝会会长趁机提出要求："江江，拍戏重要，但是偶尔也可以'休闲'一下嘛。"

江子城问："怎么休闲？"

"比如……上上微博、发发自拍、拍拍杂志硬照、参加一两个综艺什么的！"

江子城哭笑不得："这算什么休闲啊，明明也是工作啊。"

"可是我们想你啊！"几十个小姑娘齐声撒娇，"你的电影半年才上一部，我们想找你的消息都找不到，你知道别家粉丝都怎么说我们吗？"

江子城："怎么说？"

"她们说我们是'守寡式追星'！"

别人家的偶像每天都有各种新闻、官方消息、花边八卦、营业发糖在全方位三百六十度轰炸，可江子城却安安静静，就连参演《拜托了吹风机》这部电影，也只是转发了一条官宣而已。

江子城被逗乐了："还挺风趣。"

江子城实在耐不住粉丝们的祈求，同意等电影杀青后，尽快接一期综艺，让大家能够多多看到他的消息。

回程的大巴车上，粉丝会会长兴奋地在核心元老群里宣布了江子城即将参演综艺的消息，群里顿时刷出了上百条消息，表情包一个连一个，不知道的人还以为她们同时疯魔了。

粉丝会会长手指不停，噼里啪啦地和大家讨论起来，核心元老群里的每个人都是江子城的真爱粉，人数不多，但都是"骨干人才"。有前线炮姐，有能剪辑会P图的后期，还有特别会吹彩虹屁写小作文的文豪，而现在，她们还多了一个氪金大佬——

咦？

粉丝会长一愣，手指在群组人员名单上迅速滑动，想要找到那位低调氪金大佬的ID账号。

可是，他消失了。

粉丝会长又往上翻了翻，果然在满屏的刷屏之中发现了一条不起眼的群公告——那位神秘的"氪金大佬"，在加入群短短三天、连砸几十万后，居然退群了！

算算退群时间，正是烟花大会之后。

她只能感叹："有钱人追星，真让人捉摸不定。"

《拜托了吹风机》拍摄进度很快，在粉丝探班之后不久，整部电影便杀青了。

剧组直接包下了一家餐厅，两百多人浩浩荡荡地杀了过去，光是啤酒就喝了几十箱。

这是江子城第一次拍摄商业电影，第一次和流量艺人合作，第一次直面私生粉，第一次从客串演员提拔到男二，第一次有大规模的粉丝探班……种种的"第一次"加起来，构成了他心中极为复杂的回忆。

杀青宴上，每个人都喝了不少。导演对他欣赏有加，这部电影差点被耍大牌的男主角连累了，若不是有江子城及时救场，这部电影的未来不会明朗。

为此，导演、摄影师、编剧等一干主创把江子城拉到了他们那桌，接连向他灌酒。

江子城喝了几瓶，实在喝不动了，赶忙求饶："您几位喝多了，别再喝啦。"

导演嘴硬："哪里喝多了？我清醒得很！"

江子城拽过他的两个大跟班助理，问导演："这是几个人？"

导演一愣，看看 Kevin，又看看 Tony，先是重重地甩甩头，然后迷茫地喃喃自语："难道真的喝多了？我怎么看到两个长得一模一样的人？"

江子城很没义气地扔下了兄弟俩，脚底抹油溜了。

安雯身为女主角，没有人敢灌她。她最近在忙着减肥，每天只能吃些生黄瓜、生西红柿之类的，看着怪可怜的。那一桌山珍海味数不胜数，她的八个助理都在大快朵颐，三百六十度环绕立体声吧嗒嘴，唯有她可怜兮兮地抱着几片生菜在啃，连酱也不能沾。

安雯招手把江子城留在了他们这桌，热情地说："江哥，咱俩合张影吧？"

江子城说："合影可以，但千万不要发到微博上。"

"为什么？"

"怕被人说炒 CP。"

安雯无所谓地说："说就说呗，我不管和哪个男艺人合作都要被八卦小报八一遍。我都不怕，你怕什么？"

"不行，真不行。"江子城严肃地说，"我们公司有规定，三十岁以下的艺人不能炒 CP。"

安雯："你们公司真是不走寻常路。"

江子城露出了一个"凑合过呗，还能离咋地"的笑容。

他这段时间渐渐琢磨出来，恐怕瑞慈的规定不是"三十岁以下的艺人不能炒 CP"，而是"三十岁以下的江姓男艺人不能炒 CP"，至于这条规定具体是谁签发的——呵，还用说吗？

# 第十章

# 综 艺 录 制

等到杀青宴之后，留给江子城休息的时间也不多了。

再过十天，他就要飞到海南去拍摄他下一部电影《怪你太可爱》。这一次他担任男主角，与他配戏的是瑞慈娱乐旗下的一位年轻女演员。

《怪你太可爱》是一部发生在复读班里的青春校园电影，讲述了普通高考生、艺考生、体育生一起追梦的励志故事。

男主角是超级学霸，人物小传上是这么描述他的：他白净俊秀，腼腆内向，酷爱多肉植物，是个书生气十足的角色，同时，他还要有腹肌！

江子城他撩开自己的衣服，低头看了看，结果只看到一片嫩生生的软肉。

他立即给经纪人打电话，问："扈哥，剧本里那段'男主角撩起上衣下摆露出腹肌'的片段能不能找个'腹肌替'？"

扈哥："呵呵，不行。"

江子城没办法，只能在网上搜索起《十天马甲线速成大法》《腹肌撕裂者》等教程，兢兢业业地按照视频努力锻炼。

结果第二天他腹肌酸到爬不起来，只能抱着暖水袋贴在肚皮上，缓解肌肉酸痛。

Tony 憨憨地问他："江哥，你是姨妈疼吗？"

不，他是头疼。

腹肌还未成型，综艺节目的邀约就到了。

因为江子城的档期很紧，扈哥这次为他找的是一档由某视频平台推出的网络综艺，叫作《欢迎来我家》。

江子城对这档综艺有所耳闻。这是给 S.T.A.R. 男团量身定做的团综，男团成员就是固定卡司，每一期他们都会带着录制组"空降"某位明星家中，揭秘明星的生活趣事。

这个团综每周一期，到现在已经有三十多期了。粉丝黏性很高，几乎每一期都会被顶上热搜，能够参与录制的都是圈内数一数二的艺人。

江子城环顾自己小小的公司宿舍：一室一厅四十平方米，住他一个人绰绰有余，可要是装整个摄制组和五名美男，那就要挤爆了！

他为难道："扈哥，这要拍的不是《欢迎来我家》，是《欢迎来狗窝》吧。"

扈哥推推眼镜，沉稳地回答："你放心，这次的拍摄场地不在你家。"

"咦，那在哪里？"


"谢总，这个综艺企划需要您批示。"

谢北望的私人飞机刚刚起飞，助理便送上了一纸文件。

几天前谢北望飞抵美国，与当地最大的付费电视台谈战略合作，时差都没有倒，便立即投入到了紧张的工作当中。他白天要参与商业谈判，晚上还要处理国内的公事，几日几夜下来，他整个人犹如一把被反复打磨的利剑，锋芒毕露。

谢北望接过助理手里的文件，草草扫了一眼。

简单来说，有一档名为《欢迎来我家》的综艺，这期把拍摄场地放在了瑞慈娱乐的办公大楼里。

推出《欢迎来我家》的视频平台前年被瑞慈娱乐收购了，这期企划是视频平台和瑞慈的公关部、市场部一同商议决定的，可以给瑞慈娱乐做一个很好的宣传。

谢北望简单看了看企划书，很快就做了决定。

"可以，但是只开放到三十层，不要让他们打扰我。"

瑞慈大楼一共有三十二层，谢北望的办公室在整栋大楼的顶层。

助理赶忙记下了。

谢北望拿起钢笔，镀金笔尖在这纸文件上留下一串潇洒的字迹。他的字就像他本人一样，刚硬、利落，力透纸背。

谢北望随口问："这期节目有咱们公司的艺人参加吗？"

"有的，是《满堂彩》的男主演江子城。"

谢北望的动作一顿，墨迹在笔尖下缓缓晕染，线条变粗了几分。

"等等。"男人收起钢笔，抬头吩咐助理，"整栋楼都开放，我的办公室也可以出镜。"

谢北望敛目，沉声道："还有，这期节目的'任务发布人'由我担当。"

助理安静了三秒，鼓起勇气提醒他："谢总，《欢迎来我家》不是那种冒险类综艺，节目里不设置'任务'，也没有'任务发布人'。"

谢北望的表情没有丝毫波动："那从这期开始就加上吧。"


《欢迎来我家》录制之前，江子城一口气恶补了五期。这个综艺走得是"吃吃喝喝玩玩聊聊"的路线，四名男团成员会去不同艺人家作客，在主人带领下参观他们的住处。

有人喜欢养宠物，专门在家里布置了一个动物园；有人喜欢收藏字画，满屋都是名家名作；有人生活简朴，退隐后住在乡下，每天日出而作、日落而息……

只是相同的套路看多了，观众们也看烦了，所以这次节目组另辟蹊径，决定让S.T.A.R.男团空降瑞慈娱乐大厦，为大家揭秘这个神奇的造星帝国。

江子城哀号一声："我连瑞慈一共有多少部门都不清楚，我怎么当个好向导啊？"

扈哥："那你就抓紧时间摸清楚。这次节目改版了,加入了'任务'系统,你除了要带领大家参观瑞慈以外,还要和他们一起完成任务。"

江子城丧到不行,"好好的休闲综艺,做什么'任务'啊。"

抱怨归抱怨,江子城拿到台本后翻了翻,发现任务设置还是很有意思的。

瑞慈娱乐总部一共设有十二个大部门,节目嘉宾通过投掷筛子,挑战不同的部门工作,谁最先完成六个部分的任务,谁就是最后的获胜者。

节目录制特地选择了一个工作日,所有人早早在瑞慈的一楼大厅集合,趁着节目组架设镜头的时候,江子城抓紧时间和S.T.A.R.组合的四位成员拉近关系。

S.T.A.R.是去年通过选秀节目出道的偶像男团,年龄集中在十八岁到二十岁之间,他们虽然年纪小,但综艺经验丰富,不像江子城在镜头前束手束脚的。

他们同时鞠躬,大声问好,气势十足:"江哥好!我们是S.T.A.R.男团!"

四个人依次做了自我介绍,S.T.A.R.男团的名字取自四个人的姓氏首字母,江子城记得晕晕乎乎的,在心里默默给他们取了外号,和他们彼此的发色服饰对应上,这样就不会记混了。

八点半,一切准备就绪,节目正式开始录制。

小男生们活泼自然的在镜头前和观众们打招呼,铺垫完后,他们又把江子城请出来,作为本期的特别嘉宾。

他们面前正对着七台黑黝黝的摄像机,其中五台摄像机由followPD(跟镜导演)操控,捕捉每位嘉宾的神态,另外两台则一左一右cover全场。

在五个人进入状态后,导演正式宣读了本期游戏主题:

某位"神秘人物"给五位嘉宾下达了一个特殊指令,要求他们完成各部门分配的任务,尽快通关,用时最少的人就会取得胜利。如果有谁能够找到这位"神秘人物"，还可以拿到特殊信物，获得额外加分。

这个"神秘人物"的存在，节目组没有提前告诉他们，四个小男生彼此看看，问江子城："江哥，这神秘人物是谁，你有没有头绪？"

江子城问总导演："导演，按照套路，一般这种'幕后黑手'都会有个隐藏身份，就是'正派领袖'。我看您仪表堂堂、卓尔不群，您如果就是这位'神秘人物'的话，不如现在就承认了，节省大家的时间？"

总导演立即祭出否认三连："我不是！我没有！别瞎说！"

江子城："那这位神秘人物是谁？有没有什么提示，这样我们看到他，就能认出他来。"

总导演说："他的身份不能透露，我只能告诉你们，那位确实是一个大 boss。"

就在大家一头雾水之际，第一个挑战正式开始了。

第一个挑战纯属热身：瑞慈娱乐每天都有很多人登门拜访、商谈业务，前台职员任务繁重，既要负责登记访客，还要负责解决员工的各类需求，每天都忙得脚不点地，急需新员工帮忙分担工作。

五个人作为"新员工"，要在一个小时之内尽可能多的帮助大家解决问题。

听上去这个任务很简单，但是节目组为了制造"笑果"，给他们挖了一个坑——前台男员工制服不够，有一个人需要穿套裙出镜！

江子城心想：五分之一的概率，我不会这么惨吧……

没承想最后被迫套上裙子的，偏偏就是他！

瑞慈娱乐的前台制服很漂亮，红白两色，男员工穿衬衫、制服裤、马甲、制服外套，女员工则把制服裤换成了制服裙。

江子城被兄弟四人联手欺负，硬是把他塞进了那条窄窄小小的鱼尾短裙里。鱼尾裙很贴身，勾勒出他比例完美的臀腿线条，又在膝盖之上散开，露出两截修长的小腿。

更倒霉的是，也不知节目组从哪里找来了一双大码高跟鞋，江子城只能认命，像是初次幻化出双腿的美人鱼，被迫踩进了这双"刑具"里。

江子城长相俊秀，然而骨架还是男人模样，他套在这身女装里，有些违和，却又带着一种莫名的美感。

三台摄像机围着他拍个不停，就连那四个小男生也跟着起哄，说江哥如果加入他们男团，"颜值担当"的称呼就要换人了。

九点员工正式上班，一楼大厅瞬间涌入大批人流。江子城刚开始还有些扭捏、放不开，可当他发现穿女装可以更快完成任务时，瞬间把所有节操都抛下了。

只要来一个员工，他就笑眯眯地迎上去，问"有什么可以帮您"；遇到来瑞慈谈业务的乙方，他也大大方方地任人合影。有人开玩笑，说若是瑞慈前台小姐的颜值都像他一样，真恨不得天天来这里开会。

很快，江子城手里就积攒了很多小红花，把另外四个人狠狠甩下。

他正喜滋滋地盘算着自己这轮能领先多少，忽然前台电话响了起来。

接电话的人是真正的前台员工，她对着听筒连连点头，认真应答："是的，节目组正在录制……好的、好的，没问题……我们立刻准备。"

挂了电话，她立刻叮嘱节目组的五位嘉宾："大家打起精神来，一会儿谢总的座驾就要到了，各位记住一定要微笑。"

瑞慈里，还能有几个谢总？

江子城立即举手叫停："导演，我申请换一条裤子行不行？"

他二十四年来头一次穿裙子，可不想让谢北望撞到！

不承想导演铁面无私："不行，要是让观众发现你一会儿穿裙子、一会儿穿裤子，不就穿帮了吗？"

江子城又说："哎呀，我肚子好疼啊，想去厕所！"

导演："憋着，接待完谢总再去！"

江子城："不行了，我头晕，早上没吃早饭，低血糖。"

导演："这里有士力架，管够。"

江子城再也想不出借口来了。

导演："大家做好准备，谢总的车已经驶进大门了。"

江子城：噫呜呜噫。

没有办法，江子城只能强忍羞耻，埋下头，祈祷着谢北望不会注意到自己的存在。

三分钟之后，一辆奔驰S级轿车缓缓停靠在大楼门外，门童快步走上前，恭敬地拉开车门。

男人迈步而出，一身挺括西装包裹住他健硕的身体，他身上自带了一种睥睨八方的气场，使得跟随在他身后的人都被压制的黯淡无光。

他刚一出现在大厅内，原本围绕在前台旁的节目组工作人员立即注意到了他。

谢北望与其父完全不同。谢长安向来以"宝刀未老"为荣，从他年轻的时候开始，他就一直与封面女郎、风骚嫩模为伍，他乐于给八卦杂志贡献销量，出行从不避讳狗仔，是一位十足的"头条总裁"。

然而谢北望却非常低调，他继承了老谢总在商业上的天赋，同时又格外的清心寡欲，他接手谢氏多年，出现在公众面前的时候寥寥无几。

没想到这次节目录制，谢北望居然主动要求成为"神秘boss"，导演就像是被从天而降的金条砸中，这几天兴奋到嘴巴都合不拢。

几台摄影机立即转向了谢北望的方向，从各个角度追逐着他的身影。

节目组的人很开心，江子城却根本开心不起来。

他垂着头，眼睛望着脚下的地砖，心中不停祈祷，希望谢北望注意不到他。可惜他低估了自己的显眼程度，他一双腿又白又直，踩上高跟鞋后，身高足有一米八八。这么显眼的"前台小姐"，谁会不多看两眼呢？

随着谢北望踏入大厅，人群的嘈杂声逐渐降低，只剩下皮鞋与大理石地面碰撞的声音清晰可闻。

脚步声越来越近，江子城心跳声也慢慢和脚步声混在了一起。

五步、四步、三步、两步、一步——终于，江子城脚下的这块地砖上，又出现了另一双男士皮鞋的倒影。

那双男士皮鞋就停在江子城面前，与他的距离近到不足半米。

虽然江子城没有抬头，但是他可以清晰地感觉到谢北望的视线就落在自己的头顶。他宛如一只被野狼盯上的超大号猎物，笨拙地站在原地，连躲都不敢躲。

他看看自己身上的短裙，羞耻到不好意思抬头，只能傻傻地盯着那双擦得锃亮的手工牛皮鞋，心里各种想法纷杂。

然后，那双皮鞋调转了方向，与江子城脚下的高跟鞋擦身而过，走向了身后的电梯间。

江子城抬起头，猛地转过身去，可视线中只剩下谢北望被秘书们簇拥着远去的背影。

咦？

江子城不得不承认，谢北望一个字都没留下，这反而比任何词汇都更能扰乱军心。

谢总裁走得干脆利落，被留在前台的某位身穿短裙的男员工却有些魂不守舍。

好在第一个挑战难度不大，即使江子城后半程一直在划水，也平平安安地完成了任务。不仅如此，他还因为超凡的个人魅力拿到了这个环节的优胜奖，作为冠军，他可以优先投掷骰子，选择下一个项目要去哪个部门挑战。

江子城打起精神，现在可有好几个摄像机在对着他，就算营业也要用心一点啊。

他双手合十，对着大号玩具骰子郑重鞠躬，引起一片笑声。他没理睬，抱起骰子往前一扔——他手气不错，下一站是人力资源部。

其他四个人也接连投了骰子，其中两个人被分到了技术支持部，另外两个人一个去了市场部、一个去了艺人管理部。这样一来，五位嘉宾势必要分开了。

不过这期节目的初衷就是让观众了解一个这么庞大的娱乐帝国究竟是怎样运作的。

江子城终于可以脱下裙子，重新穿回自己的衣服了。当他的双脚从高跟鞋里解放出来时，他由衷地叹了一口气，感叹道："真舒服……"

真不知道女孩子是怎么忍受高跟鞋这种反人类的存在的，未免太痛了吧！

换好衣服，江子城带着自己的 followPD 匆匆向着人力资源部跑去。

人力资源部的总监是一位年过四十的"时尚女魔头"，穿着入时，形容干练。见江子城来了，她立即指派一个资深员工带他，并且为他安排了今天的任务。

瑞慈娱乐最近急需市场岗位的人才，HR 们已经通过自己的"网"搜罗了十位行业内出众的人才，而江子城的工作，就是给这些人才打电话，邀请他们来瑞慈面试。

说得更直白一点，就是挖角。

瑞慈娱乐提供的岗位是市场主管。

江子城翻了翻手里的十份简历，发现十位里仅仅有三位是主管，剩下五位经理，还有两位是总监！

江子城不可思议地问："您是让我打电话给一位总监，问他要不要来咱们公司面试主管？这不是天方夜谭吗？"

HR 总监说："对于别的公司来说，这确实是；但对于瑞慈来说，这是很正常的。"

HR 总监："如果对方拒绝你，你就问他现在的年薪是多少。"

江子城："然后？"

HR 总监："不管他们说多少，瑞慈都能给到 Double。"

江子城忽然想起了微信上"谢小姐"对他说过的话："瑞慈的意

思，即rich"——赐你一块金字招牌，再给你一块金子，谁会不同意这份好买卖呢？

瑞慈是国内最负盛名的娱乐公司，它在谢北望的带领下变得越来越优秀，它有这个实力，更有这个底蕴。

江子城从来没做过挖角的工作，在镜头前做了无数心理建设，终于大胆播出了第一个电话号码。

哪想到事情发展的极为顺畅！十位面试者，除了一位婉拒以外，其他九位都爽快地同意来面试！

江子城再次对瑞慈公司的实力有了更深刻的认识。

谢北望那个男人，究竟是在掌控一个什么样的娱乐帝国啊？

在镜头前东奔西跑了一天，江子城运气不佳，后面几次任务分到的部门难度系数很大。

他辗转法务部、财务部、音乐项目部、影视项目部，每个任务都完成的磕磕绊绊。

他说："唉，第一次参加这种综艺，就在镜头前出尽洋相了。"

他那张脸就是为镜头而生的，即使愁眉苦脸，也愁苦得很好看。美男子的类型有很多，有S.T.A.R.男团那样走精致中性风的，也有江子城这种眉眼间自带风情的。

跟随他的那位工作人员哈哈一笑："江老师您可别这么说。大家可是一天之内看到您穿女装、穿西服，您刚刚还在音乐项目部一展歌喉……粉丝们肯定开心得不得了了呢。"

江子城被哄开心了，又活力十足地向着一楼大厅跑去。

一楼大厅是游戏的"起点"，每次做完任务都要跑回一楼重新掷骰子。江子城到时，已经有两个男团成员完成了六项任务，另外两个人不见踪影，想来应该是执行最后的任务去了。

见到江子城来了，两个小男生起身打招呼。

江子城："哎？你们速度这么快，已经完成了？"

S说："完成是完成了，不过我们还在解谜题，没有找到最终的神秘 boss 是谁。"

那个神秘 boss 手里有一个神秘信物，拿到信物后就可以加分，让自己获得最终胜利。

A 说："我刚刚在影视项目部看到黄越前辈了！会不会是他啊？"

影帝黄越是瑞慈的老牌实力影帝，前不久刚拿到金凤凰奖的终身成就奖。他近些年已经不拍戏了，改行做制片人，而且他是瑞慈成立之初就在的老前辈，如果说他是这场游戏的最终 boss，确实很有可能！

江子城摩拳擦掌，恨不得立刻转身去找影帝黄越套近乎。

节目统筹哭笑不得地叫住他："江老师，您最后一个任务还没完成呢。"

江子城这才想起来，赶忙抱起那个巨型骰子要扔。

这一次他扔到了秘书部。

噫！

秘书部可是隶属于总裁办的，它和谢北望的办公室在同一层，他现在去秘书部报道，不就等于傻乎乎地送上门去了吗？

就在这时，节目统筹拦下了江子城，用商量的语气问："江老师，因为咱们这期节目的初衷是让观众参观瑞慈的每一个部门，现在游戏已经要结束了，可是还有一个部门今天一整天都没有被选到……"

江子城立马举手："我我我！我选我选，我去哪儿都行！"

只要不是秘书部，哪里都可以！

节目统筹："是后勤部。"

后勤部，保洁、保安、劳保等都归属于此部门。江子城完全不介意是要被分去扫厕所还是去当门童，只要能离秘书部远远的，就可以了！

见江子城如此好说话，节目统筹连连道谢，迅速给他安排了后勤部的工作。

后勤部的部长是一位五十岁左右的大叔，他拿出提前准备好的一件墨绿色工装以及一个小型工具箱，递到了江子城面前。

"江老师，谢谢您来到我们后勤部。请您尽快换上工作服，您的最后一个任务还等待您去完成。"

江子城迅速换上那套墨绿色的连体工装。真是奇怪，同样宽松的衣服，穿在其他人身上就像麻袋，穿在江子城身上就清爽帅气，活力十足。

江子城张开手臂，对着镜头转了一圈，又问后勤部部长："是什么任务啊？"

后勤部部长："最后一个任务——谢总办公室的灯泡坏了，请你尽快更换。"

工装裤小白兔左手拎着工具箱、右手扛着梯子，犹犹豫豫地踏上了瑞慈集团的最顶层，虽然已到下班时间，可整个秘书部却没有一个人离开。

谢北望的秘书部人数众多，既有打扮精致的女秘书，也有风度翩翩的男秘书，再加上几位总裁助理，整个办公区域都坐满了人。

之前在威尼斯时，江子城和其中几位有过交集，他们见到江子城穿着一身后勤人员才会穿的连体工装，身后还跟着摄影师，一个个都憋着笑，怕伤到小青年的自尊心。

江子城顶着那些善意的笑声，几乎是同手同脚地走到了一位秘书小姐姐面前，红着脸把自己胸口的工作证拿给她看。

"后勤部江子城……"他小声说，"来给总裁换灯泡。"

真是奇怪，明明只是普普通通的换灯泡，从他嘴里说出来，实在羞耻至极。

秘书小姐姐先是看了看他的工牌，又装模作样地说："好的，请跟我来。"

然后她转身带着江子城向着总裁办公室走去。

"叩叩叩"三声轻响，门上的小对讲器传出男人低沉的嗓音："什么事？"

秘书小姐姐："谢总，后勤部员工来换灯泡。"

"进来。"

大门是电子控制，应声而开。

江子城总觉得这一幕应该有特效才对，比如浓雾弥漫，比如琴声悠扬，比如光芒四射——勇者单枪匹马闯魔王老巢，大门开启之际，总应该有些非同寻常的动静才对吧？

可惜现实与他脑补的画面完全不同。谢北望的办公室十分朴素，墙上既没有挂鹿头，也没有什么一眼望不到顶的大书柜，办公室面积很大，大到有一种让人觉得空旷的感觉，整体风格素雅，没有任何多余的装饰物，实用主义为上。

总的来说三个字：性冷淡风格。

哦不对，这是五个字了。

唯一一个格格不入的东西便是墙角的一个大型宠物玩具架子，有点像猫爬架，但是比猫爬架更精致。而在那个架子的顶端软垫上，一只全身白生生毛茸茸的小家伙正首尾相抱地睡在那里，好梦正酣。

办公室内有一整面落地玻璃墙。今日天气正好，落日余晖洒满整片土地，红紫色的火烧云如一匹上好的丝绸，铺满了天空。

谢北望就坐在那里——坐在焰色的天空之下，坐在整个北京之上——等着他的到来。

因为逆着光，江子城看不清男人的视线，可他分明知道，谢北望那双深深的眼眸一定是落在自己身上了。

男人的目光如有实质，带着打量，带着品味，细细地从江子城的小腿往上巡视。

明明江子城身上的工装连体裤把他包裹得严严实实，可在谢北望面前，江子城总觉得自己像是赤身裸体一样。

江子城在那种眼神下瑟瑟发抖，内心都要"嘤击长空"了。

让他死了算了！

他运气未免太"好"了，两次换装秀，居然都被谢北望看到了！

followPD 扛着摄像机，用镜头忠实地记录下了这间办公室的每一个角落，甚至还私心给了谢北望好几个特写。

谢北望是一个异常低调的领导者，自从他接管谢氏以来，除了必要的宣传活动以外，他很少在媒体上露面。商业记者想要约他的专访，简直比登天还难。

这次可是谢总的综艺首秀！一想到节目播出后飙升的点击率，摄影师真恨不得住在谢北望的办公室，给他来个一天二十四小时的直播才好。

江子城几乎可以想象到节目播出时，特效剪辑师绝对会在这间办公室增加各种各样的奇怪字幕，什么"娱乐帝国大公开"啊，什么"站在娱乐浪尖的男人"啊，还要配上那种金光闪闪的特效，不知道的人还以为谢北望是什么神仙下凡。

谢北望惯会做戏。

他问："你是新来的后勤职员？"

江子城比他更会做戏。

他答："是啊。请问谢总那只坏掉的电灯泡在哪里？我来换上。"

说着，他从随身的工具包里掏出了一只 LED 灯泡。

谢北望随手指向旁边的陈列架，陈列架顶部有一排 LED 小灯，江子城左看右看，实在没看出来哪只灯泡有问题。

谢北望说："左边第三个，比周围的都暗。"

江子城看到眼睛都瞎了，也没看出来左边第三个哪里暗了。他因为长时间直视灯泡，害得视界出现了"光斑"现象，他揉揉眼睛，想要缓解一下眼睛的干涩，哪想到重新睁眼时，恰好对上了 followPD 的脑袋。

噫！怎么 followPD 的光头都在闪闪发亮，简直比电灯泡还要像电灯泡！

谢北望和江子城在镜头前客客气气，装作"我们虽然是一个公司的上下级但是我们根本不熟"的模样，一时间倒还真的把 followPD 唬住了。

可惜他们这番逢场作戏被一个小家伙跑来拆了台。

原本安安稳稳睡在软垫上的小白貂听到了熟悉的声音，打了个滚，立即翻身站了起来。

它小小的鼻子向着江子城的方向抽动着，像是在确认这名人类的气味。当意识到这个穿着奇怪绿色衣服的家伙真是江子城时，兴奋不已的它立即撒开四肢，哧溜一下就从架子上顺着小台阶溜了下来，乐颠颠地向着江子城跑来。

别看它四肢短，但它的移动速度可不慢！眨眼的工夫，它就奔到了江子城的脚下，长长的大尾巴搭在他的鞋上，两只爪子勾住他的裤脚，说什么也不挪地方了。

它仰起头，眨着两只小小的黑眼睛，欣喜又委屈地看着江子城，像是在责怪他怎么这么久都没有来看它。

followPD 被这个突然窜出来的小家伙吓了一跳，他没见过这样的宠物。而且最令人好奇的是，这只宠物明明被养在谢总的办公室里，怎么会对江子城这么亲近？

江子城看着拉住自己裤脚的小家伙，还是没忍心装作不认识它，只能蹲下身，把它抱了起来。

谢大白在他怀里柔软地摊成一片，甚至露出肚子让他抚摸。

followPD 本来不应该出声，可见到这么和谐的一幕，下意识地问："江老师，这是你的宠物吗？"

江子城："不、不。"

谢北望开口："这是我妹妹的宠物，在我这里寄养。"

江子城接话："对，我和这只雪貂……纯属'一见如故'。"

说完，他便把这只一见如故的小雪貂塞到了胸口的口袋里。

连体工装为了方便工人随身携带工具，从上到下有好几个大口袋，别说一只小动物，连一只榔头、一只锤子都放得下。小雪貂安安稳稳地蜷缩在他胸前的口袋里，两只前爪扒住口袋边缘，只露出三角形的小脑袋窥探世界。

江子城不再废话，把折叠梯子搬到陈列架下方，颤巍巍地爬了上去，然后分开双腿，坐到了梯子的最顶层。

followPD 站在梯子下仰望他，忠实地用摄影机记录了他手脚发软爬梯子的一幕。

注意到他浑身发颤，端坐在办公桌后的谢北望忽然开口问："江子城，你恐高吗？"

江子城："不不不不不……"

他不恐高，他恐谢北望。

真是奇怪，他明明打扮得这么土，为什么谢北望的视线就不能大发慈悲地挪开呢？

他哪里知道这身看似平平无奇的墨绿色连体工装穿在他身上究竟有多好看。

江子城并没有老老实实地系好胸前的纽扣，套在里面的白T恤领口很低，展露出锁骨的美好风光。他把袖子挽起，露出两只白生生的胳臂，手肘不知道在哪里蹭了一点脏污，却不显得邋遢。就连紧紧束缚在他腰上的电工包都成了他大肆散播荷尔蒙的凶器。

江子城在梯子上坐稳，从兜里掏出电工笔，打算先测测电灯泡是否接触正常。

他刚一动，谢北望的声音立即响了起来。

"江子城，你难道不断电就换灯泡吗？"

都怪他太过在意摄像机，完完全全忘了通电的时候是不能换灯泡的！就连 followPD 都太专注于工作，忘了这点。

幸亏有谢北望一直在关注他，才没让他意外触电。

这家伙，可真令人不省心。

他赶忙给后勤部的部长打电话，让他帮忙关掉谢北望办公室的电闸。

部长说："你那个工具箱里有一个临时的控制器，我提前给你开了权限，只要按一下，谢总的办公室就会暂时断电，你自己控制就好。"

江子城噔噔噔爬下梯子，唰唰唰在工具箱里翻了一阵，很快就找到了那个小小的控制器，又噔噔噔爬了回去。

他一手举着断电控制器，一手拿着灯泡，向谢北望请示："谢总，那我暂时断电了！"

谢北望颔首："可以，不过你……"

他话没说完，江子城已经按下了断电控制器，办公室里一下陷入了黑暗之中，虽然很快墙上的应急照明设备就自动亮了起来，但整个屋子的采光还是不太好，显得黑漆漆的。

然而，比屋子更黑漆漆的，是谢大总裁的脸色。

谢北望："……先等我把电脑文件保存一下。"


最终，本期《欢迎来我家》的录制"圆满结束"，江子城以最慢完成六项任务的"壮举"勇夺倒数第一名。

江子城把上半身的工装脱下来，两只袖子打结，系在腰上。原本纯白色的 T 恤已经被蹭的黑一块、灰一块，他头发乱糟糟的，真不知道换个灯泡怎么能把自己换成小脏鬼。

江子城左右看看，问四位男团成员："咦，难道没有人找到那位'神秘 boss'吗？"

四人摇摇头："我们原本以为黄越老师就是神秘 boss，可是他说自己什么都不知道，手里也没有什么信物。"

如此一来，这个神秘 boss 和神秘信物就成了本期综艺的未解之谜。

江子城是个好奇青年，赶忙让导演和节目策划交代清楚。

导演和策划商量了一阵，只告诉了他们一个模棱两可的答案。

"你们五人之中，有人确实接触到了那位神秘 boss。按理说只要他认真完成任务，就会得到信物奖励，反败为胜。可是不知道为什么，boss 并没有给他那个信物。"

江子城不依不饶："就算不告诉我们是谁，也要告诉我们信物长什么样子吧。"

导演答："就我们所知，信物是一片银杏叶。"

银杏叶？这么普通？

瑞慈大楼门口的银杏大道上种了近百棵银杏树，每年秋天都要掉几十万片树叶。

说起瑞慈，很多人第一个想到的就是银杏叶。

江子城想：那位神秘 boss 选择用银杏叶当作信物，估计是为了宣传瑞慈吧。

算了，节目已经录完，还是不要考虑这么多了。

瑞慈集团大楼第三十二层，总裁办公室。

谢北望倚靠在宽大的皮椅上，双眼半合，藏起眉眼间的疲倦。

办公桌上扔着一只手机，功放模式下，听筒里喋喋不休的说教声清晰地在办公室里回响。

声音的主人听上去年纪颇大，可他骂起人来中气十足，根本不像是个老头子。

"谢北望！你要是还把我当父亲，你就立刻把你妹妹送走！把她的礼仪教师开除！"

谢北望淡淡地问："她怎么了？"

"你还问她怎么了？我请几个女模特到家里做客，她倒好，居然趁她们喝醉，剪掉她们的头发，还把她们全部扔到大街上，只给一条毛毯！这是冬天！难道她要把人冻死吗？"

谢北望语气平静："若是她们做客时好好穿着衣服，就算没有毛毯也不会冻死。"

"你！"谢长安怒斥，"都是你把她惯的，无法无天！"

"再无法无天，那也是我谢北望的妹妹。她愿意做什么，只要不触犯法律，我都愿意惯着她。"谢北望的态度根本不像是在和有血缘关系的父亲说话，他对那只白貂都要更和颜悦色一些。"我十五年前就说过，这家里有我在，谢盈盈就不会离开。"

谢长安气到怒火攻心，大声呵斥："那你也给我滚！！你以为我就你一个儿子吗？你别忘了你只是代理总裁，我还没有正式退休！！"

即使被如此威胁，谢北望冷酷的声线也没有一丝波动。

"没问题，我随时可以离开。"他冷冷地说，"可是我离开之后，您还有哪个儿子能立住？是那个赌博欠下两个亿又被砍断手的？还是那个流连在女人肚皮上的痴情种子？又或者是那个靠写花边回忆录谋生，编造什么《谢长安传》《天狼传奇》的三流网文写手？"

谢北望顿了顿，一声轻笑："还是说……您想重新'培养'一个？可是您已经六十岁了，您还剩多少时间，能培养出一条听话的'狗'呢？"

谢长安被他问得哑口无言。

这个曾经被无数人视为"巨人"的娱乐帝国缔造者，最终还是老去了，他倒在了一个新的巨人脚下。

谢长安妄图用血缘关系拴住自己的儿子，就像拴住一条狗那样，可他却没有料到，这个被他捡回来的儿子并非一条狗，而是一只孤傲蛮横的头狼。

谢长安早已无计可施，只能虚张声势地撂狠话："若早知如此，十五年前我就不该把你认回来！"

谢北望没有回答他，直接把电话挂断，扔到了一旁。

他坐在这个娱乐帝国的最顶端，透过身后的玻璃幕墙，可以俯瞰整个北京。他热爱开拓疆土的挑战感，但偶尔……他也会觉得寂寞。

这份寂寞是那个被称为父亲的人带给他的，而他又不能把心头的烦躁说给年幼的妹妹听。

他深深叹了一口气，忽然拉开桌子，视线看向了躺在抽屉里面的一枚银杏树叶标本。

两片厚重通透的玻璃紧紧夹住一枚银杏树叶，它很宽很大，足足有成年男性的手掌大，没有一丝折痕。

然而最为奇特的是，这枚标本是透明的！

这枚标本并没有平整漂亮的叶片，而是只剩下金黄色的叶脉。叶脉一丝一丝、一缕一缕的勾勒出银杏叶本该有的模样，而在叶脉之间便是透明的细胞组织，仿如玻璃一样。

若是不知情的人见到了，恐怕要以为这是什么名家制作的玻璃工艺品，而实际上，这确确实实是一枚真实的银杏树叶！

它在许多许多年前，由一名八岁的小弟弟亲手挑选，仔细夹在信中，跟随着邮递员穿过数个城市，最终到达了另外一个少年手中。

少年天资聪颖，他用课堂上学过的化学手法，使用试剂浸泡银杏树叶，经过数个星期的耐心等待和小心擦拭，最终获得了这枚少见的银杏叶叶脉透明标本。

这片树叶在他身旁保存了十五年，看着他从一名乡下少年变成了现在这个沉默少言的男人。

谢北望的指腹隔着玻璃轻轻摩挲着这片金色的树叶，不知道这片银杏叶的另一位主人看到它时会认出来吗？

他那么傻，肯定不会吧。

**KUWEI**
**酷威文化**
图书 影视

# 谁的小眼睛还没看影帝 下

莫里 著

江苏凤凰文艺出版社
JIANGSU PHOENIX LITERATURE AND
ART PUBLISHING, LTD

# 目 录

## *Contents*

第十一章

# 火 锅 店 开 业 啦

　　谢北望乘坐电梯下楼。电梯行到十楼艺人管理部时，电梯门打开了。

　　江子城正低头和自己的外套拉链做斗争，根本没注意到电梯里的另一位先生是谁。

　　他今天穿了一件飞行员夹克，外层是棕黑色的柔软小羊皮，内层是厚厚的羊羔绒，正是今冬最新款，又保暖又有型，时尚时尚最时尚。

　　只是这种内层有绒的夹克，拉链很容易和羊绒卡在一起，他废了半天劲，也没能把卡在拉链头里的羊绒拽出来。

　　偏偏这时他又来了一个电话，欢腾的手机铃声响彻小小的电梯厢，震耳欲聋。他两只手腾不开，电梯里的另一位乘客主动帮忙。

　　"我帮你接？"

　　"谢谢！"江子城随手把手机塞进男人手心，继续低头和歪歪扭扭的外套做斗争。

　　男人看了眼手机屏幕上的联络人——"天心老板娘"。他接起电话，贴心地打开了功放功能。

　　山城女人热情的招呼声扑面而来。

　　"城娃儿，你到哪里喽？火锅就等你了撒！"

　　江子城忙不迭地说："老板娘，我到了我到了，我到楼下了！"

天心老板娘啐他："到个锤子！我就在楼下！"

江子城："我是说我到我们公司楼下啦！"

老板娘一阵沉默。

江子城一乐："老板娘，火锅店还没开业，咱们都庆祝几次啦？可别开业前就把店吃垮了！"

"瓜娃子，莫得乱说！"老板娘挂电话之前又催了他几句，大意是让他路上不要耽搁，火锅已经烧开了，他要是晚到，到时候没菜吃，只能喝火锅底料了。

对于川渝人来说，不论遇到大节还是小节，不论有什么事情要庆祝，都要吃火锅，这就像北京人遇到什么事都要吃饺子一样，没道理可讲。

江子城后天就要进组拍戏，一想到未来三个月清汤寡水的修身养性生活，他自然要趁着这个机会大吃特吃一番。

电梯行到一楼，电话刚好挂断。江子城无奈放下不听话的拉链，抬头向同行人道谢："谢……"

最后一个字没出口就被吞回了肚子里——怎么会这样？刚刚帮他接电话的人，为什么是谢北望？

谢北望见他眼珠乱动，全身僵直，就连微微颤动的睫毛都充满了惊讶，这模样真是又蠢又有趣。

电梯门打开又合上，江子城被那一声"叮"响惊动，终于找回了自己的身体。

他刚想动，就被谢北望按住了。

"站好。"

谢北望把手机塞回江子城的衣兜，又把他那两只毫无用处的笨手从拉链上拽开，让他乖乖站好。

男人低头靠近，近到他的呼吸就喷洒在江子城的额角。江子城被那热意传染，转眼热气就从脸颊弥漫到耳尖。

他一动都不敢动，两只手紧贴裤缝，站得笔直。

谢北望不知道这短短几秒间，江子城的内心就自行演完了整场戏，他正专注地研究着江子城的拉链。

男人的大手拿起和羊绒缠在一起的拉链，低头左右研究了一会儿，忽然两手一错，也不知怎么扭的，拉链卡头和羊绒瞬间就被分开了！

链齿上干干净净，羊绒也完好无损，根本看不出来它们之前有多么"缠绵"。

江子城惊叹："你怎么分开的？"

谢北望说："很简单。趁它们不注意、没有防备的时候，就能把它们分开了。"

这是什么新式冷笑话？

江子城赶快把自己的衣襟从谢北望的手里扯出来，老老实实地把拉链拉上。

这次他拉得很小心，没再发生之前的"惨案"。

不仅如此，他还特地把拉链拉到了衣领最顶端，把鼻子以下所有部分都藏在了夹克里，只露出一双眼睛、两只耳朵，还有头顶上乱蓬蓬的头发。

电梯门再次开启，江子城急匆匆地往外冲，可惜没走两步就被谢北望叫住了。

谢北望问："你要去吃火锅？"

江子城装傻："啊？啊？谁吃火锅？吃什么火锅？"

谢北望说："你要吃火锅。你要去你前东家改行开的火锅店吃火锅。"

江子城愤愤地道："怎么，这次公司又有新规定，三十岁以下江姓男艺人不能吃火锅？"

"那倒不是。"谢北望挑眉，"只是公司现任总裁想和三十岁以下江姓男艺人一起吃火锅。"

"走吧，司机已经在门口等着了。"

车子穿过夜幕，在"天心火锅店"的招牌下缓缓停下。

火锅店还未正式开张，预计一周后试营业，不过那时江子城就要飞到海南拍摄《怪你太可爱》，没办法亲眼见证未来称霸全国的重庆火锅店的开业盛况。

这次聚会的理由是"庆祝二十四节气之'大雪'"，可惜天公不作美，这几天北风狂吹，好不容易聚集的云彩都被吹散了。

江子城下了车，快步向着火锅店大门走去。

在江子城的鼓动下，老板和老板娘直接盘下了两层楼，足有一千多平方米，这对于一个新开张的火锅店来说，实在是投入巨大。不过江子城对这家店抱着百分之百的信心，他知道这些投入绝对物超所值！

老板娘年近四十，待江子城既像弟弟又像儿子。她在门口等了许久，远远见到江子城的身影，她赶忙拉开大门，把他迎了进来。

老板娘问："嘟个就你一个撒？"

江子城："Kevin 和 Tony 不是已经到了吗？"

老板娘恨铁不成钢："都要开业了，你嘟个不多叫些朋友来耍嘛？咱们多拍拍照片，在墙上排起，恁个一看，'哇这家店好霸道'！"

江子城哭笑不得，这才明白老板娘打的什么主意。那些有名的餐饮店总有一面墙挂着"名人合影"，看上去十分唬人，显得特别厉害，让食客觉得这家店一定特别好吃，才能吸引明星光顾。

江子城现在的人气不停往上走，先是和才叔合作拿下了金狮奖，又和两位人气流量艺人拍摄都市爱情电影，前不久他又录了综艺节目，和当红鲜肉男团打闹玩耍……他不管叫谁过来，都能给店里增添一分人气。

老板娘在一进门最显眼的墙上钉上了十个相框，打算全部拿来放名人合影。

江子城勉为其难地说："这样吧，我和你合影十张，把墙填满行不行？"

结果被老板娘揪住耳朵，一顿胖捶。

两人正在开玩笑，餐厅大门又被推开了。

老板娘抬眼望去，这位刚刚进门的男人身材高大，站如磐山，穿着深驼色呢子大衣，三件式西装挺括合体，就连发丝都梳得整整齐齐。说他是明星吧，可身上的气质远比明星慑人；说他不是明星吧，又觉得他这副外貌不混娱乐圈实在可惜。

男人进门后，刚刚还生龙活虎的江子城，一下变成了蔫龙病虎。

一看两人就认识，肯定是结伴来的。

老板娘问江子城："那个是……"

江子城蔫蔫地扔出两个字："克星。"

男人听了，只觉得好气又好笑，也不知谁才是谁的"氪星"。

老板娘瞬间懂了，她得意地想，她就说嘛，这么优秀的男人怎么可能不混娱乐圈嘛！

她热情地伸出手递到男人面前，特地换成普通话："您一定是子城的经纪人吧？我记得是……扈哥，扈哥对吧？"

谢北望不愧是谢北望，听到这种话也只是微笑着跟老板娘握了握手。

谁让谢北望实在太低调，每年仅接受一两次媒体专访，他的照片从来只出现在高端商业杂志上，有的还是全英文版的，像天心影视这种家庭小作坊，哪里见过天子真容？

当初瑞慈娱乐收购天心影视，谢北望吩咐一句，自然有手下办得妥妥帖帖。天心影视稀里糊涂地签了卖身契，直到现在都不知道瑞慈娱乐的大老板长什么样子。

江子城不承想老板娘会把谢北望当作自己的经纪人，他很想告诉她真相，又怕说了之后平添尴尬，只能硬着头皮应下了。

老板娘领着两人向二楼包间走去，一路上热情不已地拉着谢北望这个"经纪人"说话。

她身为江子城的前东家，自然知道经纪人对艺人的作用有多重要。她最遗憾的事情就是没能把江子城捧出来，白白耽误了他两年。好在他自己争气，进入瑞慈以后，他的人气节节攀升，她每次在网上看到他的消息，都觉得特别欣慰。

老板娘说："我们子城是个好孩子，性格好，待人接物特别大方，做事情又细致又勤快！"

"嗯。"

老板娘又说："我们子城很聪明，和他合作过的剧组都夸他！"

"嗯。"

老板娘还说："我们子城就托付给你了，你一定要好好对他！"

谢北望听到这里，忽然停住脚步，意味深长地看了江子城一眼，然后才回过身去，施施然答："好。"

江子城不承想就这么被安排了。

Excuse me，是他想太多了吗？

三人很快走到了二楼。

火锅店分为上下两层，下层是大堂，足有一百多桌，装修风格喜庆红火，一看就很有火锅店的氛围，开业后想必会是一派热火朝天的景象；上层是相对安静私密的包间，装修风格更雅致，但依旧不改鲜艳的火红配色。

这次是开业前的最后一次火锅大聚，大家把所有钱都扔在了这个火锅店里，除了江子城以外，其他人心里都在打鼓，生怕把这点积蓄全赔进去。所以他们才需要这次热热闹闹的大聚，给大家多添一份底气。

曾经的天心影视公司从上到下一共二十人，这次全都来齐了。

包间门没有关紧，刚一靠近，就听到里面传来鼎沸的人声，还有火锅独有的热辣香气，仿佛整个人都被泡进了辣椒的世界中。

包间内传来双胞胎兄弟的声音。

Kevin："老板娘不是说接江哥去了吗，怎么还没上来？"

Tony："他们好慢啊，我去看看。"

Kevin："我跟你一起去。"

说着，两人向着包厢外走来。

恰巧谢北望已经走到了门口，便先他们一步把大门拉开了。

三人六目相对。

江子城心道：糟了，要完蛋！

Kevin和Tony看到谢北望居然出现在火锅店里，大脑一片空白："谢、谢、谢、谢……"

谢北望彬彬有礼："举手之劳，不用谢。"

说罢，谢北望绕开他们俩，落落大方地走进了包厢中。

老板娘看看愣在那里的双胞胎兄弟，跳起来一人敲了一下脑壳，吼他们："是不是平常没有认真工作，看到上司就腿软？"

双胞胎委屈巴巴地想：就算我们认真工作了，看到谢总也会腿软啊。

包间里有一张很长的桌子，桌子正中嵌着几只锅子，每四个人共用一只。

其他人早就涮上了。每只锅子都咕嘟嘟冒着热气，他们用的是最有重庆特色的九宫格涮锅，只见锅上密密漂浮着一层辣椒，红油漂浮，众人用长长的木筷子挑起毛肚、牛肉、鹅肠，在辣锅里涮上一会儿，捞出时菜的全身都裹着一层亮晶晶的辣油，让人光是看着就食指大动。

江子城眼巴巴看着，口水不停地分泌，恨不得现在就挤到大家身旁，以筷为剑，人筷合一，同其他人决一死战。

老板娘却"铁面无私"地把他带到了桌子的最末端，那里有一只还没开火的锅子。

江子城和谢北望面对面坐下了。

老板娘问："吃辣吗？"

江子城："吃！吃吃吃！越辣越好！"

老板娘："哪个和你说话了？"她转向谢北望，又和颜悦色地问了一遍，"您吃辣吗？"

谢北望想了想："我很少吃火锅，只能吃一点辣。"

老板娘："那好，我给你们上个鸳鸯锅撒？"

江子城立即举手抗议："不要鸳鸯锅，我也能吃辣！"

老板娘吼他："你吃个锤子！要进组了还吃辣？"

江子城被拿捏住七寸，完全蔫了。几天后就要开机，他为了形象着想，决不能在关键时刻上火起痘。

老板娘去后厨准备清汤底料，江子城早已饿得肚中打雷，杵着两根筷子，望着空锅咽口水。

谢北望见他这副模样，好奇地问："你就这么爱吃火锅吗？"

江子城理所当然地说："当然，火锅又好吃又热闹，谁不喜欢呢？"

"热闹……"谢北望微微一怔，侧头看向身旁的其他人。天心的老员工们围着火锅说说笑笑，方言和八卦齐飞，啤酒共豆奶一色，每个人脸上都洋溢着一种大家庭式的幸福与满足——这是谢北望此生从未体会过的。

谢北望感慨道："这么看来，确实很热闹。"

江子城不知自己怎么回事，居然从谢北望的口中听出一丝萧瑟……不不不，他不该脑补的！谢总可是站在食物链顶端的男人，要钱有钱、要颜有颜，这种人只会为几亿、十几亿、几十亿的生意烦心，其他事情肯定不在他的担心范围内。

可是……江子城完全、完全、完全管不住自己的嘴巴。

江子城："你以前没和很多人一起吃过火锅吗？"

谢北望："其实，我只吃过一次火锅。"

江子城脸上写满了震惊。

谢北望："很惊讶吗？"

当然惊讶。火锅是最亲民的食物，只要一只锅子，一些蔬菜肉类就能完成。谢北望在三十年的人生里居然只吃过一次火锅？真是太奇怪了。

谢北望平静地解释："我小的时候独来独往，没人陪我吃火锅。等我接管谢氏的生意后，有应酬的时候不适合吃火锅，没应酬的时候一般都在公司解决。"

这么一听，倒也合情合理。江子城最爱的那本厕所读物《谢长安传》里，写过谢长安父子二人关系并不好，别看谢北望现在高高大

谁的小眼睛还没看影帝

大，说不定小时候就是那种"只能从父亲手里拿到生活费却得不到父亲关心"的小白菜呢。

哇，真是凄凄惨惨戚戚。

江子城又问："那谢小姐呢？你和她没一起吃过火锅吗？"

"她有自己的姐妹团，平时休假都和她们在一起。我唯一一次吃火锅，是在一家私房菜馆，那日凑巧，他们新推出一种特色火锅，服务生大力推荐，我便决定尝尝。"

谢北望说的那家私房菜馆享誉北京，只服务最高端的 VIP 客人。江子城早有耳闻，那里人均一顿饭就要八千块钱以上，没想到他家居然还提供火锅！

江子城艳羡不已："八千块钱的火锅，一定特别好吃吧？你们都涮什么，是不是鲍鱼龙虾帝王蟹，锅底都要放人参？"

谢北望哪里记得这种小事，只回答："那家服务还算不错。"

"哦？怎么不错了？"

谢北望："每桌旁站一位服务生，负责为客人涮火锅。"

江子城心想：他干吗要同情一个有钱人？有钱人就算寂寞，也带着钱味啊！

没过一会儿，老板娘端上来一只造型奇特的锅子，放到了两人之间。

谢北望问："不是鸳鸯锅吗？"

老板娘笑："我们的鸳鸯锅就是这样撒。"

大部分地区的鸳鸯锅都是"八卦"造型，一左一右由一道弯曲的"铜墙"隔开，两边一边涮清汤，一边涮辣汤。

而重庆的鸳鸯锅却不是这样，这是一种奇特的"同心圆"锅，里外两层"圆"可以涮不同味道的锅底。据说原本的重庆火锅是没有鸳鸯锅的，是为了照顾不吃辣的外地人，才特地制作的。

一般来讲，重庆鸳鸯锅都是外层"大圆"涮辣汤、内层"小圆"涮清汤。可是摆在他们两人之间的锅子却颠倒了过来，面积最大的外层大圆漂浮着清可见底的清汤，而内层小圆那一小块地方才是辣汤的地盘。

若是让"火锅警察"看到了，绝对要把老板娘抓起来，投进监狱里，再罚她抄写八百遍"火锅、麻辣烫、串串香、钵钵鸡相关法律法规一百条"才行。

江子城望着内外颠倒的两层火锅，一阵晕眩袭来，突然明白了网络上四处嚷嚷的"逆CP"究竟是什么感觉。

他拉住老板娘的围裙，胡搅蛮缠，硬是要她换上正常的鸳鸯锅。

老板娘当然不理他："瓜娃子，你后天进组了撒！吃锤子辣？不要脸！"说罢，她重重在江子城额头点了三下，高昂起头，走了。

江子城宛如清汤锅里飘荡着的葱段，软塌塌的，蔫了。

他一抬头，见对面的谢北望一直隔着火锅遥遥看着他，也不动筷，他顿时怒向胆边生，恶声恶气地问："谢总，你看我做什么，难道我比火锅好吃？"

谁料谢北望真的点点头，说："是啊。"

谢北望："你的戏那么多，更下饭。"

江子城扬起下巴，牙尖齿利地顶回去："是啊，我要是戏不多，我还怎么当演员呀？"

这次换谢北望接不上话了。

半晌，谢北望忽然失笑。他的笑容很浅，隐藏在蒸腾的雾气后，有点模糊。

"你这个人，我每次觉得你聪明的时候，你都很迟钝；我每次觉得你笨拙的时候，你又很伶俐。"

江子城总觉得男人意有所指，可他实在没听懂，只能打哈哈："那我以后争取做到时时聪明，日日聪明，永远聪明。"

"不用。"谢北望道，"在我面前，傻些也无妨。"

等到肉菜素菜上桌后，江子城赫然发现，谢北望确实不会吃火锅。老板娘很大方，给他们这边上了五盘荤菜、三盘素菜，谢北望直接端起两盘肉就要往锅里倒，吓得江子城赶忙制止他。

"别别别，谢总，你一次下这么多咱们根本吃不完，而且每种肉熟的时间不一样，你这么全部下下去，那个熟不了，这个都老了。"

谢北望当得了娱乐圈总裁，却当不了火锅总裁，只能"退位让贤"，把掌控食材的权力让给了江子城。

江子城这一顿饭吃得异常疲惫，他不仅要负责下火锅，还要掐着表，在合适的时间提醒谢北望吃火锅。

"谢总谢总，羊肉好了！"

"谢总谢总，虾滑能吃了！"

"谢总谢总，鹅肠！"

"谢总谢总，毛肚！"

有时候谢北望捞不到，江子城心急，干脆用漏勺帮谢北望盛出来，放在他面前的空盘子上。那盘子没一会儿就被挑出来的花椒、葱姜蒜等配料堆满了，江子城又主动帮他换了干净的新盘子。

谢北望称赞他："我觉得你的服务水平比私房菜的服务生好。"

江子城撂下筷子，怒道："你自己涮！"

谢北望："那好，这盘麻辣牛肉是放在清汤锅吧？"

江子城这个火锅原教旨主义者哪里忍得了这般屈辱，顿时投降："您别动，还是让臣来吧。"

两人在长桌的那头你来我往，好不热闹。桌上的其他人都吃得正嗨，只知道江子城带了个"朋友"来吃火锅，具体这位"朋友"是什么身份，没人关心，反正他们能坐在一张桌子上吃火锅，那就是亲上加亲的关系，管他是谁呢！

其他人不在意，坐在长桌另一头的双胞胎兄弟却不能不在意。

按说他俩的身高体型明明都可以当鸵鸟了，这时却缩成了小鹌鹑，兄弟俩挤在一起窃窃私语。

Tony 说："哥，江哥居然带谢总来吃火锅！"

Kevin 说："弟，谢总居然陪江哥来吃火锅！"

他们对视一眼，异口同声地说："他们俩的关系什么时候变得这么好了？"

两人之前在威尼斯的时候，也见过几次谢总的真容，无奈谢总实在高冷，出行永远被秘书团保镖队簇拥，气场威严冷酷，仿佛一个眼神就能剐下别人的一层皮。兄弟俩又不是皮皮虾，没那么多层皮可以剐，只能远远躲开。

他们特别佩服江子城的胆大，他居然可以和谢总住在一间屋、坐一架飞机，到现在两人还围着火锅谈笑风生、其乐融融！

若江子城听到了他们的心里话，一定会跳着脚问："你们哪只眼睛看到我们其乐融融了？"但他们会齐声答："我们四只眼睛都看到了！"

Tony 问："这件事要不要告诉扈哥啊？"

Kevin："为什么要告诉扈哥？"

Tony："为什么不告诉扈哥？"

两人面面相觑，这件事实在超过了他们的理解范围。身为助理，艺人身边的大事小情都要知会经纪人，尤其当艺人有了"过密交往"的对象时，更要及时汇报。

可如果这个"过密交往"的对象是堂堂瑞慈娱乐的最高掌权人谢北望呢？

最后还是当哥哥的提议："要不这样吧，咱们直接拍一张照片发给扈哥看。"

"啊，偷拍啊？"弟弟的声音没控制住，分贝超过了耳语的范畴。

结果这一声刚好让老板娘听到了。

老板娘眼睛一亮，开心道："对啊，对啊，要照相撒！"

她差点忘了，她这次把江子城叫过来吃火锅，就是为了拍下他吃火锅的照片，到时候洗出来放大，挂在"名人墙"正中，好让所有来吃饭的食客都看到！

她两只手在围裙上擦擦，兴致勃勃地举起手机，把画面放大再放大，焦点对准江子城，也没有管什么采光啊、构图啊，开开心心地按下了快门键。

老板娘的"偷拍"时机实在是刚刚好。她刚巧抓拍下来最珍贵的一幕——谢北望夹起一块土豆，他微微起身，展臂越过桌子，把食物放进了江子城碗中。

照片中，江子城脸上是满满的受宠若惊，还带着一点点羞赧。

而谢北望表情柔和，双眼落在青年身上，隐隐透着一种不动声色的温柔。

长桌上的其他食客，作为前景全部模糊了。火锅热气蒸腾，让空气略有些扭曲，却让整张照片尽显"人间烟火"。

老板娘得意地看着自己的大作，心想自己这照相技术实在了不起，瞧瞧照片里的这两个男人，怎么就这么养眼呢？

Tony 和 Kevin 也围上来欣赏："江哥这颜，真是太能打了！"

"那是，这可是明星街拍网认证级的美貌，你以为'江不修'的外号是怎么来的？"

"明星街拍网"是一家很有名的网站，粉丝们可以付费下载明星们的高清街拍。可惜这家网站只负责拍，不负责修，他们拍的明星不是皮肤黑黄，就是眼袋浮肿。不过江子城天生样貌好、皮肤好，拍出来的照片即使不修，也好看极了。

哥俩认认真真地对着这张照片一通吹捧，他们江哥人帅心善性格好，谢总一定是看到了江哥身上的种种优点，才会和他"交往过密"的吧？

另一边，江子城望着碗里的土豆，感动非常。不枉他一顿饭的工夫都在伺候谢总吃肉，谢总居然大发慈悲，屈尊降贵地给他夹了一块土豆！

虽然只是一块土豆，但这是辣锅里涮过的土豆啊。一想到这块土豆是如何在辣锅里翻滚，浑身上下被辣汤浸透的，江子城就馋得口水要下来了。

他感动地直抹泪："呜呜呜，孩子大了，会心疼妈妈了……"

谢北望："你说什么？"

江子城："没、没，我说谢陛下恩典。"

他生怕这块掉进他碗里的土豆会插翅飞走，赶快夹起来，一口吞进嘴巴里。

结果——

"呸、呸呸呸！"

这世上还有比姜更讨人厌的"演员"吗？居然敢碰瓷土豆，要不要给它颁一座影帝奖杯啊？

这餐火锅，众人从傍晚吃到深夜，等到酒干盘净之时，时钟已经悄悄跨过了午夜十二点，新的一天就这样来临了。

桌上还清醒的人一只手就数得过来，老板娘把双胞胎兄弟扣下，让他们负责把大家送回宿舍，而江子城的归途，自然由谢北望负责。

下楼时，江子城满脸不舍，几乎是一步一回头。包厢里，几个醉鬼还在大着舌头说胡话，有人已经呼噜连天，整个楼道里都弥漫着火锅的香气，也弥漫着人间的味道。

谢北望见他如此不舍，问他："就这么喜欢？"

谢北望有时候很难理解江子城的想法。他在收购天心影视之前，了解过这家公司——江子城是个品行皆优的苗子，若是好好运作，就算无法爆红，也能收获不少关注。可惜天心影视完全是个草台班子、家庭作坊，江子城在他们那里蹉跎了两年，一直没有起色。

谢北望出手收购天心，就是为了给江子城最好的。他以为江子城心里肯定会埋怨前东家，却没有想到江子城居然和他们一直保持着极为亲密的关系。

他们不像是曾经的上司与下属，倒像是伙伴。

关系亲密得……让人嫉妒。

江子城点点头，回答："我还没离开这里，就已经在想念火锅的味道了。"

明明灯光昏暗，可江子城身上仿佛自带光晕一样，在谢北望的眼中闪闪发亮。

"那好。"谢北望喉结滚动，答，"等你下次回京，咱们一起来。"

室内暖意融融，大门推开，冷风裹挟着细碎的雪片扑面而来，卷起寒意阵阵。

江子城先是一愣，随即张开双臂奔了出去。

"下雪了！"他开心地在雪地上转圈圈，"今年的第一场雪！"

他们在室内吃了几个小时，地上已经积了薄薄的一层雪，江子城在雪地上兴奋地跑来跑去，留下一串串脚印。

他玩雪时，谢北望并没有催他，而是静静地站在一旁，看他在雪地里横冲直撞。

路灯洒下一片暖光，江子城抬头仰望，纷纷扬扬的雪花从天际降落，在灯光下翩然起舞。雪花落在他的发丝上、鼻尖上，很快就被热意带走，转眼只剩下一点点水痕。

江子城掏出手机，拍下了落雪的天空。

他想了想，干脆登上许久不上的微博，把雪景同火锅一起发了出去。

@江子城18：下雪天和火锅最配啦。
【照片 雪景】【照片 火锅】

虽然是半夜，但微博上活跃的夜猫子颇多，这条微博刚一发布，立即就有了上百条回复。

很快，几条评论就被顶成了热门。

@粉丝a：哥哥你这是深夜报复社会吗！大半夜放火锅QAQ！人家也要吃！哥哥喂我！

@粉丝b：我怎么就管不住我这个点开外卖软件的手！

@粉丝c：报告，我是华生，我发现了盲点！看桌上的盘子绝对不是一个人能吃完的。哥哥，这么晚了，你在和谁吃火锅啊【馋嘴】

再一刷新，第三条评论下又刷出来好几条回复，有猜是剧组工作人员的，有猜是和助理经纪人的，有猜是家人的……答案五花八门，没有一个猜对。

唯有一个答案十分新颖。

那是一个没有头像、零微博、零粉丝、一关注的"小号"。

@ 西北望、射天狼 回复 @ 粉丝 c：和我吃。

@ 粉丝 c 回复 @ 西北望、射天狼：哈哈哈哈哈，妹妹快睡吧，梦里什么都有哒！

第十二章

# 《怪你太可爱》

　　十二月中旬，江子城不舍地告别了北风瑟瑟的北京，飞抵四季如夏的海南岛。未来的一个多月，他将在这里拍摄他的第三部电影、同时也是第二部担任男主角的电影——《怪你太可爱》。

　　这是一部轻松校园题材的作品，它讲述了一群高考复读生，在人生的第一场重要战役上奋勇拼搏，最终实现梦想，同时收获友情、亲情、爱情的正能量作品。

　　原著由著名作者"莫内"太太倾情创作，巧合的是，莫内太太是江子城的粉丝，开机当天她因为要写稿，没能亲临现场，只能拜托剧组工作人员向江子城赠送了一套签名书。

　　短暂的开机仪式之后，江子城回到休息室，在工作人员的带领下，正式与其他主创们见面。

　　这部电影的最大投资方是瑞慈娱乐，肥水不流外人田，四分之三的主要演员都是瑞慈旗下的艺人。

　　江子城之前在宴会上见过他们，那时候他的前东家刚被收购，他就像是一只闯入孔雀聚会的丑小鸭，从里到外都透着格格不入。没想到短短几个月的工夫，他就像坐了火箭一样接连跳级，举手投足间，增添了几分自信。

　　江子城换上了校服，他面相年轻，气质又阳光，穿上校服一点都不会显得"老黄瓜刷绿漆"，反而像一名真正的高中生一样，浑身上下洋溢着清新的气息。

他把校服外套解开，随意坐在课桌上，表情既带着角色的腼腆，又混合了他本人的狡黠。阳光从窗外洒进来，落在他的手心里，他双手合拢，仿佛托着太阳。

Kevin帮他拍了照发到了微博上，一刷新，微博底下果然又被粉丝们的彩虹屁占满了。

@粉丝a：江子城，你今年才十八岁，妈妈不允许你把校服外套脱下来！

@粉丝b：外套是让人用来穿的，不是让哥哥用来当作恃靓行凶的凶器的！

@粉丝c：呜呜呜，哥哥，这世上一切美好的事情，你的脸就占据了99%。

@粉丝d：化妆师是用蜜给我们子城哥哥化的妆吗，让我尝尝甜不甜呀。

Tony问："哥，用给你朗读一遍吗？"

江子城脸皮薄，拿校服遮住脸，匆匆逃走了。

因为是青春校园电影，大部分剧情都发生在校园里，除了有台词的主要角色以外，他们这个班级还需要四十位群演。这些群演是从附近的职业学校找来的，每天一百块，价格公道。

他们的年纪都不大，带着一种纯天然的天真与烂漫。要统筹四十名十六七岁的孩子，实在不容易。这么一个困难活计，剧组安排了一位副导演进行统筹调度。

江子城一看到那位副导演，顿时僵立当场，在所有人的眼皮子底下，江子城宛如一只被煮熟的虾子，从头至脚红了个彻底。

"卫……卫欢师兄！"他惊呼。

他一双水汪汪的眼睛激动地盯着那位叫作卫欢的副导演，他先是不可置信地向着对面走了几步，待看清卫欢的样貌后，他又心急地往后躲，甚至直接藏到了两位人高马大的助理身后！

"你认识我？"卫欢问。

卫欢是一位长相极为艳丽的青年，若是光论样貌，他甚至比江子城还要精致几分。只是江子城的气质开朗大方，卫欢却略显阴郁，话不多，声音也清清冷冷的。

江子城乖乖问好："我也是电影学院毕业的，比师兄你小三届。"

"幸会。"卫欢语气疏离，完全没有闲聊的兴趣，"我先去忙了。"

"哦……好、好！"

江子城赶忙让开。他目送卫欢逐渐远去的背影，恨不得化成他脚边的一束花，陪他一起远走高飞才好。

江子城荡漾起来毫不掩饰，双手捧着胸口，就连走路都一蹦三跳。

扈哥还未曾见过他如此模样，稀奇地问："子城，那个年轻副导演是你们学校的名人吗？"

剧组里，副导演并不负责掌控摄像机，而是辅佐导演，负责演员统筹、现场执行等工作。

说起偶像来，江子城的心顿时怦怦直跳："扈哥，他是卫欢啊！卫欢！你记不记得当年——确切地说是十二年前——韩国青龙奖有一部中韩合拍的电影获奖了？"

扈哥一愣，立即反应过来："他是女主角的那位'学生'？"

"对对对，就是他！"江子城立即拼命卖起安利来。

那部名为《高中生》的电影并未在国内上映。电影的主视角放到了一位高中班主任身上，她与学生的矛盾、她与同事的矛盾、她与家人的矛盾，最终汇聚成了一个女人的中年焦虑。而这种中年焦虑，很快爆发了。

卫欢饰演的中国学生，因父母工作调动，转学去了韩国。因为语言不通、生活习惯不同，他惨遭校园霸凌。女主角挺身而出保护了他。渐渐地，学生恋慕上了班主任，而班主任为了逃避焦虑，也渐渐对他移情。

这部电影是当年的话题大作，一经上映，就在韩国引爆票房。

当年的韩国青龙奖，《高中生》一举捧起三座奖杯，很多人说，若不是卫欢是中国人，恐怕奖杯又要多一座。

当年卫欢年仅十五岁，却在镜头前展现出了令人窒息的美感。他散发着光芒，同时也追逐着光，他的一举手一投足，都让人无法移开视线。

卫欢的第一部作品，就如此惊才绝艳！

江子城正是被这部电影深深触动，决心追随卫欢的脚步，成为一名演员。在他藏在日记本里的"江子城人生必做一百件事 list"里，"与卫欢师兄合作"甚至排在了"赚到一个亿"之前。

可令人困惑的是，卫欢在拍完那部《高中生》之后，就再无作品。他仿佛是昙花一现的梦境，很快就被娱乐圈遗忘了。

然而江子城没有。

江子城万万没想到，他当年许下的愿望居然成真了，他真的和卫欢在同一个剧组里合作了！可是，卫师兄怎么没继续当演员，却成了副导演？

不过无所谓，只要看到卫师兄还活跃在娱乐圈里，他就很开心了！

想到这里，他立即偷偷举起手机，拍下了卫欢和小群演们说戏的照片。

照片中，卫欢被穿着校服的小群演们包围。他性格冷清，可说戏时耐心又细致，声音徐徐，不紧不慢，把一会儿拍摄的要点逐一说清。他长得美艳，即使是一张侧脸，也足够勾人心魄了。

江子城对着这张照片看了又看，实在想昭告天下，告诉所有人他的男神下凡了！

可他又怕发到微博或者朋友圈里，会给男神招来麻烦，思来想去，只能暗搓搓地、点对点地炫耀。

而最合适的炫耀对象，莫过于"谢小姐"了。

她也是有"男神"的人，她能为了韩国欧巴从中国飞到意大利追行程，她一定能够理解他对卫欢男神的热爱的！

是江子城不是江城子：谢小姐，在吗？
是江子城不是江城子：谢小姐，在吗在吗？
是江子城不是江城子：谢小姐，在吗在吗在吗？
谢：。

谢小姐看起来非常忙，只匆匆回了个句号，代表"我在"。
不过江子城一点都不嫌弃她冷淡，卖安利这种事情，就要胆大心细不要脸！

是江子城不是江城子：【照片】

江子城一口气发了十张照片过去，每一张都是工作中、休息中的卫欢。卫欢天生一副好骨相，极其适合镜头，就算江子城只是随便按下快门，照片中的他依旧是那么耀眼。

谢：？

依旧是一个符号，可江子城居然顺利读出了"这个人是谁？和你什么关系？"的疑问。
真是奇怪，不知不觉之间，江子城居然成了"谢语十级能力者"，光是"谢小姐"发来一个标点符号，他就能顺利解读出这么多。

是江子城不是江城子：这是我男神！
是江子城不是江城子：怎么样，特别有气质吧？
谢：……

奇怪。

江子城盯着那个意味深长的省略号，情不自禁地打了个冷战。

怎么回事，难道他引以为豪的"谢语十级证书"出了什么差错？他怎么从那个省略号里，品出了"命不久矣"的含义？

第一周的拍摄任务安排得很轻松，主要目的是让几位主演尽快熟悉彼此。大家都已经毕业多年，这次"装嫩"扮演高考生，对于每个人来说都是不小的挑战。

和江子城演对手戏的女主角吕霞，是一位明艳大方的年轻实力派演员。因为女主角的设定是一位退役的击剑运动员，于是她在开拍前，特地抽出一个月的时间去特训，成效显著，行走间还真有几分"女侠气质"。

江子城很喜欢和这种敬业的演员打交道，再加上两人镜头前是同桌，镜头外是同事，没事时总爱凑在一起聊天。

江子城给吕霞起了个外号，叫"女侠"。

吕霞笑眯眯地说："那我也给你起个外号，叫'娇花'怎么样？原著就是'女主负责称霸学校，男主负责貌美如花'，我叫你一声'娇花'，绝对不亏待你。"

江子城当然不同意，结果被"女侠"按住脑袋，被迫认下了这个昵称。

吕霞问："娇花，戏拍了一个星期了，你见过编剧没？"

江子城有点惊讶："编剧来了？我以为这部电影没有跟组编剧。"

"怎么可能没有？"吕霞说，"编剧一直在，但是每天都待在酒店里不出来，闷头改戏。"

剧本写完后，即使导演制片都过审，定了一稿二稿三稿，可是最终拍摄时，总会出现各种各样的问题，导致剧本会随着拍摄进度一并调整。

有时候碰到难搞的演员，还会现场要求编剧给自己改戏。比如上次江子城拍《拜托了吹风机》时，周满宇因为自己轧戏，要求编剧组连夜动工，挪了一半戏到江子城身上。

不过他们这部《怪你太可爱》到现在为止还没有遇到过什么大问题，就是有时候会发现剧本台词不够顺口，经常会出现成语和同音词。

江子城说："我以为剧本是原著作者亲自操刀的，很多行文习惯一看就是小说家风格。"

吕霞消息比他灵通不少："那倒不是。不过这个编剧确实是小说家转行的，他披了个马甲，原本写过什么没人知道。每天闷在房间里，神龙见首不见尾的。"

江子城倒是不怎么在意："八成人家小姑娘第一次当编剧，太羞涩了吧。"

"小姑娘？"

"是啊，能把原著精髓抓得这么准，写出的恋爱戏份甜蜜浪漫，这一看就是个女编剧，总不可能是男人吧？"

"你既然这么想，那行吧。"

闲聊时说过的话，江子城很快就抛到了脑后。

没想到当天下午，他居然在拍摄现场看到了那位被他誉为"少女心"的编剧。

这天的戏是班级内的群戏，在实际拍摄中遇到了很大问题，群演状况百出，一会儿走不准位，一会儿笑场，一会儿忘词。这样一来，不仅拖慢了拍摄进度，还十分影响男女主角的正常发挥。

卫欢一次次把小群演们聚在一起说戏，可小孩子哪有什么敬业想法，嘻嘻哈哈没个正形。

导演动怒，把助理叫来："给胡亦知打电话，把他叫过来现场改戏！改不了就删！咱们先拍下面的！"

在场外休息的江子城听了半耳朵，默默重复着编剧的名字——"狐一只？一只狐？这么'妖'的名字，一定是个很漂亮的女生吧。"

十五分钟之后，满怀期待的江子城终于见到了这位传说中的"狐狸精"。

只见这只"狐狸精"身高一米九，浑身肌肉，皮肤麦色，脚踩人字拖，满脸络腮胡——这哪是什么少女心编剧，这明明是个金刚芭比啊！

最引人瞩目的便是他身上的 T 恤，正面写着四个大字"胡改乱写"，背面印着一个硕大的二维码，底下写着"改稿，打钱"。

吕霞凑过来，踮起脚尖拍了拍江子城的肩膀，安慰他："别哭啦娇花，女侠的肩膀借你靠哦。"

那位胡编剧顶着一脸络腮胡，蹭蹭蹭几步走到导演面前，居高临下地看着他，问："听说您要改剧本？"

导演："啊，是、是啊。"

胡编剧扬起钵大的拳头，状似随意活动手腕那样，在导演面前转了转。

胡编剧："这次又是什么问题？经费烧不起？台词不够口语化？日景夜景对调？"

导演："其、其实也不一定非要改。"

"那是为什么？"

"群演那边协调不好，一条都过不了。"

"群演？"

导演连忙点头，指向那群在胡亦知进来后就噤若寒蝉的小刺头："小卫和他们讲了很多次戏，可他们无法理解剧本的意图。"

胡亦知点点头，表示知道了。然后他就以一种黑社会老大要教训不听话小弟的架势，虎着脸向着那群群演走去。

整个场内鸦雀无声，就连吕霞都捂住了眼睛，又忍不住分开手指，透过指缝暗中观察这位彪悍十足的胡编剧要怎么和群演"沟通"。

没想到他刚走两步，便有一道人影拦住了他的去路。

拦住胡编剧的不是别人，正是负责指导群演的卫欢。

两人一个高壮魁梧，一个纤瘦高挑，对比反差鲜明。

江子城紧张到心脏都要蹦出喉咙，上一次他这么紧张，还是去看《金刚》电影。

卫欢仰面看向这位大脾气编剧，清冷的声线犹如珠落玉盘："群演都是未成年人，又是第一次拍戏，确实很难入戏。我会和他们再沟通一次，你不要吓到他们。"

胡亦知一双眼睛定在卫欢身上，微妙地停顿了几秒，怔怔地答："我没有想吓他们啊。"

"可你已经吓到他们了。"

被卫欢护在身后的年轻群演们立即飞快点头，像是一群在啄米的小鸡。

胡亦知皱眉，解释："我只是想给他们讲戏。"

"讲戏？"

"是啊，导演不是说他们理解不了剧本意图吗，我是编剧，我当然要告诉他们这段是在表达什么啊。"

所有围观人员同时在心中尖叫：你这哪里像是编剧给群演讲戏，明明是去寻仇吧？

不过有这位外表彪悍的胡编剧压阵，在之后几幕中，群演们的配合程度直线上升。

该怎么走位就怎么走位，该怎么表现就怎么表现，摄像机换机位时，他们也不再抱怨"怎么还没拍完啊"，一个个规规矩矩地坐在座位上，身板挺得笔直。

胡亦知问导演："这不是挺乖的吗？"

所有工作人员："呵呵。"

群演配合度高，江子城和吕霞两个人飙戏时格外顺畅，再也不会有人突然笑场或者咳嗽打断他们了！

他俩都是年轻演员中的实力派，江子城的能力自是不必说，吕霞是童星出身，只是中间退出娱乐圈安心学习去了。这部电影是她回归的第二部作品，女主角健康积极的形象和她的人设非常符合，宛如量身定做一般。

两个人极为默契，这一天的拍摄任务居然提前完成，比往常早了整整半个小时收工！

吕霞拉住打算卸妆的江子城，亲昵地说："娇花你别走啊，咱俩合张影。"

江子城问："合什么影？"

"发微博营业啊。"吕霞大大方方地说，"咱俩可是男女主人公，总要给粉丝发发糖吧。"

江子城现在听到"营业"两个字就头疼。作为一部电影的男女主角，在拍摄时、上映前后做良性互动，是非常正常的营业手段，无可厚非。

可他一想到那条"三十岁以下江姓男艺人不能炒CP"的莫名规定，就觉得双腿发颤，眼前发黑。

江子城灵机一动，说："发照片多没意思啊，咱们录个小视频吧。"

吕霞："可以啊，录什么？唱歌、手指舞、土味情话？"

江子城故作神秘地摇摇头。

他掏出手机，点开特效相机，播放土嗨音乐，然后把手机屏幕对准了他们两人。

随着摄像头捕捉到人脸，一颗硕大的哈士奇狗头凭空出现在了吕霞的肩膀上，完整遮住了吕霞的小脸。

吕霞无语了。

江子城："女侠，你没玩过这个游戏吗？你疯狂甩头，就能把狗头甩到我脸上啦！"

吕霞闻言，甩了下头。

果然，那只特效狗头从吕霞脸上消失，这次换成江子城当"狗"。

江子城乐得不行，继续甩头，又把狗头甩了回去。

两人就这样相对"甩头"，你甩我，我甩你，甩了半天，录了一段长达三分钟的甩狗头小视频。伴随着背景的土嗨歌曲，整个小视频不仅没有丝毫CP感，甚至还充斥着浓浓的沙雕味道。

江子城："哈哈哈，是不是很有趣？"

吕霞："哈哈哈，是啊……"

这支男女主角相对甩狗头的土嗨视频，经由吕霞的微博发了出去。江子城转发时特地选择了颇有象征意义的"doge"表情，一字未说，万语千言皆在视频中。

粉丝们点开视频时，本来想看小姐姐和小哥哥在镜头前秀恩爱发糖的，哪承想恩爱没有、只剩沙雕，随随便便截张图，就是表情包。

视频录到后半程，吕霞甩狗头甩得特别敷衍，巴掌大的小圆脸写满了"生无可恋"。偏偏她身旁的江子城毫无察觉，自顾自地狂甩脑袋，每一次甩都正好踩在了背景音乐的鼓点上。

这个视频一经发出，瞬间转发破千，每一次刷新后台，都能看到无数的留言、私信涌入，无一例外都是"哈哈哈哈哈"。

因为他们两人都是瑞慈娱乐的艺人，瑞慈的营销部门立即给这个视频买了一波大号转发，没过多久，"心爱CP狗头"的关键字就挂在了热搜上。

江子城觉得莫名其妙，问吕霞："'心爱CP'？我和你为什么是'心爱CP'？"

吕霞答："你是不是甩狗头甩傻了？因为这部电影里，你的角色名字里有'艾'，我的角色名字里有'心'，连起来不就是'心爱CP'吗？"

"那也不对啊！"江子城说，"我是男生，我的名字应该在前，明明是'爱心CP'好吗？"

江子城也是很懂粉圈用语的！CP的名字，一般都是男性角色的名字在前，在后面的都是女性角色。

吕霞幽幽地看了他一眼，默默卷起衣袖，曲起手臂，亮出了她入组前特训出来的肱二头肌。小说原著里，女主角是娃娃脸怪力小可爱，电影也延续了这个人设，吕霞为此在健身房练了整整一个月。

吕霞："现在知道为什么我的名字在前了吗？"

江子城甘拜下风。

和女演员炒CP真可怕，三十岁以下江姓男艺人表示炒不起。

吕霞又问他："对了，作者那天在微信群里说，她特别期待你拍露腹肌的那场戏，你准备好了吗？"

"我倒是准备好了。"江子城尴笑，"可是我的腹肌还没准备好。"

为了不让莫内太太失望，江子城从那天开始，坚持每天睡前都要做一整套"腹肌撕裂者"。不管当天下戏多晚、拍摄多辛苦，他都坚持不懈地打卡锻炼。

一段时间下来，江子城觉得自己的腹肌确实要撕裂了。

他是跟着某健身 App 一起锻炼的，每次完成当天任务后，他就把锻炼截图分享到朋友圈，并且标注上"day1""day2""day3"。

某天午休时，剧组的几位主创聚在一起吃饭，聊起了江子城这段时间的"打卡"。

吕霞说："我真没想到你居然能坚持下来，那天拍'大夜'，下戏的时候天都亮了，我看你还在朋友圈兢兢业业地打卡。"

江子城怪不好意思的："我这人从小就不爱锻炼，如果不坚持打卡，恐怕过几天就懒得动弹了。"

这倒是人之常情。

大家顺着他的话讨论起来，几位主要演员都是二十出头的年轻人，都有过相似的行为。

这个说："我以前坚持过每天背二十个单词，打卡一千多天。"

那个说："我打卡写日记，不过没坚持下来。"

就连看上去很不好惹的胡亦知编剧都说："我每天练笔，少则三五百字，多则几千上万，不管有没有灵感，都要写。"

此话一出，引发众人一连串的惊叹。

待所有人都说完，依旧有一个人没有开口。

江子城把视线投注在那个坐在人群边缘的身影上，有些犹豫要不要把卫欢男神拉进话题里。剧组开机这么久，他靠着一张笑脸和能说会道的好性格，和所有人打成了一片，可惜他最想接触的卫欢男神却依旧冷冰冰的。

卫欢像是一株生在雪山上的高岭之花，江子城使劲蹦啊蹦，却怎么都够不到他。

江子城在心底给自己打了打气，用一种轻松的口吻说："卫师兄，你呢，你以前打过卡吗？"

空气一静。

谁也没想到江子城会把冷冰冰的卫欢拉过来。在空气静默的那几秒里，江子城虽然脸上在笑，其实心里尴尬得不行，后悔自己的多嘴。

他现在根本不是什么被娱乐媒体看好的"明日之星"，他就是一个最普通的小迷弟，在偶像面前既想表现，又怕表现自己。

没想到，卫欢真的开口了。

卫欢说："我以前也打过卡。"

江子城终于找到了台阶，立即眉飞色舞地问："打卡做什么？"

卫欢："看我能坚持几天不洗脸。"

江子城怀疑自己听错了。

卫欢声音冷冷的，说得仿佛不是他自己的事情："我上大学时，大家还在用'人人网'，我就每天发一条状态。比如'第一天不洗脸''第二天不洗脸'……"

江子城已经不知道自己要摆出什么表情了："然、然后呢？"

卫欢："在我打卡到第二十二天的时候，辅导员闯进我的寝室，让我舍友把我按住，强行给我洗脸。"

所有人都接不上话了。

卫欢并不知道，在那一刻，他原本在迷弟江子城心里构建了整整十二年的"神祇"形象瞬间坍塌。

这哪是什么冰山美人，这明明是个冷面笑匠嘛！


远在千里之外的北京。

谢北望站在办公室的落地窗前，静静看着脚下的花园。

瑞慈娱乐的办公园区是在十年前建成的，当年地价还没有飙升，老谢总买下了一大块地，建成了一座主楼、两座翼楼，并且请来了香港的园林设计大师，为整座园区进行绿植设计。

入冬后，北京接连下了两场大雪。白色的雪花铺满整座花园，把原本光秃秃的银杏树妆点得分外美丽。

谢北望静静地望着这片银装素裹的世界，神色肃穆。忽然，办公室的大门被推开，一串脚步声响起，最终停在了他的身后。

"谢总，"走进办公室的人是谢北望最信任的一位助理，"您要的资料我已经整理好了，请您过目。"

谢北望转过身，伸手接过了那薄薄的一页 A4 纸。

若是江子城在这里，一定会大声惊呼："谢北望你干吗调查我男神的资料？"

没错，现在被谢北望拿在手里的这张纸上，正印着卫欢的所有资料。

从他的毕业院校，到他参演过的电影，再到他毕业后这几年辗转各剧组的经历……每一条都清清楚楚，事无巨细。

卫欢的经历很干净，寥寥几行就写得很清楚。他大部分时间都在独自穷游，待花干净身上的最后一分钱后，又去剧组工作赚下一次旅行的钱。

他的足迹遍布世界，从巍峨的乞力马扎罗雪山，到神圣的梵蒂冈，他一直在行走，从未停下。

谢北望看着这纸履历，凝眉问道："卫欢只演过一部电影？"

"是的，十二年前演过一部《高中生》，中韩合拍，获了不少奖。"助理立即体贴地说，"等到把他签进瑞慈娱乐，我们会立即给他安排金牌经纪人、一流资源，凭借他的演技和外貌，只要资源够好，三年之内绝对能拿遍国内奖项。"

"停，"谢北望皱眉打断，"我什么时候说要签他了？"

"啊？"

助理心中打鼓：难道不是谢总看上了这位小明星，打算捧他，才会命人去调查他的资料？本来大家都在私下八卦，说谢总终于要步上谢老总裁的后尘，没想到事情真相不是这样！

谢北望拿着那纸轻飘飘的资料，随手放到了一旁。

他只是想"知己知彼"，之前他从未从江子城嘴里听过什么"男神"，谁承想随随便便进了一个剧组，居然就让江子城遇到了！

谢北望问："我这个月还有多少工作安排？"

助理答："您明天约了陈总，后天与上海市政府合作的公益项目需要您出席，大后天到月底要在悉尼……"

谢北望公事繁忙，这个月的行程排得密密麻麻，一直延续到了明年一月中旬，硬是一天都挪不开。

想了想，他掏出手机拨打了一个熟悉的电话号码。

听筒里传来"嘟嘟嘟"三声忙音，很快就被接通了。

"哥！怎么想到给我打电话啦！"

女孩欢快的嗓音从听筒里传来。谢小姐上的是私立国际女校，校风甚严，住宿制，每个月仅能回家一次。

谢北望问："盈盈，你是不是下周就要放圣诞节假了？"

谢小姐答："是啊，不过只放三天，回来还要准备期末考。"

"三天也够了。"

"啊？"

"你好久没有放松了，想不想去海南度个假？"


这天江子城刚一抵达片场，便注意到整个片场从内到外都洋溢着一股紧张的气氛。上到导演、下到场记，人人都打起了十二分精神，就连走路都比往常轻了不少。

剧组员工是有专门的工作服的，只是平常很少有人穿。可今天每个人都套上了那件印有"怪你太可爱"几个大字的浅粉色 T 恤衫，看上去活像少女高中生聚会。

剧组员工大多是男性，一个个黑不溜秋的，穿上粉红色的 T 恤后特别滑稽。唯有卫欢皮肤白净、眉眼精致，被粉红色一衬，显得更加雌雄莫辨了。

一旁，统筹正对着胡亦知说好话："胡编剧，胡大编剧，求求您了。您就把胡子剃了吧，头发也好好梳一梳，下午投资人金主们就要来视察了！这几天就不要把二维码穿在身上了，好不好？"

胡亦知意义不明的"哼"了一声。

江子城被这草木皆兵的氛围吓了一跳，忙问吕霞："这是怎么了？"

吕霞说："这你都看不出来？上面要来人啦！"

瑞慈娱乐是这部电影的最大投资方，今天早上制片组收到消息，上面有人过来探班。这种名义上的探班，实质就是来视察，怎么能不让剧组紧张呢？

江子城被剧组上下这股风声鹤唳的氛围所传染，觉得心里发慌，太阳穴一跳一跳的。

不……不会是他想的那样吧？

他赶忙掏出手机联系他的"线人"。

江子城这才放心。

看来是他神经敏感了，谢总那么日理万机的人，一分钟几千万上下，哪有时间飞来海南岛"视察"这种投资不超过两千万的小项目呢？

没想到打脸来得这么快。

下午，一架从北京飞来的私人飞机降落在了海南机场。

在保镖的簇拥下，谢小姐一身艳丽衣衫，身姿翩翩地出现在了剧组的拍摄现场，裙摆上的太阳花都没她灿烂。

谢小姐笑眼弯弯，向江子城挥了挥手："嗨！"

江子城尴笑："嗨……"

"见到我惊喜不惊喜，意外不意外？"

"特别惊喜，特别意外。"

江子城心中火山喷发，恨不得表演一个当场爆炸：这种场合下，是哥哥来还是妹妹来有什么区别吗？！

谢小姐大驾光临，剧组所有工作人员排队来给她请安，只是人数点来点去，怎么数都少了一个人。

场记说："胡编剧说他来大姨夫了，肚子疼，要回酒店休息。"

江子城想，估计胡亦知是舍不得剃胡子，才会干脆闭门不出吧。

谢盈盈走到哪里，都要带着她的宝贝小貂。谢大白一见到江子城，立即亲昵地向他摆了摆尾巴，四只小短腿在主人身上踩啊踩啊，示意她带它去他那里。

谢盈盈正嫌它一身皮毛太热，干脆把它留给江子城，自己跟着剧组人员去参观。

待谢小姐一走，吕霞立即八卦兮兮地凑过来，挤眉弄眼地说："好啊娇花，原来你这么了不起啊！"

江子城问："什么了不起？"

吕霞："你和谢小姐那么熟，怎么之前从来没听你提起过？"

江子城可不想让别人知道太多，赶忙否认："哪里算熟，也就之前见过几次而已。"

吕霞当然不信："谢小姐都放心把自己的爱宠交给你了，这还不算熟？"

"孙悟空还替王母娘娘养马呢，那他俩也不熟啊。"

他说得义正词严，表情正直得不得了。吕霞居然真的被他忽悠住了，开始反思自己的思想太龌龊。

江子城趁热打铁："行了，别想那些有的没的，今天还有两场戏没拍完呢。待会儿谢小姐肯定要在旁观看，你可别一紧张就 NG 了！"

话题就此岔开，吕霞一心扑到了剧本上，再没多余时间思考那些边角八卦了。

这天下午要拍摄的戏份，刚巧就是被原著作者期待许久的"露腹肌"戏。

剧情其实比较俗套，男主角登高换灯泡，结果衣服下摆上卷，不小心露出了紧实的腹肌。

据说原著连载时还出了一点小插曲，评论里读者纷纷表示作者不切实际，男主明明是腼腆书生气质，书生都是白斩鸡，怎么会有腹肌？

作者当时很坚决地回复：我！乐！意！

小说改编后，这段在作者太太的强烈要求下保存了下来，江子城为此特训了很久，直到今日，他的腹肌终于有了用武之地。

他很瘦，肚皮上的脂肪少，八块薄薄的肌肉覆盖在腹部，看起来刚刚好。

可惜片场补光很强，江子城又不是肌肉壮男，他肚子上的那点肌肉线条，经过灯光一打，摄像机一拍，顿时变成了一片平平坦坦的白肚皮，根本看不出来一点阴影。

导演二话没说，直接命人把江子城押送到化妆师那里，化妆师拿出阴影棒、高光粉，对着他的肚皮仔细加工，终于帮他勾勒出了更清晰的腹肌线条。

谢盈盈看到了，嘲笑他："江子城，原来你腹肌是画出来的啊！"

江子城抬不起头来，嘴硬道："演员的事，能叫画吗？"他小声嘟囔，"现在除了健身教练以外，还有哪个男人有腹肌啊。"

谢盈盈答："我哥就有啊。"

"真的，他身材很好的。"她顶认真地说，"小时候他带我去游泳，整个沙滩上所有女孩子都在看他。"

江子城脑中不由自主地浮现出了谢北望的身影。男人身材挺拔高大，不论何时见他，都是西装笔挺的模样——原来在那身西装之下，藏着一副让其他人都艳羡的好身材吗？

十分钟之后，"补妆"完毕的江子城重新站到了摄像机前。

根据剧本里的内容，他要踩上梯子，伸手换灯泡。

开拍前，他问工作人员："电闸有断开吧？"

工作人员同他开玩笑："江老师很有生活经验啊，看来没少在家里换灯泡。早就断开了，您放心吧。"

江子城说："因为前不久刚换过。"只不过他换的不是家里的灯泡，而是总裁办公室的灯泡。

其实拍电影是一件很枯燥很无聊的事情，比如这一幕，最终剪辑出来可能只有十几秒，可是近景、特写都要拍，还要分不同角度拍摄。江子城要在镜头前反反复复演很多遍，而且每一遍都要做到完全相同，不能穿帮。

尤其是拍腹肌特写时，他要一直保持手高举、露出腰的姿势，底下一群工作人员围着他，十分尴尬。

谢盈盈第一次参观拍摄现场，即使反复拍同一幕，她依旧看得津津有味，一点都不觉得无聊。

她趁别人不注意，掏出手机偷偷拍下了剧组拍戏时的照片，还特地拉近镜头，啪啪啪拍下了好几张江子城的腹肌特写。

她点开微信，发给了远在千里之外的自家兄长。

CrystalX：哥！谢谢你送我来度假！
CrystalX：拍戏实在是太有趣了！

紧接着，她一口气分享了十几张照片过去。

瑞慈娱乐大楼，二十八层，会议室。

昏暗的会议室里，气氛严肃。已到年末，公司各个部门的工作告一段落，年报汇总文档已经上交到总裁办。而今天这场会议，公司所有高层全部出席，向瑞慈娱乐的最高掌权人谢北望汇报一年的工作。

现在站在台上述职的，正是艺人管理部的总监吴德。他是老谢总留下的"元老"，年纪不算老，却油滑得要命，瑞慈娱乐签下的几百位艺人都要受他管辖。

他站在投影前侃侃而谈，身后的屏幕上是一张数据精彩的表格，破折向上的箭头红得耀眼，而他的脸上满是自得。

"今年瑞慈娱乐又签下了新艺人二十八名，并且着手组建'练习生'部门。谢总，现在其他娱乐公司都有了成规模的练习生团体，咱们真的不能再犹豫下去了！"

谢北望面色凝重，正要开口，忽然一阵微信推送声打断了他将要出口的话。

身处会议室里的各位总监一愣，不知道是谁这么大胆，参加高层会议居然连手机都没有静音。

众人你看看我，我看看你，想要抓出这个"不长眼"的家伙——没想到最后掏出手机的，居然是坐在正位上的谢总！

谢北望每次出席会议时，都会把手机静音，唯有两个人的消息被拉到了白名单里。

而现在联系他的人，正是唯二的白名单人员之一。

谢北望以为谢盈盈找他有要事，不承想点开消息一看，映入眼帘的居然是一张照片。

照片拍摄背景是在人来人往的片场中。剧组工作人员举着摄像机、收音筒，围住了站在人群之中的江子城。

江子城高举双手，一脸专注地望着头顶的灯泡，随着他的动作，他上衣微微卷起，露出一小截劲瘦的腰肢。

不等谢北望回复，又过了几秒，一张新的照片传了过来，这次的照片比刚刚拉近了不少。刚刚只是远景，新的照片则是特写。

一张和腹肌有关的特写。

谢北望黑着脸把几张照片保存下来，然后冰冷冷地回复。

**谢：剧组工作场合，不能偷拍。**

**谢：盈盈，把照片删了。**

谢小姐在片场待了整整两天，江子城原本以为她会嫌弃拍摄很无聊，没想到她不吵不闹，老实地抱着谢大白坐在片场外，活像个吉祥物一样。

在拍摄间隙，谢盈盈溜达着来找江子城，问他："拍戏好玩吗？"

江子城一头雾水："还……还好吧。"他心想，拍戏的时候她一直在旁边看着，好不好玩，难道她还不清楚吗？

谢盈盈又问："台词难背吗？"

江子城："不难，都挺口语的。"

"在摄像机前面你会紧张吗？"

"习惯了就好，没什么好紧张的。"

谢盈盈绕着圈子甩出来几个问题，江子城稀里糊涂地答了，硬是没搞明白她到底想做什么。

等到午休结束后，忽见化妆师和造型师呼啦啦跑过去，簇拥着谢盈盈走进了里面的休息室。等到她再出现时，居然换上了戏中的校服，头发梳了个高马尾，一副学生模样。

江子城的眼珠子都快掉下来了。

谢盈盈一见他这副模样，哼了一声，别扭地说："可不是我想客串，是你们群演不够，制片请我来帮忙。"

江子城这才明白上午她究竟在暗示什么，她想客串，又不好意思主动开口，兜兜转转暗示半天，他这个男主角却像个傻子一样。还好制片组精明，猜出谢小姐的言下之意，赶忙把她请来，还给她安了一句台词。

江子城心想，谢小姐和谢总真不愧是亲兄妹，虽然外在性格不同，但是内里一模一样：遇到事情，总不肯坦率地说出心里的想法，非要兜一个大圈子。

他们的心思就像藏在地里的一截香肠，江子城又不是属狗的，哪里找得到？

江子城在休息室里听到执行制片给胡亦知打电话。这两天胡亦知"大姨夫"疼，不能来片场，一直在酒店休息。

"胡编剧，你尽快在今天的拍摄内容里添加一段剧情……给谢小姐加……对、对，是谢盈盈小姐没错……算是客串出演……不能直接挪其他人的戏份……要得不急，你慢慢写。"执行制片看了眼手表，"十五分钟之内给我就成。"

电话那头传来一阵清晰的骂街声。

十分钟之后，胡亦知把新剧情和收款二维码一同发到了执行制片人的手机上。

新剧情在没有改动原有剧情的情况下，承上启下增添了一段新内容。

新增的剧情非常简单，谢盈盈饰演隔壁班的女同学，跑进他们班，扬声问："班长在吗？文老师叫你去办公室。"

台词简短，没有任何难度，就算毫无出镜经验的人都能完成，还能单独拉一组远景、近景加特写。

谢盈盈开开心心地演完了，全程没有 NG（这么简单的戏也没办法 NG），场务居然似模似样地送上一束鲜花，恭喜她"杀青"，把小姑娘哄得笑容止不住。

戏拍完后，江子城问谢小姐感觉怎么样。

谢盈盈正抱着花束自拍，随口说："还是蛮有意思的。不过最有意思的是这身衣服。"

江子城没明白："衣服怎么有意思了？"

他们身上穿的是最普通的高中运动款校服，蓝白两色，穿在身上就像套麻袋一样，全靠演员自身的颜值撑住画面。

谢盈盈诚实作答："丑得很有意思。"

江子城："像你这么诚实的人，在学校里是要被欺负的。"

"我说的是实话啊。这么丑的衣服除了能凸显你比所有人都好看以外，还有别的作用吗？"

江子城不想承认，自己的虚荣心就像一只被打满气的气球，晃悠悠地飘上了天，都要 C 位出道了。

谢盈盈和剧组拍了张大合影，又特地拉着男主角单独拍了一张合影，开开心心地修好图，打算发到朋友圈里。

江子城见她熟练地点开朋友圈编写"心灵感言"，感叹道："我还以为你不爱发朋友圈呢。"

他之前从来没在"谢小姐"的朋友圈里刷到过自拍照，他还以为她不喜欢在社交网络上分享自己的生活。

谢盈盈说："怎么可能？我长得这么好看，当然要让大家多看看。"

江子城一愣："啊？那为什么我没刷出过你的朋友圈？"

谢盈盈用看智障的目光看着他："因为咱俩不是好友啊。"

江子城同样用看智障的目光回望她："你是不是傻？咱们昨天上午才聊过。"

"我的天！"江子城猛然警醒，立即打开微信，把好友列表里那个叫作"谢"的账号怼到了谢盈盈的鼻尖前，"那这个用雪貂头像的人是谁？"

谢盈盈看了一眼，掷地有声地抛下四个字："是我哥啊。"

江子城惊呆了。

他猛地狂翻起他和"谢"的聊天记录来，两人加好友足足半年，但是聊过的内容并不多，江子城很快浏览完毕，他赫然发现，"谢"从来没有承认过自己是谢盈盈！全都怪江子城先入为主，误把图谋不轨的大灰狼当作了清纯无辜的小白貂。

谢盈盈很惊讶："没想到你居然是我哥的微信好友啊？他很少加别人的。"

江子城二话没说，立即把他和"谢"的聊天记录删除，又把这个账号拖进了黑名单中。

他抬头，脸上带着得体的微笑："现在不是了。"

远在地球的另一端，谢北望忙碌了一天，终于在凌晨获得了短暂的休息时光。

他简单洗漱完，靠在床头，点开手机里那个小小的绿色图标。

他先打开妹妹的朋友圈，翻看了她今天的新自拍。盈盈正是爱臭美的年纪，头像几乎隔天就要换一张，朋友圈里充满了她的碎碎念：老师的作业留太多，和小伙伴吵架，读了一本好书，小白貂到了掉毛的时候……

而今天的照片上，谢盈盈穿着一身灰扑扑的高中运动校服，在剧组主创的包围之下，笑得灿烂极了。

配文是一串超级可爱的表情：

**CrystalX：第一次参加拍摄，很有趣！【干杯】【干杯】【可爱】【可爱】**

他手指轻轻滑动，打开了第二张——这一张，是谢盈盈和江子城的单独合影。

江子城身高一米八，谢盈盈身材娇小玲珑，刚刚到他的下巴。画面上的两个人穿着同样的校服外套，谢盈盈踮起脚尖，在江子城的头顶比出一对兔耳朵，江子城无奈极了，只能对着镜头露出傻笑。阳光从他们身后洒下，两人并肩站在一起，宛如亲密无间的一家人。

谢北望对着这张照片微微出神，他把它保存下来，收到了"最爱"文件夹——照片上是他最重视的两个人，缺一不可。

待欣赏完妹妹的美照，谢北望终于点进了江子城的朋友圈。

他自小有个习惯，说不上好抑或不好：他喜欢把最重要的东西留到最后欣赏。他长大后，被生父接回谢家，谢长安对他这种"穷习惯"很看不上，勒令他必须改正，强迫他养成了"看上的东西立即下手"的性格。

只是在他内心深处，在他一个人独处的时候，还是愿意把最珍视的东西藏在故事结尾，慢慢品味。

就如小朋友碗里的鸡腿，就如江子城的社交账号。

江子城入组后，忙得没时间在朋友圈里分享生活，不过最近他每天都要打卡"腹肌撕裂者"。于是谢北望每天临睡前都要去他朋友圈看一看，即使两人没有任何交流，只要看到江子城在"打卡"，谢北望就会觉得非常安心，仿佛他就在自己身边一样。

然而今天，当他打开江子城的朋友圈后，却发现那里一片空白，寸草不生。

奇怪。

谢北望直接给江子城留言。

**谢**：？

**谢**：你把打卡记录删了？

下一秒，两个红艳艳的"叹号"出现在对话框外。

谢北望的微信好友极少，加起来不到二十个人，除了江子城和谢盈盈以外，剩下的人不是公司高管就是他的秘书和助理。在他有限的经历里，从未遇到过"叹号"这种情况。

他刚开始以为是信号不好，可是他拿着手机调试半天，发出去的叹号依旧存在。

谢北望起身，下床，穿着拖鞋直接敲开了隔壁的房门。

原本已经进入梦乡的助理屁滚尿流地爬起来，明明困得眼睛都睁不开，还要强打起精神，给谢总答疑解惑。

谢北望握着手机，表情严肃地问："如果我给一个人发微信，却显示'红叹号'，是什么意思？"

助理吞了口口水，小心翼翼地说："那只有一个原因了。"

"什么原因？"

"对方把您拉黑了。"

谢北望周身的气温瞬间下降二十度，冻得助理浑身打战。

"谢总，您、您还有事吗？"

"我之后的工作安排还有几天？"

助理脱口而出："计划是未来一周都要待在悉尼。"

"压缩一下，周五我要回国。"

三天时间一晃而过，谢盈盈在剧组里过足了戏瘾，终于要起驾回宫了。

她才十六岁，正是贪玩的年龄，这部电影恰好讲的是她同龄人的故事，搞得她恋恋不舍，恨不得再在剧组里住上一阵子才好。可她一想到即将到来的期末考试，只能把那点蠢蠢欲动的心思压了下去。

临走前，她特地叮嘱江子城："你一定要好好拍！我可是《怪你太可爱》的原著粉，你要是拍毁了，我第一个冲过来挠你！本来我看你这人傻乎乎的，还担心你演不出来这种学霸男主角，没想到你在镜头前还挺让人心动的嘛。"

江子城受宠若惊，真没想到能在大小姐口里听到这么高的赞誉，他不敢居功，赶忙说："是编剧改得好。"

"行啦别谦虚了，再好的剧本，遇到没演技的人只会辣眼睛。"谢盈盈怅然地说，"说起来，编剧的病还没好吗？怎么这三天一直没见到他？"

江子城只能打马虎眼："男人嘛，一个月总有那么几天……你懂的。"

两人闲聊几句，很快就到了出发时间。生活助理过来催她，示意她该动身了。车子就停在片场外面，随时可以出发。

谢盈盈落落大方地向剧组的其他人挥手告别，又打着官腔"勉励"了导演组、制片组几句，然后便在保镖的簇拥下离开了。

那道娉婷的身影越走越远，最终消失在林肯轿车的后座中。

同剧女主角吕霞凑到江子城身边，小声同他八卦："你说谢小姐究竟是来做什么的？说视察不像视察，说探班不像探班，倒像是真的来玩玩。"

江子城也没办法回答这个问题，应该说，谢家兄妹俩的心思，他从来就没猜透过。

谢小姐前脚刚走，神秘消失三天的编剧胡亦知后脚就出现在了片场里。

他还是那副络腮胡、邋遢 T 恤、人字拖的打扮，看起来不像是剧组工作人员，倒像是来打劫的。

有他镇场，剧组的小群演们一扫原本的懒怠，兢兢业业地完成任务，一下午就赶上了之前三天落下的进度。

卫欢是专门负责统筹群演的副导演，见这群小孩子被胡亦知吓得战战兢兢，于心不忍，过来同他讲道理："胡老师，你能不能笑一笑？"

胡亦知闻言，立即露出八颗牙齿，给了大家一个白森森的笑容。

卫欢："你别笑了。你一笑，我的头都要掉了。"

两人不欢而散。

江子城正在旁边看好戏，忽然双胞胎兄弟急急忙忙跑过来，在他耳旁大呼小叫。

Kevin 说："江哥江哥，大事不好，你快去休息室看看吧。"

江子城一头雾水地被两人拖到了他的专用休息室，进门一看，终于明白为什么兄弟俩这么惊慌。

只见一只白乎乎、软绵绵的小动物趴在他的专属沙发上，四肢并用地抱着一个大苹果，正啃得欢呢！

小白貂嘴巴小，牙齿细得像米粒，也不知啃了多久，才在大苹果上留下一个小小的豁口。见江子城来了，它讨好地抬起头对它摆摆大尾巴，俨然把他当成了主人。

江子城哭笑不得，赶忙把小家伙抱进怀中，一边指挥 Tony 把苹果切成小块喂给小貂，一边给谢小姐发微信（这次他加到真的了！）。

是江子城不是江城子：谢小姐，你把大白落下了！

CrystalX：不是我把它落下了，是它舍不得你，不肯走。

这算是从天而降的惊喜吗？他这人怕寂寞，曾经动过养宠物的心思，可是他身为演员，一年十二个月里有十个月都不在家，养宠物实在不方便。小雪貂亲人又可爱，拍戏的时候能有它陪伴，实在太幸福不过了。

是江子城不是江城子：谢小姐，谢谢你把它留下来陪我。

是江子城不是江城子：不过我拍戏的时候很忙，时间长了，怕照顾不好它。

CrystalX：我知道。

CrystalX：放心吧，你帮我养几天就好。

CrystalX：等到新年，会有人把它接走的。

现在刚过圣诞节，新年正好是本周五，江子城掐指一算，大白还能在自己这里住四天！

他抱起小雪貂亲亲它的小尖嘴，雪貂眨眨小豆豆眼，亲昵地腻在他的怀中。

是江子城不是江城子：你现在应该已经落地了吧？

CrystalX：【白眼】【白眼】【白眼】

CrystalX：别提了，飞机晚点了。

是江子城不是江城子：咦，私人飞机也会晚点？

CrystalX：不是啦，我这次坐国航。

CrystalX：我哥去悉尼出差，飞机跟着他走了。

猝不及防听到谢北望的消息，江子城心里一跳，不由自主地想起了那个静静躺在自己黑名单中的名字。

当时他恼羞成怒，一气之下拉黑了谢总。爽是爽了，可是爽完了之后，他这个贱货心里又敲起了鼓。

咚咚咚、咚咚咚——

江子城实在管不住自己的手，颤颤悠悠地在对话框里打下了几个字。

是江子城不是江城子：那个……我把谢总拉黑的事情，谢总有说什么吗？

CrystalX：？

CrystalX：我哥应该说什么吗？

江子城被问住了。

是啊，谢北望应该说什么吗？

那是瑞慈集团的现任领导者，是谢长安唯一公开承认的继承人，那是踩一踩脚，娱乐圈就要地震的人物，那是冷面冷语、让无数人猜不透摸不准的谢北望。

手机屏幕暗了下去，江子城望着自己的倒影，想：他不过陪你看了一场赛马，帮你包扎了一次脚踝，为你放了一次烟花，又陪你吃了一顿火锅，你就真以为他想和你做朋友了？

如果他真的在意你的感受，为什么在微信被拉黑之后，这几天都没打过电话呢？

江子城警告自己绝对不能犯傻。他可不能忘了，在他看到的未来里，谢北望这个家伙可是会在自己洗澡的时候在门外"偷看"呢！

第十三章

# 真心话还是大冒险

工作一忙起来，时间过得飞快。十二月的最后几天，几乎眨眼就从摄像机里溜走了。

十二月三十一号的通告单排得满满当当，江子城光是看一眼，就不住叫苦。

"为什么一年的最后一天还要晚上十点才能下戏啊！"

制片主任说："前期排得紧，后期才有余力调整。十二月三十一日赶戏，这是为了能尽快杀青，保证你们除夕夜能回家过节。"

这么一想，江子城瞬间又有了活力。

因为小群演们都要回家跨年，所以这一天就没安排群戏，只安排了几位主要演员的对手戏。

都是一个公司的同事，电影开拍将近一个月，大家也有了默契，这一天的拍摄进展顺利，终于赶在十点之前完成了当日的任务。

江子城拍戏时，谢大白就乖乖地窝在他的专座上休息。饿了吃水果，困了抱着尾巴睡觉，睡醒就睁着豆豆眼卖萌……谢大白很快就荣升为剧组最受欢迎的一员。

本来制片还想给谢大白加戏的，胡编剧听后，很爽快地说："加戏可以啊，二维码就在我背上，你什么时候付钱，我什么时候动笔。"

制片："说笑而已，不必当真，么么哒。"

江子城下戏后，谢大白直接跳到他身上，在他肩头找到最舒服的位置窝起来，像一条温暖的大围巾一样。

吕霞拦住他，颇具女侠气质的说："娇花你别走啊，今晚跨年，咱几个找个地方撸串啊！"

江子城有些心动，但一看自己怀里的谢大白，又有点犹豫了。他现在可是新晋奶爸，还要回家奶"孩子"的！

吕霞忙说："没事没事，你把大白也带过去，我们不会玩到太晚的，一点之前准散场。"

江子城这才同意。


他们拍摄的地方借用了某所小学的新校舍，刚装修完，校舍里的味道还没散尽，学校为了孩子健康，打算放一年再投入使用。

《怪你太可爱》剧组入驻新校舍后，最开心的就是剧组里的这帮吃货了，学校门口特别繁华，小吃一条街上的餐厅琳琅满目。海南岛四面临海，每天都有刚捞上来的各类新鲜海产品，在这儿吃烤鱼、吃虾蟹贝类最是畅快不过。

他们一行十来个人，浩浩荡荡杀到一家大排档里。他们虽然是演员，但都属于名气不大的那类，身上没那么多偶像包袱，大家要了一箱啤酒，烤生蚝、烤扇贝、烤鱿鱼、烤鱼……各种海产品摆了满满一桌。

光是吃东西那多无聊。

酒过三巡、菜过五味，有人从兜里掏出一副扑克牌甩在桌上，提议要玩牌。

胡亦知喷他："就一副扑克牌，十几个人玩个鸟！"

那人道："别的玩不了，真心话大冒险还是玩得了的！"

吕霞："真心话大冒险？这是高中生才玩的吧。"

江子城摸摸大白的小脑瓜，笑眯眯地说："可咱们现在不就是高中生吗？"

一句话说得大家都乐了。

于是开始洗牌、抽卡。

第一局，男二号运气佳，抽到了大王。他点名让九号接受挑战。

也是巧了，九号居然是卫欢。

卫欢话少，清清冷冷地举着一杯啤酒坐在那里，很秀气地小口喝着："我选真心话，你问吧。"他看向男二号。

男二号想了想，问出了一个大家都特别感兴趣的问题："那个……卫欢，你以前也演过电影，为什么之后就不演了？"

卫欢答："没什么，遇不到我喜欢的剧本而已。"

"只有这个？"

"是啊，要不然还能因为什么？"

男二号讪讪地，卫欢气场向来和大家不合，偏偏他又长得特别好看，就算光摆在那里都赏心悦目。娱乐圈的人最是颜控，遇到这种长得漂亮的人，即使性格再古怪、再冷漠，也忍不住往前凑。

又过了几轮，大家有选真心话的，有选大冒险的，很快就把餐桌旁的氛围炒热了。

江子城一直在旁观战，每次都侥幸没有轮到他。等到再抽卡时，江子城直接派出了小白貂帮他抽卡，不承想谢大白运气爆棚，居然一下抽到了大王卡！

而被江子城点名的六号，居然是胡亦知。

胡亦知挠挠自己的络腮胡，说："我选真心话。"

江子城想都没想，立即抛出了困扰他许久的问题："胡老师，你是为什么想当编剧的啊？"

此话一出，大家纷纷附和。

吕霞明显喝多了，白皙的脸上满是红晕，大着舌头说："是……是啊，胡老师，您更适合当武术指导，不适合当编剧！"

胡亦知靠在塑料椅背上，晃着脚，慢悠悠地说："其实理由很简单。我从小就特别喜欢看电影，我初中的时候，有一回逃课去了家地下电影院，当时在放一部韩国片子。"

大家心领神会地发出了一声"哦"。

地下电影院播放的韩国电影，大家脑中都出现一些不可言说的画面。

胡亦知说："我就在那部电影里看到了我此生的'缪斯'。"

"哇，好浪漫！"

"胡老师，你就是为了和你的女神合作才进入影视圈的？"

"那你现在联系上她了吗？"

然而胡亦知没有回答大家的问题，他的眼神落在自己的正前方，又像是看着遥远的过去，又像是看着面前的人。只听他狠狠啐了一口，怒道："那部电影里，我的'缪斯'居然有三场床戏！他还没成年啊！导演要不要脸啊！编剧要不要脸啊！我就想，不行，我绝对不能让这种垃圾电影玷污我的'缪斯'，他以后只能演我写的戏！"

胡编剧可真是性情中人啊……

唯有江子城心中一动，下意识地顺着胡亦知的视线看去，却发现坐在他视线尽头处的那个人，正是安安静静吃着烤扇贝的卫欢。

江子城觉得自己脑海中冒出来的想法有点荒唐。

不不不，一定是他多想了。虽然卫欢当年出演的那部《高中生》，年仅十五岁的男高中生确实与三十岁的女班主任有三场亲热戏，然而那部电影可是当年韩国青龙奖的最大赢家啊，在国际上也得了不少奖项，绝对不可能是胡亦知嘴里的"垃圾电影"。对，一定是他想多了！

之后大王卡又在餐桌上轮了几遍，几乎所有人都被作弄过一次。

等到最后一瓶酒喝完，时间不早，大家终于决定散伙了。

"最后一次，再玩最后一次！"吕霞酒量最差，她喝到双脸红扑扑的，高举双手提议，"最后一次玩个大的，别总什么'真心话'了，咱们这次'大冒险'！而且咱们要走出去——走到外面去，拉路人玩！"

江子城无奈："喂喂喂，咱们可是公众人物，小圈子玩玩就算了。拉路人的话，不太好吧？"

可惜大家都喝嗨了，再加上这又是辞旧迎新的最后几分钟，大家都想放胆挥别过去。

这一次的"大冒险"是所有人一起商定的——被惩罚的那个人要

蒙住双眼，走出大排档，然后向他迎面撞到的第一个人借一样东西。

江子城："借什么东西？借打火机？"

吕霞："不，答案是这个——"

她亮出一张纸片，上面写着大大的五个字。

江子城在心里默默朗读了一遍，结果羞耻到鸡皮疙瘩噌噌往外冒，他抱紧谢大白暗自祈祷，他绝对、绝对、绝对、绝对、绝对不要成为这个倒霉鬼！

可惜，越不想发生什么事，这件事就越会成真。

江子城哭唧唧地站在大排档门口，双眼被丝巾捂住，身后传来其他人的鼓掌声与叫好声。他们这群人本来就长得抢眼，围观的吃瓜路人在听说这个帅小伙要玩"大冒险"后，纷纷掏出手机，录下了他摇摇晃晃地走出大排档的身影。

丝巾很薄，不能完全遮光，江子城可以模模糊糊地看清脚下的路，避免摔倒。可惜他无论如何都看不清眼前的人群，无法从中找一个"好说话"的人"碰瓷"。

他只能伸开双手，跌跌撞撞地向着前方摸索。

谢大白一直乖乖站在他的肩膀上，他本来想把它留在大排档里的，可它死活不愿意同他分开。江子城干脆把它当作吉祥物，让它充当自己的"眼睛"。

"大白……大白……"他小声说，"你赶快用你的小眼睛帮我看看，这周围有没有哪个人看着是和善可亲、善解人意的？"

他病急乱投医，完全是图个心安。

没想到谢大白突然弯下脖子，张开小嘴，咬了咬他的左耳垂。它的嘴巴小小的，咬人也不疼，米粒般的牙齿在他的耳垂上碰了碰，很轻，但绝对不会让他忽略。

江子城一愣，谢大白从不咬人，这是它头一次做出啃咬的动作。

江子城小声问："你是让我往左？"

谢大白又咬了咬他的左耳垂，这次甚至急躁的在他肩膀上跳动了两下。

"那我相信你喽。"

这么说着，江子城小心地转过了身子，向着左侧慢慢走去。他怕摔，于是他走得很慢，步子也很小，生怕碰到无辜的人。

他把所有注意力都放在了脚下，自然没能注意到，身后大排档里的声音已经不知不觉地消失了。仿佛有一个无形的旋钮，把那些起哄声、叫好声都压了下去。

一步、两步、三步——"嘭"。

江子城撞进了一个人的怀里。

那是一个身材高大的男人，身处炎热的海南岛，在嘈杂的大排档摊位前，这位男士却穿着笔挺的西装，就连领带都束得一丝不苟。

江子城摸摸自己被撞痛的额头，又摸摸男人身上的西服，怜悯地想：卖保险的小哥真不容易，这么晚了才刚刚下班。

算了，还是赶快完成"大冒险"要紧。

他抬起头，即使他看不清男人的样貌，但可以看到头顶的彩灯在男人身上勾勒出的五彩光晕。

江子城扶住男人的手臂，站直身体，然后清清嗓子，认真地问："先生，我能向你借个东西吗？"

过了许久，那位先生终于开口。他嗓音沙哑，轻声地问："你想借什么？"

这嗓音有些熟悉，可江子城脑中闪过了什么，却没有在意。

他喉结滚动，羞耻地背诵出答案："借我你的心。"

四下安静。

唯有海岛夜风习习，吹拂在江子城的身畔。

那句羞耻至极的情话说出口后，江子城尴尬得仿佛站在了针毡上。虽然他是演员，在镜头前说过无数肉麻的台词，可是私下玩这种耻度的游戏，还是第一次。

站在江子城面前的"无辜路人"没有说话，江子城以为他被自己吓到了。

也对，人家好好走在路边，突然被自己拽住听土味情话，确实太倒霉了。

想到这里，江子城一边拽下脸上的遮眼丝巾，一边匆匆道歉："对不起对不起，我们刚刚是在玩真心话大冒险……"

话未说完，江子城已经凝固成一座雕塑了。

是他看错了吗？他不过是玩个普普通通的游戏，为什么远在南半球的谢总会出现在他面前？

小雪貂见到另一位主人，开心地猛晃尾巴。它直接从江子城的肩膀上起跳，一头扎进了谢北望怀里，飞快钻进他的西装外套中，只露出一个圆三角脑袋，歪着头看着江子城。

江子城看看小雪貂如此亲昵自然的动作，不得不承认这一切并不是幻觉。

"真心话大冒险？"谢北望垂眸看他，嘴角翘起一个微小的弧度，说，"借你我的心？"

江子城：天啊，让我原地消失吧！

谁能想到江子城只是玩个游戏，居然玩回来一位总裁大人？

当他把男人领回大排档时，一种令人窒息的安静席卷了整张餐桌。

桌上堆满了残羹冷炙，啤酒瓶子摞起来像是小山一样。众人望望这满桌狼藉，再望望气场冷冷的谢总裁，即使醉意再浓这时也都清醒过来了，一个个低着头，像被拔了毛的鹌鹑一样，可怜、弱小，又无助。

江子城狗腿地把塑料凳擦干净，送到男人面前，殷勤地说："您坐，您坐。"

谢北望没有落座，冷冷的视线从几位艺人身上一一扫过："不要忘了，你们是艺人，是公众人物。下戏后想要聚餐，可以；但是耍酒疯，不行。"

大家都不敢说话。

谢北望不是危言耸听，他掌管着如此庞大的一家娱乐集团，见过太多黑黑白白的案例。有些事情，普通人能做，但是明星不能做；有些事情，大明星做是"真性情"，小明星做就是"没艺德"。

这部电影由瑞慈娱乐独家投资，参演艺人绝大部分是瑞慈的人。刚刚这些小艺人确实玩太嗨了，居然让男一号去路边拉人说土味情话！幸亏这个剧组比较低调，没有八卦狗仔跟拍，否则明天的热搜上绝对能看到他们几人的名字。

谢北望冷声问："你们酒醒了吗？"

"醒、醒了。"

"醒了还不赶快回酒店？还站在这里做什么？"

大家一听，立即脚下抹油溜走了。唉，这好好的辞旧迎新日，怎么过得这么刺激呢？

江子城也想混在大军中一起溜走，无奈他脚刚一抬起来，就被谢北望叫住了。

"江子城，你是不是应该向我解释一下，为什么把我的微信拉黑？"

江子城腿软心尖颤，结结巴巴地说："手、手滑。"

"手滑？"谢北望侧目看他，"那好，我的房间在你们酒店顶楼，一会儿你跟我回去，给我当面演示一下，你究竟是怎么手滑的。"

江子城心道：妈呀，这是"真心话"完了，要开始"大冒险"了吗？

《怪你太可爱》是小成本、小投资的电影，剧组从主创到主角都不是什么有名的人物，住的地方自然也没那么高大上。温泉别墅、五星级酒店不用想，剧组就近包了一家三星级的连锁旅馆，其中设施最好的"总统套房"不到三十平方米，八百块一晚——还没有总统家里的卫生间大。

订房时，助理问谢总要不要住到三公里之外的某五星级度假酒店去，谢总说不用，离剧组越近越好。

电梯门"叮"的一声打开，江子城跟在谢北望身后，像一条加大号的尾巴，心惊胆战地随他踏入了顶楼。

现在是旧年的最后一天，再有十分钟就要跨入新的一年。整栋楼都安安静静的，有些人早已进入梦乡，有些人还在外面狂欢。

一时间，整个楼道里只能听到皮鞋踏在地毯上的声音。

这家连锁旅馆的设施并不好，地毯花纹老旧，黑色和红色的菱形格子交叠在一起。江子城苦中作乐，让自己左脚踏红、右脚踏黑，游走在红黑之间。若是地毯的纹路有断开的地方，他就干脆不踩，直接双腿并拢跃过去。

结果——"嘭"。

他一头撞到了谢北望的后背中央。

谢北望原本正低头开门，不承想青年居然这么皮，一头撞了过来，简直像一头横冲直撞的小蛮牛。

谢北望怀里原本正在睡觉的小雪貂忽然被惊醒，吓得尾巴毛都蓬起来了，像条巨大的貂毛掸子。它攀着男人的西服衣领爬上他的肩膀，两只前爪勾着他的头发，委委屈屈地要抱抱。

谢北望一手搂住雪貂，回头训斥："多大的人了，还没只小动物稳重。"

江子城自知理亏，哼哼唧唧地应了。

门锁"嘀嘀"一响，房间门打开，这间还没有总统卫生间大的"总统套房"呈现在了两人眼前。

套房鲜有人住，开门后便有一股潮气扑面而来，好在有空调帮忙抽湿，才没有散发出恶心的霉味。

房子空间很局促，进屋便是一张大床，大床旁见缝插针地摆下了一张破旧的书桌和一把随时要散架的椅子。

谢北望惜字如金，说："坐。"

江子城左右看看："坐哪儿啊……"

谢北望："坐床上。"

江子城便老实地坐在床上。

谢北望没有坐下，而是倚靠在那张书桌前，双手环抱在胸口前，低头看着他。

男人身高腿长，锃亮的牛津雕花皮鞋极为轻易地探到了江子城的双脚之间。

谢北望冷声道："好了，你该给我讲讲你是怎么手滑的了。"

江子城想哭。

他当时头脑一热做了蠢事，胆大包天地把谢总拉黑了！加错微信这事细细想来，人家谢总半点错都没有，全怪江子城认错了人，误把一头大灰狼错当成小红帽。他在得知真相之后，大脑瞬间空白，第一个反应就是把这个错误给"消除"掉。

等他之后回过神来，已经完全没有修补的余地了。他总不能再把谢总暗搓搓拉回好友列表吧？亡羊补牢，晚啦！

他苦着脸掏出手机，当着谢总的面，把他的账号从黑名单里拉出来——然后再次拉黑。

江子城觍着脸说："就、就是这样手滑的。"

谢北望说："再滑一次，我没看清。"

于是江子城硬着头皮又重新操作了一遍。

谢北望："再滑。"

江子城没办法，反反复复把那个账号拉黑，拉出，再拉黑，再拉出……就这样麻木地重复了几十遍，直到微信弹出提示框，告诉他短时间内频繁操作太多次数，如果他再继续操作下去就会锁定他的账号。

江子城不敢随便乱动了。

谢北望也看到了那条弹窗提示，可他却没有放过江子城，而是摊开手掌，说："把你手机给我。"

江子城不知他要做什么，小声提醒："谢总，如果再拉黑，我这个账号就要被封了。"

谢北望说："不拉黑。"

那是做什么？

江子城一脸茫然地把手机交到了谢北望手中。

谢北望先翻过来看了看他的手机壳。他的手机壳是在网上特别定制的，造型简单，整体色调是纯黑色，正中间有一个闪闪发亮的金黄色凸版花体英文——"Krypton"。

"Krypton"即"氪星"，代表着他自小到大深埋心底的幻想乌托邦。那个乌托邦里有金黄色的麦田，有永远等不到的 UFO，还有陪他一起等 UFO 的汪汪哥哥。

可惜他换上这个手机壳后，遭受了身边所有人的无情嘲笑。同组的女主演吕霞嘲笑他是"直男审美"，江子城理直气壮地嚷嚷："我是直男，我有直男审美怎么啦？"

江子城原以为谢北望在看到手机壳后，一定会像其他人那样笑话他。没想到男人只是定定地看了两眼，就把手机翻了回去。

谢北望熟练地打开江子城的微信，在列表里找到了自己的账号。

因为频繁的拉黑又恢复，两个人的对话框里干干净净，一片空白。不过好在聊天内容都有备份。

谢北望在江子城的手机上点了几下，很快还了回去。

江子城拿过来一看："咦？"

只见他的微信软件里，与"谢"这个账号的对话框明晃晃地置顶在最上方！这个账号压过他的经纪人、助理，堂而皇之地 C 位出道，空降联系人列表的第一位！

谢北望语带命令："以后不准再把我拉黑了，听见没有？"

"呃，好。"

就在江子城点头的那一瞬间，突然有一声尖锐哨响窜上夜空。紧接着，一朵璀璨夺目的烟花在窗外盛开。

两人一愣，同时转头向窗外看去，触目所及之处，漫天烟火遮住了天上的星子，唯有大团大团的金色碎屑，从天空纷扬而下。

新年就在这一秒来临了。

江子城后知后觉地"啊"了一声，轻声道："新年快乐。"

他以为他的声音很小，谢北望不可能听到，却没发觉谢北望的目光早已落在他身上。

"新年快乐，"谢北望在心中默念那个名字，"城城。"

这是他们第一次共同度过新年，也是第一次并肩欣赏烟花。

以后，他们还会一起看许许多多的烟花。

待新年的烟花燃尽，时钟已经慢慢走到了凌晨一点。江子城拍了一天的戏，即使他强打精神，到了这个时间，他的上下眼皮也开始打架了。

谢北望并没有留他，而是说："你早点回去休息吧。"

江子城得了圣旨，赶忙站起来要走。没想到他刚一起身，裤兜里的房卡就掉到了地上。

江子城连忙弯腰去捡，可他这时困倦上头、四肢极不协调，稀里糊涂地一抬脚，居然把那张房卡踢到了谢北望的床下。

谢北望挑眉："如果你想留下，直接开口就好，不用绕这么大一个圈子。"

"我不是！我没有！"江子城只能悲愤地自证清白。

江子城是一人居住，没有室友，他的房卡弄丢，只能去一楼前台补办。

谢北望不放心他，陪他一起下楼。

新的一年已经来到，可这座城市的夜生活刚刚开始，还能隐约听到远处露天大排档传来的吆喝声。

前台的值班老阿姨坐在摇椅上，一边看电视一边嗑瓜子。

江子城敲敲前台的桌子，同她说："阿姨，我房卡弄丢了，想要补办一张，多少钱啊？"

阿姨抬眼看他："啊，我记得你！你是男一号对吧？"

江子城羞赧地点点头。他们剧组人多，包下了整栋宾馆，平时他们出出进进，都会和这里的工作人员打招呼。

这些演员当中，阿姨最喜欢的就是江子城。他长得好看，嘴巴也甜，有一次穿着校服（戏服）回宾馆，头发梳得板板正正的，模样乖得不得了。

她可喜欢他了，忙说："不要钱，不要钱的。前台这里有一张副卡，你拿去用吧！这次别弄丢了！"

说着，阿姨拉开抽屉去拿副卡。

宾馆的每间房间都有主卡副卡之分，主卡放在住户手里，副卡则留在前台备份。

没想到阿姨拉开抽屉翻了半天，翻来翻去都翻不到江子城房间的副卡。江子城双手扶着前台桌子，探过脑袋遥遥一看，只见抽屉里乱七八糟的什么都有，凌乱极了，怎么看也不像是能找到副卡的样子。

谢北望清了清嗓子，说："江子城，既然找不到副卡了，我看你不如和我……"

阿姨忙说："找得到，找得到的！保洁那里还有一张万能卡，我去取！"

说着，阿姨匆匆跑向后面的保洁小屋，没过一会儿就举着一张万能卡走出来了。

江子城的房间在三楼，阿姨昂首挺胸地在前面带路，江子城和谢北望跟在后面。

谢北望身材高大，即使室内闷热，他依旧穿着规整的三件套西装。他走在这窄窄小小又昏暗的走廊里，显得那样格格不入。

江子城说："谢总，您早些回去休息，就这几步路，我又不会走丢。"

谢北望没说话，依旧沉默地走在他身边。

江子城认命，这次只能由他带着一个加大号尾巴。

到了江子城的单间门口，阿姨帮江子城刷卡，让他进屋。

阿姨说："我只是值班的，权限不够。这张万能卡我还得带回去，明天等领班来了，再给你补卡。"

江子城笑着道了谢，又说了几句好听话，把老阿姨哄得飘飘然，几乎是飘着离开了。

待阿姨走后，狭窄的走廊上只剩下两个男人相对无言。

谢北望盯着江子城头顶的乱发，而江子城盯着脚下脏兮兮的地毯。

江子城把刚才说过的话又重复一遍："那谢总，祝你新年快乐。"

"嗯。"

"晚安。"

"嗯。"

"呃……明天见？"

这次谢北望换了种回答："恐怕明天见不到了。"他看看腕间的手表，低声道，"我四个小时之后的飞机回北京。"

"这么急？"江子城一时迷茫了，"谢总，您难道不是来视察剧组工作进度的吗？"

他原以为谢北望是"微服私访"，所以才会突然袭击空降剧组，不承哪想男人只在这里待了短短几个小时就要离开！

谢北望总不可能是为了微信被拉黑的事情，千里迢迢跑来找他吧？

虽然江子城知道这个可能性微乎其微，但他却控制不住逐渐加快的心跳。

"我这次来是为了私事。"四下安静，谢北望低沉的嗓音萦绕在江子城耳边。

江子城口干舌燥："什么私事？"

或者说，谁才能称得上谢总的"私事"？

谢北望嘴角微翘："我是来接大白回家的。"

等到第二日上戏时，旅馆顶楼的"总统套房"早已空了。

谢北望来也匆匆，去也匆匆，并没有提前知会过剧组的任何人。第二天到了片场，几位演员窃窃议论昨晚从天而降的谢北望，导演和制片人才知道谢总昨晚居然大驾光临过。

据说，谢总来此的目的不是视察剧组或探班演员，而是为了把谢盈盈的爱宠带走——谢总未免太宠妹妹了吧！

一个剧组上百人，大部分员工都没见过谢北望本人。谢北望作风低调，不像老谢总那样好大喜功。员工们对这位高高在上的新任总裁非常好奇，他们听说江子城和谢总有私交，都围着江子城，让他讲讲谢北望的事情。

江子城搪塞道："没什么好讲的。他嘛，两只眼睛一张嘴，两条胳臂两条腿。个子高高的，板着脸，总是这样——"他做了个微微凝眉的严肃表情，"看别人。"

导演从旁边经过，见江子城似模似样地学起谢总的神态，笑了："别说，小江学得还真挺像，十分精髓学了八分。"

他剩下半句话没说——这么一个微小的表情就能学得如此像，看来江子城对谢北望相当熟悉啊。

场务不满意江子城如此敷衍，问："江老师，您这个形容范围也太大了，照您这么说，个子高，脸臭，还长了两只眼睛一张嘴……这个形容套在胡编剧身上也成啊。"

胡亦知顶着一张毛茸茸的脸冒出来，忙说："别别别，我不像，我像不起。谢总出身高贵，生来就是人上人，和我这种卖弄文字的穷酸编剧可不一样。"

大家都笑了。

圈外人对影视圈有很大误解，很多人都以为，编剧是剧组的核心，编剧肯定会有选角权，每天晚上都会有小明星敲编剧房门。

胡亦知也呆过不少剧组了，小明星半夜敲门的事情没遇到过，小明星经纪人半夜敲门命令他连夜改戏的事情倒是遇到不少。后来胡亦知留起络腮胡，练出浑身肌肉，再套上定做的 T 恤……这种欺负人的事情才从他的生活里绝迹。

江子城看到胡亦知，忽然想起来："对了胡老师，昨天晚上你什么时候走的？我带谢总回大排档时，你的座位已经空了。"

胡亦知随口答："哦，我尿急。"

一种奇怪的违和感从江子城脑中一闪而过。

上次谢盈盈来剧组时，胡亦知不在；这次谢北望莅临，胡亦知依旧缺席。江子城总觉得这不是巧合，简直像是胡亦知在故意绕着他们兄妹走。

不等他深想，江子城裤兜里的手机忽然响了。

他拿出来一看，发现和他说话的人居然是置顶在微信最上方的某位先生。

谢：我落地了。

谢：飞机延误了半小时。

江子城不懂谢北望这是什么意思。

怎么回事，谢北望和他重新成为好友的第一句话，居然是向他汇报自己的行程？

难道他脸上写满了"谢总我很想知道你每天都做些什么"吗？

他装作没看到，把手机塞回了裤兜。

又过了二十分钟左右，手机又响了。江子城按捺不住，暗搓搓地把手机掏出来瞅了一眼。

谢：现在往公司去。

谢：下午开会。

谢：晚上还要参加一个新年晚宴，政府主办的。

他不知该怎么形容现在的心情。之前他把"谢"当作是谢盈盈，大大方方同"她"聊天，随便发散话题，什么都敢说。可现在，与他对话的人变成了那位高高在上的总裁大人，就连一个简单的标点符号，仿佛都有了非同寻常的意义。

"谁想知道你的行踪啊？"

江子城这么抱怨着，可依旧管不住自己的手，回复他的留言。

是江子城不是江城子：今天是元旦，你居然还要去公司开会？

是江子城不是江城子：难道不放假？

谢：钱不放假，我就不放假。

是江子城不是江城子：佩服！


果然是大资本家，随便一句话就这么精辟。


之所以在元旦第一天安排这么重的戏份是有原因的。剧本里有一幕很经典的雨中漫步的戏份，原作没有，是胡亦知特地添加上的。

放学后，少男少女在淅淅沥沥的小雨中并肩走着，雨雾蒙蒙，明明不需要打伞，可男生却特地撑起了伞，只为了享受两人独处的静谧时光。

统筹提前查了天气预报，见这天傍晚有小雨，降水概率足有40%，立即把这幕戏排到了今天。

吕霞问："咱们好歹是瑞慈的剧组啊，难道穷到连洒水车都雇不起吗？"

制片主任说："咱们是小成本电影！当然是能尽量压缩成本就压，洒水车都是按天租的，这一幕没有台词，也就拍一个小时左右，不如向老天借两滴眼泪喽。"

可惜天公不作美，明明天气预报上说了这个傍晚有雨，可是他们左等右等，只见阴云密布，却不见雨滴落下。

制片主任不慌不忙，带领制片组所有成员走到操场中，用手机大声播放某位歌手的歌曲，同时踩着歌曲节奏开始跳舞，俨然一场大型祈雨仪式。

江子城："这能有用吗？"

谁知他话音未落，天空一声巨雷炸响，瞬间豆大的雨珠子就砸了下来，砸的制片组哇哇乱叫。他们只是想祈小雨，没想到老天厚爱，给了他们一场狂风骤雨。

幸亏机器提前包好了防水布才没有被淋湿。

这样一来，戏自然不能拍了，而且因为大雨瓢泼，大家都被堵在了教学楼里。

制片主任犯愁，这还有大半天戏没拍呢。制片人是剧组的"钱袋子"，掌管预算，在他眼里，现在在教室里走来走去的人不叫"工作人员""群演"，统统叫"人民币"。

制片主任翻了翻剧本，着急地问导演："有室内的大雨戏吗？别浪费时间，先拍拍。"

导演摇头："这个真没有。"

制片主任又去找胡亦知："有没有哪场室内戏能改成雨景？"

胡亦知倒是挺好说话，特爽快地说："可以啊，没问题，什么时候要？"

制片主任："越快越好，半小时之内吧。"

胡亦知转过身子，指了指身后的二维码："那您扫码吧。先款后稿，概不赊账。"

江子城"扑哧"笑出了声。

制片主任就是个铁公鸡，什么都要精打细算，一分钱掰成两半花，哪有什么余钱让胡亦知改稿啊？

当初选中胡亦知执笔原作改编，就是因为他手速快、质量高、报价低，不承想这家伙只提供"基础版功能"，每改一次稿都要加一次钱。而且这家伙一身腱子肉，外表极有威慑力。在制片主任心中，"胡亦知陷阱"完全可以和"美容院陷阱""婚纱照陷阱"并列，登上《1818黄金眼》栏目。

制片主任郁闷地走了，又一次胜利归来的胡亦知背着手在片场里转圈圈，围绕卫欢做着一次又一次的公转运动。

江子城坐在休息椅上，看到那个鲜明的二维码在眼前飘来荡去，一时好奇，摸出手机扫了扫。

手机弹出一个收款页面，最顶端是一个收款账号。

"咦？"

江子城越看那个账号越熟悉，好像在哪里见过似的……

等等！

江子城猛然想起来，那本被他当作厕所读物的《谢长安传》，作者在最后一页印上了二维码，希望大家多多打赏，支援他的新作《天狼传奇》……

这两个收款账号，是一模一样的！

江子城盯着胡亦知后背的视线太过火热，胡亦知隐隐察觉到了身后的视线，下意识地回过了头，两人的目光刚巧撞在了一起。

虽然两人经常在剧组见面，但胡亦知身材壮硕又满脸络腮胡，所以实际上，江子城从来没有认真观察过这位编剧的样貌。

可如今这么一看，对方鼻梁高挺、眉目深邃，若是刮掉胡子，梳顺头发，很有可能是一个帅哥。

江子城盯着盯着便遗忘了时间，直到一阵迷雾钻进他的大脑，他才意识到，他的预知能力居然再一次发动了……

迷雾缓缓散开。

白雾背后，是一间很大的办公室，四周摆设都很眼熟。气派的办公桌、纯皮的老板椅、落地玻璃墙，还有整整一面墙的展示柜……

没错，这里正是位于瑞慈办公大楼三十二层的总裁办公室！

办公室大门忽然被推开，一个身材高大健壮但脸色极臭无比的年轻男人走了进来。

说他是"走"，不如说他是"被押送"。在他身后，紧跟着两名身穿西服的保镖大哥，正密切注视着年轻男人的一举一动。

男人看起来二十四五岁，五官立体，眉目舒朗。他留着整整齐齐的口字胡，略长的头发在脑袋后打了小髻子，发尾不听话地乱翘着。

他明明长相英俊，可身上的衣服却充满"宅男"气息，他身上套着一件皱巴巴的白 T 恤，胸口写着几个大字——"有钱就是爸爸"。

江子城确信他从未见过这个男人。然而他身上却带着一种莫名的熟悉感，挥之不去。

男人被押送进总裁办公室，可他一点都不怯场，自顾自地拖来一把凳子坐下，问："谢总，您找我有何贵干啊？"

他一开口，江子城瞬间听出了他的声音——这个男人居然是胡亦知！他梳过头发、修好胡子之后，居然是这么一个硬朗型男！谁能想到他那张毛茸茸的脸下面，居然藏着这样一副好样貌！

原本面向落地窗外的皮椅缓缓转了过来，江子城这才发现，原来谢北望一直都在这间办公室里，安静地欣赏窗外的美景。

谢北望站起身走到胡亦知面前。若是光论身材，谢北望并没有胡亦知那般高大，可是谢北望身上带着一种上位者的气息，即使只是一个微小的表情变化，都带着深深的压迫感。

谢北望低头俯视他："听说，你的剧本已经连续被八家影视公司拒绝了？"

"你！"胡亦知不承想第一句就被人揭了短，他道行不够，沉不住气，"哼"了一声问，"怎么，难道瑞慈娱乐要投拍？"

"为什么不？"谢北望反问，"这个剧本我已经让人评估过了。剧情、人设都很不错，就是题材太冒险，你找的那些小公司没胆子投拍，就算拍也要大改。而且你还点名要让卫欢当男主角？你本该在最开始就来找我的。"

胡亦知嘀咕："没安好心。"

谢北望又说："你在此之前只写过几部小情小爱的都市爱情剧，以及几本不入流的网络爽文——在商言商，我其实也很怀疑你的能力。"

胡亦知没接话。

"当然，我给你提供这个机会，你必须付出一些代价。"

"什么代价？"

谢北望给了旁边的助理一个眼色，助理立刻拿着一本书走了上来。

那是一本硬皮精装图书，封面烙印着闪闪发光的四个大字——《谢长安传》。

胡亦知无辜地问："这是什么？那个老家伙还没死，就有人给他写传了？"

谢北望笑了声："这书里虽然百分之九十的内容都是胡编乱造，但剩下百分之十，简直像是有人藏在我父亲床底下偷听来的。"

胡亦知立即摇头："别瞎说，我没有，我什么都不知道。"

谢北望从桌上拿过支票夹，写了个数字，在胡亦知面前晃了晃。

谢北望："想要投资？没问题，只要答应我一个要求。"

"什么要求？"

"把第二本写完。"

胡亦知一言难尽地看着他："你是说《谢北望·天狼传奇》？"

"嗯。"

胡亦知更不解了："为什么？"

谢北望云淡风轻地答："因为我的一个朋友说他最近缺睡前读物了。"

胡亦知一头雾水。

胡亦知这人最是爱钱，谢北望一手拿着支票，一手送上剧组，胡亦知哪还有什么抵抗力，别说写一本《天狼传奇》了，让他写十本《天狗传奇》都行啊！

他立即起身接过那张轻飘飘又沉甸甸的支票，嘴里殷勤地说："哥、大哥、亲哥，谢了！"

"哥？"谢北望冷冷地打断他，"谁是你哥？"

胡亦知立即改口，大声高喊："谢谢甲方爸爸！"

这段漫长的"未来"结束，江子城晕乎乎地从白雾里"走"了出来。他坐在片场的角落里，使劲地摇摇头，想要把大脑中那段残留的"未来"摇出去。江子城已经足足一个月没有发动过预知能力了，一时适应不良，有些头昏脑涨。

他看到的这段"未来"信息量太大了，他从小到大看过这么多次别人的未来，这一次绝对能排到"人生中见过的最碎三观的未来TOP3榜单"之中（前两次都由谢总本人包揽）。

江子城静了静心，稍微捋了一下。

首先，胡亦知修好胡子，是个大帅哥。（震惊程度：三颗星）

其次，胡亦知的"缪斯"确实是卫欢男神，而且他还为他写了一部剧！（震惊程度：五颗星）

第三，胡亦知确实是那两本八卦花边小说的作者！谢北望在得知真相后没有生气，居然花钱让他续写！最终目的是讨好谢北望口中的"一个朋友"。（震惊程度：五百颗星）

"朋友"是谁？谁是"朋友"？

江子城想来想去，实在想不出来谢总身边有谁这么无聊，居然会爱看这种八卦小说？

难不成是谢小姐？

可谢小姐是他妹妹，不是他朋友啊！

第十四章

# 春节见家长

元旦假期，正是大家呼朋引伴、参加聚会的好时候。

北方的冬天寒风如刀，在这种冰天雪地的环境里，还有什么能比一顿热腾腾的火锅更具吸引力？

位于核心商业区的"天心火锅店"，在经过半个月的试营业后，于元旦正式开张。新店装修干净漂亮，服务生殷勤体贴，最主要的是，由山城老板娘秘制的火锅料实在是太巴适了！

每天从中午十一点到凌晨四点，火锅店门口乌泱乌泱的排队人群就没有少过，最多一次排到了五百多号，上下两层楼全部爆满。

老板娘算算这段时间的收益，惊呼："恁个多钱哟！"

早知道做餐饮这么赚，谁还搞什么娱乐圈啊！

老板凑过来说："多亏子城在微博上免费打了广告，这比请十个美食博主还管用。"

江子城现在多少有些名气，粉丝增长的同时，他没少在微博上给天心火锅店打广告。他既是股东，又是朋友，他可等着天心火锅店打破其他火锅店的垄断，问鼎国内连锁火锅第一品牌呢！

因为有江子城的人脉在，老板娘特地在火锅店入口处的那面墙上钉了十个相框，打算挂满娱乐圈名人来吃火锅的照片。

可惜到现在为止，九个相框都空荡荡的，唯有正中间一个装着江子城和他"经纪人"的照片。

照片是那天聚会时抓拍的。"经纪人"眼神温柔，亲自探身给江子城夹了一块土豆，江子城受宠若惊地捧着碗，眼馋地看着那块土豆。整张照片气氛温馨亲密，伴着热气腾腾的火锅，暖意十足。

正对着照片墙的，是火锅店的等位区。

等位区布置得十分舒适，爆米花、瓜子、饮料源源不断，等位的客人可以一边吃零食一边打发时间。老板娘还特地在这里设置了两台大液晶电视，播放综艺节目，给顾客们解闷。

而现在电视上正在播放的，是冬季档最热网综《欢迎来我家》。

这个网综的固定卡司是 S.T.A.R. 男团，江子城是这期的特邀嘉宾。节目早在一个月之前就录制完毕了，网上路透图随便一搜都能搜到几百张，可是这期一直压着迟迟未播，节目组说要作为新年特别版呈现给大家。粉丝们早就得到消息，这期的录制地点并不是某位明星的家中，而是直接空降娱乐圈三大巨头之一的瑞慈集团总部！

这期节目十分有趣，亮点频频，江子城最开始的女装打扮承包了无数笑点。修身的鱼尾裙紧紧包裹两条细长笔直的腿，那小腿细的，让不少女粉丝看了都嫉妒。

两台电视机里，一台开了弹幕，一台没开。

开了弹幕的那台，屏幕瞬间被无数弹幕淹没。

*子城哥哥！你也穿裙子上班，我也穿裙子上班，四舍五入咱们锁了！*

*哥哥你给女生留一条活路好不好，我要这萝卜腿何用！*

*呜呜呜哥哥你别笑了，我刚做完的心脏支架承受不住我高速跳动的心脏了！*

*人家偶像是可甜可盐可御可萌，我家宝宝是可男可女啊！这是什么薛定谔的美人啊！*

江子城的女装扮相不仅引起了网上的热议，火锅店等位区的顾客们也开始讨论起来。

江子城之前演过不少大热电视剧的男配角，虽然没有大火，但绝对混了个脸熟，观众们都对他印象不错。

老板娘偏疼自家孩子，她趁机在等位区发起了小广告："那个江子城是我们的大股东，关注微博九五折！"

有男顾客不信，问："真的假的？"

"假个铲铲！"老板娘一指墙上的照片，"那个是他来这里吃饭的照片，你看看是真是假哟。"

男顾客果然凑到照片墙上看，左看右看，确实是江子城本人没错。

他问："老板娘，那江子城旁边这个男的是谁啊？"

老板娘随口答："经纪人撒。"

结果她话音刚落，电视里的综艺节目忽然响起了一阵特殊的音效，这个音效气势磅礴，光是听伴奏，就能想象到魔王出场、皇帝驾到、boss现身等场景。

老板娘也被那奇特的音效吸引，把视线转移到了电视机上。

画面中，几位保镖与助理簇拥着一位气质沉稳的男士，一同踏进了瑞慈集团的办公楼。

与此同时，一楼大厅的所有员工立即停下手中的工作，转向男人的方向，恭敬地迎接他的到来。

镜头从男人的背影逐渐移向正面，男人犹如刀削斧劈般的英俊面容就这样出现在了所有观众面前。即使被几台摄像机同时围着，他的表情也没有任何波动，他就那样平平静静地瞥了镜头一眼，虽然很快转开，但那一瞥却直直落进了观众们的心中。

画面下方，金色的特效字幕徐徐展开：【谢北望——瑞慈集团执行总裁】几个大字闪闪发亮。

弹幕先是一静，下一瞬间，五颜六色的弹幕再次布满了整个屏幕。

仿佛有几万只鸭子在一同尖叫，嘎嘎嘎嘎好帅啊，总裁你别上班了，上我家吧！

火锅店里，男顾客看看电视，又看看墙上的合影照片，再看看呆立的老板娘。

男顾客："经纪人？"

老板娘当机立断，转身叫来自己老公，扯他耳朵："把那个合影给老娘放大！放最大！其他相框都不要！放这一张就够了！"

老板傻傻地问："最大是多大？"

老板娘："咱们床头的结婚照多大，这照片就放多大！"

《欢迎来我家》这期元旦特别版一经播出，立即在网络上产生了极为轰动的传播效应。

这期节目长达两个半小时，虽然长，但一点都不枯燥。它用一种很巧妙的方法，向观众们展示了瑞慈娱乐集团的深厚底蕴。光是那栋富丽堂皇的办公大楼，和在大楼进进出出、意外入镜的各位明星，就足够让粉丝们大呼过瘾了。

若论这期节目里受到最多关注的人，绝对非江子城莫属。

节目里，他先是以一身清丽女装示人，让无数女粉丝大呼嫉妒，对他的称呼从"子城哥哥"变成了"子城姐姐""子城妹妹""子城囡囡"！某娱乐博主整理了动图发布出去，这几张女装动图在微博上引起了山崩般的二轮传播，猛拉无数直男路人下水。

接下来，他在节目里又以清爽干净的男装示人，简单的牛仔裤配长袖上衣 头发用发胶打得微微凌乱，蹦跳间青春尽现。有穿搭博主贴出了他录制节目当天的装扮同款，从头到脚都是价格亲民的牌子，谁都买得起，只不过下面的热评道出了真相："我差的是这身衣服吗？我差的明明是那张脸！"

最后，他又笨拙地换上了连体工装，嘿咻嘿咻地喊着号子，扛着沉重的梯子、拎着工具箱去总裁办公室换电灯泡，带领观众参观了这个娱乐帝国最神秘最神圣的朝堂。然后，他就在上千万观众面前，把谢总办公室弄停电了。

followPD 很"懂行"地给了谢北望一个特写镜头：面色漆黑，

神情冷酷，仿佛下一秒就要把这个闯祸的小明星"雪藏"。

整期节目看下来，江子城先用他的美貌俘获了无数路人粉，再用他的清爽不做作把路人粉变成了好感粉，最后用他的鲜活可爱把这些好感粉变成了真爱粉！

没有人会喜欢一个完美无瑕的人，太过完美无瑕就会显得虚假，稍有瑕疵才会鲜活真实。江子城在综艺镜头前没有任何包袱，他展示出来了他的聪明、他的笨拙、他的城府、他的天真……这些加在一起，才是粉丝们喜欢的他。

当节目热播之时，远在海南剧组拍戏的江子城并不知道这期节目会给他带来什么。

那一天，他过得如同往常的每一天一样，在片场认真拍戏，下戏后准备第二天的剧本，背好台词后早早睡觉休息……

当阳光再次敲响窗棂时，他在晨光中醒来，随手打开微博刷了刷——咦，怎么回事？他不过是一个晚上没看微博，怎么粉丝涨了几十万，微博私信上万条？

他早就把微博的账号交给扈哥托管，扈哥会帮他做"微博社交"，和其他明星互动，转发一些杂志宣传什么的。最新一条微博是昨天晚上八点发出的，内容和《欢迎来我家》有关，配图是他和S.T.A.R.男团的一张合影。

整条微博的宣传语中规中矩，但是这条微博底下评论量爆炸，十分之九的人单方面宣布和江子城已在梦中结婚还生了三个娃。

江子城像个小宝宝一样，吓到直打嗝，赶快爬起来给扈哥打电话。

艺人拍戏，经纪人无须在片场陪同，扈哥一直坐镇瑞慈总部，帮他拉关系，谈资源。

电话很快接通。

扈哥问："怎么了子城？怎么一大早给我打电话？"

江子城："扈哥，嗝，为什么我的微博，嗝，突然粉丝，嗝，涨了这么多？"

扈哥无奈："你这什么毛病，说句话怎么还带打嗝的？"

江子城又是憋气又是灌水，终于把嗝咽回去了。

"我这不是太震惊了吗？"他问，"怎么一晚上涨这么多粉丝？"

扈哥便把昨晚节目播出后，他的出镜引起广泛讨论的事情说给他听。

江子城听后瞠目结舌，半晌说不出话来："不会吧，我不过上了一个综艺节目而已啊，怎么粉丝涨得比威尼斯那次还要多？"

他在以前的经纪公司也零星上过几个综艺节目，可惜以他当时的咖位，上星的节目、大热的网综都轮不到他，他只能在小节目里混个边角位置，被其他同组明星碾压。这是他头一次参与录制大热综艺，还是当期唯一一位嘉宾，镜头给得极多。

扈哥说："这就是为什么会有大批艺人开始向综艺咖转型。你演得再好、唱得再好，都不如在综艺节目里表现出'真性情'圈粉，大部分艺人都是吃流量饭的，只有流量才能变现。"

江子城没说话。

他想起以前认识的一位女演员，和他一样，正经科班出身，可惜经纪公司不给力。她勤勤恳恳地拍了几年戏，时运不济，连拍两部电视剧，却在即将播出的前夕撞上"限韩令"，剧中又恰好都有韩国的影星，她一年的努力都打了水漂。后来再见到她的消息时，她已经摇身一变成了综艺咖，在旅游真人秀里耍脾气、闹意见，翻来覆去拼命作，硬是"作"出了一片天空，成了当红"作"星，动不动就小公主式嘤嘤嘤——而这一切，不过是节目组的台本罢了。

扈哥听他不说话，忽然问他："子城，你知不知道……"

江子城打断他："我知道。"

"你知道？"

"我一直都知道。"江子城苦笑一声，"扈哥，你是不是想跟我说，以我的外貌，不走流量艺人路线就浪费了？这话我上一个经纪人就和我说过，我的回答一直没变——以我的努力，不走实力演员路线，才浪费了。"

扈哥道:"虽然你这段话很感人,让我听到了你的决心,但我想问的和这个没关系。"

江子城一时无语。

咳咳咳,原来是他脑补太多。

扈哥:"我想问你,你知不知道今天凌晨,你的CP话题空降热搜,是瑞慈公关紧急撤掉的。"

江子城震惊了:"我的CP话题?我和谁的CP?我和吕霞的?还是我和安雯的?"

"不是,是你和谢总的。"

"你再说一遍,我和谁?"

"你和谢总的。"扈哥疲惫的声音传来,"在粉丝眼里,两个长得很好看的人只要站在一起,同框即发糖,说话即上床。你昨天去谢总办公室换了个灯泡,今天你俩的结婚证都P出来了。"

"就算炒CP,好歹也得男女搭配干活不累吧?"

"哦,在粉丝的幻想中,你女扮男装,乃当代祝英台。"

江子城无言以对。

妈呀,三十岁以下江姓男艺人清清白白这么多年,谁想第一次炒CP就炒了一个大的!

娱乐圈里的人最是八卦,江子城上戏时,从工作人员到同组演员,都用一种暗戳戳地粉红色目光盯着他。

江子城浑身毛毛的,忍到午休时间,终于忍不住,对吕霞说:"女侠,你们盯着我做什么。"

吕霞赶忙招呼起来:"灯光师,把灯往这里打!摄像师,把镜头转到他身上!还有话筒呢,话筒也拿来!咱们今天就来听江老师讲讲他和谢总'不得不说的二三事'。"

大家哈哈大笑。

江子城这才知道,原来他的花边八卦早就传遍整个剧组了。

他慌张地说:"粉丝行为,别上升正主啊。"

结果大家笑得更欢了。

《怪你太可爱》这部电影的主要演员都是瑞慈旗下的年轻艺人。谢总对于他们来说是高高在上的人物，唯有每年年中、年末的两次宴会才能得见"圣颜"。

大家当然不会把粉丝们的拉郎配当真，但是谁都不想错过揶揄江子城的机会。

最可怕的人当属编剧胡亦知，他掏出随身的一个小本本，不知道在记录些什么，每写几行，就要抬头看江子城一眼。

江子城："胡编剧，你在干什么？"

胡亦知一边奋笔疾书一边回答："江老师，你真是我的灵感喷泉。"

江子城有一种不祥的预感，胡亦知不会在构思那本坑掉的《天狼传奇》吧？

一月中旬，《怪你太可爱》剧组终于完成了夏季外景和全部内景的拍摄任务，班师离开海南岛，准备奔赴横店，拍摄秋冬外景。

今年过年早，因为剧组设备众多，从南运到北需要不少时日，制片主任和导演商量后，决定给所有演员放三天假——刚巧涵盖大年三十到正月初二。

若是算上大学时在剧组跑腿当小弟，江子城已经入行将近四年了，前面几个春节都没能在家里过年，只能和父母用视频软件说几句话。

江子城不认为自己是个情感脆弱的小宝宝，但遇上"每逢佳节倍思亲"的日子，他挂断视频电话的那一瞬间，还是不免有些难过。

今年春节能回家的消息通知下来后，江子城一秒没耽误，立即收拾行李，决定坐大年三十最早一趟航班回家。

春节飞机票紧俏，江子城大方地买了头等舱，临走前，他问双胞胎助理："你们过年不回京吗？一块走吧，机票我报销。"

双胞胎兄弟吓得直摇头："不不不，回去了就得被老板娘抓着去火锅店端盘子！这几天火锅店二十四小时通宵营业，老板娘为钱秃头，服务员不够用啦！我们在横店待着，挺好！"

天心火锅店延续了天心影视公司的家庭作坊模式，他们整个家族的人都在火锅店里帮忙。兄弟俩在"亲友团聚"和"端盘子"之间犹豫了三秒钟，决定留在剧组，坚决不要回去当苦劳力。

他们把江子城送到机场，殷勤嘱咐他："江哥，这次没有我们跟着你，你一个人一定要小心啊。"

江子城哭笑不得："我好歹这么大一个人呢。之前我坐飞机都没有助理经纪人跟着，也没出过什么事啊。"

他说得轻松，可他也不想想，他那时是娱乐圈小透明，现在他是娱乐圈小粉红，待遇早就不一样啦！

早上的机场人不算多。

江子城一个人晃晃悠悠去安检，肚子饿了还溜达去机场麦当劳买了份套餐，其间他一直在低头玩手机，根本没发现有多少人在暗中注视他。他长相俊俏，即使站在人群中，也是鹤立鸡群的，特别吸引周围人的视线。

他只身站在麦当劳的早餐排队队伍中，不躲不藏，既没戴大墨镜又没有戴口罩，干干净净一张脸，在清晨的阳光下，他皮肤白得反光。

他买完早餐后，环顾四周，找了个空位坐下。没过一会儿，就有个中年男人跑来和他搭话。

"对不起，"中年男人问，"请问你是江子城吗？我老婆是你的粉丝，能给她签个名吗？"

江子城汉堡啃到一半，嘴角还蘸着白色的卡仕达酱。

"江子城是谁？明星吗？很有名吗？"他一脸无辜地眨眨眼，"我不是江子城。你说的那个人和我长得很像吗？"

男人迟疑了，他点开老婆的微信头像，放大，举起手机对比江子城的样貌。江子城每次上镜都要做造型，发型、眉毛、粉底必不可少，杂志图拍完还要再精修一番。这个中年男人本来就不熟悉老婆的偶像，对比来对比去，越看越觉得面前的江子城和手机里的"江子城"的长相有些微妙的差别。

男人赶忙道歉："抱歉抱歉，我老婆最近迷上了一个演员，微信头像都从我俩的结婚照换成了那个男演员，每天都要刷那个男演员的电视剧，翻来覆去地看。我还以为撞大运和她的偶像偶遇了呢。"

江子城问他："你老婆把那个江子城当偶像，你是不是特别吃醋啊？"

"不吃醋不吃醋。"男人憨憨地说，"以前我老婆只舍得让我穿优衣库，现在好了，江子城穿什么，我老婆都给我买同款。你看我今天这身衣服，从头到脚都是江子城穿过的！"

江子城接不上话了。

男人忽然惊喜道："哎呀小兄弟，我才发现，咱俩的 T 恤居然是一模一样的！"

江子城笑到手抖，汉堡包里夹的生菜酸黄瓜洒了一托盘。

他主动说："是啊大哥，相逢即有缘，我看咱俩不如合张影吧。"

这个提议正中下怀，中年男人喜滋滋地举起手机，和江子城拍了张自拍照。即使用的是自带"毁容滤镜"的前置摄像头，即使男人的自拍技术堪称直男自拍典范，可在最终照片中，江子城的美貌依旧没有一丝一毫的消损。

拍完照片后，广播提醒登机。江子城赶忙挥挥手，和这位中年人说了再见。然后他拿着没吃完的汉堡豆浆，急匆匆地向着登机口跑去。

当他的身影消失后，中年人立即把两人的合影上传到微信朋友圈，配上了一段声情并茂的文字——

"呵呵，出差海南，在机场遇到了一个有趣的小兄弟！他和我撞衫，还和我老婆的偶像撞脸了，哈哈。"

三分钟之后，这位中年大哥的微信炸了。

四个小时的短途飞行很快结束，江子城穿越大半个中国，从四季如夏的海南，踏入了白雪皑皑的北京。

他归心似箭，下机后先去行李转盘处提了行李，一秒都舍不得浪费，立即往机场外面走。没想到他刚走了几步，就被匆匆追上来的机场员工拦下了。

"江先生……江先生您稍等一下！"机场员工气喘吁吁地挡在他面前，"您是一个人到京的吗？"

江子城莫名极了："是啊，就我一个人。"

"没人来接您吗？"

"嗯，怎么了？"

"那您恐怕现在不能出去。"工作人员为难地说，"到达大厅已经被您的粉丝围满了，您现在出去肯定会引起混乱的。"

江子城懵了："我的粉丝？"

他这次回京是纯粹的私人行程，只向扈哥汇报了一下，没有通知后援团来接机。现在等在外面的粉丝是从什么渠道知道他的行踪的？

也是巧了，这位跑来拦他的工作人员也是他的路人粉，平常经常刷娱乐圈八卦，对这里面的内情很清楚。

工作人员说："就在您刚上飞机的时候，微博上爆出了一张朋友圈截图，有人爆料在海口机场遇到您了。根据您的起飞时间一推算，他们就猜出您是回京了。"

四个小时的航程，足够聚集几百位粉丝来机场和他"偶遇"了。

江子城又愁又无奈，他这养的哪是粉丝啊，都是一群福尔摩斯吧？

若外面的粉丝只有十几个、几十个，他一个人单枪匹马还能闯一闯。现在堵在门口的粉丝有几百人，他连个助理都没带，孤身出去太不安全，很容易引发事故。

他正犯愁，他的手机便响了起来。

手机屏幕上，"经纪人扈哥"五个字带着救世主的光芒，闪闪亮亮。江子城赶忙接通手机，扈哥的声音噼里啪啦地砸了过来。

"子城，你落地了？电话终于通了！你现在先别出去，就在行李大厅里等着，我正在往机场赶，路上太堵，再有十五……不，二十分钟就到了！"

江子城恨不得把自己缩成一小团："不行啊扈哥，现在有好多趟航班落地了，行李大厅里的人也越来越多。"

"坚持一下，我和司机马上到。"

挂了电话，江子城愁眉不展。正如他所说，现在正是上午航班最多的时候，越来越多的航班落地，行李大厅里处处都是人。有不少路人注意到了江子城，偷偷拿出手机拍他，还有人大胆找他签名，说很喜欢他在《欢迎来我家》里的表现。

到了这一刻，当了一万年十八线小透明的江子城终于有了一点点"我红了"的真实观感——可是能不能别在他急着回家的时候出现啊！

就在这时，机场工作人员的手台对讲器响了起来。只听机场工作人员说："行、行、好的，是。我现在就把江先生带过去。"

江子城问："怎么了？"

工作人员毕恭毕敬地告诉他："江先生，机场的 VIP 通道已经准备好了，请跟我来，您的车子正在外面等您。"

江子城终于放下心来，他看看表，发现扈哥比计划的早到了十分钟。

机场有专门的 VIP 通道，专门服务政要、明星、商业大佬，VIP 通道需要提前预约，而且价格不菲。江子城上次走 VIP 通道，还是坐谢北望的私人飞机从威尼斯回来那次，以谢北望的身份地位，自然不会和普通人挤出口。

VIP 通道有好几条，江子城这次走的就和上次的不一样。通道内宽敞明亮，两侧挂了几幅商业广告。因为 VIP 通道走的是直线捷径，所以江子城很快就抵达了出口处。

从温暖的室内踏出，户外的萧萧寒风立即迎面给了他一个大拥抱。

"阿嚏——"江子城打了声喷嚏，赶忙把 T 恤外面的羽绒服裹紧了。他缩头缩脑，像只委屈的小蜗牛，拉着沉重的行李箱，一路小跑着向停在三米外的轿车而去。

停在那里的是一辆深灰色的豪华轿车，流线型的车身大气潇洒，镀银的小豹子车标威风凛凛地立在车头。

司机早就等在车门外，第一时间接过他手里的行李箱，放进了后备厢中。

"麻烦司机大哥啦！"江子城冻得发抖，没等他的手碰到车门，车门已经自行从内部弹开了。

车内恒温空调调到了一个极为适宜的温度，后座上的乘客双腿交叠，倚在那里，正慢慢翻看手中的文件资料。

江子城裹着一身寒意拼命往车厢里钻，口中碎碎念："哎呀扈哥，你是中大奖了吗，居然开这么豪华的车来接……"

后面的话被江子城全部吞回了嘴巴里，而他则维持着一只脚在车内、一只脚在车外的搞笑姿势，凝固成了一座寒风中的冰雕。

见他又在犯傻，倚靠在后排座椅上的谢北望放下手中的文件，侧过头看向他："不冷吗？快上车。"

上……上车？

江子城半只脚踏上了贼车，这时再想跑，已经来不及了。

他真是不明白这一出"大变活人"是怎么发生的，明明给他打电话的人是扈哥，为什么最后到机场接他的人却是谢总？

男人也不催他，就那样静静地靠在椅背上等待着。谢北望自然知道江子城根本没胆子拒绝他，他就像守株待兔的猎人，只需要坐在树桩旁静静等待，自然有胆小心大的笨兔子一头撞过来。

江子城磨磨唧唧地上了车，身子巴不得贴到车门旁，同时又用余光小心翼翼地窥探着谢北望的动作。

谢北望大方任他看，自顾自地做着手里的事。倒是江子城盯了一会儿觉得不好意思了，低头开始研究羽绒服袖口上钻出来的小羽毛。

车子启动，平缓地从停车位上滑了出去，载着两位乘客驶出了机场。

五分钟后，江子城的手机响了，叮铃铃地叫个不停，江子城手忙脚乱地点了接听键，一不小心又碰到了外放键。

扈哥的声音从喇叭里炸裂出来："江！子！城！你人呢？"

江子城"啊"了一声，答："我、我上车了啊"

扈哥："上什么车？我刚到停车场就听工作人员说你从 VIP 通道走了，究竟是怎么回事？"

电话那头的扈哥急的心火直烧，他就像下班后匆匆赶到幼儿园接宝宝的家长，只不过路上堵车耽误了一会儿，幼儿园老师就告诉他，孩子被别人接走啦！扈哥眼前一黑喉头一热，差点喷出血来。

扈哥真是恨不得从电话那头钻出来，揪着这个小笨蛋的耳朵，把他按在电脑前，让他看看他究竟有多少粉丝！别成天把自己当小透明，一点偶像包袱都没有，什么合影都敢拍，什么人的车都敢上。

扈哥骂人时，哪里知道电话这边除了自家的小艺人，还有一位护犊心切的大佬。

这位大佬直接拿过江子城的手机，替他回答："扈宁，是我接走了江子城。"

谢北望的声音充满磁性，语气沉稳，辨识度很高，扈哥一听，当场哑火。

扈哥瞬间换了语气，小心赔笑："谢总，原来您在？"

谢北望："我刚落地。见他……"他侧目看向江子城，嘴角微抬，"见他怪可怜的，被粉丝围着出不去，便捎他回公司。"

那时江子城拎着大行李箱，缩在行李大厅的角落里，周围站了一圈举着手机的路人。他强撑笑颜，却不知道自己身上的委屈劲儿都快溢满大厅了。那表情像极了小白貂，每次它被谢盈盈及其姐妹团围着换装拍照时，也是这么一副倒霉的小模样。

当然，谢北望还存了其他私心。元旦时，两人只待了短短一个小时而已，现在能在机场相遇，实属有缘。

挂断电话，谢北望把手机还了回去，问江子城："你怎么突然回京了？你们的拍摄进度不是很紧吗？"

江子城没忍住吐槽："谢总，您对我们剧组的事情真是了如指掌。"

"嗯。"男人语气淡淡，"我让助理把你们每天的通告单都复制了一份给我。"

江子城服了。

原以为谢北望每周都要在天上飞来飞去，根本无暇顾及自己。没想到自己的一举一动，他都有默默关注。

江子城觉得有些脸热，只能老老实实地回答："原本是没假的。只是现在海南的戏份拍完了，剧组要把所有设备搬到横店，又是运输，又是架设，挺耗时间的。所以制片主任给演员都放了三天假，我也是昨天晚上才知道的消息。"

"回来过春节？"

"是啊。您赶回来不也是为了过节吗？"

谁知谢北望答："不是。我赶回来是为了和我父亲吵架。"

有钱人的家庭关系都这么复杂吗？

江子城这次回京是临时决定的，他打算落地后直接回家，给父母一个惊喜。为了避免惊喜变惊吓，江子城在离家还有五公里的时候，给妈妈打了个视频电话。

视频很快接通，老两口灿烂的笑容出现在屏幕正中。

"小城，春节快乐！你那边怎么样，拍戏累不累？"妈妈关切地问。

江家父母都是老师，有寒暑假，因为儿子能挣钱，所以老两口也不需要在寒暑假带补习班赚外快，可以轻轻松松地在家里休息。

江子城鼻子一酸，忙说："不累，不累的！爸妈，你们身体怎么样？"

"都挺好的，你别担心，那天你爸学校发了两桶油、三袋面、两箱苹果，你爸一个人就蹭蹭蹭搬上五楼了！"江妈妈话说到一半，忽然眼尖地发现了不同寻常之处，"小城，你怎么穿着羽绒服呢？你现在没在海南？"

"没有。爸，妈，我回来了！"江子城双颊红扑扑的，眼眶发热，把自己感动得热泪盈眶，他的脑海里已经出现了一家三口抱头痛哭的感人画面。"我回来陪你们过年了！我现在就在路上，再有二十分钟就到家了！"

江爸爸凑到镜头前，问："儿子，你没发现我们这边天是黑的吗。"

江子城还没有反应过来。

江爸爸："你忘啦？刚一放寒假，你就给我们老两口报了个欧洲跟团游，我俩现在正参观埃菲尔铁塔呢！"

说着，江爸爸移开头，露出了被他挡住的那个在黑夜里闪闪放光的尖尖铁塔。

江子城一拍脑袋，又懊又悔。他本以为今年春节又要在剧组度过，不能陪伴父母，所以他特地给夫妻俩报了个欧洲精品小团游，怕他们在家寂寞。结果他得了假，兴奋过头，完全把欧洲游这件事抛在了脑后，兴冲冲地扛着行李跑回了家。

没想到他就这么扑了个空，这个春节，他难道注定要守着空荡荡毫无人气的冰冷灶台度过了吗？

知子莫若母，江妈妈敏锐地捕捉到了江子城脸上的失落，出来旅游的兴奋立即被冲散了。

她心疼地说："小城，要不然爸妈坐明天的班机回去吧？大过年的，总不能让你一个人在家过年啊。"

"别折腾了。"江子城摇头，"我就回来三天，初二晚上就走。你们年纪大，频繁倒时差对身体不好。没事的，你们好好玩，春节我去朋友家过。"

江妈妈知道他在搪塞他们，眉毛立即皱起来，追问他："你哪个朋友啊？"

江子城哪有什么可以一起共度春节的朋友？毕竟人家合家团聚的日子，插进去一个"朋友"，总说不过去啊。他灵机一动，正要说经纪人的名字，忽然从旁伸过来一只大手，直接覆在了他的手背上，带动他的手腕，把摄像头转向了另一个方向。

男人英俊的面容出现在镜头中，谢北望不知何时挪到了江子城身旁，与他肩并肩坐在了一起。男人身上西装笔挺，头发规整梳拢，露出凌厉的五官，总裁范儿十足；身旁的青年则裹着臃肿的面包服，浅浅的橙黄色，倒真像一个蓬松松、软绵绵、牛奶味还撒着椰蓉的大面包。

谢北望炙热的大手紧贴在江子城的手背上，两人双手交叠，一同望着远在地球那面的夫妻俩。

"伯父、伯母好。"男人面对镜头，郑重地做起自我介绍，"我是他的朋友，谢北望。"

豪华轿车踏着满地白雪，驶入京郊的一处高档别墅区。车子穿过大门后，又足足行驶了二十分钟，终于在一座别墅前停下。

与其说是"别墅"，不如说是"庄园"。四层楼高的豪华建筑仿造欧式设计，被花园、喷水池拱卫着，一条宽广的车道直通向主楼门口。

这就是谢氏主宅，也是谢氏现任家主谢长安的住所。

江子城觉得自己坐的不是轿车，而是一辆云霄飞车——要不然他怎么会晕晕乎乎、茫茫然然、莫名其妙地出现在了这里？

谢北望究竟是中了什么邪，为什么要带他这个可怜无辜又弱小的小艺人来谢氏主宅过春节？

他现在报警说是人口拐卖，警察叔叔会不会把他救出魔窟？

江子城脑袋里乱七八糟地闪过无数念头，但最终，车子还是在别墅门口停下了。

这次无须司机下车，等候在此的门童已经迎了上来，拉开车门，请后座的两位乘客下车。

英式管家带领着所有仆人等候在大门外，当谢北望出现在他们视线当中时，所有人同时鞠躬，恭敬地向他问好。

怎么说呢？虽然江子城以前也在剧里演过几次有钱人，可当他真的接触到有钱人的生活时，才发现有钱人的生活真是超乎想象。

江子城呆立在大门外，仰头看着这座恢宏的建筑，它好似一座大山，投下巨大的阴影，牢牢扣在江子城身上。

谢北望领着江子城走进了别墅内，他把外套交给用人，然后向江子城介绍他家中的情况。

"我父亲的孩子虽多，但他们都不姓谢。"

"哦哦哦。"江子城心想，这事儿他知道，胡老师的《谢长安传》里有说。

"春节能回来过节的，只有我和盈盈。"

"哦哦哦。"江子城心想，这事儿胡老师也说过。

谢北望又道："一会儿我便带你去见我的父亲。"

"哦……啊？"江子城跳了起来，心想这事儿胡老师可没说过啊！

谢北望见他反应如此剧烈，转身看他："怎么，你不愿意？"

江子城吓得差点又打嗝了："不不不，不用了，这里房间这么多，随便给我找一间，让我玩三天手机就好！谢总，我还是别去打扰令尊了，真的不用！"

那可是上任集团总裁，一手创立了瑞慈娱乐集团的大人物！他这种小虾米只想安安稳稳地度过三天假期，为什么要去这种大人物面前刷存在感呢？

"那怎么行？"谢北望沉声道，"我已经见过你的家长，你也应该见见我的家长了。"

第十五章

# 另一个有异能的人

谢氏主宅占地面积广大，光是地上部分就有四层，房间近百间。然而谢北望对这里毫无感情，再豪华的屋舍，若是不用感情填满的话，也不过是一栋装着人的水泥建筑而已。

自从接管公司以后，谢北望越来越少回到主宅，谢盈盈经常说他没义气，独留她一个花季少女在这片油腻的土壤里挣扎。

不过春节到了，谢北望还是要回家报到。

而这次，谢北望带了江子城一同回来。

谢北望先领江子城去了二楼客房。整套别墅坐北朝南，朝向极好，分配给江子城的那间客房位置极佳，光是一个套房就比江子城现在住的整套公寓都要大。仅仅一个卧室就有三十多平方米，大床旁的落地窗外是一个巨大的露台，露台下便是主花园。花园里种着常绿灌木，修剪的分外精细，现在整片花园被积雪覆盖，别有一番情趣。露台上摆着红泥小炉，可以在这里一边喝酒饮茶，一边欣赏露台外的风景。

江子城现在学精了，虽然他很喜欢这间屋子，但他唯恐有诈，问谢北望："请问谢总你的房间在……"

不会恰巧在他房间对面吧？

谢北望像是看出了他在担心什么，挑眉道："我在三楼，怎么，你想去我房间参观一下？"

"不不不，不用了。"江子城想，原来是他以小人之君心度君子之腹了。

谢北望身上还穿着西装，他刚从日本飞回来，风尘仆仆，去见父亲前，自然要洗漱一番。他回屋修整，也留了时间让江子城好好休息。

江子城的行李已经被用人搬了进来。江子城刚开始有些无措，他先在房间里转悠了两圈，然后突然撒了欢，把脚下的拖鞋踢飞，赤脚在羊毛地毯上狂奔了起来。

他一头扎到柔软的大床上，左滚滚、右滚滚，又翻身跳了起来，把大床当成了蹦床，一下一下玩得欢。

露台的落地玻璃门没有关紧，他的欢呼声顺着门缝溜了出去，搭乘上寒风的便车，摇摇晃晃地去向了他正上方的三楼主卧内。

主卧里，谢北望把解开的领带扔在床上，慢条斯理地脱掉身上的衬衫，露出一身精壮的肌肉。

寒风把江子城的笑声送到了谢北望的耳边，谢北望手中的动作一停，侧头看向露台，想起了之前在威尼斯的种种传奇经历。

他嘴里轻念："还是那么傻。"

不过傻一些，也挺好的。

楼下，江子城终于舍得从床上爬起来，踩着拖鞋去浴室洗漱。

裤兜里的手机轻响，意外的，联系他的人居然是一个多月未见的安雯。

《拜托了吹风机》杀青后，江子城和安雯的联系并不多。安雯毕竟是当红小花，一个月的通告比得上江子城一年的。微博每天都会有关于安雯的热门消息，尤其是新年那天，安雯早上还在上海，受封某国际钻饰品牌大中华区推广大使，下午就飞回北京，参与某时尚杂志年会，一天换了六套造型，每一套都被粉丝吹上天去。

两人虽然很少联系，但关系一直很亲近。毕竟安雯和周满宇分手时，是江子城一直陪伴在侧，鼓励她走出失恋的阴影的。

失恋后，安雯的微信名也从"彩云追满月"改回了"安彩云"。

安雯出道前，原名就叫安彩云，经纪公司觉得土，找来算命大师帮她算，最后取了"雯"字，意为"彩云"。安雯果然一飞冲天，成了娱乐圈里二十代最能打的小花，而那位算命大师也留了下来，在安雯身边当助理。

安彩云：江老师江老师！快出来！

安彩云：有要紧事！

是江子城不是江城子：大忙人，怎么忽然联系我？

安彩云：刚才我的算命助理卜了一卦，说江老师你这个春节会有个大麻烦！

是江子城不是江城子：【震惊】

是江子城不是江城子：大麻烦？

对于安雯身旁的那个算命助理，江子城一直抱着敬畏之心。虽然他不信超自然现象（因为他自己就是最超自然的现象啦），但是这世上能人异士那么多，谨慎对待总是没错的。

江子城谢过了安雯，开始琢磨起算命助理的话来。

他只是来江家过一个节，能有什么麻烦呢？

一小时之后，谢北望洗漱完毕，换了身居家衣服，到二楼来找江子城。

两人顺着走廊走向了别墅侧翼，忽然身后传来一阵脚步声，江子城回头看过去，只见螺旋状的楼梯上出现一道倩影，正踩着小碎步吧嗒吧嗒地往下跑。

"哥！你终于回来了！"谢小姐穿着一身端庄的长裙，怀里抱着一只毛茸茸的小白貂，满脸兴奋地冲了下来，"你再不回来，老头子就要念死我了。"

她本来想给哥哥一个大大的拥抱，却没想到在哥哥身旁见到了一个不该出现在这里的身影。

"咦？江子城，你怎么在这儿？你的电影拍完了？"她疑惑地望向他，十分好奇哥哥为什么会把一个小明星领进家里。

江子城见到熟人，好歹放松了一些，他抬起手冲她挥了挥，说了声"嗨"。

谢北望解释："他春节放假，无家可归，我在机场和他偶遇，见他可怜，就邀请他同我们一起过节。"

谢小姐信以为真，怜悯又大方地表示："江子城，你就把这里当作你家，这里什么都有，不管是美容 spa 还是电影院游乐厅，都向你开放。不过东翼副楼是老头子的地盘，其他地方你都可以去的。"

江子城："谢谢你的好意，但请允许我澄清一点，我是被谢总绑架来的。"

谢小姐掩唇轻笑："你可真风趣，你当自己活在小说里呢？现在霸道总裁强取豪夺的戏码不流行啦。"

谢北望眼风扫过江子城，不轻不重地说了句："慎言。"但听上去毫无威慑力。

他们兄妹俩的脑电波在同一个回路上，然而江子城被隔绝在外，完全不懂他们在乱讲什么。

三人短暂交流后又分开了，谢盈盈抱着小白貂开开心心地去花园晒太阳，江子城则跟在谢北望身后，向着东翼副楼走去。

不知是不是江子城的错觉，踏入东翼副楼后，房间温度骤然下降三四度，显得毫无人气。东翼副楼倒是装饰的富丽堂皇，江子城哪里见过这种用人如云的场景，他跟在谢北望身后，一双好奇的眼睛左看右看。谢老总裁附庸风雅，屋内到处都摆着古董、字画、雕塑，江子城只有一双眼睛，哪里看得过来。

谢北望见他对这些东西感兴趣，问他："喜欢？"

不承想江子城摇摇头，只道："不喜欢。我又看不懂，就图个热闹吧。"

家里摆那么多古董，还要用玻璃罩子罩起来，这哪是什么"家"，明明是个博物馆，他总觉得随时随地都会有个木乃伊从门后蹦出来。

谢北望道："嗯，我也不喜欢。"

两人很快就抵达了老谢总的书房外，江子城两腿打战，压力巨大。

他就像是一个刚出新手村的小号，被自己的满级队友带来屠龙，还反复告诉他："别紧张，这条龙虽然又坏又邪恶，但是没关系，它只是一只顶级 boss 而已啊！"

江子城的包袱里连把新手匕首都没有，他只能颤悠悠地向着满级队友谢北望靠近了一些，希望能被对方的护身 buff 庇护在内。

谢北望敲响房门，三声轻响过后，房间门自内打开了。

男用人站在门后，彬彬有礼地请他们进屋。

江子城蹑手蹑脚地走了进去，原以为迎接他的会是"老总裁的恶龙瞪视"，没想到老总裁正埋首在长桌前，挥毫泼墨，根本无暇分心。

虽然整间别墅是欧式风格，可摆在书房里的，却是一张巨大的仿古红木书桌。桌上摆放着笔墨纸砚，书桌旁的古董瓷缸里扔着几卷画轴。

谢北望停在书桌前一米处，低声问好："父亲，我回来了。"

谢长安终于停笔，从案上抬头，看向了自己唯一的继承人。

谢长安前不久刚过了六十大寿，然而他保养得极好，鬓角染霜，皮肤皱纹不多，整个人精气神十足。与他年纪相仿、地位相似的同龄人，大多一身油腻气息，可他却气质卓然。

江子城一眼看过去，恍惚间还以为看到了一个老年版的谢北望。

胡编剧的《谢长安传》里虽然百分之九十的内容是胡扯，但至少剩下的百分之十很准确——谢老总裁，长得真帅啊！

有钱又滥情的老男人很常见，有钱滥情偏偏长得很帅的老男人就不常见了。谢长安处处留情，有名有姓的子嗣数不过来，即使退休了，他也依旧是娱乐头条的常客。

谢长安见儿子来了，心满意足地道："北望，你来得正巧，快来看看我的这幅春宫图画得怎么样。"

江子城万万没想到，老谢总说出口的第一句话，就这么……暴露本性。

哪有当爸爸的让儿子欣赏自己画的春宫图的？还是当着外人的面？

谢北望脚下动都没动，他既不去看那幅春宫图，也根本不接父亲的话茬，而是伸手把江子城拎到身边，径自介绍起来："这是咱们公司去年新签下的艺人，江子城。"

谢长安却像是看不到江子城这么一个大活人一般，继续自己的话题："这幅画你说我裱起来挂在哪里比较好？"

谢北望说："今年春节，他和咱们一起过。"

谢长安："那些所谓的大师，画出来也就那么回事吧。泼两笔油彩就说自己是抽象派，你以后也别参加什么慈善晚会了，上千万买一幅破画，还不如泰国大象画出来的好看。"

谢北望："江子城出道将近三年了，现在是扈宁在带着。"

谢长安："你说我把所有画装订在一起集成册子怎么样？对了，瑞慈不是有时尚杂志资源吗，我看不如咱们自己做时尚杂志，以后就是中国版的《花花公子》了。"

谢北望："今晚他会留下吃年夜饭，明天上午我就带他回市里的公寓。"

江子城：一头雾水。

这对父子是怎么回事，各说各话的本事这么厉害。江子城左耳嗡嗡嗡，右耳嗡嗡嗡，感觉两人的话语在他脑袋里对撞，都要把他的大脑弄成一团浆糊了。

老谢总的脸上明明白白地写着"倨傲"两个字，天大地大，只有他自己最大，其他人根本不被他看在眼里。明明春节是团聚的日子，可是他一点都不在意儿子带一个"陌生人"回家过节，话说了这么多，也没见他关心一下谢北望出差是否辛苦。

江子城心里的天平噌一下倾斜了，他立即站到了谢北望的阵营中。

江子城说："谢……"他迟疑了一下，不知道该怎么称呼老谢总，"谢总好，我是江子城，是瑞慈娱乐旗下的艺人。"

这次，谢长安终于有了回应。

已经六十的上任总裁懒懒的掀了掀眼皮，看向了贸然插嘴的江子城，讽刺道："瑞慈旗下的艺人数都数不过来，你是哪位？"

江子城没生气，他是真的没生气。

想他得奖之前，完全是"查无此城"的状态。即使演技再好，公司不给力，分给他的也是无足轻重的小角色。这种小演员，在剧组里天天被那些大牌明星无视，甚至连一些走后门进组的场记都能对他呼来喝去。

江子城被忽视得多了，早就练出来一颗金刚不坏之心。小演员嘛，总不能谁忽视他，他就撸袖子开麦，搞什么"性感子城，在线骂人"吧？

可是，他却忘了现在的他，已经声名鹊起，早已不是当初那个任谁都可以踩在头上的小艺人；而且，他身旁站着的不是别人，而是瑞慈娱乐现在的掌权人谢北望！

谢北望脸色不变，但声音瞬间降到冰点："父亲，江子城是我请来的客人，是我重要的朋友，也是一位前途无量的演员，希望你能对他保有最基本的尊重。"

哎？

客人、朋友、演员。

从谢北望嘴里说出来的这三个词，让江子城的心扑通扑通乱跳起来，全身的血液都被加热，又带着那股热意传递到脚尖和指尖。这是谢北望头一次用这么郑重的口吻来向别人介绍他。原来，在谢北望心里，他们已经是朋友了！

江子城现在不想在线骂人了，他要在线脸红啦！

谢长安问："前途无量，怎么个前途无量？"

谢北望答："他主演的第一部电影《满堂彩》，获得了去年威尼斯国际电影节金狮奖。"

谢长安一愣，恍然大悟："原来是他。"

他退位多年，但公司里的大动向还是知道的。他确实没听过江子城的名字，但去年那部《满堂彩》捧起金狮奖后，可是让瑞慈的股票大涨特涨了一番，毕竟，距离上一次华语电影在三大国际电影节上夺冠，已经过去整整十年了！

想到这里，谢长安脸色终于和缓起来。

他看向江子城，招招手，道："江……江子城是吧？来，走过来，让我看看你。"

江子城没有动，下意识地侧头看向谢北望，征求他的意见。

谢北望向他微微点了点头，江子城这才鼓起勇气，向老谢总迈近了一步。

"再靠近些，走到我桌子前面来。"

江子城又不情不愿地迈了几步，直到身子贴到了红木大桌的沿。

谢长安说："你抬头，看着我的眼睛。"

江子城："啊？"

在一般人际交往中，直视对方的眼睛其实是一种很冒昧的行为。即使关系亲密的朋友，也很少会有长时间的对视，更多是注视对方的鼻子、嘴部。江子城因为身负预知异能的关系，向来非常慎重，除了必要情况以外，他极少会直视别人的双眼。

可是谢长安都这么要求了，江子城只能抬起头，把双眼凝在了帅老头的两眼上。

反正他有异能，若是对视时间长了，他还能借机看看老谢总的未来。

不知老谢总关心的未来是什么呢？能赚多少钱？能养几个小明星？还是未来瑞慈集团能做到多大？

隔着一张长方形的大桌，一老一少两个男人开始了长达十秒的对视。

江子城在心里默默倒数，坦然迎接未知的未来：十、九、八、七、六、五、四、三、二、一！

十个数字很快归零，然而这一次，涌进江子城大脑中的并非他自小熟悉的漫漫白烟，而是刺目的火光！

像是有一颗炸弹在眼前静谧地爆炸，巨大的冲击波瞬间冲入了江子城的大脑，痛得他整个灵魂都震荡起来。

惨白的亮光刺激到了他的双眼，他当即涌出两行热泪，眼前白茫茫一片，什么都看不到。

他摸索到身前的桌子，勉强支住双腿，才没有脱力滑坐到地上。

下一秒，谢北望立即从他身后扑了过来，拥住他的肩膀，撑住他逐渐下滑的身体。

"城……江子城！江子城你怎么了？"

这是谢北望的声音。江子城从来没想过，谢北望那个看上去冷冰冰的人，居然会发出这样有温度的声音，声音里有紧张，有焦虑，还有深深的关心。

江子城虽然脱力，但还不到昏过去的程度。他现在双眼无法视物，只能用双手紧紧攥着谢北望的胳臂，安慰他："我没事，我没事，就是突然眼前一白，有、有点头晕。"

他很想站直，但是两条腿软的像面条，只能半倚半靠在谢北望怀里。

男人的胸膛滚烫，江子城侧耳就可以清楚听到他加速的心跳。

渐渐地，过了半分钟左右，江子城双眼的刺痛感逐渐消散。回忆起来，刚刚那阵感觉有点像是从昏暗的屋里突然走进艳阳下，双眼被太阳光闪到流泪，需要缓一会儿才能正常视物。

眼前模模糊糊地出现了影像，江子城使劲眨了眨眼，把最后一点眼泪逼出来，双眼的不适感终于完全消失了。

而当他能看清东西时，做的第一件事并不是推开搂住他的谢北望，而是立即看向了站在大桌后的谢长安。

这位主动提出要和他对视的前任谢氏总裁，面色苍白，眼眶赤红，看样子刚刚也流了不少眼泪。

谢长安惊疑不定地看着江子城，张了张口，却什么也没说。

正是他这副欲言又止的模样，加深了江子城的猜测。

一个荒唐但是唯一可能的猜测。

这位白手起家创建了瑞慈娱乐集团、左拥右抱无数美人的谢老总裁，不会也有对视异能吧？

谢北望又不傻，江子城和谢长安对视后，两人同时表现出了强烈的晕眩症状，脸色苍白，眼睛也红彤彤的——若是没问题就怪了。

谢北望立即扶着江子城走出了父亲的办公室，在他们身后，谢长安用沙哑的声音强烈要求江子城留下，可谢北望充耳不闻。

江子城两条腿软得像面条一样，他脑袋里晕沉沉的，那种疲惫感，比连续使用三次能力还要严重。

谢北望心急如焚，脸上越发冰冷，所有心思都扑在了怀中人身上。

他把江子城一路护送进了卧室，还体贴地蹲下身，帮他把鞋袜脱掉，再把他整个人塞进了被窝当中。

他起身唤来用人："打电话给医生。"

江子城这时已经缓过来不少了，他赶忙按住谢北望的手腕，说："谢总，我真的好多了。我刚刚就是低血糖犯了，吃点甜的就好了。"

谢北望反问："低血糖？你和我父亲同时低血糖？"

江子城的眼睛滴溜溜乱转，可是转来转去硬是想不出一个好借口，他也知道刚刚他和谢长安的对视实在太诡异了，简直像是两个武林高手比拼内力，外人看着什么事都没发生，可当事人却口吐鲜血、两败俱伤的样子。

见江子城一脸被抓包又不知道怎么辩驳的模样，谢北望怒极反笑："怎么，新的借口还没想好？"

江子城缩缩脖子不肯再说话了。

反正他怎么说都是错。谢北望是个没有异能的普通人，若是他把真相告诉谢北望，估计只会被送进精神病院吧。

江子城依靠自己的预知异能，顺顺利利、开开心心地活到二十四岁，在他已经接受"我是这世界上独一无二的氪星人"设定时，突然一道晴天霹雳，送下来一个氪星老乡！

而且这个氪星老乡比他混得好多啦，腰缠万贯，左拥右抱，妥妥的人生赢家。这要是放在小说里，谢老总裁一看就是起点男主，异能用来发家致富；而他呢，勉强算是晋江男主吧，异能全用来……哼，他也要做起点男主！

江子城把自己往被子里又埋了埋，只露出一双眼睛在外面，干巴巴下起了逐客令："哎呀我好累啊！谢总，我要睡觉了，要好好休息休息。"

说完，他就把两只眼睛合上了。

谢北望怒道："江子城！"

江子城一边装睡，一边瓮声瓮气地道："江子城睡着了！"

"江子城你……"

"江子城真睡着了！"

江子城直挺挺地躺在床上，活灵活现地表演起了"死猪不怕开水烫"。若他大学时的表演老师看到了他如此精湛的演技，绝对要把年度优秀学员的奖状颁给他。

江子城"睡着"后，谢北望并没有离开，而是站在床旁，用一种复杂又无奈的目光望着他。

即使江子城的眼前一片漆黑，但他仍能清楚地感觉到，男人的视线犹如一双无形的大手，从他的发丝、脸颊到身体，一点点抚摸下去。

他的目光包含着怜惜与无奈，像是在看待生命中最重要的东西一样。

江子城被这样的目光裹挟着，仿佛躺在云端，又仿佛被波浪冲刷，他的意识越来越迟缓，本来只想装睡，可是不知不觉间，居然真的睡去了。

江子城梦见了一片金黄色的麦田。

八岁的自己赤脚踩在田埂上，老式凉鞋脱在一边，两只白白胖胖的小脚丫被太阳晒出一条条的黑印。

他身旁站着一个瘦高的少年，少年正处于发育期，个子拔高了，肌肉量却没有增加，白色的纯棉跨栏背心罩在身上，显得空落落的。

夕阳西下，暖暖的阳光笼罩在一望无际的田野上，滚滚麦浪染上了太阳的颜色，甚至就连他们自己，都变成金黄色的了。

小小的江子城问："汪汪哥哥，麦子已经变成金色了，是不是UFO就要来接我了？"

少年却反问："这里不好吗，为什么你一定要离开呢？你走了，有人会伤心的。"

江子城被问住了，他想起了班上的好朋友，想起了巷子口的棉花糖，想起了游乐园里的小丑与气球……他急忙回答："我、我就去氪星住一小会儿，每个周末都会回到地球看我爸妈的！"

少年摇摇头："除了你爸妈以外，还有其他人会伤心的。"

他却不懂："其他人是谁啊？"

是啊，其他人是谁啊？

少年笑了。他转向身旁的小男孩，一双黝黑的眼睛好似深泉。少年逆着阳光，身上仿佛长出了一层毛茸茸的金边，看上去暖融融的。

江子城呆呆地望着金色的小哥哥，不由自主地伸出两只小胖手，去触摸他身上的光芒。

毛茸茸的光芒摸上去也毛茸茸的，很温暖，很厚实，手感顺滑，就是不太老实，总是在江子城的手里动来动去……

嗯？动来动去？

江子城皱着眉又摸了摸手里的东西。

又细，又长，一身长毛，滑不留手，长长的身子上还长出了短短的四肢和尖尖的嘴，摸上去不像是阳光，倒像是——

"谢大白！你怎么跑到我床上来了？！"

江子城从睡梦中猛然惊醒，糊在脸上的沉重"毛垫子"快要把他压死了。他一把便把那只覆在自己脑袋上的长毛白貂掀翻，小白貂委屈地看着他，蓬松的大尾巴像是一根掸子，在他的眼前晃来晃去。

"呸呸呸。"江子城睡梦里吃了不少貂毛，幸亏他醒得及时，要不然就要被这只淘气的小家伙闷晕了。

他两手攥住雪貂细细长长的身子，有心想给它一个教训，又舍不得下手，只能毫无威慑力地晃了晃它。

"好啦江子城，你别欺负大白啦。"身旁响起了少女清澈的嗓音。

江子城吓了一跳，转头一看，才发现床旁的小沙发上居然坐着一个人——谢盈盈双腿交叠，正兴味盎然地注视着他。

江子城骇道："你怎么在我房间里？"

谢盈盈："是我哥让我来的，他说你睡了一下午，再不把你叫醒，你就要一觉睡到大年初一啦。"

"咦？！"他转头看向窗外，果然天色已黑，远远还有爆竹声音传来。真没想到他这一觉居然睡了整整一个下午，连午饭都没吃。床头柜上放着一碗白粥和几个小菜，摸上去已经凉了，估计是用人给他送来的午饭。

江子城问："那谢总呢？"

"他现在正和老头子谈事情。"谢盈盈眼珠一转，抱过小白貂，起身坐到了江子城床畔，还主动往他的方向靠了靠，小声问，"书房里到底发生了什么事情？今天家庭医生都被管家招来了，老头子血压飙升。你也是，从书房回来之后就睡了一下午。"

江子城自然不会说实话，搪塞道："谢总也在，你要是好奇，可以问他。"

"喊……一个两个，都这么神秘。"

江子城下楼时，年夜饭已经端上桌了。

谢家的餐厅装修风格十分浮夸，光是一张桌子就有好几米长，坐在这头，都望不见那头。

大年三十的年夜饭，厨房大厨使出浑身解数，几十道好菜如流水一般端上桌子，很快就把桌子填满了。

饭菜虽多，可是吃饭的人只有四个。谢长安身为一家之主，坐在正位，一儿一女分别坐在他的左右。江子城局促地站在桌旁，谢北望见他来了，主动拉开身旁的座椅，示意他坐下。

江子城顶着老谢总的目光，僵硬地落座在谢北望身边。

谢北望问他："身体好些了吗？"

江子城飞快地点点头。

虽然面对山珍海味，但江子城这顿饭吃得食不知味。微信里，不管是天心火锅店，还是剧组演员群都热闹得不得了，大家互相拜年，还比拼起大年三十晚上的年夜菜。

江子城趁桌上其他人不注意，偷偷举起手机，拍下了一张自己面前的臻馔美味，发到群里，配文"没胃口"。

结果被群里人一通搓揉，说他是故意炫耀！

《怪你太可爱》群组——

> 吕大侠：娇花，你还说你没胃口？你这年夜饭都快比得上国宴了吧！
>
> 是江子城不是江城子：那也得看是和谁吃啊！
>
> 是江子城不是江城子：我还不如一个人去吃麦当劳呢。
>
> 狐一只：这餐具看着好眼熟……
>
> 卫欢：学弟，你春节没和家人一起过吗？
>
> 是江子城不是江城子：@卫欢 ，男神，我这个春节和仇冤家一起过……

他抬头望着桌上的三位谢家人，觉得他仨就是组团来折腾他的。

他第一千次祈祷时间倒流回今天早上——他就不能老老实实在剧组待着吗，干吗非要飞回来？从他踏出机场那一刻开始，他这个春节就注定过不安生了。

一顿食不知味的年夜饭吃了整整两个小时。江子城觉得自己不是在享受美食，而是在机械性地填鸭，他对着面前的一小碗米饭，一粒一粒往嘴里放。

最先下桌的人是谢盈盈，她向来和父亲关系不好，吃完晚饭，随口说了句"春节快乐"，便裙摆翩翩地下了桌。

一分钟之后，江子城的手机微微振动了一下，原来是有微信消息。

他拿过手机一看，居然是谢盈盈发的。

CrystalX：我看你也没吃好。
CrystalX：我把方便面藏在二楼的花盆后面，自己拿。

江子城："噗……"

谢北望瞥了他一眼，放下筷子，拿起餐巾擦了擦嘴角："你若是吃饱了，就回房休息吧。"

江子城早就在等这句话，闻言一跃而起，恨不得脚底抹油立即溜走。红烧肉炖豆角、黑胡椒牛排、西红柿牛腩……他要吃哪个味道的方便面呢？

可惜再敏捷的兔子都逃不过猎人的枪口，他还来不及说再见，坐在上位的谢长安忽然抬起眼皮，一句话把他定在了原地。

"江子城，你跟我去书房。"

江子城没有说话。

谢北望立即问："你找他做什么？"

谢长安："我想做什么，为什么要向你汇报？"

谢北望："他是我请来的客人，不是你请来的。"

老谢总恼羞成怒，气道："难道我找公司的员工谈事，还要你同意？别忘了，你现在只是瑞慈的执行总裁，我还没有正式退位呢。"

谢北望还想说什么，江子城却在桌下猛地抓住了男人的手腕。他不轻不重地拍了男人两下，示意他放心。

逃避是没用的，老谢总比他多活了这么多年，那么有城府、有手腕的一个人，在发现江子城身具异能之后，怎么可能装作无事发生？这一个下午，足够老谢总把他的履历翻来覆去地调查个七八十遍了，估计江子城在他面前和透明人差不多。

江子城看向身旁的谢北望，认真地说："没事的谢总，我和令尊聊聊，不会耽误太多时间的。"

江子城十分自信地想：现在是法治社会，难道老谢总还能杀他灭口不成？

书房里，一老一少两个男人面对面坐在沙发上，中间隔着一张矮几。

矮几上扔着几摞厚厚的资料，事无巨细地调查了江子城从小到大的一切经历。

到了这时，江子城油然而生一种"果然来了"的感觉，以谢长安的手腕，想要调查江子城的过往，实在是太简单不过了。

"江子城，我就不和你兜圈子了。"谢长安端坐在沙发中，指缝里夹着一根雪茄，浓厚的雪茄味道自指尖缓缓飘散，他把雪茄送到嘴边，深深吸上一口，说，"今天上午发生的事情，说实话我非常意外，我活到这个岁数，你是我遇到的第一个和我'一样'的人。"

江子城故意问："一样？哪里一样？"

"别装了，你的资料透露出的东西很多。"谢长安把调查来的资料推到他面前，"你学生时期的履历很简单，但是从电影学院毕业后，你接拍的第一部剧就大爆了，之后两年中，你参演的每部作品都因为各种各样的原因火了。你虽然一直饰演配角，但给很多观众都留下了印象。"

谢长安又抽出来一张纸："你在天心影视时，曾以片酬认购了20%的股份，这些股份在天心影视被瑞慈收购后，又抵换了0.1%的瑞慈股份，虽然听上去不多，但每年年底的分红，就够你舒舒服服地过一辈子。"

谢长安继续说："那部《满堂彩》，导演李才是第一次执导，这部电影题材太偏，根本没有演员肯接，你以区区五万片酬接下，当时所有人都在笑你傻，然而转眼你们就在威尼斯国际电影节上捧起了金狮奖。"

谢长安："还有在澳门赛马场时，你压中了'连赢'，独得三百万奖金。你把其中一百万汇到了一个印度账户，我查了一下，那是一位印度独立纪录片导演，在你和瑞慈的资助下，他已经完成了后期拍摄，正在进行剪辑，据说要送去参加今年的纪录片世界大赛。"

妈呀，江子城把那笔钱扔给卡皮尔后，都忘了去问拍摄进度了，没想到老谢总手伸得那么长，还帮他调查了卡皮尔那边的进展。

谢长安敲了敲雪茄的灰烬："所以你还要狡辩吗？我猜，你的异能和预知未来是有关系的吧。"

江子城没话说了。

他的履历放在不明真相的人眼里，只会觉得他运气好。可是谢长安早就确定了他身负异能，照着这个方向推测下去，江子城的底牌都快被他猜透了。

江子城爽快地承认："谢总，咱们能遇见就是天大的缘分。"他起身抱拳，"不过天下无不散的宴席，咱们青山不改，绿水长流，以后有缘再……"

谢长安："闭嘴，你给我老实坐下。"

江子城赶忙坐下。

谢长安说："江子城，你知道我为什么要找你吗？"

江子城茫然地道："不是为了和我说异能的事吗？"

"异能没什么好聊的。"谢长安摆摆手，"我活了六十年，年轻的时候，我一直觉得自己是天底下独一份的奇才，老天偏爱，助我成功。可是年纪越大，我越觉得寂寞——你能懂这种感觉吗？"

江子城诚实道："不懂，我才二十四，我还年轻。"

谢长安一口气喘不上来，差点气死："你就闭嘴吧，给我安静听着。"

具体来说，谢长安和江子城的心路历程是完全相反的。

江子城自小就笃信这世上一定有人和他一样，那些人住在遥远的氪星，有朝一日会驾着 UFO 来接他回去；随着心理逐渐成熟，他意识到这世上根本没有什么氪星，他一个人身负异能，也可以过得很自在。

而谢长安不同，谢长安年轻时狂妄得要命，觉得这世上只有他一个人这么厉害，天大地大老子最大；可是年老了他又觉得特别寂寞，因为没有一个值得信任的人可以让他倾诉他的异能，他极其渴望能够出现一个同伴。

于是，他选择了一个极端的办法——拼命地生孩子。

反正他有钱有颜，他就生啊生啊，生出的孩子够组成一支足球队了，结果呢，一个继承他异能的人都没有。

说到这里，他停了停，眼神转向江子城。

江子城立即提高警觉："谢总您别乱攀亲戚啊，您看看咱俩，除了性别一样以外还有哪儿像了。"

异能这事就像是上天造人时意外多加了一些点缀，它无法修改，也没办法送给其他人。

谢长安问："你爸妈没有异能吗？"

江子城摇头。他父母就是最最普通的地球人，爱岗敬业乐于奉献，他们要是有异能，估计也是用来给学生批改作业吧。

谢长安："那你小时候有没有发生过什么特别的事情？"

"没有，这个能力自我记事开始就存在了。"江子城绞尽脑汁地回忆了一下，"我没摸过电门，没被水淹过，也没被蜘蛛咬过……哦，我幼儿园的时候，脑袋被门挤过，算吗？"

"老夫觉得不算。"

"哦，我觉得也不算。"

两人尴尬地对望了一会儿，他们刚刚聊了这么多，江子城也没有一开始那么拘谨了。虽然谢长安又贪财又好色，可他毕竟是个"异能前辈"，江子城实在好奇，他到底是怎么用这个能力发家致富的。

江子城鼓起勇气，大胆地问："那谢总，请问您的能力是什么？"

这个问题却戳中了谢长安的隐私，他眉头紧锁，像是在评估江子城是否可以信任。他就这么上上下下地看了江子城好一会儿，最终，他内心的寂寞获得了胜利，这个秘密在他心中埋藏了将近六十年，这可能是他人生中唯一一次可以说出口的机会。

"我的异能……比较特殊。"谢长安坦承,"我可以看到一个人未来可以给我赚多少钱。"

天哪,谢长安这个老财迷,真是钻进钱眼里去了!江子城想起中午时,谢长安把他叫到面前,要看他的眼睛,原来是为了看看他未来的财运走势。

第一句话说出口后,后面的话就顺畅多了。

谢长安道:"我在创业初期,凭借这个异能挖掘了不少人才。你知道黄越为什么和我结为兄弟吗?因为他在出道前,只是老大身后的小马仔,是我把他包装成了巨星,把他送上了现在的位置。"

黄越是瑞慈娱乐的元老级影帝,去年拿到了金凤凰终身成就奖,三十年前,他可是红遍大江南北的人物。

看着谢长安得意的模样,江子城忽然想起了谢北望——谢长安有那么多个孩子,可是谢北望是他承认的唯一一个继承人,难不成也是由于这么功利的原因?

江子城颤声问:"那谢总……我是说谢北望,也是……"

"自然。"谢长安说,"十五年前,我把所有和我有血缘关系的孩子聚在一起,逐一'看'了一遍。除了北望,每一个孩子头上显示的都是负数。"

"负数?"

"对!全是只知道伸手管我要钱的败家子!我怎么能够放心把我辛辛苦苦一手创建的瑞慈集团,交到那些败家子手上?"谢长安欣慰地道,"只有北望那个孩子,明明在乡下长大,没有接受过一天精英教育,可他的眼里是有光的,他就是一头狼,一头能够领导狼群的头狼!我在他头上看到这么一个数字。"

谢长安伸手比画了一个数字。

江子城小心翼翼地问:"单位是'十亿'吗?"

"像你这种穷小子,也就只有这点想象力了。"

谢长安根本没注意到江子城的脸色,继续说道:"所以,北望成了我的继承人。而其他孩子,只能从我建立的基金会里每年领生活费。"

很多八卦杂志都在猜测为什么谢长安一生有那么多个孩子，唯有谢北望成了他唯一的继承人。有"初恋情人之子"之说，有"最像自己"之说，有"能力卓绝"之说……江子城也曾经暗暗猜测过，可是他完全没想到，那些猜测在真相面前是那么不堪一击。

谢长安选中谢北望，并非因为感情，只是因为钱——仅仅是因为谢北望未来可以给他赚很多很多钱而已。

这一刻，江子城从心底油然升起了一股对谢北望的深深同情——他不知道谢北望需不需要他的同情，但他一想到那个站得笔直的男人，背后却有这样的过往，就觉得很替他难过。

谢北望极少笑，说话时的语气也少有起伏。江子城有时候甚至厚脸皮地觉得，那个男人唯一的一点情绪波动，都留给自己了。他以前一直以为是"总裁"这个身份限制了谢北望，让谢北望必须用更成熟、更理智、更冷淡的态度去面对一切；直到这一秒他才知道，原来谢长安才是罪魁祸首。

忽然，谢长安提高了声音，愤愤地道："说到这个我就来气，谢盈盈也是'负数'！本来我根本不愿意把她接进家门，但是北望喜欢她，非要认她做妹妹……可你知道她十五岁生日那天发生了什么吗？"

江子城问："发生了什么？"

谢长安："她生日那天，她头顶的负数突然扩大，而北望头顶的数据也迅速下降，锐减了三分之一——北望居然不经过我同意，直接把谢盈盈列为他的遗产继承人！他究竟是怎么回事，难道不打算生孩子了吗？！"

江子城实在不知道说什么了。

这一晚上的谈话所蕴含的信息量太大了。若是放在几小时之前，江子城绝对不相信那位活跃在八卦杂志、有人专门为他出书立传的谢长安谢老总裁，居然也拥有对视异能！

谢长安还亲口和他承认，他选择谢北望继承他的地位，并非因为什么父子亲情，仅仅是因为需要一个赚钱机器罢了。

江子城头重脚轻地走出了书房，打开门后，却发现门外的走廊上正矗立着一个笔直挺拔的身影。

江子城微愣，没想到刚刚还在他脑海里盘旋的男人，居然就这样出现在眼前。

"出来了？"谢北望也不知在门外等了多久。在见到江子城后，他立即快步走到他面前，右手抬起来，看上去像是想要摸摸他的脑袋，可最终只是轻飘飘地落在了他的肩上，"父亲没有为难你吧？"

毫不掩饰地关切呈现在谢北望脸上。

江子城还没开口，书房里便传来老谢总的轻哼。

"北望，你守在这里做什么？我只不过是和小江聊聊天，瞧你的样子，我又不会把他吃了。"谢长安哼道，"从来没见你对谁这么关心过。"

谢北望回答："我早就说过，江子城是我看中的演员，请你对他抱有应有的尊重。"

"我哪里没有尊重他了？"

谢北望没有接话，他搭在江子城肩上的手掌微微用力，带着他离开了这个是非之地。

他和父亲的关系很差，他也不屑在信任之人面前装出父子情深的模样。

老谢总住在别墅的东翼副楼，主楼和副楼之间有一道空中走廊相连。这道空中走廊也装饰的富丽堂皇，欧式壁灯被打造成了烛台的模样，灯光投射在廊中人身上，江子城抬头望去，只见走廊两侧的墙上陈列着数不清的标本。从鹿头、熊爪，到蝴蝶、甲虫，还有各种树叶标本，被规规整整地钉在玻璃橱窗里。

而在走廊的正中间，则悬挂着三位谢家人的油彩画像。

这张画像已经有些年头了。画像正中，谢老总裁端坐在奢华的纯皮沙发内，不怒自威；沙发旁，看上去二十出头的谢北望神态严肃，领带紧紧地束缚在他的领口；而那时的谢盈盈还是个不通人事的小丫头，她整个重心都倚靠在哥哥腿边，表情懵懂。

江子城在这幅油画前停下。他仰望着画像上那个比现在年轻得多的谢北望，不知怎的，这一刻，他特别想抱一抱年轻的他。

抱一抱这个顶着无数压力、独自撑起瑞慈集团的男人。

可惜，年轻的总裁，他抱不到。

而年长的谢北望……唔，借给江子城十个胆子，他也不敢抱哇。

谢北望一路护送着江子城回到了他的卧室，进门前，谢北望终于忍不住，问他："我父亲都和你聊了什么？"

江子城挤出一个为难的笑容。他当然不敢说老谢总那个花心大萝卜和他聊异能的事情，只能磕磕绊绊避重就轻地扯出了一张大旗："就……老谢总和我聊了聊你。"

这个答案出乎意料，谢北望问："我？"

江子城："他说，你是十五岁的时候被他从乡下接回来的，从那时起就一直被当作继承人培养。他还说你在谢小姐十五岁的时候就立了遗嘱，要给她三分之一的财产。"他羞赧地问，"原来你小时候真的是在乡下长大的？"

之前从澳门回来时，谢北望就和江子城说过他在乡下长大，江子城还以为谢北望在开玩笑，哪承想居然是真的。

谁能想到，这位如今身价高不可估、掌控国内娱乐市场的资本大鳄，曾经是个从田野里走出来的乡下少年呢？

面对这个问题，谢北望没有隐藏过去，而是坦然相告："我的生母只是一个普通的小镇姑娘。我父亲年轻时有一副好样貌，十分会哄女孩子开心，可是从不负责。那时候他还没有发家，只身去香港闯荡，我的生母稀里糊涂地怀了孕、生了我，又无法面对未婚生子的指责，把我扔到乡下远亲家，一个人离开了。"

江子城怔住了。江家父母非常恩爱，他是在全家人的期待下呱呱落地的，他从小都沐浴在爱的光芒之中，所以才养成了这过于阳光灿烂的性格。

与他正好相反，谢北望的诞生不受任何亲人的期盼，正是因为成长过程中父母的缺失，才让他直到现在也不知该如何正确表达他的感情。

"对不起。"江子城不知道自己为什么要道歉，可他还是说了声对不起。

谢北望这次真的伸手揉了揉他的头。男人温暖的大掌落在他蓬松的额发上，力度不轻不重："你道什么歉？抛妻弃子的人是他。"他又问，"他还说什么了？"

江子城："呃……他还抱怨，说他在三十岁的时候已经有了你了；为什么你都三十岁了，还不见你和哪个女明星女模特走得近。"

这道题连江子城都会答：老谢总拿了起点男主的剧本，种马来种马去，睡遍全天下。可正因为他如此荒淫无度，才让谢北望对女人退避三舍。老谢总从来不会在自己身上找原因，而是以要求下属的态度去要求有血缘关系的亲人。

果然，谢北望似笑非笑："我又没有他那样的繁殖癌。"他停了停，继续说，"如果一定要找个人度过一生，谁规定一定要是爱人了？就不能选择和朋友、兄弟在一起吗？"

他说话时，一双眼睛落在江子城身上，温度烫得灼人。

江子城浑身一机灵，突然想起了之前两次和谢北望对视时看到的景象！

那两个景象都和洗澡有关——只不过第一次是谢北望闯进了江子城的浴室，而第二次，是江子城"偷窥"谢北望洗澡……

不、不可能！一定是误会，这一定是个误会！

他和谢北望现在是朋友，未来也只会是朋友。两个大男人一块儿洗澡，不是很正常的嘛。

听说东北的洗浴中心更是洗澡搓背汗蒸一条龙，三五好友相约去洗浴中心搓麻将，是很正常的事情。

在未来的某一天，谢总闯进他的浴室，一定是为了给他搓澡！

江子城在心中拼命地说服自己，越想越觉得自己的猜测是正确的。

谢北望既是他的上级，也是他的朋友，谢北望对他好，更像是那种哥哥对弟弟的好，并没有隐含其他意思。江子城是独生子女，非常感激谢北望能这么在意自己。

为了打消心中最后一分顾虑，江子城想了想，只剩下唯一一个办法了。

那就是再看一遍谢北望的眼睛！

与他对视，预知最后一段未来！

江子城早上才和老谢总对视过，引发了今天的一系列后续影响。而以谢北望的聪明，恐怕已经注意到了他的特异之处。可这时江子城实在顾不上这些了，他下定决心想到就做，他必须立即再看一遍谢北望的眼睛。

"谢总……不，谢北望。"江子城抬起头，第一次当着谢北望的面念出了他的名字。他勇敢地面对眼前的男人，一双浅棕色眼睛在灯光的映射下宛如最上乘的宝石，"你看着我的眼睛。"

"什么？"谢北望一愣。

"看着我的眼睛。"江子城又重复了一遍。

谢北望的表情慢慢松懈下来，他没有问为什么，只是出于对江子城的信任，按照他的要求，把那双深如寒潭的眸子对上他的眼睛。

两人的视线相交，仿佛空气都因为他们的对视而逐渐升温。

江子城比谢北望矮了将近半个头，对视时，江子城需要一直仰视着他。在谢北望的眼眸中，江子城看到了自己的身影，有些模糊，却深深地印刻在男人的瞳孔中央。

十……九……

江子城想，他会看到什么呢？

八……七……

他的能力只能看到一个人此时此刻最在意的事情。

六……五……

若是看到了一段和他们的未来毫无关系的事情怎么办？

四……三……

说不定会看到谢总在加班呢？毕竟他是个工作狂。

二……一……

算了，不管看到什么，他江子城都……

咦？！

江子城眨眨眼睛，又眨眨眼睛。然而不可置信地事情确确实实发生了，没有白雾飘过，没有未来涌入，什么都没有！他和谢北望的第三次对视，居然失败了！

失、败、了！

怎么可能？！

江子城低下头，拼命揉了揉眼睛，他用的力气是那样大，甚至把眼前揉出了雪花。可是不管他怎么揉、怎么对视，依旧什么都看不到。

谢北望见他神色茫然，关切地问："你眼睛不舒服吗？"

江子城迷茫地摇摇头，这一刻，他甚至比得知谢长安也拥有异能时更加震惊。

"我不是眼睛不舒服我是整个人都不舒服。"

如今，只有一个答案可以解释现在的异常了。

与老谢总"眼神对撞"后，他失去了他的预知能力。

第十六章

# 异 能 消 失 了？

春节假期的最后两天，江子城几乎是以游魂的状态度过的。

大年初一的早上，他给远在欧洲的父母打越洋电话拜年，浑浑噩噩地连说了好几句"圣诞快乐"，还是被妈妈提醒后他才发现了自己的口误。

江妈妈问他："你怎么一副没睡醒的样子？不会是除夕夜守岁，一整晚没睡觉吧？"

江子城支吾地应了——他确实一整晚没睡觉，可真正的理由，他却连父母都不能告诉。

从他有记忆起就一直陪伴他的异能居然消失了！这就像是玩着绝地求生，突然被官方查封了外挂，他这种小白玩家瞬间被打回原形，只能光着身子在原地跑来跑去，两手空空，无所适从。

江子城是个乖孩子，他利用异能给自己"谋福利"的机会并不多，最近半年更是主动减少了使用异能的次数。因为他知道，金手指这种东西只能当个助力，若是人生的一切选择都仰仗异能，那这个人生还算是他自己的吗？

但是，就算上天要收走这个异能，也不要这么突然啊！

江子城又急又气又委屈，谢北望真是他的大氪星……不对，是大克星！若不是他在机场把自己劫走，他就不会遇到老谢总，不会对视，更不会莫名其妙地失去了异能。

在这种情况下，江子城哪还有闲心去考虑他和谢北望的事情，他整个人都枯萎了，蔫蔫地缩在角落里。

谢北望比任何人都想知道江子城身上究竟发生了什么事。

除夕那晚，他把江子城护送回了房间，在进屋前，江子城主动要求和谢北望对视。早在十五年前，谢北望便知道江子城的"对视"究竟是什么意思，他虽然讶异，但仍然坦然地送出了目光。

他不会在江子城面前隐藏任何私心，不管是他的过去、他的现在，还是他的未来，只要江子城想看，那便看吧。

可是谁能想到江子城在和他对视后居然脸色大变，明显受到了惊吓。

谢北望立即推测出来，肯定是"对视"时出现了什么意外，影响到了他。

这两天，谢北望一直想和他谈谈，暗示他："其实你的眼睛……"

可是他刚一开口，江子城却直接炸毛，猛地摇头："我的眼睛很好啊，什么事都没有，视力可好了！"明显不打算承认问题所在。

谢北望无奈，虽然他在娱乐圈里是说一不二的大佬，但在小氪星人面前，他只是个帮不上忙的普通地球人罢了。

江子城自然不知道，他紧紧保存着的底裤……不对，底牌，在谢北望面前，早就变成透明的了。

他兀自陷入了困境，懊恼地团团转。他甚至去翻阅网络小说，想看看有没有哪部金手指小说的主人公同他一样，先有异能，再失去异能，可惜看来看去，他这样的情况也实属唯一。

要是早知道"眼神对撞"的后果是这样，他当时宁可瞎了，也不要去看老谢总的眼睛啊！

其实江子城还有一个选择，就是去问问谢长安的异能有没有出现意外，可是思来想去，江子城还是把这个方法在心中掐灭了。

原因无他——江子城不信任谢长安。

那个老奸巨猾的老种马，他都能用金钱价值去衡量自己的子女，若是他知道江子城的异能消失了，又会怎么对待他呢？

虽然谢长安看似推心置腹地同他讲了很多，但究其根本，不过是想要拉拢他，向他证明"咱们两个是一类人"罢了。可江子城不觉得他们是一类人——光是老谢总把儿子当赚钱工具这一点，就够江子城给他扎八十个巫蛊娃娃了。

短暂的三天春节假期一晃而过，大年初二晚上，谢北望亲自开车，把忧心忡忡的江子城送到了机场。

车子停稳，只要推开车门，就是直通候机大厅的 VIP 通道。

谢北望侧头看向身旁的江子城，见他还是那副木木呆呆的傻样子，真是又无奈又心软。

有时候他很怀疑江子城是不是真是外星人变的，这小傻瓜的脑回路怎么和地球人完全不一样呢。

谢北望解开安全带，俯身靠了过去。若是平时，江子城肯定红着脸哇哇大叫地躲开了，可现在江子城的反应能力直线下降，他靠坐在副驾驶座上，仰头看着越靠越近的谢北望，直到两人的鼻尖直相距不到一厘米。

谢北望身上的香水味慢慢地飘荡过来，像是一团云，温柔地拥抱住了江子城。

那味道非常别致。一般男性用的香水味道广达厚重，常见的有森林香、海洋香等，可谢北望身上传来的味道并不属于这几类，而是一种让江子城觉得有些熟悉的味道。

那味道与谢北望的冷硬气质完全不符，可是却一点都不违和。

奇怪，究竟在哪里闻过呢？

他犹如一只小貂一样，鼻尖耸动，左闻闻、右嗅嗅。早上出门前，谢北望把香水洒在了衬衣领口上，江子城被那股味道吸引，在他的回忆深处，仿佛有什么地方松动了，可就差最后那一点点，没能开启。

注意到江子城的动作，谢北望挑眉："这么好闻？"

江子城心里想什么便答什么："谢总，你身上的香水是什么牌子的？"

谢北望答："没有牌子，是我找调香师定制的。"

江子城面露遗憾。

谢北望："你很喜欢？"

青年点头："喜欢，确实喜欢。它让我觉得很熟悉，好像曾经闻过这个味道。"

"好，我让人送到剧组。"

江子城好哄，得了男人的许诺后，眼睛弯成了两道小小的彩虹桥。

哪想谢北望又说："不过我也不是白送的。"

"难道、难道要花钱买？"

江子城想，谢北望这么有钱的一个大老板，还至于和自己要一瓶香水钱？喊，小气！

"当然不要你钱。"谢北望眼眸深深，"我希望下次见面时，你能想起是在哪里闻过这个味道。"

"啊？"江子城茫然极了。

看着面前的江子城一副迟钝的样子，谢北望心里的无力感又翻涌了起来。

他已经提示到了这个份上，究竟什么时候，江子城才能想起他的身份呢？

十五年前的相遇对于谢北望来说，几乎改变了他的一生。他一直念念不忘，这才在重逢时一眼认出了江子城。

谢北望就是曾经的麦田少年。

他，就是"城城弟弟"的"汪汪哥哥"。

这个名字虽然幼稚，却代表着诸多美好的回忆。

然而他心中的宝贵记忆，在另一方心里却无足轻重到可以随便遗忘。

一想到这点，谢北望又气又无奈。

说好了要做一辈子的朋友，说好了要一起去看银杏，说好了只把异能的秘密告诉他……

谢北望也不知自己在和谁较劲，以他的骄傲，他无法直接说出那句"喂，我就是你的汪汪哥哥"，这半年来，他一直在通过明示、暗示，把自己的身份一点一滴地传达给江子城，可江子城却总是对不上他的频道。

就让他再尝试最后一次吧。

如果这次这个小蠢货还是想不起他是谁，他就一定要狠狠惩罚他了。

江子城奔赴横店，满怀着心事重回剧组，继续投入到《怪你太可爱》剩下的拍摄工作中。

这部电影的背景在高中校园里，讲述了发生在复读班里的备考故事。主人公们背景不同、起点不同，他们在这里相遇，收获友情、遇到爱情、感受亲情，最终主人公们一起考入了理想的大学。

电影内的时间跨度足有一年，故而四季都要拍到。他们已经提前在海南拍完了春夏秋的剧情，剩下一些冬季雪景需要在横店完成。

剩下的剧情不多了，满打满算，二十天就能拍完。

这段冬季剧情非常重要，需要江子城拿出百分之百的心思去揣摩男主角的感情变化。男主角是个迟钝又腼腆的学霸，他的感情到了转变的关键时刻，他对待女主角，不再只是同窗情，而带上了少年爱慕的心思。

高中生之间的暧昧，往往是一种不诉之于口的默契。上课时胳臂轻轻触碰，放学回家时一前一后的跟随，脚下偷偷穿着情侣鞋，借橡皮时不小心碰到了手……每一次对视都要让观众感受到那股怦然心动的青涩暧昧。

问题在于，江子城回组后状态一落千丈，无论如何也不能进入角色。和江子城对戏的吕霞是童星出身，她的演技远超同龄小花，江子城最近心不在焉，一对上她就露了怯。

他清楚地知道自己心结在何处，异能丧失后的无奈让他每晚都在梦境里挣扎。可他又不能拿一把剪刀把缠成一团的心事剪断，只能按住内心的焦躁，强迫自己一点点解开线团。

但在剧组里是没有那么多时间让演员自我调整的。

每拖延一天，制片人的头发就哗狂掉一把，毕竟剧组里演员多、设备多，多留一天，这经费就哗哗往上涨啊。

在江子城又一次试演失败后，导演喊了"cut"。他把灰头土脸的江子城叫到片场角落里，问他："小江，你最近心思怎么这么浮？这段感情表现得完全不对。"

江子城被骂得灰头土脸，他知道自己表现得太不专业了。

他诚恳地道了歉，强迫自己把心思收回来。

再拍摄时，他终于找回了原本的演技。

但只有他自己知道，当导演喊完"cut"后，他从角色里迅速抽离出来，那种茫然无措的感情又会在瞬间包围他。

他已经习惯了异能的存在，现在骤然变成了普通人，这个落差让他惶恐。

《怪你太可爱》还未杀青，另一件麻烦事又找上了门。

《拜托了吹风机》剧组联系江子城，恳求他能抽出时间，参加路演。

这部电影十一月底杀青，要抢在情人节当天上映。海报早在春节就铺满了大街小巷，走在路上，到处都是地推宣传海报。海报上，男女主角周满宇、安雯背对背站在画面两侧，背景是繁华的上海街景。这部电影打出的旗号是"都市奋斗题材"，剧情介绍是"合租男女的爱情与梦想"。

男女主角都是当红流量，现在双方粉丝已经摆下擂台，斗起票房了。你的后援团组织包场十二座城市，那我的后援团就要五十个影厅联合放映；你做公益赠票，我就要做应援花台……虽然男女主角早已决裂，可微博上还是互相关注的，这时CP站粉也跳出来，说他们爱的CP一生推，电影院的大门锁了锁了，万达老板被他们绑架了，谁不看完《拜托了吹风机》就不能踏出电影院！

　　江子城在网上稍稍围观了一下，还是怪心疼CP粉的。他们曾经搞到了"真的"，可是"真的"最后也变成"假的"了。

　　一想到情人节当天，CP粉抱着吃糖的心态去看电影，结果发现电影结尾欧巴没有和欧尼在一起，那这刀子简直是在往CP粉的心坎上砍啊。

　　现在周满宇已经抱上了美国著名导演的大腿，经过两个月的封闭训练，他参与的那部好莱坞大作已经正式开拍。这电影属于群戏，主角足足有六个，周满宇在里面演的就是男六号，台词不多，可单华人演员登上好莱坞舞台这件事，已经足够粉丝们吹嘘好几年了。他的通稿日日都在发，每天热搜都能看到"周满宇"三个大字。

　　他在美国混得风生水起，自然没有时间回国参加什么都市恋爱电影的路演活动。宣发实在没办法，不能让女主角一个人站台啊，只能给江子城的经纪人打电话，让他这个男二号出场。

　　扈哥一听，自然不同意："子城零片酬加盟这部戏，合约上写得明明白白，他不需要参加路演。而且他现在这部电影已经到了收尾阶段，请假影响不好。"

　　宣发团队好话说尽，伏小做低："扈哥，我们也知道江老师工作忙。我们路演只去北上广深四个主要城市，两天就能跑完。"

　　扈哥趁机提出几项要求，宣发团队为了求江子城救场，自然连连答应，甚至连夜做出来一版新海报，把江子城这个男二号加了上去。

　　和《怪你太可爱》剧组的请假事宜，也是扈哥帮忙搞定的。本来制片不愿放人，说拍摄到了最后，主要演员不能缺席。扈哥再次拿出B级经纪人的实力，和制片主任在办公室整整谈了半个小时，终于说动了他。

　　最终发到江子城手里的通告单上硬是给他挪出了两天时间——但前一天的夜戏排到晚上十二点，江子城连睡觉的时间都没有，前脚下戏，后脚就要奔赴机场。

　　路演第一站在广州，江子城带着两位助理，连夜奔赴一百多公里以外的杭州机场，他们要在那里坐红眼航班抵达广州。

可惜当晚天气不好，小雨阵阵，红眼航班延误了，江子城一直在机场瞪眼到四点多钟才登机。落地时天色大亮，他们急匆匆奔地赴酒店化妆。一晚上折腾下来，江子城只睡了不到半小时而已，黑眼圈都要耷拉到下巴上了。

在保姆车上，Kevin急忙拿出应急眼贴帮江子城贴上，又放平座椅，让他闭目养神，好好休息。

经过一路颠簸，保姆车很快停靠在了酒店门口。《拜托了吹风机》的工作人员早就在门口等候，匆匆迎出来，把江子城接到了顶楼套房中。

江子城立即进入工作状态，把那些没用的思绪锁在了脑袋的深处。

江子城道："不好意思，飞机晚点，我迟到了。"

工作人员忙说："不不，这不是江老师的问题。江老师路上辛苦了，化妆师已经在您房间等您了。"

江子城问："安雯呢？"

"安老师是昨天晚上到的，安老师有自带的化妆师，现在正在做造型。"

女艺人的妆发耗时向来是男艺人的两倍，安雯走的又是精致小女生路线，自然要化得可爱又漂亮。江子城没来得及和她打招呼，匆匆进了自己的套房。

果然，套房的客厅里，化妆师、造型师都已就位，一旁的活动衣架上挂着一套搭配好的衣服，淡蓝色斜条纹真丝衬衫配米色休闲裤，一身衣服休闲又不失正式。

江子城是个衣架子身材，他很快换好了衣服，裤腰稍稍有些松，造型师又赶快给他配了条皮带，更显得腿长腰细。

江子城张开双臂，在造型师面前转了一圈，让他看看还有哪里需要调整的。他身姿挺拔，尤其是后背覆着一层薄薄的肌肉，特别漂亮，穿衬衣时两片肩胛骨撑起衣衫，线条美得要命。

谁的小眼睛还没看影帝

Kevin 赶忙掏出手机拍了两张照片，发到天心火锅店的家人群里，又引出无数赞美。

　　Kevin 献宝一样把聊天记录拿给江子城看。

　　麻辣 Kevin：这是今天江哥的帅照！大家快来看看。

　　酷辣 Tony：今天江哥来广州路演，江哥的新片《拜托了吹风机》情人节就要上映了！

　　火辣老板娘：我们子城娃儿好乖哦！

　　酸辣老板：俊，子城真俊！

　　微辣大堂经理：二叔、二婶，啥时候包场请我们看子城的电影啊？

　　重庆辣厨师长：是啊，子城可给咱们带了不少生意呢！

　　怕不辣领班：子城又帅了！啥时候回来看看啊，大家都想他了！

　　江子城被大家的拳拳情意所感动，对 Kevin 说："你帮我和大家说，等这部电影拍完，甜辣江子城就回去看大家。"

　　Kevin 啪啪啪打字，群里下起了一阵红包雨。

　　Kevin 说："老板娘问，下次去店里，你还带不带谢总啊？"

　　到底谁才和他们是一家人啊？

　　很快，江子城的妆发造型便完成了。因为剧中他饰演的是冷酷男上司，化妆师化妆时强调了他的成熟感，用发胶把他的头发全部拢向后面，顶部抓得蓬松自然，又留下一缕额发垂落在太阳穴处，增添了几分亲近感。

　　江子城有时候觉得自己就是真人版奇迹暖暖，只是奇迹暖暖的评分靠系统，而奇迹城城的评分靠观众。

　　他本就长得好看，化妆师和造型师的作用是锦上添花，完完全全放大了他的优点。他现在这副打扮走出去，就算和以颜值著称的周满宇站在一起，也绝对不落下风。

　　整套造型已经完成了百分之九十九，偏偏在最后一个环节上出了差错。

只听化妆师对着自己的小助理一阵狂吼："你究竟怎么收拾的化妆箱！居然忘了带香水！"

小助理被训得嘤嘤直哭，缩着头不说话。

江子城赶忙打圆场："香水没关系的，我站在台上，和观众隔得很远，不喷的话也没事。"

化妆师解释："江老师，香水不仅是给别人闻的，更是给您自己闻的。它是整套造型的重要一环，一款适合您的香水能更好地烘托您的气质。"他又看向小助理，用指节敲她脑壳，"这么重要的东西都忘了带，你每次出去看电影的时候怎么不见你忘了买爆米花可乐啊！"

都是给人打工的，Tony恻隐之心大起，赶忙说："化妆老师，其实我们江哥也带了一款香水，要不用我们自己的吧。"

说着，Tony急忙去翻行李。江子城的行李都是助理打包的，而且他平常没有用香水的习惯，实在不知道Tony说的香水是哪一瓶。

只见Tony从行李箱里拿出一团毛巾，他就像老太太藏钱一样，里里外外裹了三四层，拆到最后，终于露出了一个拳头大的精致香水瓶。

那是一个透明玻璃瓶，造型很古典，像老式的圆肚酒瓶。瓶上没有任何装饰物，看上去平平无奇，一点都不显眼，里面的香水是淡黄色的，在灯光下剔透晶莹。

江子城蹙眉："这是我的香水？我怎么没见过。"

Tony："这是前几天直接从瑞慈寄到剧组的，没有牌子，估计是时尚部发给每个艺人的新品吧。这次出门前我就揣在行李箱里了，想着说不定能用上呢！"

化妆师接过香水，轻轻一按，细腻的液体喷洒在空气中，浓郁却不厚重的男香瞬间在空气中散播开来。那股味道扑面而来，就像是阳光洒在身上，让人毫无抵抗之力。

几位工作人员的脸上不约而同地露出了满意和沉醉的表情。这个男香给人的感觉成熟而又温柔，并不是那种咄咄逼人的香气，让人十分舒服。

江子城坐在化妆镜前，香气慢慢飘散到他的鼻尖，他一怔，立刻意识到这瓶香水正是谢北望用过的那一款。

谢北望曾经说过会把自己的香水送一瓶给他。最近太忙，他早就忘了这件事。却没想到谢北望这么信守承诺，居然真的送到了。

化妆师欣喜地叫开了："江老师，您品位真好。这股麦香和您今天的造型特别搭，很成熟。"

江子城："麦香？"

化妆师："是啊，我们乡下每年秋收时，空气里都是这股麦子成熟的味道，阳光一晒，风一吹，麦浪哗哗响。那个味道啊，闻过的人真的是一辈子都不会忘。"

连绵不绝的麦浪在阳光下轻轻摇摆，微风送来成熟的麦子香气，伴着晚夏的蝉鸣，混合着泥土的气息，那是记忆里永远不会磨灭的金色回忆。

那样的景色，年幼的江子城也曾经见过。

有什么东西在江子城的大脑里一闪而过，他很想抓住，可又让它再次从指缝里溜走了。

江子城和安雯相携出场时，两百人的放映厅里已经挤满了观众。

这次路演第一站是广州，《拜托了吹风机》这部电影定位的观影受众是十八到二十八岁的年轻都市女白领，这次前来观影的人群中，有二十位应邀前来的媒体人、影评人，一百位明星后援团粉丝，剩下的全都是通过各大媒体渠道抽奖来看点映的影迷。

江子城和安雯都很忙，他们今天也是第一次观影。

在短暂的开场介绍后，他们很快入席，和观众们一起观看起这部电影来。

说实话，江子城对这部电影的期待度很低。因为周满宇惹出的种种麻烦，剧本数次修改，与最开始的版本差别极大，到最后硬是把他这个男二号的戏份加得比周满宇还要多。

整部电影已经不再是男女主角的感情历程，而变成了女主角在男一男二之间摇摆抉择。这种题材拍不好，很容易让女主角成为"白莲花""绿茶婊"。

但出乎他意料的是，这部电影的成片居然相当不错。

这部电影讲述了大学刚毕业的男女主角在同一个屋檐下合租的故事。在合租第一天，女主角使用大功率的吹风机，使得整个屋子停电。男主角原本正在房间里用电脑做工程图，没来得及保存的心血全都毁了。两人不打不相识，吵吵闹闹地开始了他们的合租生活。

按照原本的剧本发展下去，男女主角应该一路甜蜜到最后，女主角最终和男主角走进了婚姻的殿堂。

可剧本修改后，男主角后半程几乎完全下线。"宝宝对不起，我今天加班真的走不开，生日我改天给你过""我要升职了工作很忙，你能不能稍微理解一下我""我真的很累，你工作那么轻松，为什么不能洗衣拖地做饭，周末我真的没力气陪你"……女主角受不了这种忽视，最终选择分手。大雨滂沱中，她孤身一人走在空荡荡的街道上，而赶来为她撑伞的男人，正是男上司。

这部电影见证了安雯和周满宇的感情，到最后安雯哭着分手那一段，安雯几乎完全带入了自己的切身体会，感染力极强。那一刻，她不是在演戏，而是在演自己。

整个电影院里响起了无数抽泣声。

江子城借着屏幕的亮光向后看去，只见很多女观众泪流满面，可能这是很多女生都遇到过的感情问题吧。

电影放映结束后，江子城在洗手间里无意中听到两位媒体记者聊天。

一个记者说："这次安雯的演技提升很大啊，前面还有点没进入状态，后面的感情戏演得挺好。"

另一个说："周满宇太差了吧，什么玩意儿，就知道耍帅。"

"那没办法，毕竟是偶像，和正经演员没法比。你看他和江子城站在一起，演技完全被吊打。"

"你这不是开玩笑吗？江子城的电影可捧起过金狮奖的。"记者喷喷道，"也不知道江子城的经纪人是怎么想的，给他接这种偶像电影，是让他过来秀演技的？"

"谁知道啊，估计是钱给得特别多吧。"

江子城好想从隔间里跳出去，跟他们说不是啊，他一分钱都没拿啊！

记者们还在聊天。

一个说："本来以为是个粉丝电影，没想到成品还不错。我打七分。"

另一个说："我也七分吧。但是跟我来的女同事说要打九分。"

"这么高？"

"她都哭崩了，她说男女主分手那段让她想到了自己家的'大猪蹄子'。"

偷听的江子城心想："大猪蹄子"是什么玩意儿？

路演活动的工作安排特别密集，一行人两天内要跑北上广深四个一线城市，所有参加路演的主创在短时间之内连续看了四遍电影。

到后来，安雯都看到麻木了，私底下和江子城吐槽："哎，原来分手那阵子我那么伤心啊，哭起来撕心裂肺的，导演还非要给我特写镜头，难看死了。"

江子城见她状态不错，还挺为她开心的："你现在走出来了？不难过了？"

"早就不难过了。"安雯说，"分手了之后才发现单身的滋味是这么好。我当时到底是为什么那么死心塌地地喜欢他啊，他明明就是'大猪蹄子'。"

这是江子城第二次听到"大猪蹄子"这个形容词，可他依旧没搞懂这究竟是什么意思。听起来像是个形容男人的贬义词，可猪蹄那么香喷喷又有营养的东西，为什么会被赋予这种奇怪的含义？

第十七章

# 江妲己

最后一场路演结束，卸完妆，江子城也要赶回横店剧组了。

他换回自己的衣服，出门后却没有看到一直跟在身边的双胞胎兄弟，他四处找了找，发现他们就在走廊的角落，而站在他们面前的，正是许久未见的扈哥。

只听扈哥道："现在'鸡中翅'这个关键词已经上了热搜，公关那边怎么说？"

Tony："扈哥，公关说，因为'鸡中翅'这个关键词太普通了，如果直接撤掉，会影响很多活跃的美食账号，不方便撤掉。"

扈哥："那就找粉丝后援会去洗。"

Kevin："嗯，他们已经在做了。周满宇的粉丝太猖狂，基数又大，'鸡中翅'这个称呼就是他们搞出来的，再加上有些不明真相的人跟风，很多帖子看不出来到底是有意还是无意。"

扈哥头疼地揉了揉额角："不管怎么样，这件事不要让子城知道，会影响他的状态。"

偷听到现在，江子城不能再忍了。

他的经纪人和助理明显是在瞒着他事情啊，他哪里坐得住，立即从后面跳出来，一叉腰，大声问："哒！哪里跑！你们给我老实交代！"

扈哥："你怎么在这儿？"

江子城瞪眼："别转移话题，鸡中翅到底是个什么玩意儿，又和我有什么关系，为什么会空降热搜？"

扈哥："你真想知道？"

江子城："拜托，我又不是刚出道，和我有关的消息，不管是好是坏，你们总要告知我这个当事人一声吧。"

听他说的这么斩钉截铁，扈哥叹了口气，只能告诉他真相："既然你真的想知道，那好吧。'鸡中翅'是你的黑称，你满意了吗？"

江子城一头雾水。

这都什么乱七八糟的东西。

周满宇是大猪蹄，江子城是鸡中翅。

他们这部电影到底叫《拜托了吹风机》，还是《拜托了电冰箱》啊？

江子城感到非常奇怪，实在不知道"鸡中翅"这个称呼是怎么和自己联系到一起的。

粉丝们会给明星起各种各样的可爱昵称，比如在《欢迎来我家》之后，江子城的一部分逆苏粉就给他起名叫"城妹妹"，只因他在节目里的女装扮相很漂亮，比真正的女孩子还要吸引人。同样的，明星的黑粉们也会给明星起黑称，为了防止被粉丝搜索到，他们一般都会用很隐晦的贬义称呼，通常是怎么恶毒怎么来。

可他的黑称为什么看起来这么好吃？

扈哥说："因为'江子城'的缩写是'jzc'，'jzc'可以看作是'鸡中翅'，衍生出来的，还有鸡翅中、鸡翅膀、阿翅……你看看你的超话，已经被洗版了。"

江子城接过扈哥手里的iPad，点开微博上的"江子城超话"。果然，超话里已经被黑粉们屠版，他们大肆分享鸡中翅的做法，红烧、油炸、乱炖是他们的最爱，鸡翅下锅前要提前割花刀腌制入味，他们对此津津乐道，仿佛那一刀一刀都割在了江子城身上一样。

还有人找出八百年前流行过的"长了八只翅膀的鸡"的图，直接把鸡头P成了江子城的脸，用意十分恶毒。

直到半年前，江子城在娱乐圈里还是个查无此人的小透明，还是威尼斯红毯上捡手机那一幕让他多了几分名气。他一直秉持低调做人、安静拍戏的原则，粉丝们也是佛系粉，哈哈哈的时候有他们，遇到这种被屠版的大事，粉丝后援团的管理层就慌了手脚。

江子城本来还带着三分轻松，可他看着看着，脸色也不好了。

"这些黑粉也太幼稚了吧。"江子城说，"你们刚才说周满宇，这事和他有关系？"

扈哥答："《拜托了吹风机》在开拍前宣传时，周满宇一直是男一。现在成片出来了，粉丝们发现周满宇的戏份被大大削弱，原本是男一女一的爱情戏，你这个男二横插一脚，周满宇的粉丝们非常不满。其实他们也有屠安雯的超话，可是安雯的粉丝量级和周满宇不相上下，作为流量小花，她的团队一直有非常完整的公关机制。黑粉们搞不定安雯，就只能把怨气都发泄在你身上了。"

黑粉们的联想力都是很强的，八竿子打不到的屁事都能被添油加醋地捏在一起。江子城半年前参演《满堂彩》，接着签约瑞慈，年底还录制了大热综艺《欢迎来我家》。黑粉们言之凿凿，编派他凭借美色抱上了瑞慈高层的大腿。

瑞慈高层里唯一一个老男人现在都退休在家了好吗！

江子城真是要气到昏过去了。

"这都是什么破事？加戏减戏都是周满宇的决定，难道因为我的名气比他小，我就要被欺负吗？"

扈哥直言不讳："你现在才发现吗？小艺人是没有人权的。"

江子城一时语塞。

"这个圈子就是这样，谁身后的资本重，谁的粉丝多，谁就有话语权。"扈哥再一次击碎了他的幻想，"不管大明星做什么事，粉丝们自会有一套解释。周满宇不来参加路演，咱们知道他是因为抱上了好莱坞大腿，看不上这种小格局电影。可是在粉丝的洗脑包里，那是因为他不满你抢占他的戏份，决定划清界限，抵制电影。"

江子城："他们理解能力那么差，脑补的本事倒是挺强的。"

这片子仅仅点映了四场，就闹出这么大的声势，可以想象正式上映后，粉丝们又要吵成什么样。

扈哥见江子城愁眉不展，也意识到自己话说得太重了，他停了停，安慰他："这件事情你不用操心了，我会和公关部商量，尽快引导舆论。"

江子城一脸丧气地说："还能怎么引导？现在不论做什么，黑粉们都能找出我的把柄。就算我和媒体说，我是零片酬加盟来救场的，到了黑粉眼里，也肯定是我为了抢戏，不惜自降片酬。"

除非剧组的人能站出来证明，戏份的增减是由于周满宇要赶去好莱坞报到，否则江子城这边不管说什么，都没人会相信。可剧组一方面需要热度，另一方面不敢得罪周满宇，怎么可能为了江子城这样一个三线艺人都够不上的小豆丁，去得罪当红小鲜肉呢？

这是江子城第一次直面网络上的暴力攻击。他这人向来心大，之前在片场里被周满宇的私生粉攻击，他很快就从阴影里走了出来，把事情置之脑后。可这一次，他亲眼见到自己的微博被黑粉们弄得乌烟瘴气，甚至牵连到了自己的铁杆粉丝。

从正式出道到现在，江子城一直很珍惜自己的粉丝，那些粉丝团高层管理员们，都是在他演雷剧时就认识了他。即使他前两年一直籍籍无名，他们也依旧嘻嘻哈哈地陪伴着他。现在他有了一点小名气，这些忠实粉丝们，为他欢呼，为他雀跃，颇有种"我家有儿初长成"的感慨。

大粉们都在前面冲锋陷阵，和敌方掐成一片，江子城身为一个大男人，只能躲在小姑娘身后，真是太难受了。

他现在万分后悔，为什么他没在自己的异能还存在的时候，多接一些有口碑的好片子呢？这样的话，他就能早一点拿奖，让粉丝们也有所依仗。

扈哥带着两位助理急匆匆地走了，他们要尽快和公关部商量出一个对策来，不能让路人被洗脑。江子城还在上升期，如果让路人把他当作一个带资进组的抢戏男，那就大事不妙了。

安雯那边也得知了这件事。

安雯非常难过，在江子城上飞机回剧组前，她硬是追到机场的VIP室，当面向他道歉。

"对不起啊，明明是我和周满宇的感情问题，你却被我们拉下了水。"安雯的脸色也很不好。她的粉丝群体很强大，可以控场超话，却无法制止每个黑粉给安雯发送谩骂私信。安雯从接这部电影开始，就一直在被周满宇的粉丝骂，说她是倒贴整容怪。现在电影上映后，结尾两人没在一起，她又要被他们骂是水性杨花的女人。

江子城赶忙摇头："安雯，我之前就说过，你永远不需要为渣男向我道歉。你和他分手是你做过的最正确的决定，网上的事情有我的经纪公司去处理，你不用往心里去。"

安雯："其实我特别想发个声明帮你说话，可是我的经纪人不让。对不起，是我没用。"

江子城并没有责怪她，他知道，当她成为流量小花那一刻起，她就不再仅仅是她本人，而是公司眼中的摇钱树，她不能做和她人设不符合的事情。

安雯甚至没有自己的微博密码，她在微博上的一言一行都是经纪公司包装出来的。她和周满宇分手后，甚至连取关都不能如意，还要被迫和他互动。

江子城也了解一些圈内八卦，安雯所在的公司在业内也能排上前几名，只是公司内部派系斗争严重。老总退位后，几个儿子争权夺利，搞得现在两败俱伤，也不知未来要向哪个方向发展。安雯决不能轻举妄动，否则很容易影响公司的方方面面。

这么看来，至少谢长安做对了一件事：他把瑞慈集团完整地交到谢北望手里，避免了"九龙夺嫡"的局面。

江子城抱着一颗疲惫又烦闷的心，飞回了《怪你太可爱》剧组。他是半夜回的酒店，整个走廊里静悄悄的，他的归来没有惊动任何人。

他草草洗漱完，把自己扔进了大床中，却翻来覆去怎么也睡不着。

第一次被人黑成这样，他就算有一颗铁打的心，也禁不住这样的狂轰滥炸啊！

他的工作安排得非常满，再过几个小时就要起床上戏，他理智上知道应该放下那些无谓的辱骂尽快入睡，可心头的焦躁却无论如何也压不下去。

沉沉深夜，放在床头柜上的手机屏幕忽然亮了。

江子城拿过手机一看，弹出的联系人顶着一只小雪貂头像，备注是他新改的。

大氖星：睡了吗？

看到谢北望的聊天框弹出来，江子城内心忽然升起了一种"意料之中"的感觉。仿佛这一整晚，他都在等待着千里之外的一句安慰。

他脸上嫌弃地撇撇嘴，手指打字的速度却快得要飞起来一般。

小超人：睡了。
大氖星：既然睡了，还能回我消息？
小超人：嗜睡子城，在线打呼。
小超人：呼 zzzz
小超人：呼呼 zzzz
小超人：呼呼呼 zzzz

四周是无尽的黑暗，然而手机屏幕的亮光驱散了一小片阴霾。江子城并没有注意到，缩在被窝里捧着手机的自己，嘴角其实是翘着的。

大氖星：看来，你没受网上事情的影响。

江子城在床上翻了个身，他的牙齿轻轻咬着下唇，手指在屏幕上摩挲着。他不知道是该装傻，还是该倾诉自己的委屈。

还没等他想出一个答案来，谢北望又发过来一句话。

> 大氪星：既然没睡，那就赶快睡吧。
>
> 小超人：你深更半夜找我，就是为了看我睡没睡？
>
> 大氪星：嗯。
>
> 大氪星：睡吧。
>
> 大氪星：睡醒了，事情就过去了。

"睡醒了，事情就过去了？"江子城低声重复着这句话，总觉得有一种山雨欲来风满楼的感觉。

可能，这就是江子城的第六感吧。

就在电影上映前一天，事情突然出现了惊天逆转。

情人节前夕，《拜托了吹风机》剧组受邀去参加某品牌的商业party，主题就是情人节的浪漫物语。可惜周满宇远在美国，而江子城这边要赶拍摄进度，实在挪不开，只能委屈安雯一个人去走红毯了。

她是当红小花，走过红毯区后，无数媒体高举话筒抢着要采访她。

安雯落落大方地开玩笑："采访我做什么啊？今天成双成对的人那么多，我这么一个单身狗，你们就别刺激我了。"

记者立即问："那安雯，你打算什么时候谈恋爱呢？"

这问题属于娱乐八卦的"经典题型"，每个艺人出道前都要像背交规一样背上五百道题。本题的正确答案试举例——男艺人答"我现在以事业为重"，女艺人答"遇到合适的人就会谈恋爱了"。

不承想安雯的回答却出乎意料："为什么要谈恋爱？是赚钱不够刺激，还是工作不够有趣，为什么要把时间浪费在男人身上？"

那一瞬间，整个采访区的闪光灯都停了。

足足安静了三秒。

她忽然莞尔一笑，道："我开玩笑的，吓到你们了？"

记者们这才逐渐解冻。安雯的回答实在是太离经叛道了，娱乐圈没有一个艺人敢当众宣布自己是独身主义，更何况安雯是现在流量最高的当红小花！粉丝们都是一群奇怪的集合体，爱豆谈恋爱，他们伤心，爱豆不谈恋爱，他们又担心——简直比当妈还操心。

有记者问："安雯，你的理想型是什么样的呢？"

依旧是一道经典题型。

安雯立即答："有责任心。"

记者："那……"

"别打岔，我还没说完。"安雯忽然展现了与往常完全不同的强势面貌，在所有记者面前大声说道，"在爱情上，他必须做到对我负责，不要说什么'你是艺人，公开不好'。想要和我谈恋爱，就必须承受被外界议论的压力。在工作上，他必须做到对同事负责，把自己的工作认认真真完成，别自己什么都不做，把大部分工作推到其他人身上，还把锅一甩，自己一身轻松。"

记者们面面相觑。

妈呀，他们是不是搞到什么大新闻了，怎么觉得这朵柔弱小花突然长满了刺，一字一句都是特指啊？！

这个商业活动是全程直播的，这段采访自然第一时间传播了出去，当天晚上就在社交平台上引起了滚雪球一般的二次传播。每个人——不管是粉丝、路人还是吃瓜群众——都化身福尔摩斯，把这段采访翻来覆去地扒，从安雯的语气到神态，每一秒每一帧都不肯放过。

他们再把这段视频和安雯最近一年的工作线合在一起，两相比较，答案堪称赤裸地浮现出来——被安雯"特指"的那个没有责任心的男人，有极大可能，就是缺席《拜托了吹风机》的所有宣传活动的周满宇！

其实半年前，耳目灵通的业内人士就有听到过他们俩秘密交往的消息，而这刚好和安雯今天的指责对上了。

而安雯仿佛还嫌自己爆料不够多一样，在电影上映当天，居然直接取关了周满宇！

顶级流量的影响力是无穷的，十分钟之后，"安雯取关周满宇""安雯采访""周满宇责任心""拜托了吹风机"等一系列关键词空降热搜，牢牢霸榜。

无数营销号仿佛约好一样同时下场，他们扒出周满宇的黑历史，贴出他以前种种耍大牌不敬业的证据，以此"推导"出，江子城恐怕真的是被迫背锅，在周满宇急着去美国报到的时候，顶上了他的空缺。

周满宇的粉丝当即炸了锅，他们哪里还顾得了欺负江子城这个小三线，立即调转矛头，冲进八卦小组，决心与那些看热闹不嫌事大的八卦党决一死战。

周满宇的工作室也不会坐以待毙，他们第一时间组织了粉丝"净化"各大论坛，又在各种媒体上狂发通稿。远在美国的周满宇也急了，他亲自下场安抚粉丝，说自己向来敬业，这次在美国拍电影，一秒钟都不曾懈怠，早早入组特训，正式开拍后一天只能睡四五个小时，抓紧一切时间背台词……

几方人马吵成一团，江子城则被清清白白地摘了出去。

他猛地清静下来，却顾不上放松，赶快拨打安雯的电话。

电话一通，江子城便急道："安雯，我真的很感谢你为我出气，可是你没必要把自己牵扯进去啊！"

前几天安雯还向他抱怨，她的经纪公司不准她轻举妄动，她和渣男撕破脸后还要被迫在网上尴尬互动，一点自由都没有。没想到安雯转眼就搞了这么一个大新闻，可以想象她身上要背多少压力。

谁知电话那头传来安雯畅快的三声大笑："哈哈哈！你误会啦！我们公司不知道怎么回事，突然转性，同意让我报复渣男啦！你放心，我有分寸，你看我都没点名道姓，给他留足面子啦！"

江子城的脑海突然闪过了一个想法。

唔，是他联想力太强了吗？为什么他隐隐有种感觉，总觉得整个事件的背后有谢北望的身影？

不不不，一定是他想多了！

安雯的经纪公司好歹是圈内前几名的，虽然现在忙于内斗，但也断不会被谢北望轻易操控。

总不可能是谢总冲冠一怒为子城，大手一挥，一周之内就并购了人家的公司吧？

就算是玛丽苏小说，也写不出这么不合现实逻辑的剧情啊。

《拜托了吹风机》明明是一部选在情人节上映的电影，然而观众的群体画像却以年轻的单身白领为主。他们有着旺盛的好奇心，他们经历过一段从相爱到陌路的感情，他们是飘荡在大城市的奋斗者……

很多人看完电影后，都在电影评分 App 上留下了自己的观影感受。

8 分。本身是为了围观八卦才去看的电影，但看到后来完全代入了自己。大学毕业之后，我选择留在大城市。房租贵，我只能负担得起客厅的隔断间。压力真的很大，特别孤独，前任就是在那时候出现在我身边的。现在回忆起来，我也不知道自己究竟是爱上了那个人，还是爱上了有人陪伴的感觉。

8.5 分。开开心心进电影院，哭崩了走出来的。当共同语言越来越少，当他为了工作一次又一次委屈我的时候，我就知道这段感情没办法继续了。

7 分吧。谁再说我们鳗鱼没演技我和谁急，我们鳗鱼演甩锅渣男演得多好啊？！惟妙惟肖的，一看就是特有生活经验。

9 分！2 分给安雯进步的演技，剩下的全都给男二号！妈呀这种嘴硬心软型的霸道上司我吃我吃我吃还不行吗！这是什么宝藏男孩啊！我以前居然错过了这样一个小哥哥！颜值高演技佳！我押他一定能红！绝对能红！小哥哥一起走花路吧，未来可期！

满分认领我家江江！八卦 er 不来 pick 一下吗？参演过数部大热电视剧，每部人设都完全不同，演技天才！第一部主演的电影《满堂彩》就拿了威尼斯国际电影节金狮奖，有颜值，更有才华！男装是子城哥哥，女装是子城妹妹，买一送一，童叟无欺！

一周后，《拜托了吹风机》凭借戏外的一出大戏，收割了足够的讨论度，更收割了令人震惊的首周票房。

两周后，《怪你太可爱》正式杀青，杀青当天，江子城的粉丝后援团再次带着丰富的应援物踏进了剧组。江子城特地抽出一天空闲，陪后援团的粉丝们游览了横店影视城。粉丝们感动得一塌糊涂，而江子城却说："明明是我应该感谢你们，这次我被黑，谢谢你们替我分担压力。"

三周后，一份由两家经纪公司联合签发的文件被高挂在公司官网上。

瑞慈娱乐集团与××文化传媒公司达成深度合作，未来休戚与共，互惠互利，资源共享，合作共赢。

圈内人士议论纷纷，说××文化传媒公司忙于内斗，几个儿子争权夺利，鼠目寸光，毫无远见。瑞慈娱乐是行业巨擘，这种大船怎么可能平白无故让别人搭顺风车？谢北望这家伙果然比他父亲还要心狠手辣，这是看准了要吞并人家呢！等着吧，最长不会超过半年，瑞慈娱乐的版图又要扩大了。

如果江子城没记错的话，这个××文化传媒公司不就是安雯的东家吗？

所以说……

霸道总裁为了帮他出气，好像、大概、也许真的要把人家的公司收购了？

江子城一会儿觉得自己想多了，一会儿又觉得自己没有想多。

他在两个猜测之间反复横跳，一边洗脑自己瑞慈娱乐要收购那家经纪公司纯属商业战略，一边又觉得这个时机巧得不能再巧，上次他见到这么巧的事情，还是杉菜被班里女同学欺负后，女同学家的公司没过多久就被道明集团收购了。

可生活毕竟不是电视剧，谢北望向来沉稳冷静，既没有高调炫富，也没有留菠萝头。他真的会为了一点黑料纠纷，就大张旗鼓地向另一家公司进攻吗？

江杉菜同学攥着手机一阵犹豫，最终还是决定直接问霸总本人吧。

小超人：？
大氪星：？
小超人：？？
大氪星：？
小超人：？？？
大氪星：你究竟想问什么，直接问吧。

江子城打字出来又删删减减，还是没好意思直接问"你做这一切是不是为了我"，而是用一种随意又做作的态度，和谢北望谈起了公事。

小超人：我看新闻，瑞慈和安雯的经纪公司合作了。
大氪星：嗯。这段时间一直在忙这件事。
小超人：呃，为什么会选择这家公司啊？
小超人：我就是随便问问。
小超人：如果涉及商业机密的话，不用回答的。
大氪星：对你没什么商业机密。
大氪星：他们高层内斗，精英流失，但是公司架子还在。
大氪星：现在上位的老三屁股坐不稳，脑子也不清醒。
大氪星：我说要合作，他就信了。

大氪星：不吞并，那就浪费这个好时机了。

小超人：奸商。

大氪星：嗯。

大氪星：我是。

虽然外界一直在猜测谢北望的这步"合作"，是为了之后的"吞并"做准备。可外人的猜测始终是外人的，谢北望直接把计划对江子城和盘托出，这明显是把他当作知己了。

江子城摩挲着手机壳，望着屏幕上的聊天对话，笑话自己：你看看，自作多情了吧。人家谢总是多么深谋远虑高瞻远瞩的一个人啊，人家脑袋里没有鸡毛蒜皮，只有钱。

大氪星：最主要的是，我必须和他们公司的高层直接对话，才能让安雯站在你这边。

江子城一口气没提上来，呛得满眼泪花。

天。

这都 2019 年了，他居然还会为了霸道总裁的雷霆手段流泪！

小超人：谢总，如果你想帮我摆脱困境的话，直接收购周鳗鱼的公司更好吧？

小超人：为什么要对安雯的公司下手？

小超人：这圈子兜得太大了吧。

结果问题发过去了，他却迟迟没有等来谢北望的回复。

怎么回事，是谢北望的手机突然掉马桶里了吗？难道霸总的手机没有自带的起飞功能，即使掉进下水道里也能嗖嗖嗖嗖地飞出来？他为什么不回复，是不是在开会，是不是在和性感女秘书谈公事，是不是在和性感男助理聊工作？

江子城的手机设定了半分钟自动暗屏，江子城每隔一会儿就要点一下屏幕让它保持点亮。到后来他点烦了，干脆把暗屏时间加长到十分钟，然后就那样目光灼灼地盯着它。

终于，谢北望的名字再次跃动起来，只不过这次不再是微信消息，而是远隔半个中国的一通电话。

江子城手忙脚乱地按下了接听键，讷讷地道："喂——"

"我正在开会，现在是中间的休息时间，我只有三分钟，但这件事我想亲口和你说。"谢北望的声音隔着虚无的电波，遥遥灌进他的耳朵。

谢北望的语速和平常不太一样，微快，但一字一句还是那样清晰坚定，自信而强大："周满宇的公司我是最先考虑的，但是他们有韩国娱乐资本背景，瑞慈想要入股操控的话，至少需要三到五年的运作时间。比较而言，安雯的公司内耗严重，可以在最短的时间内达到目的，所以我选择了他们。"

谢北望用最简明扼要的语言概述了他的收购原因，即使毫无商业触觉如江子城，也能轻易明白他的意思。

只不过，这种事情发微信就好了啊，有必要打电话特意说明吗？

江子城想了想，问，"谢总，你是不是……"他忍住笑，"有点紧张？"

谢北望没说话。

江子城："你是在向我解释？"

谢北望依然沉默着。

江子城试探地问："怕我觉得你没用？"

"啪"一声，电话被挂断了。

江子城一头雾水。

三秒钟过后，微信消息跳了出来。

**大氪星：下半场会议开始了。**

**大氪星：我工作去了。**

江子城望着屏幕上平平淡淡的两句话，不知怎的，读出来一种欲盖弥彰、粉饰太平、强装镇定的感觉。

他严重怀疑自己血糖、血压指标都已经飙出大气层了。

要命了要命了，霸道总裁怎么还有这么可爱的一面啊！

《怪你太可爱》顺利杀青，剧组聚在一起，吃了一顿杀青宴。在杀青宴上，不论身份地位，不管是掌控全场的导演、演员，还是跑腿的场记、场务，都能其乐融融地坐在一起，推杯换盏，聊天打趣。

饭局上，不少人来来去去，合影留念。江子城身为男主角，居然不是最抢手的人，他的男神卫欢，一举夺下"剧组最受欢迎"的头衔，几个小时里重复着吃两口菜、起身合影，吃两口菜、起身合影的机械动作。

他虽然看似高岭之花，但经过这么长时间的接触，大家都发现他其实很好说话。可能是因为颜值过高，所以才会让人有距离感吧。

江子城崇拜他很多年了，一想到这次剧组散伙后，卫欢又要开始他的背包客生活，直到赚的钱全部花光后才会回来，江子城就难过得不行。他没忍住，也端着酒杯凑过去，要和师兄"喝一杯"。

"喝什么！"凶神恶煞的胡亦知从旁边钻出来，一把夺过两人的杯子，把杯里的啤酒换成了可乐。"今天晚上他喝得太多了，你们只能喝这个。"

他像是铁塔一样立在卫欢旁边，今天他没再穿那件"改稿打钱"的T恤，而是换上了另外一件文化衫，胸口写着赤裸的口号——"金钱是赶稿的第一驱动力"。

这家伙的衣服都是从哪里批发的？

也不知胡亦知为什么这么缺钱，江子城一想到他在未来会被谢北望"收买"写《天狼传奇》，就觉得他怪可怜的。

江子城想了想，小心提议："胡老师，如果你手头确实很紧，想没想过来瑞慈，做瑞慈的签约编剧？瑞慈的编剧团队很正规，总比你现在单打独斗强。"

胡亦知虽然脾气又直又拧，但他的文字功底没话说。

没想到胡亦知立即变了脸色，连连摇头："不签不签。"他嘀咕，"我要是跑到他眼皮底下工作，这不是自找死路吗？"

江子城没听清："你说什么？"

胡亦知："我说你喝个可乐还叽叽歪歪的，没看到卫导演已经很累了吗！"

卫欢："我就是个管群演的副导演。"

胡亦知："那也是导演！"

卫欢："咱们组里光副导演就有三个。"

胡亦知："那也是导演！"

也不知何时，两人的关系居然变得这么好，江子城在旁边举着可乐苦巴巴地等着，觉得自己不该在这里，应该在车底。

他委屈地问："咱还喝吗？"

卫欢赶忙举杯，结果手一抖，没拿住，杯子掉了。幸亏杀青宴上提供的都是一次性纸杯，要不然玻璃渣子绝对要溅到他们身上。

卫欢漂亮的丹凤眼扫了下桌子，随手拿过一个没人动过的杯子，杯子里的饮料清澈见底，仿若白水一般，"我喝雪碧吧。"

江子城望着自己崇拜了多年、引领自己踏入影视圈的男神活生生地站在自己面前，脸庞灿若桃李，眸子犹如点星，只觉得一股说不出来的激动在胸口涌动。他逼迫自己不要露出一副迷弟的傻模样，保持最后一点点男一号的尊严。

两人碰杯。

一口闷。

江子城喝了一肚子可乐，开口说："嗝！"

卫欢喝了一肚子雪碧，开口说："这……好像不是雪碧。"

卫欢冲他们露出了一个纯真无辜偏偏又带着勾人意味的笑容，慢吞吞地说："这是白酒。"

话没说完，他已经一头栽倒，被眼疾手快的胡亦知接住了。

江子城急得团团转，赶忙叫人来抬男神。胡亦知抬手制止他，说："我知道卫导演的房间在哪里，我送他回去吧。"

说罢，胡亦知蹲下身，双手环抱住卫欢的腰部，然后猛地一站，就把卫欢扛在肩膀上了。

没错，不是抱，不是背，而是像扛麻袋一样把他扛在了肩膀上。

望着胡亦知步履匆匆扛着卫欢离开的身影，江子城疑惑地歪歪头，总觉得这个"麻袋扛"好眼熟啊！

庆功宴第二天，剧组开始分批次班师回朝。

演员们是第一批离开横店的，大家的行程都排得很满，江子城三月初就要入组《一代贤臣》，吕霞比他更急，两天后就要赶到云贵高原录节目。

临行前，剧组负责善后的工作人员全来了，把演员们一直送到停车场。可能是因为他们这部电影是校园题材吧，而且主创都是瑞慈娱乐的自己人，所以大家都有一种远胜往昔的亲密感。

江子城看着他们向自己挥手道别，有感而发地说："感觉忽然回到了毕业那天，散伙饭之后，大家各奔东西，当时班长也是这么带着大家，把每一个同学送上火车的。"

不过他左看右看，却发现少了"副班长"和"团支书"。

江子城："哎？卫师兄和胡编剧呢？"

有人答："卫欢不舒服，起不来床，胡老师在照顾他。"

这答案明明挑不出错来，可站在江子城身旁的吕霞却不知怎么回事，身子像触电了一样抖了好几下，双眼圆瞪，忽然出手如闪电，猛地攥住江子城的胳臂，五指同时用力捏起了他胳臂上的一团肉。

江子城感到莫名其妙："女侠你掐我做什么？"

吕霞当着这么多人的面，很无辜地答："没什么没什么没什么，就是……嘻嘻嘻。"她拼命想要憋住脸上的笑容，却使得整张小圆脸上肌肉扭曲，像极了电影里潜伏在主角团里的变态凶手。

两人上了保姆车，吕霞立即原形毕露，她瘫坐在后排座位上，高举双手，大喊一声："我搞到真的了！"

江子城没懂。

吕霞和他"姐俩好"地凑上来，揽住他的脖子，提点他："用三个词形容你卫师兄。"

江子城脱口而出："好看、有灵气、不食人间烟火。"

"那再用三个词形容胡编剧。"

"财迷、肌肉男、性格差。"

吕霞双手一拍："昨晚上卫欢喝醉了，被胡亦知扛走，这可是你亲眼看到的吧？你想啊……"她伸出左手大拇指，"一个是阆苑仙葩，"她又伸出右手大拇指，"一个是美玉……呃，黑玉……呃，一个是……算了不说他了。"她把两个大拇指对在一起，圆圆的眼睛一眨一眨，"他俩昨天喝多了，今天连送行都没来，昨晚一定发生了什么！"

江子城嫌弃地推开她："我看你经常一下戏就往卫师兄那里凑，我还以为你想泡他，没想到你脑袋里居然装着这些！"

吕霞坚定地说："我可是独身主义者，我才不想搞他。"

吕霞瘫在座位上，懒洋洋地说："你放心，我也就是脑内想想，没有那么不开眼跑到人家面前说三道四的。拍戏又辛苦、压力又大，你总要让我找个放松的渠道吧？"

江子城说："你不是爱好烹饪、瑜伽、看展览吗？"

"经纪人给我立的人设而已。"吕霞摆摆手，"我现阶段就一个爱好，那就是赚钱，让我爸爸妈妈爷爷奶奶姥姥姥爷过上衣食无忧的生活。你呢？"

"我？"江子城犹豫了一下，"我就是单纯喜欢演戏，钱的话，够用就好了。毕竟钱不是万能的，即使你成为全中国最有钱的人，有些事情还是办不到的。"

"比如？"吕霞爬起来，和他拧上了，"还有什么事情是有钱也办不到的？"

江子城说："去故宫参观能让故宫闭馆接待吧。"

吕霞不说话了。

看到好友吃瘪的样子，江子城洋洋得意地摇了摇尾巴，这局躺赢啊！

江子城反问她："你觉得有钱人的生活是什么样子的？"

吕霞潇洒地一甩头发，扬起下巴，回答："我暂时不知道，等我哪天嫁给谢总之后，我再告诉你吧。"

"嘶……"

这感觉怎么说呢，就像是打游戏时，敌方水晶已经被攻克了百分之九十，人头也被收割了一轮又一轮，偏偏最后天降外挂，一招就把我方所有人轰回了老家。

江子城心里瞬间涌上了乱七八糟的无数心思。

吕霞想嫁给谢北望？怎么从来没听她说起过？是开玩笑地想嫁还是认真地想嫁？她认真也是应该的吧。谢北望虽然总是摆出一副公事公办的冷面孔，可他确实极有魅力。吕霞了解谢北望吗？她知道谢北望不悦的时候眼睛会变得更好看吗？她见过他不穿西装的样子吗？吕霞可真是一点艺人包袱都没有啊，居然敢这么大胆地说要嫁给公司总裁，不过她性格一直这么大大咧咧的，别人听到了也会以为是开玩笑吧。这么看来，女孩子的性别真是天生的优势，她可以当着所有人的面说她喜欢哪个男人，理所应当，没有人会质疑她的选择……

吕霞伸手在江子城的眼前晃晃："娇花你没事吧？怎么脸色这么不好，眼神都直了？"

开车的司机听他们聊了一路，开玩笑说："霞姐，莫不是江老师暗恋你吧。一听说你要嫁谢总，伤心了！"

"呀！"吕霞挽住江子城的胳臂，脑袋倚在他肩膀上，似模似样地劝他，"没关系，你还是有机会的。谢总年纪一大把了，等他'咳咳咳'之后，我不就能名正言顺地继承他的千亿家产？到时候我肯定不拍戏了，手牵手一步两步三步四步去逛街，看爱马仕一个两个三个四个连成线……你就当我的小白脸，我给你投资，让你想演什么演什么，到时候别人都知道，江子城傍上金主，和瑞慈高层不清不楚啦！"

江子城被她豪放的言语噎住了，他长得这么好看，可不是用来当小白脸的呀!

"等等,你说'谢总年纪一大把,'"江子城忽然反应过来,那感觉像是被人从高桥上推下去,心脏都要停跳了,结果发现自己脚上拴着蹦极绳,一秒就被拉上来,"你说的是谢长安?"

吕霞笑了:"你不会觉得我说的是小谢总吧?"她连连摇头,"他长得帅是帅,可他就是个工作机器。这种人我都想象不到他会吃饭睡觉,他就适合摆在顶楼的总裁办公室,连上厕所都不需要。"

江子城问:"对了,你怎么管谢长安叫'谢总',管谢北望叫'小谢总'?一般人不是都称呼他们为'老谢总'和'谢总'吗?"

吕霞:"我的经纪人是谢总——我是说老的那个——亲手提拔上来的,一朝天子一朝臣,现在的谢总是继位者,他们习惯叫他'小谢总',我就跟着他这么叫了。"她神秘兮兮地说,"娇花,你刚来公司半年,不知道瑞慈内部新老派系斗争还是蛮严重的。你如果有机会接触瑞慈的高层,可以注意一下,如果有谁管现在的谢总叫'小谢总',那毫无疑问,他绝对是'老臣'。"

江子城怔住了。原来谢北望这个霸道总裁,位子坐得并不安稳啊。也对,老谢总手里攥着起点男主的剧本,在他眼里,儿子就是用来赚钱的机器,他真的会把自己亲手打下的江山,安安分分地交到谢北望手里吗?

所以谢北望的工作才这么忙碌,他要时常加班,时常出差。而这么忙碌的谢北望,却抽出时间来关注江子城的一举一动。

两小时之后,保姆车很快行驶到了机场。托运行李的事情交给助理,江子城和吕霞一起坐进 VIP 室休息。

沙发还没坐热,江子城的微信又响了。

**大氪星:到机场了?**

江子城紧张兮兮地抬头左右看了看,严重怀疑某位霸道总裁在自己身边安插了私家侦探，以时刻掌握他的行踪。

可是看了一圈，他并没有看到任何形迹可疑的人，只能开始翻起包里的随身物品。

吕霞问："你这翻腾什么呢？"

江子城："你知不知道有什么东西，就是那种小小一个，带定位的，可以随时把坐标发送到别人的手机上？"

吕霞："知道啊。"

"什么东西？"

"现在不是好多宠物颈圈就带定位功能吗，我还给我家狗狗买了一个呢。"

他又不是谢大白。

小超人：你怎么知道我到机场了？

小超人：【疑惑】

谢北望很快发来一张截图，图上是一个叫作"@地主家的双胞胎傻儿子"的微博博主，认证是"艺人助理"。

@地主家的双胞胎傻儿子：杀青宴，江哥喝多了，抱着鼓起来的肚子说他怀孕三个月了。【大笑】【大笑】【大笑】

@地主家的双胞胎傻儿子：早上离开酒店的时候，酒店前台问江哥能不能签名，江哥说经纪人不让。前台小姐姐特别沮丧。【伤心】【伤心】【伤心】江哥让我们从房间里随便拿个付费的东西，然后他和小姐姐说，我虽然不能给你签名，但是我可以签单啊。【开心】【开心】【开心】

@地主家的双胞胎傻儿子：签完单后我们上车了。江哥问我拿的是什么，是付费饮料还是付费方便面。我说不是，是付费的避孕套。江哥把我暴揍一顿了。【大哭】【大哭】【大哭】吕老师在旁边笑到打鸣。

@地主家的双胞胎傻儿子：抵达机场。【耶】刚刚江哥在机场绊了一跤，人都跪在地上了，手机还高高举着，就像辛巴出生那天那只猴子举着辛巴一样。【doge】【doge】【doge】

江子城举着手机无语望天。

大氪星：你的行程，你的助理都为你同步直播了。

大氪星：倒是省了我不少精力。

大氪星：【微笑】【微笑】【微笑】

Tony和Kevin的账号是什么时候开通的，为什么他这个做老板的不知道？

果然是地主家的傻儿子，能不能给他这个地主留点面子啊！

江子城在头等舱里享用完午餐后，飞机平稳地降落在北京机场。这次他们《怪你太可爱》剧组所有演员同时回京，这个行程早在几天前就在剧组微博上公布了，故而整个机场接机大厅里都乌泱乌泱挤满了接机群众。粉丝们热情地等候在这里，等候着偶像出现。

这一次，他们没有走VIP通道，而是在保安和助理的护送下，走入人群和大家互动。江子城以前也被粉丝接过机，但那都是小打小闹的散兵游勇，和现在这种大场面根本没法比。几位演员一走出到达大厅，宛如海啸一般的欢呼声迎面而来。

等到大家狼狈地挤出人群，和粉丝们挥手道别后，江子城抓紧时间提议："对了，大家今天晚上有没有事？咱们辛苦几个月，横店的饭都要吃腻了，不如今天晚上我请大家吃火锅？"

再没有什么事情比吃火锅更能巩固感情啦。

大家商量了一下，都有空闲，于是定好今晚八点在天心火锅店门口集合，到时候让老板娘带他们走后面的员工通道进包间，偷偷地进去。

助理们把各位艺人送回了各自的住处，其他几人都有自己的房子，唯有江子城还惨兮兮地住艺人宿舍。好在瑞慈娱乐非常大方，给艺人的宿舍条件很好，五十平方米的精装修小户型刚好能满足他这种单身人士的需求。

江子城到家后，把鞋子一踢，一头栽倒在床上，大大的行李箱扔在客厅里，他也懒得去管。

Tony和Kevin兄弟俩忙前忙后，帮他把积灰的地板桌子擦干净，又把行李箱的东西拿出来一一摆整齐。

江子城看得脸红，觉得自己宛如欺压灰姑娘的恶毒继母，忙说："你们俩别折腾了，我自己收拾就好！"

Tony："不，你绝对不会收拾的，你每次都这样，行李箱在地上一扔就是半个月！"

Kevin："等到你下次入组前，你才会打开行李箱，把脏衣服往外刨！"

这个"刨"字，用得真是妙……

这里毕竟是江子城家，兄弟俩对很多东西的摆放位置都不熟悉，只能一边收拾一边问他东西放在哪里。

"江哥，你电动牙刷的刷头要换了，新的在哪里？"

"在镜子后面的柜子里。"

"江哥，你这个袜子破了，我帮你补一下，针线在哪里？"

"在电视柜下面的抽……等等，我难道连双新袜子都买不起吗？！"

"江哥，那这盒避孕套我放在你床头吧。"

江子城一屁股坐起来："不准放！扔了扔了扔了！"

Kevin遗憾地看看手里还没拆封的整盒避孕套："这可是全新的，从横店酒店带回来的，比超市贵好几倍呢。"

喂喂喂，这怪谁啊。

Tony："都没用过，整盒扔了，太浪费了吧。"

江子城气道："不整盒扔了，难道要每个拆包再扔吗？若是遇上那种鬼鬼祟祟翻偶像垃圾箱的私生粉，发现我一口气扔了十二只拆包的避孕套，会怎么看我？"

Tony 沉思："唔，她一定会为你自豪吧，毕竟她的偶像肾好。"

江子城把兄弟俩轰出了房间。

当然，那盒被他们千里迢迢带回来的避孕套也一并扔了出去。

这一觉睡到晚上七点多，差点错过他自己组的火锅局。他随便洗了把脸，戴上口罩帽子，打车直奔天心火锅店。

路上有点堵，好在最终有惊无险地在八点准时抵达，其他几位演员早就到了，吕霞正兴致勃勃地翻着美食点评 App，盘算着一会儿要点什么好吃的。

见他来了，吕霞兴奋地挥挥手："行啊子城，这么热门的店你居然能订到包厢？我春节的时候本来想来吃的，结果一看等位一百多桌，就只能去吃别的了。"

天心火锅店正式开业还不到三个月，食客点评已经逼近三千大关了，要知道很多能列入年度必吃的十佳餐厅，开业几年也不过五六千点评罢了。

作为出资股东之一，江子城挺起胸膛，与有荣焉："这家店是我前东家开的，说真的，他们要不是在娱乐圈浪费了太长时间，早就成为全国第一火锅店了呢。"

一行人避开了前门蜂拥的客流，顺着员工通道走进了包厢里。

老板娘早早迎了出来，她把江子城当自家孩子，拉着他的手左看右看："瘦了，真瘦了。我看你胃里缺鹅肠、猪脑、鸭血、毛肚、麻辣牛肉。"

江子城豪气地一挥手："那可不？老板娘你就照着菜单给我们上吧！我今天可是把我们剧组的演员都带过来了，你不是一直惦记着多弄一些明星合影吗，你看这些够不够？"

老板娘一双美目在他身后的艺人身上转了一圈，小声问："'那谁'怎么没来？"

"哪谁？"

"就'那谁'。"老板娘挤挤眼，"你的'经纪人'。"

江子城迷茫："你是说扈哥？"

老板娘捂嘴笑："还在我面前装呢。我说的是那个又高又帅、气质好、身材佳，眼神一瞟自带王霸之气的'经纪人'。"

绕了这么大一个圈子，结果说的是谢北望啊。

上次江子城带了一个男人来，厚着脸皮说他是自己的经纪人，还是综艺节目播出后，老板娘才知道谢总的身份。

江子城装无辜："其实我和谢总不熟的。"

"嗯，不熟也没关系。"老板娘说，"不熟就扔回锅子里再涮涮，都是朋友，他不会嫌弃你的。"

这是一种不熟吗？！

大家热热闹闹地落座，老板娘果然大方，把菜单上的所有菜都给他们上了一份。因为大家都是艺人，过段时间还要入组，所有老板娘特地给他们上了鸳鸯锅，辣锅那半边调了微微辣。即使这样，也让大家吃得一身大汗，大呼过瘾。

这顿饭一直从晚上八点吃到凌晨，大家在包厢里又唱又跳又吃又喝，光是啤酒就喝了两打。

江子城作为请客的人，自然被大家轮番灌酒，灌得他每个毛孔都往外泛着酒气，一双大眼睛看人时都带着一股朦胧的醉意。

等到吃饱喝足，大家便打算离开了。

女演员们注意形象，结伴去洗手间补妆。像他们这种 VIP 包房，房间内自带小洗手间，注重私密性，不需要 VIP 客人抛头露面往外跑。小洗手间空间有限，吕霞只能在外面等。

结果等啊等，等到火锅都凉了，火锅汤上泛起一层结块的油，几位女演员还没出来。

吕霞不补妆，她急着上厕所，频频看表："她们这是去补妆，还是去补天啊？"

江子城见她着急，便领她去外面的公用洗手间。

"一楼楼梯口旁边就是一个洗手间，你要着急就去那里吧。"

"谢了娇花！"

江子城站在楼梯口，就听到她踩着高跟鞋噔噔噔跑下楼梯，十秒钟后，又噔噔噔跑了上来。

江子城觉得自己站着尿尿都没她快。

"你……"

"别你啊我啊的了，你快来！"吕霞拉着他往一楼跑。

江子城喝多了酒，迷迷瞪瞪被她拽着跑，等到两人跑到火锅店入口的影壁那儿，江子城的酒噌一下醒了。

"这这这……"江子城站在高高的影壁下，抬着头，脖子弯到反弓，震惊地望着整整一面墙的照片。

开业这么短时间，老板娘已经完成了她最开始的愿望，集齐了很多明星合影，高高悬挂在这面墙上。每张合影下，都写着"××明星于 × 月莅临我店"，百花齐放，无比热闹。而在"花丛"之中，最中间的那张横版照片被扩洗到半人高，用厚重的金边相框牢牢框着，悬挂在最引人注目的地方。

照片上，谢北望与江子城坐在火锅旁，隔着茫茫的热气遥遥相望。谢北望上半身前倾，伸筷为江子城夹菜，江子城满脸雀跃，捧着碗模样乖巧。

照片下一行小字：瑞慈娱乐集团总裁谢北望先生携旗下艺人莅临我店。

江子城震惊了！

江子城愤怒了："怎么回事！为什么我变成了'旗下艺人'，三线明星也要有姓名啊！"

吕霞："这是重点吗？你不是一直说你和谢总不熟吗？我就说新年的时候谢总怎么忽然现身剧组，你非说他是来接谢大白回家的，他明明是去看你的嘛！"

"他不是，他没有！"江子城连忙说，"他那时在堪培拉出差，回国的时候顺路来一趟海南。"

这话也就骗骗他自己了。那是私人飞机，又不是私人轿车，哪有什么一脚油门下去随便更改航线的事情啊。

江子城仰头站在那幅照片下，不知是醉酒还是其他原因，他越看越觉得浑身发热。这照片因为是抓拍，所以把两个人不设防的神态动作都清晰地记录了下来。

江子城迷迷糊糊地想，原来当时他们是用这种眼神看着彼此的啊……

江子城红着脸唤来老板娘，死活要让她把这幅照片撤下来。

老板娘自然不愿意，这堵照片墙可是他们店的镇店之宝，多少艺人的合影都在上面啊，宝中之宝就是谢北望谢大总裁的照片，连身价无数个零的娱乐圈大佬都在他们店里就餐，多涨面子啊！

江子城半真半假地吓唬她："其实谢总那个人心眼可小了，脾气特别坏。老板娘你这张照片可是偷拍，要是让他知道了，绝对会说你侵犯他的肖像权，瑞慈可养着一层楼的律师呢！要是他们出手，咱们就别想在一年内开分店了！"

老板娘一听，确实被他唬住了，赶忙喊员工把谢总的照片撤下。

那照片立起来将近一米五，老板娘心痛地说："放进仓库……不不不，还是拿到外面扔了吧，我这人意志不坚定，放在仓库里天天看着，我怕我忍不住又要挂起来。"

江子城想他一定是假酒上头了！要不然他的身体为什么会不受控制，居然拦下老板娘，让她把照片交给他处理。

可他又能怎么处理呢？

"师傅，您把车停在路边就好了。"

出租车缓缓停靠在路灯下，副驾驶座打开，江子城跳下来，又绕到后排座位，弯腰钻进去，把里面的巨型相框费劲地拖了出来。

江子城找老板娘借了块桌布，把相框包起来，又用绳子把相框四角缠好，这样他就可以拖着这二十多斤的大相框回家了。

这一刻，他不是他，他不是江子城，他是移山的愚公，他是搬着房子的小蜗牛，他要一步步往家爬。

江子城拖着大相框，无数次想把相框就地扔了，又无数次想着这么大的垃圾扔在外面太给环卫工人添麻烦了。最终他还是觉得不如辛苦他一人，造福千万家。

从小区门口到公寓楼下的这几百米路，他走了足足十分钟。

幸亏他们这个小区是低密度的高档社区，现在又是后半夜，没有人会看到鬼鬼祟祟的他。

当他终于走到楼下时，身上的汗密密出了一层。他实在太疲倦了，便倚在照片旁吹风，想让寒冷的夜风吹散他脸上的热潮。

然而就在这时，一道意料之外的声音在身后响起。

"江子城。"

深灰色羊毛呢大衣包裹住谢北望挺拔的身躯，笔挺的西装没有一丝褶皱。他缓步从树下走出，皮鞋踏在地砖上，声声清晰。

他也不知在寒风中等了多久，头发些微有些凌乱，却依旧难掩他的英俊。

江子城望着本不该出现在这里的男人，宛如一只叼着胡萝卜的兔子跋山涉水地回到家中，结果一头撞进了野狼的陷阱。

"谢总，你、你怎么在这儿？"

谢北望语气淡淡的："没什么，开完会后想邀你吃饭，可是你不接电话，我就想来你宿舍看看。"

一看就看了好几个小时？

谢北望又道："先不说这些。"他微微蹙眉，眼睛落在江子城身后，"为什么你会带着我的照片？"

江子城猛地回头看去，经过一路拖拽，原本包裹在相框外的桌布被磨破了一个角，桌布顺着玻璃滑下，露出小半张照片。路灯昏黄的光笼罩在那张照片上，也给照片中隔空对视的两人平添了一分暧昧。

在天心火锅店还是天心影视公司的时候，公司预算有限，雇不起专业的摄影师，百分之八十的时间都是老板娘客串摄影，可能女生天生就有构图感吧，她能拍图会修图，随便按一下快门，照片就很抓人眼球。这张照片明明是平平无奇的一个吃火锅场景，偏偏在她的取景器中呈现出了不一样的温柔。

江子城忙说："谢总，你听我解释！"

"你解释吧。"谢北望双手插在兜里，姿态翩翩，"我不会听的。"

第十八章

# 异能恢复了？

江子城发挥自己的优良口才，战战兢兢地向谢北望讲述了他为什么会随身搬着两个人的巨型对视照，啊不对，巨型合影。

十几年前，江子城还在上小学时，因名字充满文学气息，语文老师经常把他叫起来概括文章大意，复述文章内容，这让他的表达能力从小就远超同龄小朋友。（顺便说一句，江子城的语文老师就是他母亲。）

而在这个寒风凛冽的夜晚，江子城恍惚间找回了小学语文课的感觉："谢总，事情是这样的：'起因'是我们几个关系好的艺人约好去吃火锅；'经过'是……；'高潮'是……；'结果'您也看到了，我把这张照片搬回家，恰好被您逮……不对，遇上了。"

"不对。"谢北望耐心地听他说完，居然摇了摇头。

"哪儿错了？"

"你在这里遇上我，不是'结果'。"谢北望道，"是'高潮'。"

寒风吹来，江子城一身薄汗被打透，当即冻得他打了一个喷嚏。他身后还拖着那个巨大的相框，模样又可笑又可怜。

谢北望的视线终于舍得从那个相框上挪到江子城身上了，他微微侧过身子，让出公寓大门，道："外面这么冷，赶快进去。"

江子城："嗯？"

等等，这是他的公寓他的宿舍他的房子吧，为什么谢总一副主人的姿态招呼他进去?

不等江子城提出异议,冷风吹散了他最后一点理智,他赶忙拽紧绳子,连拖带拽地把它弄进了公寓大堂里。

他们这个小区主打精装修小户型,这一整栋楼都被瑞慈包下来做员工宿舍。比如江子城那一层另外几户都是公司新招进来的练习生,八个人挤五十平方米,也就比大学宿舍稍微强一点。

这栋楼里都是艺人出出进进,安保很严,每次进门都要刷卡,外来访客还要登记。奇怪的是,也不知谢北望从哪里弄来一张门卡,居然可以直接刷开大厅门禁。他是跟着江子城一起进门的,态度坦然,见到一楼前台的保安大叔还彬彬有礼地打了声招呼。保安觉得他有些眼熟,又见他气质卓然,还以为是哪个新搬进来的大明星。

江子城怕相框把大厅里的大理石地面划花,只能改拖为抱,勉强把大相框搂在怀中。可惜他臂展不够,抱着走路跌跌撞撞的。谢北望直接走到他身边,把相框从他手里接了过去。

滚烫的手心擦过冰凉的手背,谢北望毫不费力地托起那沉重的大相框,连呼吸也没乱一拍,倒是江子城这只小弱鸡,已经累到气喘吁吁了。

两人乘着电梯到了江子城所在的楼层,电梯门开,谢北望轻松地把相框运到了他的公寓外。

江子城拿出钥匙正要开门,忽然看到自己公寓的门把手上挂着一个黑色的不透明塑料袋。

他们这栋楼安保严格,每层楼都有摄像头,绝不可能是乱七八糟的传单,倒像是谁给他留的东西,见他不在,特意挂在门把手上。

江子城没多想,直接摘下黑塑料袋,打开一看——

江子城的脸色一变。

谢北望:"怎么了?"

江子城的脸涨得通红。他那两个大兔崽子助理真是皮痒了,居然、居然敢把他扔出去的避孕套直接挂在他家门把上!

江子城的公寓不大,建筑面积五十平方米,若是去除公摊面积,使用面积不过三十多平方米。一室一厅足够他一个人使用，纵使平时两个助理、一个经纪人过来，来来去去也不显拥挤。可今天不知怎么回事，只不过多了谢北望一个人的身影，原本宽敞的空间便瞬间变得逼仄起来。

谢北望身上自带的气场就足以把这小小的空间填满，让每一立方厘米的空气里都充斥着谢北望的气息。

明明是江子城的家，可他却在这里坐立难安，也不知该把谢北望安放在哪里才好。

暗黄色的布艺沙发上，谢北望双腿交叠，姿态放松地靠在柔软的靠垫上。空间有限，布艺沙发是迷你型的双人小沙发，精致小巧，两人并肩坐在沙发中，难免会有身体接触。

冬日穿的厚，可即使这样，两人肩膀相碰的地方，依旧有源源不断的热意从谢北望身上传过来，江子城小心翼翼地把屁股往外挪了一厘米。

那幅巨型合影靠墙站立，与他们两人遥遥相望。

包在合影外的桌布已经取了下来，完整的照片呈现在两人眼前。谢北望眼眸深深，问："你打算挂在哪里？"

"啊？"

"既然拿回来了，难道你不准备挂起来吗？"

当然不准备啊！

先不说他小小的屋子有没有地方摆下这么大一幅照片，就算有，他又为什么要把他和谢北望的照片挂起来啊！

江子城艰难地说："挂在哪里还是等明天再看吧。现在都快两点了，时间不早，明天您还要上班，不如您回去休息吧。"

"回去？"谢北望重复这两个字。

"是、是啊。您要是没开车的话，我给您叫辆车？"

"江子城。"谢北望沉声道，"难道你以为我今天特意等了你这么久，只是为了帮你搬一张合影吗？"

"那是为了什么？"

谢北望挑眉："我早就说过，等你回来了，要告诉我在哪里闻过那瓶香水的味道。"

江子城"啊"了一声。

什么啊，谢总是不是发烧了，这大晚上跑到他家，就为了问他有没有想起香水的味道？

他想得起来还是想不起来，又和谢北望有什么关系啊？

江子城现在的表情，一定是具象化的"茫然"二字。

谢北望见他一副傻样，催促："怎么不说话？"

江子城弱弱地说："话。"

谢北望耐心告罄，满脸都写着山雨欲来风满楼。

"江子城，我不管你是真失忆还是假失忆，你今天要是想不起来，那你就只有一个结局。"

"什……什么结局？"

谢北望悠悠地道："我就打得你想起来！"

江子城大惊失色。

难道今天的"结果"在这里等着他吗？

不等江子城反应过来，谢北望已经猛地欺身压了上去，江子城吓了一大跳，下意识地扑腾起四肢反抗起来。

可他这细胳臂细腿的，哪里打得过强壮的谢北望？

不到几分钟的工夫，谢北望便轻而易举地压倒了他，一只手抵住他的肩膀，一只手高高抬起，向着他脑袋袭来。

江子城没想到他居然真的动手，全身一紧，下意识地闭上眼睛，像只受惊的小雪貂一样缩起四肢。风声迎面而来，他已经做好准备迎接一击痛击，下一秒，他只觉得额头微微一痛，一个轻得不能再轻的"脑瓜崩儿"落在了他的额头上。

江子城茫然地睁开眼，还保持着缩着脖子的蠢样。

而谢北望已经无奈又包容地笑起来了。

"小健忘鬼。"谢北望说，"我哪里舍得真打你啊？"

江子城已经想不起来是怎么睡着的了。

昨天两人闹了大半夜，他这一觉睡到中午，饿得肚子咕咕乱叫。

更要命的是，昨天两人聊着聊着，胡乱在沙发上睡着了。本来江子城的腰就不太好，结果这一觉起来，腰又麻又酸，僵硬得要命，就连走路都疼。

江子城尝试自己爬起来，却像只可怜的小乌龟，怎么都翻不了身。

他左右看看，根本没有谢北望的影子。

他忙叫："谢北望！谢总！你在哪儿，拉我一把！"

可惜他喊破喉咙都没人理。

那个混蛋！

江子城努力了好半天，终于艰难地扶着腰从沙发上一瘸一拐地站了起来，可他在屋里转了几圈，都没有见到谢北望的身影，而且那张巨型合影也凭空消失了。

这算什么？谢北望那个混蛋大晚上跑到他家里和他"谈心"，闹了一整晚就这么跑了？现在的领导都这么闲吗？

江子城越想越气，他站在窗明几净的客厅里，大声控诉："谢北望，你可是这世上第二个让我腿软到走不了路的男人！"

话音未落，身后便响起了男人的声音："第一个是谁？"

江子城一惊，赶忙回身看过去，只见男人出现在玄关外，手里提着几个精美的外卖饭盒。

江子城："你没走啊？"

谢北望："别岔开话题，第一个让你腿软到走不了路的男人是谁？"

江子城没回答。

谢北望："说。"

江子城："是我在健身房的私人教练。"

这下轮到谢北望无语了。

"练臀腿懂不懂啊？"江子城理直气壮地一叉腰，"硬拉深蹲箭步走，外展内收腿弯举。谢总，你思想怎么这么复杂啊？"

谢北望知道自己又被江子城绕进去了，若是再纠缠下去，只会把话题越带越偏。

他把手里的外卖盒放在餐桌上，叫江子城过来吃。

江子城拖拖拉拉，扶着腰走到了餐厅里。

江子城瞥了眼餐盒，稀奇地问："外卖怎么送进来的？这小区管得严，连快递都不能进。"

谢北望帮他拉开椅子，又拿了两个厚厚软软的靠垫放在上面，示意他坐下，然后说："你以为这栋楼在谁的名下？"

当老板，是真的可以为所欲为啊！

谢北望是照着江子城的口味点的菜，江子城吃得抬不起头来，渐渐也忘了腰的事情。

他吃着吃着，忽然从饭碗后面探出一双眼睛来，滴溜溜直转，悄悄看着谢北望的方向。

谢北望自然感受到了他的视线，直接迎了上去。

两人眼神一对视，江子城就噌地收回了视线。

谢北望："怎么，做贼心虚？"

"什么啊！"江子城立即道，"我看做贼心虚的人是你！"

"我？我有什么可心虚的？"

江子城气道："你要是不做贼心虚，你干吗不直接告诉我，我的回忆和你有什么关系？"

谢北望沉默了，没说话。

只用一双黯淡的眼睛注视着他。

江子城又突然心虚了，这种愧疚的感觉是怎么回事？

他挠挠头，发动他这辈子积攒下来的脑细胞，绞尽脑汁地想了好一会儿，终于小心翼翼地想出了一个答案。

"难不成……"江子城一边说，一边窥探着谢北望的脸色，"我和你……"

谢北望手里的筷子停了，他虽然脸上的表情不变，但上身微微前倾，像是很期待他的答案。

江子城越看他这个样子，越确定心中的猜测。"谢总，"他咬牙道，"我是不是以前欠过你钱？"

谢北望的脸色肉眼可见地变差了。

江子城诚恳极了："虽然我不记得什么时候欠过你钱，但是你完全可以和我说清楚嘛！我这人记性不好，可能咱俩以前见过面，我着急用钱管你借过。你一个大老板就不要和我一般见识啦！你告诉我欠你多少，我现在还你好不好？当然，我知道规矩，就算是私人借贷也要算利息的！"

他把胸脯拍得啪啪响。

然而谢北望的脸色越来越差。

"江子城。"他把他的名字在舌尖狠狠研磨。

"什么？"

"你不是欠我钱。"

"那是……"

"你欠我一条命。"

江子城委屈极了，他奉公守法，连蚂蚁都舍不得踩，这谢总怎么平白污人清白啊！

谢北望一字一顿地说："否则，我上辈子怎么会被你活活气死？"

谢北望走后，江子城在家舒服地享受了一阵吃了睡、睡了吃的养膘日子。本来这么放松的日子还能持续一段时间，可是这天晚上，当江子城正窝在沙发里打游戏时，他的电话忽然响了。

电话屏幕上扈哥的名字闪闪发亮，江子城赶忙按下暂停键，接起电话。

"喂，子城，你明天没什么事情吧？"扈哥说，"明天来公司一趟。"

江子城："什么事啊？"

扈哥："吴总监找你。"

"能推了吗？我和吴总监隔着好几级，真的不想和他说话。"

吴总监是瑞慈娱乐的艺人总监，掌管着瑞慈集团上上下下所有的明星艺人，百分之九十的艺人见到他，都要恭恭敬敬地捧着他。半年前江子城从威尼斯回来后见过他一面，当时吴总监的油腻给他留下了非常深刻的印象。

扈哥："不行。不过你放心，这次就是常规谈话，应该就是聊聊过去半年的工作进度，和你之后的工作计划什么的，我会陪着你的，放心吧。"

江子城这才心不甘情不愿地应了，约好明天十点公司见面。

第二日一早，江子城早早起了床，因为没胃口，只随便吃了几片面包充作早饭。

出门乘电梯时，居然意外在电梯里遇到了谢总。

江子城："这么巧？"

谢北望："不巧，我有一套房子刚好就在楼上。"

江子城今天穿了一件高领毛衣，是去年 NASA 和某入门级奢侈品牌的合作款。橙黄色的毛衣胸口上绣着一只恐龙，恐龙脑袋上顶着一个圆圆的玻璃头盔，看上去笨拙又可爱。

谢北望盯了他的毛衣好一会儿，终于忍不住问："为什么恐龙要把脑袋塞进鱼缸里？"

江子城气道："谢总你眼睛有问题吗？这是氧气头盔！它是一只太空恐龙，它的征途是星辰大海！"

谢北望说："看来你很喜欢太空，衣服是，手机壳也是。"

江子城一愣，举起手机壳，把上面写着金灿灿的"Krypton"的那一面露出来："你认识这个单词？"

"氪星，超人的故乡，对吗？"谢北望道，"它是超人最大的弱点，也是他最终的归宿。"

江子城真目瞪口呆了。Krypton 这个单词非常小众，除了美漫迷以外，很少有人知道这个单词。没想到霸道总裁气息十足的谢北望居然一口说出了这个单词的含义，甚至充分理解它对超人的矛盾意义。

江子城从未对人提起过他喜欢看《超人》，他总觉得成年人还喜欢看超级英雄漫画是一件有点羞耻的事情。他人生中唯一一次和别人提起这个兴趣爱好，还是在很多很多年前的麦田旁，然而那个知道他的异能秘密的汪汪哥哥，早就消失在人海了。

两人乘电梯到了地下停车库，扈哥已经在保姆车前等他了。

见到谢北望也在，扈哥脸上露出了一丝惊讶，但很快就低头向他问好。

在外人面前，谢北望从来都是一副扑克脸，他淡淡地瞥了一眼扈哥，心安理得地接受了他的问好。

艺人管理部的吴总监约江子城在十点见面，江子城和扈哥特地提前十五分钟到了吴总监的办公室外。江子城之前来过一次吴总监的办公室，这里奢华气派的装修给他留下了深刻的印象。谢北望的办公室更注重简约实用风，江子城一直不明白为什么吴总监能这般铺张浪费，直到今年春节江子城去了一趟谢氏老宅，见到老谢总的做派，才隐约发现两者之间的相似之处。

今天吴总监约见的艺人不止他一个，排在江子城前面的是一组练习生，都是身高一米八五左右的年轻小伙子，年纪最大的才刚刚二十岁，年纪最小的那个还在上高中，一脸稚气。

江子城情不自禁地看了他们几眼，小声问扈哥："咱们瑞慈不是主要做影视吗，怎么开始学那些音乐公司培养练习生了？"今年年初，他那栋艺人宿舍陆陆续续搬进来不少年轻人，有男有女，都是抱着明星梦的练习生。江子城和他们一比，倒成了"老前辈"。

扈哥轻声说："这是吴总监的意思，据说这个提案被谢总压下来好几次，最后是老谢总那边点头了，才提上来的。"

江子城惊叹："老谢总不是退休了吗？"

扈哥："人老心不老呗。以前音乐部只是公司里的一个部门，听说这次打算独立出一个厂牌，估计负责人就是吴总了。"

扈哥接机敲打他："看见没有，这种大公司里弯弯绕绕很多的。

就算没有'九龙夺嫡'，皇上和太子还得掐呢。所以说啊，你说女明星嫁入豪门有什么好，不如自己开开心心地过小日子。"

两人又在门外等了好一会儿，十几个练习生终于乌泱乌泱地出来了，那一群长腿精啊，远远看过去就跟移动树林似的，江子城都怕在里面迷路。

他们走后，轮到江子城进去了。

奇怪的是，秘书拦下了扈哥，说吴总监只要见江子城一个人。

扈哥："可我是他的经纪人。"

秘书："抱歉，吴总监的规定所有人都要遵守。"

江子城向扈哥摇了摇头，示意让他不要抵抗。毕竟在艺人管理部，吴总监就是土皇帝。

和上次的初来乍到一头雾水相比，现在的江子城多了几分沉着和底气。他参演的《拜托了吹风机》在情人节打了个漂亮仗，讨论度高、票房更是了不起；他担任男主的《怪你太可爱》预计暑期上映，以制作班底来看，成品绝对优秀；他很快就要进组历史剧《一代贤臣》，与老戏骨们同台飙戏……

他是一个处于上升期的优秀演员，浑身上下零污点，未来一片光明！

他整了整身上的衣服，走进吴总监的办公室，吴总监又在他的大茶海前品茗。穿着修身小旗袍的茶博士躬身为客人倒茶，黑丝袜上的蕾丝在旗袍开叉下若隐若现。

江子城瞥了一眼，赶快挪开了视线。

他对这一切，颇为不适应。

半年未见，吴总监身上的油腻又多了一层："小江啊，这次找你来，是想看看你这半年和扈宁合作的怎么样。"

江子城："挺好的，扈哥挺照顾我的，也帮我接了不少我喜欢的工作。"

"嗯，这么看来你们俩还挺有默契。"吴总监拿起小茶杯，慢悠悠地喝了一口，"本来呢，我之前属意另外一个金牌经纪人带你，打算三年内让你的微博粉丝达到八位数量级，不过你自己选择了扈宁。这半年你只上过一个综艺，也没有任何代言推广，既没赚到钱，也没赚到名。你如果现在想换人，我可以给你一次机会。"

江子城心想：这是离间啊。

吴总监："刚才出去的练习生你也看见了，这是咱们公司预计明年要推出的男团，目标就是打造国内第一男团，不光是唱歌，综艺、影视、代言全面发展。而他们的经纪人，就是当初我要介绍给你的金牌经纪人。"

江子城无所谓地想这关他屁事，他又不打算当歌手、上综艺。

吴总监见他油盐不进，一副冥顽不灵的样子，很是懊恼地说："你年纪轻轻怎么这么固执呢？我是要把你推红推火，你是一个很有能力的年轻演员，可是这个圈子里，和你一样有能力的演员很多，我会给你一次机会、两次机会，不代表会给你第三次机会。"

江子城终于忍不住开口："吴总监，谢谢您的器重。但是我对走流量路线真的不感兴趣，我就是个演员，我就想接我喜欢的戏。"

"你真是……"吴总监脱口而出，"真是和小谢总一样固执！"

小谢总？

江子城记得吕霞曾经说过，所有管谢北望叫"小谢总"的瑞慈高层，皆是谢长安的老臣，他们内心其实对谢北望这位新总裁并不信服。

江子城立即打起十二分的精神，凝眸看向了吴总监。

吴总监也皱着眉瞪着他，看上去颇为不耐。

两人像是斗牛一样，你瞪我我瞪你地看了半天，皆想用身上的气势压倒对方。

江子城想，比瞪眼谁怕谁啊？他就要选扈哥当经纪人，他就要和谢北望一样固执！要是他的异能还在，他倒要看看这个吴总监究竟是什么货色。

一阵熟悉的白雾袭来，渐渐包围住江子城的意念世界，隐隐约约的影子在白雾之中展现。

江子城愣住了。

怎么回事，他的预知异能不是消失了吗？！

层层迷雾降临，未来再一次被传送到江子城的脑海之中。

这是一个布置得极为奢华的礼堂，大概能容纳两百个人。墙壁上悬挂着各种装饰物，一组组鲜花点缀其中，张灯结彩，好不热闹。人来人往，数不清的工作人员奔走其中，每个人脸上都是严阵以待的模样。

而在礼堂两侧，媒体记者们架起长枪短炮，对准主舞台。

这里是……

江子城环顾四周，终于从记忆里找出了这个地方——这正是瑞慈娱乐集团主楼一层的礼堂，半年多以前，江子城主演的《满堂彩》就是在这里进行媒体首映的。

现在，这个礼堂再次被装点一新，坐在台下的人们都仰头注视着主舞台的方向。

江子城刚开始以为又有哪位影星的电影在礼堂里首映了，可他仔细看了看，却发现坐在礼堂内的人都穿着正装，并不像是粉丝；而到场的媒体除了经常打交道的娱乐平台外，更有十几家财经类媒体站在最前排。

就在此刻，台上的人不知说了什么，台下所有记者的脸上都写满了兴奋，闪光灯瞬间连成一片，从四面八方笼罩住了舞台上的人影。

直到这一刻，江子城才看清台上的情景——只见十几位瑞慈娱乐集团的高管站在主舞台中央，在他们面前，一块红布遮住了一个半人多高的金属物体。

谢北望站在最前排的位置，他一脸冷肃，唇角紧抿，若是不熟悉的人看到了，恐怕会以为他只是天生严肃，但熟悉他的江子城却在他的脸上看到了浓浓的不快，仿佛有暴风雨即将在那双幽深的眼眸中形成。

与谢北望并肩而立的人，正是吴总监！

吴总监满脸笑意，笑得好似弥勒佛一般，那双小眯缝眼里不知藏了多少不为外人道的心思。

他和谢北望一人拎起红布一角，同时向上一掀——一直藏在红布下的金属物体终于在所有人面前展露了它完整的样子，原来那是一个立体 logo，微微倾斜的字体带有圆滑的边角，"长安娱乐"四个大字在闪光灯的加持下化身成为一块巨型的反光板。

江子城一愣——怎么会是"长安娱乐"？

在江子城走进吴总监的办公室前，扈哥和他八卦了一小下，告诉他可能过不了多久瑞慈的音乐部门将会独立成一个音乐厂牌，由吴总监出任负责人，而背后实际操控的人，就是那位即使退休了也还想继续折腾的老谢总谢长安了。

可成立的新公司应该叫"长安音乐"之类的吧，为什么会是"长安娱乐"？这是要让两个公司打架，自己和自己抢生意？

但仔细想来，以谢长安那个独断专行的性格，当他发现谢北望并不能成为他手中的赚钱傀儡，任他摆布后，做出这样恶心人的行为是非常正常的。

这段短暂的未来在谢北望同吴总监握手后戛然而止，白雾再次涌入，把江子城送回了原本的时间线。

许久没有使用过能力，江子城赶忙调整表情，低头避开了吴总监的视线。

在得知吴总监和老谢总一起暗算谢北望后，江子城真是一秒都不愿意在这个办公室里待下去了！吴总监浑身上下的每个毛孔都冒着歪心思，肚子上的三层肉装的全部都是油腻，他之所以不停游说江子城让他换经纪人，恐怕就是在为"长安娱乐"做人才储备！

唯一庆幸的是，谢长安生性多疑、刚愎自用，即使他把吴总监看为心腹，也没有把自己拥有异能的事情告诉过他，自然也没有办法提醒吴总监，江子城同他一样也拥有对视异能。

江子城阴差阳错地看到了这段未来，他这个歪屁股想都没想地就坐进了谢北望的阵营里！

不行，他必须赶快找个机会提醒谢北望小心，可问题在于，他要以什么方式说出来呢?

江子城和吴总监的谈话不欢而散,江子城急匆匆地出了办公室,一头撞上了等候在门外的经纪人扈哥。

在江子城和吴总监谈话的这二十分钟里,扈哥一刻也没停下,一直背着手在外面团团转,像极了送小朋友上课外班的家长。

这不,孩子刚一"放学",家长就赶忙迎了上去。

扈哥见江子城脸色不好,忙问他:"吴总监说什么了?"

江子城匆匆地拉着扈哥进了电梯,这才说:"吴总监问我要不要换经纪人,我说不换。"

扈哥脸色一黑,冷笑道:"行啊,真了不起。我进瑞慈都几年了,还在玩这种下三烂的手段。"

江子城好奇地问:"他以前也这么拉拢过你的艺人?"

"我是从别的小公司跳槽进瑞慈的,来的时候不凑巧,刚好赶上了两位谢总交替的那段时间。"即使电梯里只有他们两个人,扈哥的声音依旧压得很低,"当时老谢总是突然退位的,对内说是身体不好需要调养。不过香港的八卦小报什么都敢写,就差把'马上风'三个字搬到头条上去了。"

扈哥说:"那时候所有人都在站队,绝大部分都站在老谢总那边,想把谢总架空,没想到谢总雷霆手段,一上任就挤走了几个不服管教的高层。我初来乍到,不想掺和这些破事,就一直装死,吴总监就觉得我不听话。"

江子城这才知道,原来几年前谢北望接手瑞慈集团,这之中居然有这么多波折。《谢长安传》里多多少少提过一些,但毕竟是戏说,当不得真。如今由当初的亲历者扈哥复述出来,短短一句话里不知道隐含了多少惊涛骇浪。

谢北望究竟经过了几多磋磨,才成长为如今这个强大得足以撑起一个娱乐帝国的男人呢?

扈哥见他又开始发呆,便毫不客气地伸手拍了拍他的脑袋:"子城,你不会觉得谢总很'可怜'吧?"

"呃……"

"什么'孤立无援'啊，'腹背受敌'啊，什么'不受父亲喜欢''不受下属信任'啊……"

江子城眨眨眼："这有什么不对吗？"

扈哥一脸严肃："当你开始同情某类大型食肉动物，觉得他比自家的猫咪还惹人心疼时，你就离被他们吃掉不远了。"

"哦不对。"扈哥又纠正道，"你早就被吃得只剩下骨头了。"

扈哥颇为头疼，他摘下鼻梁上的眼镜，单手捏了捏睛明穴："子城，你听我一句劝，不管你和谢总私交多好，他们父子之间的斗法，你不要参与。"

江子城嘴硬："谁说我和谢总私交好了？"

扈哥嘲讽地咧开嘴，江子城顶着他的目光，声音也越来越低。

好……好吧，他承认，他和谢北望确实走得有些近。他们之间早就不是普普通通的上下级关系，他受伤时谢北望会着急，在得知谢北望小时候受到的不公待遇时他会替对方难过……如果这还叫"不熟"，那这世上真没有人"熟"了。

想通了这点，江子城理直气壮地坐歪屁股："我和谢总是朋友，我站到他的队，是很正常的事情吧？"

扈哥叹了口气："他们父子即使撕到天崩地裂，也会维持表面上的和气。这又不是古代皇子逼宫，父子还能把对方杀了不成？可你不一样啊，你也就算是个太子身边的小太监，再怎么受宠，那也是个太监啊！你万一真的把老谢总惹到了，他想把你摁死，简直再容易不过了。"

"等等，我五肢健在，怎么就成太监了！"江子城跳脚，"我至少也能当个宠妃，艳绝后宫吧！"

话一出口，江子城就后悔了。

呸呸呸！他是大臣！他是丞相！他是将军！他官拜一品，指不定未来还能混个世袭爵位出来……

江子城越想越发散，兀自咯咯傻笑起来。

扈哥看他这傻样，立即明白自己劝他划清界限的"逆耳忠言"又白说了。

从吴总监那里离开后，江子城立刻找了机会，又一次测试了自己的预知异能。这次他选择的实验对象是双胞胎助理——结果看到Tony的"未来"是在公司餐厅吃午饭，Kevin的"未来"是在公司餐厅吃晚饭。

敢情这兄弟俩现在最操心的事情就是"今天吃什么"？

在确定自己的异能恢复后，江子城一直在想方设法，想要把自己从吴总监中看到的"未来"告诉谢北望。

可偏偏就是这么不巧，还没等他想好怎么开口，谢北望就忽然飞去了英国。

一年前，英国最大的电视台推出了一档很有趣的直播类真人秀节目，形式类似电影《楚门的世界》，一经推出就在全欧洲引起轰动，很快这股热潮就蔓延开来。瑞慈娱乐在欧洲的分部注意到了这个新秀综艺，经过长达半年的拉锯谈判，终于以天价拿下了它的版权。而这次的签约仪式，谢北望将以瑞慈娱乐总裁的身份亲自出席。

身为总裁，谢北望的工作十分繁重。这次出行，他先要在英国短暂地停留几天，之后他还要飞遍欧洲视察瑞慈的产业。这飞来飞去的，他下次回国就要三月中旬了——而那时候，江子城早就入组《一代贤臣》了。

江子城严重怀疑他俩之间装着磁铁，同性相斥的那种。一个刚打算靠近，另一个嗖一下就被弹到西半球去了。

他们初遇是在瑞慈娱乐的晚宴上，从那时候到现在，掰着手指头算一算，两人见面的次数两只手就数得过来。虽然他们经常在微信上聊天，但"聚少离多"是不争的事实。

一想到谢北望为了公司每天那么辛苦地工作，可他的亲生父亲居然要暗算他，打算带着大批高层另起炉灶……江子城就为他感到深深的不值！

可问题是，他该如何把事情告诉谢北望呢？

难道直接说"你父亲会成立一个新公司，就叫长安娱乐"？

江子城拿不出证据，因为他唯一的证据就在他的双眼里。

可谢北望会相信他的一面之词吗？

对于江子城来说，异能是他人生里最大的秘密，这个秘密的重要程度，远胜一切。小时候，他试过把这件事告诉父母，可惜父母只把这当作是孩子的童言稚语；稍微长大一点之后，他又被《超人》洗脑，觉得这是他拯救地球的关键要素，绝对不能轻易透露；等他步入社会，心智成熟之后，他知道这世上根本没有什么拯救世界的超级英雄，他的秘密一旦暴露，可能会引来多方觊觎，他可能被送进实验室！他知道自己杞人忧天了，但再退一万步，如果他身边的朋友得知他身负预知异能之后，他们会怎么看他？

他们会不会认为他的接近都是别有用心的？如果遇到什么糟糕的事情，他们会不会怪他没有预先提醒？

江子城在娱乐圈里待了这么久，早就明白，这世上最不能赌的，就是人心。

他不是不敢把异能的事情告诉谢北望，而是他不敢去赌，谢北望知道他有异能后，还会用平常心去对待他。

毕竟谢北望身居高位，他一生经历过那么多事情，连自己的亲生父亲都不能信任，江子城又怎么敢奢望谢北望会信任他呢？

就在江子城举棋不定之时，这天晚上，谢北望居然直接打来了电话。

两人隔着大半个地球，时差足有十个小时，江子城这边已经入夜，而那边正是白天最繁忙的时候。

江子城看到电话上那个熟悉的名字，心中又是紧张、又是雀跃。

他接起电话，藏好自己内心复杂的情绪，故作轻松地问："找我什么事？"

谢北望答："无事。刚开完会，有些疲了，想听听你的声音。"

"哦。"江子城没想到他会说得这么直白，脸上微热，慢吞吞地道，"那你听吧。"

谢北望的声音听上去确实很疲惫。他一飞过去，来不及调整时差，就投入到紧张的工作中，确实太熬人了。谢北望没有什么可以用来放松的爱好，得了闲暇，就想和江子城聊聊天，即使江子城不说话，光是听着他从听筒里传来的浅浅的呼吸声，谢北望就能放松不少。

谢北望问他："我不在的这段时间，有没有发生什么事？"

江子城想了想，说："有有有，最近吴总监约谈了不少艺人，前几天还约了我面谈。"

"嗯，这件事我知道。"谢北望道，"瑞慈娱乐的音乐部门要独立出去，由吴德负责。"

"真正的负责人不是他吧？"江子城心里着急，生怕谢北望大意失荆州，旁敲侧击地提醒，"别人不知道新公司的情况，难道你也不知道吗？新的公司名义上是吴总监负责，其实背后的人是你爸啊！"

可谢北望出乎意料地淡定，语气格外平静："我当然知道。不过他年纪大了，不可能再创造出第二个瑞慈了。"

不能轻敌啊！那老家伙心野着呢！江子城急得就差把自己有异能的事情告诉他，可就在出口之际，他又硬生生地把那些话咽回了肚子里。

他的反常引起了谢北望的注意。

谢北望试探地问："你是不是有什么事情想要告诉我？"

江子城这几天一直在被这件事情煎熬，他觉得自己就像一块在锅里融化的黄油，不受控制地被一点点磨平棱角，"我确实有事情想告诉你，"他艰难道，"可我不知道该怎么开口。"

"这件事很重要？"谢北望的声音不疾不徐。

"嗯。特别重要……重要到，关乎咱们两个人的关系，关乎咱们两个人的未来。"江子城讷讷地说。

如果处理不好，他们的友情就要崩裂了！

一鼓作气，再而衰，三而竭。江子城深吸一口气，想着要不要趁这个机会，干脆把自己的异能底牌亮给谢北望看？

他就赌一把，赌谢北望不会疏远自己，也赌自己的眼光没那么差！

可惜，还没等他把这个秘密说出来，谢北望就打断了他。

"如果这件事真的这么重要，那就不要在电话里说。"

江子城先是不解地歪了歪头，但是很快，他就理解了谢北望的言下之意，"你是说你的电话被……"监听了？

顿时，江子城汗毛倒竖，一股后怕感顺着脊背向上蹿。

对啊，他怎么忘了这世上不止他一个人有异能！

如果他的异能恢复了，是不是说明老谢总的异能也恢复了？

老谢总早知道江子城和谢北望关系甚笃，而且现在他们俩斗法正到最关键的时刻，老谢总肯定会用尽各种手段，防着江子城"泄露天机"的！

而且很有可能不光是谢北望的手机被监控了，说不定他自己的也……

想到这一层，江子城的额头密密地出了一层冷汗。

还好还好，他没在电话里说出任何不该说的内容。

谢北望压低声音，轻声道："其实，这次出差来得非常蹊跷。之前一直是我手下的一个副总在跟进。但是这次英国电视台这边特地给我发了一封官方邀请函，我实在推脱不开，只能过来了。"他揉揉额角，"我很快就会回去，不管你有什么事要告诉我，到时候当面告诉我。"

那几个字的尾音在谢北望的舌尖上轻颤："子城，等我。"

"好。"


在等待谢北望回国的这段时间，江子城老老实实地在家待着，很是低调了一段时间。某天老朋友才叔打来电话，约江子城出来吃饭。

才叔约的地方是距离公司不远的一家高档中餐厅，主打清淡养生的粤菜。餐厅装修得极其精致，餐桌之间距离较远，又用植物做隔断，营造出一种私密、舒适的氛围。

江子城最近都在外地拍戏，足有大半年没见到才叔了。他俩是忘年交，逢年过节都要在微信上互相祝福，一段时间不见，还是很亲热。

"我订位订晚了，没订到包厢，得让你这个大明星陪我在大堂吃饭了。"才叔乐呵呵地说。

江子城笑起来："才叔你就别揶揄我了，我就是一个小演员，明明您才是国际大导演吧。"

不承想才叔立即接上了话："那这位小演员，现在坐在你面前的国际大导演邀请你参演他的下一部电影，你看怎么样？"

江子城哭笑不得："您这直球真的是……"

他还以为才叔约他是为了叙旧，没想到是要展望未来啊！

江子城放下筷子，端正坐好："接，为什么不接？"

才叔："哦？你就不问问是什么题材的电影？"

"不用问。您肯定不会挑选烂剧本啊，不可能自砸招牌！。"江子城狡黠地说。

自从去年在威尼斯国际电影节上，才叔以执导处女作《满堂彩》一战捧回了金狮奖后，这大半年不少大牌编剧伸来橄榄枝，想要同他合作。可是才叔动也未动，每天不是和老伴儿去跳广场舞，就是去钓鱼，提前过上了退休生活。

江子城了解他，才叔是一位内秀的导演，他会慢慢打磨他喜欢的故事，把它打磨得柔润、圆滑，却保留它原本的质感，仿佛它是一颗柔软的石头，抑或是一团坚硬的云朵。

见江子城这么爽快地同意出演下一部电影，甚至不问档期，不问酬劳，不问题材，才叔大叹没有交错朋友。

这一次的剧本并不是才叔自己写的，而是他从自己的工作邮箱里翻出的某不知名新人编剧的作品。电影名叫《寻家》，改编自真实社会案件，讲述一位保姆因为嫉妒雇主，于是把自己的儿子和雇主的儿子互换，导致两个孩子身份对调，阴差阳错地度过了二十五年光阴的故事。而江子城要饰演的男主角，便是那位明明出生在小康之家，却无奈在山里长大的乡下土小子。

这个电影对于江子城有两大挑战：第一，他必须晒黑、练出肌肉，营造出那种山野间肆意生长的粗糙感；第二，他要改变口音，学习某种被戏称为"鸟语"的方言。

才叔打趣道："这片子很毁形象的，你还有后悔的机会啊，要不要和经纪人商量一下？"

"嘿嘿嘿，不商量了！"江子城说，"扈哥生怕我被定型为花美男，他肯定同意的。"

几句话之间，今年下半年的合作便敲定了，两人以饮料代酒，碰杯庆祝。

面前摆着满桌好菜，两人边吃边聊。

才叔抿了一口酒，说："好了，现在工作聊完了，咱们该聊聊私事了。"

"什么私事？"

"你婶子的亲戚家有个小姑娘，比你大两岁，做小学老师的，你想不想见见啊？"才叔今年五十多岁，这个年纪的人嘛，或多或少都有一颗保媒拉纤的心。

江子城尬笑："才叔，演员的工作性质你也知道，我一年到头不在北京，工作忙，而且容易牵扯进什么八卦里。人家小姐姐不是圈里人，我就不祸害人家了。"

才叔立即说："哦，看样子你是想找个圈里人啊？"

他没说过啊！

才叔："说起来，你之前拍的那个什么爱情电影，演男二号那个，我看很多人都说你和安雯很有 CP 感啊！"

江子城赶忙摆手："没没没，我俩是社会主义兄妹情，平常凑在一起就光吐槽她前男友了。"

才叔："那吕霞呢？咱们公司的艺人，知根知底，你俩这次还演同桌……"

江子城认真地道:"您都说了我们是同桌啦!高考生怎么能早恋呢?老师不允许的!"

这顿饭足足吃了两个小时,两人天南海北地不知道侃了多少话题。

酒足饭饱,才叔起身叫服务员结账,结果话未出口,他忽然卡壳了。

只见他突然压低身子,把自己藏在观赏盆栽后面,并且伸手示意江子城赶快低头。

江子城莫名其妙:"您这儿演谍战剧呢?"

才叔:"安静安静,不想惹事就赶快躲躲!"

江子城稀里糊涂地趴下了。

他满肚子都是好奇心,借着盆栽的遮挡,小心翼翼地回头一看,咦,那个站在包厢外面的胖男人,不正是艺人管理部的吴总监吗?

几日未见,他的腰围好像又长了一圈,他大腹便便,走起路来一摇一晃的,脸上带着市侩的笑意,正在和旁边的年轻女郎说话。

那位女郎身着西服套裙,手里挽着一个名牌女式公文包,打扮得极为干练。

因为离得远,他们说话声音又小,江子城听不到他们在讨论什么,可从他们的表情和肢体语言来看,话题应该极其愉快。

奇怪……江子城越看越觉得那位女士眼熟,又实在想不起在哪里见过她。

等到两人的身影走出餐厅,才叔终于长舒一口气,重新坐直了身子。

"真晦气。"才叔说,"居然遇到吴德那家伙。"

见江子城一脸状况外,才叔小声和他解释:"最近公司的风声有没有听到?瑞慈的音乐部要独立出去,成立一个新厂牌,就叫'长安音乐',现在不少经纪人都想带着艺人跳过去。"

江子城怎么不知道?他不仅知道,更知道那个即将成立的新公司根本不是"长安音乐",而是"长安娱乐",一家专门和自家人抢生意的公司!

才叔说:"听名字都知道了,吴德就是个傀儡,实际掌管新公司的人是老谢总。刚刚和吴德走在一起的那个女的,就是老谢总的私人秘书。"

老谢总的私人秘书?

等等!

江子城终于想起来,他在哪里见过那个女秘书了!

他第一次与崀哥对视时,看到崀哥在几年后出任瑞慈娱乐的艺人总监。而在那段"未来"中,崀哥义正词严地拒绝了那位女秘书,告诉她"决不同意谢总包养公司艺人"。

因为这段未来,江子城一度对谢北望的印象非常差,觉得他是那种会潜规则小明星的人渣总裁,并且在最开始的接触中一直对他退避三舍。

不承想这一切都是一场误会——想要包养小明星的"谢总"根本不是谢北望,而是谢长安!

江子城怔怔地坐在那里,陷入了沉思。

此时,他的大脑宛如一台高速运转的机器,把他和谢北望从相遇到现在的所有事情一件件一桩桩地串联在一起,逐一复盘。

直到这时,他才发现自己成了一叶障目的愚人,明明绕过屏障就能触碰到真相,可他却一直在外围打转,几次与真相擦肩而过,都视而不见。

他从最开始认识谢北望时,就一直对他抱有深深的戒心。

谢北望对他的关怀,江子城全都感觉得到。但因为先入为主的印象,江子城总是无法坦然信任他。随着接触越来越深,他逐渐意识到谢北望并非那种心思猥琐之人,可这更加深了他的疑虑,为什么在他的预知中,谢北望会表现得那么奇怪呢?

而现在,这个谜底终于揭开了。

原来,他把老谢总所做的坏事,张冠李戴到了谢北望的头上!

就因为对"预知能力"的盲目信任,江子城和谢北望兜兜转转了好一阵。他从未想过，他的预知能力也会传递错误信息！

他看到的"未来"只是发生在遥远时空的一小段片段，前因后果皆不知道，语言表情都有可能作假……

从小到大，江子城用他的预知能力规避了无数风险，甚至因此得到了不少好处。他信任自己的预知能力，就像信任自己的眼睛、鼻子、耳朵一样，他却忘了，眼见不一定为实。

如果这段"包养"是假的，那么另外两段关于浴室的预言呢？

会不会也是一场误会，一场误解？

第十九章

# 汪汪哥哥

江子城已经等不及谢北望回国了，他有太多事情想和谢北望说，这些话全部郁结在他心里，仿佛现在不说，就要被自己憋死了一样。

盼望着，盼望着，谢北望回国的脚步近了。

一切都像即将圆满的样子，欣欣然露出了笑颜。山朗润起来了，水涨起来了，江子城的脸红了。

江子城想去接机。

扈哥说："你站这儿别动。"

"你给我搬几棵橘子树？"

"我给你背一遍你那天有多少工作！"扈哥愤愤地道，"祖宗，你知不知道你那天要去拍定妆照啊？你看看通告单，早上五点到棚，十四名主要演员，最快晚上八点结束。你告诉我，你打算什么时候去接机？用意念去接？"

江子城老老实实地闭麦了。

《一代贤臣》是他第一次接，央视大制作的古装正剧，他在其中扮演男主角的青少年时代。他断然不敢推掉这么重要的工作，晕头晕脑地跑去见谢北望。

算了，反正这么多天都等了，那就勉强再等一天吧。

早上五点，当谢北望的私人飞机从戴高乐机场起飞时，江子城已经赶到了摄影棚。在两位化妆师的巧手装扮下，镜子里朝气蓬勃的年轻演员，逐渐变成了历史书中那位潇洒俊朗的翩翩公子。

剑眉入鬓，目光带着三分稚气七分洒脱，年轻人的脸上满是对未来的憧憬，他相信可以凭借自己的满腹才华，造福一方百姓。

这时的男主角还未被官场的黑暗所击倒，他坚信非黑即白、善恶有道，内心清澈，不染一丝尘埃。

男主角初登场时只有十五岁，江子城要从少年时期一直演到他二十八岁。在这期间，他从一个涉世未深的年轻书生，到金榜题名荣登宝殿，再到得罪权贵被贬出京……他短暂的前半生又被分为三个阶段，心态也有了重重变化。他的定妆照一共有三张，分别对应三个不同时期。

江子城这段时间除了看剧本，就是研究史书，每读一遍，都要唏嘘于男主角波澜起伏的命运，没想到他能饰演历史上这么有名的一位贤臣，这挑战真是太大了。

饰演中年、老年男主的两位演员都有无数奖项加身，化妆中途，还过来同他打了声招呼。

江子城受宠若惊地应了，鞠躬鞠得脑袋都要磕在脚腕上了。

真没想到，两位前辈居然这么平易近人！

扮演老年男主的演员是捧起金凤凰终身成就奖的老牌影帝黄越，他最近两年逐渐息影，转向幕后做出品人。这部电视剧是央视大作，才能请他出山。

江子城恭恭敬敬地叫他一声"黄老师"。

黄越笑笑，很亲近地说："不用这么客气，你跟着北望叫我一声黄叔叔吧。"

江子城一怔。

黄越："我和长安是三十多年的老交情了，北望一直叫我叔叔。这次入组前，他还特地让我多多照顾你。"

江子城藏在袖袍里的手使劲掐了一把自己的大腿，才让自己没有露出过分的傻笑。

在旁边的扈宁倒是看懂了他眉眼间飞扬的喜色，无奈地叹了口气，觉得自己头上的白发又要多几根了。

上午的拍摄非常顺利，江子城的三套造型很快拍摄完毕，其实拍照速度很快，慢的是换造型。古装完全复原了历史上的精良装束，几层衣服若是没有人帮忙，江子城都不知道怎么才能穿好。

每拍完一套，江子城就颠颠地跑到摄影师身边问："摄影老师，好看吗？"

摄影师答："好看，江老师怎么拍都好看。"

江子城巴巴地拿出手机，翻拍下来最好看的几张，发到家人群里，想了想，他又转发给谢北望一份。

谢北望还在天上飞呢，不过私人飞机上有 Wi-Fi，他不仅第一时间收到了照片，还很快给了回复。

大氪星：好看。

小超人：就没有其他感想了？

大氪星：脱起来很麻烦。

小超人：【拜拜】

中午大家直接在旁边的休息室里吃盒饭。江子城没有卸妆，因为下午还要和其他几位演员拍合影。

正吃着饭，摄影棚入口处忽然传来一阵喧哗声。江子城刚开始没有在意，依旧在低头数米粒，周围的议论声越来越大，不知是谁提高声音喊了一句："谢总来了！"

江子城手里的筷子"啪"的一声掉在桌上，差点弄脏戏服。他赶忙回身看去，然而映入眼里的并非是他这段时间以来一直心心念念的身影，而是另一位"谢总"。

谢长安即使上了年纪，对自己的外形也管理得一丝不苟。他没有将军肚，没有双下巴，头发黑白各半，眼角纹路深深，却没有减损他的翩翩风度。他不论走到哪里，都有美女跟随，其中一位正是那日和吴总监密谈的私人秘书，另一位年纪不到二十岁，江子城仔细瞧了半天，发现曾在艺人宿舍的电梯里见过她，正是年后刚进公司的练习生。

江子城心道：不愧是起点种马男，公司培养的选秀艺人，最后全被他"选秀"了。

老谢总大驾光临，摄影棚里几位负责人赶快迎了上去。

老谢总一副很好说话的样子："没事没事。大家不要紧张，我已经退休好久了，今天就是来见见我的老朋友，我们兄弟俩好久不见，我给他探探班、叙叙旧。"

说着，他亲热地把手搭在了黄越肩膀上。

江子城却觉得没那么简单，老谢总这么老谋深算的一个人，真有这么悠闲跑来探班？

果然，他们闷在休息室里谈了大半个小时。两人相携出来时，黄影帝的脸色十分沉重。

江子城大胆地凑过去，找了墙角的一株盆栽遮挡自己，探听到了只言片语。

黄越压低声音说："老谢，咱们这么多年的交情，按理说这种事我要站在你这边，可我要是走了……算了，你再让我考虑一下吧。"

谢长安道："没事，你可以慢慢考虑。不过我要提醒你，三十多年前，咱们在香港街头相遇的时候，你能想到有今天吗？"

两人的话点到为止，外人听不懂他们在说什么，可江子城算半个内人啊！他一下就听明白了——谢长安要把黄越挖到即将成立的新公司去！黄影帝可是瑞慈的一大招牌，他怎么能走！

江子城急得要命，恨不得现在就把黄影帝绑架，逼迫他睁开眼睛和自己对视，好好看一看黄影帝的未来。

待黄越离开后，江子城也顾不得自己是不是蚍蜉撼树了，直接跳出来，拦下了谢长安的脚步。

"谢总！"他长发束冠，一身绣着青竹的长袍穿在身上，颇有些书生意气，"您留步！"

谢长安的表情并不意外，像是早知道他在这个剧组了一样："江子城，你找我有什么事？"

"谢总，谢北望是你的儿子，你不是一直以来很满意他吗，为什么现在要背着他另建一个公司？"江子城怒火交加，"你让吴总监挖走那么多人还不够，现在连黄老师都要带走吗？"

谢长安先是一怔："你怎么……"很快他就恍然大悟，"你是在谁眼里看到了这段未来？怎么样，未来的'长安娱乐'是不是规模很大，艺人很多，把现在的瑞慈狠狠地踩在脚下？"

江子城："瑞慈是你一手创办的公司，谢北望是你的亲生儿子！你就这么狠心？"

"公司的话，一个没了，我还能再创办一个；儿子的话，没了一个又有什么，我还有那么多个儿子。"谢长安说，"再说，一个不听话的儿子，留着有什么用？"

"不听话？"江子城反问。

谢长安："我早就和你讲过，我之所以选择谢北望做继承人，是因为在我的后代里，他能给我赚最多的钱。可是在谢盈盈十五岁时，他把她立为了遗产继承人，把本来应该属于我的资产划出去整整三分之一！"

他说话时，语气十分慑人，仿佛他谈论的并非自己的两个亲骨肉，而是一个赚钱机器与一个抢劫犯。

江子城看到他眼里充满了对金钱、地位的痴迷，风度翩翩的外表下，隐藏的是一颗巨大的野心。

谢长安恨恨地道："好，那一次我原谅他。可是就在半个月以前，他突然联合其他股东，想要收购我手里的股份，把我架空！"

其实这些年来，谢长安虽然退居二线，但他实际上还是瑞慈集团的名誉总裁，谢北望则是代替他行使总裁的权柄。他们父子二人就像即将退位、又不甘愿就这么退位的老皇帝与野心勃勃、满志踌躇的监国太子一样。可能刚开始那段时间，谢长安确实想过不如就这么把权力移交给谢北望，但随着年岁渐长，他越来越不敢直面自己的衰老——为了证明自己还年轻，他变本加厉地包养年轻情妇，甚至奢望回到权力中心，掌控大局！

可惜，他低估了谢北望。

谢北望从来不是他养的一条狗。他虽然继承了他的血脉，但谢北望更强大，更果敢，更有远见。他的雷霆手段早就收服了瑞慈的大部分高层，现在他们所有人联合在一起，要把谢长安驱逐出董事会！

谢长安怎么能这样甘心败走麦城？他手里还是有不少老臣的，他一怒之下，决定要和谢北望分家！

这些商场里的弯弯绕绕，原本江子城是不了解的。

他只是一个再普通不过的小艺人，对于豪门恩怨只是一知半解。在认识谢长安之前，他从不认为世界上会有这么癫狂的父亲；在认识谢北望之前，他也没想过那个看似光鲜的男人承担着如此重的压力。

江子城心疼。

他心疼谢北望。

他恨不得用自己的双手帮忙举起谢北望肩上的重担，让他获得片刻喘息。

他想告诉谢北望，自己是永远站在他这一边的！

江子城急迫地说："谢总，钱这种东西生不带来死不带去的。您现在已经是国内富豪榜的前列了，赚再多钱，那也只是一个数字而已！您这一生已经有了许多人没有的东西，金钱、女人、孩子、异能，您拥有的还不够多吗？！"

"不够！当然不够！"谢长安目光凌厉，"江子城，我一直非常看好你，因为你是我见过的第一个同我一样有异能的人，可是你的野心根本配不上你的能力！你难道就安分于当前的这一点成就吗？我当然要赚很多很多钱，即使我这辈子花不完，我下辈子、下下辈子还能继续花！你难道就没想过，既然异能都存在了，难道转世重生就不存在吗？"

江子城无言以对。

如果敲人脑壳不属于违法行为的话，江子城真的好想拿板砖给谢长安做个脑外科手术，看看里面是不是填满了起点升级流爽文。

当江子城还在努力享受生活、珍惜当下的时候，这老头居然都开始惦记起下辈子了？

这叫什么？

"Sorry，有钱就是为所欲为"？

不，江子城觉得这是"食屎啦你"！

要不要给老谢总修个陵墓，让他死后可以千秋万代？谥号也是现成的，就叫谢始皇吧！

谢长安还在卖力地拉拢他："异能是上天给咱们的最大恩赐，咱们是天选之人，天生就比其他人更优秀。"

呸，上一个觉得自己是优势人种的人搞了种族大清洗，最后死无葬身之地了！

"您就别给我洗脑了。安利不买，谢谢，没钱。"江子城坦然道，"这世上优秀的人有很多，出身无法决定，性别无法决定，样貌无法决定，自然，异能也没办法决定。"

"你真是冥顽不灵！"

江子城根本不怵他，反而说："我以前觉得很多电影都特别不真实，哪有反派会在犯事儿前，把自己的作案动机、作案手法都和盘托出的啊？认识您之后，我发现我浅薄了。"

"你觉得我是反派？"谢长安冷笑着道，"不，我才是主角！"

江子城觉得和起点男真的无法沟通："行吧，那谢谢您这位主角屈尊降贵和我这个小配角说话，等您一走，我就给谢北望通风报信去。"

谢长安摇头："不，你不会的。"

"你怎么知道我不会？"

"你要怎么告诉北望我在算计他？就凭你的一面之词，没有任何证据，你以为他会信吗？"谢长安悠悠地说，"还是说，你要把自己可以预知未来的事情告诉他？"

江子城愣住了。

"江子城，你别傻了，他是什么性格的人，你我都清楚，他会相信你的胡言乱语吗？"谢长安的声音落在地上，在小小的化妆间里回响，"即使他相信了，他又会怎么看待拥有异能的你？"

"我比你多活了这么多年，有个道理我比你清楚得多——人心是不能赌的！

"异能是你最大的仰仗！你利用它获取了无数好处，你敢把它告诉任何人吗？你敢告诉我儿子吗？"

江子城，你，敢吗？

谢长安的喝问直击中心，江子城自以为刀枪不入的防御，在对方面前简直像海苔一样脆弱，一碰就碎成了渣渣。

江子城被问住了。

他敢把自己有异能的事情告诉"别人"吗？

他不敢。

他早已不是小孩，他知道自己的异能不能拯救世界，即使告诉别人也不用担心地球毁灭。可是成年人的顾虑反而比小孩子多。

他怕别人戴着有色眼镜去看他，怕人心怀不轨地接触他，怕被科学怪人抓去研究，怕大家以为他是个投机取巧的小人。

有那么多那么多的理由，让他一直保持沉默至今。

可谢北望，是"别人"吗？

谢·在自己眼里是男主角·在别人眼里是大反派·长安老先生，带着他的美女秘书和美女小情人，趾高气扬地走了。

留下江子城一个人游魂一样的在摄影棚里飘来荡去。

扈哥找到他的时候，就见江子城正失魂落魄地倚在一排用来当道具的竹子旁边薅竹叶呢。

他嘴里念念有词："告诉他，不告诉他，告诉他，不告诉他，告诉他，不告诉他……"

扈哥："哎呀呀，你别薅了！好好的竹子都要被你薅成甘蔗了！"

江子城迷迷糊糊地被扈哥拉去重新做造型，好在他的单人定妆照上午就搞定了，下午都是几位角色之间的互动合影。在轮到老、中、青三位男主拍大合影时，黄越心事重重，表现得比江子城还要不在状态，看来也在犯愁到底站谁的队伍才好。

这天的工作，结束得比想象中还要晚。

三月前后，乍暖还寒，户外春寒料峭，不过室内摄影棚有无数盏高功率大灯照着，再加上假发套又沉又闷，江子城热出了一脑门汗。他觉得自己整个人像是洗了个桑拿一样，整个后背都湿漉漉的。

他把自己套进大衣里，埋头往外走。

扈哥把他的双胞胎助理留下，说要谈事："子城，你先出去吧，保姆车就在老地方停着。"

江子城没多想，哆哆嗦嗦地应了，用围巾把自己裹成忍者，一路小跑冲向了停车场。

这类摄影棚都在远离市中心的郊区地带，区政府划了片土地，美其名曰"影视娱乐孵化基地"，其实周围就是一片荒郊野地，大晚上一点人烟都没有，连外卖奶茶都点不到，外送费加到三十块都没人来。

停车场倒是大，足够容纳上千辆车，然而现在太晚了，只有零星几辆车在路灯下沉睡。

江子城有点怕黑，他打开手机照着路，地上画着停车格，还标着编号。

保姆车就停在 H 区的 69 号。

江子城迈着小碎步，顺着地标跑了过去。

H 区的车不多，可奇怪的是，江子城绕着 H 区转了好几圈，都没有找到那辆熟悉的保姆车。

就在他开始第三圈绕行时，停在路边的一辆 SUV 忽然弹开了后车门，一双大手从车内伸出，猛地把江子城拽进了车里！

江子城根本没有提防，他哪承想会被人突然袭击？！

他跟跄一下，直接跌进后车座，狼狈至极。

而拽他的那个人呢？稳稳地坐在黑暗之中，仿佛等着他自投罗网一般。

江子城大惊，他以为自己遇到了 ANTI 粉，或者遇到了可怕的私生粉。就在他全身僵硬，手指偷偷伸到大衣兜里想要悄悄报警时，黑暗中的那个人影忽然发出了一声轻笑。

那个笑声自喉咙深处震动起来，低沉、滚烫，让人光是听着就觉得耳朵发烫。

"子城，surprise。"

江子城扑上去，狠狠地锤了那人的肩膀几下："谢北望，你这个混蛋！"

没错，这个出现在黑暗的停车场里"偷袭"江子城的人，正是让他牵肠挂肚的谢北望！

哪有这么搞恶作剧的？这哪里是惊喜，明明是惊吓！

江子城瞬间反应过来："你买通了扈哥他们！"

所以他的经纪人和助理才会让他一个人来停车场。

谢北望道："买通？不，本来就是我给他们发工资。"

行吧，你有钱，你说了算。

他们许久不见，谢北望一下飞机就赶回来见江子城，两个人立即黏在了一起，好得就像是连体婴一样。

有时候，江子城也说不清为什么会和谢北望这么亲近。

他想，一定是因为他是独生子女，而成熟、稳重，偶尔会给他一些"小惊喜"的谢北望，就是他从小渴求的哥哥。

这天晚上，江子城没有回家，直接去了谢北望那里。

谢北望的公寓他之前住过，只不过和之前生涩、尴尬的借住相比，现在的他就像是这间屋子的第二个主人，一进门就大大咧咧地直奔厨房，打开冰箱拿"肥宅快乐水"。

谢北望提醒他："听说你为了新片子在减脂？扈宁和我说，你距离目标还差……"

还没等他说完，江子城便一脸悲愤地把可乐塞回了冰箱里。

本来他以为和谢北望见面，能放松一晚，吃香的喝辣的，没想到谢北望简直比经纪人还经纪人，什么都管着他。

因为谢北望要倒时差，两人这天晚上几乎没聊什么事情，就直接睡下了。两人抵足而眠，就像是一对真正的兄弟一样。

江子城再醒来时，神清气爽，要多舒服就有多舒服。

卧室外传来了谢北望的声音，听上去他应该是在打电话，他语速很快，用的是英语。江子城虽然英文还可以，但遇到专业词汇就是白搭。他凝神听了好久，勉强听出来，谢北望的这通工作电话，应该和音乐部门最近的"独立"有关。

江子城越听脸色越不好，一想到谢北望在为了公司奔波的时候，他的亲生父亲却在想着暗算他，他就迫不及待地要冲出去大喊停下！

于是江子城掀开被子，一跃而起——"啪！"

江子城也不知道怎么回事，两条腿居然打架，直接扑倒在厚厚的羊毛地毯上。

这叫什么？

出师未捷身先死吗？

江子城这一摔动静实在太大，原本正在客厅里打电话的谢北望来不及挂断电话，直接推门看了过来。

江子城趴在地上，挤出一个"I'm fine，thank you"的做作表情，还摆了摆手。

谢北望眼里的笑意一闪而过。

他侧头与电话那头又说了几句，然后挂断电话，走到江子城身边，俯身抱起了他。

这一次，不再是毫无风度的"麻袋扛"，而是一只手穿过他的膝盖，一只手揽着他的肩膀，把他搂进了怀里。

江子城被公主抱的姿势抱离了地面，身子晃了一下，赶快抓住男人的衣襟，惊声嘱咐他："你、你、你、你、你、你别把我摔了！"

"嗯。"

"我不想躺着了，你给我送到客厅吧。"

"嗯。"

"中午我要吃杏花楼的蟹钳粥、蟹黄面、蟹肉包！"

"嗯。"

江子城每说一句话，都要仔细看看男人的脸色。他见自己提了好几个要求，谢北望都特别淡定地应了，越想越觉得不真实。

江子城得寸进尺地说："要是让别人知道你居然还有这么体贴的一面，他们一定会很惊讶的。"

谢北望轻轻地把他放在沙发上，看着他的双眼，平静作答："可你不是'别人'。"

可你不是"别人"。

最简单的几个字，仿若一支穿堂而过的利箭，正中江子城心中最坚固又最脆弱的地方。

江子城不是"别人"。

谢北望亦不是。

江子城死死保护着一个秘密直到他长大，他畏惧的理由有那么多，可是他没有理由畏惧谢北望。

谢长安说，"人心是不能赌的"。谢长安说，"谢北望的性格我了解"。谢长安说，"你敢把这个秘密告诉他吗"。

而江子城的回答是：他信，他懂，他敢。

这是他的至交好友，若这世上连谢北望都无法相信的话，那江子城真不知道还能相信什么了。

想到这里，江子城鼓起勇气，拉住了正要起身离去的谢北望。

谢北望以为他在撒娇，问："怎么了？"

"谢北望，我下面的话，你认真听我讲。"江子城语速飞快地说，"老谢总要成立的那家新公司根本不是什么'长安音乐'，而是'长安娱乐'！他要做影视歌三栖的娱乐公司，还会挖走公司很多艺人。他对你根本没有任何父子情分，他随时都能捅你一刀！"

谢北望微微沉默了半晌，像是在分析这段话里的信息量。他谨慎地问："这是你从其他艺人那里听来的？"

"不，这是我亲眼看到的——谢北望，我要向你坦白一件事。"江子城微微合了合眼，勇气这种东西，都是一鼓作气，再而衰，三而竭的，若他这次不能说出口，以后就再也不可能说出口了。

"这件事，可能会让你惊讶，会让你害怕，会让你不解，但我发誓，我从来没用它做过任何坏事。

"这件事我从未告诉过别人，可就像你说的，你不是'别人'。"

"谢北望，"江子城睁开眼，注视着谢北望，一字一顿地说，"我——可以看到未来。"

当第一句话出口后，剩下的内容便不再是阻碍。

江子城并没有发觉，自己抓在谢北望胳臂上的手究竟攥得有多紧。他是那样用力，甚至连指甲都泛白了。

"没错，我知道这一切都特别匪夷所思。这不是拍电影，更不是什么恶搞节目，我确确实实拥有异能，我只要和别人对视超过十秒，就可以看到别人的未来！当然，这个异能也是有限制的，每天只能使用三次，一个人我也只能看三次，而且只能看到那一瞬间当事人最在意的事情！"

他的语速越来越快，声音越来越大，只有他自己才知道，说出这个事实究竟要耗费多少勇气。他不允许自己逃避，他想把这个秘密和谢北望共享。

他一直紧盯着谢北望的表情，生怕谢北望露出一丁点害怕、畏惧、惊异或者嘲笑他异想天开的眼神。

可是没有，谢北望的脸上什么表情都没有。他的眼神还是那样平静地看着他，甚至连眉毛都没动一下，仿佛几秒钟之前，江子城说的不是"我的眼睛可以预知未来"，而是"我的眼睛做过双眼皮手术"。

江子城问："哈喽，你在听我说话吗？"

谢北望淡定地道："在听。你说你的眼睛可以看到未来。然后呢？"

江了城要疯了。

"你就这么轻易地接受了这个设定？你当这是电脑游戏的初始

NPC 背景介绍呢？你好歹给我点反应啊！我没在和你开玩笑，我是真的有预知未来的能力！"

谢北望意识到自己的反应确实太敷衍了。可是要让他对自己十几年前就知道的事情做出很夸张的表情来，实在是……强人所难。

不过为了哄江子城开心，谢北望很努力地调整了一下自己的眉毛，勉强做出了一个惊讶的神色："我很惊讶，我惊讶到，面无表情。"

江子城信他才有鬼了！

这家伙肯定以为自己在同他开玩笑，可他像是会拿这么重要的事情开玩笑的人吗？

江子城气呼呼地拽住男人的双臂，强迫他弯腰低头，把视线降到和自己同一条水平线上。

江子城的倔脾气上来了，非要同他争个高下不可："你给我靠近些，让我看到你的眼睛！你不是不信我说的话吗？那我就给你演示一遍，我是可以看到你的未来的！"

之前他已经对谢北望使用过两次能力，第三次因为和谢长安异能对撞导致失效，没有施用，不过现在他的异能恢复了，一定没问题的！

谢北望被他搂住脖子，两人距离很近。

"城城。"谢北望解释道，"我没有不信任你，可是……"

"嘘！"江子城执着地报数，"给我十秒，十、九、八、七、六、五……"

他的声音戛然而止，因为谢北望忽然抬起右手，缓慢却坚定地盖在了江子城的双眼之上，让他骤然陷入了一片漆黑之中。

谢北望的掌心滚烫，江子城觉得整张脸都被热气包围了。

"城城，"谢北望贴近，轻声道，"可是你已经看不到我的未来了。"

"才不会呢！"江子城闭着眼，长长的睫毛扇动，在男人的掌心留下一阵痒意。"我才看了你两次啊。第一次是咱们初遇的时候，我觉得宴会无聊，跑去后花园透气，结果遇到了你；第二次是在威尼斯国际电影节的颁奖礼上，你坐在我身旁。我的异能还能对你释放一次！"

"不，你还忘了一次。"谢北望说。

"你是说在你家那次？"在一片黑暗里，江子城的手终于磕磕绊绊地摸到了男人的右手腕。他努力想要把谢北望的手从自己眼前拿下来，好让自己重见光明。"那次异能出了点小问题，我没能看到你的未来，所以那次是不算数的。"

"不，不是那次。"

剩下的话语被谢北望的一声叹息打断了。

江子城下意识地歪了歪头，表达怀疑。谢北望看着自己掌心下这个笨拙又迟钝的好友，越发想好好惩罚他了。

想到就做，谢北望突然欺身压向了江子城，他把他困在一片黑暗中，然后抬起另一只手，猛地袭击起了江子城的腋下！

"喂……哎哎哎！你哈哈哈哈……你给我……哈哈哈松手！"

江子城因为他的突然挠痒痒袭击，吓得身体止不住乱颤，四肢也想缩在一起。无奈谢北望仗着体型优势狠狠禁锢住了他，让他躲都没处躲，只能被迫仰着头，承受着这突如其来的"折磨"。

他笑着求饶，不知过了多久，谢北望终于大发慈悲地放过了他，抬起手，还了他一片光明。

他迷迷糊糊地睁开眼，微红的眼角还带着几滴生理性的泪水。他仰头看向谢北望，那人站在下午两点的阳光下，身上长了一层毛茸茸的金色光芒。

恍惚间，江子城脑中一闪而过某个熟悉的身影，好像在很多很多年前的一天，有个比他高大很多的人，也曾经这样在阳光下温柔地看着他。

谢北望看着恍然失神的江子城，又叫了一次他的名字："城城。"

江子城怔怔地，发出了一个模糊的单音："唔？"

"你第一次对我发动预知能力，并不是在花园里。"

"嗯？"

"那一次，更不是咱们的初遇。"

"怎么可能！"

谢北望露出一抹笑容："我再给你最后一次机会——城城，你要是再想不起来我是谁，我就要打你屁股了。"

所以，谢北望究竟是谁啊？

江子城苦恼地抱着谢大白倒在床上，顶着一头肆意生长的鸡窝头，整个人都陷入了蓝色的忧郁里。

谢北望是瑞慈娱乐的现任总裁、娱乐圈里威名赫赫的大佬、赚钱速度比印钞机还要快的富豪，同时他也是被父亲算计的小可怜、人前人后两副面孔的男人……可这些答案，显然都不是谢北望想要的。

谢大白正在玩自己的尾巴，老老实实地围成一个圈，乖巧地趴在江子城的胸口上。谢盈盈又开学了，于是这只小白貂又被接到了谢总家里，跟江子城做伴。

江子城真是搞不明白，为什么剧情会发展到这种匪夷所思的地步？

他明明鼓起了勇气，向好友承认自己拥有异能，让他小心提防谢长安在背后搞事。按照正常故事发展，他们兄弟俩应该开始联手对外，立即进入商战剧情啊。怎么忽然间峰回路转，开始走悬疑路线了呢？

不过江子城的提醒也不是完全没用的，谢北望最近这段时间早出晚归，据说正在暗中部署一系列的工作。他既然已经知道了谢长安的图谋，自然不会坐以待毙。他们明明是血脉相连的父子俩，可他们之间却没有亲人情谊，只有攻讦与防备。

商场上的事情江子城插不上手，他只能告诉谢北望，谢长安和他一样也拥有异能。

谢北望这次依旧连眉毛都没动一下。

江子城："谢总啊！你的惊讶细胞是死掉了吗？"

谢北望说："其实我早就隐隐约约地猜到了。我父亲没有受过高等教育，年轻时对娱乐行业也没有什么研究。可他投入影视行业后，发迹极快，眼光奇准，投资的电影、电视剧每一部都能大赚，挖掘的无名艺人最终都能走向成功……有异能这种事不稀奇，八卦小报上还有人说他供养神巫。"

江子城蔫了，觉得自己的几个撒手锏在谢北望面前都变成了痒痒挠。

"还有一件事，"谢北望道，"为什么你还叫我'谢总'？"

"呃……"江子城不好意思地说，"叫你全名觉得有点生硬。要不然……"他灵机一动，"你看，你叫我'城城'，不如我就叫你'谢谢'吧？哈哈哈哈哈哈哈，谢谢光临、谢谢惠顾、谢谢帮忙。"

谢北望没有说话。

江子城："你不喜欢？"

谢北望再次发动挠痒痒攻势，身体力行地告诉他自己究竟喜不喜欢这个名字。

动手前，谢北望说："我觉得你不是皮痒。"

江子城不明所以。

谢北望："你明明是屁股痒。"

于是屁股痒的江子城被谢北望一通狂揍。

江子城老老实实地坐在沙发上，正在研读剧本。再过几天他就要入组《一代贤臣》了，这次的台词偏"古"，不那么"白"，他要抓紧时间把剧本背熟背好。

他每天就裹着毯子窝在沙发上，怀里抱一只暖融融的小白貂，"父子"俩相依为命，每天自在地不得了。

扈哥来看他时，见他这副不修边幅的懒样子，便恨铁不成钢地问他："您这是坐窝呢？"

江子城脸红地哼了声，没搭话。

扈哥是来给他搬家的——因为他得罪了老谢总，谢北望怕他一个人会有危险，所以让他搬进了自己的公寓。

谢北望名下的房产遍布全市，他们现在住的是距离公司很近的一套超高档的大平层公寓，顶层，视野极好，可以俯瞰整座城市。

江子城很喜欢高层，他觉得住得高一点，就能离氪星近一点。

但有些奇怪的是，他一踏进这间豪宅，就觉得这里处处熟悉，带着一种奇怪的既视感。

他没再回自己的艺人公寓，可是过几天又要入组，便让扈哥带着双胞胎兄弟去帮他收拾行李，顺便搬家。

扈哥一进门就数落开了："你说你好歹是个二十五岁的成年人了，怎么就一点条理都没有？你那是艺人宿舍吗，我还以为进了哪里的狗窝。"

江子城委屈道："不就乱了点吗？"

扈哥："衣服在椅背上，电脑在沙发上，碗在床头柜上……算了算了，我懒得数落你，你柜子里的零碎东西我也让他们给你打包扛过来了，你看看有没有少的。"

说着，他示意双胞胎兄弟把一个大纸箱抬到了江子城面前。

那纸箱足有半人多高，里面层层叠叠装了不少东西，都是江子城随手留下来舍不得扔的小玩意。有粉丝为他定制的抱枕、手幅，有便利店集点送的小风扇，有用过几次就落灰的拍立得相机……

谢大白好奇地从江子城怀里探出头，直起长长的身子，两只小黑眼好奇地看着那深不见底的纸箱。

忽然，它团身一跃，在所有人还未反应过来之际，呲溜一声钻进了纸箱中。它仗着自己身材又细又软，几下就钻没影了！

"大白！"江子城吓了一跳，赶忙扑到纸箱前，开始往外刨。

谢大白一身皮毛滑不留手，江子城几次都摸到它软软的大尾巴了，还未等收紧手指，小家伙就又往下层钻去了！

这一箱东西，越往下方就越硬越沉，江子城生怕"塌方"，砸到淘气的它。

四个人同时围着纸箱开始往外掏东西，奋斗了足足十分钟，终于把里面所有的东西都刨出来了！

空空荡荡的大纸箱里，谢大白这个小淘气鬼再也无路可退。它只能盘起长长的大尾巴，可怜、弱小又无辜地趴坐在一个红彤彤的硬铁皮盒子上。

那是一个圆形的扁盒子，上面印着嫦娥奔月的图案，底下一行凸起的小字——"花好月圆人团圆"。因为年代久远，铁皮盒子上的红漆有些剐蹭斑驳，甚至还有一个地方凹陷了进去，看来是被人狠狠摔过。

扈哥问："奇怪，这怎么有一盒月饼？"

江子城望着那熟悉的铁盒，喃喃道："这不是月饼。"

这是他珍藏的独家记忆呀。

下午，扈哥带着双胞胎兄弟走后，江子城裹着毯子，像是老母鸡坐窝一样在沙发上筑了个巢。他怀里抱着那个扁扁的月饼盒，谢大白跳到他肩膀上，尾巴一甩一甩，看样子也很好奇这个盒子里的东西。

上次打开这个盒子的时候，瑞慈的银杏大道一片金黄。而如今迎来了新的春天，银杏树上又长出了嫩芽。

那次江子城不小心把盒子摔扁了一块，刚好把盒盖与盒身相连的地方撞变形了。他抱着盒子，徒手掰了很久却掰不开，身边又没有趁手的工具可以用来撬，他十分苦恼。

谢大白歪头看他忙活了半天，突然从他的肩膀上蹿下来，两只前爪抱住盒子，又尖又硬的小白牙呲出来，在上面嗑了三下，只听"咔嘣"一声脆响，居然真的让它把盒子嗑开了一个缝隙！

江子城兴奋地抱起大白狠狠亲了两口，小白貂羞涩地扭扭身子，又爬回他的肩膀上了。

江子城顺着那小缝隙使力，终于把盒子掰开了。

可惜年代久远的铁皮盒盖承受不住这样反复的掰扯，在打开的同时，盒盖也从正中裂成了两半。江子城心疼地"哎呀"叫出了声，仿佛有什么东西，也顺着这裂开的盒盖，一起飘散在空气中了。

盒子里的东西还如上次一样。

几颗漂亮的石头，几张小男孩喜欢的超人贴画，还有静静躺在上面的十二封信。

　　四封信来自于他小时候的笔友汪汪哥哥，而剩下的八封，都是八岁的江子城寄出后又因为"查无此人"而退回来的信。

　　上一次，江子城拆开了其中四封，还有四封依旧尘封在时光里，等待着他重拾当年的记忆。

　　江子城感慨地摸摸已经变得毛糙的边角，小心地撕开一道小口，把躺在信封里的童稚记忆轻轻唤醒。

　　第五封信，写于飘雪的隆冬。

　　　　汪汪哥哥：

　　　　北京下雪了！你那里下了吗？

　　　　你说过下雪的时候，麦子宝宝会在雪做成的被子下面睡觉，我好想看看呀。

　　　　昨天我们上了作文课，老师让我们给远方的朋友写一封信，字数是 150 字。

　　　　我写了一封给你的信，拿到了 100 分！老师还把我的作文贴在了墙上，让所有的同学看，我又开心，又有点不好意思。

　　　　他们问我汪汪哥哥是谁，有没有喵喵哥哥。我说没有，因为汪汪哥哥是独一无二的！

　　　　我把作文纸保存下来了，你是不是很想看呀？

　　　　不过我要"惩罚"你，因为你好久好久好久好久无数个好久没有给我回信啦，所以我才不要把作文给你看呢！

　　　　　　　　　　　　　　很生气也很想念你的城城弟弟

　　江子城望着那句"无数个好久"笑出了声，也不知道当年他在作文课上写的那封信是什么样子的？如果是像这些信一样肉麻的话，那公开展出，还真是够羞耻的。

　　紧接着，是第六封。

汪汪哥哥：

新年好！

这个新年发生了一件大事，住在隔壁楼的力力被小明的哥哥打了！

力力好高呀，足足有一米六呢！他拿雪球故意砸小明的脑袋，还不道歉，小明的哥哥知道了，就替弟弟报仇了！

有哥哥真好，因为哥哥可以保护弟弟！真羡慕呀！

\*\*\*\*\*\*\*\*\*\*\*

希望这封信你能收到，不要再退回了。

也想要哥哥的城城弟弟

这封信的倒数第二行被白色的"涂改带"涂抹掉了。涂改带是一种小学生常用的涂改工具，它是一种白色的带有黏性的胶带，当写错字时，可以把它覆盖在错字上，再在上面写上新的内容。

可是八岁的小江子城只把字迹抹掉，并没有写上新的句子。

江子城十分好奇，这整整一行足够写几十个字了，八岁的他究竟写了什么内容，又不愿意让汪汪哥哥看到呢？

于是，江子城这个龊龊的成年人，开始用指甲剐蹭起涂改带来了！

好在涂改带这种东西本来就很脆弱，经过十几年的风化，更是一碰就碎，不一会儿的工夫，那一整条白色的胶带都剥落了下来，露出了底下被隐藏的一段文字——

汪汪哥哥，其实我也被力力用雪球砸过好几次。小明有哥哥，我也有你啊，可我却找不到你了。

实话实说，江子城已经完全忘记这件事情了。

他不记得八岁的自己被其他男生欺负过，他不记得雪球砸在身上的疼痛，不记得看到别人家哥哥时的羡慕，也不记得写下这封信时的心情。

可八岁的他，一定是很委屈的吧。

这封信的字里行间，都透露了他对汪汪哥哥的想念。但是懂事的小男孩在把这封信寄出之前，选择把这句话涂抹掉，是不想让汪汪哥哥担心。

江子城突然很想穿越回过去，抱抱曾经的自己。

肩上的小白貂仿佛感受到了他低落的心情，它伸出红红的小舌头，在他的脸上舔了舔，像是在安慰他一样。

江子城侧过头亲亲它的小脑袋，整理好心情，又打开了第七封被退回的信。

> 亲爱的望望哥哥：
> 你看！我这次写对你的名字了！
> 你知道为什么吗，因为这个寒假，妈妈又教我背了一首词！
> 从小妈妈就告诉我，我的名字来源于词牌名《江城子》，你那么聪明，一定知道什么叫作词牌名吧？我比其他同学厉害多了，他们连语文书上的七言绝句都背不下来，而我已经会背很多很多首词了！
> 我会背《苏幕遮》《定风波》《鹧鸪天》《浪淘沙》……
> 今天，妈妈教了我一首《江城子》，是苏轼写的！
> 我背了这首词才知道，原来你的名字就来源于这首词！
> 这是不是就是大人们说的"有圆"呢？
> 我和你真"有圆"呀！
> 等下次再见面的时候，我一定会把这首词背给你听的。
> 其实我学会的第一首词就是苏轼的《江城子》。不过不是这一首，是另一首。
> 妈妈说，那首词是苏轼写给自己去世的夫人的。
> 大人真的好厉害啊，我今年都没有十岁呢，可是苏轼却想了他夫人十年，十年好长啊。

而且这么多年，他都没有忘记她的样子，可我都要想不起来你长什么样了。

江子城

江子城把这封信翻来覆去地看了三遍。

读第一遍时，他半躺在沙发上，姿态随意地翻阅信件。

再看第二遍时，他便坐直了身子，目不转睛地一个字一个字阅读。

等看到最后一遍时，他的瞳孔仿若经历了一场地震，他需要用尽浑身力气，才能止住指尖的颤抖。

世人皆知，文豪苏轼一共留下两首流芳百世的《江城子》。一首写给亡妻，"十年生死两茫茫，不思量，自难忘"道尽了爱情的真谛。而另一首——

另一首正是豪放潇洒的《密州出猎》！

江子城对这首词格外熟悉，他喜欢文章里"老夫聊发少年狂"的豪迈气概，它的每一字每一句，几乎都刻在江子城的血液里。

而整首词中，只有最后一句嵌入了一个"望"字！

会挽雕弓如满月，西北望，射天狼。

那个名中带有"西北望，射天狼"的少年。

那个名叫"谢北望"的男人。

这会是巧合吗？

犹记得那个夏夜，刚从小公司跳槽到瑞慈的江子城从宴会里偷溜出来，偶遇了高高在上的公司总裁。

男人说："幸会，我是谢北望。"

男人说："我在乡下长大。"

男人说："城城，那不是咱们的初遇。"

这几天江子城一直在绞尽脑汁地回忆他与谢北望在什么时候遇到过。他下意识地认为，他们的初遇一定和娱乐圈有关，于是他把自己进入娱乐圈几年以来的经历来回梳理了好几遍，却一直未有收获。

他早该想到的。

他早该想到的！

濒临破产的小作坊天心影视，为什么会突然被瑞慈娱乐这条大鳄看中，以优渥的条件打包收购？明明他是个随处可见的普通小艺人，为什么站在娱乐圈最高点的谢北望却放下身段，主动与他交好？那条风景如画的银杏大道，也根本不是为了震慑老臣才栽种的。

一切都有了答案。

他曾经信任的好友，现在以另一种方式出现在了自己的生活里。

直到今天，江子城终于可以把这些散落的珍珠用丝线串联起来了。

它们在尘封的岁月里熠熠生辉，即使曾经蒙尘，却无损它们的珍贵。

一阵热意涌上双眼，江子城鼻子一酸，尽力憋住了眼泪。他不能哭的，八岁的他都没有因为弄丢汪汪哥哥而哭鼻子，二十五岁的他，怎么能因为找到谢北望而落泪呢？

小白貂敏锐地察觉到了他的情绪波动，它盘成一圈，脑袋枕在他的心窝上，倾听着他越发失控的心跳声。

江子城狠狠地吸了吸鼻子，稳住颤抖的手，终于拿起了最后一封信。

信封撕开，掉出来的却不是信纸，而是一张硬硬的彩色照片。

老式的彩色相片经过时光的洗礼，总会有些褪色，可是这张照片因为被密封保存，颜色仍然鲜亮如初，仿佛时光并未从上面流过。

照片背面用圆珠笔写了几行字。

孩子握笔的时候很用力，那些字一直透过相片背面，留下了深深的印痕。

> 望望哥哥：
> 爸爸说，等到春节过后，我们就要搬家了。
> 我终于可以有自己的房间了，也不用在餐桌上写作业了。

我特别开心，可是一想到搬家后，你就找不到我了，我又没有那么开心了。

这张照片你一定要在我们搬家前收到呀！

这样，你就永远不会忘记我长什么样子了。

城城弟弟

江子城缓缓地翻过了照片。

照片上，八岁的江子城背着大大的书包，鼻梁上架着一副眼镜，红领巾板板正正地系在校服领子下。

一头短发柔顺地搭在额头，男孩对着镜头比出"耶"的手势，露出两排亮晶晶的大白牙。

而在男孩身旁，还有另外一个"人"——男孩用擦不掉的圆珠笔在自己身旁画了一个火柴人。那个火柴人很高，火柴人一条细细的面条胳臂搭在男孩的脑袋上，另一条面条胳臂在顶端分叉，也比出了一个"耶"。

江子城从小就没什么美术细胞，他画的火柴人丑得不像样。

火柴人长得既不像那个陪他等 UFO 的田野少年，也不像现在这个高大英俊的霸道总裁。

可在八岁的城城弟弟心里，这个站在他身旁的火柴人，便是他最重要的汪汪哥哥了。

那个他以为一辈子不会忘，却被他遗忘了很久的少年。

江子城抱着照片傻傻看着，直到有无数水滴落在照片上，他才发现自己已经哭了很久了。

谢北望不知道，江子城曾经给他写过这么多封信，每封信都在男孩的期盼中被寄出去，又被扣上"查无此人"的红章退回来。而江子城也不知道谢北望一直没有忘记寻找他，即使人海茫茫，他们最终还是相遇了。

谢北望结束了一天工作，走进家中时，迎接他的却不是江子城的笑脸，而是两只哭得红肿的灯泡眼。

江子城哭了整整一下午，他除了演哭戏以外，已经很久没有这么哭过了。

不是号啕大哭，没有歇斯底里。他哭得又难过又幸福，觉得自己很傻，可又在庆幸这么傻的自己能如此幸运。

眼泪止不住地流淌，他反反复复地阅读那些信，脸上的肌肉都笑到痛了，可他却控制不住内心的雀跃。

谢北望被他红彤彤的眼睛吓到了，以为他遇到了什么事，急得忙扔下手中的公文包，快步走到沙发旁，俯身看他。

可不等谢北望开口，江子城已经张开双臂扑上来了。"汪汪哥哥！"他脱口而出。

谢北望的表情扭曲了一瞬："你叫我什么？"

江子城还没从"久别重逢"的快乐中恢复过来，一时失言，把两人十几年前的羞耻称呼拿出来挂在了嘴边。

直到他看到谢北望绝对称不上"开心"的表情，他忽然想起来，谢北望曾经在回信里写过，他不喜欢小江子城叫他汪汪哥哥，因为听起来像是在叫一只狗。

威风凛凛的谢总怎么能是狗呢？

侮辱，简直是侮辱！

江子城挂在谢北望的脖子上，浑身都僵硬了。

谢北望低头看看江子城四处闪避的眼神，又问了一遍："你刚才叫我什么？"

"没有，没有……"求生欲极强的江子城挤出一个讨好的笑容，急急忙忙下了罪己诏，"谢北望，对不起，原来你找了我这么久。可是我这个渣男却完全把你忘光了，现在我已经把所有的事情都想起来了。呜呜呜……你打我也好骂我也好，我绝对不躲！"

江子城一边唾骂自己，一边奋力地用四肢攀住了谢北望，宛如十几年前那个黏在乡下少年身上的橡皮糖。

这一下午，江子城满脑子想的都是谢北望。他把两人从重逢开

谁的小眼睛还没看影帝

始每一件事情都回忆了一遍，发现谢北望确实给了他非常多的提示，偏偏江子城却像是信号接收失败的塔台，每一次都与真相擦肩而过。

八岁的孩子忘性大，曾经天天厮混在一起的小伙伴都有可能忘掉，更何况是一个只相处了短短一个月的乡下小哥哥呢？可是谢北望那时已经要上高中了，江子城在他的记忆里待了整整十六年，不知重逢那天，他是用什么样的心情说出那句"幸会"的呢？

江子城豁出去了，谢北望要怎么惩罚他，他都认了！

谢北望紧紧搂住江子城的身体，把头埋进江子城的肩膀，用尽全身力气，一字一顿地道："城城，你终于想起我了。"

# 第二十章

# 预言真相

再醒来时，已是太阳高挂。屋内温度正好，阳光暖暖地洒在床上，江子城迷迷糊糊地走出卧室，发现谢北望正倚靠在沙发上，凝神翻看着几页纸。

茶几上放着一个熟悉的铁皮盒子，裂开的"嫦娥奔月"的盖子已经重新拼好，也不知是哪个老师傅的手艺，非常巧妙地在拼接的地方补上了一层金色的胶漆，看上去分外和谐。

而谢北望正在翻看的，正是那几封装在盒子里的信件。

江子城脸上微热，转身想缩回房间，结果却被谢北望叫住了。

"我刚刚在沙发上发现了这些信。"谢北望眼眸深深，微微泛红，看来这些信对于他来说也是一份非常重要的回忆。

江子城悄声问："霸道总裁，你不会哭了吧？"

"那倒没有，就是觉得很感慨。"谢北望拿起那张照片，看着照片上的小男孩和旁边的简笔画小人，心头五味繁杂，"我只是没想到在我离开村子之后，你还给我写了这么多信。"

孩子的毅力能有多久呢？小江子城写了整整八封信，八封信都没有得到回应，才不得不把他的汪汪哥哥放下。

现在重读一遍，这些信就像是一本日记，带领他们回到了那段童稚的时光里。

江子城问："当时到底发生什么事情了？为什么你突然就没回音

了？难道是那个时候老谢总把你接回家了？"

谢北望肯定了江子城的猜测："我自小寄人篱下，被我母亲那边的远亲养大。大人们说话从不避讳我，我从小就知道她是未婚先孕，她不要我了。那时候我还小，对父母还有期待，总觉得他们一定是有苦衷的。"

谢北望停了停，像是在平复那份情绪："你走后没多久，谢长安就派了属下来找我。那是我第一次离开我从小长大的地方，来到大城市。结果到了这里才知道，原来我不是他唯一的孩子。"

江子城轻轻握住了他的手。

正值青春期，又成长在复杂环境中的少年，比同龄人早熟得多。对于自小期望家庭温暖的他来说，这份打击不仅让他的梦想破灭，更让他感到羞耻与痛苦。

"所有孩子都是他四处留情的产物，而我是其中出身最差的一个。他把我们所有人召集在一起，其他孩子或多或少都对我有一些轻视。某天，我们被管家打扮得像一群要拿去展览的宠物，然后拎到他面前，由他逐一'看'过。"

江子城惊呼出声："他应该就是那时候发动能力的！"

谢北望点点头："正是那天之后，他把其他孩子都送走了，就留我一个人，又给我请了非常多的教师，让我学礼仪、管理、金融、心理学还有几门外语。我的基础太差，被关在家里整整学了三年。我几乎与世隔绝，每天的娱乐活动就是看国内外的新闻联播和股市曲线。"

正因为这种封闭式的高压学习，谢北望才能在短时间之内从一个乡下少年成长为一个合格的继承人；也正是因为这样，江子城的信最终没能寄到他的手里。

等到后来，谢北望终于有了自由，可以去找他的城城弟弟了，可那个时候，江子城的家早就变成一座拔地而起的写字楼了。

于是，他们两人就这样失联了很多年。

"该说是上天注定吧。一年前我意外发现你也进入了娱乐圈，那时候天心影视经营不善，就要倒闭，你是个有能力的演员，我不想你的才能被埋没，就干脆收购了天心。不过那时候，我的出发点仅是随手帮一下小时候的旧识。"谢北望忽然笑起来，"可你当时的态度真的很奇怪，就像超人遇到氪石一样，总是躲着我。我觉得很有趣，就想逗逗你。"

江子城脸红了，想把手抽走。

谢北望拉住他："那次重逢你就对我发动了能力，对吧？你究竟看到了什么，让你一直躲我？"

江子城哼哼唧唧："就……那什么呗。"

虽然他说得这么不清不楚，可谢北望瞬间就明白了他的意思："难道在你当时看到的未来里，咱们有一些不可告人的关系？"

"嗯……"江子城回想起那段莫名其妙的洗澡场景，还是觉得很尴尬，虽然到现在他还没想明白为什么自己洗澡的时候，谢北望会闯进来，但肯定不是他当初误以为的那种！

想到这里，江子城苦恼地挠了挠头："我当时一心以为自己只要避开你，就可以躲开未来。可我到现在都没搞清楚，我预知到的未来究竟能不能被我改变？"

谢北望沉吟了好一阵子，回答："城城，我认为你看到的未来就是你'改变'过的未来。或者换一种说法，正是因为你的参与，所以那些未来才会实现。异能所展现的，其实是你选择后的结果。"

"咦？"

这么一想，一切豁然开朗。

江子城预知到谢北望会有一个妹妹，于是告诉了他。因为江子城告诉了他，谢北望才会留下褓褓中的谢盈盈。

江子城预知到天心影视会被瑞慈收购，所以加入了天心影视。因为江子城加入了天心影视，于是瑞慈收购了它。

江子城预知到那个印度导演拍的纪录片会成功，于是投资了它。因为江子城投资，纪录片才能拍完去参展。

……

一桩桩一件件的事情，其实都互为因果，仿佛神奇的衔尾蛇，首尾相连，形成一个闭合的圆环。

这正是异能的神奇之处。

它本来就是上天的馈赠，再怎么奇妙都不为过。

想通了这一点，江子城对即将到来的未来有些期待了。他曾经看到过的那些未来，在实际发生的那一刻，会是什么样的情景呢？

江子城最近过得十分滋润。他每天唯一的工作就是瘫在沙发上背剧本，等晚上谢北望下班后，两人聊聊天，听他讲讲谢长安最近的几个大动作，日子就这么一天天溜走了。

为了保密，原本雇用的家政工全都被辞退了。Kevin 和 Tony 兄弟俩成了他的专属保姆，每天来家里给他做饭，像极了旧时地主家的长工。

扈哥看不惯江子城这副样子，长吁短叹地说："你再在家里养下去，现在的热度都要没了。我给你接的综艺你不去，那些品牌活动也不愿意参加，你看看和你同龄同咖的艺人，每天通告不断，你怎么一点都不操心呢。"

江子城裹着他的小毯子，在沙发上翻了个身："演员还是要靠作品说话的嘛，参加那么多乱七八糟的活动没意义。我就要进组了，到时候可是封闭拍摄，不照样没热度了吗？"

《一代贤臣》可是央视巨制，总共六十八集的篇幅，整部电视剧拍下来预计耗时半年以上。江子城扮演男主的少年和青年时代，出场时间不算多，但拍下来也要两个多月。

这部作品从选角到拍摄都是全程保密的，等到全部演员进组后，才会陆续放出定妆照。无奈这么一部大作有无数双眼睛盯着，早在上个月就有娱乐营销号爆料江子城即将参演，还是男主角！

这一下可捅了马蜂窝。和江子城搭戏的演员都是德艺双馨的老戏骨，江子城这一株小嫩草，真的能挑起男主角的重担？

一时间网上乌烟瘴气的，当时和他同期竞争这个角色的小鲜肉团队趁势雇水军带节奏，周满宇的脑残粉们也开始落井下石，他们本来就觉得江子城抢了自家哥哥的风头，立即抓住这个机会，嘲江子城"高攀"。

网上的风风雨雨江子城自然知道，可他不在乎啊："我合约都签了，他们嘲来嘲去，也不能把我合约嘲没了啊。"

在这关键时刻，江子城的粉丝们团结一致，摆出一副刚正不阿的表情，义正词严地辟谣："非官宣不约！营销号不要随便给我们哥哥喂饼！"

不过江子城偷偷用 Kevin 的小号潜进粉丝群里看了一眼，发现粉丝们已经在群里狼叫连连，红包满天了。

@粉丝 a：啊啊啊啊啊崽飞升了！啊啊啊啊崽能接到央视爸爸的剧了！呜呜呜呜呜呜信女愿一生荤素搭配，让我崽再也不拍雷剧！

@粉丝 b：哥哥的经纪人太了不起了吧，我给经纪人演唱一首《热热》，希望经纪人带我家哥哥一飞冲天！

@粉丝 c：瑞慈以后就是我亲妈了，这是什么神仙公司啊？拳头这么刚，给我老公的资源太牛了吧！儿媳妇向您拜年了！

@粉丝 d：一想到城城妹妹的古装扮相我就疯啦！希望编剧听到我的祈祷给我城城妹妹加几幕美人出浴我负责当水珠！

江子城津津有味地看完粉丝们的评论，笑着对扈哥说："扈哥，你看我的粉丝多可爱啊，还说要感谢你呢。"

这世间所有粉丝日常三件事：骂公司、骂经纪人、骂队友/CP，但江子城窥屏了这么久，这次只见到夸的，没见到骂的。

扈哥头疼："这是有瓜吃了，她们才这么老实。你这半个月没露面，我的私信都没法看了，非说我不给你资源，虐待你。"

江子城："哈哈哈哈哈哈。"

扈哥："她们眼睛毒着呢。我虽然拿你的微博账号转过不少东西，但她们都能看出是公司行为，你看你微博底下，都是让你出来'营业'的。"

江子城的微博账号是"@江子城18"，一直以话痨、梗多著称。可自从他跳槽到瑞慈后，发微博的次数越来越少了。毕竟他在前公司闲得抠脚，唯一的乐子就是上网，现在不一样了，工作排得满，好的本子堆成山，自然就顾不上刷微博了。

江子城想想也挺愧疚的。虽然他不是走流量路线的，但该宠粉的时候还是要好好宠粉的。

于是，在消失整整半个月后，"@江子城18"终于在粉丝们的千呼万唤下浮出了水面。

@江子城18：看到大家一直在催我营业，那好吧，我就来营业啦！我和朋友们一起开的@天心火锅店分店开业，试营业期间凭我微博截图打八八折哦！#江子城#超话等级LV6以上打五折！

江子城发完微博，得意地问他们："这个营业怎么样？"

扈哥："给你个1分吧，怕你太失望。"

扈哥和兄弟俩离开时，刚好遇到了下班回来的谢总裁。

江子城也不避讳他们，明明刚刚还是一条虫，见到谢北望后就变成了一条龙，从沙发上一个鲤鱼打挺蹦起来，赤着脚跑到谢北望面前，给了他一个大大的拥抱。

他最近的智商急速退化，每次见到谢北望，都仿佛回到了童年，变回了当年只有八岁的自己。

扈哥觉得眼都要瞎了，他捂着眼睛倒退着出门："行了行了子城啊，我就不打扰你们了！行李都给你收拾好了，你再检查一下有没有其他需要带的东西，明天下午三点我来接你。"

说完他便拽着俩助理飞快地跑走了。

两人吃过饭，江子城把他的行李箱拖到客厅里一一打开，东西横七竖八地扔了一地。行李是双胞胎兄弟帮忙收拾的，而他要做的就是检查一下有没有带齐东西。

他收拾行李的时候，谢北望就在一旁处理工作。

其间他接了几个电话，江子城听了两耳朵，发现他居然是在设计谢长安的某位心腹老臣！具体来讲，就是谢北望设下了几个连环套，让谢长安误以为那位老臣已经投靠了谢北望，从而离间他们，然后他再出面，把那位孤立无援的老臣拉到自己的阵营。

江子城听得云里雾里，只听明白了一件事——谢北望真是大大的坏呀！

待谢北望挂了电话，见江子城眼巴巴地瞅着他，便招手让他过来。

谢北望问："怎么了？"

江子城答："你已经这么厉害了，方方面面都考虑到了，为什么在我预知的未来里，'长安娱乐'最终还是成立了呢？"

这个问题谢北望没有办法回答。

没人能够算无遗策，江子城预见到的仅仅是那几分钟的场景，隐藏在背后的实际真相无从得知。

见谢北望眉头紧缩，一脸疲惫，江子城有点愧疚——唉，好好的 goodbye night，提这些扫兴的事情干吗！

江子城回卧室休息，谢北望工作还未做完，只能独自去书房加班。

这套公寓大，他们自然不像之前一样，需要两个人挤在一起睡觉。

江子城躺在床上辗转反侧，总觉得身旁少了一个人。

想到这里，江子城一个打滚就从床上爬了起来，屁颠屁颠地打算去书房找谢北望再聊几句！

明天下午他就要飞离北京了，接下来的两个多月，他和谢北望就要分隔两地了。好兄弟，当然要面对面、认认真真地说声再见啦。

他走出卧室，先去隔壁的书房转了一圈——理应在书房里认认真真工作的人却没在这里。谢北望的书桌已经关了灯，电脑也在休眠状态，不知道离开多久了。

难道他今天这么早就睡觉了？

想到这里，江子城又拐到主卧外，抬手敲了敲门。

咚咚咚。

"汪汪哥……咳，谢北望，你在吗？"江子城提高声音问。

可奇怪的是，门内却无人应答。

他连敲三次，最后大着胆子推开门一看，卧室内连个人影都没有！

难道是大半夜出去了？

不对啊，以谢北望的性格，即使他出去了，也不会不和江子城打招呼的啊！

江子城还特地跑去玄关看了一眼，谢北望的几双常穿的皮鞋都在鞋柜里好好放着，根本不像是出了门的样子。

江子城无奈地叹了口气，心想房子大就是这点不好。如果一家三口住一套八十平方米的房子，就连在厕所里冲马桶，卧室都听得见。

现在他和谢北望两人住好几百平方米的豪宅，别说听到别的屋子的动静了，要是离客厅太远了，Wi-Fi信号都收不到！

江子城好奇心发作，只能一间屋子、一间屋子地找起谢北望的身影。

健身房，没有。

影音室，没有。

厨房，没有。

谢北望总不可能无缘无故地失踪吧！

这要是换一个场景，江子城都要以为这是什么恐怖片的开场了！

忽然，江子城的视线被地上的一串水迹吸引住了。

他特地打开大灯，蹲下身，仔细观察着那串水迹。

他现在所在的地方是豪宅的客厅位置，几米外就是一整面墙的落地玻璃窗，推开玻璃门走出去，便是极大的屋顶露台。

露台视野极佳，可以俯瞰整座城市，在天气晴好的日子里，还能在那里开party。江子城一个人在家无所事事的时候，还邀请过扈哥和Tony、Kevin来家里烧烤呢！

那串水迹就是从玻璃那里蔓延过来的看形状，像是一串脚印。

脚印向屋内蔓延，最终走向了客厅后的一个不起眼的客卫。

江子城觉得这一切太奇怪了。

他下意识地摸了摸胳臂，发现自己汗毛倒竖。

这串水脚印的主人是谁，难道是谢北望？可外面又没下雨，怎么会有这么多的水迹？而且谢北望的主卧内就有洗手间，为什么要用客厅的？

他越想越心惊胆战，曾经在电视上看过的无数恐怖电影桥段翻涌而出。

他缩起脖子，踮起脚尖，小心翼翼地往客厅客卫的方向走去。

然而就在这时，江子城在门外的脏衣篓里发现了一个奇怪的东西——那是一块充满弹力的黑色布料，湿漉漉的，像是刚从水里捞出来一样。

这是什么？

江子城蹲下身，有些好奇地拿起了这块布料，在手里展开。

呃……

出乎意料的，这是一条泳裤。

纯黑的子弹三角泳裤，在江子城手心里摊开着。

当江子城意识到自己手里拿着什么东西后，立即反应过来自己误会了什么！一股热意从脸上烧起来了，连带着他的耳朵都羞得通红！

他下意识地想要把泳裤扔回脏衣篓里，可还不等他行动，面前的浴室大门"唰"的一声就打开了，而倚在门上的江子城瞬间失去了平衡，一头栽到了门后之人的身上！

一阵尴尬的沉默蔓延开来。

江子城手忙脚乱地隔开两人，满脸通红地仰望着站在自己面前的谢北望。

而谢北望浑身赤裸，只在胯间围着一条浴巾。再看他脸上，表情有些古怪。

"江子城，"谢北望低声问，"你为什么要偷拿我的泳裤，还偷看我洗澡？"

江子城在心里"哇"的一声哭了：误会！这都是误会啊！

江子城哪承想一出悬疑剧，最后变成了荒诞喜剧。

他结结巴巴地向谢北望解释了半天，力证自己只是好心办了蠢事。

最后他反过来责怪谢北望，委屈地道："我哪里知道你大晚上居然会去游泳？而且哪里来的泳池啊！"

谢北望扶着他的肩膀转了个身，推着他走到客厅的落地玻璃门前，向外望去——

只见在温柔清澈的月光下，露台上居然"凭空"出现了一座内嵌式的泳池！池水粼粼，倒映着天上的月光。

谢北望笑着解释："你在这里烧烤过这么多次，就没有发现这下面是有东西的吗？只要把地面隔板收缩进去，就是一座泳池了。"

江子城怒吼："你们有钱人未免也太会玩了吧！"

话音刚落，江子城盯着那池水，忽然怔住了。

月光下的泳池、客厅里的水迹、浴室、泳裤……

这些关键词连在一起，不就是……不就是……

江子城哭笑不得："原来我曾经'预知'过这个场景！"

只是他预见的未来和现实的差距也太大了吧？

综艺真人秀在进行后期制作时，节目组为了加强节目的戏剧性，制造更多话题，经常会有选择的把艺人们的丑态剪辑在一起，拼拼凑凑制造冲突。而这种剪辑方式，经常被粉丝们辱骂为"孤儿剪辑"。

江子城万万没想到他的异能居然也会搞孤儿剪辑啊！

他要学粉丝们叫了！

呜呜呜！我的亲亲哥哥谢北望究竟哪里得罪了后期啊？居然每一次都把别人的锅甩在哥哥头上！噫呜呜噫！这究竟是什么绝世小可怜啊！我们谢总爱岗敬业热爱奉献，明明是零劣迹好青年，居然被诬陷成大淫魔！呸呸呸呸呸呸，节目组出来受死！

江子城越想越气，他居然被异能连坑两次，而他也傻乎乎地被异能误导，害得两人兜兜转转，白白浪费了这么多时间。

他把这事说给谢北望听了，谢北望听后哭笑不得："所以你最开始一直躲着我，就是因为预言里看到的场景？"

江子城点头，自己都不明白那时候为什么钻了牛角尖，做出这么荒诞的事情。

误会说开，两人并肩躺在落地窗前的躺椅上，这一晚上，他们谁都没有睡，聊了无数话题。

他们守着太阳慢慢升起。这间公寓坐落在最顶层，视野极佳，远远的，只见一片暖色从城市边缘慢慢洒来，把这片土地一寸寸染成金黄色，也把那一池荡漾的池水染成了金黄色。

江子城很喜欢金色，麦田是金色的，银杏叶也是金色的，和金色有关的一切记忆都是温暖而美好的。

谢北望搂着他的肩膀，问他："你还记不记得第一次给我预言时的情景？"

江子城诚实地摇摇头。他那时太小了，只有八岁，他连这件事都是靠看信才知道的，根本回忆不起来具体的场景。

谢北望说："那天你要走了，哭着来找我，非要把从北京带过来的零食全都留给我。可是你这个小抠门，拿给我的都是你不吃的东西，化掉的奶糖、压碎的旺旺雪饼，还有一袋奥利奥，里面的奶油都被舔干净了，就剩饼干了。"

江子城没想到当年自己是这样的江子城。

谢北望："那次预言，其实是你自己提出来的，因为你自己都觉得那些礼物太没诚意了，想'补偿'我，所以才为我做了一次预言。"

谢北望并不是一个优秀的说故事人，但仅是简单叙述那段往事，听在江子城耳朵里也觉得格外有趣。真没想到，他小时候居然这么淘气。也对，如果他不淘气的话，他就不会跑到麦田里去等 UFO，也不会遇到他的汪汪哥哥了。

谢北望问他："一共三次预言，一次你看到我有个妹妹，一次你看到我在洗澡；那还有一次预言你看到了什么？"

江子城尴尬了，硬着头皮说："其实就是一些乱七八糟的事情，没什么重要的。"

即使有再多不舍，第二日晚上，江子城还是准时飞抵横店，低调入组《一代贤臣》。

昨晚江子城一宿没睡，今天中午被扈哥从床上挖起来，迷迷糊糊地被送上保姆车，一路从家里睡到机场，又一路从机场睡到剧组。

等到下机时，他又被戴上了帽子墨镜口罩三件套，从上到下透着俩字——低调。

没办法，《一代贤臣》是央视重拳推出的历史大作，三年磨一剑，选的演员都是踏踏实实有演技的，作妖的全给踢出去，炒作绝对禁止。

签约时白纸黑字写得明明白白，不准探班，不准请假，不准艺人工作室私自发通稿……规矩一套又一套。不过谁让这是央视爸爸呢，对于江子城这样的年轻演员来说，央视爸爸就算让他每天吃斋念佛都可以啊！

这剧组光是工作人员就有近千人，分四个组同时拍摄。江子城饰演青年时期的男主，最先入组，饰演中年男主角的演员要等一个半月后入组，而且入组后他们也会在不同的棚拍摄，彼此没有交集。

饰演老年男主角的黄越倒是与江子城同期入组了。因为黄影帝除了是这部剧的男主角以外，更是出品人之一，他工作态度向来精益求精，一定要亲自入组监工不可。

江子城对他的感情还挺复杂的。一方面，他是黄影帝的影迷，从小看他的电影长大，对这位艺德高演技佳的老前辈十分崇拜；另一方面，他那天亲耳听到谢长安拉拢黄越，江子城很怕他站到对立面去。

江子城几次想要探探黄越的口风，但他们的交集其实不多，若是突兀地聊起来，反而会让黄越起戒心。

江子城没办法，只能把自己的精力都投入到作品中去，希望能让繁忙的拍摄工作摒除他的杂念。

没想到这样一来，江子城居然误打误撞地收获了剧组的一致好评。工作人员都说他年纪虽轻，但是踏实、勤勉，演技可堪打磨，前途无量。可以想象，当这部电视剧上映后，江子城绝对会猛圈一波粉，让他的人气再上新高。

时间一晃进入四月，正是春暖花开的时节，剧组里来来回回，参与演出的艺人越来越多，终于有了"大组大作"的模样。

江子城这段时间已经习惯了古装历史剧的拍摄节奏，每天早上五点就起来上妆，戴假发，穿层层叠叠的衣服，从上到下装扮起来至少要两个小时。他饰演的男主角少年和青年时期，正是最潇洒快意的年纪，出场十几集，衣服就要换十二套，剧组特地给他腾了一个房间放他的戏服。

这部电视剧从导演到灯光师都是圈内赫赫有名的前辈老师，江子城每天都要提起十二万分的小心，向大家虚心学习。下戏后还要背拗口的台词，一天的睡眠时间不到五个小时。在这样高强度的工作下，他肉眼可见地清瘦下来，刚入组时两颊还带点肉，现在已经瘦到下巴都尖了。

就连服装师都说："江老师，您这腰带都挂不住了。"

江子城自己其实没什么感觉，但隔了一段时间同谢北望视频聊天时，谢北望眼中的心疼藏不住。

江子城摸摸脸，不好意思地问："我真瘦了好多啊？"

谢北望："嗯，硌手。"

"离着上千公里呢，你又没摸到。"江子城仔细看看视频里的他，发现谢北望也消瘦了不少，棱角凸显。"你也瘦了好多，最近不会没好好休息吧？"

谢北望摇头："事情有些棘手。我父亲拉拢了一批老人，现在瑞慈的艺人事业部人心涣散，好在浮动的都是那些新进公司的年轻人，真正的中层艺人还在观望。"

谢长安能一路把瑞慈做强做大，靠的不仅是他的异能，他本人也确实有些手腕，很会拉拢人心。当年被他提拔的老臣都念及旧恩，被他哄得一愣一愣的，谢长安招招手，他们就像巴普洛夫的狗一样，想都不想地就冲过去了。

谢北望这么多年在公司经营，亲自提拔了一些年轻人，他本想稳扎稳打慢慢来，没想到谢长安会突然发难。

两人工作都忙，他们开着视频没有再闲聊，而是自己去忙自己的工作：江子城默背台词，谢北望看公司报表，彼此并不打扰。时间静静流淌而过，当他们工作累的时候，便抬头看一眼对方，只要能见到远隔千里的另一道身影，心中便多了几分力气。

江子城一共有两部手机，一部负责和谢北望视频连线，另外一台便负责对外联络。

他正开着视频默背台词，忽然另一部手机响了起来，原来是扈哥发来的微信。

扈张跋扈本扈：@全体，周五晚上《一代贤臣》正式发布官宣，定妆照分批放出。

扈张跋扈本扈：小江的定妆是第一批放出的，会和另外两位男主老师放在一起。

扈张跋扈本扈：@Kevin，提前联络后援会会长，做数据时注意礼貌，不要影响到另外两位男主老师。

Kevin：收到。

扈张跋扈本扈：@Tony，小江的微博在你手上吧？到时候第一时间转发，文案提前写好。

Tony：收到。

扈张跋扈本扈：@是江子城不是江城子，我知道你在，出来，别装死了。

是江子城不是江城子：扈哥您吩咐！

扈张跋扈本扈：你提前和你那些姐姐妹妹哥哥弟弟联系一下，让大家帮你转一下。粉丝轮博的数据比不上圈内好友转发。

是江子城不是江城子：【ok】

江子城想了想，他圈内的好友都有谁呢？

他拍过的剧挺多，但知心朋友就那么几个。

犹豫了一阵，他在微信里选了几个关系好的圈内好友，群发了一条消息——

是江子城不是江城子：宝贝，周五晚上我的《一代贤臣》官宣，亲爱的记得帮转哦，么么哒。【亲亲】

结果这该死的微信也不知道是怎么回事，他手一抖，居然误操作，把所有人拉了一个聊天群！

安彩云：……

卫欢：……

狐一只：……

吕大侠：……

是江子城不是江城子：……

安彩云：这是怎么回事，我是误入"江子城现女友现男友群"，并且要亲眼见证脚踏多条船的渣男被扒皮吗？

是江子城不是江城子：我不是，我没有！

是江子城不是江城子：我哪有什么现女友！

吕大侠：咦，为什么只否认现女友，没否认现男友？

卫欢：【微笑】我不是。

狐一只：【微笑】我也不是。

是江子城不是江城子：……

这帮人，真的是思想太复杂了……

大家都是娱乐圈的人，工作忙起来，天南海北地跑，平时也没机会聚在一起。这次拉了一个群，刚好交流一下最近的生活和工作。

他们一聊就聊到了深夜，娱乐圈里不管演员还是幕后工作人员都是夜猫子，熬夜是家常便饭。等到江子城意犹未尽地和大家告别时，时针已经不知不觉走过零点了。

江子城收好手机，抬头一看，却恰好对上视频里一双带笑的眼睛。

原来在他和朋友们聊天打趣时，谢北望一直在千里之外默默地注视他。

"啊，我都忘了咱们还在视频了。"江子城怪不好意思的，"你都忙完了？一直盯着我是不是很无聊啊。"

"嗯，刚忙完。"谢北望道，"你和他们聊天时表情很有趣，光是看你眉毛跳舞就值回票价了。"

江子城和他分享了他们几个在群里聊了些什么，一个人分饰五角，叽叽喳喳地，学得惟妙惟肖。他说话时，谢北望便在视频那头静静地看着他，并不打断。

等到江子城说到累了，他便钻进了被子里。两人聚少离多，之前还隔着时差，能有这么长时间的视频通话机会实在稀有，江子城舍不得挂掉视频，硬是睁着一双睡意蒙眬的眼睛，非要再看谢北望一会儿不可。

暖黄色的床头灯光洒下来，江子城半张脸藏进黑暗里，上下眼皮之间仿佛有磁铁一样，把它们吸在一起。

他睡姿蠢蠢的，嘴巴张开，一点殷红的舌尖清晰可见。

谢北望哄他睡觉，他却嘴硬，挣扎着说自己不困："我……呼呼……我还能再聊……五块钱的！"

谢北望失笑，没想到自己也有成为深夜付费电话女郎的一天。

时间一晃而过。等到江子城回过神时，早已踏入五月的尾巴了。天气炎热，拍的又是历史片，每次下戏时，江子城身上的几层古装戏服都会被汗水打湿，头上的假发套也闷得要命，顺着脖颈起了一圈痱子，汗水一浸，又痒又疼。

不过和这段时间的拍戏收获相比,这点小问题根本算不得什么了。

江子城第一次参与这么恢宏的历史剧,虽然他是男主角(之一),但是他绝不拿乔,每日早起晚归,在镜头前认真磨炼演技。即使当天没有自己的戏份,他也会到片场观摩其他演员老师的精湛表演。

这部历史剧虽然是电视剧,配置却是电影剧组的配置,整套班底不知拿过多少奖。因为江子城嘴甜又谦逊,灯光师很喜欢他,上戏时特地给他用最衬人的"苹果光",衬得他唇红齿白,衣冠飘逸,好一个风流俊俏的少年郎;下戏后,灯光师还偷偷用大灯给他烤红薯吃,江子城踏入娱乐圈三年多,头一次知道大灯能用来烤红薯,味道比烤箱还好。

在这段时间的拍摄中,江子城的成长无疑是巨大的。能与这么多优秀的前辈合作,江子城宛如一块海绵,迅速地,甚至可以说是贪婪地从他们身上汲取经验,成长速度十分惊人。

就连黄越都对他赞不绝口,说是"长江后浪推前浪",他未来绝对不可限量。

江子城的戏份只有十几集,与整部剧六十八集的体量相比,堪堪只有四分之一。很快,他就要杀青了。

而杀青前的最后一场戏挑战极大——江子城要与黄越对戏!

据史书记载,历史上这位贤臣在辅佐三位帝王之后,于古稀之年去世。

弥留之际,他恍惚间见到了年轻时意气风发的自己,年轻的他询问病床上年迈的他,他年轻时的抱负可曾实现?有没有心怀天下、造福万民?有没有走过弯路、留下遗憾?

年迈的他回顾自己的一生,急急叫来家人研磨,大笔一挥写下长达两百句的长诗《长憾歌》,然后便与世长辞了。

这段传奇经历在电视剧里也有所保留,江子城的最后一场戏,同时也是黄越的第一场戏,便是两位男主角在病床前的对话。

江子城紧张得要命,这可是黄越黄影帝啊!国际知名不说,他家里的影帝奖杯多到能玩多米诺骨牌，去年还拿了金凤凰的终身成就奖！江子城一想到要和他对戏，就觉得一阵胃疼，中午连灯光师给他烤的红薯都没吃下去。

他迟迟进入不了状态，拍了几遍都过不了。这还是他入组以来头一次吃这么多 NG——当然，也是最后一次。

黄越看出来他状态不好，特地喊了停，把江子城提溜到片场的角落里，细细地给他讲戏。

江子城穿着一身绣着青竹的衣衫，风姿绰约；而黄越呢，因为久卧病榻，穿着一身白色里衣，长发散乱，妆容也是发灰的。

黄越道："小江啊，你知道导演为什么总是不给你过吗，因为你的感情是错误的——你的语气、你的神态都是年轻时的男主，意气风发，富有朝气，这个方向就不对。'你'只是'我'的幻觉，'你'本质是'我'，是现在这个已经走过了一生的'我'。"

江子城模模糊糊地懂了。那句"余此生可有憾"其实是自问自答，能问出这句话的男主，其实内心本就是带有遗憾的。

黄越继续提醒他："那'我'的遗憾是什么呢？当年父子相争时，'我'没有选择年富力强的太子，而是选择了对'我'有知遇之恩的老皇帝，结果害得太子白白磋磨多年，国家也在老皇帝的昏政下摇摇欲坠——这就是'我'的遗憾。"

黄越明明讲的是剧情，可江子城望着与他近在咫尺的影帝，思维却情不自禁地发散了。

剧中的男主选错了队伍，那剧外的他呢？黄越现在所面临的抉择，不正与男主一模一样吗？

是选择精虫上脑却对他有恩的老谢总，还是选择励精图治，可是根基不稳的小谢总？

江子城一时冲动，脱口而出："黄老师，那您呢？您要选择哪位谢总呢？"

黄越的脸色瞬间变了，刚刚还是和善可亲的前辈，转眼脸色就漆黑一片。他皱眉看向江子城，脸上的不快愈发鲜明。

黄越的视线对上江子城的，语带警告地问："小江，你是谁的说客？我很欣赏你，你只要踏踏实实当演员，不掺和那些事情，未来绝对会有所发展。可如果你想劝我站队，你还远远不够格。"

江子城浑身一凛，意识到自己刚刚的话太过界了。他是晚辈，即使想拉拢黄越站在谢北望的阵营里，也不该是现在啊！

江子城正要道歉，却没注意到两人的对视时间已经达到了十秒！

熟悉的白烟聚拢在一起，把一段清晰的影像送到了江子城面前——

谢家别墅的东翼书房内，谢长安亲热地搂住黄越的肩膀，两个年纪相近的老男人并肩坐在沙发上，手中的红酒杯轻轻相触。

谢长安满脸喜色，整张脸开心得皱纹都拉平了，像是连打了十八针玻尿酸一样："老黄啊，你才是真兄弟！有你加入'长安娱乐'，我就放心了！离了你这块金字活招牌，瑞慈那边绝对元气大伤，几年之内都没有和咱们抗衡的余力了！"

黄越望着手中醇红的酒液，语带叹息："长安兄，你这招釜底抽薪是不是太狠了？瑞慈毕竟是你一手建立的公司，它若崩盘，难道你就不难过吗？"

预知的未来到此为止，白色的浓雾再一次掩盖住两人密谋的身影。

江子城的身子微微晃了晃，稳住心神，看向了面前的黄越。

怎么办，黄越果然要投奔谢长安！像黄越这种级别的老牌影帝，他的合约宽松得不得了，违约金随随便便就能掏出来，若他真的离开瑞慈了，围绕他服务的专属摄影、包装、市场、品牌等几个精英团队都会离开……

不行！他一定要赶快通知谢北望！

因为心里惦记着这件大事，江子城突然开了窍，在镜头前的表演"活"了起来。

当一声"action"在片场响起后，江子城一脸肃穆，推门而入，缓步走向卧病在床的黄越。他脸上的表情混合着痛心疾首与怅然若失，仿佛真如回顾了一生得失一般。他语气肃穆而庄严，清冷的声音在卧房内回响："余此生可有憾？"

黄越微微睁大眼睛，因为长期卧床，他头发散乱，衣衫也被汗水浸湿。他不可置信地望着站在床榻前的年轻时的自己，嘴唇微微抖动，然而眼神里却透着一股执着和坚定。

当这一幕拍完，江子城还沉浸在剧情当中，久久未能出戏。他呆立在原地，陷入沉思，直到片场掌声响起，江子城才恍然回神，傻乎乎地接过剧组工作人员献上的花束，后知后觉地意识到——哦，他杀青了。

导演满意地拍拍他的肩膀，夸奖他："不错啊小江，怎么突然开窍了？看来刚刚和老黄聊得很投机嘛，最后一句台词念得很有力度，不知道的人，还真以为老黄干了什么亏心事，你在痛斥他呢。"

江子城抱着花束尴笑："哈哈哈，是黄老师教得好。"

不愧是导演，眼睛就是毒啊。

黄越站在导演身边，脸上笑眯眯的，根本看不出半小时之前还骂过江子城多管闲事。

黄越的视线落在江子城身上，和颜悦色地鼓励他："小江演技不错，以后多多磨炼。听说你又接了李才的新戏？那本子我看过，加油演，指不定明年就能捧回一座影帝奖杯了。"

江子城忙说"不敢当"。

若是换个时间换个地点换个人物，他能被在影坛上多有建树的老前辈肯定演技，现在肯定要飘起来了。可惜现在他心里缀了个铅块，再膨胀的心都被坠到地上去了。

江子城在杀青当晚和剧组吃了顿饭，第二天一早便急匆匆地赶回了北京，要给谢北望通风报信。

没想他回到瑞慈后却扑了个空——谢长安突然发难，开始游说谢氏集团在欧洲的分部投靠自己，这老家伙打算复辟啦！

谢北望匆匆地给江子城留下一个口信，便踏上了飞往意大利的私人飞机。等到落地欧洲后，他也只来得及报个平安，便投入了无休止的"战斗"中。

江子城给谢北望打过几次电话，都是他助理接的，江子城不懂商业上的事情，唯一能做的就是不在关键时刻打扰他。

这世上毕竟没有不透风的墙，公司上层风起云涌，神仙打架，中下层也受到了影响。江子城在瑞慈里走了一圈，到处都人心惶惶，私底下偷偷议论公司要拆分成两家了。

在这种情况下，谢盈盈根本无心上学，她偷偷从寄宿学校跑回来，在她的礼仪老师和生活助理的护送下，抱着小白貂住进了谢北望的公寓里，美其名曰"有哥哥味道的地方才让我安心"。

谢北望怕她一个人住的寂寞，给江子城打了个电话，让他也住过去帮忙照顾她。

江子城一想到那位大小姐就觉得头疼，想要推脱："我一个大男人，和谢小姐住在一起不太好吧？"

"有什么不好的？"谢北望笑道，"这可是你当初为我'预言'来的妹妹。我的妹妹不就是你的妹妹吗？"

江子城可怜巴巴地问："可以退货吗？"

"不行。"谢北望说，"子城，我知道让你分心照顾她实在是太难为你了，可是没办法，我现在能够信任的人不多。"

谢北望又说："不论是盈盈，还是你，对于我来说都是很重要的人，我担心谢长安会对你们不利。你们都住进我的房子，那里安保条件好，我才能放心。"

"好吧好吧好吧！"江子城挠挠头，"既然你真心实意地说了，那我就大发慈悲地同意吧！"

于是，江子城和谢小姐鸡飞狗跳的"同居"生活，拉开了序幕。

谢小姐生在豪门，性格其实很敏感。她也知道哥哥最近在和父亲斗法，她心里焦急，可是什么忙都帮不上，一天天地窝在沙发里，整宿整宿睡不着，只能靠撸貂缓解心理压力。

可是她的心理压力降下来了，貂的心理压力却升上去了。谢大白不堪其扰，不过几天的工夫，小脑瓜就秃成一块一块的。

江子城终于明白当家长的痛苦了，但他转念一想，这个"妹妹"可是他当初"预言"到的，他能有什么办法啊，总不能倒退十几年，申请退货吧？

　　不过，谢小姐也不是全无用处的——江子城趁机和她对视了两次，预知到了两个关于瑞慈娱乐的未来。

　　虽然这两次对视都没有获得什么特别有用的信息，只能看到一些公司日常琐碎的事，但是在那两段未来里，瑞慈娱乐的员工一个个神采奕奕，并没有呈现出颓废的模样，江子城相信，瑞慈一定能从这次冲击中挺下来的！

　　心中有了底，江子城心中密布的愁云终于散去了一些。

　　过了几日，天心火锅店的老板娘给江子城打电话，让他去火锅店一趟。

　　江子城不知是什么事，老板娘神神秘秘的，也不肯说实话，只告诉他是"好事"。江子城隐隐有了预感，即使他做了充足的准备，等他到了现场之后，依旧被闪瞎眼。

　　火锅店的经理办公室里，所有员工齐聚一堂，正中间的桌上足足摆了上百摞的百元现金，一扎扎捆起来，铺开足有一平方米那么广。

　　见江子城来了，老板娘大手一挥，热情招呼道："人到齐了，发钱撒！"

　　别看天心火锅店只开业了短短半年，但是凭借着老板娘的秘制山城火锅底料，硬是在北京的餐饮界打下了一片天地，一眨眼的工夫就开了三家分店！第四家也在筹备当中，预计明年就能向外省扩张了！

　　天心火锅店刚成立时，合约上写着每年春节过后分一次红。不承想盈利这么喜人，老板娘为了鼓励各位元老，决定年中增加一次分红，而且是真金白银发现金！

　　火锅店是家庭作坊，大部分员工都和老板沾亲带故，当初创业时每个人都投了不少钱，现在大家排队美滋滋地领分红，厚厚的人民币拿在手里，那滋味，爽！

江子城当初入股了三百万，他是除了老板娘夫妇以外的最大股东，也像模像样地领了个红包，图个喜气。等其他员工走后，大门一关，老板娘拿出了一份新的合约，推到了他面前。

江子城定睛一看，原来是新开张的第四家门店的股权占有合同——令他震惊的是，这家新开业的门店，江子城的股份占有高达80%，老板娘夫妇只占有15%，剩下的5%拿来奖励招募来的管理层员工。

江子城赶忙说："老板娘，你这是干什么啊？咱们最开始的合同上不是说好了，我就入股三百万，之后如果有新股东加入，咱们再谈干股稀释的问题。这个合同太优渥了，我不能接受。"

老板娘弯了一双笑眼看着他。老板点了根烟，开口说："子城啊，这是你应得的，你千万别和我们夫妻俩客气。当初要不是你，天心影视早就开不下去了，后来我们被瑞慈收购，本来想打包回乡，是你给我们指了条明路，还掏出这么多钱支援我们。开了店后，你还一直不遗余力地在微博上宣传。真的，要是没有你，这个店绝对不可能这么红火。"

江子城被说到脸红，不管是加入天心，还是指引夫妻俩去开火锅店，这些都是他通过异能预知到的。以前他觉得自己这是投机取巧，后来通过谢北望的话，他意识到，他预见的未来其实是自己"参与"后的未来，正是因为他的加入，夫妻俩的未来才能这么顺畅坦荡。

老板又说："虽然我们离开娱乐圈了，但以前的一些老朋友还在，有些消息我们也听说了。瑞慈现在那么动荡，你多点傍身的东西，我们才能安心。"他点了点桌上的股份分成合约，语气里的关心溢于言表。

江子城这才明白夫妻俩今天把他叫来，又把即将开业的第四家店划给他的用意。江子城感动不已，他们明明是商业合伙人，可夫妻俩却把他当亲儿子看待，担心他吃亏，甚至主动把到手的利益让给他，就为了让他能有些安身立命的资产。

他推拒了半天，但夫妻俩的态度很强硬，硬是让他收下了这份合约。他们说如果江子城觉得受之有愧，那就好好演戏，未来成为大影帝后多给他们带点客流，那就是最好的回报了。

江子城捧着手里的一纸合约，像是捧着一只会下蛋的金母鸡。

他现在摇身一变，也是事业有成的小老板了！这家店开在人流量密集的商业区，以天心火锅店的红火程度，即使瑞慈倒闭了，即使江子城再也接不到通告了，他也依旧能靠这家火锅店舒舒服服地过一辈子。

当然，不光是他的一辈子。

他还能养江爸爸一辈子，养江妈妈一辈子，养谢大白一辈子……还能养谢北望。即使谢北望和谢长安斗输了也不怕，有他这个小金库在，绝对能让谢北望东山再起的！当然，直接斗赢那就皆大欢喜了！

真金白银永远是最好的激励。员工们在老板办公室里，依次排队领了一个厚厚的红包，粉艳艳的现金攥在手里，比这世上任何东西都让他们开心，每个人的脸上都洋溢着喜悦，一个个走路都在飘。

"好了！"老板娘忍住笑容，"领了钱也不能飘，晓不晓得？"

"晓得！"员工们齐声喊，傻笑着把钱装好，还说今后绝对会加倍努力工作。

江子城心情大好，开玩笑说："要不然我今天也当一天服务生，给你们帮帮忙吧？"反正他今天无事做，"照顾"一下自己的生意，多好！

老板一听，赶快按住他，把他推向更衣室："这可是你自己要求的啊！大明星来给我们当服务生，求之不得呀！"

江子城原本只是开玩笑，没想到被大家当了真，他骑虎难下，只能去换了一身制服。

好在老板和老板娘还算有良心，并没有真让他当服务生，而是给了他一套领班的衣服，胸口挂着一个小牌，写着"实习生"。

江子城问："那我的职责是什么？传菜还是领位？"

老板说："站在店里当吉祥物吧！"

江子城大笑，直说他绝对是世上身价最高的吉祥物了。

原本天心火锅店就因为味道好、价格实在，吸引了不少顾客，每天总店门口都大排长龙，领号机能发出去一千多个号。今天，当来吃饭的顾客发现店里居然多了一位当红男演员时，更是引发了一阵惊呼声。

有人问他是不是来拍节目的，江子城笑眯眯地说不是，是来当服务生的。

那人立即指名让他来点菜，不过点菜机比较高级，江子城捣鼓了半天也没搞懂。

粉丝打趣他："子城哥哥，你不是服务生吗，怎么连点菜都不会啊？"

"因为我是来服务你们的眼睛的，不是来服务你们的胃的。"江子城讲了句玩笑话，叫来真正的服务生帮忙点餐。

这一晚上，江子城在店里晃悠了两个多小时，收获了无数爱慕的视线以及全网乱飞的"路透图"。

而那些路透图下，也有无数粉丝和路人的赞美。

粉丝 a：城城哥哥在哪里，哪里就有我！天使脸蛋江小城！路透也帅翻了！请问我双手残疾能不能指名城城哥哥喂饭【羞涩】

粉丝 b：一个不能吃辣的人哭了，什么时候能够拥有城城同款火锅？

粉丝 c：此时，我哭得像一个自动灌溉机！今天同担约我去次火锅我居然提议吃日料！现在我们俩坐在人均三百九十八元的日料店里娃娃大哭！

网友 d：江子城是谁？不认识，不过这个火锅店看上去挺不错啊，味道咋样？

网友 e：天心火锅店！居然是我家楼下的天心火锅店！这家老板人脉超丰富的，进门一面墙都是明星合影。味道真的对得起价格，就是饭点排队要三个小时以上。

来吃饭、看热闹的人越聚越多，扈哥从后援会那里得到消息，已经有几个职粉站子的人扛着长枪短炮过来了。

扈哥头疼不已，心想这一会儿没看住，江子城就给他找事！

他忙给江子城打电话，让他别在店里待着了，赶快离开。

江子城即使玩疯了，也知道轻重缓急，这时候他要是留下来，绝对会引发围观事故。

没办法，他只能和老板娘打了声招呼，约好下次再来"玩"。

老板娘数着这一晚上的进账，笑得合不拢嘴。她叮嘱他注意安全，可以先去换衣服再从特殊通道离开。

江子城匆匆回到更衣室，把身上的工作服一脱，正要换上自己穿过来的衣服，结果低头一闻，发现自己满身都是火辣辣的牛油火锅味。

没办法，火锅的味道太大了。平常吃一顿，那股味道就要在身上缠绕好久，甚至连头发都是火锅的味道。

江子城毕竟是个艺人，还是有一点洁癖的，他实在没办法忍受自己的一身味道。

刚好，天心火锅店为了让员工注意卫生，干脆在男女更衣室里各开辟了一个淋浴间，督促员工们在上下班前后都洗澡洗头。

江子城没多想，直接脱光冲进了里面的浴室。

说是浴室，或者直接叫澡堂更好一些。一个不大的屋子，墙上、地上都是水蓝色的瓷砖。只不过和北方澡堂不一样的是，浴室左右架起了磨砂质料的挡板，分割成了一个个小隔间，关上门就可以保证私密性。

江子城急匆匆地找了个最里面的小隔间，一打开开关，温热的水流就从喷头里倾泻而出，密密砸在身上，要多舒服就有多舒服。

江子城舒服地喟叹一声，本来只想随便冲冲身上，现在干脆把头发也好好搓揉一下。

香喷喷的洗发水在头发上打出绵密的泡沫，江子城忽然"歌神"上身，哼唱起小时候听过的流行儿歌：

"我爱洗澡皮肤好好，嗷嗷嗷，戴上浴帽唱唱跳跳，嗷嗷嗷，美人鱼，想逃跑！"

可惜乐极生悲，洗发水顺着额头流进了眼睛里。被泡沫眯眼的感受格外糟糕，他双手掬起一捧水拼命洗着眼睛，结果越洗越难受。

因为他专注于洗澡，并没有发现浴室里响起了脚步声！

来者并没有刻意压低脚步声，高档手工皮鞋直接踩在陶瓷地砖上，蔓延的水波浸深了深色牛皮。最后，那双鞋停留在了隔间外，隔着一扇半透明的门，静静地注视着门内正在手忙脚乱地洗头的青年。

等到江子城好不容易冲掉洗发水后，这才注意到一门之隔的地方，居然多了一双本不该出现在这里的皮鞋！

门下的门缝很大，江子城可以清楚看到那人穿着笔挺的西裤和深色皮鞋。可不管是西裤还是皮鞋，都不该在此时此刻出现啊！

江子城吓了一跳，先大着胆子问了一句"是谁"，可却只换来了一阵沉默。

江子城心中乱跳，十分想找一个东西防身，可是找来找去，整个空荡荡的隔间里居然没有一个趁手的工具

实在没办法，他只能把肥皂攥在手里，心想若是门外人有任何不轨意图，他就拿肥皂狠狠砸他！

他咽了口口水，一手紧握肥皂，一手小心翼翼地推开了隔间大门——

门后，谢北望表情似笑非笑，正盯着他手中的肥皂。

天，他早该回忆起来的！

这明明就是他预言中见过的场景啊！

浴室，我爱洗澡皮肤好好，还有"突然袭击"的谢北望……

他顾不得别的，没好气地问："大哥，您能告诉我您怎么跑到这里来了吗？！"他气得想用手里的香皂砸他，"吓我有趣吗？"

一想到自己居然因为这段预言钻了牛角尖，他就又羞又气，给点火星他就要爆炸啦。

"有趣。"谢北望打量着浑身赤裸的江子城，"帮你搓背，怎

么样？"

"不怎么样！不劳您大驾！"江子城直接推开谢北望，拍拍胸口，安抚自己差点蹦出来的心脏，"您这一身高定西装，来这种又潮又湿的地方，弄坏了我可赔不起。"

"你可真没良心。"谢北望抬手敲了他脑门一下，"我一下飞机就想找你，可是你的手机又打不通，还是秘书跟我说，网友在天心火锅店见到你了，我才急匆匆地赶过来。"

好吧，江子城承认，他一忙就顾不上看手机。

偏偏江子城这人好面子，在谢北望面前不好意思认错，梗着脖子说："那你怎么闯进浴室里来了？"

"闯？这个字用得不好。"谢北望轻笑，"不如说是'请'。"

"为什么？"

"你们老板娘一见到我了，没等我开口问，她就直接把你的位置告诉我了。"

江子城愤愤地想，她哪像是老板娘，旧时代的鸨母都没这么热情啊！

谢北望的西装也湿了，他干脆也留在这里洗了一个澡。反正都是男人，挤在一个隔间里共用一个喷头根本不算什么。

等到洗完澡出来，谢北望的助理已经把两人的干净衣服都送到了。两人打理好自己，身上还冒着热气，去和老板娘告别。老板娘八卦地打量了他们好几眼，也不知道脑袋里在想些什么。

第二十一章

# 成 为 影 帝

回程的车上，江子城向谢北望说起了黄越的事情。

"对了！"江子城突然想起来，"我有件事情要跟你说！本来刚出剧组就想告诉你的，可你那时候去欧洲了联系不上。"

谢北望："什么事？"

江子城忙说："是黄越黄老师的事情，我看到了他的未来，他投靠了你爸！"

谢北望闻言，手里的动作停下了："你确定吗？"

"确……呃。"江子城忽然又不那么确定了，他之前被异能的"孤儿剪辑"坑过很多次，每次都断章取义让他产生误解，会不会黄越的事情也是误解呢？"应该是确定的吧。"

他详细复述了一下当时他看到的场景，包括谢长安和黄越两个人的动作和语言。

江子城："我预见的未来里，你爸特别亲密地搂着黄老师的肩膀，说欢迎他加入什么的。但是黄老师为瑞慈说了两句好话，看上去态度有些模棱两可。"

黄越可是一位影帝啊！如果这位影帝想要做戏给别人看，以江子城的眼力确实看不出来他是真心投靠还是虚与委蛇。

听到这里，谢北望大致明白了。

他说："既然是这样，那黄叔的事情有可能是一场误会。我前不久才和黄叔见过面，跟他深入地谈过瑞慈的未来发展。在我父亲看来，黄叔是他兄弟，也是他一手发掘出来的影帝，黄叔现在的一切都是靠他才有的，所以黄叔投靠他那是天经地义的事情。但是他却忘了，黄叔也是瑞慈的元老，他手中握有瑞慈的股份，而且他带出的很多后辈都是瑞慈的艺人。"

最主要的是，黄越早就不是三十年前的街头小混混了。谢长安的知遇之恩他会记一辈子，但这并不代表他要用一辈子去报答。

现在他早就过了为兄弟义气两肋插刀的年纪，让他扔下一切去一家风雨飘摇的新公司，这其中的风险无法估量。

当人的地位高了、年纪大了，他需要权衡考量的事情就更多了。像谢长安那样年纪一大把还想作妖的人，毕竟是少数。

江子城有听没有懂，眼睛都快转成了蚊香蛙。

谢北望笑话道："有那么难理解吗？"

江子城大胆猜测："难道黄老师是你派过去的卧底？"

"你以为这是拍《无间道》？"谢北望分析，"他现在肯定是在两边权衡，他年纪大了，除了自己以外，还有很多后辈要考虑。你看到的未来，可能只是他权衡中的某个瞬间罢了。但我有信心，他最终会选择瑞慈的。"

"有时候我真的觉得你很厉害。"江子城望着谢北望，由衷地说。他清清嗓子，正色道，"我没有想到，有人会这么平静地接受'异能'的存在，而且你从来没有让我为你谋求什么捷径。在我告诉你我预知到的未来后，你会特别冷静地分析事情，不会像我一样被未来所影响……"

换位处之，江子城觉得，如果自己得知身旁朋友具有预知异能后，肯定会动一些心思，至少要让对方帮忙看看彩票啊股市啊什么的。

可谢北望从没有想过利用他。

他把江子城当成了再普通不过的一个人，然后接受了他的不普通。

其实对于谢长安的异能，他们私底下也讨论过很多次。

江子城和老谢总并没有揭露彼此的底牌，老谢总不知道江子城的预知能力有次数限制，江子城也无法推测老谢总的具体情况。

不过现在唯一肯定的是，江子城预知到的未来是不能改变的，而谢长安看到的金钱数量是会有波动的。

江子城："其实我一直有个疑问……"

谢北望："什么疑问？"

"你爸说过，他第一次和你对视的时候，在你头顶看到了一个特别长的数字。那如果你这时候转身呢，那个数字会跟着你转过去吗？"

踏入暑期，由江子城、吕霞主演的青春校园电影《怪你太可爱》以黑马之姿在暑期一众商业大片里脱颖而出，上映不到一个月，就狂揽六亿票房，成了校园青春电影之冠。这部电影不堕胎、不多角恋、不打架，主演们又都是形象健康的年轻演员，引发了不少讨论声。

《怪你太可爱》最终下映时，狂揽十亿票房，成了当之无愧的校园题材电影 No.1，估计几年内都不会被超过。

前有《拜托了吹风机》，后有《怪你太可爱》，江子城用自己的实力证明了他的票房号召力。这两部电影投资都不高，回报却极高，制片人看他的眼神，就像看送财童子一样。

按理说，这部由瑞慈娱乐投资的小成本电影能够取得这么好的成绩，绝对值得开庆功宴好好庆祝一下，可这时的瑞慈从上到下，没一个人有心思搞那些活动——消息灵通的娱乐媒体已经得到了风声，瑞慈娱乐内斗严重，父子俩要分家啦！

虽然公司上层动荡，但是江子城一直在踏踏实实地做自己的事情，通告不断。

因为电影火爆，江子城的名气又被推上了一个新台阶，营销团队连续几周都变着花样吹他。上周吹"校园男神"，这周吹"演技派小生"，下周吹"票房扛把子"，吹得江子城都不好意思了，每天打开微博私信，都能看到无数粉丝向他告白，还有花样繁多的同人作品涌现出来。

江子城通告不断，早就数不清上过多少采访节目了。

现在采访节目的环节都互相模仿，没什么新意，不是念土味情话，就是读粉丝的彩虹屁，江子城刚开始还会觉得尴尬，看到后来也麻木了。

对对对，他就是盛世美颜脸蛋天才，鼻梁可以溜滑梯，睫毛可以荡秋千，嘴角可以玩跷跷板；对对对，校服不是用来穿的，是让他用来恃靓行凶的；对对对，这是五角星，那是六芒星，他是她们眼里的启明星……

好在终于有一个节目有了点新意。

这个环节的主题是"明星朗读恶毒留言"，顾名思义，就是由记者筛选出网友对明星的匿名攻击留言，让明星在镜头前当众朗读，并且加以点评。

江子城觉得很有趣，便大方地表示愿意参与这个游戏。

于是记者拿出一个足有半人高的抽奖箱，让江子城去抽。

江子城瞪着那个大抽奖箱，愣了："网上居然有这么多人骂我？他们骂我什么？"

记者忍笑："你觉得他们会骂你什么？"

江子城认真地想了想："骂我太完美了，他们得不到我所以就要诋毁我？"

"要不你现在就抽抽看吧。"

江子城抽了第一条，兴致勃勃地展开了。

他大声朗读："鸡中翅真是一脸油腻，看他壁咚吕霞和她接吻时，我都怕他脸上的油蹭到人家脸上。叫他鸡中翅真是侮辱了肯德基，他就是路边小推车里卖的十块钱五块的'啃得鸡'吧，也不知道在一个星期没换的地沟油里滚过多少遍了。"

记者看热闹不嫌事大的把话筒凑近了一些，等着听他的点评。

江子城很认真地说："谢谢这位同学，不过我要提醒你两点。第一，健康饮食，不要食用路边摊，买个空气炸锅就可以在家做无油鸡中翅了哦。第二，说鸡不说吧，文明你我他。"

然后是第二条。

江子城继续读："《怪你太可爱》为什么选我们城城妹妹演男主角？还嫌我们城城妹妹不够 man 吗，露什么小蛮腰，女孩子家的白肚皮是让你们这些臭流氓看的吗？"

记者怕他不懂，给他解释："江老师，这个其实不算黑，这个叫作'逆苏粉'，就是把男演员幻想成女朋友去疼爱。"

江子城当然知道什么叫逆苏粉，他的逆苏粉不要太多，归根结底就是因为他在年初的综艺节目上穿了一次女装，结果扮相比旁边的女工作人员还漂亮，导致叫他城城妹妹的粉丝多到像夏天林荫道上的毛毛虫。

江子城笑笑："没事，我懂的。不过我要和这位粉丝说一句，大清早就亡了，为什么女孩子不能露肚皮？而且就算没有小蛮腰，只要对自己的身材有自信，穿什么衣服都是最美的。"

"呃……"本来等着看男明星"怒斥"逆苏粉的记者，傻眼了。

"哦对了，我为了这部电影很努力地锻炼腹肌，可惜效果不是很明显，所以电影里的腹肌是画上去的，大家有发现吗？"

江子城简单几句话就轻轻松松地掌握了话题的节奏，把记者牵着鼻子走。扈哥站在摄像机后，给了他一个赞许的眼神。

等到节目录制完毕，送走几位工作人员，扈哥低声告诉他："我刚刚才得知，这个节目的制作人收了老谢总那边的钱，这是故意给你下套呢。"

江子城一边卸妆一边答："没事，当演员嘛，再恶毒的话我都听过。我刚出道的那一年，演过那么多的脑残雷剧，被骂得比现在狠多了。"

谁让江子城的这部电影火，他本人又势头极旺，从威尼斯回来之后，更如锦鲤附身，佳片一部连着一部。

而且江子城一直是谢长安的眼中刺，自然拼命地给他使绊子。

江子城能怎么办呢，谢长安毕竟是长辈。他只能原谅他啊，并且祝他长命百岁，余生与脑出血、中风、偏瘫以及脂肪肝相伴喽。

就在上周，长安娱乐和瑞慈娱乐正式分割了。这种分割，相当于生生挖走了瑞慈的一大块肉，给瑞慈娱乐带来了巨大的痛苦。好在谢北望提前部署，让谢长安和他手下的老臣没有讨得太多好处。

长安娱乐分割出去之后，立即风风火火地立了好几个项目，大动作一个接一个。就在上个星期，他们以五千万版权金的高价买下了起点男频的某玄幻大作，现在正在剧本编写阶段，听说明年年初就要开拍了。

公司刚成立，他们自然急于做出些大成绩来，这段时间总是见到他们旗下的艺人轰炸娱乐头条。

与急功近利的长安娱乐相比，瑞慈则专注修"内功"。

谢北望借着公司拆分的机会，大刀阔斧地调整了组织构架。等待立项的十几个项目全部停了下来，由上层逐一复审，评估风险和收益。只有在内部评级达到 A 级以上的项目，才允许立项建组——说白了，就是能少花钱就尽量少花钱，把钱都用在刀刃上，打造精品，塑造口碑，力求拿奖、票房两不误。

也是巧了，最近立项的两个作品，或多或少都和江子城有关。

第一个作品，是《怪你太可爱》的电视剧版。

电影版赚到了钱，电视剧版立即被提上了台面。电视剧版的演员全部起用新人，编剧是老熟人胡亦知，虽然他要价高，脾气拧，可他手速是真的快，三十集的电视剧剧本不到半个月就完成了。

江子城有些好奇，因为小说原著只有区区三十万字，这个字数改编成电影还好，改编成电视剧的话，未免太单薄，如何才能撑满三十集？

胡亦知答："简单，我又加了个原创人物，在隔壁理科班搞了个天仙下凡一样的男配角，给他拼命加戏。"

江子城："作者能同意吗？"

胡亦知:"她本来是不同意的。制片人带着我三顾茅庐,跟她解释为什么要加这个人物,加了之后可以丰富剧情,说了无数好话……"

江子城:"然后她就同意了?"

胡亦知:"没有。她把我们从家里赶出去了。"

"……"

"不过后来我把卫欢的照片打印出来,顺着门缝给她塞进去,告诉她卫欢要演那个新增的角色。于是她就一边土拨鼠尖叫一边同意了。"

江子城:"师兄要演男配?"

胡亦知:"嗯。不过现在有个问题——这件事他自己也不知道呢。"

而第二部立项的作品,是由才叔执导的电影《寻家》。

这部作品并不是传统的商业片,而是一部带着浓浓惆怅情调的文艺片。自小被保姆拐骗到农村的富二代男孩,在长大成人后得知了真相,于是决定回到大城市找寻亲生父母,结果却发现亲生父母误把保姆的孩子当作亲骨肉养大。

男主角几近文盲,他从贫困山区走出,投奔向繁华城市所在的花花世界,却被赤裸的阶级对比所击倒。这个作品中的亲情并不是纯粹的,它被憎恨、嫉妒、无知、溺爱与充满铜臭味的金钱关系所包围。

江子城连夜看完了剧本,好几次想哭却哭不出来,整颗心像被扔到凉水里浸透了,又拿到烈日下暴晒,被搅和得支离破碎,遍体生寒。

这是江子城和才叔的第二次合作,鬼哥看了剧本后连连称赞,说这部电影有夺奖的势头,让他一定要好好拍,很有可能捧回来一个影帝。

不想当影帝的演员不是好艺人,江子城热爱演戏,他喜欢站在镜头前的感觉。他曾经走上国际电影节的红毯,而明年,他绝对不会错过。

剧本被江子城反复读了许多遍。在签合约之前，他没有费心思和编剧对视，去看这部电影的未来。一方面，他相信自己的判断，剧本优秀，导演默契，还有什么组合比这个更靠谱？另一方面，他最近在有意识地减少对异能的运用，他被"孤儿剪辑"坑了太多次，信异能的剪刀手，还不如信自己的演技。

电影预计在年底开机，整个剧组将远赴大凉山，实地取景，去拍摄那里的风土人情。

这样一来，他就又要和谢北望分开了。

唉，他们明明还没有分别呢，可是江子城从现在就开始想念他了。

《寻家》的男主角虽然出身富贵，但他还在襁褓之中时就被保姆偷走，带到乡下养大。男主角的成长过程简直可以写成一部"盲流历险记"。他只上完小学就辍学了，每天放牛、下田，最远去过镇上打工，他在流水线上组装杂牌手机，刚干了一个月，就因为酒后打架被开除了。

他又黑又瘦，时常佝偻着后背，看人时总是带着三分挑衅三分瑟缩——他因为无知而自大，又因为无知而怯懦。

才叔要求江子城在入组前再瘦十五斤，最好瘦得皮包骨头，整个肋骨都凸出来才好。不仅如此，他还把江子城送去了专业美黑机构，每天像只烤鱼一样让他在机器里翻滚，均匀受热。

本来江子城在男艺人里就属于体态偏瘦的，这么一通折腾下来，他瘦得脚踝都能用两根手指圈住了。好在他颜值依旧在线，尤其是那双眼睛，黑得水亮清澈，更显光芒。

"什么啊！"江子城在沙发上打滚，"我这是饿的！饿的！扈哥，你别给我读粉丝的彩虹屁了，你试试四十天瘦十五斤，还有俩不省心的助理在你面前吃香的喝辣的，我保证你看见肉的时候，眼睛比我还亮！"

突然被点名的 Tony 和 Kevin 赶忙偷偷把汉堡藏起来，继续埋头给江子城收拾他进组的行李。

江子城奄奄一息地趴在沙发上，吃了一半的水煮燕麦扔在茶几上，几片可怜巴巴的水煮青菜、水煮蘑菇堆在碗边。谢大白好奇地爬上桌子，探着脖子闻了闻，又因为那寡淡的味道而兴致缺缺地挪开了脑袋。

《寻家》剧组已经提前抵达了大凉山，江子城明天中午的飞机，中途还要转车，估计天黑才能到。这次的拍摄地，绝对是江子城待过的最艰苦的环境了，两个助理拼命地往他的行李箱里塞应急药品，生怕出现意外。

江子城要去大凉山的事情，谢北望第一时间得到了消息，因为江子城为了新戏饿得面黄肌瘦，头发也剃得短短的，像极了乡下的野小子。

不过，谢北望为了这个野小子，特地在他的行李箱里装了一部卫星电话。这样一来，不管有没有手机网络信号，他们都可以用卫星电话沟通了。

大凉山环境艰苦，《寻家》剧组驻扎的村子又非常偏僻，供电特别不稳定。剧组只能争分夺秒地拍摄，有时候拍日出、拍夜戏，都要用上大功率的手动发电机。

北方的冬季室内有集体供暖，而南方的山村里什么都没有，连用来取暖的煤炭都运不进来。

几位主要演员里只有江子城是年轻人，演他养母的是一位老话剧演员。她年纪大，身子骨弱，江子城把自己带的电热毯让给了她。

晚上睡觉时，江子城都要把被子裹得紧紧的，贴上好几层暖宝宝，才能哆哆嗦嗦地睡着。这些事他都没有告诉谢北望，每天晚上入睡前两个人通电话，江子城只聊那些有趣的事，比如放牛时被牛顶了屁股，比如下田时抓到了冬眠的田鼠，再比如山里的星星有多么亮。

等到好不容易拍完这一个月的戏份，江子城从大山里走出来时，整个人又清瘦了不少。因为最后几天是连续的哭戏，江子城一双眼睛都哭肿了，眼睛被泪水浸得通透发亮。

从最深的山坳到繁华的省城，他们坐了整整一天的车，终于在傍晚前抵达了机场。因为要等设备从山里运回北京，所以江子城得了三天假期，可以提前回京好好休整一番。

江子城兴奋不已，他提前一个星期就告诉了谢北望。他还列了一长串的菜单，要求帮佣提前准备好，他要犒劳自己可怜的肚皮。

"好了好了不聊了！"江子城急匆匆地说，"我要挂了，机场广播在催登机了！"

"嗯，路上小心。"谢北望道，"上飞机之后好好休息，我等你。"

"那可说不好。"江子城嘚瑟地摇摇尾巴，"我现在可是知名演员了，说不定头等舱里刚好有我的粉丝，守株待我，非要让我签名呢！"

挂了电话，江子城拿着机票迅速奔向检票口。助理和经纪人都坐商务舱，只有他独享头等舱。

飞机的检票台分为两列，一列为经济舱旅客服务，一列为头等舱旅客服务。

江子城到时，发现头等舱那列只有他一个人。江子城没多想，国内航班坐头等舱的人本来就很少，尤其是这种晚间航班，更少遇到人。

他在空姐的指引下快步走向头等舱的专用廊桥，果然头等舱内空荡荡的，只有他一个人站在客舱正中央。

不，不对，还有一个人。

江子城呆呆地愣在那里，望着坐在窗畔的那个身影。

谢北望早就静候多时，他翩翩起身，递过提前准备好的纸笔，笑问："江先生，我是你的粉丝，能给我签个名吗？"

江子城憋红了脸，又惊又喜地看着突然出现在眼前的谢北望，生怕这是自己产生的幻觉。

飞到北京的航班只需要短短四个小时，挂电话之前他还在想，只要再忍四个小时就能见到谢北望。没想到先忍不住的人，却是谢北望。

为了早一点见到江子城，谢北望头一次抛下公事，挤出时间飞过来接他回家。

谢总财大气粗，直接包下了头等舱，今晚头等舱的乘客只有他们二人，保证全程私密，无人打扰。

谢北望把座椅调到最舒服的位置，拍拍提前准备好的毛毯："好了，睡觉吧。"

江子城赶快灰溜溜地躺在座位上，裹紧他的小毯子，把眼睛闭紧。可惜他眼皮下的眼珠滴溜溜乱转，一看就是在装睡。

谢北望也没戳穿他，而是动作轻缓地替他掖好毛毯，拂开他额间的乱发。

江子城抿住嘴，强迫正在"睡觉"的自己不要笑出声来。

回京的三天假期，江子城给自己安排得明明白白。

第一天和第二天他肯定是起不来床了，那他就养精蓄锐，第三天出门走亲访友。

中午他先去了父母家。

最近半年他势头极好，粉丝越来越多。只是粉丝一多，各种妖魔鬼怪都出来了，有一小撮很讨厌的私生粉查出了他的家庭背景，硬是跑到江爸爸江妈妈的工作单位去堵他们。

江爸江妈都是再普通不过的小学老师，性格和蔼，向来与人为善。江子城和爸妈长得很像，脸型、气质像爸爸，五官、皮肤像妈妈，这就导致江爸江妈一走出学校，就有人围上来举着相机拍拍拍，还有人送花、送礼物，请他们"带给老公"。

老两口哪里知道这世上还有私生粉这种东西，江妈生气地说："他不是你们老公，他是我儿子！"

他们本来住的是学校分配的职工小区，最近也被人围堵了。江子城那段时间正在山里拍戏，还是谢北望派人把老两口秘密护送出来，暂时落脚在某高档小区的公寓楼里。

江子城挺羞愧的，爸妈最需要他的时候他却不在身边，他这个儿子当得太不够格了。

江爸爸倒是看得开："粉丝越多，说明我儿子越红。我和你妈都想开了，你就别自责了。"

从父母那里出来，江子城驾车去了天心火锅店。这次回京，他提前在微信群里叫了好友出来吃饭，可惜胡亦知、卫欢已经入组拍戏，吕霞远在欧洲拍综艺，唯有安雯有空，一听吃火锅，立即颠颠地赶来赴宴。

老友相见，本来是大喜事，可安雯进包厢时，却戴着一副硕大的墨镜，足足遮住了半张脸。

待服务员走后，安雯摘下墨镜，吓了江子城一跳——

"好嘛安小姐，您这哪还叫眼睛啊，这是切了两半桃子贴上去的吧？"江子城嘴里虽然在说风凉话，可他手上快速拿了瓶冰饮料贴在她眼皮上，为她消肿。

安雯委屈地撇撇嘴，说："还不是那个渣男，气得我昨晚没睡好，哭了整整一宿。"

"渣男？周鳗鱼……呃，周满宇？你怎么还在和他联系？"江子城惊讶地问。

"哪是我和他联系！是他的消息非要往我眼前蹦！"安雯又恨又气，明明是一朵漂亮的小花，提起前男友就变成了一朵霸王花，"你这几天都没看新闻吧？昨天所有娱乐头条号都刷爆了，周满宇合约期满，离开前公司，高调签约长安娱乐了！"

"什么？！"江子城还真的不清楚这件事。

周满宇之前被爆耍大牌，人气大跌，但毕竟没有实锤，掐了半天只能不了了之。粉丝们滤镜重，很快就把他的黑历史忘掉了。之前他远赴美国拍的商业大片最近要上映了，通稿一通狂轰滥炸，"好莱坞认证的演技""华人之光""征服外国女星的亚洲型男"等标签贴到了他身上，让他的人气又有了重新起飞的势头。

长安娱乐正是看中了他身上的话题性和他的流量体质，抛出天价合约，把他从前公司挖了过来。烂公司加烂人，真是蛇鼠一窝。

安雯说着说着，又气得掉下泪来："昨天我经纪人打听到，长安娱乐花五千万买版权的那部玄幻小说，已经定好由他演一番男主了。"

小姑娘气性大，一想到恨到牙痒痒的前男友在圈子里混得越来越好，她就止不住的闹心。

江子城心里一动，忽然说："安雯，你看着我的眼睛。"

"啊？"

"你眼睛上有脏东西，我帮你取下来。"

就是借着这个理由，江子城抓住机会，和安雯对视了十秒。

对视完后，江子城微微一笑，手指从她肿胀的眼皮上轻擦而过。

"安雯，你放心吧。"江子城道，"渣男是不会有好下场的。"

一个月后，伴随着新年的第一场雪，由江子城主演的《寻家》正式结束了拍摄任务。

江子城身为男主角，是最先入组也是最后离组的演员。后期的城市戏份全部搬回了北京，剧组取景方便，江子城也能时不时地回家和谢北望见面。

可是这部电影的主题实在太压抑了，江子城全情投入，几乎整个人都陷入了角色当中，只要站在摄影机前，痛苦、压抑、挣扎的心情就翻涌上来，在他的身上交织展现。

谢北望心疼他，特地请了大厨做滋补宴。即便如此，江子城的体重还是无法上涨，刚入组时，他本就比原来的体重瘦了十五斤，等到整部电影杀青，他的体重将将只剩下一百二十斤了。

好在付出终有回报，在好导演的磨炼下，江子城的演技又有了突飞猛进的发展。与他合作的几位老演员有好几位都是话剧演员出身，扮演江子城养母的那位前辈更是对他赞不绝口，等到杀青宴时，还开玩笑说想认他做干儿子。

江子城在杀青宴上喝得大醉，抱着才叔号啕大哭，嘴里一直喊苦。其实哪里是他苦呢，他是替剧中的男主角喊苦。他被偷走了家人，偷走了知识，偷走了财富，更偷走了青春。

江子城不住地发酒疯，Kevin和Tony两个壮汉加起来都制不住他，反而被打的满头是包。扈哥想上去帮忙，结果差点被他一脚踹到胸口上。

这可咋办，今天要是不把他运回家，他估计会直接在路边躺下吧？

三人正围着这位小先生犯愁，忽然身后响起了一个声音——

"我来吧。"

扈哥回头一看，惊讶地发现谢北望不知何时出现在了他们身后。

男人举着手机，镜头对准江子城，拍下他嘟嘟囔囔胡说八道的模样。江子城难得喝醉一次，在谢北望眼里，他的城城弟弟即使耍酒疯也耍得很可爱。

扈哥有些犹豫："谢总……子城他现在会攻击人。"

"没关系。"谢北望把手机放好，伸出手臂，向江子城敞开怀抱。

而江子城呢，就像是终于找到磁铁的小图钉，居然也举着手臂，颠颠地冲过来，一头扎进了谢北望怀里。

他仰起头，莫名其妙地用额头去撞男人的下巴，一边撞一边碎碎念："不苦啦，不苦啦。有你就不苦了。"

江子城浑身上下每个毛孔都冒着一股酒气。谢北望把小醉鬼扶起来，让他站好，问他："我抱你回去？"

"不……不抱。"小图钉被从磁铁身上摘了下来，又啪一声吸了回去。他四肢并用地攀住谢北望，大声道："背我！"

谢北望连眉毛都没动，直接转过身半蹲下来，让江子城攀在了自己背上。

江子城软软地靠了上去，热热的鼻息喷洒在男人耳畔。他两只手缠住男人的脖颈，两条腿往上一跳，又无力地滑了下来。

糟了，喝太多了。

谢北望于是又蹲低了一些。同时，他双手捞起江子城的腿弯，把他往上一带，这次终于稳稳地把青年背了起来。

扈哥很有眼力见儿地跟了过去，把手里的大衣展开，盖在了江子城身上，防止他着凉。

他们是从餐厅后门离开的，那里有通道直通停车场。

乍一下从温暖的室内走向寒冷的室外，江子城情不自禁地打了个寒战，搂住身下的热源，靠得更近了一些。

谢北望走得很稳，江子城把头埋在他的肩膀上，闭上眼，半梦半醒，嘴角还挂着笑意。

扈哥带着两位助理护送着他们，同时还要小心四周有没有狗仔偷拍。

江子城伏在谢北望的后背上，鼻间闻着谢北望身上好闻的荷尔蒙气息，撒娇似的用头蹭了蹭男人的脖颈。

谢北望问："怎么了？"

江子城模糊的声音传来："我是不是瘦了很多？"

"嗯，太轻了。"

"有多轻？"

谢北望答："瘦的骨头都硌人了。"

"错！"江子城忽然撒开双手，双臂高举，十分危险地挺起了上半身，完全不顾自己随时有可能从谢北望的后背上栽下去。"硌你的不是我的骨头！"

他大吼一声，响亮的嗓音在深夜的停车场内回响："是老子的超大、无敌大的手机！"


伴随着人生中最混沌的一次醉酒，江子城足足在床上睡了三天，终于把戏中的男主角从自己身上剥离了。

醒来之后，他再也不是片中那阴郁萎靡的男主角，而是上天入地无所不能的小超人啦！

像江子城这样入戏快但是出戏慢的演员，在圈内很受导演和编剧们的喜欢。现在的娱乐圈浮躁得很，很多歌手、偶像出身的流量们跨界来演戏。为了赚快钱，他们经常同时轧很多部戏，很难沉下来仔细琢磨剧本。

而科班出身的演员虽然有演技，但大多去拍商业电影了，毕竟来钱快又轻松还能赚人气，何乐不为呢？之前江子城连拍两部商业电影，才叔还有些担心他"收不回来"，不承想江子城在《寻家》里的表现这么好，几个大特写中，那双幽深的眸子仿佛能看透时间，直抵观众的心灵。

这次剪辑由才叔亲自盯场，粗剪下来的样片便足够惊艳。

电影开镜便是暮霭沉沉的大凉山。镜头逐渐拉近，夕阳下，青年只剩下一个漆黑的剪影，他一跃跳进冰冷的寒潭里，也跳入了这个荒诞而陆离的人世中。

才叔拿着这个样片先做了公司内的小范围试映，公司上下赞不绝口。制片人们都有着极高的阅片量，即使这部电影的配音和配乐还没有完成，但以现在的质量也足以称为一部好作品。

而拆分后的瑞慈，正需要这么一部足够有深度的好作品来证明自己的实力。

在公司的高层会议上，几位总经理一致决定把《寻家》作为瑞慈今年的头号种子，倾力造势，力争踏上国际电影节的红毯！

电影已经拍完，之后的事情就和演员无关了。江子城休了一个漫长的假期，他加盟瑞慈不到两年，拍了三部电影、一部电视剧，踏上过一次国际电影节的红毯，微博粉丝从几十万涨到了几百万。这个成绩若是和流量艺人相比，实在拿不出手，但是他只想踏踏实实地和曾经的自己比。

他对现在的自己很满意，生活幸福、事业上升，还有什么比这更好的呢？

接下来的一年里，陆陆续续发生了很多事。

谢长安公开接受媒体采访，主题就是回顾过去展望未来，顺便拉踩一下亲骨肉，说谢北望明明是代理总裁，最后却把他这个总裁挤出了公司管理层，不忠不孝不仁不义欺师灭祖天打雷劈。他决定再创立一家新公司，成就一番新的伟业！

有记者拿这段话去询问谢北望，谢北望没有出面，而是让助理传话："如果我父亲在公事上花费的时间能有他在女人身上花费的时间的一半多，那他还有可能成功。可惜的是，他现在能在女人身上花费的时间也只剩下年轻时的三分之一了。"

谢北望从未在公开场合评价过父亲的花边新闻。没想到这一开口，便是如此犀利爽直。

这个报道刊登后，谢长安当夜就进了急诊抢救。家庭医生判断他是脑出血，幸亏送医及时，才没被耽搁。至于这个脑出血是怎么得的，自然和谢北望的那条回应有关系了。

等到谢长安再出现在人前时，已经是三个月后。曾经只有两鬓微霜的谢长安，因为被气到住院，整个人的精气神都像是被抽走了一般，老了足足十岁。不仅如此，他留下了手麻脚麻的后遗症，走路时需要拄拐，可是他色心不死，不仅不拄拐，还点名要让小姑娘搀扶。

以前他同他包养的那群小模特在一起时，别人还能看出来是"干爹"和"干女儿"，可现在他们站在一起呢，更像是志愿者献爱心扶老爷爷过马路了。

江子城这才明白："我说为什么我预知的揭牌仪式里只看到了吴总监的身影，却没见到你爸呢，原来他得脑出血了！"

谢北望语气平静："他已经六十岁了，之前他离开瑞慈，就是因为出现了先兆症状。如果他安安稳稳地过下去，不会这么早犯病的。"

人心不足蛇吞象，谢长安仗着自己有异能，便觉得自己凌驾于其他人之上。可是再怎样强力的异能，也不能掌控生老病死的。

欲壑难填的人永远要比知足常乐的人承受更多人世间的苦难的。

当瑞慈娱乐的银杏大道再一次染上金色之际，长安娱乐这个折腾了大半年的新公司，终于和瑞慈娱乐正式分家了。

江子城对事情的发展很难理解，谢长安的身体已经不允许他胡乱折腾了啊，为什么长安娱乐这个公司还是摇摇晃晃地成立了？

谢北望只说了一句："因为其他人不允许他停下了。"

揭幕仪式当天，谢长安因为身体抱恙并未出席。谢北望以瑞慈娱乐总裁的身份与长安娱乐的新任负责人吴德握手致意，曾经被谢长安一手提拔起来的老部下们，这次集体改换门庭，去了新的公司。他们正值五十岁左右，一直不满瑞慈交到年轻的谢北望手里，而现在，终于有一家新公司可以沿用老规矩，让他们满意了。

对于这些人的离去，谢北望并未在意。前不久的欧洲之行，让他牢牢控制住了谢氏集团在海外的所有分部、投资、控股企业，他也绝不允许任何一家脱离掌控。

瑞慈内部的几个团队，有一些亲老臣派的，也一并被挖走了，还有约三分之一的中下层艺人出走，但这些完全无法动摇瑞慈的根基。

江子城终于看明白了，那些人拿走的，不过是谢北望主动剔除的一些冗余枝叶罢了。就像老树需要定期修剪枝杈，虽然刚开始会有些伤筋动骨，但这样一来，会让其他枝杈长得更加茁壮。

开春时，被长安娱乐敲锣打鼓宣传了整整半年的玄幻大作终于开拍了，男主角不出所料，正是那个人厌狗嫌的周满宇。

长安娱乐花大价钱把他挖过来，自然可着劲儿地用他。几乎每天都能看到他挂在热搜上，黑黑红红的边角小料数不胜数，有些是营销号扒的，有些则是经纪公司故意放的，总之就是要把周满宇塑造成国内小生第一人。

结果万万没想到，这位国内小生第一人，却在这六十集的玄幻大剧即将拍完时，闹出了一个惊天丑闻！

周满宇深夜飙车，结果意外出了车祸。事故倒是不严重，可是警察却发现他涉嫌毒驾，而且在副驾驶座前的抽屉中还发现了他没有吸食完的大麻。

这么大的丑闻，长安娱乐使尽浑身解数想要兜住，可惜一切都白费。第二天早上，警方便主动揭露了案件细节，把蓝底白字的公告挂在了官方微博上。

江子城和他同拍过一部戏，媒体都知道两人在戏外有不小的矛盾，江子城还被他的粉丝污蔑过。此事一出，自然有无数媒体递来采访，想要探探江子城的口风，让他发表一下看法。

江子城才不想背后嚼人舌根。

他直接登上微博，转发了警方发布的公告，配上了四个简明扼要的大字。

@江子城18：转发微博。//@北京警方：【权威发布】昨日凌晨，一辆车牌号为京××××××的银色小轿车在××桥下发生事故，警方到达现场后发现驾驶者周某精神亢奋、神情激动，带回警局尿检后，发现周某涉嫌毒驾，且在副驾驶座位的储物篮里发现了一包毒品……

对于这种人，江子城连一个微笑表情都欠奉。

"转发微博"四个字，就是他的态度了。

艺人不吸毒是娱乐圈的底线，周满宇这次，是真栽了。

长安娱乐把宝压在了这部作品、这名艺人身上，结果，是真完了。

年中，江子城去年参与拍摄的央视历史大剧《一代贤臣》经过了足足八个月的后期制作，终于在屏幕上与观众们见面了。

江子城扮演青年时代的男主，虽然出场集数只有十几集，但他在剧中清俊的扮相，吸引了不知多少"妈妈粉"。他演出了男主潇洒肆意的年华，一举一动，犹如青竹苍松，令人倾心。

《一代贤臣》一天播放两集，江子城的戏份加起来只有不到十天，却圈了无数粉丝。这是江子城的第一部央视古装正剧，他凭借出众的外貌和娴熟的演技，被无数人收为墙头。待他的戏份播放完毕后，剪刀手太太们自发做了无数安利视频、小动图，又拉了不少路人下水。

这部历史向正剧，意外成了这个五月最具话题性的作品。

媒体闻风而动，又一次向江子城的经纪人递上了采访邀约。上次他们想采访八卦，被拒绝了；那这次聊作品聊人物，总不能再被拒绝了吧？

没想到这次他们又被拒之门外了。

不过这次的理由足够震撼——由江子城主演的《寻家》入围了戛纳国际电影节，整个剧组早在几天前就远赴法国了！

当同代小生还在为国内的电影奖项挤破头时，江子城在三年内已经是第二次带着自己主演的作品踏上国际电影节的红毯了。不管他这次能否获奖，仅凭这份履历，就足以证明他的优秀。

威尼斯国际电影节偏好先锋类电影，而戛纳国际电影节则喜欢艺术与商业结合的作品。《寻家》这部电影契合了热议的社会现象，带有对家庭、对自我、对阶级的反思，正是戛纳最喜欢的作品类型。

这一次，谢北望全程陪同，大方借出自己的私人飞机，邀请剧组主创乘坐。

不知情的人，还以为谢北望对这部电影十分看重。

才叔私下和江子城吐露担忧："今年入围的电影各有千秋，形势比前年在威尼斯还要严峻一些。若是颗粒无收……"

"那您就权当是公费出游吧。"江子城全无紧张，还有心同他开玩笑。

才叔吹胡子瞪眼："什么公费出游？当着谢总的面，你可别乱开玩笑！"

江子城却想，别人都把谢北望当老板，唯有他，把他当哥哥。

颁奖典礼当晚，群星璀璨。

江子城已经是第二次站在 A 类电影节的红毯上了，没有了两年前的青涩与紧张，他长身玉立，姿容翩翩，一身量体剪裁的高定西装恰到好处地勾勒出了他颀长的身材。

两年前的威尼斯国际电影节上，他还是"查无此城"的小透明，而现在他已经有了几部可以傍身的佳作。论商业电影，他两部电影票房十几亿；论国民电视剧，《一代贤臣》现在稳坐收视率第一。他的粉丝群体愈发壮大，甚至有国内的影迷特地飞来戛纳，在红毯旁的观众区屏息等待。

上一次走红毯时，《满堂彩》剧组只有江子城和才叔两个人，寒酸得要命。而这次，《寻家》全体主创十五位全部到齐，浩浩荡荡一大群。

令所有人意外的是，谢总居然也加入其中，以出品人的身份站到了队伍的最前列。

刚巧，就在江子城身旁。

江子城大窘，小声问他："你干吗啊。"

以往参加颁奖典礼，谢北望都是从 VIP 通道低调入场。他极少抛头露面，不愿意被闪光灯包围，不想像谢长安那样活在娱乐头条。

谢北望淡定地道："做什么？当然是与你走红毯了。"

江子城直到这时才注意到，今晚谢北望身上的西装，和他身上的这套有着微妙的呼应，不管从板型剪裁还是用料来看，都绝对出自同一设计师之手。

不仅如此，江子城在挑选饰品时，特地选择了一对纯金打造的银杏叶形袖扣。亮眼的金色点缀在袖口，不夸张，却也足够吸睛。

而谢北望衬衫上的领针，恰巧也是一组遥遥相对的银杏叶。

站在旁边的才叔注意到了他们身上的这些"巧合"，稀奇地说："谢总，子城，你们俩好有缘啊，就连配饰都这么相似。"

江子城悄悄笑了，他侧头看向身旁的谢北望。谢北望身处闪光灯的包围之下，嘴角扬起淡淡的弧度，看上去心情很好。

谢北望注意到他的目光，轻轻地"嗯"了一声。

江子城自然不好意思把他那点小九九拿出来说，只能胡编了一个理由："我在想一会儿上台领奖时，致辞要说些什么。"

"上台领奖？"谢北望问，"你'看'到了？"

江子城没忍住唇角的笑容，悄悄点了点头。

刚刚他在红毯等候区看到了影帝奖项的颁奖人，与他打招呼对视时，看到了属于自己的未来——那个辉煌的、捧起影帝奖杯的未来。

他强忍住了，没有把这件事透露给外人。

可是谢北望，不是他的外人。

在得知自己即将获奖之后，江子城唯一一个可以分享的人，只有谢北望。

他希望在自己捧起奖杯时，谢北望能够站在自己的身边，与他一同迎接这份荣耀。

十六……不，十七年前的那个秋天，在那片金黄色的麦田里，小超人一直没有等来接他回氪星的 UFO。

可江子城等来了属于他的谢北望呀。

【正文完】

# 归 乡

那年春节，江子城突发奇想，想去他们小时候初遇的那个村庄看看。

他们两人都已经多年没有回去过了。在江子城的印象里，那个村庄充满浪漫主义情怀，同时兼顾印象派的诗意。

总之，就是莫奈的田园风光，搭配上雷诺阿的风情万种，再点缀上德加的人文气息。

谢北望："我认为咱们两个人之中，一定有一个人的记忆出了偏差。"

江子城坚决不认为自己的记忆会出错，高高兴兴地计划了行程，特地在春节期间抽出几天时间，要去那个村庄瞧瞧。

可惜等他到了那里后才意识到，记忆居然有这么大的魔力，会让一个八岁的小孩子把泥地错认为游乐场！

时间仿佛在这个小村子里停滞了，明明大城市早就被高楼大厦占满了，这里却依旧停留在二十世纪九十年代。泥地、矮房、农田，江子城深一脚浅一脚地走在雪地中，觉得自己更像是来下乡改造的。

江子城喃喃自语："咱们是不是穿越了？"

谢北望冷静地回答："没有。你看村头的小卖部，还可以用微信付款呢。"

谢北望在这个小村子里生活了十五年，对这里的一草一木皆熟悉。他当年被寄养在乡下的亲戚家里，没人知道他父亲是谁，母亲更是一年都见不到一次，他作为一个没父母管教的"野孩子"，从小到大不知受了多少委屈。

全靠他的一双拳脚，让他能挺直脊梁走下去。

这么多年过去了，他永远记得在那些寂静的黑夜里，他是怎么独自包扎伤口的；也记得那年夏天，那个矮矮小小的、蠢乎乎的小男孩带给他的光亮。

当年谢北望住过的房子，因为年久失修已经塌了。

江子城望着土坯房墙壁里的稻草秆，有些难受地抱了抱他。

谢北望沉默地回拥着他，半晌，道："不用替我难过。三年前瑞慈集团进军房地产，今年营收就有一百二十个亿了。"

行吧。

两个人在村子里转了一圈，可惜麦田全都躺在积雪下，根本没有江子城记忆里那漫无边际的金黄波浪。

助理在邻村给他们租了一套民居，新盖的两层小楼，带着浓浓的"乡村巴洛克风"，胜在干净整洁。

两人当晚在那套乡土小别墅里歇下了，结果第二天天未亮，就被窗户外的叫卖声吵醒了。

江子城迷迷糊糊地从床上爬起来，衣服都顾不上穿，裹着被子跌跌撞撞地跑到床边一看——呀，今天居然是村子里的大集，而集市刚好就在他们窗下。

春节将至，这次的集市是一月一次的大集，附近几个村子的人流都集中在了这里。窄窄的小街被人堵得水泄不通，摊子一个挨着一个。左边的摊子卖刚捞上来的鱼虾，右边的摊子卖鞋袜，对面的摊子则是红彤彤的对联……从二楼窗户向下望去，处处都是别样的繁华。

江子城是土生土长的城里人，哪里逛过集市。他兴高采烈地换好衣服，拉着谢北望下了楼。

所幸现在是冬天，他们裹好围巾、帽子、口罩，穿上臃肿的羽绒服，把满身光华遮住。集市上的乡亲们根本不会注意到与他们擦肩而过的这两个男人，尽管他们一个坐拥千亿身家，另一个则是最年轻的影帝。

人群拥挤，江子城担心走散，干脆大大方方地牵起谢北望的手。

集市上的瓜果胜在新鲜又便宜，江子城看得心痒，便也学着杀价。

问题在于他杀价太秀气了，要价十块钱一把的小青菜，别人都是对半砍，他却从十块钱砍到九块九，理由是觉得自己赚得多，不差这几块钱。

整个菜市场都知道这里来了一个年轻的大款，只是这个大款一点也不土，光是露在外面的那双眼睛，笑起来就足够让人酥麻。

"年轻大款"很爱笑，他一笑，睫毛颤啊颤的，眼睛弯出一个漂亮的弧度，眼珠里带着光。

他买完菜后，都要很郑重地说声"谢谢"，再把菜篮子交给身旁的高大男人。

小摊贩们被他的笑容迷得晕晕乎乎的，结完账后还要再往菜篮子里给他塞上一把。

最后这位年轻的大款用九块九买了一个西红柿、两根黄瓜、三个鸡蛋、四颗土豆、五把挂面……

算来算去，赚了不少。

江子城得意地翘起尾巴："怎么样，这叫美男计！吃点小亏，赚大钱！"

谢北望替他拎着沉甸甸的菜篮子，问他："想不想吃肉？"

江子城眼睛一亮："想想想！"

"好。"谢北望道，"我给你抓。"

谢北望牵着江子城的手，到了集市的另一头。

这种乡下的大集，除了卖瓜果蔬菜、日用百货以外，还有专门的地方设置了游乐摊位，套圈、射击这类游戏全都有。

只是与城里的高端游乐场不同，这里套圈套的不是娃娃，而是活禽。

比如鸡、鸭、鹅。

游乐摊位内，满地都是"叽叽叽""嘎嘎嘎"。

两人来到一个套活禽的摊位前，摊位用木挡板围出十几平方米的空地。

空地内鸡鸭四处乱跑，而在这群鸡鸭之间，有一只大白鹅，正展开翅膀，迈着端庄的步子，神气活现地在场内走来走去。

那些鸡啊鸭啊全成了它的小弟，簇拥着它，它走到哪里，它们就跟到哪里。那只大白鹅特别拉风，走位风骚至极。

谢北望问他："想吃哪只？"

江子城摇摇头，怜悯地说："你不觉得太残忍了吗？我看到它们就想到了自己，你看中间那只天王巨鹅像不像我，它旁边那些小鸡仔，像不像我的迷弟迷妹？"

谢北望转头对摊主说："给我十个圈。"

江子城："你也太没同情心了吧！"

谢北望："这种'走地禽'比养殖场繁育出来的家禽肉质更嫩，百煮不老，不管是煲汤还是爆炒，口感都很好。"

江子城咽了咽口水。

谢北望："吃不吃？"

"吃！"江子城口水滴答，"我要吃那只天王巨鹅！"

谢北望从小在乡村里长大。虽然十五岁后被亲生父亲接走，重金请来名师培养，把他从头到脚包装成一位风度翩翩的绅士，可他骨子里依旧是那个在田野里肆意生长的野性少年。

男人站在围栏前，手里掂着十个套圈，视线落在那群耀武扬威的禽类上。

有围观的老太太来劝："小伙子，你们是从城里来的吧？这都是骗人的，套不到的。"

江子城心中也跟着打鼓：活禽都是会移动的，难度和那些娃娃完全不在一个等级上，若是谢北望十个圈扔出去，一个未中……哎呀呀，这多伤男人的自尊心啊！

然而谢北望根本没受那些闲话影响，他稳稳地站在那里，眯起一只眼睛，右手向前向后缓缓平移两次——嗖，塑料圈旋转着飞了出去，然后吧唧一声落在了一只鸡脚下。

那只羽毛丰满的大公鸡懒懒地看了那个塑料圈一眼，慢悠悠地踱步移开了。

然后是第二圈、第三圈、第四圈……

没中，没中，没中。

江子城赶忙安慰他："没关系没关系，前几圈都不会中的。"

谢北望看了他一眼，淡淡问："我都不紧张，你怎么紧张得满头是汗？"

江子城这才发现自己的头发都被汗水打湿了，全都贴在额角，他浑身冒汗，像刚跑完一千米。

江子城委屈道："我这不是担心嘛！"

"担心什么？"

"怕你十圈都落空，丢面子。"

"那就直接把鹅买下来。"

江子城一副傻样，"也、也对哦。"

谢北望全无心理压力，毕竟他十多年不玩这个游戏了，手生是难免的。他是霸道总裁，又不是霸道套圈王，即使十圈都落空，也不会折损他在江子城心中的形象。

因为谢北望玩游戏时很放松，反而发挥得不错，后面几圈都碰到了家禽，最接近胜利的一次，那个塑料圈已经套在了鸭子的嘴巴上，却被鸭子甩下来了。

江子城急得大呼小叫，双手撑在木板上，在原地跳来跳去，全然不顾影帝身份。他急得眼眶红彤彤的，连鼻尖上都是汗水。他看起来是如此鲜活动人，只要有他在身旁，连冬日的寒意都能消除。

转眼，谢北望手里只剩下最后一个圈了。

他忽然停下动作，转身看向身旁的青年。

"城城。"

"怎么？"

意外的，谢北望伸手拉下他的口罩，露出了江子城那张精致的面庞。

没有舞台上耀眼的打光、没有化妆师的巧手修饰，出现在毛茸茸的帽檐下的这张脸，才是谢北望最爱的模样。江子城微微侧着头，一双眼睛好奇地投向了身旁的人。

谢北望把手中最后一个圈举到他嘴边，说："吹一口。"

"喂，这是什么陈年老梗。"江子城吐槽，"你当你是赌王啊？"

嘴里这么说着，江子城仍红着脸在塑料圈上吹了一下，有点嫌弃又有点羞涩地说："行啦，扔吧。要是这次没套中，咱们今晚就没肉吃啦！"

谢北望答："不会让你没肉吃的。"

说完，谢北望把最后一个塑料圈平平地扔了出去——江子城的双眼死死盯在圈上，跟随着那个塑料圈在空中飘啊飘啊飘……

而这一次，那个圈居然真的套在了大白鹅的脖子上！

江子城一跃而起，手舞足蹈地呼喊起来："老板，我们、我们套中了！"

谢北望脸上挂着谦逊又略带得意的微笑。

"哦？"闻言，正嗑着瓜子的摊位老板懒懒地看了大白鹅一眼，吹了声口哨。

就在那一秒，奇迹发生了！

只见大白鹅伸开双翅，像是桑巴舞者一样抖抖翅膀，同时弯腰低头，那个挂在它长长脖子上的塑料圈，居然就这么滚下来了！

摊位老板："鹅给弄下来了，这不算数的。"

# 当谢北望拥有了异能

自从江子城拿下国际影帝的桂冠之后，身价暴涨，再也不是早些年连参加综艺节目都要被砍镜头的小透明了。无数综艺节目邀约像是纸片一样飞了过来，扈哥挑挑拣拣，档次不够的不上，钱少的不上，合作嘉宾名声不好的不上，商业化太明显、植入广告多的不上……他一心要把江子城往高大上的方向打造，眼光高得要命。

江子城心有戚戚，问他："这么挑拣，会不会让节目组觉得我难伺候啊？"

扈哥反问："你是国际影帝，国内拿到威尼斯影帝的人十根手指都数得过来，你要是不难伺候，那谁还值得节目组这么伺候呢？"

在扈哥的高标准严要求的挑拣下，倒还真的让他找到了一个不错的综艺。

过段时间就是世界爱眼日了，有个综艺要出一期和用眼卫生相关的节目，以"爱眼大使"的身份进入校园，和医生们一起向学生宣传爱护眼睛。

而且，这可不是什么地方台的小节目，而是正经国字头！

扈哥做主替江子城拿下了这个综艺。台本提前送到，其中有一个环节是用眼知识大挑战，为此，江子城还背了不少题呢。

转眼就到了节目录制当天。

江子城年轻、好看，又有国际影帝光环加身，上到九十九，下到刚会走，都难逃他一笑的魅力。

刚一进校园，江子城就被热情的小学生们包围了，有送花的，有送红领巾的，还有送小礼物的，甚至还有年轻的女老师含情脉脉地看着他，红着脸请他合影。

这是一家市重点小学，小朋友们的配合度很高。对着镜头一点都不抵触害羞，大大方方地举手抢答。有几道题江子城都拿不准答案，可他们都成竹在胸，一举拿下了好几分。

江子城大叹现在的孩子真不得了，以后肯定有出息。

抢答环节结束后，排在前三名的小学生可以上台和江子城近距离互动。

这个互动环节也写在台本里了，但只有一句话带过，江子城还以为是类似于拥抱、握手、合影的环节，没想到是要他和小朋友们做"和眼睛有关的小游戏"。

而具体的游戏内容则对江子城十分不利——他要和小朋友对视，谁先眨眼算谁输！

江子城心里无数弹幕飞过。

可这么多小朋友在下面看着，他绝不能拒绝这个游戏，否则全体小学生的家长都要知道他江子城耍大牌啦！

没办法，江子城只能硬着头皮玩这个游戏。

他身负异能，这件事除了谢北望和老谢总以外谁都不知道。而他身为异能者，其实也不怎么喜欢使用这个异能。毕竟他又不是偷窥狂，为什么非要窥探别人的未来呢？

再者说，一天发动三次异能实在太伤神了。

第一个小朋友走上台，站在江子城对面和他对视。

江子城看到了小朋友晚饭吃什么。看来，这位小朋友当下最关心的是一日三餐。

第二个小朋友是个女孩子，一双大眼睛长得像小燕子。

江子城看到了她的未来，发现她以后会成为一个唱跳偶像。看来，这位小姑娘现在想的事情和当明星有关。

连续发动两次异能，江子城已经很累了，但是没办法，还剩下最后一个小朋友在后面等着。

另江子城惊喜的是，第三个小朋友居然戴着眼镜！江子城的异能发动是有条件的，隔着眼镜就安全了！

他强忍住心底的雀跃，正要和小朋友开始对视比赛，没想到开录前，旁边的编导突然插话："小朋友，你的眼镜片儿反光，你还是摘了吧。"

小朋友脆生生地答："好！"

于是如此这般，江子城被迫连续看了三个小朋友的未来，体力清零。等到节目录制完毕，他一上保姆车，立即瘫倒，宛如一条死鱼，连呼吸的力气都没有了。

扈哥被他吓到，忙问他这是怎么了？

江子城难受到说不出话来，只摆摆手，默默等待这股天旋地转的感觉过去。

可他越不说话，经纪人越着急。

江子城可是公司的新招牌，要是有个三长两短可怎么办！

于是，扈哥一个电话就"上告天听"，把江子城不舒服的事情告诉了谢北望。

当天晚上，谢北望特地驱车去了江子城的住处看望他。

随谢北望一起到的还有谢家的几位私人医生。

没想到当他们风风火火地进门后，却看到江子城赤着上身，穿着大短裤，盘着两条腿坐在沙发上，正在吃西瓜呢！

谢北望转头问扈哥："你不是说他病入膏肓，只有进气，没有出气了吗？"

扈哥也傻了："他……可他刚刚在保姆车上确实是奄奄一息的样子，我让他去医院他又不去，谁承想到一会儿的工夫他都能吃西瓜了啊！"

江子城怪不好意思的。过度使用能力后，他会非常不舒服，具体表现为天旋地转、四肢无力，可是那感觉来得快去得也快，吹吹空调，休息一下，很快就缓过来了。

扈哥关心则乱，结果闹了这么大一个乌龙。

送走了其他人，屋里只剩下谢北望和江子城两个人。

江子城脸红红的，恨不得把脑袋扎进怀里的冰西瓜里。

谢北望又无奈又好笑，走过去在江子城身边坐下。

他牵起他的手，捏了捏，问："你真没事？"

"真没事。"江子城小声说，"就是过度使用异能，有点后遗症。但也不是多严重，你看我现在不就活蹦乱跳的？"

"你这个异能，"谢北望沉吟道，"除了一天使用三次就会全身乏力以外，还有没有其他问题？"

"没有，真没有。"江子城摇头，"你信我，我都和它和平共处这么多年了，你不用把它当洪水猛兽。"

谢北望看着他，叹了口气："小坏蛋，你知不知道我今天接到扈宁的电话时有多紧张？答应我，以后尽量少用异能，好不好？"

"答应你答应你！"江子城赶忙挖下西瓜上最甜的一块，送到了谢北望嘴边，"我以后尽量避免和别人对视，如果实在避不开，我就戴隐形眼镜！"

"行，我信你。"谢北望低头咬住了那块送到嘴边的西瓜，红红的西瓜汁水丰富，顺着男人的嘴角滴落。

谢北望对味道甜甜的水果并不热衷，他只吃了一口，浅尝辄止。江子城勺子里的西瓜还剩下一半，他也没有嫌弃，直接把剩下半块西瓜扔进了自己嘴里。

谢北望叹了口气，说："我只是一个没有异能的普通人，没办法想象你经历过的事情。如果可以的话，我真希望自己也能拥有异能，即使只有一天也好。"

江子城大笑："这可是氪星送给我的礼物！你这个地球人还是不要妄想了！"

第二天，谢北望刚进办公室，结果迎面飞来一个毛茸茸的家伙，直接扑到了他脸上。

谢北望反手一抓，把拖着大尾巴的小貂儿抱了下来。

小貂儿仰躺在他臂弯里，细细长长一条，白色绒毛蓬松，可爱得不得了。

谢北望挠了挠它的下巴，问秘书："盈盈来了？"

秘书答："是，刚才谢小姐急匆匆地把大白送过来，说是约了小姐妹要一起逛街，然后便走了。"

谢北望把小貂儿往肩头一放，带着它走到了爬架前，把它送了上去。

大白很懂事，知道谢北望要工作了，所以只萌萌地蹭了蹭他的脖子，然后便主动爬到了爬架上，开始玩起为它准备好的玩具来。

谢北望身为总裁，工作繁忙，每天上午都要批阅公文，下午则是一个接一个的会。

没想到他刚坐在桌前忙了一会儿，忽然办公室大门被撞开，一身艳丽长裙的谢盈盈�’着嘴巴、皱着眉头，委屈地闯了进来。

谢北望拿这个妹妹最是没辙。

明明是他妹妹，可他却觉得像是在养女儿。

谢北望问她："你不是说和小姐妹逛街？这才去了多久，怎么气冲冲地回来了？"

谢盈盈一屁股坐在沙发上，赌气道："我昨天才嫁接了新睫毛，还号称是天然貂毛呢！结果我揉了揉眼睛，居然全掉了！害我被小姐妹笑话。"

谢北望迟疑地道："你往眼睛上嫁接貂毛？"

他下意识地看向一旁的谢大白，只见小貂儿两股战战，已经抱成一团了。

谢盈盈又气又笑："哥你还是娱乐公司的总裁呢！怎么连化妆的东西都不懂！"

"我需要懂吗？"谢北望反问，"我妹妹这么漂亮，不需要化妆都能当女明星了。"

谢盈盈是娇生惯养的富家小姐性格，情绪变得太快，刚刚还怒气冲冲的呢，这才几句话的工夫，就被哥哥哄得喜笑颜开了。

可女孩子嘛，总是少不了为自己的外貌感到自卑："哥，你就会哄我。"

"谁说的？"谢北望招招手，"你过来，让哥哥好好看看。"

于是谢盈盈从沙发上站起来，走到谢北望面前，手指点了点自己的睫毛根，抱怨道："你看，是不是又稀又短？"

谢北望状似认真地盯着她的眼睛看了一会儿，故弄玄虚地说："要我说，你的睫毛……"

他的话戛然而止！

一阵突如其来的白色烟雾漫了上来，谢北望猝不及防，那感觉就像是被流水淹没。但他知道，这绝不可能是真实的流水，更像是一阵缥缈的水雾，把他层层包裹。

白雾中，他看到了一段奇异的景象。

谢盈盈仰躺在一张按摩床上，一个戴着口罩的女服务生正在殷勤地和她聊天。

"谢小姐，你皮肤真好呀，只是看上去好像有些缺水。"女服务生问，"要不要试一试我们新进的补水面膜，现在正在搞特价呢！"

谢盈盈却说："我不是来护肤的，是来补睫毛的！说好的嫁接假睫毛掉了三天包补呢？"

女服务生推销失败，只能安安静静地闭上嘴，开始给谢盈盈认真地补起睫毛来……

很快，白雾慢慢散去，而在白雾中的谢盈盈、女服务员，还有一排排样式夸张的假睫毛，全部跟着白雾一起消散了。

谢北望愣在那里，手指无意识地握紧手里的钢笔，镶金的笔尖在纸上划出一道深深的痕迹，甚至把他原本要签名的文件都划破了。

谢盈盈没察觉出哥哥的不对劲，见他突然不说话，伸手在他面前挥了挥："哥？哥？"

谢北望立即醒神："嗯？"

"你怎么说话一半突然停住了？"谢盈盈狐疑地问，"你觉得我的眼睫毛怎么了？"

谢北望胡乱扯了个答案："我觉得你的眼睫毛，还挺像眼睫毛的。"

谢盈盈一头雾水。

这是什么答案？

谢北望生硬地转移话题："我忽然想起来，我一会儿还有个会要开。"他下了逐客令，"你要是没事做的话，我把你的提琴老师叫来，让她带你练练新曲子？"

谢盈盈一听，当即跳得离谢北望三尺远，她也顾不得什么睫毛不睫毛的了，赶忙说她还有其他安排，连声再见都没说，就从哥哥眼皮子底下溜走了。

待妹妹走后，整个办公室里又剩下谢北望一个人，男人回忆着刚刚发生的种种事情，心里宛如掀起了滔天巨浪，一波连着一波。

对视后在大脑里莫名其妙出现的白雾，还有白雾散去前见到的那些画面……

这究竟是他做的一场白日梦，还是什么其他的预兆？

谢北望晃了晃头，一个大胆的猜测跃入了他的心中。

就在这时，他桌上的手机响了。

手机屏幕上，"城城"两个大字是那样显眼。

谢北望太阳穴一跳，按下了接听键。

下一秒，青年咋咋呼呼的声音在电波那头响起。

"谢北望！"江子城大叫，"我刚刚拍戏的时候和女主角对视来着，结果没看到她的未来，我又试验了好几次，我的异能消失了！"

"那真是太巧了。"谢北望沉声道，"我刚刚发现，我居然能看到别人的未来了。"

江子城下了戏，甚至没来得及和合作演员说声再见，就着急忙慌地离开了片场，那副样子简直像是被火烧了尾巴的傻狗。

他直接钻进保姆车里，迅速拉上车门，扣上车帘，屏蔽了所有视线。

车内，谢北望倚靠在座背上，神情镇定，还有余暇打趣他："你别这么紧张，若是让别人知道了，还以为咱们要在车里要做什么事呢。"

"咱们就是要在车里做事啊！"江子城理所当然地回答。

江子城直接坐在谢北望身边，两只手拽着他的肩膀，把他转向了自己的方向："快！快！快看看我的眼睛！"

江子城又是兴奋又是期待："我一直很想知道自己的未来是什么样子的，可是我自己又看不到自己的眼睛，现在有了你，我终于可以知道自己的未来了！"

谢北望正要说话，江子城忽然又扭过身，避开了他的眼睛。

他不停地碎碎念："等等，等等，你先别看我。我要事先想好我最关心的事情……我爸妈未来身体会好吗？我将来能再拿一个影帝吗？我老了以后是不是依旧很帅？我……哎呀，我想知道的事情太多了！"

谢北望无奈地打断他："我还以为你会先关心关心异能的事情。"

"异能有什么好关心的？"江子城反问。

虽然早知江子城心大，但是谢北望还是被他无所谓的态度弄得很惊讶："陪伴你将近三十年的异能突然消失，你居然不紧张吗？"

"哪有三十年？！"江子城跳脚，"我才二十多岁！距离三十岁还远着呢！"

江子城哼了一声："再说，异能这个东西，就像是人生的赠品。它存在，那很好；若是没了，我也不遗憾。毕竟人生还是要靠自己过的嘛！若是总靠异能作弊，那我的人生还属于我吗？"

"看不出来，你还挺哲学的。"

"那是！"江子城得意地仰起头，眼珠一转，转而问他，"你在电话里没说清，你是怎么发现你有异能的？"

于是，谢北望就把自己看到谢盈盈未来的事情从头到尾复述了一遍。

谢北望道："刚开始我确实有些吓到了。虽然你之前和我描述过异能发动时的场景，但我全凭幻想，很难想象出那股奇异的氛围。直到这次亲身经历后，我才明白那是一种多么奇妙的感受。"

"习惯就好啦！"江子城大大咧咧地说，"异能发动的时候，整个大脑都清清凉凉的，还蛮舒服的。可是异能结束时会特别疲惫，比我拍戏熬大夜还累，就像是用脑过度一样。"

江子城用肩膀顶了顶他："不过你够沉稳的啊，真不愧是总裁，大风大浪都见过。"

"大风大浪是见过，但是未来没见过。"谢北望摇头，"我把下午的会都推了，就怕和谁对视，一不小心看到他们的未来。"

其实，他大可戴上一副没有度数的眼镜，若是别人问起，就说是护眼蓝光镜。可他确实被突如其来的异能搅昏了头脑，甚至等不到下班，直接来片场外捉江子城了。

心中所有的惶然在见到青年的那一刻都完全消失了。

就像只有阳光才能驱散阴云，这世上，也只有乐天派的江子城才能带着谢北望走出不安。

"好了好了。"江子城开始计划起来，"我可不能浪费你剩下的两次对视异能！"

他掰着手指头盘算起来："我爸最近身体不好，高血压犯了，我妈也常年吃着降血压的药。那我先念叨着我爸妈的身体，这样你就能看到他们的未来！最后一次机会呢，我想就……"

"稍等。"谢北望抬手止住他。男人的视线落在他脸上，坦承道："只有一次机会了。"

谢北望道："当我发现自己居然有异能之后，怕这是自己出现的幻觉，所以在盈盈走后，我又找了个对象试了试异能。"

江子城眨眨眼："所以你第二次异能对视的对象是？"

"谢大白。"

"呃……"

谢北望说："我记得你说过，对视异能对动物也有用。我怕和别人对视引起对方的警觉，于是就和大白对视了。"

正是通过第二次对视，谢北望看到了小貂儿吃喝拉撒睡的未来，这才确定自己真的拥有异能了。

江子城怔怔地道："所以说，现在只剩下最后一次机会了？"

谢北望点头："我不确定这个异能明天会不会回到你身上，所以你如果想知道未来的话，必须要抓紧这个机会了。"

说着，他便抬眸对上了青年的视线："你现在心里想着你父母的健康问题，我就能看到你父母的未来。"

一、二、三……

七、八……

"等等！"江子城突然抬手遮住了他的眼睛，打断了十秒对视的魔咒。

男人浓密的睫毛从他的掌心刮过，江子城像是被烫到了一样，赶快把手收了回来。

"怎么了？"谢北望问。

江子城无意识地攥了攥拳，仿佛还在感受着掌心的热度。

他小声道："我想了想，还是决定不看我爸妈的未来了。"

"哦？"

"人生又不是电视剧，有些事情，我想陪他们亲身经历，而不是提前知道剧情。而且父母和子女的关系本来就是很复杂的，在我小的时候，他们会为我担惊受怕，为我的未来辗转反侧；现在我大了，他们也老了，也该轮到我尝一尝为父母的未来担忧的滋味了。"

江子城的答案出乎意料，谢北望怔住了。

半晌，男人抬手摸了摸青年头上乱翘的头发，轻声道："城城，你可真是时时刻刻都会给我惊喜啊！"

晚上，两人一起吃了饭，重新回到江子城家里，面对面坐在沙发上，开始分析起异能为什么会突然从江子城身上转移到谢北望身上。

除此之外，谢北望还有很多问题要问。

"你说异能的上限是一天三次，你有试过四次吗？"

"试过。"江子城回答，"但是第四次对视时会痛到整个脑袋像被人打了一闷棍一样。"

"这个'一天'，是按照自然日确定吗？"

江子城点头："是的，过半夜零点自动重新计算。"

"那如果你跨越时区呢？"谢北望提出了一个被江子城忽略了二十多年的问题，"咱们现在在东八区，如果你在零点时迈到其他时区呢？"

"呃……"江子城答不出来，犹豫地说，"应该是以当地的时间为准吧？"

"咱们可以把这个问题再细化一下。时区虽然是按照经度划分的。可是还要参考行政区划，比如咱们国家统一使用东八区的区时，但实际上，西部地区太阳日出时间要比东部晚两个小时以上。和乌鲁木齐同样经度上的俄罗斯和印度，一个用东五区时间，一个用东七区时间，那么你的异能清零时间，究竟以这三个时区中的哪个为准呢？"

谢北望越思考越深入，觉得这个问题非常值得探讨。

他又问："对了，你有没有考虑过冬令时和夏令时的情况？在变更令时的那一刻，你的异能计数也会随之变化吗？"

江子城茫然地问："我明明只是一个普通的异能者，为什么还要考虑复杂的地理问题啊？"

"时代在进步。"谢北望语重心长地说，"咱们也要学会用科学的方法去解释异能的存在嘛！"

"我解释不了！"江子城绝望地道，"你不如杀了我吧！"

"杀了你，我可舍不得。"谢北望谈笑间伸手挠了挠他的下巴，"封杀你，倒是没问题。"

因为事关重大，当天晚上，谢北望直接留宿在了江子城的公寓。

江子城现在可是瑞慈娱乐里数得上号的知名艺人，早就搬出了曾经的小房子，现在一个人租住在一套保密设施严格的高级公寓里。

两人的关系比亲兄弟还亲，谢北望不是第一次留宿了，客房里有专门为他准备的拖鞋、睡衣和洗漱用品。

明天早上，谢北望的司机会带着一套干净的西装直接来这里接他，不用担心迟到。

临睡前，谢北望问："城城，我的异能今天还剩最后一次使用机会，你真的不想看看你自己的未来吗？"

江子城动摇了，但那动摇仅有短短几秒，很快就被他自己压了回去。

"不用了。"江子城笑笑，"我现在唯一的梦想就是再拿一个有分量的奖项。但是拿奖并不是那么容易的。要看导演、要看剧本、要看合作演员……圈子里有无数演员像我一样，一直在等待一个好的作品。我也在等待，可能要等待五年、十年，可能要等待二十年、三十年，也有可能再也等不到。

"如果我提前知道自己能拿到第二座影帝奖杯，那么我就会缺乏上进心；如果我提前知道自己拿不到，那么我就会自怨自艾。我不想被预知到的未来牵着鼻子走，人生嘛，还是留点悬念比较好。"

异能确实是个很好的作弊法宝，江子城曾经因为拥有异能而沾沾自喜，但经历了这么多由异能引发的误会，又有了谢长安的前车之鉴，他早就明白，他决不能一辈子依靠异能。

游戏里开挂都要被封号，人生若是开挂，又会受到什么样的惩罚呢？

谢北望又问他："你有没有想过，这个异能可能会永远留在我身上，回不去你那里了。"

江子城眨眨眼睛，忽然笑了起来："那也挺好啊。"他发自肺腑地说，"你就把它当作我送你的一个礼物，这么宝贵、这么特殊的礼物，即使咱俩未来闹掰了，你也永远忘不了我的！"

"胡说什么，"谢北望曲起手指弹了他额头一下，"咱们绝对不可能闹掰的。"

江子城故意问："你怎么知道未来会发生什么事？难不成你看到了？"

谢北望语气平静，就像是在说什么天下皆知的定理一样笃定淡然："不需要看到，我就能知道。"

江子城本来还想装一会儿老成，但没过几秒就破功，嘴角带笑，眉眼里也带着三分甜。

江子城问男人："那你有没有想过，如果这个异能永远留在你身上，你要怎么办？"

"自然想过。"

谢北望严肃地回答："我会让我的私人飞机把我送到时区分割线，看看零点时异能究竟会有什么变化。"

谢北望这么一本正经地开玩笑，江子城一时竟不知该做何反应。

两人互道了晚安，各自钻进卧室睡觉。

这一天，是江子城二十多年的人生里，非常平凡又非常不平凡的一天。

平凡之处在于，他今天认真工作，努力演戏，吃了三顿饭，上了五次厕所。

不平凡之处在于，他今天彻底失去了异能。

可是这一天，他睡得格外香甜。

他不知道，明天"转移"到谢北望身上的异能能不能再"转移"回自己身上。

但是没关系，失去与获得同等重要。异能是上天给他的出生礼物，他已经拥有了它这么久，现在把它送给别人，他并不感到遗憾。

毕竟，小超人在天上飞久了，也想落在地球上，好好歇一歇呀。

【完】

**图书在版编目（CIP）数据**

谁的小眼睛还没看影帝：全 2 册 / 莫里著 . ―― 南京：
江苏凤凰文艺出版社，2020.2
　ISBN 978-7-5594-4360-1

Ⅰ . ①谁… Ⅱ . ①莫… Ⅲ . ①长篇小说 – 中国 – 当代
Ⅳ . ① I247.5

中国版本图书馆 CIP 数据核字 (2019) 第 276262 号

# 谁的小眼睛还没看影帝（全 2 册）

莫里 著

| | | |
|---|---|---|
| 责任编辑 | 王昕宁 | |
| 特约编辑 | 马春雪 | 苗玉佳 |
| 装帧设计 | Aseven | |
| 责任印制 | 刘 巍 | |
| 出版发行 | 江苏凤凰文艺出版社 | |
| | 南京市中央路 165 号，邮编：210009 | |
| 网　址 | http://www.jswenyi.com | |
| 印　刷 | 三河市海新印务有限公司 | |
| 开　本 | 880 毫米 × 1230 毫米 1/32 | |
| 印　张 | 17.25 | |
| 字　数 | 480 千字 | |
| 版　次 | 2020 年 2 月第 1 版　2020 年 2 月第 1 次印刷 | |
| 书　号 | ISBN 978-7-5594-4360-1 | |
| 定　价 | 58.00 元 | |

江苏凤凰文艺版图书凡印刷、装订错误可随时向承印厂调换